CHARLES HIGHAM

Das geheime Leben des Howard Hughes

W0404120

Buch

Sein Reichtum war legendär, sein Charakter exzentrisch und seine Leidenschaften waren außergewöhnlich: Howard Hughes, Millionär, Filmproduzent und Flugpionier.

Geboren am 24. Dezember 1905, begann Howard Hughes' ungewöhnliche Karriere bereits mit 21 Jahren, als er mit seiner Frau Ella nach Hollywood zog. Dort, in der Welt der Stars und Sternchen, produzierte er bis 1941 mehrere erfolgreiche Filme, unter anderem »Hell's Angels«, »Scarface« und »The Outlaw«. Während dieser Zeit wurden ihm auch Affären mit Katharine Hepburn, Ava Gardner und vielen anderen nachgesagt. Bereits ab 1932 entwickelte Howard Hughes großes Interesse an der Fliegerei und gründete eine eigene, höchst erfolgreiche Flugzeugbaufirma. Im Sommer des Jahres 1938 erfüllte er sich seinen Traum: Mit einer Lockheed 14 flog er in nur drei Tagen, neun Stunden und 17 Minuten von New York nach Paris – doppelt so schnell wie Charles Lindbergh. Mit Ankündigung des Zweiten Weltkriegs baute er seine Firma zu militärischen Zwecken um. Er maximierte dadurch nicht nur seinen Gewinn, auch sein politischer Einfluss erstarkte. Bis heute sind seine Verbindungen zur CIA, seine Machenschaften in der Watergate-Affäre und seine Beziehungen zu Präsident Nixon sowie zu der Kennedy-Familie nicht restlos aufgeklärt. Howard Hughes starb am 5. April 1976 in seinem Privatjet auf dem Flug nach Houston. Seine Firma wurde 1985 von General Motors aufgekauft.

Autor

Charles Higham hat bereits mehrere Biografien geschrieben, unter anderem über die Herzogin von Windsor, Katharine Hepburn und Orson Wells, die sich alle auf den amerikanischen Bestsellerlisten platzierten. Charles Higham ist außerdem in beratender Funktion für das Simon Wiesenthal Center for Holocaust Studies in Los Angeles tätig.

Charles Higham

Das geheime Leben des Howard Hughes

Deutsch
von Jörn Ingwersen

GOLDMANN

Die Originalausgabe erschien 1993 unter dem Titel
»Howard Hughes – The Secret Life«
bei G. P. Putnam Son's, New York

Umwelthinweis:
Alle bedruckten Materialien dieses Taschenbuches
sind chlorfrei und umweltschonend.

1. Auflage
Deutsche Erstveröffentlichung Februar 2005
Copyright © 1993 by Charles Higham
Copyright © 2005 der deutschsprachigen Ausgabe
by Wilhelm Goldmann Verlag, München,
in der Verlagsgruppe Random House GmbH
Umschlaggestaltung: Design Team München
Umschlagfoto: Corbis
Redaktion: Barbara Raschig
Satz: Uhl + Massopust, Aalen
Druck: GGP Media GmbH, Pößneck
Verlagsnummer: 45873
KvD · Herstellung: Sebastian Strohmaier
Made in Germany
ISBN 3-442-45873-0
www.goldmann-verlag.de

Dieses Buch ist
Richard V. Palafox
gewidmet.

»Ich kann mir jeden auf der Welt kaufen.«

Howard Hughes

»Ich sehe keinen Widerspruch darin, Geld von Hughes zu nehmen und gleichzeitig den Interessen der CIA und der Nation zu dienen: Schließlich sind seine Interessen derart weit verzweigt, dass sie fast als symbolisch gelten können.«

Raymond Price
Ehemaliger Sonderberater von
Präsident Richard M. Nixon
1976

Vorwort

Eines Tages im März 1974 diktierte Howard Hughes in seinem Penthouse im *Xanadu Princess Hotel* in Freeport, Bahamas, seinem New Yorker Anwalt Chester Davis ein Memorandum. Er war krank und litt unter starken Schmerzen. Und er war wütend, denn Robert Maheu, seine ehemalige rechte Hand, forderte die Herausgabe von Unterlagen im Zusammenhang mit einer Multi-Millionen-Dollar-Klage; der Watergate-Ausschuss würde möglicherweise in naher Zukunft seine Verwicklung – oder die einiger seiner leitenden Angestellten – in den wohl berühmtesten Betrug des Jahrzehnts enthüllen, die amerikanische Aufsichtsbehörde für den Wertpapierhandel wollte ihn hinter Gitter bringen, weil er auf unrechtmäßige Weise *Air West* übernommen und die Aktionäre um 60 Millionen Dollar geprellt hatte.

Hughes gab nun Anweisungen, dass die Akten über seine CIA-Verbindungen vernichtet werden sollten. Immerhin verdiente er unter der Hand mehrere zehn Millionen Dollar jährlich durch Verträge mit der CIA, für die er Spionageanlagen, Satelliten, Laser, Röntgengeräte, Wanzen und sogar ein Schiff lieferte, das bald schon die Codes von einem gesunkenen Atom-U-Boot vom Grund des Meeres holen sollte. Die fraglichen Dokumente belegten seine heimliche Beziehung zu Richard Nixon und listeten Gelder auf, die Hughes Nixons Bruder Donald zugespielt und 1972 investiert hatte, um sich in Washington beliebt zu machen. Außerdem sollten Tonbänder von Gesprächen vernichtet werden, die er mit Leuten auf höchster Ebene geführt hatte.

Kurz darauf wurden im Auftrag von Chester Davis mehrere Einbrüche in Hughes' Büro inszeniert, unter anderem auch bei *Summa*, der mächtigen Firma, die das Imperium kontrollierte. Alle belastenden Papiere und Bänder wurden aus dem Hauptquartier an der Romaine Street in Hollywood entfernt.

Hinter all dem stand Hughes' Wunsch, sich und seine Legende, an der er selbst gestrickt hatte, zu schützen – Hughes, der Held und Erfinder der »Spruce Goose«, der im Alter nur noch ein hirnloser Zombie war und dem die Fäden entglitten, bis er nur noch wie eine Marionette von Mormonen gelenkt wurde, unfähig zu eigenständigem Denken und Handeln. Nichts könnte der Wahrheit weniger entsprechen. Zwar war er medikamentenabhängig und erlebte Phasen hoffnungsloser Apathie. Aber seine zahllosen Memoranden, die in Texas unter Bergen von Akten gefunden wurden, beweisen, dass er bis zu seinem Tod 1976 ununterbrochen Geschäfte gemacht hatte, springlebendig, intrigant und machthungrig wie eh und je.

Seine Lieblingsärzte, darunter Howard House und sein Freund Wilbur Thain, der Luftfahrtmogul Jack Real und die Berater Gordon Margulis und Mell Stewart bestätigen, dass Hughes in späteren Jahren ausgesprochen agil war. Das deutet auf seine Verwicklung in einige der damals Aufsehen erregenden Affären wie Watergate hin, von denen er angeblich keine Ahnung hatte. Diese Ansicht soll mit vorliegendem Buch korrigiert werden, das nachzuweisen versucht, dass Hughes nicht nur in der Luftfahrt und im Filmgeschäft eine entscheidende Rolle spielte, sondern auch im großen politischen Rahmen …

Prolog zur Ausgabe 2004

Die vorliegende Biografie aus dem Jahr 1993 war ein wahres Abenteuer, wie einer von Howard Hughes' hastig organisierten Langstreckenflügen.

1990 begab ich mich auf eine zweijährige, düstere Reise durch Howard Hughes' Leben, während der mir von Seiten seiner ehemaligen Kollegen und Freunde außerordentlich großzügige Unterstützung zuteil wurde. Sogar die mormonischen Leibwächter hatten das eine oder andere beizutragen, wenn auch unter dem Siegel der Verschwiegenheit. Nach vierundzwanzig Monaten der Recherche schrieb ich das Buch wie im Fieberwahn und schloss es nach acht Monaten ab.

Das Werk wurde von der Kritik landesweit begeistert aufgenommen, und selbst die bekanntlich äußerst kritischen *Kirkus Reviews* sprachen von einem »hypnotischen Porträt«. Das Buch wurde zum Besteller.

So überraschte es nicht, dass Filmangebote eintrudelten, während der Stapel an Besprechungen und Bestellungen kontinuierlich wuchs. John Malkovich war wild entschlossen, Hughes darzustellen und gleichzeitig Regie zu führen. Russ Smith, sein Partner in Hollywood, rief meinen damaligen Agenten an, um ihm ein Angebot für die Rechte zu unterbreiten.

Eine interessante Frage: Malkovich war zweifellos in der Lage, den ausgemergelten, gequälten, ruhelosen Hughes der späteren Jahre zu spielen, aber würde er dem schneidigen jungen Flieger gerecht werden, der 1938 in dreieinhalb Tagen um die Welt geflogen und mit halb Hollywood im Bett gelandet war? Ich vermutete, dass sich seine Geschichte eher auf Hughes' exzentrisches, hypochondrisches Wesen konzentrieren würde, auf das Monster in ihm.

Mehrmals hatte ich das Vergnügen, gemeinsam mit Russ Smith beim Mittagessen über mögliche Drehbuchautoren zu diskutieren. Mich selbst brachte ich nicht ins Gespräch, stattdessen äußerte ich die Meinung, nur ein amerikanischer Autor könne Hughes voll und ganz verstehen. Woraufhin Russ lächelte und sagte: »Sie sind Engländer und haben ihn doch auch verstanden, oder nicht?«

Am Ende engagierte er tatsächlich einen britischen Autor, den aufstrebenden, jungen Dramatiker Terry Johnson, der später am Broadway und in London mit seiner Theater-Adaption der *Reifeprüfung* große Erfolge feiern sollte.

Terry kam nach Los Angeles, um Hintergrundrecherchen anzustellen. Ich mochte ihn auf den ersten Blick. Briten ist der eigene Erfolg (und auch der Erfolg anderer) normalerweise eher peinlich, aber Terry gehörte einer neuen Londoner Gattung an: aufstrebend, unverfroren und reaktionsschnell. Und seine Idee, den Film in Rückblicken der alten Vogelscheuche Hughes zu erzählen, schien mir vernünftig.

Allerdings waren die Flitterwochen mit Malkovich und Smith bald schon vorüber. Zwar schien mir der charmante Terry einen eisernen Willen zu haben, doch Malkovich und Smith waren noch aus anderem Holz geschnitzt: Sie lehnten eine Drehbuchversion nach der anderen (von denen ich keine zu sehen bekam) ab. Nach einem heftigen Streit trennten sie sich von Terry und ließen die Option fallen.

Andere Möglichkeiten wurden diskutiert, aber keine davon betraf mein Buch. Seit Jahren träumte Warren Beatty davon, Hughes zu spielen und seine Biografie zu verfilmen – er hatte Bo Goldman für das Drehbuch engagiert. Aber obwohl Steven Spielberg Regie führen sollte, dümpelte das Projekt vor sich hin. Brian De Palma wurde genannt, der mit seinem Interesse für das Manische sicher eine interessante Wahl war. Es hieß, er solle eine Version für Keystone drehen, nach einem Skript von David Koepp.

Bei Universal waren sie mit der Entwicklung des Themas beschäftigt. Terry Hayes sollte das Drehbuch schreiben, mit Johnny Depp als Star. Und schließlich interessierte sich Charlie Evans Junior, der Neffe von Robert Evans, dafür, die Geschichte bei Acapella Productions zu verfilmen. Schon lange war er geradezu süchtig nach Hughes und hatte sogar Erinnerungsstücke gesammelt. Für mich war klar, dass ich mein Buch vergessen könnte.

Dann bekam ich aus heiterem Himmel eine Nachricht von meinem ehemaligen Agenten, ich solle ihn bitte umgehend zurückrufen… Das kam mir seltsam vor, da sich unsere Wege schon vor einiger Zeit getrennt hatten. Als ich ihn schließlich erreichte, erklärte er, er wolle gern »wieder an Bord kommen«, nur dieses eine Mal, für einen einzigen Deal. Damals hatte ich keinen Agenten. Ich bewegte mich auf der Bühne des Theaters, wo nur geringe Tantiemen gezahlt werden. Ich willigte ein, mir sein Angebot anzuhören.

Er berichtete mir, die CAA habe ihn angerufen. Ich begriff und wollte angesichts der ungeheuren Konkurrenz – halb Hollywood schien Hughes-Deals abzuschließen – nur möglichst schnell einen Vertrag abschließen; er wollte noch darum streiten, wer Hughes darstellen würde.

Tagelang kam keine Nachricht, der Deal wurde nicht eingefädelt. Nachdem ich meinen Agenten ein weiteres Mal gefeuert hatte, rief Bob Bookman von der CAA an, den ich flüchtig aus meinen Jahren als Hollywood-Lokalreporter für die *New York Times* kannte, um zu sehen, was da vor sich ging. Dieser klärte mich darüber auf, dass Michael Mann die Rechte an meinem Buch erwerben wolle. Das war eine gute Neuigkeit. Mit Hilfe meines Anwalts Mike Harris handelte ich den Vertrag mit Michael Manns Firma »Forward Pass Productions« aus. Ohne Agenten.

Michael Mann schien mir mit seinem kraftvollen, energischen, besessenen Stil und seinem Hang zum Melodramatischen für diesen

Job genau der Richtige zu sein, hatte er doch bereits mit seiner hochoktanigen Fernsehserie *Miami Vice* seine Vorliebe für die Darstellung überdrehter, düsterer Charaktere bewiesen. Als einer der wenigen Autoren in Hollywood besaß er einen unverwechselbaren Stil.

Der Umstand, dass Mann mein Buch gekauft hatte, bescherte mir in New York ungeahnte Publicity. Der Boxchampion Evander Holyfield erwähnte den Film in seiner Gastkolumne in den New Yorker *Daily News* und auch Richard Johnsons von der »Seite Sechs« der *New York Post* widmete dem Thema freundlicherweise nahezu einen ganzen Artikel.

Dann wurde Leonardo DiCaprio als Hughes genannt – die ideale Besetzung. Seine Darstellung eines jungen, irischen Einwanderers in *Titanic,* der bei dem bloßen Gedanken an die neue Welt vor Begeisterung schier zu platzen drohte, war geradezu beängstigend gut – er war tatsächlich ein Junge aus dem Jahr 1912. Und hinter seiner Darstellung lauerte immer diese Ahnung der Gefahr, diese Spannung, die alle großen Stars ausstrahlen. Sie wäre unverzichtbar für ein Porträt des jungen Hughes.

Hocherfreut erfuhr ich, dass John Logan, der in *Gladiator* sein Talent gezeigt hatte, das Drehbuch verfassen würde; mit Michael Mann an Bord konnte ich mir kein besseres Team wünschen.

Aber plötzlich stieg Michael Mann aus – er wollte nach dem dynamischen Streifen *Ali* über das Leben von Mohammed Ali keine weitere Biografie drehen –, und gleichzeitig lösten sich alle anderen Hughes-Projekte in Luft auf. Einmal mehr brach der Boden unter meinen Füßen weg. Doch dann zog ich das große Los: Mann bot sich als Co-Produzent an, und Martin Scorsese sollte die Regie führen.

Ich war Martin Scorsese erst einmal begegnet, und zwar 1973 über unseren gemeinsamen Freund Michael Powell, den großartigen britischen Regisseur von *The Red Shoes* und *Black Narcissus*. Scorsese sagte mir damals, wie sehr er meine Biografie über Cecil B. DeMille aus dem Jahr 1972 bewundere und dass er schon lange einen Film über DeMilles Anfangsjahre realisieren wolle. Ich erzählte ihm davon, wie ich ein Jahr in DeMilles feuchtem Keller zugebracht hatte, zwischen Ritterrüstungen, Lanzen, Tuniken, Schrumpfköpfen (aus *Four Frightened People)* und Bildern von einem Riesentintenfisch (aus *Reap the Wild Wind)*. Ich hatte sogar eine Uniform der Royal Canadian Mounted Police anprobiert – sie passte wie angegossen. Scorsese gestand, wie sehr er DeMille beneidete: ein junger Mann, dem die Welt zu Füßen lag, in einer jungfräulichen Industrie, mit seinem Cowboyhut, der Army-Jacke, Reithosen und engen, langen Lederstiefeln, Peitsche knallend. Von diesem Moment an war ich Scorseses Fan – Jahre vor seinem poetischen Meisterwerk *Kundun*.

Scorsese, ein Filmfreak, dessen Dokumentationen zur Geschichte des amerikanischen und des italienischen Films die ganze Leidenschaft eines Süchtigen zeigen, konnte Hughes' brennende Obsession für Filme nachvollziehen; die Stunden (aus denen Tage, Wochen und Monate wurden), die Hughes im Schneideraum verbrachte.

Ein Schauspieler, der für den Film vorsprach, gab mir eine Kopie von John Logans Skript. Darin fand sich einiges, was mir neu war: Hughes' Mutter zeigte anfangs ein fast inzestuöses Interesse an ihrem Sohn (der Hinweis auf die Erkrankung – einschließlich der Verwendung von Quarantäne-Schildern – kam in einer frühen Szene in *Texas*); Hughes' erste sexuelle Erfahrung mit einer Prostituierten. In anderen Szenen hielt sich Logan genauer an mein Buch, vor allem bei dem, was mir der Regisseur Lewis Milestone von Hughes' fanatischer, urkomischer Jagd nach »fickbaren Wolken« erzählte hatte. Die prallen Kumuli waren nötig, um zu zeigen, wie der Zeppelin sie in *Hell's Angels* penetrierte. Rein zufällig bevorzugte Hughes beim Sex den Verkehr zwischen den Brüsten einer Frau.

Nachdem das Drehbuch fertig war, entpuppte sich das Casting als – gelinde gesagt – atemberaubend. Man wählte Cate Blanchett als Kate Hepburn – Letztere hatte meine Biografie über sie autorisiert, wofür ich ihr endlos dankbar bin. Fotos von Blanchett mit

DiCaprios' Hughes auf dem Golfkurs sahen ausgesprochen vielversprechend aus. Logan schrieb einen netten, kleinen Spruch, zumindest in dem Drehbuchentwurf, den ich gesehen habe. Hepburn sagt zu Hughes: »Ich schwitze und du bist taub. Sind wir nicht ein paar schräge Vögel?« Und schräge Vögel – wenn auch ausgesprochen hübsche – waren sie zweifelsohne.

Scorsese bewies ein glückliches Händchen: Jude Law spielt Errol Flynn – eine interessante Wahl –, Kate Beckinsdale spielt Ava Gardner und Gwen Stefani Jean Harlow. Die Dreharbeiten begannen am 7. Juli 2003 in Montreal, weitab vom heiß geliebten New York. Scorsese hatte mit Robert Richardson einen großartigen Kameramann und den unvergleichlichen Dante Ferretti als Szenenbildner. Am besten jedoch war, dass er Thelma Schoonmaker, die Witwe von Michael Powell, für den Schnitt gewinnen konnte.

Die Dreharbeiten für *The Aviator* wurden in Kalifornien fortgesetzt, während der schrecklichen Brände im Herbst 2003. Beim Dreh auf der Big Sky Ranch im San Fernando Valley drohte die Produktion durch eine Katastrophe zu scheitern, doch Dante Ferretti verhinderte einen dramatischen Rückschlag. Für die Szene, in der Hughes mit seinem Flugzeug auf einem Rübenacker notlandet, hatte Ferretti darauf bestanden, dass echte Rüben verwendet wurden, draußen vor dem Hangar. Diese Rüben dienten als Feuerschutz und retteten die Maschine und einen Teil des Hangars.

Dann zog Scorsese mit dem Team nach Long Beach um. Der Absturz in Beverly Hills wurde teilweise vor Ort gedreht. Weitere Drehorte waren Hughes' Haus an der Muirfield Road, Los Angeles, das inzwischen Bob Bookman von der CAA gehört, und das alte Bürogebäude an der Romaine Street. Der Drehplan in Kanada und Kalifornien konnte dichter nicht sein. Die Schauspieler arbeiteten achtzehn Stunden täglich, und der Film wurde im Rahmen des Budgets (knapp unter 110 Millionen Dollar) und innerhalb des Zeitplans von fünf Monaten fertig.

Während des Drehs fand ich in George DiCaprio, dem Vater des

Stars, einen wertvollen Freund. Meine neue Agentin Dorris Halsey stellte mich ihm vor. Wie jeder gute Vater blieb er den Dreharbeiten seines Sohnes fern, abgesehen von einem kurzen Besuch am Set, der – wie er mir erklärte – ausgesprochen erhellend war. Er sah nur eine einzige Szene in einer Art-Deco-Bar an Bord der *Queen Mary*, in welcher zu sehen war, wie Hughes unter seiner zunehmenden Taubheit, die durch den Absturz hervorgerufen worden war, leidet. Dadurch bekam er etwas Verletzliches. Da er zu eitel war, ein Hörgerät zu benutzen, erschien Hughes in dieser Szene als ergreifend kränkliche und verstörte Person, der wahre Mensch hinter all dem Geld, den Filmen und dem Wahnsinn. Als George DiCaprio mir das erzählte, wusste ich, dass der Hughes, wie ich ihn beschrieben hatte, endlich zum Leben erweckt werden würde, und zwar in dem Medium, das ihm – wie Martin Scorsese – am meisten am Herzen gelegen hatte.

Charles Higham
2004

ERSTES KAPITEL

Verschlungene Wurzeln

Sogar seine Geburtsdaten sind gefälscht. Er kam keineswegs am Heiligabend 1905 in Houston, Texas, zur Welt, sondern im Ölstädtchen Humble, Texas, am 24. September gleichen Jahres. Dieses Datum lässt sich bis heute im Taufregister des Kirchenbuches von St. John's in Keokuk, Iowa, nachlesen.

Eine Geburtsurkunde wurde nicht ausgestellt, da am Tag seiner Geburt ein heftiges Gewitter wütete, das es dem Arzt und seiner Hebamme nicht ermöglichte, über die überschwemmten Straßen nach Houston zu gelangen, um die Eintragung vornehmen zu lassen. Also ließen sie die Sache vorerst auf sich beruhen, nicht ohne jedoch das Wohl seiner unsterblichen Seele aufs Spiel zu setzen, denn die Mitglieder der Episkopalkirche glauben, dass ein ungetauftes Kind zur Hölle fahren muss. Erst Monate später brachte man ihn zur Taufe ins Haus seines Großvaters nach Keokuk, offenbar weil die besorgte Mutter fürchtete, er könne auf der Zugfahrt sterben.

Seine Kindheit ist eine einzige große Lüge. Angeblich war er eines von drei Drillingsbabys, die untereinander ausgetauscht wurden; angeblich war er das uneheliche Kind der Schwester seiner Mutter, aber die war damals erst elf Jahre alt; angeblich war er ein entführtes Baby, das um Mitternacht per Zug nach Houston gebracht wurde, um an Stelle eines Kindes zu treten, das gestorben oder ermordet worden war. Er hatte seinen Spaß an diesen Märchen, die sich bis heute gehalten haben. Sein Leben lang sollte Hughes ein Außenseiter bleiben, der sich keinem Gesetz fügen wollte, gleichzeitig aber war er ein fragiler, egozentrischer Neurastheniker.

Sein Vater war der Glücksritter und Ölsucher Howard Robard Hughes, seine Mutter Allene Gano, eine reiche, neurotische Erbin aus Dallas. Daneben nahmen zwei weitere Männer Einfluss auf seine Entwicklung: sein Großvater, der monomanische Richter Felix Hughes aus Iowa, und sein brillanter Jekyll-und-Hyde-Onkel, der gefeierte Besteller-Romanautor und Broadway-Dramatiker Rupert Hughes.

Richter Hughes hatte diverse Kinder, von denen das Jüngste schon als Baby starb. Greta, seine einzige Tochter, und Felix, sein jüngster Sohn, waren musikalisch. Greta wurde Opernsängerin und Felix gründete das Cleveland Orchestra und wurde der gefragteste Gesangslehrer in den Anfangsjahren des Tonfilms. Rupert dagegen soll ein Sadist und Mörder gewesen sein, der selbst vor einem Inzest nicht zurückschreckte. Man beschuldigte ihn, seine Frau gefoltert zu haben, und im berühmtesten Sensationsprozess des Jahrzehnts wurde er 1903 von ihr geschieden. Wochenlang beherrschte diese Story die Schlagzeilen der New Yorker Zeitungen, da Rupert seiner Frau Ehebruch in zehn Fällen zur Last legte, und sie ihm im Gegenzug vorwarf, sie mit ebenso vielen Frauen betrogen zu haben. In späteren Jahren, als Howard jr. heranwuchs, hieß es, Rupert besäße in New England einen eigenen Friedhof für die vielen Menschen, die er ermordet hatte. Angeblich hatte er seine Tochter ertränkt und durch eine Doppelgängerin ersetzt, und es hieß, er habe sich an seiner Schwester vergangen.

Howards Vater, »Bo« Hughes war eine ebenso schillernde Persönlichkeit wie Rupert. Er sah Howard kein bisschen ähnlich, was zu verschiedenen Vermutungen Anlass gab. Er hatte ein schmales Gesicht und verträumte Augen und war – im Vergleich zu seinem eher zarten Sohn – groß und kräftig gebaut. Genau wie Rupert war auch er ein brutaler Mensch. Als Junge verprügelte er kleine Mädchen, stach mit Messern auf andere Jungen ein und organisierte illegale Hahnenkämpfe, bei denen sich sporenklirrende Hähne gegenseitig in Fetzen rissen. Nachdem er wegen schlechten Betragens von einem

College nach dem anderen geflogen war, blieb ihm am Ende nichts anderes übrig, als Fahrkartenkontrolleur bei der Eisenbahn von Großvater Hughes zu werden. Er schnorrte sich durch Europa und arbeitete im Mittleren Westen und Süden der USA als Telegrafist, Reporter und als Bergmann in den Zinkminen.

1899 landete Bo Hughes ohne einen Penny in der Tasche in Joplin, Missouri, schwitzte täglich halb nackt achtzehn Stunden in einer Bleimine. Er wurde vom wütenden Vater eines Mädchens, das er verführt hatte, aus der Stadt gejagt, und träumte davon, sein Glück im Ölgeschäft zu machen. Aber zunächst erkrankte er an dem Fieber, das Zehntausende Amerikaner damals befiel. Dann geschah etwas Erstaunliches.

Am 10. Januar 1901 sprudelte in Spindletop, Texas, in der Nähe von Beaumont Öl aus der Erde – mit einer dreihundert Meter hohen Fontäne. Der Ansturm war ungeheuer. Und Bo gehörte zu den Ersten, die sich um Grund und Boden bemühten.

In Beaumonts einzigem »Hotel«, einer baufälligen Hütte namens *Crosby House*, zechte er mit seinen Kumpanen Walter Sharp, der bald sein engster Freund und Partner werden sollte, und dessen Halbbruder Jim. Walter war groß, fast einsneunzig, schlaksig und hager, mit rotem Haar, stechendem Blick und breitem Froschmaul. Jim war gut aussehend und wegen seiner mexikanischen Abstammung dunkelhäutig, ein kleiner »Billy the Kid«.

Für ein paar lausige Dollar pro Morgen Land rissen sich die drei Gesetzlosen den Grund und Boden unter den Nagel und verkauften ihn später für das Hundertfache. Oft genug drückten sie sich um ihre Zahlungen, woraufhin ihnen wütende Schuldner im Nacken saßen, derer sie sich mit blanken Fäusten entledigten.

Bo verschleuderte sein Geld bei Prostituierten und beim Kartenspiel. Mit Winchester und Knüppel am Sattel ritt er durch die Stadt und nahm beides so oft gegen seine Rivalen zur Hand, dass man ihn schließlich aus der Stadt trieb.

Bo zog mit den beiden Sharps nach Houston. Mit Hilfe von Walters Geld gründete er 1903 die *Texas Fuel Oil Company*, aus der später einmal *Texaco* werden sollte.

Nach sechs Monaten war er pleite. Als er in Spindletop einen neuen Bohrturm errichten wollte, musste er seine diamantene Krawattennadel und seine Uhr versetzen, um die erste Rate zahlen zu können.

Bei einem Besuch in Dallas verliebte er sich 1903 in die dunkle, hübsche Allene Gano, eine nervöse Hypochonderin, die panische Angst vor kleinen Tieren hatte, besonders vor Katzen. Sie war besessen von den Gefahren, die ihr durch Mücken, Fliegen, Kakerlaken und Käfern drohten.

Die beiden verliebten sich ineinander, so unterschiedlich sie auch sein mochten. Während die Ganos zur feinen Gesellschaft von Dallas gehörten und durch Pferdezuchten in Kentucky, Weizenfelder und städtische Immobilien reich geworden waren, besaß Bo Hughes so gut wie nichts. Doch sein illustrer Vater, der Richter, und sein Bruder Rupert, der einen Bestseller nach dem anderen veröffentlichte, taten ihre Wirkung. Die Ganos willigten ein, und das Paar heiratete nach fünfmonatiger Verlobungszeit, die Bo größtenteils in Houston verbrachte. Die beiden wurden im Elternhaus der Braut an der Kreuzung Masten und San Jacinto Street in Dallas getraut, am Abend des 24. Mai 1904 um 20:30 Uhr.

Die Ganos scheuten weder Kosten noch Mühen, sogar die Zeitungen berichteten auf den Gesellschaftsseiten über die Zeremonie. Das Wohnzimmer, in das die Brautleute durch einen Gang aus *American-Beauty*-Rosen, versehen mit roten und pinkfarbenen Schleifen, hereinschritten, war mit Hochzeitsrosen und Gartenwicken geschmückt. Die großen, luftigen Räume waren voller Blumen, sogar an den Kronleuchtern hingen Blumenkörbe. Allene war bildhübsch in Brüsseler Spitze und *mousseline de soie*, mit einem Schleier aus Tüll und einem Strauß Maiglöckchen in der Hand. Greta, die Schwester des Bräutigams, sang »Memories«. Richter Hughes' Einfluss war so groß, dass sein Freund, der Reverend R. C. McIlwain den ganzen

Weg von Keokuk herangeschafft wurde, obwohl der dreimal umsteigen musste. General Gano traute das Paar etwas später noch einmal nach Art der Baptisten.

Nach der Hochzeitsfeier reisten die Jungvermählten zu Freunden nach St. Louis und fuhren von dort aus weiter nach Europa, wo sie sechs Monate ihre Flitterwochen verbrachten. Bo prahlte später, er habe auf der 10 000 Meilen weiten Reise 10 000 Dollar (das Geld seiner Frau) ausgegeben. Als das Paar nach Houston zurückkehrte, mietete es sich im teuren, exklusiven *Rice Hotel* ein. Jedoch war ihnen leider das Geld ausgegangen, sodass man sie, kaum eingerichtet, schon wieder aufforderte, das Hotel zu verlassen. Charlie Lane, Walter Sharps Sekretär und Buchhalter, kam ins Hotel, um die ausstehenden 150 Dollar zu begleichen, während die beiden unglücklich in der Lobby auf ihren Koffern saßen. Schließlich suchten sie sich ein großes, weißes Holzhaus an der 1404 Crawford Street, einer beliebten, wenn auch unbefestigten Straße, in der viele prominente Familien wohnten.

Allene hatte schreckliche Angst vor den Krankeitserregern, die sich vom berüchtigten Buffalo Bayou her ausbreiteten, einem riesigen, stinkenden Dreckloch, dem Wasserweg zwischen Houston und dem Golf von Mexiko. In der brackig braunen Brühe trieben verwesende Rinder, die man bei den nahe gelegenen Schlachthöfen einfach ins Wasser warf, wenn die Qualität nicht stimmte. Niemand machte sich die Mühe, die toten Vögel und Fische einzusammeln, die faulend im Schlamm lagen. Regelmäßig mussten die Bewohner feststellen, dass ihre Rohre von Schlangen oder Aalen verstopft waren.

Damals gab es noch keine Filter, und oft genug prustete stinkend braunes Wasser aus dem Hahn, sobald man ihn aufdrehte. Wer einen Schluck davon nahm, riskierte, sich zu vergiften. Sogar die Milch war oft genug verdorben, und regelmäßig kam es zu Pocken- und Typhus-Epidemien. Houston war nicht nur verkommen, weil sich niemand um das Wasserproblem scherte – und dazu schienen dichte Rauchwolken den Regen auszuschwitzen –, sondern die Stadt war in mancher Hinsicht ein wahrer Sündenpfuhl. Prostituierte säumten die Straßen der Elendsviertel, überall schwankten Betrunkene umher, und ständig gab es Schlägereien. Um dem zu entgehen, zogen Bo und Allene 1905 nach Humble, wo Howard jr., genannt Sonny, zur Welt kam.

Bald nach der Geburt seines Sohnes erfuhr Bo, dass man in Shreveport, Louisiana, auf Öl gestoßen war. Mit Frau und Kind machte er sich auf den Weg dorthin und stieg im *Caddo Hotel* ab. Howards früheste Erinnerungen waren (angeblich) die Pfeifen und Sirenen von den *Red River Steamboats*, die noch von den großen Zeiten des Baumwollreichtums kündeten. Jahrzehntelang hatten sich die Ölsucher einen Weg durch die Flussarme und Bayous gesucht, ein Vermögen in Bohrtürme investiert, die auf dem weichen Boden einsanken, hatten geflucht, wenn aus den natürlichen Ölquellen nur noch Salzwasser kam, und zugesehen, wie sich Teppiche grüngoldener Flüssigkeit im seichten Wasser ausbreiteten. Als Bo Hughes Anfang 1907 mit seiner Familie nach Shreveport kam, mischte sich der Gestank von Schwefel aus den Marschlanden mit dem von Schlamm, Morast und Öl: der unverkennbare, teerige Geruch frischer Ölfunde. Nicht einmal Blumen und Bäume konnten in dieser Gegend lange überleben, stattdessen machten Schwarzfäule, Baumkrebs und die Ulmenkrankheit alles zunichte.

Für Allene muss das Leben dort ein einziger Albtraum gewesen sein, denn sie war empfindsam und fürchtete nichts so sehr wie eine Infektion. Damals wurden Fälle von Gelbfieber gemeldet. Als sie einmal mit dem kleinen Sonny in der Kutsche ausfuhr, sah sie überall die Schilder QUARANTÄNE – BETRETEN VERBOTEN an den Häusern. Zudem konnten Allene und ihr Baby nachts nicht schlafen, da vom Sonnenuntergang bis zum Morgengrauen der Himmel gespenstisch rot-orange erleuchtet war von den Gasfeuern, die man überall entzündet hatte und abfackelte. In einer Zeit, in der das elektrische Licht auf dem Vormarsch war, wusste niemand den Wert von

Erdgas zu schätzen. Auch nicht mit den dicksten Vorhängen waren die Zimmer im *Caddo Hotel* abzudunkeln. Und der Lärm der Maschinen, mit denen Arbeiter nachts neue Straßen anlegten, neue Häuser bauten oder den Schlamm aufwühlten, um Asphalt zu gewinnen, trug zu Allenes Elend bei.

Am 1. Juli 1907 wurde Bo im benachbarten Oil City zum Postmeister und Hilfssheriff berufen, wobei er in Ermangelung einer Gefängniszelle die Festgenommenen an Bäume kettete, bis sie nach Shreveport überstellt werden konnten. Die eigentliche Arbeit überließ er allerdings ein paar Tagedieben, woraufhin Diebstahlsdelikte rasant zunahmen. Als Sonny zwei Jahre alt war, machte sich Bo auf den Weg nach Pierce Junction, Texas, nachdem man dort auf Öl gestoßen war. Danach zog er weiter nach Goose Creek. Seine Bohreisen brachen ab, und bald schon war er wie besessen: Er wollte einen Bohrer herstellen, der durch Fels wie auch durch Treibsand ging.

1908 hörte er bei einem seiner Besuche in Houston von zwei kürzlich patentierten Bohreisen, das eine entworfen von dem Deutschen Erich Hoffner in Providence, das andere von einem Ölarbeiter namens John S. Wynn in Beaumont. Bo lieh sich 12 000 Dollar von Walter Sharp, machte sich auf den Weg nach Rhode Island und erwarb den ersten Bohrer für 2500 Dollar. Den anderen verkaufte ihm Wynn für 9000 Dollar. Bo brachte mehrere Wochen damit zu, sich in Houston in einem primitiven Schuppen eine Werkstatt einzurichten und die Bohreisen zu testen. Gemeinsam mit Walter Sharp arbeitete er achtzehn Stunden täglich daran, die beiden Patente miteinander zu kombinieren. Sharp streckte seine langen Beine auf dem Ledersofa im Büro aus, um sich etwas einfallen zu lassen, während Bo auf und ab lief, bis er mit einer neuen Idee wieder an seinem Zeichenbrett stand.

In einem Saloon in Shreveport lernte Hughes im Oktober 1908 den Mühlenbauer Granville (Granny) Humasson kennen, der ihm die Skizze für ein neuartiges Bohreisen zeigte. Der Bohrkopf besaß die Form zweier Tannenzapfen, von denen sich der eine im Uhrzeigersinn drehte, der andere dagegen ähnlich dem Prinzip einer Kaffeemühle. Hughes erwarb das Patent für lausige 1200 Dollar und verkaufte es seinem Partner für 1500 Dollar. Dann machte er sich auf den Weg nach Keokuk, wo ihm eines Abends beim Essen die »Butter-Tuffs« auf einem Silberteller auffielen. Als er das Rippenmuster betrachtete, kam ihm eine Idee. Angenommen, er könnte ein Bohreisen bauen, das nicht nur zwei Spitzen besäße, die sich gegeneinander drehten, sondern die auch noch in sich geriffelt waren wie »Butter-Tuffs«? Nach dem Essen räumte er den Tisch ab, zeichnete wie ein Besessener und rief so laut: »Ich hab's!« , dass die ganze Familie angelaufen kam, um zu sehen, was passiert war. Er hatte die Zapfen mit 166 Schneidenlippen versehen. Die Köchin kam mit ihrem Schneebesen in der Hand herein. Als er den sah, stieß er einen wahren Freudenschrei aus. Am 20. November 1908 war Hughes' Bohrwerkzeug fertig, das fast eine Dekade lang ständig verbessert wurde. Es verkaufte sich weltweit und bildete den Grundstock für die unzähligen Millionen Dollar des Hughes-Vermögens.

Er brachte seine Familie nach Houston zurück, und sie zogen in die 916 Crawford Street. Kaum hatte er sich sein Büro eingerichtet, stand schon der Sheriff mit einem Haftbefehl vor der Tür. In der Kasse des Postamtes von Oil City fehlten 450 Dollar. Walter Sharp zahlte den Fehlbetrag aus dem Bürosafe, legte etwas Schmiergeld dazu, und der Sheriff ging nach Hause.

1909, als Sonny Hughes vier Jahre alt war, gründete Bo die *Sharp-Hughes Tool Company*. Das größte Problem bestand darin, den neuen Bohrer zu vermarkten, da die Skepsis zunächst groß war. So kamen ihnen Jim Sharps Talente sehr gelegen, denn der brachte widerwillige Käufer mit seinem Revolver zum Tanzen, bis sie einwilligten. Hatte ein Ölsucher dann einen Bohrkopf erworben, bekam er von Hughes ein graviertes, goldenes Zigarettenetui dazu. Doch obwohl sich die Herstellung des Bohrers zunehmend rentierte, verlor Hughes sein Geld einmal mehr beim Zocken, Prassen und Herumhuren auf Firmenkosten; seinen teuren *Pierce Arrow* verlor er bei einer Wette an Jim Sharp. 1910 stand er abermals mit 10 000 Dollar in der Kreide.

Als der Kleine vier war, erkannten Bo und Allene, dass der zarte, hypernervöse Sonny nicht ganz gesund war. Er hörte nicht gut, genau wie sein Onkel Rupert und ganze Generationen vorher. Otosklerose ist eine Erkrankung des Innenohrs, die im Laufe des Lebens schlimmer wird. Angesichts einer solchen Behinderung hätte sich manches Kind abgesondert und sein Leben lang unterlegen gefühlt, nicht so Hughes. Trotz der rauen Umgebung seiner Kindheit hatte er sein kleines Universum fest im Griff – und das würde auch so bleiben.

Im Alter von fünf Jahren schickte ihn seine Mutter in den Kindergarten. Die *Jenny M. Eichler's University* (ein seltsamer Name für die kleine Schule) war im Gemeindeheim der *Christ Church Episcopal* untergebracht. Mrs. Eichler war Deutsche und Sonny fasziniert von ihrer strengen Art. Zu den dreizehn Kindern zählten auch sein bester Freund Dudley Sharp, Walters zweiter Sohn, und die hübsche Ella Rice, das Töchterchen von Peter Rice aus dem ärmeren Zweig der reichen Houstoner Familie, die das *Rice Institute* gegründet hatte; übrigens eine Familie mit einer echten Leiche im Keller: Die Kinder erzählten sich hinter vorgehaltener Hand, Ellas Großonkel William Rice sei 1900 von seinem Kammerdiener und dem Anwalt der Familie ermordet worden. Jedenfalls sollte Ella eines Tages den kleinen Sonny heiraten.

Howard kam jeden Tag zu spät, worüber Mrs. Eichler sehr ärgerlich war. Vergeblich hielt sie ihn dazu an, eine Uhr zu tragen. Er war schüchtern, hübsch, höflich, ein »perfekter, kleiner Gentleman«, wie sich eine Mitschülerin, die Hörspielautorin Elizabeth Dillingham, Jahre später erinnerte.

Allene und Estelle Sharp waren beide streng, berichtet Mary Cullinan, die Tochter von Hughes' Partner Joe Cullinan. Der kleine Howard verbrachte viel Zeit mit Mary und Dudley Sharp im Haus von Walter Sharp an der Ecke Main und Elgin Street, einem romantischen Gebäude, bewachsen mit Weinreben und erfüllt vom Duft nach Sandelholz. Dort baute Howard mit Mary und Dudley eine Gartenhütte, in die er sich oft zurückzog, um alles Mögliche zu erfinden. Mary sagt: »Howard musste den anderen immer in allem voraus sein. Ständig suchte er eine neue Herausforderung. Hinten auf dem Grundstück ließ er uns von einer hohen Schaukel springen, um zu sehen, wer am weitesten kam, und normalerweise war er es! Wir liefen um die Wette, und er kam meist als erster ins Ziel. Aber ich war ein echter Wildfang, und er musste ganz schön rennen für sein Geld!«

Im Alter von acht Jahren besuchte Sonny die *Prosser's Academy*, Dr. James Richardsons exklusive Schule. Richardson war von seinem neuen Schüler nicht sonderlich beeindruckt. Als ihn Jahre später ein anderer Schulleiter um eine Beurteilung bat, antwortete Richardson, Sonny sei frech, hochnäsig, weigere sich, an mannhaften Aktivitäten teilzunehmen, und zöge es vor, seine Zeit mit den kleinen Mädchen zu verbringen, was zur Folge hätte, dass die Jungen ihn »Memme« schimpften. Hughes legte ein übermäßiges Interesse für die Diamanten seiner Mutter an den Tag und brachte sie mit, um sie seinen Schulfreundinnen zu zeigen. Man kann wohl davon ausgehen, dass ihm die anderen Jungen für sein Verhalten ordentlich in den Hintern traten.

In jenem Jahr erlitt die Familie einen Schock: Walter Sharp, der schon eine Weile krank gewesen war, starb in Chicago – nach jahrelangem übermäßigen Alkoholkonsum – an Nierenversagen. Auf der feierlichen Beerdigung bekam Sonny einen ersten Eindruck vom Tod. Für den Rest seines Lebens sollte er sich davor fürchten.

Walter Sharps Partner stritten um die Firma. Zwei traten aus Protest zurück, weil Bo Hughes alles kontrollieren wollte. Doch war es sein Erfindergeist, der ihnen Reichtum bescherte, da er wie besessen immer neuere und bessere Bohreisen ersann. Als sein Partner

Joseph Cullinan am 8. Februar 1913 nach endlosen Streitereien mit Bo ausstieg, war Hughes senior der entscheidende Mann in der Firma. Am 30. Oktober 1914 zog er mit Frau und Sohn in die feudalen *Burlington Apartments*, deren Besitzer einen roten Teppich ausrollte, als die neuen Mieter eintrafen. Da Allene nun zum ersten Mal eine komfortable Wohnung ihr Eigen nannte, konnte sie auch endlich ihrer Familie in Dallas wieder in die Augen sehen. So fand sie sich im *Houston Blue Book* wieder und trat in den Country Club ein.

Bo allerdings war unverbesserlich. Wieder einmal verschleuderte er sein ganzes Geld, sodass E. C. Lambagh, der Manager der *Burlington Apartments*, ihm am 8. Dezember 1915 mit dem Rauswurf drohte. Hughes kratzte einen Lombardkredit zusammen, um die Miete zu zahlen, nahm seinen Sohn noch vor dem Abschluss von der *Prosser's Academy* und fuhr mit seiner Familie nach New York. Dort wohnten sie im teuren *Biltmore Hotel* und sahen sich die Broadway-Shows an, was bei dem zehnjährigen Sonny eine lebenslange Begeisterung für Showgirls, Glamour und Musik weckte.

Als sie im Januar 1916 wieder in Houston waren, äußerte ein Freund den Hughes gegenüber, es sei an der Zeit, aus Sonny einen Mann zu machen. Er sei alles in allem zu feinsinnig, nervös und mädchenhaft. In jüngster Zeit hatte sich die Pfadfinderbewegung in Amerika ausgebreitet. Problemkinder wurden in Trainingslager geschickt, um sie abzuhärten. Am beliebtesten war die *Camp Dan Beard Outdoor School* am Lake Teedyuskung in den bewaldeten Pohokopa Mountains von Pike County, Pennsylvania.

Das Lager leitete der eifrige »General« Dan Beard, ein grauhaariger, nimmermüder Hitzkopf, der Jahre zuvor mit Mark Twain befreundet gewesen war. Beard bombardierte die Hughes mit persönlichen Anschreiben und Broschüren, sobald er von ihrem Interesse Wind bekommen hatte. In einem Brief zitierte er die Prinzipien der Männlichkeit am Beispiel des Ex-Präsidenten Teddy Roosevelt und prahlte, er betreue 140 kleine »Waldläufer«, hart wie Kruppstahl, mit leuchtenden Augen, psychisch und physisch gestärkt vom gesunden Leben an der frischen Luft.

Allene war nicht sicher, ob sie Sonny so weit weg schicken wollte. Sie hatte gehört, einer der Pfadfinder sei an Kinderlähmung erkrankt und liege nun in einem Krankenhaus in Brooklyn. Bestand denn nicht die Gefahr, dass sich Sonny infizierte? Beard beruhigte sie, und Sonny bettelte darum, ins Lager zu dürfen. Am 30. Mai 1916 nahmen sie unter Tränen Abschied. Dreimal musste er umsteigen, bis er in der Wildnis von Pennsylvania ankam. Dort nahm ihn sein enger Freund und Mit-Pfadfinder Russell (»Rush«) Hughes in Empfang, Stiefsohn von Onkel Rupert Hughes, der in New York nach wie vor erfolgreich Romane schrieb.

Sonny erschrak, als er bei seiner Ankunft im Lager (das aus Holzhütten und Zelten bestand) ein Schild mit dem während seiner Kindheit am meisten gefürchteten Wort sah: QUARANTÄNE. Statt frei durch die Landschaft stromern zu dürfen, mussten sich die Jungen bis Ende August im Lager aufhalten, weil sich mittlerweile ein weiterer Schüler mit Polio infiziert hatte. Es regnete fast ununterbrochen, und die Pfadfinder mussten im strömenden Regen durch schweren Morast stapfen, wenn sie im Wald herumwandern wollten.

Obwohl sie meist im Lager blieben, war der kleine Sonny körperlich fit und sportlich. Er wurde einem Fähnlein zugeteilt, einem Team von acht Jungen unter Leitung des dreizehnjährigen Lt. Victor Aures aus Baltimore, ausgestattet mit grünen Robin-Hood-Uniformen (samt Umhang), Totempfahl und Pfeil und Bogen. Bald schon war er überaus geschickt im Schnitzen, Tischlern und im Hüttenbau. Er lernte die Namen von Vögeln, Blumen und Pflanzen, indianische Zeichen, Geheimcodes und das Fährtensuchen. Jeden Morgen holte ihn ein gellender Trompetenton aus seinem Feldbett im Indianer-Tipi. Er wusch sich mit eiskaltem Wasser und marschierte dann soldatisch zum Kasino, wo Dan Beard das Morgengebet sprach. Wie alle anderen Jungen saß auch Sonny mit verschränkten Armen und geradem Rücken, bis es ans Essen ging. Vormittags hatten sie Unterricht, nachmittags gruben sie nach indianischen Töpferwaren, veranstalteten Schnitzeljagden und schossen Hasen oder Rehe.

Das Leben in freier Natur – wenn auch im Regen – hatte aus Sonny am Ende jenes Sommers einen schlanken, muskulösen Jungen gemacht, nichts war mehr zu sehen von dem Femininen, was er noch im Frühjahr an sich gehabt hatte. Doch kaum zurück bei seinen Eltern im New Yorker *Vanderbilt Hotel*, schien es, als habe er sich mit Kinderlähmung infiziert. Tatsächlich war diese »Erkrankung« nur der Trick eines verwöhnten Jungen, Mitgefühl zu erheischen, weil ihm die Argumente ausgingen. Allene bemutterte ihn geradezu hysterisch, und die Suite im *Vanderbilt* wurde zu einem Krankenzimmer umgestaltet, mit Ärzten und Schwestern rund um die Uhr. Als Sonny wieder »genesen« war, schickte man ihn für den Winter auf die Schule von Sanford in Redding Ridge, Connecticut, gemeinsam mit Dudley Sharp, Walters Sohn. Im Februar 1917 wusste der Junge nicht mehr so recht, was er wollte: Er konnte zu Hause bleiben und am Rockzipfel seiner Mutter hängen, eine Militärakademie besuchen oder (was ihm am liebsten gewesen wäre) wieder zurück ins *Camp Dan Beard*. Ein typischer Brief an Lt. Victor Audres (mit dem Datum vom Valentinstag) zeigt deutlich seine lyrische Ader, denn aus ihm spricht die brennende Sehnsucht nach dem Schrei des Ziegenmelkers und den saftig grünen Wäldern am Lake Teedyuskung.

Als Dudley Sharp versprach, mit ihm ins Lager zu fahren, stand sein Entschluss fest: Nach einem kurzen Segeltrip an Bord der Schaluppe seines Vaters auf dem Kanal vor Houston, kehrte er zu seinem Fähnlein zurück. Bei seinem Weggang waren seine Eltern gerade damit beschäftigt, eine Villa bauen zu lassen, die ihrem finanziellen Status entsprach. Entworfen hatte sie der Leiter des Architektur-Seminars an der *Rice University*, ein hübsches Georgianisches

Anwesen mit fünfzehn Zimmern. Die Böden waren aus Marmor, die Möbel aus haitianischem Mahagoni. Hinten gab es einen landschaftlich gestalteten Garten voller Brunnen und Skulpturen nackter, griechischer Götter.

ZWEITES KAPITEL

Plötzlich erwachsen

Im Mai kehrte Sonny ins Waldparadies des *Camp Dan Beard* zurück. Bezeichnenderweise gab er sich in den Briefen an seine Mutter theatralisch – wohlwissend wie sensibel sie war – und klagte neurotisch über Albträume, Schlaflosigkeit und Erschöpfung. Allene bombardierte Dan Beard und Victor Aures mit einem ganzen Stapel von Briefen, allesamt in schiefer, überreizter Handschrift, und bestand darauf, dass sich Sonny in ärztliche Behandlung begeben solle, forderte, man müsse ihn auf Verdauungsprobleme, Verstopfung und Herzrhythmusstörungen hin untersuchen. Beard, wohl wissend, dass Sonny gesund war, schrieb zurück und versicherte ihr, mit dem Jungen sei alles in Ordnung.

Wieder schrieb Allene und beklagte sich, Dudley Sharp würde Sonny hänseln, und auch die anderen Jungen schikanierten ihn, aber Beard wies diese Anschuldigungen rundweg zurück. Auf die Gefahr hin, einen kostbaren Schüler zu verlieren, wagte er sogar, Allene in einem Brief vom 28. Juli zu tadeln: »Ich freue mich darüber, dass mir an Sonny nur sehr wenig von dem aufgefallen ist, was Sie mir zugetragen haben. Nichtsdestoweniger werde ich mir alle Mühe geben, Waldläufer Hughes so schnell wie möglich seine Empfindsamkeit zu nehmen.« Wenn Sonny tatsächlich hin und wieder müde war, so kann das angesichts seiner körperlichen Aktivitäten nicht verwundern. Beard berichtete Allene, der Junge sei sehr aufmerksam, was die Pfadfinderei und Vogelbeobachtungen anginge, doch mangele es ihm an logischem Denken im Rechnen, und seine Zeichnungen seien auch nur mittelmäßig. Mutig fügte er hinzu, für Sonny sei es sicher von Vorteil, weit weg von seinen überängstlichen Eltern zu sein.

Als das Sommerlager Ende August schloss, machten sich Sonny, Dudley und Rush Hughes auf den Weg nach Cleveland, um bei seinem musikalischen Onkel Felix in Euclid Heights zu wohnen. Hier brachte Onkel Felix Sonny das Saxophonspielen bei, wobei das Gedudel des Jungen alle vom ersten Moment an über Jahre hinweg schier in den Wahnsinn trieb.

Wegen des bevorstehenden Kriegseintritts der USA verlor Dan Beard im März 1918 mehrere Schüler, die auf Militärschulen geschickt wurden, um dort zu Kadetten ausgebildet zu werden. Er bettelte bei Allene förmlich darum, dass Sonny für einen dritten Sommer zu ihm kommen dürfe. Dem Jungen versprach er, ihn zum Offizier zu machen, mit drei Sternen auf der Schulter. Kaum hatte Allene nachgegeben, da begann Sonny wieder zu »leiden«, und einmal mehr war die Rede von Kinderlähmung. Die besorgten Eltern versuchten, den berühmten Dr. Simon Flexner vom *Rockefeller Institute* nach Houston zu holen, doch stattdessen schickte Flexner Dr. Henry Chickering, der dem Ehepaar Hughes – um es zu beruhigen – mitteilte, beim dem Jungen handele es sich um einen »abortiven«, das heißt verkürzten Krankheitsverlauf, und die Chancen stünden gut, dass er wieder genesen würde. Er nahm Sonny mit nach Mackinack Island, New York, wo er neben seiner Klinik auch ein Sommerhaus hatte. Dort schüttelte Sonny seine »Krankheit« ab und lernte segeln.

Zu Hause in Houston unternahm Sonny mit seinem Vater ein paar Flüge. Nicht ohne Folgen, denn damals verliebte er sich in die Fliegerei, die ihn sein Leben lang begleiten sollte. Man erlaubte ihm nicht, noch einmal zu Dan Beard zu fahren und schickte ihn stattdessen im September 1920 auf die teure *Fessenden School* in der Nähe von Boston, Massachusetts. Dort traf er kurz vor seinem fünfzehnten Geburtstag ein, und zwar auf seiner eigenen Erfindung: einem elektrischen Motorrad, mit dem er in der *Houston Post* abgebildet wurde.

Sonny reifte auf der *Fessenden School* heran. Er wurde Herausgeber der Schulzeitung *The Albermarle* und überredete seinen Vater, auf einer ganzen Seite für sein Bohreisen zu werben. Er tat sich in Geologie und Physik hervor. Er spielte gar nicht übel Golf. Er war Ersatzspieler im Footballteam und spielte in der Schulband Saxophon. Durch seine Eltern ermutigt, kam er zunächst in die neunte Klasse, wurde jedoch bald in die achte zurückversetzt. Am Ende des Schuljahres erreichte er in Algebra hundert von hundert möglichen Punkten, aber seine mangelhafte Rechtschreibung drückte ihn auf den neunten Platz der Klasse. Er freundete sich mit Sportlern an: Charlie Borah, der als Olympischer Hürdenläufer zu Ehren kommen sollte, und Star-Footballspieler Chauncey Hubbard, der später für Yale antrat. Am 27. Oktober schrieb der Schulleiter von *Fessenden*, Sonnys größte Schwäche sei es, dass er sich nicht auf eine Sache konzentrieren könne: »Es ist nicht einfach für einen Jungen, der nie ein Internat besucht hat und der sich zu Hause an ständig veränderte Umstände gewöhnen musste. Er hat Talent, nur fällt es ihm in gewisser Weise schwer, zur Sache zu kommen.«

Zum Ende des Herbsthalbjahres sollten die Jungen in der Schule ein Gedicht vortragen. Sonny wählte ein Gedicht von Oliver Wendell Holmes mit dem Titel »Old Ironsides«. Er übte mit John Fife, einem seiner Lehrer, in der leeren Turnhalle. Manche Worte bereiteten ihm Schwierigkeiten: »Ich reiße die zerfetzte Fahne nieder.« Schließlich schrie Fife ihn an: »Ich kann dich nicht hören!« Und Sonny zog seine übergroßen, grauen Hosen hoch, atmete tief und brüllte Fife so laut an, dass ihm die Ohren klingelten. Fife fing schallend an zu lachen. Bis heute ist diese Geschichte in *Fessenden* Legende.

Als Sonny in den Winterferien nach Houston kam, wurde er tatsächlich krank: Er bekam Mumps, was in seinem Alter nicht ungefährlich war, hatte er doch gerade erst die Pubertät hinter sich. In vielen Fällen bringt diese Krankheit bei Jungen eine vollständige oder fast vollständige Sterilität mit sich (wenn auch keine Impotenz). Nur zwei der zahllosen Frauen, die mit Hughes im Laufe seines Lebens geschlafen haben, behaupteten, von ihm schwanger geworden zu sein: Rita Hayworth und Terry Moore.

Bo und Allene nahmen Howard noch vor dem Abschluss von der Schule, so wie sie es schon seit dem Kindergarten gemacht hatten. Offenbar war es ihnen unmöglich, ihm irgendwo eine dauerhafte Erziehung angedeihen zu lassen. Sie schickten ihn ausgerechnet ins ferne Ojai, ein verschlafenes Städtchen im Süden Kaliforniens, wo er auf die *Thacher School* kam. Anlass für den Wechsel war, dass die Hughes viel Zeit in Los Angeles verbrachten. Im letzten Dezember hatte Bo seine brandneue Siebenundzwanzig-Meter-Jacht, die in Milwaukee gebaute *Ranger,* per Güterzug in zwei Teilen von Houston herangeschafft, damit er sie vor Newport und San Pedro segeln konnte. Das Paar hatte sich auf Coronado Island, San Diego, eingerichtet, wo es sich unter die Segler mischte, sowohl auf dem Flottenstützpunkt als auch im berühmten *Coronado Hotel.* Wenn sie in Los Angeles waren, wohnten sie in einer Suite des exklusiven *Ambassador Hotels* am Wilshire Boulevard, einem modischen Mittelpunkt des gesellschaftlichen Lebens.

Dort lernte Bo auf einer Party die hübsche, dunkle Schauspielerin Eleanor Boardman kennen, die kurz mit seinem Bruder Rupert liiert gewesen war. Zwischen den beiden entspann sich eine wilde Liebesaffäre, die Allene viel Schmerz und Eifersucht bescherte. Um den Schein zu wahren und nicht zuletzt wegen Sonny, trennten sich die beiden nicht, doch diese Situation – zusammen mit der überbordenden Sorge der Eltern – verunsicherte den heranwachsenden Jungen.

Zu dieser Zeit nötigte Rupert dem fünfzehnjährigen Jungen einen hohen Preis für seine Hilfsbereitschaft ab. James Quirk, der verstorbene Herausgeber der Zeitschrift *Photoplay*, hatte ungewöhnlich tiefen Einblick in die Affären Hollywoods. Er war eng mit Rupert Hughes befreundet und erzählte seinem Neffen, dem Schriftsteller Lawrence Quirk, Rupert habe einigen Druck auf Sonny ausgeübt, um ihn ins Bett zu bekommen. Da Sonny ohnehin einen Hang zur

Homosexualität hatte und ihm die Gegenwart der hübschen, jungen Pfadfinder bestimmt zu schaffen machte, fühlte er sich wohl kaum zu Rupert hingezogen, der klein und rund und unansehnlich war. Vielleicht aber trieben ihn auch die Neugier und sein pubertärer Drang so weit, dass er nachgab. Ein Feuer flammte in ihm auf, das nie mehr zu löschen war. Hinzu kamen die Selbstverachtung, die Schuldgefühle, die Nöte, das Gefühl, kein echter Mann zu sein, der Drang, das alles irgendwie kompensieren zu müssen, indem er sich dominant und übertrieben männlich gab.

Falls Ruperts Frau Adelaide von dieser inzestuösen Beziehung erfahren haben sollte – und manches deutet darauf hin –, so musste sie das Wissen darum immer weiter in die Verzweiflung und zur Flasche getrieben haben. Dagegen fanden es Sonnys Eltern glücklicherweise nie heraus. Bo hätte seinen Bruder wohl erschlagen.

Im März 1921 wurde Sonny in der *Thacher School* aufgenommen. Sie lag – wie das *Camp Dan Beard* – in einem Gebiet, das von der Erinnerung an indianische Siedlungen geprägt war. Im Umland des schüsselförmigen Tales von Ojai kursierten Geschichten über Geister, die aus Rauchsäulen aufstiegen, an alte Stammesfeuer erinnerten und die jetzigen Bewohner heimsuchten, deren Häuser auf den alten Friedhöfen errichtet worden waren. Einmal mehr trat Sonny – nach wie vor ein Einzelgänger – bestimmend und arrogant auf wie ein verwöhnter Schnösel. Anson Thacher, einer seiner Freunde dort und heute sechsundachtzig Jahre alt, Sohn des damaligen Direktors Sherman Thacher, erinnert sich noch gut an Sonny. Sonny sei in Physik seit Jahren der hellste Kopf gewesen, und er habe gern Wanderungen unternommen und nach Nestern und Eiern gesucht. Sein Vorbild sei der Physiklehrer Owen McBride gewesen, der ihm Zugang zu einigen wissenschaftlichen Mysterien verschafft habe. Außerdem sei Sonny erfinderisch gewesen, er erinnere sich noch gut daran, dass Sonny sich ein Funkgerät gebastelt habe. Schon zu Hause in Houston besaß er ein solches, um damit Funksignale aus Nord- und Südamerika zu empfangen.

Nachmittags durften die Jungen ihre sportliche Lieblingsbeschäftigung wählen. Solcherart Freiheit war damals ausgesprochen selten. Bezeichnenderweise ritt Sonny gerne aus, eine eher einsame Beschäftigung. Sein Vater hatte ihm einen schwarzen Hengst gekauft, mit dem er die steilen Reitwege entlangtrabte. Man mag gar nicht erwähnen, dass der Hengst »Coon« hieß, was so viel wie »Nigger« bedeutet. Wie schon auf den anderen Schulen war Sonny gut im Golfen, jedoch nur mittelmäßig, wenn es um Tennis und Footballspielen ging. Seine beste Leistung – abgesehen von der vollen Punktzahl in Mathematik (Algebra und Geometrie) – bestand darin, dass er mit bloßen Händen eine ansehnliche Waldhütte errichtet hatte, die er mit Latten deckte und mit Rohrleitungen ausstattete, ohne dass ihm ein Klempner dabei zur Hand ging.

Während der Schulferien im Spätsommer verbrachte Sonny viel Zeit in der Spanischen Villa seines Onkels Rupert an der damals mondänen South Western Avenue. Was auch immer Sonny von seinem bisexuellen Verwandten gehalten haben mag: Rupert hatte Sonny etwas zu bieten, denn er verschaffte ihm den Zugang zur Welt des Films. In seinem hyperluxuriösen Automobil – einem *Cord* – kutschierte er ihn Tag für Tag zu den Goldwyn-Studios, wo mehrere seiner Bücher verfilmt worden waren, und er gerade *Souls for Sale* vorbereitete, einen Film mit autobiografischen Elementen, bei dem er auch Regie führen sollte: die Geschichte eines despotischen Ehemannes, der seine Frau tyrannisiert, woraufhin diese ihn verlässt. Als sie vom Zug springt, begegnet sie einem Filmscheich zu Pferd, der sie aus Liebe entführt und nach Hollywood verschleppt, wo sie Statistin wird, schließlich Karriere macht und den Stars bei der Arbeit zusieht.

Auch Rupert tyrannisierte seine Frau. Die Prohibition machte Adelaide schwer zu schaffen, denn ihr Mann kassierte den schwarzgebrannten Alkohol ein, den sie sich heimlich beschaffte. Sonny wurde Zeuge furchtbarer Szenen, wenn die unglückliche Adelaide in ihrer Verzweiflung Parfüm oder Ruperts Haarwasser trank, woraufhin sie Magenkrämpfe bekam und tagelang das Bett hüten musste.

Sonny tat alles, um bei einer Filmproduktion dabei sein und sich die attraktiven Schauspieler ansehen zu dürfen. Wenn er sich in den Vorführraum geschlichen hatte, machte er sich Unmengen Notizen, die er dann seinem staunenden Onkel präsentierte. Auch die Filmcrew bestürmte er mit zahllosen Fragen zu Beleuchtung, Kulissenbau und Außenaufnahmen.

Für den Rest seines Lebens – bis ins hohe Alter – sollte Howard ein filmbesessener Voyeur bleiben. Wenn er von Houston und der Ostküste aus zu Besuch kam, verbrachte er endlose Stunden mit Ruperts Stiefsohn Rush und Dudley Sharp in Filmtheatern.

Einigen Einfluss nahm der temperamentvolle, junge John Monk Saunders, der Verlobte von Rushs Schwester Avis – immer smart gekleidet, sonnengebräunt und athletisch gebaut. Saunders war das heterosexuelle Vorbild in Hughes' Leben. Leider hatte Saunders ein echtes Problem: Im Ersten Weltkrieg hatte man ihn zum Piloten ausgebildet, und er machte sich Vorwürfe, weil der Krieg schon zu Ende gewesen war, bevor er sich seinen Kameraden anschließen und in Frankreich im US-Fliegercorps dienen konnte. Er hatte sich im Luftkampf nie bewähren können. Um diese Unzulänglichkeit zu kompensieren, trank er und erzählte Sonny Märchen über seine angeblichen Heldentaten. Zudem versuchte er sich als Autor und schrieb Geschichten über solche Männer, wie er selbst gern einer gewesen wäre.

Am 8. Januar 1922 fand eine große Familienfeier statt: Saunders und Avis heirateten auf dem Anwesen des Politikers George Creel in Ossining, New York – ein echtes gesellschaftliches Ereignis. Rupert führte die Braut zum Traualtar. Seltsamerweise nahmen weder Howard senior noch Allene oder Sonny an dieser Feier in New York teil.

Als Sonny wieder auf der *Thacher School* war, erreichte ihn eine niederschmetternde Nachricht. Seine Mutter hatte Gebärmutterblutungen erlitten und war als Hypochonderin überzeugt davon, an Krebs erkrankt zu sein. (Bereits nach Sonnys Geburt gab es Komplikationen, und man hatte ihr diagnostiziert, sie könne keine Kinder mehr bekommen.) Am 29. März telegrafierte Bo Hughes seinem Sohn, es ginge Allene sehr schlecht, er solle sich mit seinem Onkel Rupert in Los Angeles treffen und dann umgehend nach Houston kommen.

Am selben Morgen wurde Allene zur Ausschabung ihrer Gebärmutter ins *Baptist Hospital* von Houston eingeliefert. Der Eingriff war wegen ihres schwachen Herzens riskant, wenngleich vor der Narkose keinerlei Anzeichen für die vermutete Lungenerkrankung oder Nierenentzündung festgestellt wurden. Als man ihr das Narkosegas verabreichte, blieb ihr Herz stehen. Sie starb im Alter von achtunddreißig Jahren.

Sonny erfuhr es erst, als er in Los Angeles eintraf. Da Rupert mit dem Dreh von *Souls for Sale* vollauf beschäftigt war, konnte dieser den hilflosen Howard nicht nach Houston begleiten und schickte stattdessen seine Frau. Die ständig alkoholisierte Tante Adelaide dürfte dem Jungen kaum ein Trost gewesen sein, aber er hatte sie sehr gern, und auf der quälenden Zugfahrt umsorgte sie ihn liebevoll und mütterlich.

Bei der Beerdigung überreichte Allenes Anwalt Bo einen Brief, den sie für den Fall hinterlassen hatte, dass sie die Operation nicht überleben sollte. Er lautete: »Falls ich sterbe, vergiss nie, dass ich dich geliebt habe. Ich verzeihe dir deine Affäre mit Eleanor Boardman.« Zur gleichen Zeit stand Eleanor Boardman in Rupert Hughes' *Souls for Sale* vor der Kamera.

Bo verlor vor Trauer und Schuldgefühlen beinahe den Verstand. Die Vorstellung, dass Sonny ohne Mutter aufwachsen sollte, bedrückte ihn. Seit 1919 wohnte Allenes jüngste Schwester Annette bei ihnen, wenn sie in Houston weilten, und hütete regelmäßig das Haus, wenn sie nach Los Angeles fuhren. So bat Bo sie in Sonnys Gegenwart, ob sie ihm den großen Gefallen tun würde, ihre

Hochzeit mit dem aufstrebenden, jungen Arzt Frederick Lummis zu verschieben, und ihm helfen würde, den Jungen großzuziehen. Für sie bedeutete das, mindestens ein Jahr von dem Mann, den sie liebte, getrennt zu sein und nach Kalifornien zu ziehen. Dennoch willigte Annette selbstlos ein.

Sonny, der Annette vergötterte, akzeptierte sie nur allzu gern als Ersatzmutter, worauf Bo jedoch einen gravierenden Fehler beging. Zurück im *Ambassador Hotel* beschloss er, Sonny von der *Thacher School* zu nehmen. Ein erneuter Schulwechsel würde seiner Erziehung sehr schaden, aber in seiner Trauer ließ Bo diesen Gesichtspunkt völlig außer Acht. Er schrieb mehrere Briefe an Sherman Thacher, in denen er um Verständnis bat und ihm erklärte, seine Einsamkeit sei unerträglich und er brauche Sonny in seiner Nähe – mit Tante Annette als Patentante.

Thacher machte keinen Hehl aus seinem Ärger, wenn er auch Mitgefühl zeigte. Trotzdem, er sah diesen Schritt als großen Fehler an. Bo wollte ihn mit einem Radioempfänger und anderen Geschenken bestechen, doch wies er ihn harsch zurück. Als Ausgleich bezahlte Bo schließlich die Schulgebühren für ein ganzes Jahr.

Statt sich vor Trauer im *Ambassador* zu verkriechen, beschloss Bo, mit seinem Sohn und Tante Annette auf eine lange Reise zu gehen, was die Trauer lindern sollte. In Begleitung von Richter Felix Hughes und seiner Frau Jean – vorübergehend auch Frederick Lummis – nahmen sie den Zug nach San Antonio, um Freunde zu besuchen, dann weiter nach Del Monte, Kalifornien, wo sie für ein Golfturnier in der luxuriösen *Del Monte Lodge* abstiegen. Als sie nach Los Angeles zurückkehrten, zog Annette ins *Vista Del Arroyo Hotel* in Pasadena, um nah bei Sonny zu sein, der am *California Institute of Technology* angenommen worden war. Da er weder einen Schulabschluss noch das erforderliche Alter hatte, war seine Zulassung nur mit Hilfe einer Bestechung zu bewerkstelligen gewesen. Bo hatte unter der Hand eine ansehnliche Spende getätigt. In den offiziellen Akten des Institutes finden sich allerdings nur Angaben darüber, dass Howard Teilzeitkurse im Fach Körpergeometrie belegt hat.

Im Spätsommer 1923 waren Rupert und Adelaide Hughes vollkommen zerstritten, was Sonny sehr belastete. Hatte sie von seinem inzestuösen Verhältnis zu seinem Onkel erfahren? Adelaide hatte sich im August einer Krebsoperation unterziehen müssen und in Begleitung einer Krankenschwester ging sie auf Erholungsreise in den Orient. Auf dem Weg nach Yokohama geriet das Schiff in einen Taifun, woraufhin Adelaide einen hysterischen Anfall erlitt. In Japan zerstörte ein Erdbeben ihr Hotel, und sie entkam nur um Haaresbreite. Nachdem sie ihrem Mann ein langes, liebevolles Telegramm geschickt hatte, in dem sie über furchtbare Ohrenschmerzen aufgrund einer Entzündung des Warzenfortsatzes klagte, erhängte sie sich gegen Mitternacht des 13. Dezember mit einem Koffergurt in ihrer Kabine. Der wahre Grund für ihren Selbstmord war Ruperts Affäre mit einer wesentlich jüngeren Frau, der Schauspielerin Elizabeth Patterson Dial, der er eine kleine Rolle in *Souls for Sale* gegeben hatte.

Sonny war am Boden zerstört. Dieser Schlag kam zu früh nach dem Tod seiner Mutter. Doch schon bald sollte ein noch schlimmerer Schock folgen. Am 14. Januar 1924 stand Bo während eines Gesprächs mit seinem Verkaufsleiter S. T. Brown von seinem Schreibtisch auf, hielt seinen schmerzenden Arm und brach zusammen. Man holte einen Arzt, doch es war schon zu spät. Er starb, im Alter von dreiundfünfzig Jahren, an einer Embolie. Einmal mehr trat Sonny eine deprimierende Reise nach Houston an. So traurig er nach diesem dritten Todesfall in Folge auch gewesen sein mag, handelte er doch – typisch für ihn – prompt, nachdem sein Vater beerdigt worden war. Gebieterisch beschloss er, trotz seiner kaum achtzehn Lenze die Kontrolle über die *Hughes Tool Company* (wie sie mittlerweile hieß) und die Produktion des Hughes-Bohrers zu übernehmen, denn immerhin brachte dieser mittlerweile enorme Gewinne ein. Er duldete keinen Widerspruch, was seine Ambitionen betraf. Bo hatte seit 1913 keine Änderungen an seinem Testament mehr vorgenommen. Ein Viertel seines Vermögens hinterließ er seiner Frau, deren Anteil nun automatisch an Sonny fiel, ein Viertel hinterließ er Sonny selbst und je ein Zwölftel gingen an Richter Hughes, Jean und dessen Schwester Greta Witherspoon, die allerdings schon seit fast fünf Jahren tot war. (Ein kleines Kodizil aus dem Jahr 1919 übertrug ihr Zwölftel auf Bos Bruder Felix.) Seinem verhassten Bruder Rupert hinterließ Bo keinen Penny.

Nach der gerichtlichen Testamentseröffnung betrug die Gesamtsumme des Vermögens überraschenderweise nicht einmal eine Million Dollar, die genaue Summe lautete 871 518 Dollar. Sonny reichte bei Gericht eine Petition ein und bestand darauf, seine Rechtsunfähigkeit als Minderjähriger aufheben zu lassen. Er erklärte, es sei erstrebenswert, das Grundkapital durch Aktienaufwertung und Ausschüttung einer Dividende zu erhöhen. Er engagierte den Anwalt R. C. Kuldell, damit dieser die Sache in die Hand nehme. In der Petition, die zwar umgehend aufgesetzt, aber erst am 26. Dezember 1924 aktenkundig wurde, hieß es: »Howard Hughes junior ist ernsthaft und fleißig, trinkt und raucht nicht und verhält sich tugendhaft. Sein größter Wunsch ist es, das Geschäft seines Vaters aufzubauen, ehrenwerte Unternehmungen zu fördern und seinen Beitrag zur Ausbildung junger Männer und Frauen zu leisten.«

Während er auf die Erlaubnis wartete, als Vermögensverwalter zu fungieren, musste Sonny erhebliche Schulden seines Vaters begleichen. Die Konten zeigten, dass gewaltige Summen für Schmuck, Kleider und anderen Luxus ausgegeben worden waren, vermutlich für Eleanor Boardman. Außerdem musste sich Sonny seines Onkels Rupert erwehren, der als ältester Überlebender der Geschwister forderte, man müsse ihm die Verwaltung des Vermögens überlassen. Darüber war Sonny maßlos enttäuscht, wenn auch Ruperts Ansinnen im Grunde nur vernünftig war. Er bekämpfte Rupert bis aufs Blut und bekam am 26. Dezember schließlich Recht. Er beschloss, seine Großeltern und Onkel Felix auszuzahlen, von denen ihm keiner auch nur einen Cent schenkte.

Es war ihm wichtig, seine Stellung als verantwortungsvoller junger Mann zu untermauern. Also fasste er den kühnen Entschluss, zu heiraten. Nachdem er die verfügbaren Schönheiten der Stadt Houston begutachtet hatte, fiel die Wahl auf seine Schulkameradin Ella Rice. Sie war die ideale Partie, denn sie hatte Geld, sah gut aus, tanzte großartig und trank nicht. Sie war fügsam, lieb und reizend. Mit einigem Geschick meldete sich Sonny beim *Cal Tech* in Pasadena ab und schrieb sich am *Rice Institute* in Houston ein, das einst von Ellas glücklosem Großonkel gegründet worden war. Annette und ihrem Mann, Dr. Frederick Lummis, überließ er das Haus seines Vaters in Yoakum, angeblich damit sie als seine Ersatzeltern auftreten konnten, während er das *Rice Institute* besuchte. Diese Schachzüge zeigen deutlich, dass Sonny, der mittlerweile bei allen Howard hieß, noch vor seinem zwanzigsten Lebensjahr die Kunst beherrschte, andere Menschen für seine Zwecke zu instrumentalisieren.

Die Rices waren ebenso erpicht auf diese Heirat wie die Familie Hughes. Die Verbindung der beiden Dynastien bot für alle Beteiligten enorme Vorteile. Außerdem war Ellas Schwester Libby mit William S. Farish verheiratet, einem Freund von Bo aus der Anfangszeit des Ölbooms, dem wohlhabenden Gründer von *Standard Oil* in New Jersey. Auf diese Weise wären nicht weniger als drei mächtige Dynastien mit einem Schlag vernetzt worden.

Howard musste seine Verlobte einem eindrucksvollen Haushalt vorstellen, der sich in der großen, t-förmigen spanischen Villa an der 204 North Rossmore Avenue in Los Angeles eingerichtet hatte. Seinem strengen Großvater – dem pensionierten Richter Felix – und seiner Großmutter Jean (der Furcht erregenden »Mimi«) gehörte das Haus. Das Paar hatte getrennte Schlafzimmer und sprach sich stets mit grimmiger Förmlichkeit als »Richter Hughes« und »Mrs. Hughes« an. Mimi war über achtzig und verbrachte ihre Zeit damit, ihre Sammlung ausgestopfter Papageien zu pflegen oder lauthals Portugiesisch zu lernen. Die beiden stritten unablässig. Mimi knurrte Sonny an, seine beiden Lieblingsthemen – Filme und Flugzeuge – hätten in ihrem Haus nichts verloren.

Rush und Avis Hughes waren außer sich vor Zorn, dass Rupert seine Affäre mit Elizabeth Patterson Dial unverhohlen unter dem Dach seiner Eltern auslebte. Ohrenbetäubende Gardinenpredigten hallten von den Wänden wider. Auch Onkel Felix wohnte dort. Er machte eine böse Scheidung von seiner Frau Adella durch, war endgültig von Cleveland nach L.A. gezogen und ging mit dem Filmstar Ruth Stonehouse ins Bett. Immer war irgendwo im Haus Gesang zu hören, da er Jungen und Mädchen auf die Bühne vorbereitete. Mitten in diesem Heidenlärm aus Tobsuchtsanfällen, Gesangsstunden, Tonleitern und knallenden Türen, stritt Avis unablässig mit ihrem Mann – John Monk Saunders – wegen seiner Trinkerei, und Rush, der mit der Sängerin Marion Harris ging, frisierte draußen vor der Garage seine Autos. Marion durfte das Haus nicht betreten. Sie war geschieden und – Horror über Horror – trat in Nachtclubs auf. Kann es verwundern, dass sich Howard Hughes junior in diesem Chaos von Familienstreitereien nach jener Einsamkeit sehnte, die später sein Leben bestimmen sollte?

Widerstand gegen Sonnys Heirat kam nur von Annette und Frederick Lummis. Damit scheinen sie jedoch die Einzigen in der Familie gewesen zu sein, und schließlich gaben sie nach, weil sie (wie Annette später sagte) fürchteten, Howard würde sich sonst »Blut saugenden« Schauspielerinnen hingeben.

Die Hochzeit wurde auf den 4. Juni 1925 festgesetzt. Der rastlose Howard verließ auch das *Rice Institute* ohne einen Abschluss. Am 31. Mai unterzeichnete er ein Testament, mit dem er seiner Verlobten eine halbe Million Dollar und seiner Tante Annette 100 000 Dollar und das Haus in Yoakum hinterließ. Die anderen Familienmitglieder sollten ein geringeres Erbe bekommen, mit Ausnahme von seinem Onkel Rupert und Ruperts neuer Braut Patterson Dial (seit Dezember). In Erinnerung daran, wie sehr sich seine Mutter vor ansteckenden Krankheiten gefürchtet hatte, verfügte er, dass zu ihrem Andenken ein Forschungslabor (das *Howard Hughes Research Laboratory*) eingerichtet wurde, in dem nach Antitoxinen und anderen Heilmitteln geforscht werden sollte. Vorstandsvorsitzender wurde Dr. Frederick Lummis.

Unter Rosenlauben heiratete Howard Hughes junior seine Sandkastenfreundin Ella Rice in William und Libby Farishs neu errichtetem Haus an der Remington Lane in Houston. Dudley Sharp war sein Trauzeuge, Libby die Brautführerin. Exzentrisch wie sie waren, nahm kein Einziger aus dem Hughes-Zoo an der North Rossmore Avenue an dieser Zeremonie teil. Dr. Peter Gray Sears von der *Christ Church* nahm die Trauung vor.

Die arrangierte Ehe endete jedoch unglücklich. Howard war nachlässig, andauernd gereizt, böse, kritisch und nörglerisch. Bereits die Flitterwochen in New York waren erbärmlich. Warum genau Howard seine Frau so schlecht behandelte, nachdem er doch alle Welt davon überzeugt hatte, dass er nun erwachsen und im heiratsfähigen Alter war, bleibt unklar. Vielleicht hatte sie, trotz einer möglichen Vereinbarung, dass die Ehe platonisch bleiben sollte, gewisse Forderungen gestellt. Als Howard in Manhattan einen Rolls-Royce erwarb, wollte er diesen nicht mit ihr teilen, sondern kaufte ihr lieber einen zweiten. Es war die reine Verschwendung, die beiden Fahrzeuge an die Westküste verfrachten zu lassen, solche Autos hätte er ohne weiteres in L.A. bekommen. Und bei seiner Rückkehr beschloss er prompt, seinen Rolls wieder zu verkaufen, da er nicht zur Luftverschmutzung beitragen wollte. Er restaurierte einen dampfgetriebenen *Stanley Steamer* von 1907 und fuhr stolz damit herum, rief Autofahrern zu, sie sollten dem Benzin abschwören, und hisste eine Piratenflagge mit Totenkopf und gekreuzten Knochen.

Inzwischen hatte er eine scharfe, herrische Stimme bekommen, hervorgerufen offenbar durch seine Schwerhörigkeit, die er von Vater und Großvater geerbt hatte. Seine Kommandos stimmten in den Lärm im North-Rossmore-Zoo mit ein. Ella war dort verständlicherweise unglücklich. Im Spätherbst 1925 hatte auch er genug davon. Er zog mit Ella ins *Ambassador Hotel*, wo er eine Suite mit getrennten Betten mietete.

Er hatte seine festen Gewohnheiten. Nachdem er mitansehen musste, was der Alkohol aus seiner geliebten Tante Adelaide gemacht hatte, weigerte er sich, auch nur einen Tropfen anzurühren, nicht einmal Bier oder Wein. Musste er gezwungenermaßen an einer Party teilnehmen, brachte er sein Weinglas zur Toilette und goss es aus. Das Rauchen verabscheute er ebenso, obwohl es damals Mode war, dass Damen und Herren nach dem Abendessen getrennter Wege gingen. Die Männer erfreuten sich ihrer Zigarren, die Damen ihrer seichten Plaudereien. Da hockte er zwischen den Männern, hustete vom Rauch und suchte bald schon eine Ausrede, um sich zurückziehen zu können. Entsprechend machte er sich zum allgemeinen Gespött, und es gab manchem Anlass, seine Männlichkeit in Zweifel zu ziehen.

Auch hinsichtlich seiner Ernährung wurde er immer schwieriger. Geradezu fanatisch klammerte er sich an seine Gewohnheiten. Morgens aß er drei Eier, mit Milch verrührt, mittags knabberte er an einem Sandwich herum, bevor er sich auf den Weg zum Golfplatz des *Wilshire Country Clubs* machte. Zum Tee verschlang er Schokokekse, und zum Abendessen aß er ein Schmetterlingssteak, medium, mit zwölf Erbsen – nicht mehr und nicht weniger. Er ließ sie durch die Zinken einer Gabel fallen. War eine Erbse dafür zu groß, ließ er den Kellner rufen und sich aus der Küche neue bringen. Zum Dessert gab es immer eine Kugel Vanilleeis, für Kaffee hatte er nichts übrig. Seine Abneigung gegen Koffein und die strikte Weigerung, Blattgemüse zu sich zu nehmen, bescherten ihm sein Leben lang Verstopfungen. Stunde um Stunde verbrachte er auf der Toilette, las das *Wall Street Journal* oder Firmenberichte, Tageszeitungen und Zeitschriften, niemals aber Bücher. Zum Verdruss seiner diversen Assistenten bestand er darauf, Besprechungen im Badezimmer abzuhalten, wo ihre olfaktorischen Sinne zu ihrem Leidwesen erheblich beansprucht wurden.

Seine sexuellen Gewohnheiten waren vielfältig. Fellatio und »spanischen« Verkehr – zwischen den Brüsten einer Frau – zog er dem konventionellen Geschlechtsverkehr vor. Auch bei Männern bevorzugte er oralen Sex. Er war ein rücksichtsloser, leidenschaftsloser Liebhaber, der vor allem beherrschen wollte. Seine Sexualpartner waren nicht so sehr Geliebte als Geisel, Gefangene, die er seinem Willen unterwarf. Er musste in jeder Hinsicht dominieren. Sein jungenhafter, verletzlicher Charme, das attraktive, schlanke, beinah unterernährte Aussehen und der Glanz von Macht und Geld faszinierten wohl alle, die mit ihm im Bett landeten, ohne jedoch einen tieferen Eindruck zu hinterlassen.

DRITTES KAPITEL

Abheben

An Thanksgiving 1925 stellte Hughes sein »Mädchen für alles« ein. Der aufgeweckte junge Noah Dietrich war Sohn eines lutherischen Wanderpredigers. Nachdem er mit vierzehn die Highschool hinter sich gelassen hatte, war er als Kassierer, Rechnungsprüfer und Immobilienmakler herumgereist, seit 1923 war er beglaubigter Buchhalter. Er antwortete auf Hughes' Zeitungsannonce, in der eine Stelle als Buchhalter und Faktotum angeboten wurde. Hughes mochte ihn auf den ersten Blick, erkannte in ihm einen willigen Diener und machte den Mann auf der Stelle ohne jede Referenz zu seinem persönlichen Assistenten. Mit Frau und Tochter ließ er ihn in die benachbarte Suite des *Ambassador* einziehen.

Sofort bekam Dietrich seine erste Aufgabe. In letzter Zeit ärgerte sich Hughes zunehmend über den mangelhaften Service, den das Hotel Wertpapierhändlern bot, und hatte beschlossen, er brauche einen eigenen Fernschreiber, damit er die Wall-Street-Quoten verfolgen könne. Allerdings war Privatpersonen die Verwendung eines eigenen Fernschreibers damals untersagt. Dietrich wandte sich an die *Western Union* und erfuhr, dass eine solche Installation nicht genehmigt würde. Auch die *Bell Telephone Company* gab sich unnachgiebig. Ungeachtet dessen wies Hughes Dietrich an, das Verbot zu ignorieren. Plötzlich hatte der Buchhalter einen Geistesblitz: Bei einem Blick auf die Straßenbahnmasten am Wilshire Boulevard fiel ihm auf, dass es dort oben ungenutzte Isolatoren gab. Als ihn die Polizei mitten in der Nacht mit ein paar Elektrikern auf Leitern erwischte, forderte man ihn auf, die Finger von den Masten zu lassen.

In seiner Verzweiflung ging er direkt zur Straßenbahnverwaltung, um dort eine Genehmigung zu erwirken. Anfangs weigerte man sich. Doch nachdem er die richtigen Leute geschmiert hatte, durfte er sich dem »Bürgerverein für Telegrafenmasten« anschließen und begann, seine Leitungen zu verlegen, wurde jedoch schon bald erneut aufgehalten. Da ihm langsam nichts mehr einfiel, versuchte er, eine direkte Telefonverbindung in ein angemietetes Büro auf der gegenüberliegenden Straßenseite zu verlegen, doch auch dieser Plan scheiterte. Er gab sich geschlagen. Schließlich gelang es dem wütenden Hughes, jemanden bei der *Western Union* auf seine Seite zu ziehen, indem er ihm einen ganzen Stapel Anteile der *Hughes Tool Company* versprach, und schon wurde in seiner Suite – illegalerweise – eine spezielle Ticker-Tape-Maschine aufgestellt.

Kaum war er wieder in Los Angeles, erkrankte Hughes – inzwischen zwanzig Jahre alt – an einer Meningitis spinalis, einer Entzündung der Rückenmarkhäute. Ella war in New York und wohnte bei ihrer Schwester Libby und ihrem Schwager Bill Farish in deren Apartment an der Park Avenue. Als Noah Dietrich sie dort anrief und sie bat, zurückzukommen, willigte sie ein, obwohl Hughes sie gerade erst bei einem Streit grün und blau geprügelt hatte. Dietrich brachte den kranken Mann in ein neu angemietetes Haus, eine große spanische Villa an der 211 Muirfield Road, nicht weit von der North Rossmore und in direkter Nachbarschaft zum *Wilshire Country Club*. Kaum angekommen, sah Ella eine Schauspielerin zur Hintertür hinausflüchten. Er war noch nicht einmal von seiner Meningitis genesen, da vergnügte sich Hughes schon wieder mit einem Mädchen.

Wer war die Gespielin? In seinen Memoiren blieb Noah Dietrich diskret, aber 1971 verriet er mir, dass es sich dabei um ein minderjähriges Filmsternchen, die schlanke, blonde Carole Lombard gehandelt hatte. Sie war dabei, sich einen Namen als Komikerin zu machen und sollte bald schon für den Filmemacher Mack Sennett Sahnetorten werfen. Carole Lombard war ehrgeizig, geistreich und hatte ein sonniges Gemüt. Sie fluchte wie ein Bierkutscher und war als echter Kumpel bekannt – aber auch als Bombe im Bett. Hughes liebte seit jeher oralen Sex, und ihr Talent dafür war berühmt.

Zu dieser Zeit vertiefte Hughes seine Freundschaft zu John Monk Saunders und dessen Frau Avis. Auf Anraten des Verlegers George Putnam von *G. P. Putnam's Sons*, der später die Fliegerin Amelia Earhart heiraten sollte, schrieb Saunders Geschichten über die Fliegerei, an denen Howard großes Interesse zeigte. Putnam drängte Saunders zu einem Drehbuch, das Hughes mehr als alle anderen beeinflussen sollte: *Wings*. Putnams Erlebnisse als Flieger im Ersten Weltkrieg flossen in diese Geschichte mit ein, die von der freundschaftlichen Rivalität zweier Männer erzählt, von heroischen Taten und dem Werben um ein hübsches Mädchen. Paramount Produktionschef Jesse L. Lasky kaufte Saunders' Werk (ohne zu wissen, dass Saunders eine Affäre mit Mrs. Lasky hatte) und machte das Projekt zum umfangreichsten und teuersten Film in der Geschichte des Studios.

Hughes war außer sich vor Wut, dass Saunders ihm das Material nicht angeboten hatte, da er selbst einen Fliegerfilm drehen wollte. Er war wild entschlossen, Rache zu nehmen mit einem Film, der *Wings* noch übertreffen sollte.

In jenem Sommer lernte Hughes im *Wilshire Country Club* einen weiteren eifrigen Golfer kennen, den sportlichen jungen Filmstar Ralph Graves. Gemeinsam spielten sie Golf und schossen auf Tontauben. Graves hatte gerade eine unangenehme Scheidung von der Schauspielerin Marjorie Seaman hinter sich und jagte nun gemeinsam mit dem unverbesserlichen Rush und Howard (trotz dessen Romanze mit Carole Lombard) hinter Mädchenröcken her.

Graves wollte seine eigenen Filme drehen. Eines Tages brachte er Hughes zum Lachen, als er ihm die verschiedenen Rollen einer Story vorspielte, die er selbst geschrieben hatte: *Swell Hogan,* eine Geschichte über einen Tramp, der Waisenkindern in der Bowery hilft. Graves hatte schon Hunde, Katzen und diverse Kinder nachgeahmt, dann spielte er ein schreiendes Baby. Hughes war begeistert und fragte Graves, wie viel der Film kosten sollte. Graves antwortete: »Fünfzig Riesen.«

Hughes gab ihm grünes Licht. Die Vorstellung, Filmproduzent zu sein, gefiel ihm. So konnte er sich ausprobieren, während er sein großes Fliegerepos plante. Er übernahm ein heruntergekommenes Studio, und als sich Graves mit der Regierarbeit schwer tat, griff er selbst zur Kamera. »Er war wie ein kleiner Junge mit einem neuen Spielzeug«, berichtete Noah Dietrich später.

Nach Dietrichs Aussage trat Hughes in einer Szene selbst als Hobo auf, unrasiert, in Lumpen. Der reiche Mann träumte davon, Landstreicher zu sein, auf Güterzüge zu springen, sich keine Sorgen mehr um den Aktienmarkt machen zu müssen, einfach frei zu sein. Eines Tages sollte sich dieser Traum erfüllen.

Das Budget von *Swell Hogan* verdoppelte sich schon noch kurzer Zeit und eskalierte rasant. Graves hatte die Fäden nicht mehr in der Hand, und als Hughes den Rohschnitt sah, wurde ihm klar, dass er einen schweren Fehler begangen hatte. Aber auch wenn der Film scheiterte, hatte er einiges gelernt. Er konnte eine Kamera auseinander bauen und wieder zusammensetzen, er kannte sich mit der Beleuchtung aus und hatte festgestellt, dass er im Schneideraum überraschend talentiert war.

Und *Wings* ließ ihn nicht mehr los. Er traf einen sexbesessenen, irisch-amerikanischen Frauenhelden, den Regisseur Marshall Neilan, der sich vom wandernden Orangenpflücker zum erfolgreichen Bändiger von Stars wie Mary Pickford hochgearbeitet hatte. Neilan erzählte Hughes, er habe 1916 in Havanna auf Kuba eine Geschichte von zwei Brüdern gehört, die im Ersten Weltkrieg in der Air Force um eine Frau gekämpft hatten. Hughes bat ihn um einen Entwurf der Geschichte. Vorerst zimmerten die beiden einen hirnverbrannten Streifen über fünf New Yorker Schauspieler zusammen, die ein kleines Mädchen adoptieren, nannten ihn *Everybody's Acting* und brachten ihn in Rekordgeschwindigkeit in die Kinos. Überraschenderweise lief er ganz gut.

In den letzten Monaten des Jahres 1926 verschlechterte sich Hughes' Verhältnis zu Ella zunehmend. Sie verbrachte immer mehr Zeit bei ihrer Schwester Libby in New York oder reiste nach Houston, um bei ihrer Familie zu sein. In Los Angeles trat sie der *Junior League* und dem *Pasadena Country Club* bei, hielt sich von der Filmwelt fern und war (trotz ihrer platonischen Beziehung zu Hughes) zutiefst gekränkt von seinem Verhältnis zu Carole Lombard. Hughes verhielt sich ihr gegenüber äußerst besitzergreifend. Schon seinerzeit im *Ambassador Hotel* hatte er darauf bestanden, dass sie nie ohne Anstandsdame ausging. Als sie sich später weigerte, war er furchtbar aufgebracht und versuchte, sie zu zwingen.

Anfang 1927 lernte Hughes auf einer Charleston-Party im *Ambassador Hotel* den jungen, wohlgenährten, russisch-amerikanischen Regisseur Lewis Milestone kennen und war fasziniert von dem Mann mit den rosigen Wangen. Milestone hatte in der »Aerial Camera Division« des US Army Air Corps gedient und konnte Hughes und Neilan gute Tipps für die geplante Fliegergeschichte geben. Er überredete Hughes, ihn *Two Arabian Knights* drehen zu lassen, die Geschichte von zwei Raubeinen, die – als Araber verkleidet – aus einem deutschen Kriegsgefangenenlager entkommen. Auf der Flucht lernen sie an Bord eines Schiffes ein hinreißendes tunesisches Mädchen kennen.

Hughes fand Gefallen an diesem Klamauk und vereinbarte mit Jesse L. Lasky, den Film herauszubringen. Er steckte 500 000 Dollar Firmengelder in die Produktion und besetzte sie mit Louis Wolheim, William Boyd und Mary Astor. Nach Milestones Aussage fügte Hughes einige gewagte, sexuelle Scherze ein. An einer Stelle sieht man Wolheim eine Ziege melken. Als die weiße Flüssigkeit herausspritzt, verkündet er mit wegwerfender Geste: »Es ein *Bock*!« Boyd küsst eine verschleierte Gestalt im Harem des Sultans, die sich als Eunuch entpuppt. In einem Zwischentext sagt Wolheim zu

Boyd: »Dieser Sultan ist schon merkwürdig. Nicht alle Mädchen in seinem Harem sind Mädchen!«

Hughes bestand auf hartem Realismus, was das Filmen anging. Es gibt eine Szene, in der Mary Astor fast ertrinkt. Statt in einem Studiobecken zu drehen, ließ er Milestone die Szene im eiskalten, ölverdreckten Wasser des Hafens von San Pedro drehen, damit er seine Jacht, die *Ranger*, als schwimmendes Studio nutzen konnte. Mary Astors goldbesetztes Kleid war schwer, und sie konnte sich kaum über Wasser halten, aber Hughes bestand darauf, dass sie immer wieder vom Boot gestoßen wurde und japste, als müsste sie ertrinken – bis sie tatsächlich fast ertrank. Ein ums andere Mal holte die Mannschaft sie triefnass wieder an Bord. Man verabreichte ihr einen Brandy, und Hughes massierte sie – mit begreiflicher Begeisterung, denn sie war hinreißend – und stieß sie wieder über Bord.

Viele Jahre später erzählte mir Milestone, Hughes habe ein abnormes Interesse für diese Sequenz gezeigt und sich von zwei bis vier Uhr morgens in seinem privaten Vorführraum an der halb nackten Mary Astor geweidet. Hier zeigte sich zum ersten Mal, woher Hughes' Interesse am Filmemachen rührt. Es bot ihm die Möglichkeit, seine erotischen Phantasien auszuleben. Indem er Filme drehte, konnte er seine eigenen feuchten Träume erschaffen.

Als *Two Arabian Knights* fertig gestellt war, beendete Neilan das Drehbuch für den Fliegerfilm, den er *Hell's Angels* nannte. Harry Behn, der King Vidors Meisterwerk *The Big Parade* geschrieben hatte, kam hinzu, um einige Szenen umzuschreiben und andere hinzuzufügen. Hughes brachte ein unerwartetes Element in die Story ein: Während *Wings*, der sich im letzten Stadium der Produktion befand, von sauberen, unkomplizierten amerikanischen Helden handelte, sollte *Hell's Angels* komplexere Charaktere zeigen. Einer der Brüder, Monte Rutledge, wird als schwach, feige und selbstsüchtig dargestellt. Der andere, Roy, ist ein hochnäsiger Schnösel. Ihre gemeinsame Angebetete ist – hier wird Hughes' Einstellung Frauen gegenüber einmal mehr deutlich – ein nutzloses, grausames Biest, das den einen Bruder gegen den anderen ausspielt und beide dann mit einem anderen Mann betrügt. Außerdem verlegte Hughes den Film nach England, um eine allzu große Ähnlichkeit mit *Wings* zu vermeiden. Er gab den Figuren britische Züge und machte die Angriffe des *Royal Flying Corps* gegen Deutschland zum Thema.

Hughes war sich darüber im Klaren, dass er, wenn er den Respekt der Flieger haben wollte, selbst fliegen musste. Aus diesem Grund nahm er Flugstunden auf dem Clover Field. Man teilte ihm den einundzwanzigjährigen Chuck La Jotte zu, aber nach einem flüchtigen Blick auf den freudestrahlenden Jungen stöhnte er: »Bei dem kann ich nichts lernen. Er ist zu jung!« Daraufhin bildete ihn der erfahrenere Pilot Moye Stephens aus. Mehrere Monate ging er jeden Morgen zum Unterricht, schrie gegen Propeller und Motorenlärm an, wollte ständig Antworten auf technische Fragen und nervte Stephens mit seiner Schwerhörigkeit.

Durch J. B. Alexander, den Vertriebsleiter der *American Aircraft Company*, der das Clover Field gehörte, lernte Hughes den legendären Frank Tomick kennen, den großen, furchtlosen Piloten und Stunt-Koordinator von *Wings*. Hughes übertrug Tomick die Aufgabe (bei unbegrenztem Budget), so viele britische und deutsche Flugzeuge zu beschaffen wie er konnte, denn natürlich hatte das Produktionsteam von *Wings* die meisten amerikanischen Maschinen bereits beansprucht.

Es war damals nicht einfach, in den USA ausländische Flugzeuge aufzutreiben. Vielfach mussten die Maschinen neu bemalt oder gar umgebaut werden, um ihren Vorbildern zu entsprechen. *Curtiss Jennies* wurden zu britischen *Avros* umgebaut, eine *Sikorsky* musste einen deutschen *Gotha*-Bomber darstellen.

Im August war Hughes im Besitz von etwa fünfundvierzig Maschinen. Er kaufte eine Kuhweide in der Nähe von Van Nuys und taufte sie auf den Namen »Caddo Field« – benannt nach der Firma seines Vaters in Shreveport und dem *Caddo Hotel*, das ihm aus seiner Kindheit in guter Erinnerung geblieben war. Er heuerte eine Bodenmannschaft aus etwa fünfunddreißig Leuten an und ließ Hangars mit Verwaltungsgebäuden errichten, deren Entwürfe er persönlich überwachte. Er war wie ein kleiner Junge, so enthusiastisch wie damals, als er seine Hütten in den Wäldern am *Camp Dan Beard* und an der *Thacher School* in Ojai gebaut hatte.

Er besorgte sich Land auf dem Inglewood Field, dem heutigen Flughafen von Los Angeles, und baute dort das Hauptquartier des *Royal British Flying Corps* nach. Weitläufige Ländereien in Chatsworth, im abgelegenen Norden des San Fernando Valley, dienten ihm als deutsche Fliegerbasis. Außerdem erwarb er Immobilien, unter anderem in San Diego, Oakland, Santa Cruz, und nahm Verhandlungen mit deutschen Zeppelin-Experten auf, die er nach Hollywood lockte, wo sie Filmsets bauen sollten – exakte Repliken vom Innenraum der Luftschiffe. Sie brachten sogar Pläne von den Zeppelinen mit, sodass sich originalgetreue Modelle bauen ließen.

Hughes arbeitete ununterbrochen, Tag und Nacht, zeichnete für die Kampfszenen in der Luft Storyboards auf riesige Papierbogen. Er stritt mit Versicherungsgesellschaften darum, dass sie ihm Deckung gewährten, denn die Gefahren, denen sich die Piloten aussetzen sollten, waren enorm. Dann nahm er die Besetzung in Angriff: Für die Hauptrollen brauchte er furchtlose Männer, die auch wirklich fliegen konnten, wobei die schwierigeren Stunts gedoubelt würden. Er lieh Ben Lyon aus, der bei *First National* unter Vertrag war, ein gut aussehender, geistreicher, (nach Quirks Aussage) heimlich bisexueller Draufgänger, dessen Name in allen Zeitungen war, weil er gerade eine spektakuläre Trennung von dem Musicalstar Marilyn Miller hinter sich hatte. Lyon wurde als feiger, unsicherer, älterer Bruder besetzt, James Hall, ein stur wirkender, eher ausdrucksloser Mann, sollte den Schnösel spielen, und die schöne norwegische Schauspielerin Greta Nissen mimte die britische Aristokratin, die von beiden Männern geliebt wurde.

Unglücklicherweise stand Lewis Milestone mit seiner großen Erfahrung aus dem Ersten Weltkrieg als Regisseur nicht zur Verfügung. Stattdessen nahm Hughes erst Marshall Neilan mit an Bord, dann den überforderten Luther Reed, allein deshalb, weil Reed früher Luftfahrtredakteur einer Zeitschrift gewesen war. Reed erwies sich als inkompetent, woraufhin Hughes ihn feuerte. Der Dreh für *Hell's Angels* begann am 31. Oktober 1927 in den Metropolitan Studios in Hollywood. An jenem Abend kam ein heftiges Gewitter auf, woraufhin Hughes prompt das Skript änderte, und die Szene im Regen spielte. Die Schauspieler waren nass bis auf die Haut. Sadistisch ließ Hughes sie die Szene wieder und wieder spielen. Ben Lyon nahm es mit Humor, aber James Hall wurde wütend und wäre um ein Haar auf Hughes losgegangen.

Hughes freundete sich mit Ben Lyon an. Lyon war ein Mann nach seinem Geschmack: ungebunden, unbekümmert, hemmungslos, für jeden schlechten Scherz zu haben. Lyon schleppte Hughes von einer Party zur nächsten und dachte dabei ebenso wenig an seine Freundin Bebe Daniels wie Hughes an Carole Lombard. Sie suchten sich zwei Frauen, fuhren mit ihnen zu Lyon und vergnügten sich zu viert im Bett. Lyon nahm Hughes mit auf William Randolph Hearsts sagenhafte Ranch *San Simeon*, wo sie sich atemberaubende Mädchen aussuchen konnten, die auf ihre Chance beim Film warteten. Wobei ihre sexuellen Eskapaden nachts vom Löwengebrüll aus dem Zoo der Ranch gestört wurden.

Oft fuhren Hughes und Ben Lyon nach Agua Caliente gleich hinter der mexikanischen Grenze oder zu den Casinoschiffen, um Roulette und Blackjack zu spielen und sich dort eine Kajüte zu teilen. Sie blödelten furchtbar gern herum. Auf einer Party wurde Hughes fotografiert, wie er auf Lyons Schoß sitzt. Sie fotografierten sich gegenseitig beim Tennis und beim Golf oder rasten mit ihren Packards auf unbefestigten Straßen durch die Täler.

Beim Dreh achtete Hughes darauf, dass möglichst viele Nahaufnahmen eines Adonis namens John Darrow gemacht wurden – ein schwuler Schauspieler, der im Film die Rolle eines jungen Deutschen an Bord des Zeppelins spielte. Nach Noah Dietrichs Aussage waren sie ständig zusammen, sofern Hughes nicht mit Ben Lyons unterwegs war. Zwar gibt es keinen Beweis für eine Affäre, aber angesichts der Tatsache, dass Darrow ein makelloses Exemplar seiner Gattung war, mit blassem Teint, Muskeln und breiten Schultern ein Traum von einem amerikanischen Mann, müsste der bisexuelle Hughes schon ein Übermensch gewesen sein, wenn er dem goldgelockten Knaben widerstanden hätte. Es gibt Leute, die davon überzeugt sind, dass Darrow Hughes' Liebhaber gewesen war.

Hughes genoss die Gesellschaft der *Hell's-Angels*-Piloten. Abend für Abend verbrachte er in der Messe auf dem Caddo Field, erzählte sich mit den Männern schmutzige Witze, warf Hufeisen und spielte Poker. Während die anderen schwarzgebrannten Alkohol aus Kaffeetassen tranken, nuckelte er – unter dem freundlichen Gespött der anderen – an seiner Limonade. Mit bloßen Händen baute er draußen einen hölzernen Abtritt. Stundenlang saß er dort, krümmte sich wegen seiner Verstopfungen und zeichnete an Plänen für die Kampfszenen herum. Einmal wurde die Hütte umgeweht, weil die Piloten den Motor eines Bombers aufgedreht hatten, woraufhin Howard schimpfend im Freien saß, mit den Hosen in den Kniekehlen. Aus Rache baute er einen hydraulischen Apparat ein, der Wasser durch ein Rohr in den Klärbehälter pumpte und den sitzenden Männern die Kloake in den Hintern blies. Als Gegenschlag bohrten die Piloten zum Spaß drei Penislöcher in die Holzwand, ein großes für den Piloten Frank Clarke, ein mittleres für Frank Tomick und ein winziges für Hughes. Als er seinen Namen an dem kleinsten Loch sah, schäumte Hughes vor Wut.

Da die Piloten praktisch alle heterosexuell waren, hätte Hughes es nie gewagt, einem von ihnen Avancen zu machen. Nach seinem Biografen Quirk zu urteilen, nötigte er jedoch sehr junge und unerfahrene Mechaniker oder deren Helfer, ihn sexuell zu befriedigen. Er hatte ein Faible für den klassischen Flugzeugmechaniker – muskulös, gepflegt, athletisch und käuflich. Er wird sie zweifellos bezahlt haben, in bar oder in Form einer Beförderung.

Obwohl Hughes als Pilot ein blutiger Anfänger war, wollte er doch unbedingt mit seinem Können angeben, aber tatsächlich mussten sich die Männer das Lachen verkneifen, wenn er ihnen zeigte, wie sie bestimmte Flüge machen sollten. Einmal wurde er ärgerlich, weil ein Pilot seine Maschine nicht vom Boden bekam (die Piste war zu holprig). Hughes schrie ihn an: »Gottverdammt, steig aus! Ich zeig dir, wie man's macht!« Er stieg ins Cockpit, packte das Steuer, und die Maschine hob ab – wenn auch nur dreißig Meter, dann verlor Hughes die Kontrolle. Mit gebrochener Nase musste er aus der Maschine klettern. Als der Pilot das Flugzeug wieder übernahm, steuerte er aus der Höhe zielstrebig auf Hughes zu, verfehlte ihn nur um Haaresbreite. »Er will mich umbringen!«, schrie Hughes. Frank Tomick sagte: »Er beweist nur, dass er ein guter Pilot ist. Er hätte Sie umbringen können, aber er hat es nicht getan!« Da musste selbst Hughes lachen.

Regelmäßig ließ er sich von den Piloten nach Palm Springs zu Carole Lombard oder zu einem Rendezvous in Santa Barbara und weiter nördlich fliegen. Einmal wollte er zwei Veranstaltungen am selben Nachmittag sehen: ein Golfturnier im *San Gabriel Country Club* und eine Flugvorführung, bei der ein Pilot haarscharf an Hochspannungsleitungen vorbeifliegen wollte. Moye Stephens, sein Ausbilder, flog ihn zu den weit voneinander entfernt liegenden Orten, und unablässig brüllte Hughes seinen Ärger heraus, weil Stephens ihm zu langsam war.

Der Dreh zog sich bis 1928 hin. Im Mai entging der Pilot Al Wilson nur knapp dem Tod. Sein Flugzeug, eine *Fokker D VII*, geriet in dichten Nebel, und da die Sicht bei Null lag, musste Wilson abspringen. Er landete auf dem Dach eines Hauses in Hollywood und stauchte sich den Rücken. Die Maschine stürzte auf ein leeres Grundstück neben dem Haus des Filmmoguls Joseph Schenck am 7280 Hollywood Boulevard.

Hughes bestand darauf, inmitten mächtiger Kumulus-Wolken zu drehen. Lewis Milestone sagte: »Er wollte darstellen, wie die Flugzeuge die Wolken ficken. Offenbar erinnerten ihn die Regenwolken an Brüste voller Milch.« Da der Himmel über dem San Fernando Valley klar war, verlegte Hughes im Juni fünfzehn Maschinen nach Oakland. Allerdings mussten sie bis November auf die ersten richtigen Wolkenformationen warten, aber Hughes weigerte sich – ungeachtet der enormen Kosten – die Einheit abzuziehen.

Während der Dreharbeiten kam es zu mehreren schweren Unfällen. Ein Pilot kam ums Leben, als er eine Hochspannungsleitung streifte, ein anderer stürzte wegen Benzinmangels auf ein Feld. Bei einem Dritten verklemmte sich der Steuerknüppel, als er sich gerade mit einem Sturzflug hervortun wollte, woraufhin er mitsamt der Maschine am Boden zerschellte. Der schlimmste Unfall allerdings ereignete sich, als Hughes den Absturz des *Sikorsky*-Bombers inszenierte. Es war ein schwieriger Stunt. Die riesige Maschine sollte gen Boden trudeln und erst in letzter Sekunde abgefangen werden, was sehr problematisch war. Dick Grace, der alle Stunts koordinierte, weigerte sich, für ein paar wenige 10 000 Dollar sein Leben aufs Spiel zu setzen. Auch Frank Clarke weigerte sich. Schließlich übernahm Al Wilson die Aufgabe. Aber er brauchte Hilfe, da vom Heck Rauch aufsteigen sollte, Wilson aber nicht lenken und gleichzeitig den Rauch auslösen konnte. Der eifrige Phil Jones, der Geld für eine Syphilis-Behandlung brauchte, willigte ein, und die beiden Männer gingen mit der Maschine auf eine Höhe von 2500 Meter. Gespannt sah Hughes hinauf.

Wilson brachte die *Sikorsky* in einen Sturzflug, aber der Druck auf den rechten Flügel und die Motorabdeckung wurde zu groß, und die Bespannung riss. Wilson konnte noch rechtzeitig mit dem Fallschirm abspringen, aber Jones schaffte es nicht mehr, sich loszumachen, und kam ums Leben. Man gab Wilson die Schuld an dem Unfall. Hughes zeigte keinerlei Gefühlsregung. Krieg war eben Krieg – selbst wenn er nur im Kino stattfand.

Inzwischen war Hughes ohnehin bereits mit einem weiteren Film beschäftigt. Trotz seines aufreibenden Terminplans – er war jeden

Morgen auf dem Caddo Field oder an einem anderen Drehort, drehte von früh bis spät, überwachte die Zeppelin-Sequenzen im Studio, feierte mit Ben Lyon oder vergnügte sich am Wochenende mit Carole Lombard – hatte Hughes Energie genug (er war erst dreiundzwanzig), *The Racket* unter der Regie von Lewis Milestone zu produzieren, einen Film über Gangster in Chicago, dessen Bösewicht Scarsi dem vernarbten Al Capone nachempfunden war. Es war ein gewalttätiger Film, den die Zensur in Stücke riss. Hughes stritt mit Will Hays, dem Hüter der Filmmoral, und beschuldigte *Paramount* und Jesse Lasky, sich Hays absurden Beschränkungen unterzuordnen. In zahlreichen Telegrammen an das Paramount-Hauptbüro in New York klagte er, man kastriere seinen Film. Er brachte den Streit sogar vor Gericht und behauptete, Hays stünde im Dienste korrupter Politiker, die im Film bloßgestellt würden. Die Verstümmelung schüfe einen bedenklichen, politischen Präzedenzfall. *Paramount* verweigerte ihm jedoch die Unterstützung, und so musste er nachgeben. Der Film lief gut, wenn auch nicht gut genug, dass sich die vorhergegangenen Investitionen rentiert hätten, und auch der anschließende Streifen *The Mating Call* – nach einer Geschichte von Rex Beach – brachte ähnlich enttäuschende Ergebnisse.

Im Juni kam es zu einem weiteren Zwischenfall. Hughes machte ein Foto von Ben Lyon – auf einem Baumstamm sitzend, von dem im rechten Winkel zwischen seinen Beinen ein abgesägter Ast aufragte, wie ein erigierter Penis. Zum Scherz ließ Hughes das Foto an Lyons weibliche Fans verschicken, unter anderem an Caroline Black, ein vierzehnjähriges Mädchen aus San Bernardino. Ihr Vater war entrüstet und beschuldigte Hughes und Lyon, ein unschuldiges Kind verderben zu wollen. Er rief sämtliche Damenclubs im Süden Kaliforniens an und forderte die Allgemeinheit auf, Hughes' Produktionen zu boykottieren. Er brachte die Angelegenheit bis vor den Bezirksstaatsanwalt, der dem Beschuldigten wiederum einen bösen Brief schrieb. Black verklagte Hughes, was den aufstrebenden Filmmogul 100 000 Dollar kostete. Von nun an nahm er Abstand von obszönen Fotos.

Proteste wurden laut, als Albert Marco, der König des Lasters von Los Angeles, ein Handlungselement aus dem Film kopierte. In der Story zwingt der Verbrecher – dargestellt von Louis Wolheim – seinen Chauffeur, für eine Mordanklage den Kopf hinzuhalten. Nachdem Marco den Entertainer Henry Judson und Dominic Conterno, einen Geschäftsmann aus Santa Monica, ermordet hatte, schob auch er seinen Chauffeur vor. Anwälte und Richter beschuldigten Hughes, Gangster auf üble Ideen zu bringen. Er suchte Unterstützung bei San Franciscos Polizeichef Daniel J. O'Brien und den Behörden von Los Angeles, während er gleichzeitig Verbindung zu Gangstern herstellte, die ihm Schutz garantieren sollten. Sein Leben war bedroht, nachdem er die Mafia in seinem Film unvorteilhaft dargestellt hatte.

Er begann eine Filmversion vom Untergang der Titanic im Jahr 1912, doch ging ihm bei dem Versuch, das Drehbuch in Form zu bringen, die Luft aus, und er gab das Projekt auf. Er war wie besessen von der Sorge, dass *Hell's Angels* ein Fehlschlag werden würde. Nach Al Jolsons gewaltigem Erfolg in *The Jazz Singer* kamen nun die ersten Tonfilme, und Hughes wurde bewusst, dass er einen Großteil seiner Inszenierung neu drehen musste, diesmal mit Ton. *Wings* war mit etwas Musik und einigen Soundeffekten ein großer Erfolg geworden, aber in *Hell's Angels* sollten die Figuren sprechen. Er verwarf seine dramatischen Stummfilmpassagen und engagierte den in jüngster Zeit erfolgreichen, homosexuellen britischen Theaterregisseur James Whale. Hughes holte ihn nach Hollywood, damit er für die Authentizität der Szenen sorgte, die in London und Oxford spielten. Er feuerte Greta Nissen, weil sie in ihrer Rolle als britische Aristokratin durch den norwegischen Akzent lächerlich wirkte. Allerdings ersetzte er sie durch eine Schauspielerin, die nicht minder unpassend war: die blutjunge, ungehobelte, zutiefst amerikanische Jean Harlow, die Ben Lyon als Komparsin in einem neuen Film aufgefallen war. Anfangs war Hughes nicht sonderlich beeindruckt, als man sie ihm vorstellte – ihre bald schon legendären Reize berührten ihn nicht im Mindesten. Bei den Probeaufnahmen jedoch bewies sie ihre erotische Ausstrahlung. Sie hatte etwas Ordinäres an sich, das – wie er wusste – Männern auf der ganzen Welt gefallen würde.

In seinem Privatleben wechselte Hughes die Sexualpartner ebenso oft wie seine Filmhelden, stürzte sich jedoch in erheblich mehr Abenteuer. Aus Virginia traf Randolph Scott ein. Er brachte ein Empfehlungsschreiben seines Vaters mit, der als Besitzer mehrerer Gestüte gute Verbindungen zur Familie Gano pflegte. Scott spielte Football und war Ingenieur. Er wollte gern zu Hughes' Fliegertruppe gehören. Hughes warf nur einen Blick auf den kräftigen, einsachtzig großen, fünfundneunzig Kilo schweren Athleten mit dem Pferdegesicht und dem selbstbewussten Auftreten und wusste, dass er ihn haben musste. Grausam, wie Hughes war, nahm er ihn mit nach Hause, obwohl er dort mit Ella wohnte und obwohl er dabei das maskuline Image aufs Spiel setzte, das er bei den *Hell's-Angels*-Piloten genoss, die eine »Schwuchtel« am liebsten mit einer Pistole nach nebenan geschickt hätten. Zudem riskierte er einen gewaltigen Skandal, falls Ella im bevorstehenden Scheidungsverfahren darüber ein Wort verlieren würde.

Und doch hielt er an Scott fest. Er besuchte ihn oft, nachdem dieser eine Wohnung in West Hollywood bezogen hatte. Scott gab sich den meisten Menschen gegenüber kühl und gleichgültig, benutzte Männer wie Frauen für sein Fortkommen, aber es scheint, als hätte er Hughes, der ihn zur Filmkarriere drängte, doch irgendwie gemocht. Hughes, der damals einige Differenzen mit Jesse Lasky hatte, fragte Lasky, ob er sich den jungen Mann drüben bei *Paramount* nicht mal ansehen wollte. Lasky begriff, worauf Hughes hinauswollte, und engagierte Scott vom Fleck weg. Laskys Überzeugung nach würden Sexappeal und Körperbau den traurigen Umstand kompensieren, dass der Mann das schauspielerische Talent einer Personenwaage besaß.

Hughes ließ den Autor Howard Estabrook neue Szenen für die Harlow schreiben, darunter auch eine, in der sie Ben Lyons im knappen Negligé verführen sollte. Er engagierte den Lyriker Joseph Moncure March für die meisten Dialoge, da er fasziniert war von dessen sensationellem New Yorker Bestseller, der aus zwei Balladen bestand: »The Wild Party«, einer für die damalige Zeit sehr freizügigen Orgie mit homo- und heterosexuellem Sex und einem antisemitischen Bild des Boxgeschäfts. »The Wild Party« spiegelte Hughes Vorliebe für abseitige Formen der Sexualität wider, und die Illustrationen von Frauen mit nackten Brüsten stimulierten ihn ungemein. Eine Passage wie folgende war damals extrem gewagt:

Von hinten trat Jackie heran an Phil,
Und seine Hände begannen ihr Spiel;
Die eine lag ihm auf der Schulter, schwer,
Die andere wollte offenbar mehr:
Weiße Finger strichen durch schwarzes Haar,
Und kosend glitten sie von da
Den Nacken hinab …
Er neigte sich zu den Lippen, dann küsste er sie.

(»Das Wilde Fest« Rowohlt 1994; deutsch von Uli Becker)

Im Oktober, als die Tonfilm-Version nur langsam vorankam, weil sich Jean Harlow eher unbeholfen zeigte und James Whales Versuche, den britischen Szenen ein gewisses Maß an Realismus zu verleihen (Harlows amerikanischer Akzent ließ sich nicht rechtzeitig korrigieren), zum Scheitern verurteilt waren, kehrte Ella Hughes ihrem Mann ein für allemal den Rücken. Sie kam von einer langen Reise aus Houston zurück und fand Frauenkleider (Carole Lombards?) in ihrem Schrank. Restlos enttäuscht kehrte sie nach Houston zurück und reichte die Scheidung ein.

Hughes konnte den Gedanken nicht ertragen, dass sie ihn verlassen hatte. Zwar hatte er sie nie geliebt, sie stattdessen fortlaufend mit anderen Frauen betrogen und mit herzloser Verachtung oder Gleichgültigkeit gestraft, aber dennoch versetzte es seinem Ego einen furchtbaren Schlag. Seine Geste war dramatisch. Er versiegelte ihr Schlafzimmer, das sich am anderen Ende des Hauses befand, und ließ es jahrzehntelang unangetastet. Gelegentlich schickte er jemanden vom Personal hinüber, der nach den Rohrleitungen sehen sollte, doch danach wurde das Zimmer wieder versiegelt. Es war, als weigerte er sich, anzuerkennen, dass Ella jemals ausgezogen war. Selbst die wenigen Kleidungsstücke, das Porzellan, das sie benutzte, die Seifenstücke und Parfümflaschen, die sie zurückgelassen hatte, blieben genau so wie an jenem Tag, als sie gegangen war.

Während die Dreharbeiten für *Hell's Angels* in vollem Gang waren, tat John Monk Saunders etwas, das Hughes als Verrat eines Freundes und Verwandten empfand, indem er ein Skript mit dem Titel *The Dawn Patrol* an *Warner Bros.* verkaufte, eine Geschichte über Piloten aus dem Ersten Weltkrieg. Hughes beschimpfte Saunders deswegen, und es kam zu einer Prügelei, aber Hughes hatte mit seinen 72 Kilo keine Chance gegen den 20 Kilo schwereren Saunders. Am Ende war er grün und blau. Nacht für Nacht – immer zwischen drei und vier – rief Hughes den *Warner*-Produzenten Hal Wallis an und schrie, Wallis habe kein Recht, Flugzeuge anzumieten, solange Hughes mit seinem Dreh nicht fertig sei, und bot den Besitzern den doppelten Preis. Er war wild entschlossen, das Skript in seinen Besitz zu bringen.

Schließlich bestach er eine von Wallis' Sekretärinnen, und sie stahl eine Kopie. Eine andere Sekretärin gab Wallis den Tipp, dass sie das Skript in Randolph Scotts Apartment abgeben sollte – eine besonders gewagte und leichtsinnige Wahl. Wallis engagierte zwei Detektive, die sich nach Absprache mit dem Vermieter in die Wohnung schlichen und im Schrank versteckten. Erst kam Noah Dietrich, dann das Mädchen. Die Detektive schnappten beide. Wallis verklagte Hughes wegen Diebstahls. Hughes antwortete mit einer Plagiatsklage. Beide Fälle wurden außergerichtlich geregelt.

VIERTES KAPITEL

Neue Abenteuer

1929 hatte Hughes, noch bevor *Hell's Angels* in die Kinos kam, als großer, kühner Filmemacher eine gewisse Berühmtheit erlangt, wenn auch nur beim Publikum. Die Bosse der Filmindustrie, allen voran die großen Studios *MGM, Warner* und *Paramount*, verachteten ihn wegen seiner antisemitischen Haltung, seiner mangelnden Selbstbeherrschung und nicht zuletzt wegen seines manischen Drangs nach Unabhängigkeit. Zwar gaben sich seine Presseleute alle Mühe, ihn als Meister der Finanzwelt und erfolgreichen Industriekapitän darzustellen, doch war er nicht einmal in der Lage, seine Werkzeugfabriken zu führen. Er überließ es Noah Dietrich, sein Imperium auf dem neuerlich verbesserten Ölbohrkopf aufzubauen. Dietrich – nicht Hughes – vermarktete den Bohrer und dessen Weiterentwicklungen weltweit mit erstaunlichem Geschick und großer Rücksichtslosigkeit, bewegte die arabischen Nationen dazu, ausnahmslos diesen Bohrer zu verwenden, unterbot die Konkurrenz beim Angebot und verhandelte sogar mit den Russen, deren kommunistisches System Hughes verabscheute.

Hughes gab das Geld mit beiden Händen aus, weigerte sich, auf Dietrich zu hören, der ihn aus Sorge zu Kompromissen drängte. Flugzeuge, Sex und Partys nahmen in jenen Jahren vor dem Einsiedlerdasein seine gesamten Energien in Anspruch, während Dietrich aus der knappen Million, die Hughes geerbt hatte, zwischen 1925 und 1930 zunächst beachtliche 50 Millionen Dollar, danach 75 Millionen Dollar machte. Legte man Hughes' Bilanzen und Steuerforderungen vor, warf er sie einfach weg. Wäre er der Industriemagnat gewesen, den man in ihm sah, hätte er alles verloren. Hätte er sich geweigert, Steuern zu bezahlen, wie er es gern wollte, wäre er im Gefängnis gelandet. Nicht einmal der Wall-Street-Crash, der Hughes etwa 5 Millionen Dollar kostete, konnte seine besessene Arbeit an *Hell's Angels* unterbrechen. Sie ging weiter bis zum 29. Dezember 1929. In letzter Minute beschloss er, mehrere hunderttausend Dollar in eine bis dahin nicht geplante Szene zu stecken, die das erfolgreiche Vorrücken der amerikanischen Sechsten Brigade gegen Ende des Ersten Weltkriegs zeigen sollte. Er stellte etwa 1700 Komparsen für diese Szene ein, die auf der Leinwand keine halbe Minute dauerte.

Hughes selbst widmete sich ganz der Nachbearbeitung, da James Whale bereits mit der Arbeit an einer Filmversion von *Journey's End* begonnen hatte. Also arbeitete Hughes mit seinem Team im Schneideraum und lernte schnell. Fast über Nacht eignete er sich die Technik der simultanen Tonaufnahme an, sodass das Brummen der Zeppeline über London, der Donner der Bomben, die röhrenden Maschinen einer Massenformation deutscher Flugzeuge beim Abheben unter seiner Aufsicht (und der seiner Techniker) perfekt zusammenpasste. Die Gesamtkosten des Films, einschließlich der Werbekampagne, sollten schließlich 4 Millionen Dollar betragen, was *Hell's Angels* zu einem der beiden bis dahin teuersten Filme aller Zeiten machte (der andere war *MGM*'s *Ben Hur*).

Der Film dauerte mehrere Stunden, wobei am Ende jedoch nur ein Teil davon verwendet wurde. Das Ergebnis war grandios. Immer und immer wieder spielte Hughes die geschnittene Version ab, ergötzte sich an seiner eigenen Schöpfung. Die unglaubwürdige Darstellung der britischen Gesellschaft, die peinliche Szene in einem deutschen Wirtshaus, bei der die Kellnerin mit französischem Akzent spricht, die Unbeholfenheit der amateurhaften Jean Harlow – er wusste, dass die Flugsequenzen den Film großartig machten. Wie sich der Zeppelin durch künstlich simulierte Wolken schob, wie die Mannschaft aus einer Luke in den Tod sprang, um Ballast loszuwerden, während britische Kampfflugzeuge sie verfolgen, die gewaltige Luftschlacht im zweiten Teil, der Absturz des *Sikorsky/Gotha*-Bombers – das alles übertraf seine Erwartungen. Er überschüttete seine Freunde, die Piloten und Techniker, mit Lobreden.

In dieser aufregenden Phase trennte sich Hughes von Carole Lombard, die ihm nie verzeihen konnte, dass er ihr nicht Jean Harlows Rolle in dem Film gegeben hatte. Ein paar Mal stritten sie heftig, was die Dienerschaft in der Muirfield Road mit dem Scheppern von Geschirr aufschrecken ließ. Bei einem seiner Ausflüge mit Ben Lyons nach San Simeon stellte ihm Marion Davis, William Randolph Hearsts Geliebte, den atemberaubenden Star Billie Dove vor. Sie war achtundzwanzig, hatte Malern Modell gestanden, war Tänzerin bei den »Ziegfield Follies« gewesen und galt als die schönste Frau der Branche. Sie hatte dunkles Haar, riesengroße, schimmernde Augen und Lippen wie Amors Bogen. Ihre Figur galt unter Regisseuren und Filmleuten als makellos. Besonderen Eindruck hatte sie in Douglas Fairbanks seniors frühem Farbfilm *The Black Pirate* hinterlassen. Zuletzt war sie in ein paar Filmen von Alexander Korda aufgetreten.

Als sie Hughes kennen lernte und sich in ihn verliebte, war sie mit dem eher grob gestrickten Regisseur Irvin Willat verheiratet. Er war roh und muskulös, ein erfahrener Boxer und Ringer, besaß keinerlei Finesse, keine Umgangsformen, geschweige denn Charme. Er war ihr eine Last, ein Kontrollfanatiker wie Hughes, der glaubte, Frauen seien nicht in der Lage, eigenständige Entscheidungen zu treffen. Im selben Moment, als sich Dove auf Hughes einließ, machte sie sich von Willat los. Gleichzeitig erklärte Ella in Houston ihre endgültige Trennung von Hughes.

Als Willat erfuhr, dass Billie Dove wild entschlossen war, Hughes zu heiraten (der ihr in jenem Winter in der *Del Monte Lodge*, dem Schauplatz seiner Kindheit, einen Antrag gemacht hatte), verkündete Willat, er würde sich niemals von ihr scheiden lassen. Allen Ernstes wollte er es vor Gericht auf einen Grabenkampf ankommen lassen. Hughes war entsetzt, fürchtete die Publicity und begriff, dass Ella – sollte sie ihm einen Ehebruch nachweisen können – möglicherweise die Hälfte seines Vermögens einstreichen würde. Er überlegte sich eine für ihn typische Lösung. Er beschloss, Willat seine Frau abzukaufen. Er rief ihn an und fragte, wie viel er für eine Scheidung aufgrund psychischer und physischer Grausamkeit verlangte. Willat wollte eine halbe Million Dollar. Nach hässlichen, langwierigen Verhandlungen drückte Hughes den Preis auf 325 000 Dollar, wobei Willat verlangte, man müsse ihm das Geld bar in Tausend-Dollar-Scheinen aushändigen.

Hughes wies Noah Dietrich an, das Geld zu beschaffen. Der bekam einen Bankscheck und ging damit zur *Federal Reserve Bank*, packte die Scheine in einen großen Koffer und fuhr zum Büro von Hughes' Anwalt Neil McCarthy. McCarthy zählte nach, dann rief er Willat an, der kam, um sich das Bargeld abzuholen.

Obwohl er sein Ziel erreicht hatte, verachtete Hughes Willat bis an sein Lebensende. Der Kerl war für ihn kein Mann. Als Willat 1971 gefragt wurde, ob er in diesem Zusammenhang irgendetwas bereue, sagte Willat: »Ich hätte Hughes auf eine halbe Million festnageln sollen.«

Hughes gab sich nicht damit zufrieden, Billie Dove ihrem Mann abzukaufen, sondern er übernahm auch ihren Vertrag von Jack Warner bei den *First National Studios*. Obwohl man sie nur allzu gerne ziehen ließ – wegen ihrer hohen Stimme fürchtete man um ihre Karriere im Tonfilm –, forderte man 250 000 Dollar. Warner machte Hughes weis, Dove sei viel wert, er sei gerade im Begriff gewesen, ihren Vertrag zu verlängern. Hughes zahlte ihm die volle Summe und ihrem Agenten noch einmal 85 000 Dollar für ihre Dienste in fünf Filmen. Diese Entscheidung sollte er bereuen.

Billie Dove erklärte, sie wolle segeln gehen. Da Hughes die *Ranger* erst kürzlich verkauft hatte, wies er nun Dietrich an, ihm umgehend ein neues Boot zu beschaffen. Die sechzig Meter lange, dieselmotorgetriebene *Hilda* wäre ideal. Ihr Eigner war Charles Boldt, ein

New Yorker Multimillionär, der sie ursprünglich für Eleanor Boardmans Ehemann King Vidor vorgesehen hatte, nachdem Boldts Frau das Schiff im Rahmen der Scheidungsmodalitäten zugefallen war. Der Preis lag knapp unter einer halben Million Dollar. Über seinen Vermittler Dietrich feilschte Hughes mit Mrs. Boldt. Als Billie Dove verkündete, sie wolle am Wochenende unbedingt einen Ausflug machen, gab Hughes nach und zahlte 350 000 Dollar durch die *Caddo Company*. Später erfuhr er, dass er das Boot für 75 000 Dollar weniger hätte bekommen können, wenn er den Montag noch abgewartet hätte.

Hughes ging Tontauben schießen, schwimmen (vom Boot aus), lag in der Sonne und erholte sich mit Billie von der enormen Anspannung, nachdem *Hell's Angels* nun fertig war. Am Montag darauf saß er wieder im Büro und plante die Premierenfeier. Er war entschlossen, die großzügigste Premiere auszurichten, die je einem Film zuteil geworden war. Sid Grauman, dem Besitzer von *Grauman's Chinese Theater* bot er an, nicht nur die Erstaufführung des Films, sondern die Premieren landesweit zu übernehmen. Er bestätigte einen älteren Deal mit Joe Schenck von *United Artists* über den Vertrieb des Films.

Hughes stürzte sich ebenso fieberhaft auf Werbung und Promotion für den Film, wie er es bei der Produktion getan hatte. Er riss Kontaktabzüge und Aushangbilder mitten durch, wenn sie ihm nicht passten. Kein Standfoto ging ohne seine persönliche Genehmigung an Zeitungen oder Zeitschriften heraus. Er verbat Previews und Interviews der Stars vor der Premiere, und sämtliche Details des Plots wurden vor Reportern geheim gehalten. Als ein eifriger Redakteur des *Examiner* aus Los Angeles darauf bestand, die *Metropolitan Studios* persönlich aufzusuchen, um sich Informationen zu beschaffen, rief Hughes bei William Randolph Hearst an, dem Besitzer der Zeitung, und ließ den Mann rauswerfen.

Die gigantische Premiere fand am 27. Mai 1930 statt. Hughes und Sid Grauman hatten sich wochenlang getroffen, um die Details dieses spektakulären Ereignisses zu besprechen. Hughes und Billie

Dove (er mit schwarzer Krawatte, sie im engen, weißen Kleid) führten eine ganze Galaxie von Stars und Sternchen ins Theater, das von Flugzeugen flankiert war. Suchscheinwerfer bohrten sich in den Himmel. Fünfzig Maschinen flogen in Formation darüber hinweg, was sich drastisch auf die Vor-Ort-Radio-Übertragungen auswirkte, als Ben Lyon, James Hall, Jean Harlow, Douglas Fairbanks senior, Mary Pickford, Charlie Chaplin und die anderen Prominenten interviewt wurden.

Der Vorhang war mit einem Kampfflugzeug bemalt. Eine umfangreiche Bühnenshow ging der Hauptattraktion voraus, in der die *»Abbott Dancers«*, die *»Albertina Rasch Dance Company«* und zahllose Komiker und Musiker das Publikum mit einer Folge hochenergetischer Nummern zum Jubeln brachten.

Endlich begann der Film. Da die landesweite Presse angetreten war, verhielt sich das Hollywood-Publikum vorbildlich, wenn es sich auch während der lächerlichen Szenen in Deutschland und Oxford das Kichern kaum verkneifen konnte. Reporter machten negative Notizen. Doch als erst der Bombenangriff auf London begann und der Zeppelin auftauchte, ging ein Raunen durch die Menge, und spontane Begeisterung wurde laut.

Als die deutschen Männer einer nach dem anderen starr in die Nacht stürzten, war das Publikum wie gebannt. Um die Wirkung noch zu steigern, hatte Hughes dafür gesorgt, dass die Leinwand für die gesamte Sequenz verbreitert wurde. Als die Pause kam, herrschte allgemeine Aufregung. Die Leute kamen herüber und riefen Hughes ihre Glückwünsche über die Sitzreihen hinweg zu.

Der zweite Teil begann. Auch hier war das Material wenig überzeugend, wenn die britische Aristokratin – gespielt von Jean Harlow – die beiden Fliegerbrüder gegeneinander ausspielte. Doch von dem Moment an, als James Hall und Ben Lyon mit dem *Sikorsky/Gotha* abhoben, um das deutsche Munitionsdepot zu bombardieren, hob auch der Film ab. Das Publikum kreischte vor Aufregung, als sich der Deutsche Flugzirkus in V-Formation in die Lüfte hob, und dann der Bomber brennend abstürzte. Das Ende, bei dem ein Bruder den anderen erschießt, um zu verhindern, dass gewisse Geheimnisse an die Deutschen durchsickern würden, verfehlte seine Wirkung nicht. Sobald sich der Vorhang geschlossen hatte, sprang das Publikum auf und jubelte zwanzig Minuten lang.

Es war der größte Abend in Howard Hughes' Leben. Und dennoch – statt den Tag zu feiern, arbeitete er die ganze Nacht, machte Notizen, rief seine Cutter an, dass sie bestimmte Szenen, die Gelächter hervorgerufen hatten, straffen sollten. Eine Woche später sah er sich den Film im *Grauman's* ganz allein an. Er hatte alle Karten gekauft. Jetzt war er zufrieden. Und weil ihn der Hafer stach, beschloss er, eine Partnerschaft mit *United Artists* einzugehen. Er bot Joe Schenck drei Millionen Dollar, um sich einzukaufen, stieß jedoch während der Verhandlungen auf einigen Widerstand und gab schließlich auf. Er fuhr zur nächsten spektakulären Premiere nach Seattle. Er legte den Plan für die New Yorker Erstaufführung von *Hell's Angels* fest, die ebenfalls kolossal ausfiel.

Am 15. Juni nahmen Billie Dove und er am zweitgrößten Ereignis des Jahres in Hollywood teil: Ben Lyons Hochzeit mit Bebe Daniels. Mehr als tausend Gäste fanden sich zu der grandiosen Feier im *Beverly Wilshire Hotel* ein, kaum ein großer Name Hollywoods fehlte. Hughes lieh dem Paar ein Flugzeug, damit Lyon mit seiner Braut nach Del Monte fliegen konnte.

Überall, wo *Hell's Angels* eröffnet wurde, gab es Fahnen und Blaskapellen, Suchscheinwerfer und Jubel. Beinah über Nacht war Hughes der berühmteste Filmemacher in ganz Amerika. Sein größter Triumph war es, die Flugzeuge, Schaubilder und Fotos von *Hell's Angels* auf der Internationalen Flugausstellung in Manhattan ausstellen zu dürfen. Hughes schickte seinen Presseverantwortlichen Lincoln Quarberg in jedes noch so kleine Städtchen der USA, um diesen Umstand in jedem Winkel publik zu machen.

Im Oktober zog Hughes in ein neues Gebäude auf dem Studiogelände der *United Artists*. Dort war er so sehr mit dem Transport seiner Möbel und Akten beschäftigt, dass er bei der Erstaufführung in London nicht anwesend sein konnte. Die Premiere am 28. Oktober 1930 im *London Pavilion* am Picadilly Circus war die sensationellste des gesamten Jahrzehnts. Die Menge derer, die Einlass begehrten, war so gewaltig, dass der Verkehr meilenweit zum Erliegen kam. Der Herzog und die Herzogin von York, der spätere König George VI. und Königin Elizabeth, der Prinz von Wales, diverse Adlige und britische Fliegerhelden drängten sich im Theater. Auf den Stehplätzen stand man zu sechst hintereinander. Obwohl die absurden amerikanischen Akzente und die falsche Darstellung Oxfords schallendes Gelächter hervorriefen, lösten die Flugszenen beim gewöhnlich zurückhaltenden englischen Publikum Beifallsstürme aus.

Aber trotz des internationalen Erfolges spielte Hughes' fehlerhaftes Meisterwerk seine Kosten nicht ein. Vier Millionen Dollar waren einfach zu viel, die Tickets abseits der großen Städte kosteten ja nicht mehr als fünfundzwanzig Cents. Bald würde herauskommen, dass Hughes Verlust gemacht hatte, und das war im Filmgeschäft eine unverzeihliche Sünde. Daher beschloss er, mit mittelgroßem Budget am besten nur noch absolute Gewinner zu produzieren. Hughes überhörte Billie Doves piepsende Stimme und machte sich daran, aus ihr einen großen Tonfilmstar zu machen. Er engagierte Autoren, die ihr die Filme auf den Leib schrieben.

Der erste davon, *The Age for Love*, war ein kläglicher Streifen über das hinlänglich bekannte Thema einer Frau, die zwischen Karriere und Liebe hin- und hergerissen ist. Der zweite, *Cock of the Air*, war nicht viel besser. Hughes freute sich diebisch über den Titel, war sich sehr wohl der Tatsache bewusst, dass er sich mit einer ganzen Armee von Puritanern anlegte, wenn er ihn verwendete. Die Geschichte war genauso schräg wie der Titel. Billie Dove spielte eine Schauspielerin, die in einer Theaterproduktion von *Johanna von Orleans* auftritt. Als ihr ein Mann, der mit seiner arroganten Art an Hughes erinnert, den Vorschlag macht, mit ihm ins Bett zu steigen, geht sie und kommt in der Rüstung wieder, die sie sonst auf der Bühne trägt.

Er tritt ihr mit einem Dosenöffner entgegen, und sie entschwindet kokett. Als er eines Abends spät zu Bett geht, findet er hocherfreut eine Rüstung darin. Als er sie jedoch endlich geöffnet hat, ist sie ohne den erwünschten Inhalt. Nachdem sie dem Don Juan nun eine Lehre erteilt hat, sinkt ihm die Heldin in die Arme. Viele der eher intimen Szenen fielen der Zensur zum Opfer.

Kurz darauf drehte Hughes *Sky Devils*, einen Film, der in vielerlei Hinsicht ebenso bizarr war wie seine anderen Filme. Spencer Tracy und William Boyd spielten darin. Es war die Geschichte zweier Rettungsschwimmer, die mit Piloten vom Air Corps verwechselt werden, und strotzte nur so vor bisexuellen Anspielungen. Tracys Spitzname in der gesamten Story ist »Hortense«, es gibt Szenen mit Männern in Frauenkleidern, und während eines Boxkampfs ruft Tracy den Sportlern zu: »Wieso küsst ihr Jungs euch eigentlich nicht?« An anderer Stelle sagte Tracy zu Boyd »Pass auf, wenn du in der Nähe von Seeleuten Parfüm trägst.« Der Film war der letzte, den Hughes auf Jahre hinaus drehen sollte, und er floppte an der Kinokasse.

Als Kontrast zu so kindischen Unterfangen nahm Hughes im selben Jahr zwei ehrgeizige Projekte in Angriff. Das erste davon war *The Front Page*, basierend auf dem hoch gelobten Theaterstück von Ben Hecht und Charles MacArthur. Es handelte vom brutalen, prinzipienlosen Treiben in einer großen Tageszeitung. Hughes engagierte Lewis Milestone, der die Richtung von Jed Harris' sensationeller Produktion am Broadway beibehalten sollte. Der Film wurde in Rekordzeit abgedreht, in kaum einem Monat, auf überfüllten, authentischen Sets. Hughes war während des gesamten Drehs anwesend, arbeitete mit Milestone am Schnitt und bestand auf einem treibenden, halsbrecherischen Tempo. Mit Pat O'Brien und Adolphe Menjou in den Hauptrollen bekam der Film phantastische Kritiken. Hughes war außer sich vor Wut, als Zensor Will Hays darauf bestand, dass ein Dialog geschnitten werden müsse, weil er allzu rassistisch sei. Und dann wurde der Film in Chicago verboten, weil sich im Text kritische Bemerkungen über reale Politiker aus Chicago fanden.

Hughes stritt heftig mit Joe Schenck, weil der Film nicht genügend Promotion bekommen hatte. Er klagte, Schenck bevorzuge Sam Goldwyns schwergewichtigere Prestige-Produktionen. Lincoln Quarberg war mit ihm der gleichen Ansicht, wenn sie in Telegrammen und Briefen über »Politzwerge und elende Lobbyisten« und »Leute von geringem mentalem und moralischem Kaliber« schimpften, die im New Yorker Büro von *United Artists* saßen. Hughes, der nie zufrieden war, steckte mehrere hunderttausend Dollar von seinem eigenen Geld in zusätzliche Werbung und Leuchtreklame für die New Yorker Premiere. Endlos war er mit den Arrangements für die britische Veröffentlichung beschäftigt.

Dann wagte sich Hughes an ein noch ehrgeizigeres Projekt: *Scarface*. Als Drehbuchautor engagierte er Ben Hecht. In mancher Hinsicht handelte es sich um einen Ableger von *The Racket*, auch wenn die Story angeblich auf einem Groschenroman basierte, der unter dem Pseudonym Armitage Traill veröffentlicht worden war. Ursprünglich ging es in dem Buch – wie in *Hell's Angels* – um den Konflikt zweier Brüder, in diesem Fall einem Polizisten und einem Gangster. Hughes und Hecht wollten jedoch nur *einen* Protagonisten, und zwar den an Al Capone erinnernden Tony Camonte, der vom Leibwächter zum König der Unterwelt Chicagos aufsteigt. Es sollte gezeigt werden, wie Camonte jeden niedermetzelt, der sich ihm in den Weg stellt, und so das Biergeschäft im Süden von Chicago an sich reißt. Hughes heuerte den hartgesottenen jungen Howard Hawks als Regisseur an. Hawks war abgebrüht, kalt, distanziert und gerissen wie Hughes selbst. Die beiden hatten einiges gemeinsam. Und außerdem hatte er den Vorteil, dass er mit diversen Gangstern in Chicago gut bekannt war.

Hawks war ein typisches Beispiel für die Filmwelt Hollywoods. Er lebte seine Phantasien aus und war ein wahrer Lügenbaron – Münchhausen in einer Stadt notorischer Lügner. Jahrelang gab er vor, ein Frauenheld zu sein, obwohl er sich im Bett in Wahrheit ausgesprochen ungeschickt anstellte, nie genügen konnte und letztendlich impotent wurde. Er behauptete, Hughes und er hätten die Flugzeuge getauscht, und Hughes habe ihn seine Maschinen fliegen lassen, was absolut nicht stimmte. Eines allerdings an ihm war echt: sein Talent. Er drehte harte, abgespeckte Filme, deren Helden oder Antihelden mit Fehlern behaftete, männliche Tiere waren, die sich gegen Widrigkeiten in Form von Frauen oder Gewalt behaupten mussten. Seine Helden erreichten auf der Leinwand, was ihm im Bett nie gelang.

Hughes engagierte den großen jüdischen Theaterstar Paul Muni für die Rolle des Camonte. Ann Dvorak bekam die Rolle von Camontes Schwester, und Karen Morley spielte Camontes Geliebte.

Ben Hecht schrieb das Skript in elf Tagen für 11 000 Dollar. Hughes hatte ihm 1000 Dollar pro Tag versprochen, und Hecht war so dumm, sich mit dem Schreiben zu beeilen, statt es in die Länge zu ziehen und ein kleines Vermögen zu verdienen. Allerdings gewann Hecht im Zug nach New York einige tausend Dollar beim Backgammon gegen Hughes.

Mit Hughes' Genehmigung baute Hecht die Geschichte um die angeblich inzestuöse Beziehung zwischen Cesare und Lucrezia Borgia: Camontes Schwester fürchtet sich vor den Eifersuchtsanfällen ihres Bruders und vor seinem erotischen Interesse an ihr. Das ist selbst heute noch ein gewagtes Thema, aber 1931 war es ein echter Affront. Und wie üblich glaubte Hughes, er käme damit durch. Natürlich war er selbst ein Inzestopfer, und mancher in der Familie Hughes ist überzeugt davon, dass sein bisexueller Onkel Rupert auch eine Affäre mit seiner eigenen Schwester, Hughes' Tante Greta, hatte. Als Greta starb, fiel Rupert drei Tage und Nächte ins Koma, was für einen Bruder kaum als normale Reaktion gelten dürfte.

Hughes und Hawks stellten Camonte als eitlen, anarchischen, hasserfüllten Massenmörder dar. Die Rolle seines schmierigen Partners in dieser Sinfonie aus Blut und Kugelhagel besetzten Hughes und Hawks mit dem ehemaligen Eintänzer, Gangster und Gigolo George Raft (der kurz zuvor in dem sensationellen Film *Quick Millions* gespielt hatte). Raft, der im Film unablässig eine Münze wirft und im Angesicht der Katastrophen nur süffisant grinst, bleibt am Ende ebenso unvergesslich wie Muni selbst.

Von geradezu sadistischem Hang zur Gewalt getrieben, drängte Hughes Hawks zu einer blutigen Mordszene nach der anderen und bestand sogar darauf, dass die Maschinengewehre echte Kugeln verschossen, von denen eine als Querschläger abprallte und einen Besucher am Set verletzte. Hughes musste dem Mann ein Vermögen zahlen, zusätzlich zur Krankenhausrechnung. Auch Hawks zeigte sich blutrünstig und kam Hughes' Wünschen nur allzu gern nach. Voyeuristisch wie er war, holte Hughes drei weitere Autoren ins Team, die immer mehr aufreizende Sexszenen zwischen Muni und seiner Schwester – gespielt von Ann Dvorak – einbringen sollten. Begeistert brütete er bis zum Morgengrauen über einer Sequenz, in der die beiden sehr eng miteinander tanzten, wobei Dvoraks Brüste nahezu entblößt waren. Allerdings zwang man ihn später, die Szene herauszuschneiden und durch eine andere zu ersetzen, in der Raft mit Dvorak tanzte.

Der Film kam zu einem günstigen Zeitpunkt in die Kinos, denn Al Capone war fast täglich in den Zeitungen. Kurz nach Ende der Dreharbeiten war er wegen Steuerhinterziehung verhaftet worden und saß mehrere Wochen in Untersuchungshaft. Schließlich wurde er schuldig gesprochen, verurteilt und nach Leavenworth geschickt. Obwohl man bezweifeln darf, dass er *Scarface* je gesehen hat, prahlte Hughes jahrelang damit, Capone sei so begeistert von dem Film gewesen, dass er ihn in Chicago zum Abendessen eingeladen habe, um seiner Wertschätzung Ausdruck zu verleihen. Da Capone damals hinter Gittern saß, offenbart sich der Wahrheitsgehalt dieser Geschichte schnell.

Während Hughes in seinem Film den Alkoholschmuggel anprangerte, trug er in Wahrheit selbst seinen Teil dazu bei: Nach Noah

Dietrichs Aussage nutzte er seine Jacht vor der Küste dazu. Und er ging sogar noch einen Schritt weiter. Nachdem er herausgefunden hatte, dass der Keller des *Rice Hotels* in Houston nach wie vor voll teurer Weine war und man das Gewölbe bei Beginn der Prohibition einfach nur verriegelt hatte, schmuggelte er Tausende Flaschen, für die er mehrere hunderttausend Dollar bezahlt hatte, in einem gepanzerten Güterwagen mit der Aufschrift UNBELICHTETES FILMMATERIAL nach Los Angeles. Zwar galt der Transport von Alkohol über Staatsgrenzen hinweg als Kapitalverbrechen, aber Hughes war zwar nicht so gewalttätig, doch zumindest ebenso unehrlich wie Al Capone. Noah Dietrich fuhr zum Lagerhaus in Los Angeles, um sie abzuholen, doch hatte er kein Glück: Der Güterwagen war mit Baumwollballen beladen, ein Team von Schädlingsbekämpfern war anwesend und suchte nach Baumwollkapselkäfern. Der leitende Beamte erklärte, man müsse die Filmdosen inspizieren, für den Fall, dass sie ebenfalls Baumwolle enthielten.

Dietrich war in Panik. Er flehte die Männer an, die Dosen nicht zu öffnen, weil das unbezahlbare Filmmaterial dadurch vernichtet würde. Als klar wurde, dass sie nicht nachgeben würden, nahm er den leitenden Beamten beiseite. Siebenhundert Dollar lösten das Problem. Auf diese Weise gelangte der geschmuggelte Alkohol in Hughes' Haus. Bei einer Abendgesellschaft stellte Hughes fest, dass sie hundert Jahre alten französischen Champagner tranken.

Gegen Ende der Dreharbeiten von *Scarface* begann George Raft eine Affäre mit der Geliebten seines Chefs – Billie Dove. Als Hughes davon erfuhr, bekam er einen Wutanfall. Die Vorstellung, dass Billie mit einem kleinen Schauspieler ins Bett ging, der auf seiner Lohnliste stand, erzürnte ihn noch mehr als ihr eigentlicher Betrug. Noch wütender machte ihn, dass Raft ein berüchtigter Herzensbrecher war, ein Experte, ein leidenschaftlicher Liebhaber. Hughes betrat die Lobby des *Ambassador Hotels*, als Raft eben dabei war, sich auszuziehen und sich mit Billie zu vergnügen. Hughes fiel auf, dass Rafts Freund, der Gangster Owney Madden, an der Rezeption stand, und er fragte ihn, ob es stimmte, was man sich erzählte. Madden gab ihm eine eher laue Antwort, woraufhin Hughes auf den Fahrstuhl zusteuerte. Madden rief die Suite an und warnte Raft, der in diesem Augenblick tatsächlich gerade mit Billie im Bett lag. Nackt suchte Raft seine Kleider zusammen, warf sie sich über und flüchtete zur Hintertür hinaus. Hughes platzte herein und beschimpfte Billie auf das Heftigste, doch verzieh er ihr den Fehltritt später.

Da er sich keineswegs damit zufrieden gab, gegen sämtliche Regeln Hollywoods zu verstoßen, indem er einen Inzest auf die Leinwand brachte, kaufte Hughes einen boshaft antisemitischen Roman mit dem Titel *Queer People* zur sofortigen Produktion. Die Geschichte eines Reporters, der 1931 nach Hollywood kommt und feststellen muss, dass die Stadt von gewissenlosen jüdischen Studiobossen gelenkt wird, gefiel ihm sofort. Er schien keinen Gedanken daran zu verschwenden, welche Wirkung eine solche Produktion auf die Filmmogule haben mochte, mit denen er zu tun hatte, allen voran Joe Schenck. Er stürzte sich auf das Projekt, aber kein Schauspieler wollte in dem Film auftreten. Ihnen war klar, dass sie in Hollywood nie mehr Arbeit finden würden, wenn sie es täten. Anonyme Anrufer bedachten Hughes mit Morddrohungen. Studiobosse boten ihm ein Vermögen, wenn er von seinem Vorhaben Abstand nähme. Er flehte Ben Lyon und Paul Muni (obwohl Muni Jude war) an, in dem Film zu spielen. Beide lehnten ab. Er fuhr sogar nach New York, um Muni umzustimmen, der dort Theater spielte. Muni warf ihn aus seiner Garderobe und knurrte, er würde nie wieder für ihn arbeiten. Am 22. August 1931, nachdem Hughes den homosexuellen William Haines für die Hauptrolle engagiert hatte (ausgeliehen von Louis B. Mayer, der in dem Skript auf höchst beleidigende Weise karikiert wurde), musste Hughes öffentlich erklären, dass *Queer People* auf unbestimmte Zeit ausgesetzt sei. Trotzig hieß es in der Presseerklärung: »*Queer People* hätte die Öffentlichkeit hinter die Kulissen Hollywoods geführt… ich bedaure, dass man uns nicht gestattet, diesen Film jetzt gleich zu drehen.«

Keine einzige amerikanische Zeitung kommentierte diesen Vorgang, aber die Londoner *Daily Mail* druckte eine erschreckende Reihe von Artikeln zu den Hintergründen der Geschichte. Das Ergebnis war, dass sich Will Hays, der Vorsitzende der *Motion Picture Producers Association*, oberster Hüter der Filmmoral und enger Freund von Louis B. Mayer, mit seinem ganzen heiligen Zorn auf Hughes stürzte. Obwohl *Warner Bros.* den blutrünstigen Film *Little Caesar* produziert hatte, den Hays mit Samthandschuhen anfasste, machte sich Hays nun daran, *Scarface* zu vernichten. Und gerade, als er die Vernichtung plante, bekam er neues Wasser auf seine Mühlen, denn es sickerte durch, dass Jean Harlow, die nach wie vor bei Hughes unter Vertrag stand, nun auch in der Realität zur Gangsterbraut geworden war. Nachdem Capone in Haft war, reiste Abe (Longy) Zwillman, ein Gangster von der Ostküste, regelmäßig nach Los Angeles, um die Banden an der Westküste zu organisieren. Er hatte sich in die Harlow verliebt, als sie für *Hell's Angels* tourte, und die beiden hatten eine leidenschaftliche Affäre. Zwillman wurde in den gesellschaftlichen Kreisen von Los Angeles zum Thema Nr. 1, nachdem er bei einem ausgiebigen Abendessen für diverse Bandenmitglieder im *Ambassador Hotel* seine Taschenuhr hervorgeholt und ein dunkles Haar herausgenommen hatte. Er verkündete, es handele sich um ein Schamhaar der Harlow, das nicht platinblond gefärbt sei.

Zwillman zwang Hughes, die Harlow an Harry Cohn bei der Columbia auszuleihen, der auf der Gehaltsliste der Mobster stand. Hughes jedoch widersetzte sich Zwillman und verkaufte die Harlow für 60 000 Dollar an Louis B. Mayer. Mayer, der Hays' Büro mit seinem Einfluss zum Schweigen gebracht hatte und die Presse praktisch kontrollierte, musste nicht fürchten, dass die Affäre zwischen der Harlow und Zwillman öffentlich wurde. Indem er sie gehen ließ, sicherte ihr Hughes eine großartige Zukunft bei *MGM.*

Am 1. Oktober 1931 sah sich Will Hays *Scarface* an. Danach teilte er Hughes mit, der Film sei inakzeptabel, der Streifen werde in Ohio, Pennsylvania und New York State garantiert verboten. Er bestand auf einem neuen Ende: Hughes und Hawks hatten gezeigt, wie Camonte tot auf der Straße liegt, eine zynische Szene, denn über ihm prangt die Werbung eines Reisebüros: DIE WELT LIEGT DIR ZU FÜSSEN. Hays forderte, es müsse deutlich werden, dass Camonte feige war, man müsse zeigen, wie er um sein Leben bettelte und wie er schließlich – um Gnade winselnd – erschossen würde. Allerdings überlegte Hays es sich später anders und beschloss, Camonte solle in Handschellen der Prozess gemacht werden, am Ende müsse er zum Galgen geführt werden.

Aber Hughes musste nicht nur Hays' Forderungen entsprechen, denn ganz im Gegensatz zu Howard Hawks' Erklärungen waren Hughes' Gangsterfreunde keineswegs begeistert, dass Camonte am Ende wie ein Feigling dastand. Sie warnten Hughes, der die Drohungen immerhin so ernst nahm, dass er seinem Presseverantwortlichen Lincoln Quarberg Anweisung gab, auf Plakaten und Anzeigen die Caponeschen Narben in Munis Gesicht zu entfernen. In vielen Fällen musste die Narbe übermalt werden. Für die größeren Farbplakate musste Muni mit normalem Make-up neu fotografiert werden. Dieser absurde Versuch, den Gefühlen des Mobs zu entsprechen (schließlich konnte jeder ins Kino gehen und die Narbe an Munis Wange sehen), verfehlte seinen Zweck.

Statt mit blitzenden Kanonen anzutreten und seinen angeblichen Gangster-Freunden nachzueifern, wirkte Hughes in den Wochen darauf eher ängstlich und kraftlos. Quarberg und er erklärten öffentlich, Hays selbst würde vom Mob bezahlt und die Industrie fürchte die Aufdeckung von Korruption in der Regierung. Als das fehlschlug, zwang ihn Hays, einen plumpen Prolog zusammenzuzimmern, in dem sich der Zeitungstycoon William Randolph Hearst zum Übel des Verbrechens äußert. Hays war der Ansicht, dass Hearst nur Zeitungen verkaufen wollte, verbot den Prolog und ließ einen neuen einarbeiten, in dem der Polizeichef von New York die Gesetzgebung aufforderte, den Verkauf und Transport von Waffen zu verbieten.

Am 25. und 26. Oktober drehte Hughes mit Hilfe des zweiten Regisseurs Richard Rowland ein neues Ende, aber Muni weigerte sich, auf das Schafott zu steigen. Man brauchte ein Double. Dann – Mitte November – beschloss Hays, der Titel *Scarface* sei inakzeptabel. Der Film solle einen Titel bekommen, der die Aufmerksamkeit auf Al Capones Schande und seine Inhaftierung lenkte. Hughes wehrte sich dagegen, aber nachdem er bereits 800 000 Dollar hineingesteckt hatte, wollte er das Risiko eines landesweiten Verbots nicht eingehen. Am 3. Januar 1932 hatte man sich auf den Titel *The Shame of a Nation* geeinigt. Am 12. Januar ließ Hughes Rowland auf Hays' Anweisung hin eine unsägliche Szene drehen, in der ein an Hearst erinnernder Zeitungsverleger – mitten im Film – in seinem Büro vor einer Gruppe von Bürgern spricht, um mit ihnen die Notwendigkeit zu diskutieren, das Verbrechen auszumerzen. Als Ergebnis erhielt Hughes Morddrohungen des Mobs, woraufhin er sofort nach dem Dreh dieser absurden Sequenz mit Billie Dove nach New York reiste. Noch immer hatte der Film keine offizielle Genehmigung, und die Kinotheater weigerten sich, ihn zu zeigen, solange er nicht freigegeben war.

Hughes waren die Hände gebunden. Er sah sich gezwungen, sein Personal auf halben Lohn zu setzen. Die Weltwirtschaftskrise machte der *Hughes Tool Company* schwer zu schaffen. Unsinnigerweise fürchtete er, ihm könne das Geld ausgehen. Das Desaster von *The Age for Love* und *Cock of the Air* und die Angst, vom Mob ermordet zu werden, erschütterten ihn tief. In einem letzten Versuch, *Cock of the Air* zu retten, orderte Hughes ein Plakat, auf dem Billie und Chester Morris zu sehen waren, breitbeinig sitzend auf dem senkrechten Heck eines Flugzeugs. Als Hays die Idee verwarf, gab Hughes den Versuch auf, Billie weiter zu promoten, er sah sich sogar gezwungen, ihren Namen aus der Werbung für *Cock of the Air* zu nehmen, da dieser an der Kinokasse Gift war. Allmählich zerbrach ihre Affäre.

Wochen vergingen, in denen Billie im *Warwick Hotel* wohnte, während Hughes (um den Schein zu wahren) das *Ambassador* bezog. Ende Januar steuerten sie – nach weiteren Titeländerungen – an Bord der *Hilda* West Palm Beach an. Hughes schickte Telegramme, forderte weitere Lohnkürzungen in Hollywood. Quarberg bekniete Hughes, aus der Vereinigung der amerikanischen Filmproduzenten und Vertriebe auszutreten, *Queer People* zu produzieren und ganz Hollywood zu sagen, dass sie ihn alle mal am Arsch lecken sollten.

Auf Quarbergs Drängen hin griff Hughes eine interessante Idee auf. Manche Staaten hatten keine eigenen Zensurbehörden. Wenn Hughes *Scarface* in einem dieser Staaten aufführte und die Presse dazu einlud, sich einen brillanten Film anzusehen, bliebe Hays und seinem Büro vielleicht nichts anderes übrig, als dem Film ein Prüfsiegel zu verleihen. Den ganzen Februar über segelte Hughes durch die Karibik. Er kam nach Havanna, wo er Verbindung zu dem aufstrebenden jungen Demagogen Fulgencio Batista aufnahm, der bald darauf faschistischer Diktator auf Kuba werden sollte. Dann bestätigte Hughes – per Telegramm aus Havanna – eine frühere Vereinbarung mit Joe Schenck, *Scarface* am 26. März in New Orleans unter dem Originaltitel aufzuführen. Quarberg versammelte mächtige Unterstützung: Der Dramatiker Robert Sherwood, der bei einer Privatvorführung des Films in New York schier überwältigt gewesen war, nutzte seine Zeitungskolumne, um Hays und Senator La Follette anzuprangern, der den Fall vor den Kongress gebracht hatte.

Hughes war hocherfreut. Er kehrte nach Palm Beach zurück, zog von einem Hotel zum nächsten, um der Presse zu entkommen, ließ Billie Dove zurück, segelte mit der *Hilda* nach Galveston, fuhr nach Houston, um alte Freunde und seine Familie zu besuchen und mit Theaterbesitzern über eine Vorführung von *Scarface* in ihrer Stadt zu verhandeln, und fuhr dann weiter durch den Panamakanal. Am

7. März telegrafierte er aus Mexiko an Hays, nun sei *Scarface* nicht mehr aufzuhalten.

Weitere Befürworter traten auf den Plan. Der Kolumnist Walter Winchell unterstützte ihn in seinen Radiosendungen; Morris L. Ernst vom *National Council of Freedom from Censorship* verurteilte Hays' Vorgehen. Als Joe Schenck nicht sicher war, ob er Geld in eine Werbekampagne investieren sollte, verwendete Hughes 10 000 Dollar auf Anzeigen. Er musste Schuldscheine unterschreiben, weil Geld für den Vertrieb des Films benötigt wurde. Lewis Milestone war in New York damit beschäftigt, ganze Sequenzen neu zu schneiden, wobei es ihn sehr behinderte, dass Hughes an Bord der *Hilda* nicht zu erreichen war. Die Struktur von *Scarface* änderte sich täglich.

Ende April war Hughes in Mazatlan. Lincoln Quarberg flog dorthin, um sich mit ihm zu treffen, und flehte ihn förmlich an, den Film nirgendwo in anderer als der ursprünglichen Form aufführen zu lassen. Er erklärte Hughes, das Branchenblatt *Film Daily* weigere sich, ihn zu unterstützen. Als Reaktion darauf zog Hughes die Werbung, die er dort geschaltet hatte, zurück.

Und plötzlich errang Hughes seinen ersten Sieg. Am 21. April 1932 erreichte ihn ein Telegramm von Wilton A. Barrett vom »National Board of Review«, einem speziellen Bürgerkomitee, das eine gemäßigte Moral zu vertreten hatte: WIR BILLIGEN *SCARFACE*. Das war ein Schlag ins Gesicht für Will Hays und versicherte Hughes, dass man ihn nicht öffentlich diffamieren würde, wenn er den Film zeigte. Von Hollywood aus telegrafierte er am 23. April an Al Lichtman bei *United Artists* in Manhattan, er wolle seinen Film gern in Manhattan in unveränderter Fassung aufführen und dulde keinen Eingriff in die von ihm abgesegnete Version. Außerdem hatte er eine Presseerklärung herausgegeben, in der er sich öffentlich jegliche Einmischung verbat.

Scarface wurde in New Orleans bei der Premiere mit stehenden Ovationen aufgenommen. In Hollywood zeigte Hughes den Film bei einer Vorführung im *Grauman's Chinese Theater*. Auch hier gab es stehende Ovationen von Seiten der Presse. Hughes flog mit Ann Dvorak und Howard Hawks, der mit ihr mittlerweile das Bett teilte, zur Premiere in Houston. Die Reaktion der Öffentlichkeit war derart überwältigend, dass sich Hays gezwungen sah, den Film offiziell zu genehmigen. Der einzige große Kompromiss war, dass der Film im Staat New York mit Camontes Hinrichtung am Galgen endete und die inzestuösen Szenen überall herausgeschnitten wurden.

Die Kritiken waren ausgezeichnet. Mordaunt Hall verglich den Film in der *New York Times* mit einer Shakespearschen Tragödie und sprach von einem »aufwühlenden Film, wirkungsvoll in Szene gesetzt und kompetent gespielt... ausgezeichnete Zerstreuung für jene, die sich einen Nachmittag oder Abend freinehmen wollen, um das Treiben feiger Schläger zu studieren.« Hall lobte Muni für sein »zwingendes Porträt« Camontes. *Variety* beschrieb den Film als »mitreißend und packend« und erklärte, Muni sei hier so hartgesotten, »dass er Capone zu seinem Botenjungen machen könnte«. Auch der *Motion Picture Herald*, der die Unterstützung des Films bisher verweigert hatte, und die *Los Angeles Times* brachten begeisterte Kritiken. Bereits im Juni war *Scarface* ein Hit.

Doch hatte der Erfolg auch einen bitteren Beigeschmack. Nach etwas über drei Jahren verließ Billie Dove Hughes nun endgültig. Bald darauf heiratete sie den reichen Robert Kenaston und zog sich von der Leinwand zurück.

Hughes ließ sich von Marian Marsh trösten, eine von Jack Warners großen Entdeckungen, die als hypnotisiertes Mädchen in *Svengali*, einem Film mit John Barrymore, eine Sensation gewesen war: blond, mit riesengroßen, blauen Augen. Obwohl Marian Marsh Hughes faszinierte, nahm er sie nicht unter Vertrag.

Eines Abends besuchte Hughes mit Marian das *Coconut Grove*, als er einen leichten, spitzen Schlag am Kopf spürte. Er sah auf. Ein hübsches Mädchen, die Schauspielerin June Vlasek (spätere Lang), hatte ihm einen Zuckerwürfel an den Kopf geworfen, um seine Aufmerksamkeit zu erregen. Fasziniert ließ er Marian sitzen, ging nach oben und führte June auf die Tanzfläche.

Sie trafen sich regelmäßig, und Marian schien nichts dagegen zu haben. »Er schien mir fast geschlechtsneutral«, sagt June Lang heute. »Er hat nicht mal versucht, mich zu küssen.« Eines Abends bat sie ihn kühn auf einen Drink herein. Er wollte einen Cocktail – ein seltenes Beispiel dafür, dass er Alkohol verlangte – mit einem »Lime Twist«, einem Stück aufgezwirbelter Limonenschale. »Wir haben aber keine Limonen in der Küche«, sagte sie.

Am nächsten Tag stand ein wankender Bote mit einem riesigen Paket vor der Tür. Darin war ein Limonenbaum. Von nun an bekam Hughes jedes Mal Lime Twists zu seinen Cocktails, wenn er sie besuchte.

Hughes war der langen Auseinandersetzung mit Will Hays müde und hörte auf Quarbergs Rat, sich aus der Vereinigung der Amerikanischen Filmproduzenten und Vertriebe (*MPPDA – Motion Picture Producers and Distributors of America*) zurückzuziehen. Die Nachricht wurde mit großer Erleichterung und in manchen Fällen – von Mitgliedern der Vereinigung – mit Entzücken aufgenommen. Seine Weigerung, Arbeiter anständig zu entlohnen und die gnadenlose Missachtung von Sicherheitsbedürfnissen wurden von manchem Studioboss scheinheilig angeprangert, tat der doch täglich genau dasselbe. Doch der Umstand, dass er ein Außenseiter war – unabhängig, ein sturer Bock – brandmarkte ihn auf ewig, und seine bissigen Bemerkungen über Filmmogule wie die Warners oder Louis B. Mayer schadeten ihm. Im Sommer 1932 trat er aus der *MPPDA* aus und ging sogar noch einen Schritt weiter: Er ließ das Filmen ganz und gar sein, löste sein Team auf, ließ Quarberg gehen und widmete sich von nun an einer Leidenschaft, die noch größer war als der Film: das Fliegen.

FÜNFTES KAPITEL

Held der Lüfte

Hughes schloss seine Büros und entließ das Personal, mit Ausnahme von Noah Dietrich. Anfang 1933 erwarb er ein Amphibienflugzeug vom Typ *Sikorsky S-43*, das zu Land wie zu Wasser gleichermaßen tauglich war, und engagierte einen brillanten Ingenieur, der die Maschine auf Vordermann bringen sollte – den charismatischen Glenn (Odie) Odekirk, der einer seiner engsten Freunde werden sollte. Unablässig schikanierte er Odekirk während der Umbaumaßnahmen, wie besessen. Einmal brauchte er acht Stunden, um den Einbau dreier Holzschrauben zu genehmigen. Als Odekirk mit seiner Arbeit fertig war, beschloss Hughes, die Maschine bei einer Reihe von Versuchsflügen quer durch Amerika auszuprobieren. Odie ließ seine Frau mehrere Monate allein, um Hughes begleiten zu können. (Auf die Frage eines Reporters, wie er so etwas tun könne, zeichnete Odie ein lebhaftes Bild seiner Ehe, indem er sagte: »Das macht ihr nichts. Wir haben keine Kinder.«)

Anfang März flogen die beiden Männer mit der *S-43* von Glendale aus nach Houston, wo Hughes mit Odie zu seinem Haus fuhr, um Tante Annette und Onkel Frederick Lummis zu besuchen und mit ihm einen Rundgang durch die *Hughes Tool Company* zu machen. Dann flogen sie zum Mardi gras nach New Orleans, einer von Hughes' Lieblingsstädten.

Da er die Eröffnung der Feierlichkeiten um keinen Preis versäumen wollte, ignorierte Hughes die Unwetterwarnungen, und prompt geriet das Flugzeug in Turbulenzen, von Blitz und Donner bedroht. Zudem fiel der linke Motor aus. Als auch der verbleibende zu stottern begann, navigierte Hughes die *S-43* mit großem Geschick durch schwarze Wolken und legte eine Landung auf dem Mississippi hin. Stundenlang saß er mit Odie in dem schaukelnden Flugzeug, im strömenden Regen, während Äste und Baumstämme heftig an den Rumpf der Maschine schlugen. Endlich kam Hughes zur Küstenwache durch, und ein Boot schleppte die beiden Männer bis nach New Orleans.

Ungerührt wie immer schlief Hughes während der gesamten Fahrt hinten in der Maschine. Als sie im Hafen ankamen, sprang er auf und stürmte mit seiner Fliegerbrille auf der Nase mitten durch die Menge der Reporter und Fotografen und trieb sie auseinander. Er weigerte sich, Interviews zu geben. Später verschwand er eine Woche lang, widmete sich offenbar den sexuellen Gelegenheiten, die ihm der Mardi gras bot.

In dem beschädigten Flugzeug flog er mit Odekirk weiter nach Long Island und traf gerade rechtzeitig zur Sommersaison ein. Die beiden tauchten häufig in letzter Minute auf glamourösen Partys auf, oft genug als ungeladene Gäste (wer wollte einem Howard Hughes den Eintritt verwehren?). Kaum jemand sollte den Anblick vergessen, wie sie mit ihrer *S-43* über die Fluten des Atlantik fegten und dann an einem Pier anlegten, zwei hoch gewachsene, gut aussehende Männer in schwarzem Leder, die mit ihren langen Beinen die begrünten Hänge hinaufstaksten und sich dann im Schlafzimmer der Gastgeber für den Abend ihre schwarzen Krawatten banden. Abgesehen von Joe und Rose Kennedy, die Hughes auf den Tod nicht ausstehen konnten (Hughes hatte 1929 versucht, Kennedy mit Gewalt die Kontrolle über *RKO Radio Pictures* zu entreißen), nahm die feine Gesellschaft Hughes liebend gern als Gast des Hauses auf. Nur wenige Frauen – und schwule Männer – konnten ihm widerstehen. Die meisten wussten, dass ihm der Ölbohrer ein Einkommen von etwa einer Million Dollar *monatlich* sicherte, selbst während der Weltwirtschaftskrise. So stand er also lächelnd in der Ecke teurer Wohnzimmer, hielt sich an seinem Glas fest und wartete auf die unvermeidlichen Annäherungsversuche reicher Singles. Schweigend genoss er diese Welt, die nur aus Cocktails und heiterem Gelächter bestand, während der Großteil der Nation hungerte.

Hatte er von einem Gast einen Wink bekommen, zog er nur eine Augenbraue hoch. In den frühen Morgenstunden stand er dann bei der entsprechenden Person vor der Tür, klopfte – wie verabredet – zweimal, trat ein, stieg ins Bett und kehrte danach wortlos in sein Zimmer zurück.

In Newport kam ihm zu Ohren, dass die mondänste Motorjacht der Welt, die *Rover*, eben von *Stephens & Company* in Glasgow, Schottland, fertig gestellt worden war. Das schneeweiße Doppelschrauben-Schiff war 107 Meter lang, bot einer dreißigköpfigen Mannschaft Platz, besaß sogar eine eigene Funkstation und war die siebtgrößte hochseetüchtige Privatjacht der Welt, ein Meisterwerk der Schiffsbaukunst. Er musste sie einfach besitzen, denn für ihn war sie das ultimative Spielzeug. Ihr Preis lag bei 850 000 Dollar (nach heutiger Rechnung etwa 15 Millionen Dollar). Da die cleveren Schotten nicht nachgeben wollten, sah sich Hughes gezwungen, den vollen Preis zu zahlen. Er nahm ein Schiff nach Southampton und den Zug nach Schottland, holte das Schiff ab und heuerte den irischen Kapitän Carl (»Jook«) Flynn an, der damit über den Atlantik nach Newport segeln sollte.

Ein echtes Problem stellte der Heimathafen dar. Das Schiff würde hoch besteuert werden, wenn es in Amerika angemeldet war, und da Hughes damit illegal Alkohol transportieren und möglicherweise Kriminelle und Prostituierte beherbergen wollte, ließ er das Schiff vorsichtshalber unter panamesischer Flagge registrieren. Mancher Gangster schützte sein Boot auf diese Weise, denn panamesische Schiffe durften weder von der amerikanischen Küstenwache, noch von der Drogenfahndung geentert oder gar konfisziert werden. Er änderte den Namen in *Southern Cross*, denn er hoffte, mit dem Schiff in die Südsee segeln zu können. Auf der Südhalbkugel sieht man das Sternbild des Großen Bären kopfüber als Kreuz des Südens.

Er verkaufte die *Hilda* samt all ihrer romantischen Erinnerungen an Billie Dove und segelte mit der *Southern Cross* im Long Island Sound auf und ab, führte sie so wohlhabenden Freunden wie Sherman Fairchild (mit Flugzeugen reich geworden) vor. Dann ließ er sie von Kapitän Flynn zu ihrem Liegeplatz im kalifornischen San Pedro bringen. Die aufwendig nachgerüstete *Southern Cross* war farblich in Weiß und Gold gehalten, mit goldenen Wasserhähnen und Armaturen in den Bädern, dazu einer großen Kabine mit einem Doppelbett, das mit Wolfspelzen bedeckt war, auf denen sich der Eigner der Gesellschaft seiner diversen Gefährten und Gespielinnen erfreuen konnte.

Dann beschloss Hughes, einen neuen Geschwindigkeitsrekord für Flugzeuge aufzustellen. An Glenn Odekirk gab er die Anweisung aus, er solle sich ein völlig neues, revolutionäres Flugzeug einfallen lassen, den *Hughes Racer*, auch bekannt als *H-1*.

Er trennte sich von Marian Marsh, die er fallen ließ wie eine heiße Kartoffel, und begann eine Affäre mit der Schauspielerin Ida Lupino – eine Britin, ungeheuer ehrgeizig und gleichzeitig unsicher (früher lief sie bei Previews hinaus, wenn sie ihr Gesicht auf der Leinwand sah). Sie entstammte einer der führenden Londoner Theaterfamilien. Gerade erst war sie dabei, sich in Hollywood einen Namen als Schauspielerin zu machen, doch schon bald würde sie einer der ganz großen Stars von *Warner Bros*. werden. Regelmäßig sah man die beiden in Palm Springs, aber wie bei allen anderen Frauen auch war er zu einem emotionalen Bekenntnis nicht in der Lage. Wahrscheinlich fand so etwas wie körperliche Liebe zwischen den beiden gar nicht statt.

Während die Arbeit am *Hughes Racer* weiterging, hatte der rastlose Eigner von der ständigen Arbeit irgendwann genug und steuerte aus Jux und Tollerei in eine völlig andere Richtung. Nachdem er die Freuden des Filmemachens, des Fliegens, Segelns und der Partys genossen hatte, wollte er jetzt wissen, wie es war, arm zu sein. Jahre später drehte einer seiner Freunde, der Regisseur Preston Sturges, nach Hughes' Erlebnissen einen Film mit dem Titel *Sullivan's Travels*. Er ließ sich von Noah Dietrich 100 Dollar geben, schloss seine Haustür hinter sich ab und machte sich in seinen billigsten Sachen – einem ausgefransten, weißen Leinenhemd, Jeans und Leinenschuhen – auf den Weg zum Eisenbahndepot.

Er schaffte es, heimlich in einen Güterwaggon zu klettern, der ihn kostenlos nach Houston brachte, wo er als Landstreicher aufgegriffen wurde. Nur mit knapper Not und viel Überredungskraft konnte er sich aus dem Gefängnis befreien. Seine wahre Identität gab er nie preis. Auf dieser Reise lernte er viele obdachlose Vagabunden kennen, die es schafften, zu überleben, indem sie mit dem Zug durchs Land fuhren und ihr Essen aus der Küche stahlen. Die Erfahrung faszinierte ihn, und er fühlte sich wie befreit.

Als er seiner romantischen Eskapaden müde wurde, nahm er unter dem Namen Charles Howard eine Arbeit bei der Gepäckverladung von *American Airways* an. Er stieg dort bis zum Teilzeit-Piloten auf, doch in New York kam man ihm auf die Schliche, und er wurde gefeuert.

In Huntsville, Texas, zog er in ein billiges Hotel, wiederum verkleidet. Er schloss Freundschaft mit einem gut aussehenden, jungen Nachtportier namens Harry G. Reed. Hughes tat, als habe er kaum Erfahrung mit Frauen und fürchte, er könne es sich auch gar nicht leisten, mit einer auszugehen. Reed erklärte ihm, für bloße 50 Cents könne ein vorzeigbarer Mann ein Mädchen ausführen, ihr einen Hamburger und eine Coke spendieren, mit ihr ins Kino gehen (für 25 Cents) und – nachdem er sie im dunklen Theater heiß gemacht habe – später ganz sicher in ihrem Bett landen. Hughes war begeistert.

Das Problem war nur, dass sich Hughes die fünfzig Cents erst verdienen musste. Als Kind war er ein ausgezeichneter Fotograf gewesen. Er brachte Reed dazu, ihm Geld für eine Kamera und etwas Ausrüstung zu leihen und ließ sich unter dem Namen »R. Wayne Rector« nieder (was ein zweideutiges Wortspiel war), und fing an,

Visitenkarten zu verteilen. Bald wurde er für Hochzeitsfotos engagiert. Voyeur, der er war, fotografierte er attraktive, junge Pärchen und stellte sich dabei wahrscheinlich vor, wie sie sich in den Flitterwochen vergnügten.

Er beschloss, sich auf größere Beute einzuschießen. Er nahm Reed als Partner auf und reiste mit ihm durch die Lande, bis nach Miami. Reed wartete vor teuren Schulen draußen im Wagen und notierte die Kennzeichen reicher Eltern in ihren Rolls-Royces oder Duesenbergs. Nachdem er die Besitzer aufgetrieben hatte, rief eine Freundin von Reed die Eltern an und sagte ihnen, ein gewisser Mr. Wayne Rector würde ihren Spross gern fotografieren. Er arbeite mit einer berühmten britischen Firma zusammen und beehre nur die angesehensten Familien mit seiner Kunst. Der Plan funktionierte. Nach wenigen Monaten war Hughes ein etablierter Gesellschafts- und Kinderfotograf. Jahrelang nahm er diese Existenz immer wieder auf.

Neben Affären mit hübschen Mechanikern und anderen Helfern war er nach wie vor ein rücksichtsloser Frauenheld, der nun sein Talent als Fotograf nutzte, um Modelle zum Sex zu bewegen. Mit Reed hatte er eine Vereinbarung getroffen: Hughes sollte die Frauen immer zuerst bekommen. Wie schon in seinem früheren Leben war er begeisterter Anhänger eines flotten Vierers. Er sah einfach gern zu.

Gegen Ende 1933 hatte Hughes von diesem Leben vorübergehend genug und war begierig auf weitere Erfolge in der Luft. Am 14. Januar 1934 nahm er in einer frisierten *Boeing*, die er in New York erworben hatte, an den *All-American Air Races* auf dem Flughafen von Miami teil. Er begeisterte die Menge mit seinen Loopings, seinen wagemutigen Sturzflügen bis auf wenige Meter vor den Tribünen und mit der Art und Weise, wie er sich in den Himmel schraubte. Mit einem anderen Piloten stellte er einen Luftangriff nach, warf nachgemachte Brandbomben auf ein Mini-Miami. Dann flog er unter allgemeinem Jubel mit seinen Preisen nach Palm

Beach, um dort im *Breakers Hotel* Nacht für Nacht bis zum Morgengrauen zu feiern.

Mit der *Boeing* flog er nach Kalifornien, um sich anzusehen, welche Fortschritte Odekirk mit seinem geliebten, streng bewachten *H-1* Racer machte, wobei er bestürzt feststellen musste, dass die Maschine vor August nicht fertig werden würde. Den ganzen Frühling über war er jedoch mehr als zufrieden mit der großartigen Arbeit, die Odie und sein Co-Mechaniker Dick Palmer leisteten und die ein erstaunliches, neues Flugzeug entstehen ließ.

Der Eindecker wurde von 550-PS-*Pratt-&-Whitney*-Motoren angetrieben und besaß ungewöhnlich kleine Flügel, die so stromlinienförmig konstruiert waren, dass die Maschine nur eine sehr kurze Startbahn brauchte. Gebaut war sie aus Duraluminium, dem leichtesten, verwendbaren Metall, und Sperrholz, dem leichtesten, verwendbaren Holz. Der besonders große Benzintank brauchte enorm viel Platz und fasste über 1100 Liter. Schließlich schaffte der Racer bei Versuchsflügen in Glendale erstaunliche 566 km/h, mehr als die Hälfte eines heutigen Linienjets.

Nachdem er Ida Lupino sitzen gelassen hatte, suchte sich Hughes in jenem Sommer eine neue Frau, den hinreißenden Stummfilmstar Corinne Griffith, wobei er sich allerdings hin und wieder eines Ausflugs in das Schlafgemach der britischen Schauspielerin Lilian Bond erfreute. Corinne Griffith war – wie sie behauptete – gar nicht Corinne Griffith. In Wirklichkeit sei sie Corinnes Fast-Zwillingsschwester Mary Griffith; Corinne sei in Mexiko bei einem Dreh an einem Herzinfarkt gestorben, und Mary sei, um dem Studio ein Vermögen zu sparen, spontan und ohne schauspielerische Erfahrung eingesprungen. Keiner habe den Unterschied gemerkt. Wenn jemand Corinne fragte, wo denn der echte Star begraben sei, antwortete sie: »In einem namenlosen Grab in Mexiko.« Sie wehrte sich mit Händen und Füßen gegen die Einkommenssteuer (genau wie Hughes) und folgte dem Beispiel der Automobil-Millionärin Mrs. Horace Dodge, die ihr ganzes Geld in Form von steuerfreien

Pfandbriefen zu Hause in Blechkisten aufbewahrte. Die Steuerfahnder, die eines Tages vor der Tür gestanden hatten, mussten unverrichteter Dinge wieder abziehen, als sie ihnen ihre Kisten gezeigt hatte. Der Einzige, der – abgesehen von Palmer und Odekirk und ihrem bewährten Team – Hughes' geheime Werkstatt in Glendale betreten durfte, war Cary Grant. Drei Jahre zuvor hatte Grant Hughes als Randolph Scotts Liebhaber beerbt. Sie lebten gemeinsam im *La Ronda*, einem Apartmenthaus in West Hollywood. An den Wochenenden nahm Hughes Grant auf der *Southern Cross* mit nach Ensenada und von dort weiter nach San Francisco. Es heißt, auf diesen Reisen hätten die beiden Männer ihre sexuelle Affäre begonnen. Sie passten gut zueinander. Keiner von beiden war in Liebesdingen romantisch (ganz im Widerspruch zu Grants Leinwandimage), leidenschaftlich oder engagiert. In ihren Liaisons waren sie kühl, distanziert und unpersönlich. Keinen von beiden scheint es berührt zu haben, dass sie gebunden waren: Hughes an Corinne Griffith und Cary Grant an Randolph Scott. Und sie beklagten sich auch nicht, als die einflussreiche *Hollywood-Reporter*-Kolumnistin Edyth Gwynne von einer ihrer heimlichen Seereisen berichtete. Wenn Hughes Grant und Scott in ihrem Apartment besuchte, so geschah das auf freundschaftlicher Basis. Bald darauf zog Scott in seine Heimatstadt Orange, Virginia, und verheiratete sich reich, indem er Marian Du Pont, die männermordende, konservative Millionen-Erbin des Du-Pont-Textil-Vermögens, ehelichte.

Somit stand Hughes' Interesse an Grant nichts mehr im Wege. Die Beziehung der beiden zog sich (mit Unterbrechungen) bis in die 50er Jahre hin. Im August 1935 drehte Grant den Film *Sylvia Scarlett*, eine romantische Verkleidungskomödie voll schlüpfriger Andeutungen. Grant spielte darin erstaunlich feminin, und sein weibliches Gegenüber – Katharine Hepburn – war als Junge verkleidet. Hughes war fasziniert, als er erfuhr, dass während einer Sequenz ein Mädchen die Hepburn geküsst und ihr gesagt hatte: »Du bist sehr attraktiv«, und dass sich an anderer Stelle der Schauspieler Brian

Aherne zu Kate als »Jungen« hingezogen fühlte. In einer äußerst zweideutigen Szene sagt Aherne: »Hier geht was Lauwarmes vor sich.«

Hughes flog mit einer seiner Maschinen nach Trancas Beach nördlich von Los Angeles, wo der Film gedreht wurde, und landete auf einem benachbarten Golfkurs, wobei er mit dem Motorenlärm eine Einstellung ruinierte. Der ausgesprochen empfindliche, homosexuelle Regisseur George Cukor, der dem Autor dieses Buches erklärte, er habe Hughes gehasst, war außer sich vor Zorn. Katharine Hepburn rief: »Der Mann hat Nerven!« Mit schwarzem Ledermantel und Fliegerbrille sprang Hughes aus dem Cockpit und bestand darauf, Schauspielern und Crew beim mittäglichen Picknick Gesellschaft zu leisten. Hepburn hatte sowohl Körbe voller Sandwiches und Thermosflaschen mit Kaffee und Tee dabei als auch teures Porzellan, um sich am Drehort königlich bewirten zu lassen.

Da sie sich über Hughes' aufdringliche Art ärgerte und wusste, dass er schwerhörig war, verabredete sie mit Cukor, Grant und Brian Aherne, ihn zu provozieren. Sie tuschelten während des gesamten Essens, machten wenig schmeichelhafte Bemerkungen, bis Hughes vor Wut rot anlief. Als er sie bat, lauter zu sprechen, rissen sie die Münder auf, als schrien sie, aber es kam nichts heraus. Unter Applaus und spöttischem Gelächter kehrte Hughes zu seiner Maschine zurück.

Doch so ärgerlich Hughes' Aufdringlichkeit auch gewesen sein mag, musste sich die Hepburn doch eingestehen, dass sie von ihm ebenso fasziniert war wie Grant. Sie reagierte nicht anders als andere Frauen, wenn sie einem so mächtigen und reichen, jungen Mann gegenüberstand, schlank und gut aussehend, der verletzlich wirkte, als wollte er bemuttert werden. Sie beschloss, ihn näher kennen zu lernen. Und das tat sie auch. Egozentrisch wie sie war, scheint sie nie in Betracht gezogen zu haben, dass sie Hughes mit Cary Grant, Corinne Griffith und unzähligen Schönheiten beiderlei Geschlechts würde teilen müssen.

Bei seiner Rückkehr aus Trancas stellte Hughes begeistert fest, dass der *H-1 Hughes Racer* endlich fertig war. Die Baukosten beliefen sich auf 120 000 Dollar. Am 10. August ließ er Noah Dietrich eine Pressekonferenz abhalten, in der er verkündete, er beabsichtige, am 12. September den Geschwindigkeitsweltrekord zu brechen. Die Leitung der *Hughes Tool Company* geriet in Panik. Man war überzeugt davon, dass ihn dieser Flug das Leben kosten würde, und bestand auf einem neuen Testament – mit Erfolg, wie es schien, aber er unterschrieb das Dokument nicht. Offenbar setzte er gleichzeitig ein geheimes Testament auf, in dem er verfügte, dass mit seinem Geld eine medizinische Stiftung ins Leben gerufen werden sollte. Dieser Letzte Wille verschwand.

Am verabredeten Morgen fuhr Hughes zu seinem Epoche machenden Flug zum Martin Field von Santa Ana. Die fliegenden Wettkampfrichter waren Amelia Earhart (Mrs. George Putnam), der berühmte Pilot Paul Mantz und Lawrence Thorkelson von der *National Aviation Association*. Sie sahen von einem Beobachtungsflugzeug aus zu.

Gegen Sonnenuntergang rollte Hughes den *Racer* die Runway entlang und startete mit kurzem Anlauf. In seiner ersten schnellen Runde schaffte er wegen des Gegenwinds nur enttäuschende 486 km/h. Statt seine Geschwindigkeit jedoch allmählich zu erhöhen, um den Weltrekord zu brechen, ging der exzentrische Hughes auf einen Sturzflug mit 557 km/h, was – wie er wissen musste – nicht dem geforderten Ablauf entsprach. Dieser unnötige Auftritt kostete ihn mehrere Punkte.

Er fing die Maschine ab, ging in eine steile Querlage und machte einen normalen Flug bei Vollgas mit 567 km/h. Langsam wurde es Nacht, was präzise Fotos oder eine Überprüfung seiner Geschwindigkeit unmöglich machte.

Am nächsten Tag, dem 13., versuchte er es noch einmal. Die Dreizehn war seine Glückszahl. Und er sollte Glück haben. Diesmal hatte er Rückenwind, und unter idealen Testbedingungen konnte er die 567 km/h wiederholen. Nach einer makellosen Landung nahm er seine Trophäe von den Richtern entgegen, doch war er rastlos und rannte wieder zu seinem *Racer*. Er sprang ins Cockpit, hob ab und flog nach Süden – gegen den Wind. Dann geschah es. Einer der Tanks fiel aus. Er versuchte es mit der Reserve, aber auch diese versagte. Zu seinem Entsetzen blieb ihm nur noch der Segelflug.

Trotzdem bewahrte er wie immer die Ruhe. Wenn er die Geschwindigkeit herunternehmen und sein Fahrwerk ausfahren würde, so würde er auf einen vollen Highway stürzen, was ihn und viele Menschen möglicherweise das Leben kosten würde, also blieb ihm nur, mit 160 km/h auf einem Bohnenfeld herunterzugehen. Er meisterte die Notlandung brillant. Der *Racer* knallte auf den harten Boden und schlidderte mehrere hundert Meter weit, bis er abrupt zum Stehen kam. Hunderte rannten auf das Feld, um nachzusehen, ob er verletzt war. Ein Krankenwagen heulte heran. Als dieser eintraf, saß Hughes seelenruhig auf der Propellernabe und kaute Kaugummi.

Umgehend ordnete er eine Untersuchung an, um zu sehen, wo der Fehler zu suchen war. Palmer und Odekirk zerlegten den *Racer* bis auf die letzte Schraube. Hughes musste sich sagen lassen, dass einer seiner Mechaniker ihn sabotiert hatte, als die Maschine nach dem erfolgreichen Testflug durchgecheckt worden war. Irgendjemand hatte beide Benzinleitungen mit Stahlwolle verstopft. Eine hätte noch als Zufall durchgehen können, zwei nicht. Wer mochte das getan haben? War es möglich, dass einer der Mitarbeiter, die seine Millionen erben wollten, ein Teammitglied bestochen hatte, ihn zu ermorden? Er sollte es nie herausfinden. Bis heute bleibt dieses Geheimnis ungelöst.

SECHSTES KAPITEL

Einmal um die Welt

Hughes' Freundschaft mit Katharine Hepburn entwickelte sich bald zu einer grotesken Romanze. Die beiden waren echte Gegensätze: Sie war redselig, rechthaberisch – ihre Ansichten sprudelten nur so heraus! –, bestimmend, penetrant, komisch, charmant, unwiderstehlich. Er war wie immer wortkarg, verschlossen, von seiner Schwerhörigkeit so sehr behindert, dass er sich in Gesellschaft unwohl fühlte. Und er hatte den unsäglichen Humor eines Schuljungen. Aber sie hatten auch viel gemeinsam: Beharrlichkeit, Mut, Unternehmungsgeist, die Weigerung, sich zurückweisen oder irgendwelche Pläne durchkreuzen zu lassen, die Leidenschaft für Flugzeuge, Automobile, Golf, das Leben.

Beide waren sie knochig und trugen gern Leder. Sie waren eher wie Brüder, eine wilde Leidenschaft wie bei Romeo und Julia ist nur schwer vorstellbar. Sie waren Kameraden. Ölverschmiert unter einem Auto oder Flugzeug fühlte er sich wohler als im Schlafzimmer, und ihr ging es da kaum anders. Beide standen sie ganz oben auf der Liste der begehrtesten Singles dieser Welt, und so amüsierte es sie, ein Paar zu sein.

Sie hatten eine wundervolle Zeit. Er brachte ihr das Fliegen bei, und sie durfte sogar sein Flugzeug steuern, einmal haarsträubend unter der New Yorker 59th-Street-Bridge hindurch. Einmal landete er auf dem Golfkurs des *Bel-Air Country Clubs*, als sie gerade vor dem neunten Loch war, und verdarb ihr das Einlochen. So dumm, sie beim Tennis herauszufordern, war er allerdings nicht.

Sie war die Beste, und das wusste er. Und er beschloss, das beste

Flugzeug der Welt zu bauen. Sein *Racer* wurde von der *Northrop Gamma*, die der berühmten Fliegerin Jacqueline Cochran gehörte, in den Schatten gestellt. Es war eine umstrittene Maschine, da sie schon während ihrer Entwicklung zweimal in der Werkstatt hochgegangen war und von ihrer wild entschlossenen Besitzerin ununterbrochen überarbeitet und frisiert wurde.

Er musste sie besitzen, koste es, was es wolle. Als er herausfand, dass sich die Cochran, die mit dem Multimillionär Floyd Odlum verlobt war, in Los Angeles aufhielt, rief er sie nachts um halb zwölf an. Sie wollte gar nicht glauben, dass der berühmte Howard Hughes am Telefon war. Er musste reden wie ein Wasserfall, um sie davon zu überzeugen, dass es sich nicht um einen Telefonstreich handelte.

Als er ihr anbot, die *Northrop* zu kaufen, lehnte sie ab. Er lud sie ein, sich den *Racer* anzusehen. Sie war begeistert, aber Hughes enttäuschte sie, indem er sie nicht in die Luft lassen wollte. Was den Verkauf ihrer Maschine anging, gab sie nicht nach. In seiner Verzweiflung bot Hughes an, sie stattdessen zu mieten. Da die gebotene Summe – atemberaubende 65 000 Dollar – die Baukosten der *Gamma* überstieg, gab Cochran nach. Später bekam Hughes seinen Willen und kaufte die Maschine doch noch.

Außerdem erwarb er eine *DC-1* von *Douglas Aircraft*, wobei er die *Northrop* für Testflüge und die *DC-1* dazu verwendete, von einem Ort zum anderen zu gelangen. Nach Wochen in seiner Werkstatt in Glendale war er bereit, sich mit der *Gamma* auf den transkontinentalen Rekordflug von Los Angeles nach New York zu begeben. Die Maschine hatte einen 925 PS starken *Wright-G-Cyclone*-Motor bekommen, der ursprünglich für die militärische Nutzung vorgesehen war. Die Hepburn drehte gerade *Mary of Scotland* und spielte die schottische Königin, sodass sie nicht dabei sein konnte, als Hughes am 13. Januar 1936 mittags um 11:30 Uhr mit einem Palm-Beach-Anzug und Leinenschuhen ins Cockpit kletterte, der Mechaniker den Propeller anwarf und er in Richtung Santa Fe, New Mexico, abhob.

Beim Start herrschten so starke Turbulenzen, dass seine Funkantenne brach und er für den Rest der Reise keinen Kontakt zum Boden hatte. Über den Sierras geriet er in einen Sturm, der ihn aus 5000 Metern Höhe abwärts drückte. Er musste blindlings über den Colorado River nach Arizona fliegen und behielt unruhig seine Tankanzeige im Auge, schaffte es jedoch irgendwie, in der dicken Suppe El Paso zu finden. Nördlich von Wichita, Kansas, geriet Hughes erneut in Schwierigkeiten, da der Sturm so heftig wurde, dass er fast das Bewusstsein verlor und sich seine Kompassnadel löste. Mit Hilfe von Mond und Sternen als Orientierung flog er von Indianapolis nach Columbus, Ohio, weiter nach Pittsburgh und schließlich nach Newark, wo er in leichtem Nieselregen zweiundvierzig Minuten nach Mitternacht unter dem Jubel der versammelten Menge landete. »Ich wüsste nicht, was daran sensationell sein soll«, sagte er mit müdem Grinsen, als er ausstieg. Dennoch war er überglücklich, als er feststellte, dass er mit neun Stunden und siebenundzwanzig Minuten Colonel Roscoe Turners Rekord von etwas über zehn Stunden unterboten hatte.

Bereits am 21. April brach er den nächsten Rekord, als er die *Northrop* bei schwierigem Seitenwind in vier Stunden und einundzwanzig Minuten von Miami nach New York flog. Wieder fiel sein Funkgerät aus und er musste sich ab Raleigh, North Carolina, am Boden orientieren. Über Coney Island ging er eilig runter und landete unsanft auf dem Floyd Bennett Field. Die Geschichte seines Triumphes bestimmte die Titelseiten der Nation, er wurde von Fanpost überschüttet und im *Drake Hotel* von Hunderten belagert.

Am 15. Mai 1936 war er in Chicago. Ein Mann, den er in einer Bar in North Beach kennen lernte, wettete mit ihm um 50 Dollar, dass er es nicht schaffte, zwischen Mittag- und Abendessen von Chicago nach Los Angeles zu fliegen. Allerdings war dem Mann nicht klar gewesen, dass Hughes immer sehr spät zu Abend aß.

Da er so spontan auf die Wette eingegangen war, hob er in Chicago ohne die nötigen Landkarten ab. Er kämpfte mit einem Gegenwind von 70 km/h, der ihn auf eine Höhe von über 6500 Meter zwang. Er folgte der »Great Circle Route« nach Kingman und suchte sich einen Weg über steile Bergketten. Fast kam er ums Leben, als der Fluggeschwindigkeitsmesser auf Null fiel, die Verbindung zum Sauerstofftank versagte und er viel zu dünne Luft atmen musste. Langsam verlor er das Bewusstsein. Er schrie laut, um den Druck auf seine Lungen zu lindern. Dann bildete sich Eis auf den Flügeln. Fünf Stunden lang flog er unter Lebensgefahr. Und nie hat er ein Steak zum Abendessen mehr genossen.

Im Juni war er gerade damit beschäftigt, seine Weltumrundung vorzubereiten, als sich ein schwerer Verkehrsunfall ereignete. Hughes fuhr auf dem Wilshire Boulevard in westlicher Richtung und näherte sich einer Straßenbahnhaltestelle. Statt das Stoppzeichen zu beachten, scherte er ungeduldig aus und überfuhr einen Fußgänger, der gerade auf dem Heimweg von seiner Arbeit als Verkäufer in der *May Company* war. Auf dem Beifahrersitz saß eine reiche Erbin aus Pasadena, mit der er offenbar eine Affäre hatte – ungeachtet der Tatsache, dass Katharine Hepburn nach wie vor Teil seines Lebens war. Die Erbin flüchtete vom Unfallort. Hughes wurde verhaftet, des Totschlags angeklagt und stundenlang verhört, aber er weigerte sich, den Namen der Erbin preiszugeben. Obwohl Fußgänger in Los Angeles immer den Vortritt hatten, und Hughes mit seinem rücksichtslosen Fahrstil gegen das Gesetz verstoßen hatte, kam er davon. Damals waren Bezirksstaatsanwälte käuflich, und wenn man genug Geld hatte, kam man mit fast allem durch.

Im Spätsommer wohnte Hughes wieder mal im New Yorker *Drake Hotel.* Er hörte, Ginger Rogers – eine eindrucksvolle, romantische Frau – sei in der Stadt, und bekräftigte sein Interesse an ihr. Er schien nicht im Geringsten Anstoß daran zu nehmen, dass sie bereits mit dem Schauspieler Lew Ayres verheiratet war und er sich eigentlich emotional Katharine Hepburn zugehörig fühlen sollte. Als die Hepburn – erst in Los Angeles und später zu Hause in Connecticut – davon Wind bekam, tobte sie.

Hughes wusste, dass der Weg in Gingers Herz über ihre Ehrfurcht gebietende Mutter Lela führte. Er gewann Lela mit seinem jungenhaften Charme für sich und fuhr mit Mutter und Tochter an Bord der *Southern Cross* zum Anwesen seines Freundes Sherman Fairchild in Lloyd's Neck, Huntington, Long Island.

Sie spielten Tennis, statteten der *Sikorsky*-Hubschrauberfabrik einen Besuch ab und tanzten durch die Nachtclubs, vor allem im *St. Regis Roof.* Als er sie dann mit dem *Racer* nach Los Angeles flog, fragte er Ginger, ob sie ihn heiraten wolle. Unabhängig wie sie war, konnte sie über seinen Antrag nur staunen. Sämtliche Zeitungen berichteten von seiner Beziehung zu Katharine Hepburn, und ihre bisherigen Verabredungen hatten sämtlich unter den Augen der Öffentlichkeit stattgefunden. Sie wies ihn zurück.

Katharine Hepburn hasste sie. Als sie einmal Ginger Rogers im Nerzmantel unter ihrem Garderobenfenster bei *RKO Radio Pictures* stehen sah, goss sie ihr einen Krug Wasser über den Kopf, und die Anstecknadel aus Platin, die sie von ihr zum Geburtstag bekommen hatte, verschenkte sie weiter. In ihren Memoiren listet Mrs. Rogers sämtliche kleinen Racheakte auf, mit denen Katharine Hepburn ihr das Leben schwer machte, ohne jedoch den Grund dafür zu nennen.

Im Herbst 1936 nahm die Hepburn eine Einladung der *Theater Guild* an, in einer landesweiten Tournee von Helen Jeromes Bühnenversion der *Jane Eyre* von Charlotte Brontë zu spielen. Hughes unterstützte die Idee, aber leider war sie in der Rolle fehlbesetzt. Sie konnte kein unscheinbares Waisenkind spielen, das zu schüchtern war, dem Landbesitzer Edward Rochester seine Gefühle zu offenbaren. Sie war schlicht und einfach zu forsch und konnte ihr wahres Wesen auf der Bühne nicht verbergen, was erstmals am 26. Dezember 1936 in New Haven deutlich wurde.

Vernarrt folgte ihr Hughes per Flugzeug zu mehreren Auftrittsorten und hinterließ in ihrer Garderobe Rubine oder diamantene Armreifen. Obwohl er sich, was Ginger Rogers und andere Frauen anging, ausgesprochen unkorrekt verhielt, konnte sie seinen ergebenen Gesten doch nicht widerstehen.

Am 3. März 1937 überreichte ihm Präsident Roosevelt während einer Feier im Weißen Haus die *Harmon International Trophy* für den besten Flieger des Jahres. Hughes war erst der dritte Mann, der diesen begehrten Preis bekam: die andere beiden waren Charles Lindbergh und Wiley Post gewesen. Bald darauf hielt Hughes bei einem Abendessen zu seinen Ehren im *New Yorker Advertising Club* die Zuhörer in Atem, als er von den Problemen während seines jüngsten Transkontinentalflugs berichtete. Dennoch hatte er bei diesem Flug seinen eigenen Rekord unterboten. »Es wird ein harter Kampf gegen die Natur, noch höhere Geschwindigkeiten zu erreichen«, sagte er abschließend.

Während Ginger Rogers in Hollywood in dem Film *Vivacious Lady* spielte, arbeitete Hughes härter als je zuvor an seiner Weltumrundung. Bürgermeister La Guardia bat ihn, die *L-14 Lockheed*, die er dabei fliegen wollte, auf den Namen *The 1939 New York World's Fair* zu taufen.

Das Problem aber war, dass die *L-14* zu klein war, um große Treibstoffmengen zu transportieren. Indem Hughes die Maschine mit Zusatztanks ausstattete, riskierte er, sie zu überladen, und tatsächlich verweigerte man ihm das Zertifikat der Flugtüchtigkeit. Somit durfte er Großbritannien nicht überfliegen. Er begab sich nach England und argumentierte vor der britischen Regierung, dass sich das Gewicht durch den Treibstoffverbrauch über den Atlantik erheblich reduzieren würde. Vergebens. Nach harten Verhandlungen wollte ihm das Wirtschaftsministerium lediglich genehmigen, auf dem Rückweg amerikanisches Territorium zu überfliegen. Allerdings musste er den Flug um ein Jahr verschieben.

In London hatte er eine kurze Affäre mit der zarten, unsicheren *Woolworth*-Erbin Barbara Hutton, die später Cary Grant heiraten sollte. Sie wohnten im *Savoy Hotel*. In ihrem Tagebuch schrieb Barbara Hutton darüber, wie ungeduldig er als Liebhaber gewesen sei und dass er ihr nicht helfen konnte, zum Höhepunkt zu kommen, sie habe sich schließlich selbst befriedigen müssen – ein Umstand, den auch andere schon beklagt hatten und noch beklagen sollten.

Als Katharine Hepburn ihre *Jane-Eyre*-Tournee beendet hatte, begann sie am 1. Juni 1937 in Hollywood mit der Arbeit an dem Film *Stage Door*. Sie war sehr verärgert, weil sie auf der Besetzungsliste erst nach Ginger Rogers erwähnt wurde, besonders da Hughes seine Romanzen mit beiden Frauen fortsetzte. Wütend stieß sie die Rogers während der Produktion unablässig vor den Kopf.

Um ihre Stellung in Hughes' Leben zu festigen, zog die Hepburn im August in sein Haus an der 211 Muirfield Road. Später, im Dezember, holte sie ihr eigenes Personal hinzu, unter anderem ihr Dienstmädchen Johanna Madsen. Miss Madsen, der Chauffeur und die Köchin – Louis und Ranghild Preyssing – waren allesamt forsche, verschwiegene, kühle, verlässliche Skandinavier. Sie passten problemlos zu Hughes' treuer Haushälterin Beatrice Dowling und seinem Haushofmeister Richard Dreher.

Mit der ihr eigenen Neugier erkundete Katharine Hepburn das Haus von oben bis unten, von Hughes' Mönchszelle mit der schmalen Eisenpritsche – die für seine einsachtundachtzig zu kurz war, sodass seine Füße über den Rand hinaushingen – bis zum Keller, der randvoll war mit den Lagerbeständen aus dem *Rice Hotel*, sie waren so gut wie unangetastet geblieben: 300 Flaschen Wein, 100 Flaschen Jahrgangschampagner, Whisky in Krügen und Bier in großen Fässern, kistenweise Scotch und Gin: ein alkoholischer Schatz wie aus Tausendundeiner Nacht.

Sie war fasziniert von seiner Garage mit den *Stanley*- und *Doble*-Dampfautos – die zwar aufgebockt, aber voll fahrbereit waren –, der viertürigen *Buick*-Limousine, dem *Packard 120* – den sie auslagerte, um Platz für ihr *Model A Ford*-Cabrio zu schaffen – und dem grandiosen, alten *Duesenberg*.

So richteten sie sich ein. Während ihrer ersten Monate im Haus – vom 16. August bis zum 10. Januar – war die Hepburn mit dem langwierigen Dreh von *Bringing Up Baby* beschäftigt, einer Komödie, in der sie an der Seite von Cary Grant spielte, einer der Liebschaften von Hughes. (Es scheint, als wären alle großen *RKO*-Stars auf die eine oder andere Weise mit Hughes' Leben verstrickt gewesen. Jacqueline Cochran, die Frau des Studiobesitzers Floyd Odlum, war nach wie vor eine enge Freundin, was ihm unbegrenzten Zugang zum Studio verschaffte.)

Trotz des engen Zeitplans, den ihr der Film abforderte (unter der Regie von Howard Hawks, einer weiteren Hughes-Verbindung im inzestuösen Hollywood), stand die Hepburn im Morgengrauen auf und machte lange Spaziergänge oder lief zum Golfplatz hinter dem Haus, um an ihrer Technik zu feilen; Hughes verließ nur ungern vor dem späten Nachmittag sein Schlafzimmer. Sie verschlang Unmengen roter Bohnen mit Eiern und Speck, Kaffee und stapelweise Toast. Wenn sie nachts nach Hause kam, nahm er sein übliches Abendessen aus Schmetterlingssteak mit Erbsen zu sich oder durchgebratene Lammkeulen, Eiskrem und Hafermehlkekse. Und auch sie nahm dann noch eine herzhafte Mahlzeit zu sich. Dennoch blieb sie genauso schlank wie er (die Köchin nannte sie »Hohlbeinchen«).

Eines Tages wurden sie Opfer eines Einbruchs, während sie im Studio war und er schlief. Der Dieb stieg durch ein Fenster im Erdgeschoss ein, starrte Louis Preyssing an, der gerade im Esszimmer Staub saugte, und ging wortlos in Katharine Hepburns Schlafzimmer (er wusste, wo es war), um dort Armbänder aus Diamanten und Rubinen und einen Pelzmantel einzusacken, alles Geschenke von Hughes. Hughes reagierte sofort und installierte ein ausgeklügeltes Alarmsystem, das er selbst erfunden hatte, eine absurd komplizierte Apparatur, die oftmals von den drei Hunden oder streunenden Nachbarskatzen ausgelöst wurde. Sie war so laut (wegen seiner Schwerhörigkeit), dass die Nachbarn ein ums andere Mal mitten in der Nacht aus ihren Häusern gelaufen kamen.

Damals richtete Hughes außerdem ein Telefonsystem ein, das wie ein Feueralarm klingelte, was Katharine Hepburn nervte. Sie verabscheute das Telefon und bevorzugte die viktorianische Sitte des Briefschreibens, er dagegen hatte Telefone überall im Haus, zwei sogar im Badezimmer, mit Tasten – eine ganz neue Erfindung. Nach wie vor erledigte er seine Geschäfte großteils im Badezimmer.

Sie brauchten noch mehr Personal: einen Teilzeit-Barbier, der ihnen die Haare schnitt, eine Wäscherin namens Mrs. Foster, die ihre Wäsche nicht wie damals üblich zum Trocknen in den Keller hängte, sondern auf eine Leine draußen im Garten. Schnüffler konnten hinter der Mauer Hughes' Unterhosen neben Katharine Hepburns Slips und Höschen hängen sehen.

Die Hepburn staunte, wie sehr sich Hughes um Bakterien scherte, was er von seiner Mutter und Mimi, der Großmutter väterlicherseits, geerbt hatte. Gästen ließ er von Mrs. Preyssing Speisen auf den schlichtesten Porzellantellern und Wein in billigen Gläsern servieren, die dann vor seinen Augen zerschlagen, eingewickelt und in Mülleimer geworfen werden mussten.

Er weigerte sich, Zahnpasta zu benutzen, weil er sich vor den darin enthaltenen Chemikalien fürchtete, spülte seinen Mund jedoch Tag und Nacht mit Mundwasser aus und kaute auf geheimnisvollen, schwarzen Samenkörnern herum, die zur Verdauung beitragen und zudem Bakterien abtöten sollten. Als Johanna Madsen Samenkörner auf seiner Zahnbürste fand, wies er sie an, die Bürste zu vernichten.

Drang eine Fliege, Motte oder eine Kakerlake ins Haus ein, hatte das Personal die Anweisung, sie zu fangen und zu töten. Dabei durfte man weder einen Giftzerstäuber noch einen Fliegenfänger benutzen, weil damit die Luft verpestet würde.

In den meisten Nächten war Hughes bis kurz vor dem Morgengrauen auf den Beinen und arbeitete im *Burbank's Union Air Terminal* an der *L-14*, die er auf die Weltumrundung vorbereitete. Gemeinsam mit Glenn Odekirk und seinem Team baute er die Maschine um. Von Anfang an war das Problem, dass die *L-14* nicht groß genug war, doch wollte er davon nichts wissen. Um genügend Treibstoff für die erste lange Strecke über den Atlantik an Bord nehmen zu können, musste er sehr große, aufrecht stehende Benzintanks in der Kabine einbauen, was der Mannschaft kaum Platz ließ. Um seine Sicherheit und die seiner Männer zu gewährleisten, musste er fünf Fallschirme samt Wasser und Notrationen mitnehmen. Damit das Flugzeug schwamm, falls es ins Wasser stürzen sollte, musste er ein aufblasbares Rettungsfloß hineinquetschen und Pingpong-Bälle in die Ecken stopfen. Er ließ sogar die Farbe vom Rumpf schmirgeln, damit ihn die Sonne nicht blendete. Außerdem baute er eine Art Vakuum-Toilette ein, um menschliche Ausscheidungen hinausblasen zu können.

Während Katharine Hepburn im Februar bei *RKO* den Film *Holiday* drehte (wiederum mit Cary Grant), begann der skrupellose Hughes eine Affäre mit Bette Davis. Nach wie vor traf er sich sowohl mit Ginger Rogers als auch mit Cary Grant, und er lebte mit Katharine Hepburn zusammen. Bette Davis war wild und neurotisch, unersättlich in ihrem Hunger nach attraktiven Männern (auch wenn sie tat, als sei sie schwer zu kriegen). Sie war fasziniert von Hughes, für ihn dagegen war sie nur ein Name unter vielen auf der Einkaufsliste für den weltbesten Sex.

Wie Hughes die Zeit für eine weitere Romanze fand, bleibt ein Rätsel, nachdem er drei Affären gleichzeitig laufen hatte und die ganze Nacht in Burbank arbeitete, aber er hatte – wie sie selbst prahlte – eine ausgesprochen intensive sexuelle Beziehung zu Bette Davis. Jahrelang war er ein eher ungeduldiger, ungeschickter Liebhaber gewesen, der seine eigenen sexuellen Zyklen missachtete und unbedingt bei jeder sich bietenden Gelegenheit Sex haben musste, statt darauf zu achten, wann ihm danach war. Bei Bette Davis, die sich beim Sex sehr fordernd und wild und schnippisch gab, konnte er nicht mithalten. Wiederholt kam er nicht zum Höhepunkt, nachdem er in sie eingedrungen war, was ihn in äußerste Verlegenheit brachte.

Sie brachte verschiedene Sextechniken zum Einsatz, damit er kommen konnte, und jahrelang gab sie vor ihren Freunden an, dass sie etwas erreicht habe, was keine andere Frau auf der Welt je geschafft habe. Vermutlich entsprach es nicht der Wahrheit und war nur ein Schlag ins Gesicht ihrer Hauptrivalin Katharine Hepburn. Als Ham Nelson, Bette Davis' Mann, von ihrer Affäre mit Hughes Wind bekam, zog er aus dem gemeinsamen Haus aus und mietete einen Abhörwagen samt Tontechniker, um die beiden zu belauschen. Er verwanzte Bette Davis' Schlafzimmer, parkte den Wagen irgendwo im Coldwater Canyon und hoffte, sie in flagranti erwischen zu können.

Eines Nachts erfüllte sich Bette eine sexuelle Phantasie. Sie übersäte ihr Bett mit Gardenien. Hughes drang in sie ein und kam schnell zum Höhepunkt. Ham lauschte ihrem Stöhnen und dem nachfolgenden, seligen Gesäusel der beiden. Da platzte er ins Haus und stürmte das Schlafzimmer.

Hughes hielt einen von Bettes flauschigen Schlafzimmerslippern vor sein Geschlecht. Er stand da wie ein großer, dürrer, zu lang geratener Schuljunge, der mit der Keksdose in der Hand erwischt worden war, während Bette ihren Mann wüst beschimpfte. Mit Blick auf den nackten Ehebrecher erklärte Ham kaltschnäuzig, seine Diskretion koste 70 000 Dollar. Ein Wort über einen solchen Ehebruch gegenüber den Frauenclubs, und in jenen puritanischen Zeiten wären Bette Davis' Filme verboten worden.

Hughes kramte nach seinem Scheckbuch und stellte einen Scheck über 70 000 Dollar aus. Bette Davis jedoch bestand darauf, ihm das Geld über ihre Manager Vernon und Carlyn Wood zurückzuzahlen. Es kostete sie den Großteil ihrer Ersparnisse. Sie behauptete, Hughes habe ihr zum Jahrestag dieser Rückzahlung jedes Jahr eine Rose (manche sagen eine Gardenie) geschickt.

Wusste die Hepburn von dieser Episode? Es ist sehr gut möglich, denn nachdem sie sich aus ihrem Vertrag bei *RKO* freigekauft hatte, fuhr sie sofort nach New York und nach Connecticut, wo ihre Eltern zu Hause waren – in Fenwick bei Old Saybrook, an der Mündung des Connecticut River.

Dass Hughes etwas für Katharine Hepburn empfand, dürfte wohl der Umstand belegen, dass er es trotz aller Arbeit an der *L-14*, die im Juli auf Weltumrundung gehen sollte, fertig brachte, sich loszureißen und nach Connecticut zu fliegen, um ihr und ihrer lebhaften Familie einen Besuch abzustatten. Ihr Bruder Richard, ein erfolgloser Dramatiker und das schwarze Schaf der Familie, machte sich dummerweise sofort daran, ein Theaterstück über die Liebesaffäre zwischen Hughes und Hepburn zu verfassen, welches er Katharines Verwandtschaft laut vorlas. Die Familie war außer sich.

Gegen Ende Juni flog die Hepburn Hughes *Sikorsky-S-43*-Flugboot unter der 59th Street-Brücke hindurch – es war das größte Abenteuer ihres Lebens. Dann kehrte Hughes nach Los Angeles zurück, um die *L-14* nach New York zu schaffen.

Eine jubelnde Menschenmenge erwartete ihn, als er am 4. Juli auf dem Grand Central Airport landete, wo er offiziell von Grover Whalen, dem Assistenten des Bürgermeisters, in Begleitung einiger Offizieller und einer ohrenbetäubenden Blaskapelle begrüßt wurde. Mit Katharine Hepburns Hilfe – sie hatte ihm seine Affären verziehen – verbrachte er die folgenden Tage in Manhattan damit, Waffen, Angelzeug, ein Jagdmesser, Medikamente gegen Schlangengift, Wasser und Proviant für dreißig Tage zusammenzutragen, für den Fall, dass die Maschine in einer gefährlichen Gegend landen musste.

Sie half ihm, die richtigen Sandwiches auszuwählen, indem sie fünfzehn Sorten Brot auf ihren Nährstoffgehalt testete, ebenso Truthahnaufschnitt und Schinkenscheiben, Käse und gefrorene Milch. Sie sorgte sich mit ihm um die übermäßige Belastung des extrem leichten Rumpfes.

Nach drei Tagen und Nächten mit Katharine in der Wohnung ihrer Freundin Lana Harding an der East 52nd Street ließen sie sich von ihrem Chauffeur in einem *Lincoln* nach Old Saybrook kutschieren. Zwei Tage später kamen sie zurück, wobei der öffentlichkeitsscheue Hughes auf allen vieren im Fond kauerte, während sie vorn beim Fahrer saß. Um möglichst schnell zum Floyd Bennett Field zu gelangen, wo ein erschöpfter Glenn Odekirk mit seinen sechs Leuten seit zweiundsiebzig Stunden ohne Schlaf an der *L-14* arbeitete, missachtete der Chauffeur die Geschwindigkeitsbegrenzung. Prompt röhrte ein Cop auf einem Motorrad heran. Die Hepburn befahl dem Fahrer: »Nehmen Sie den Strafzettel. Streiten Sie nicht.« Und Hughes blieb unentdeckt.

Das exzentrische Paar hätte Grover Whalens Angebot einer Eskorte von Connecticut bis zum Floyd Bennett besser annehmen sollen, denn ohne diese Vorkehrung mussten sie auf dem Flugfeld einen wahren Spießrutenlauf hinter sich bringen. Diverse Fans versuchten, Hughes seinen Glücksbringer, den braunen Filzhut, vom Kopf zu reißen. Als auch Katharine Hepburn bestürmt wurde, wies diese den Chauffeur an, umzukehren.

Bestürzt musste Hughes feststellen, dass der unrasierte Odekirk einige Pfund abgenommen hatte und am ganzen Körper zitterte. Dieser Mann, der wie kein anderer dafür gesorgt hatte, dass die *L-14* flugtauglich wurde, erklärte unter Tränen, er sei nicht in der Lage, mitzufliegen.

Hughes akzeptierte die Situation, nahm Odekirk bei den Schultern und sagte ihm, er solle mit seiner Frau auf Hughes' Kosten Urlaub machen. Glücklicherweise waren die anderen Männer aus dem Team fit genug, um weiterzumachen.

Besorgt stellte Hughes fest, dass es ernste Probleme mit den Verstrebungen und dem Rumpf gab. Er musste die Nacht und fast den ganzen nächsten Tag daran arbeiten. Trotzdem wollte so mancher aus der vieltausendköpfigen Menge einfach nicht gehen, man campierte gemeinsam mit Reportern und Pressefotografen siebzehn Stunden lang in der sengenden Hitze.

Das Schlimmste an dieser Tortur war für Hughes nicht das endlose Ringen darum, die Maschine startklar zu machen, sondern der Umstand, dass er eine Abschiedsrede halten musste. Um 19 Uhr stand er schließlich hohlwangig, mit Stoppeln am Kinn und flatternden Lidern vor den Mikrofonen. Er schob seinen braunen Filzhut aus der Stirn und spreizte die langen Beine weit. Unruhig trat er von einem Bein aufs andere. Er gab ein paar stockende Worte von sich, entschuldigte sich dafür, dass er die Reporter so unhöflich gemieden hatte, und erklärte, wie wichtig es sei, mit Hilfe der Fliegerei die von Nöten geplagte Welt zu verbinden. Er sah aus wie ein Farmer, der gleich auf seinen Trecker klettern würde, nicht wie der berühmteste Flieger nach Charles Lindbergh, der sich zu einem legendären Abenteuer in die Lüfte erheben wollte.

Es war 19:19 Uhr am 10. Juli 1938, als die erstaunliche Reise begann. Unter wildem Jubel und zahllosen fliegenden Hüten setzte sich der erschöpfte Hughes ans Steuer. Nur er und seine Mannschaft wussten, dass sie ihr Leben riskierten. In letzter Minute hatte Hughes feststellen müssen, dass die Startbahn auf dem Floyd Bennett Field zu kurz war. Die *L-14* würde mit ihrer schweren Last aus Treibstoff und Ausrüstung kaum abheben können. Statt sanft voranzurollen, rumpelte es beängstigend, als er die Maschine in Gang setzte. Und sie hob nicht ab, als sie das Ende der asphaltierten Startbahn erreichte. Würde Hughes vor den Augen von dreitausend Zuschauern und den Kameras der Welt zu Tode stürzen?

Er sah sich gezwungen, das Undenkbare zu wagen. Er pflügte voran, weit über die Runway hinaus auf hartgebackenen Boden und dichtes Sommergras. Das Flugzeug kreischte schauerlich, es tat einen heftigen Schlag, und hinten knackte etwas. Weil er schwerhörig war, konnte er davon nichts hören. Die anderen aus seiner Crew wollten ihn nicht beunruhigen und meldeten es nicht. Endlich schaffte er es, die *L-14* in die Luft zu bringen – ohne zu merken, dass die entscheidende Metallstrebe für das linke Hinterrad aus ihrer Halterung gebrochen war.

In den folgenden Stunden verlor Hughes kostbare Zeit, weil er ein romantisches Versprechen einlöste. Er flog über das Haus der Hepburns in Connecticut hinweg und wippte mit den Flügeln, als sie mit ihrer Familie winkend herausgelaufen kam. Dann stellte er den Autopiloten an, und die *L-14* zog ihre Spur über die letzten, blinkenden Lichter der Küste hinaus ins weite Dunkel über dem Atlantischen Ozean.

Mit texanischem Akzent und der hohen Stimme eines Schwerhörigen feuerte Hughes eine Breitseite von Bulletins nach der anderen ab, die von dem speziell auf dem Gebäude der New Yorker Weltausstellung errichteten Kurzwellensender aufgefangen wurden. Sein psychischer Zustand entsprach in nichts den selbstbewussten, großspurigen Worten, denen die Welt in den kommenden Stunden lauschen würde, denn er hatte Bedenken, ob der Treibstoff bis nach Paris reichen würde, und der Gegenwind machte ihm sehr zu schaffen. Da er mit einer größeren Flächenbelastung unterwegs war als je ein Pilot vor ihm, sah er sich jeden Augenblick ins Meer stürzen.

Selbst bei gleichmäßigen 280 km/h verbrauchte er immer noch hundertsiebzig Liter Treibstoff pro Stunde und Motor. Er musste auf hundertzwanzig Liter reduzieren, dann auf 375 PS pro Motor. Selbst wenn er überlebte, wie sollte er so je den Geschwindigkeitsrekord brechen?

Seine Befürchtungen waren unbegründet. Er schaffte es in einer Rekordzeit von sechzehn Stunden und fünfunddreißig Minuten nach Paris, kaum die Hälfte der Zeit, die Charles Lindbergh gebraucht hatte. Nachdem sie um 9:55 Uhr mit einer makellosen Punktlandung aufgesetzt waren, kletterte der unausgeschlafene Kapitän mit seiner Crew aus den Schalensitzen und grinste benommen, als der US-Botschafter William Bullitt seinen Kopf durch die offene Kabinentür hereinsteckte – wie zur Begrüßung nach einem kleinen Ausflug – und fragte: »Hatten Sie eine gute Reise?«

Sie hatten kaum noch Kraft für eine Antwort. Während die anderen Männer durch den Regen hinüber zum Flughafengebäude liefen, um sich Steaks und Kaffee zu genehmigen, vergeudete Hughes keine Zeit. Als ihm die französischen Mechaniker von der gebrochenen Schraubenmutter berichteten, kroch er im Schlamm unter die

Maschine, sah sich das Rad an, bemerkte, dass eine Stützstrebe verbogen war, kroch wieder hervor und bat darum, ihm in Paris sofort einen amerikanischen Mechaniker zu besorgen. Wundersamerweise dauerte es keine Stunde, bis man einen solchen Mann gefunden hatte.

Hughes arbeitete unermüdlich stundenlang mit dem neuen Mann. Schließlich war die Höhenflosse repariert und verlötet. Hughes achtete peinlich genau darauf, dass 2780 Liter amerikanisches Äthyl, nicht französischer Treibstoff, in den Tank gepumpt wurden. Höchstpersönlich ging er die Vorräte durch, die sie für die nächste Etappe der Reise an Bord genommen hatten: tiefgekühlte Lammkeule für ihn, Brathühnchen für die anderen – und dann erst lief er durch den Wolkenbruch, um Katharine Hepburn nach Fenwick zu telegrafieren, dass alles gut gelaufen war.

Der Start in Paris war wegen der heftigen Seitenwinde riskant. Die kopflastige Maschine wollte kaum abheben, aber Hughes schaffte es im letzten Augenblick, den bebenden Vogel hochzuziehen. Fast zwölf Stunden lang sollten sie von Gewittern über Deutschland durchgerüttelt werden. Da Hitler fürchtete, seine Kriegsrüstung könne ausspioniert und fotografiert werden, hatte Feldmarschall Göring die Anweisung ausgegeben, dass Hughes in sehr großer Höhe fliegen musste, was wiederum bedeutete, dass er den Turbulenzen nicht ausweichen konnte, und das Flugzeug bis zum Äußersten belastet wurde.

Dennoch schaffte er es in ausgezeichneter Zeit, und um 11:10 Uhr brachte er am nächsten Tag eine perfekte Landung auf dem Aerodrom in Moskau zustande. Der russische Botschafter in den Vereinigten Staaten war auf Heimaturlaub, und gemeinsam mit den Helden des jüngsten russischen Transpolarfluges empfing er ihn mit einem echten Produkt des Kapitalismus in den Händen: einem Karton *Kellogg's Corn Flakes*.

Hughes überwand seinen tiefen Hass auf den Kommunismus und hielt eine Radioansprache, in der er seiner Bewunderung für die

Architekten des Flughafens Ausdruck verlieh, die ihre Anlage so nah am Stadtkern errichtet hatten. Dann schlenderte er mit seinem Team in den Speisesaal, wo zu seinen Ehren ein offizielles Essen gegeben wurde.

Mittendrin kam ein Bote mit einem Telegramm von Buster Keaton herein, auf dem stand: UNBEDINGT EINE DOSE KAVIAR MITBRINGEN. Hughes brach in schallendes Gelächter aus. Während die Maschine neu betankt wurde, saß er über Karten, die er in New York bekommen hatte, und hörte sich Wetterberichte zu den Verhältnissen an, die ihn in Sibirien erwarteten. Sie klangen nicht eben ermutigend. Um 1:31 Uhr hob er ab.

Er überflog das schier endlose, eisige und kartographisch kaum erfasste Sibirien. Blindlings musste er gewaltige Regenwolken überfliegen, bis er rumpelnd in Omsk aufsetzte. Wind und Regen hatten die Landebahn in einen wahren Morast verwandelt. Ganz am Ende kam die *L-14* rutschend zum Stehen – einen halben Meter weiter und sie wäre eingesunken. Hughes sprang heraus und begann, Anweisungen an die Bodencrew auszugeben, musste jedoch feststellen, dass dort niemand Englisch sprach. Jedes Mal, wenn er den Leuten erklären wollte, dass er Treibstoff brauchte, nickten die Männer nur, rieben sich die Bäuche und deuteten auf das Flughafengebäude, um ihm zu bedeuten, dass das Essen fertig sei. In seiner Verzweiflung blieb Hughes nichts anderes übrig, als eine Zeichnung von seinem Flugzeug und Benzintanks anzufertigen. Als man die Tanks dann brachte, musste er feststellen, dass das benötigte Äthyl nicht zur Verfügung stand und er mit niedrigoktanigem Benzin würde fliegen müssen. Das war ein ernstes Handicap.

Über Sibirien bekam es Hughes mit einem weiteren Problem zu tun. Als er durch eine dunkle Wolkendecke flog, schwarz und bedrohlich, ragte plötzlich ein enormer Fels direkt vor ihm in den Himmel auf. Ihm blieb nur ein riskanter Aufstieg um tausend Meter, wobei er dem gezackten Gipfel eines Berges nur um Haaresbreite ausweichen konnte. Während die Maschine durch den Aufwind in Richtung Jakutsk rumpelte, warf Hughes einen Blick auf seine Karte. Erschrocken stellte er fest, dass die Bergkette mit einer Höhe von nur 1200 Meter angegeben war, in Wahrheit aber 3200 Meter hoch aufragte.

Auf den folgenden 1600 Kilometern waren die Flügel der Maschine von Eis überzogen. Bis zur Beringstraße blieben die Bedingungen extrem gefährlich, aber die robuste Maschine schaffte es ohne Zwischenfälle bis nach Fairbanks, Alaska, wo sie um 14:17 Uhr eintraf. Eine begeisterte Menschenmenge durchbrach die Polizeiabsperrung. Mrs. Wiley Post, die Witwe des letzten großen Fliegerhelden, begrüßte die Männer auf das Herzlichste. Sie untersuchte das Leitwerk der Maschine, an das sie als Glücksbringer einen Kaugummi geklebt hatte, bevor die Maschine vom Floyd Bennett Field abgehoben war. Es war noch immer da.

In Fairbanks warf Hughes alles über Bord, was die Maschine belastete: das Rettungsfloß, fast den gesamten Proviant, Schlafsäcke, persönliches Gepäck. Er warf die Pingpong-Bälle auf den Asphalt, und die Umstehenden, größtenteils Kinder, stürzten sich darauf. Dann hob Hughes unter allgemeinem Jubel wieder ab.

Um 14.35 Uhr des folgenden Tages kreiste er über dem Floyd Bennett Field. Die Offiziellen registrierten den Rekord. Er hatte den Globus umrundet, eine Entfernung von 23 678 km in genau drei Tagen, neunzehn Stunden und acht Minuten zurückgelegt.

Als er die vielen Menschen sah, die ihn erwarteten, verlor Hughes zum ersten Mal die Ruhe und ging absichtlich auf der falschen Landebahn herunter.

Es war ein sinnloser Versuch, der Menge zu entkommen. In Wahrheit erschwerte es den zwei Dutzend Motorrad-Polizisten, die Grover Whalen abgestellt hatte, ihre Aufgabe, einen schützenden Kreis um die Flieger zu bilden. Unbeholfen stiegen die Männer aus, blinzelten im grellen Licht und waren kurzzeitig ganz benommen von der Hitze, die vom Boden aufstieg. Hughes trug noch immer seinen verbeulten, braunen Filzhut. Die Ehefrauen seiner Gefährten kamen angelaufen, die Verlobte des Mechanikers Ed Lund fiel vor Aufregung sogar in Ohnmacht. Der Jubel der dreitausend Anwesenden war ohrenbetäubend.

Hughes stand ganz allein da. Weder von seiner Familie noch von seinen Freunden war jemand gekommen. Schmerzlicher war kaum zu verdeutlichen, wie wenig er in die menschliche Gemeinschaft eingebettet war. Nicht einmal Katharine Hepburn stand auf der Landebahn, allerdings erwartete sie ihn in ihrem Stadthaus in Turtle Bay. Mit dunklen Ringen unter den Augen sprach Hughes schließlich in die knisternden Mikrofone der Nation: »Der Flug war wunderbar, und das hier ist die beste Crew der Welt. Ich kann nur sagen: Diese Menschenmenge macht mir mehr Angst als alles, was wir in den letzten drei Tagen erlebt haben!«

Hughes streckte seine müden Glieder und fügte erschöpft hinzu: »Ich bin froh, dass jetzt alles vorbei ist. Ich denke, ich werde diese Woche so viel schlafen wie möglich. Ich möchte baden und essen und mich ordentlich massieren und rasieren lassen.«

Grover Whalen brachte Hughes im Wagen zu seinem Stadthaus – zwei ehemaligen Ställen in den *Washington Mews*. Whalen sagte: »Ich vermute, Howard, Sie brauchen zuallererst mal eine heiße Wanne.« Hughes seufzte zustimmend. Das Bad entspannte ihn, aber er hatte kein frisches Hemd dabei. Whalen bot ihm eins von sich an, das, obwohl man wiederholt versucht hatte, es in der Wäsche einlaufen zu lassen, viel zu groß war. Also besorgte Whalens philippinischer Hausjunge eins von *Wanamaker's*.

Für den späten Nachmittag hatten Whalen und Bürgermeister La Guardia eine Pressekonferenz anberaumt. Aber Hughes erschien nicht. Stattdessen schlich er zur Hintertür hinaus, dann durch ein kleines Tor und flüchtete per Taxi zu Katharine Hepburn nach Turtle Bay. La Guardia war außer sich vor Wut und teilte der Presse in einem Schwall von Schimpfwörtern mit, was er von diesem amerikanischen Helden hielt. Erst spät am Abend kam er wieder und weckte das ganze Haus, was unverzeihlich war.

Am nächsten Tag jedoch stand ihm die größte Tortur von allen bevor: die Konfettiparade. Whalen fuhr ihn zum *Battery Park*, wo die Parade begann. Schon vor dem Mittag drängte sich in drückender Hitze alles, was Beine hatte, von Kindern bis hin zu den Ältesten, auf den Bürgersteigen und an den Fenstern. Mancher versuchte, den Polizeikordon zu durchbrechen, der sich aus einem Drittel der gesamten Polizeistreitkräfte von Manhattan zusammensetzte. Hughes saß oben auf dem Rücksitz, trug seinen Lieblingshut und ein weißes Hemd mit weißen Hosen, lächelte und winkte ausnahmsweise. Die Menschen hingen aus den Fenstern, warfen einen wahren Schneesturm aus Konfetti und sogar komplette, kiloschwere Telefonbücher, von denen ihn eins fast k.o. schlug. Sirenen heulten auf dem ganzen Weg bis zum Fluss, Autohupen machten einen Höllenlärm. Langsam kroch die Kolonne bis zur City Hall, wo Bürgermeister La Guardia bereits wartete, um ihn offiziell zu empfangen. Unbeholfen brachte Hughes vor den Würdenträgern eine kurze Ansprache über die Weltgemeinschaft zustande.

Danach führte die Parade weiter über den Broadway, wo die Menge geradezu hysterisch wurde. Über Nacht war Hughes zu einem amerikanischen Idol geworden. Er war jung, sah gut aus, war gut gebaut, kleidete sich unauffällig und grinste wie ein kleiner Junge – damit hatte er jeden für sich eingenommen. Er war das Symbol amerikanischer Tapferkeit und Tatkraft inmitten der Weltwirtschaftskrise. Und der Umstand, dass er einer der reichsten Männer der Welt war, förderte die Legendenbildung umso mehr.

Schweißgebadet suchte er im *Drake Hotel* die Dusche auf, sobald die Parade vorüber war. Wieder versuchte er, zu Katharine Hepburns Stadthaus zu gelangen, aber diesmal hielt die Menge sein Taxi an. Als er die Leute anschrie, sie sollten ihn ins Haus lassen, hörte ihn niemand. Die Menschen waren viel zu sehr mit ihrem Jubel beschäftigt, als dass sie ihn erhört hätten.

Erst in den frühen Morgenstunden des folgenden Tages zerstreuten sich die Neugierigen, und er und Katharine bahnten sich einen

Weg zur Haustür hinaus, wo ihr Fahrer wartete, um sie nach Fenwick zu bringen. Dort empfing ihn ihre Familie mit offenen Armen.

Hughes drückte sich vor vier Einladungen zu seinen Ehren und sogar einer Wochenendparty, die Sherman Fairchild in Lloyd's Neck organisiert hatte. Am 17. Juli allerdings tauchte er auf dem Anwesen des Multimillionärs F. Trubee Davidson im Locust Valley bei einem Mittagessen zu Ehren seiner Crew auf. Von dort fuhr er nach North Hills zur Sommerresidenz von Grover Whalen, um an einem Diner für fünfundsiebzig Personen teilzunehmen. Zum Abendessen fuhr er weiter zum *Terrace Club* in Flushing Meadows, um die ersten Bauten für die bevorstehende Weltausstellung zu feiern.

Er hatte versprochen, das folgende Wochenende mit Katharine Hepburn in Fenwick zu verbringen. Stattdessen ließ er die Verabredung sausen und verbrachte drei Tage mit dem reichen und prominenten Jock Whitneys. Zu den Gästen zählte auch die dunkelhaarige, stille Film- und Bühnenschauspielerin Fay Wray, deren größter Erfolg bisher gewesen war, dass King Kong sie in der Hand gehalten hatte. Sie befand sich momentan auf Theatertournee.

Fay Wray war mit Hughes' ehemaligem Mentor, Freund und angeheiratetem Cousin John Monk Saunders verheiratet, dessen erste Frau Rupert Hughes' Tochter Avis gewesen war. Dieser Umstand allein schon bot ausreichend Gesprächsstoff. Darüber hinaus verband die beiden eine tiefe Abneigung gegen die feine Gesellschaft, und so zogen sie sich lieber auf die Veranda zurück.

Sie gefielen einander. Vor Miss Wray erwähnte Hughes die ihn aufrichtig liebende Katharine Hepburn mit keinem Wort, was zeigt, wie herzlos er wirklich war – auch Fay Wray gegenüber. Sie wiederum schien so sehr mit ihrer eigenen Karriere beschäftigt gewesen zu sein, dass sie nichts von seiner Beziehung mitbekommen hatte. Was ihren Mann anging, so hatte er sich mit seiner Trinksucht von ihr entfremdet, und offenbar war sie von keinerlei Gewissensbissen geplagt, als sie auf Hughes' Avancen einging.

In dieser Nacht ging sie spät zu Bett. Sie legte sich gerade in das antike Himmelbett im Gästezimmer, als am anderen Ende des Raumes die Tür aufging. Es war Howard Hughes, und sie bat ihn herein.

Von da an trafen sie sich regelmäßig. Es wird die Hepburn sehr verletzt haben, als erste Andeutungen in den Klatschkolumnen auftauchten. Am 28. Juli verfolgten Reporter Hughes nach Stamford, Connecticut, wo er mit einem Rennboot eintraf. Er fuhr zum Bahnhof, Fay Wray stieg aus dem Zug. Er küsste sie. Ein Kolumnist schrieb, er habe in diesem Moment gedacht, Hughes würde die Hepburn küssen.

Ein Reporter vom *International News Service* verfolgte das Paar auf dem Weg zum Pier, von wo aus die beiden mit ihrem Rennboot zu den Fairchilds fahren wollten. »Hat dieser Kuss etwas zu bedeuten?«, fragte er. »Sind Sie mit Mr. Hughes verlobt?« »Ist *das* Mr. Hughes?«, erwiderte die Schauspielerin vielsagend, während sie an Bord gingen.

Um solcherart Zwischenfälle zu vermeiden, begleitete Hughes Fay Wray jeden Abend nach Hause ins *Pierre Hotel* in New York, bei jedem ihrer Auftritte war er anwesend. Damals hatte es der Schriftsteller Sinclair Lewis auf sie abgesehen, und Hughes bestand darauf, dass sie sich nicht mehr mit Lewis traf. Gelegentlich unternahm Hughes mit ihr romantische Ausflüge. Dann holte er sie am East River vom Pier an der 34th Street ab und nahm sie in seinem Flugboot mit zu verschiedenen Freunden am Long Island Sound. Und er würdigte seine früheren Liebschaften herab: Nachdem er mit Bette Davis in einem Bett voller Gardenien geschlafen hatte, schenkte er Fay Wray nun hundert solcher Blumen. Und er spielte seine Affäre mit Katharine Hepburn nach, indem er mit Fay Wray unter der 59th Street-Bridge hindurchflog.

Während die Hepburn lernte, die Klatschgeschichten aus den Zeitungen nicht an sich herankommen zu lassen, war John Monk Saunders am Boden zerstört. Er trank mehr als je zuvor. Schließlich erhängte er sich in seinem Haus in Miami.

Hughes reiste nach Houston, um weitere Reden, Partys und Paraden abzuhalten. Bald hatte er von Fay Wray genug und ließ sie – rücksichtslos wie er war – einfach fallen.

Als er wieder in Hollywood war, erneuerte er sein früheres Interesse an der leidgeprüften Ginger Rogers, während er sich gleichzeitig vornahm, eine Romanze mit der sehr jungen, hübschen Olivia de Havilland zu beginnen. Als er hörte, dass sie einen Film mit dem Titel *Wings of the Navy* drehte, rief er Paul Mantz, seinen alten Freund aus *Hell's-Angels*-Tagen, an und bat, vorgestellt zu werden. Wie sich herausstellte, war Olivia – wie Millionen anderer amerikanischer Mädchen – längst in den großen Fliegerhelden verliebt und hätte alles getan, ihn kennen zu lernen.

Der Film war gerade abgedreht, als Mantz die beiden einander vorstellte. Er nahm sie mit auf Spritztouren in seinen diversen Flugzeugen – so oft, dass die Klatschkolumnistin Louella Parsons verkündete, die beiden seien verlobt. Das war ein heftiger Schock für Ginger Rogers.

Hughes machte sich auf den Weg nach Key West, um mit Howard Hawks am Drehbuch für Ernest Hemingways *To Have and Have Not* zu arbeiten. Er mischte sich unter eine zwielichtige Bande aus Beachboys und Strichern, Huren, Mafiosi und Amateurspionen. Jeden Sonntag segelte er von den Keys aus mit einer ganzen Schiffsladung voll Gesindel und rief Olivia über Seefunk in Hollywood an. Sie konnte kaum etwas verstehen, wenn seine hohe Stimme durch das Rauschen und Knistern zu ihr drang. Als sie sich darüber beklagte, dass er sie allein ließ, bot er an, ihr jede Woche dreizehn (seine Glückszahl) Orchideen zu schicken. Sie war abergläubisch und akzeptierte sein Angebot nur zögerlich.

Dann bot er an, sie zu heiraten – mit fünfzig Jahren. Er erklärte ihr, als Teenager habe er sein Leben in vier Akten geplant: der erste galt der Fliegerei, der zweite dem Flugzeugbau, der dritte der Zukunft der Fliegerei und der vierte Akt würde der Ehe und dem Ruhestand gelten. In siebzehn Jahren würde er sie heiraten. Sie wollte nicht warten. Als Hughes zurückkam, lud er sie in sein Haus ein und erklärte ihr, wie er die Sache sah. »Ich werde dich nicht heiraten – niemals!«, rief sie.

Als im September 1938 ein schwerer Hurrikan Connecticut verwüstete, flog Hughes nicht dorthin, um eine Rettungsaktion für die gestrandete Familie Hepburn in die Wege zu leiten. Fenwick war vom Sturm fast vollständig zerstört. In ihren Memoiren schrieb die Hepburn, da sei ihr bewusst geworden, dass ihre Liebe zu ihm mit dem Wind verweht sei. Sie war zu diskret, den wahren Grund zu nennen. Dennoch blieben sie Freunde. Als sie in Philip Barrys Drama *The Philadelphia Story* spielen wollte, brachte er einen Teil des Geldes auf und erwarb die Filmrechte für sie.

In Hollywood setzte Hughes seine Affäre mit Olivia de Havilland fort, ohne Rücksicht auf Ginger Rogers. Die jungfräuliche Kleine, die dem offenkundigeren Herzensbrecher Errol Flynn mit Leichtigkeit die kalte Schulter zeigen konnte, konnte Hughes' jungenhaftem, liebenswert schüchternem Auftritt nur schwer widerstehen. Dauernd erzählte er ihr von seiner Weltumrundung – dem gefährlichen Start auf dem Floyd Bennett Field, dem Beinahe-Absturz in Sibirien, dem Eis auf den Flügeln, und sie war fasziniert. Er war – im realen Leben – alles, was Errol Flynn auf der Leinwand zu sein vorgab.

Während Hughes noch mit Olivia ausging, lernte er ihre klügere Schwester Joan Fontaine kennen. Die de Havilland hatte zum Tee geladen, als Joan erschien. Olivia war wütend, weil sie dachte, Joan wolle ihr Hughes ausspannen. Eines Tages verkündete Olivia, im *Trocadero* solle eine Party zu Joans Ehren stattfinden. Sie müsse jedoch ohne Begleitung erscheinen. Da Joan annahm, dass Olivia oder vielleicht auch ihr Verlobter Brian Aherne diese Party gab, kam sie im eleganten Abendkleid. Erstaunt stellte sie fest, dass Hughes ihr Gastgeber war.

Sie tanzten. Hughes erklärte ihr, sie solle nicht Aherne heiraten, sondern ihn. Gerade erst hatte er Olivia einen Antrag gemacht und wartete gleichzeitig auf eine Antwort von Ginger Rogers. »Ich bin schon seit Olivias Kaffeekränzchen in dich verliebt«, erklärte er.

Sie wies ihn zurück. Er gab ihr seine Telefonnummer in der Muirfield Road. Sie traf sich mit ihm im Restaurant *Don the Beachcomber's,* wo er seinen Antrag wiederholte. Sie kam nach Hause und erzählte Olivia alles. Olivia war außer sich vor Zorn. Augenblicklich brach sie die Romanze mit Hughes ab. Am 19. August 1939 heirateten Joan und Aherne.

SIEBENTES KAPITEL

Kriegsjahre

In den Nachwehen seiner Weltumrundung machte sich der mittlerweile 60 Millionen Dollar schwere Hughes Sorgen, dass *Hughes Aircraft* von allen anderen Flugzeugherstellern – einschließlich *Lockheed* und *Douglas* – überflügelt werden würde, ganz im Gegensatz zu *Hughes Tool*, das nach wie vor unter der unbeirrbaren Kontrolle Noah Dietrichs wuchs und gedieh. Sein mangelndes Management hatte *Hughes Aircraft* geschadet, und Noah Dietrich zeigte keinerlei Interesse daran. Das Army Air Corps weigerte sich, mit ihm Geschäfte zu machen. Zwar mochte er der große amerikanische Held sein, aber die Militärs wussten, was für ein erbärmlicher Geschäftsmann und verschwenderischer Playboy er war, und zudem waren die Maschinen, die er baute, für militärische Zwecke nicht zu gebrauchen, einschließlich der überarbeiteten *H-1.* Wieder und wieder legte er Entwürfe zu den Akten, wobei er seelenruhig die Erfordernisse ignorierte, die in Washington und auf der Basis *Wright Field* in Ohio festgelegt worden waren. Es dürfte seinen Interessen kaum zuträglich gewesen sein, dass er die Behörden einer »Hughes-Hasser«-Kampagne beschuldigte, und er brütete darüber, wie er die großen Tiere mit Frauen und Geld bestechen konnte.

Wenn er es nicht mit Militärflugzeugen schaffen konnte, wieso sollte er dann nicht seinen Ruhm und sein Geld nutzen und eine zivile Luftlinie ins Leben rufen?

Ende des Jahres 1938 dokumentierte Hughes sein Interesse an *TWA.* Er hatte deren *DC-1* und *DC-2* geflogen, und sie waren nach seinem Geschmack. Jack Frye, der populäre Präsident der Luftlinie, ein klassischer Tellerwäscher, der zum Millionär geworden war, flog nach Los Angeles, um mit Hughes den Kauf der *Pacific Air Transport* zu besprechen, die zwischen seiner Stadt und Seattle flog. Nach dem Abendessen in der Muirfield Road kamen Frye und sein Kollege Paul Richter zur Sache. Schließlich sagte Hughes: »Wieso kaufen wir stattdessen nicht *TWA*?«

Die beiden Männer gaben zu bedenken, dass dies eine Menge Geld kosten würde. »Geld habe ich genug«, erwiderte Hughes. Er bat um eine Liste der Aktionäre. Frye schickte Hughes die Liste. Im Januar 1939 erwarb Hughes 12 Prozent der Aktien, dann noch einmal 13 Prozent. Am Ende befanden sich 78 Prozent in seinem Besitz.

Am 3. September 1939 brach in Europa der Krieg aus. Augenblicklich geriet Hughes in eine missliche Lage, was mit der *Southern Cross* zu tun hatte. 1938 hatte er sich heimlich mit Axel Wenner-Gren zusammengetan, einem seiner Mitbewerber um den Thron des reichsten Mannes der Welt, dem Gründer von *Electrolux* und Erfinder des modernen Kühlschranks, einem Freund von Feldmarschall Göring und Ränkeschmied hinter den Kulissen, der gemeinsam mit dem Herzog und der Herzogin von Windsor einen Frieden mit Nazideutschland und einen *cordon sanitaire* gegen die Sowjetunion auszuhandeln versuchte.

Wenner-Gren war Hughes' Partner in der *Rover Steamship Company*. Die Firma hatte ihr Hauptquartier nach wie vor in Panama, mit einem Büro in Nassau auf den Bahamas. Wie ein Spinnennetz breiteten sich Hughes' Interessen in der Karibik aus, und über seine kaum bekannten Reederei-Interessen hielt er Kontakt zu den faschistischen Diktatoren Batista auf Kuba und Trujillo in der Dominikanischen Republik.

Dass Hughes ein partnerschaftliches Verhältnis zu einem Nazi-Kollaborateur pflegte (Russell Birdwell von seiner Pressestelle log wiederholt, indem er behauptete, er habe die Jacht an Wenner-Gren *verkauft*), war ausgesprochen heikel und deutete auf fragwürdige internationale Verbindungen hin. Kurz nach Kriegsausbruch wurde Wenner-Gren mit dem Untergang der *Athenia* in Zusammenhang gebracht, die mit zahlreichen Engländern und Amerikanern an Bord von einem deutschen Torpedo versenkt worden war, und Hughes musste seinen Anteil an der *Southern Cross* umgehend abstoßen, von der es hieß, sie lenke die U-Boote mit ihrer privaten Funkstation. Die *Rover Steamship Company*, an der Hughes noch Anteile hielt, wurde für die Dauer des Krieges nach Stockholm verlegt.

Hughes begann seine Annäherungsversuche bei der Regierung, weil er Kampf- und Aufklärungsflugzeuge für einen möglichen Konflikt bauen wollte. Ironischerweise verwendeten die Japaner mittlerweile seine *H-1* und *H-2* als Vorbilder ihrer *Zeros*, und die Deutschen brachten den Sperry-Gyrokompass zum Einsatz, den er bei seiner Weltumrundung benutzt hatte – in beiden Fällen waren die Geheimnisse bei Regierungsstellen durchgesickert.

Gleichzeitig machte sich Hughes Anfang 1940 daran, die beiden damals berühmtesten Hollywood-Schönheiten zu umgarnen: die atemberaubende Gene Tierney und den nicht minder schönen Tyrone Power. Beide waren sie dunkel, temperamentvoll, mit gemeißelten Zügen, makellosem Körperbau und perfekten Proportionen – bezaubernd, selbstverliebt, verwöhnt und mit einem starken Geschlechtstrieb ausgestattet. Zweckmäßigerweise ignorierte Hughes den Umstand, dass Tierney mit dem Grafen Oleg Cassini zusammen war, einem höchst leidenschaftlichen russischen Modedesigner, der sie bald darauf heiraten würde und die klassisch schlichten Kleider schuf, die dazu beitrugen, dass sie zur Legende wurde. Übersehen wurde auch, dass Tyrone Power mit der französischen Schauspielerin Annabella verheiratet war, während er zur gleichen Zeit mit einem berühmten Latin Lover aus Hollywood ins Bett ging.

Beide Stars provozierten wilde Phantasien. In beiden fand Hughes die Erfüllung dieser Phantasien.

Gene Tierney – berühmt für ihren sexy Überbiss – war die Tochter eines reichen Versicherungsmaklers, hatte eine teure Schulbildung am *St. Margaret's* in Connecticut, an der *Miss Porter's Finishing School* und am *Brillamant* in der Schweiz genossen. Ihr Theaterdebüt gab sie am Broadway in *Mrs. O'Brien Entertains* am 8. Februar 1939. Später im selben Jahr spielte sie in einem Stück mit dem Titel *Ring Two*. Als Hughes ihr begegnete, hatte sie gerade eine Spielzeit von *The Male Animal* hinter sich, wofür sie von Brooks Atkinson eine sehr gute Kritik bekam. Aus diesem Grund hatte ihr Darryl F. Zanuck, der Chef von *20th Century Fox*, einen Vertrag gegeben, und sie befand sich mitten in den Proben für einen Western, *The Return of Frank James*.

Hughes war fasziniert. Sie hatte eine ähnliche Kinderstube wie Katharine Hepburn genossen, aber sie besaß auch etwas Süßes, Unschuldiges, Reines in Verbindung mit unbeugsamer Stärke und Entschlossenheit. Sie war belesen, intelligent, kultiviert. Umgekehrt tat das Aphrodisiakum Geld einmal mehr seine Wirkung: Sie fand Hughes hinreißend, schrieb ihm Gedichte und unternahm mit ihm Ausflüge nach Mexiko – aber immer hatte sie ihre Mutter als Anstandsdame dabei. Der temperamentvolle, blendend aussehende Macho Cassini verachtete Hughes und hätte ihn am liebsten verprügelt, »und sei es nur, um nachzusehen, ob rotes Blut in seinen Adern fließt«.

Für Tierney – wie für alle anderen Frauen, die bekannten und unbekannten – inszenierte Hughes ein kleines Drama. Er nahm sie mit in die Hollywood Hills, wo er ein halb fertiges Haus erworben hatte, das er absichtlich in diesem Zustand ließ. Er sagte, sie solle mit ihm niederknien, unter dem Sternenzelt einwilligen, ihn zu heiraten und sich ihm auf der Stelle hingeben – dann würde das Haus ihr gehören. In Tierneys Fall kam er damit nicht durch. Zwar war sie bereit, sich auf eine halbherzige Affäre einzulassen, aber einen Meister der ritualisierten Dominanz wollte sie nicht heiraten. Cassini wäre als Ehemann treuer und verlässlicher. Als ihr bewusst wurde, dass Hughes sie kaufen wollte (dabei hatte er vergessen, dass sie keineswegs arm war), lief sie den Hügel herab und brach die Beziehung zu ihm auf der Stelle ab. Drei Jahre später sollte er sie dennoch erobern.

Tyrone war damals viel berühmter. Der große Star der *20th Century Fox* hatte bereits in Klassikern wie *Lloyds of London* und *The Rains Came* mitgewirkt. Er war auf unschuldige Weise sinnlich, eitel und entspannt, eine Art polynesischer WASP (ein weißer, angelsächsischer Protestant), der glaubte, wenn ihn jemand nur genug begehrte, ob nun hübsch, hässlich, schlank oder schwer, dürfe er ihm das Vergnügen seines Körpers nicht verwehren. Er war ein zärtlicher, leidenschaftlicher Liebhaber, der sich mit der Unschuld eines Kindes in Affären stürzte. Ein Narziss, der darauf bestand, dass man ihm Szenen in seine Drehbücher schrieb, in denen er mit entblößtem Oberkörper auftrat. Seine breiten Schultern und die ansehnlichen Muskeln begeisterten zahllose Frauen und Schwule der freien Welt in *Blood and Sand*, den er zu der Zeit drehte, als Hughes sich mit ihm vergnügte. Er war viel offener und unverkrampfter als beispielsweise Cary Grant, der nicht gut damit umgehen konnte, dass er mal mit Hughes im Bett landete und mal nicht.

Und als würde es nicht schon reichen, Affären mit der Tierney und Tyrone Power (der sich eines Tages mit *The Razor's Edge* unvergesslich machen würde) zu haben, suchte er gleichzeitig eine Beziehung zu Lana Turner. Aber die hübsche, blonde Schauspielerin – lebhaft, willensstark, ehrgeizig – war kein Vergleich mit den friedfertigen, liebenswerten Stars, die sonst in seinem Bett ein und aus gingen: Sie hege kein Interesse an einer körperlichen Affäre mit ihm, sie habe für oralen Sex nichts übrig, es missfalle ihr, dass er weder ein Deodorant noch ein Rasiermesser benutze, und er lasse seine Hemden nicht oft genug waschen. Sie fand es eher amüsant als sexy, wenn er verlegen einräumte, er habe sich ein Loch in die Hose gerissen, und sie bat, es für ihn zu stopfen. Nadel und Faden hatte er dabei. Kurz gesagt war sie viel zu clever, als dass sie auch nur ins Auge fasste, mit ihm ins Bett zu gehen. Außerdem war er ihr viel zu ähnlich, als dass sie um des Geldes oder der Macht willen emotionale Verstrickungen oder eine Schwangerschaft riskieren wollte. Sie war längst dabei, sich einen Namen bei *MGM* zu machen – in *Ziegfield Girl.*

Enttäuscht tröstete sich Hughes, indem er mit einer sehr hübschen und damals berühmten Schauspielerin ausging. Aber auch sie zeigte sich vernünftig, in einem Interview mit dem Autor dieser Zeilen ließ sie keinen Zweifel daran, dass sie Hughes unattraktiv fand – sein dritter Fehlschlag nach Joan Fontaine und Lana Turner. Überzeugt davon, dass er Frauen erregte, schlug er vor, sie beim Sex zu fesseln. Sie lehnte ab. Aber sie wollte gern mit ihm befreundet sein. Sie hatte einen starken, feinen Charakter und wollte sich nicht kompromittieren lassen. Hughes schäumte innerlich vor Wut, aber er tat, als wäre er die Ruhe selbst, und lud sie auf einen letzten Drink in eine Wohnung ein, die er speziell für diesen Zweck gemietet hatte. Er bat sie, ins Schlafzimmer zu kommen, aber sie weigerte sich. Zu ihrem Erstaunen ging er hinein und ließ die Tür offen, sodass sie auf dem Bett eine lebensgroße Gummikopie von sich selbst sah, samt Brüsten und Vagina. Sie sah, wie er sich auf die Puppe legte, sie streichelte, tief in sie eindrang und nach ein paar Minuten zum Höhepunkt kam. Angesichts der absurden Situation ging sie ohne ein Wort.

Ob aus Frustration oder dem schlichten Drang heraus, wieder ein echter Tycoon zu werden, beschloss Hughes, ins Filmgeschäft zurückzukehren. Da er sich die Schönheiten Hollywoods aussuchen konnte, wollte er den erotischsten Film aller Zeiten drehen: die Erfüllung seiner feuchten Träume. Sein Plan war es, einen Sexualakt auf der Leinwand anzudeuten, damals das ultimative Tabu. Da er nach wie vor ein absoluter Voyeur war, wollte er sich unbekannte Schauspieler suchen, die das männliche und weibliche Schönheitsideal verkörperten. Er wollte sie langfristig unter Vertrag nehmen und dafür sorgen, dass kein anderer Produzent sie buchen konnte. Da die meisten verzweifelt eine Chance suchten, würden sie alles akzeptieren. Er würde ihnen seinen meisterlichen Willen aufzwingen.

Sein Männerideal war von jeher der launische, dunkle, schlanke, große, gut aussehende, leicht südamerikanisch wirkende Jim Sharp aus den Anfangsjahren gewesen, und er beschloss, einen Film über das Leben von Billy the Kid zu drehen, eher basierend auf Sharps Abenteuern als auf Billys mörderischen Raubzügen. Leider hatte sich Louis B. Mayer bei *MGM* bereits desselben Themas angenommen, sodass Hughes einmal mehr feststellen musste, dass er von einem jener etablierten Juden ausgestochen wurde, die er so sehr hasste.

Hughes machte sich dennoch an die Arbeit. Er engagierte den Autor Jules Furthman, der auf gewagte Geschichten spezialisiert war, und dazu Howard Hawks (nach wie vor ein kühler Voyeurist wie er selbst), um mit ihnen *The Outlaw* auf die Beine zu stellen, im Vertrieb von *United Artists*. Wie fast alle bisherigen Hughes-Filme enthielt das Skript einige anzügliche Elemente: Das Halbblut Rio, das sich in Billy the Kid verliebt, wird in einer Scheune vergewaltigt und irgendwo in der Wüste gefesselt und geknebelt aufgefunden, wobei sich die junge Frau aufreizend wehrt. Das Ganze war reinstes SM-Bondage, erstaunlich in einem amerikanischen Film dieser Zeit. In einer anderen Szene zieht Rio den erkrankten Billy nackt aus und legt ihm sengend heiße Steine auf Brust und Oberschenkel, um ihn wiederzubeleben. Es gelingt, und als er sie ermahnt, er sei noch nicht wieder genug bei Kräften, um sie zu lieben, straft sein wilder Blick sie Lügen. Dann folgt ein Fadeout.

Die Geschichte hat einen deutlich bisexuellen Unterton, eine Bondage-Eifersuchtsgeschichte zwischen zwei älteren Männern und Billy und Rio. Eine besonders schlüpfrige Szene im Männerwaschraum fiel damals der Zensur zum Opfer.

Das Drehbuch wurde im März 1940 abgeschlossen. Hughes und Howard Hawks diskutierten es mit Film-Zensor Geoffrey Shurlock, wobei Hughes nichts von dem preisgab, was im Skript stand, er sagte lediglich, dass er ein Ende wolle, bei dem Billy the Kid ungestraft davonkam. So etwas schloss Shurlock gänzlich aus.

Hughes war außer sich. Selbst als er darauf hinwies, dass Billy am Ende nun doch stürbe, bestand Shurlock noch darauf, er müsse getötet werden. Nach sieben Monaten des Streits kamen die Zensoren zu dem Schluss, dass das ganze Projekt nicht realisierbar sei. Trotzig wie immer machte sich Hughes dennoch ans Werk.

Er besetzte den Film mit attraktiven Unbekannten. Unter fragwürdigen Umständen fand er einen schlanken, gut aussehenden Versicherungsangestellten namens Jack Beutel in einem heruntergekommenen Haus an der Gower Street in Hollywood, wo dieser sich mit drei anderen jungen Arbeitslosen, mit denen er sich die Wohnung teilte, im Bett räkelte. Was machte der große Howard Hughes in einem solchen Haus? Da Beutel mit an Sicherheit grenzender Wahrscheinlichkeit heterosexuell war, liegt die Vermutung nahe, dass Hughes hinter einem der anderen Jungen her war.

Er nahm ihn unter Vertrag und drängte Beutel – nach Aussage des Autors Lawrence Quirk und des *Outlaw*-Kamera-Assistenten Lucien Ballard – zu einer sexuellen Beziehung.

Die Art und Weise, wie er Buetel (der seinen Namen änderte) behandelte, lässt sich nur als brutal und herzlos beschreiben, ein Sultan und sein Sklave. Buetel war filmverrückt und hungrig, einer von zahllosen, gut aussehenden Jugendlichen, die praktisch auf der Straße lebten und für eine Chance in Hollywood fast alles zu tun bereit waren. Buetel war froh, einen Job zu haben, auch wenn er dafür manches tun musste, was ihm missfiel. Es steht zu bezweifeln, dass Hughes' schlechtes Gewissen sein Vergnügen am Körper des jungen Mannes übertraf. Er war schon immer herzlos und gleichgültig gewesen, hatte sich gekauft, was er wollte, und es dann weggeworfen.

Bizarrerweise war Buetels Agent ein »Marx Brother«, nämlich Gummo, einer der Brüder von Groucho, Harpo und Chico. Gummo Marx hatte vermutlich keine Ahnung von Buetels Affäre mit Hughes und konnte für seinen Klienten nur einen Vertrag über lausige 150 Dollar die Woche aushandeln. Und trotz seiner Millionen hat Hughes diesen Betrag nie erhöht. Auch damit sorgte er dafür, dass Buetel sein Sklave blieb.

Hughes ließ Ballard Buetels Probefotos anfertigen. Buetel trug darauf knallenge Cowboyjacken und Jeans mit Buckskins, was seine breiten Schultern, die schlanken Hüften und muskulösen Arme und Beine hervorhob. Jane Russel, die Hughes für die Rolle der Rio ausgesucht hatte, war mütterlich und warm, wenn auch mit unerschütterlicher, fast männlich-selbstbewusster Ausstrahlung, die ihre weiblichen Formen Lügen strafte. Sie war Model und nagte am Hungertuch, war aber anständig, sehr religiös, hartgesotten und keineswegs auf den Kopf gefallen, mit laszivem Blick und prallen Brüsten. Sie hatte Humor und war hinter ihrer Fassade ausgesprochen ehrgeizig.

Noch Jahre später erinnerte sich Ballard daran, wie Hughes weit nach Mitternacht immer und immer wieder neue Bilder machen wollte und sich an dem ansehnlichen Paar weidete. Er versuchte nicht, sich an die Russell heranzumachen. Möglicherweise ahnte er, dass sie ihn zurückweisen würde. Er fand seine Befriedigung darin, sie sich während der Liebesszenen mit Buetel anzusehen.

Howard Hawks begann den Dreh im November 1940 in Tuba City, Arizona. Während er sich um die Action-Szenen mit Walter Huston, Thomas Mitchell und Jack Buetel kümmerte, ließ Hughes' Presseverantwortlicher Russell Birdwell erotische Fotos von der Russell machen, vor Felsen oder Kakteen oder einem Heuhaufen, die Lippen leicht geöffnet, ihre Bluse aufgeknöpft, sodass ihr Dekolleté zu sehen war, die kräftigen Schenkel einladend geöffnet. Bald darauf entwarf Birdwell zündende Slogans, etwa »Zwei gute Gründe, sich *The Outlaw* anzusehen« (unter einer Aufnahme ihrer prallen Brüste). Ihre Fotos erschienen in Zeitschriften auf der ganzen Welt. Über Nacht wurde Jane Russell berühmt und löste zwischen Alaska und Australien Millionen von Erektionen aus.

Eine Aufnahme von der Russell, auf der sie sich vorbeugt und dabei einen Milcheimer hält, hing in unzähligen GI-Unterkünften oder Schiffskantinen, klebte in Flugzeugkabinen und Schulbüchern. Sie selbst aber schreckte vor einem Foto zurück, das Birdwell geplant hatte, weil es sie in einem tief ausgeschnittenen, halb durchsichtigen Nachthemd zeigte. Ihre Psyche erscheint seltsam: Sie war bereit, das größte Sexobjekt der Welt zu werden, mit dem sich zwei Drittel aller Männer in Gedanken vergnügten, und doch war sie privat brav, anständig und puritanisch.

Hawks war als Regisseur die falsche Wahl. Er war nicht nur langsam, er wollte sich auch nicht gefallen lassen, dass Hughes ihm am Telefon über den Mund fuhr, zeterte und nervte, wenn die ersten Kopien der Szenen, die am Tag gedreht worden waren, per Flugzeug in Hollywood eintrafen. Hughes wartete bis zum 20. Dezember, einem Tag, an dem Hawks seinem Team freigegeben hatte. Dann setzte er Darsteller und Crew in einen Zug und holte sie nach Hause, sodass Hawks und Ballard allein zurückblieben. Hughes übernahm die Regie nun selbst, so wie er es von Anfang an gewollt hatte. Er vernachlässigte die Action-Szenen, die ohnehin wenig überzeugend geschrieben waren, und konzentrierte sich mit der Intensität eines Voyeurs auf Sequenzen wie jene, bei der Rio glühende Steine auf Billys nackten Oberschenkel legt und Billy Rio auf sengend heißen Wüstenfelsen fesselt.

Mit seinem üblichen fieberhaften Interesse am Privatleben anderer fragte er Jane Russell, ob sie etwas dagegen einzuwenden hätte, nachts zu drehen, da es sich negativ auf ihr Liebesleben mit dem Footballspieler auswirken könnte, mit dem sie sich demnächst verloben wolle. Züchtig wie eine viktorianische Lady stimmte sie dem nächtlichen Dreh zu.

Hughes engagierte den großartigen Kameramann Gregg Toland, der bald darauf mit *Citizen Kane* berühmt werden sollte, und zwang dieses Genie zu unzähligen Bildern von Buetel in engen Hosen und Jane Russell mit offener Bluse. Als Regisseur erniedrigte er Buetel genauso, wie er es vermutlich auch im Bett tat. Er zwang ihn, seine Frechheit, seine Großspurigkeit und dominierende Männlichkeit so weit zu mäßigen, dass er am Ende passiv, träge und unterwürfig wirkte – was nicht zu Billy the Kid passte, sondern eher zu einem SM-Sklaven. Hughes ließ sich von Buetel sogar mit »Sir« ansprechen.

Er machte zahllose Aufnahmen von Buetels schlanken, behaarten Händen, zwang ihn bis zur Erschöpfung, die Bewegungen seiner Finger zu ändern. Jane Russell dagegen stellte er herrisch dar, nahm sie stets in dominanter Pose auf, besonders in der großen Bettszene, filmte ihre Schultern so, dass sie breiter als Buetels wirkten. Sie war eine irdische Göttin, ihre Brüste waren wie die Kumuluswolken, die seine Flugzeuge in *Hell's Angels* penetriert hatten, sie barsten schier vor Lebenskraft, während Buetel sie anstarrte – allerdings keineswegs mit der machtvollen Lust eines ausgewachsenen, männlichen Tiers, sondern mit der Sehnsucht eines sexuell empfindenden Säuglings.

Der masturbatorische Wahn, diesen Film zu drehen, hielt an. Nie zuvor im kommerziellen Hollywood hatte jemand seine sexuellen Triebe derart unverblümt auf die Leinwand gebracht, und so sollte es auf Jahrzehnte hin bleiben. Der Film war ein langer, langsamer und lang gezogener, sinnlich aufgeladener Traum: eine Vision von einem schlanken, formbaren, sanften Mann, der mit Schusswaffen vertraut war, und einer Frau, die ihm Lebenskraft, Beistand und Sex zu bieten hatte.

Hughes war so besessen, dass er höchstpersönlich Jane Russells Büstenhalter kontrollierte. Denn als er in einer Aufnahme bemerkt hatte, dass die Nähte durch ihre Bluse zu sehen waren – sie hatten bereits einige Tage gedreht –, hatte er festgestellt, dass er dadurch weniger erregt war, woraufhin er Nacht für Nacht dasaß und einen sehr engen BH entwarf, der ihre Brüste höher drückte, ohne dass Nähte zu sehen waren. Diesen schickte er ihr mit der Anweisung, ihn zu tragen. Sie probierte ihn an, aber er tat ihr weh. Da sie nicht an seinem SM-Ritual teilhaben wollte, legte sie ihn weg und arbeitete ihren eigenen BH so um, dass er wie der neue aussah. Er merkte keinen Unterschied. Er war zufrieden – und erregt.

Kurz vor Weihnachten, etwa einen Monat nach Beginn der Dreharbeiten, befand sich Hughes auf dem Heimweg (nach einer langen triebhaften Session in seinem schalldichten Vorführraum im *Goldwyn*-Studio), als er mit einem Auto zusammenstieß, das von der North Rossmore Avenue auf den Beverly Boulevard einbog. Tagelang lag er im Krankenhaus, zahlte dem anderen Autofahrer einige tausend Dollar, um den Unfall aus den Zeitungen herauszuhalten, und führte per Telefon Regie, wobei sein Autor Jules Furthman am anderen Ende der Leitung brav Anweisungen entgegennahm. Er ließ den Film auf die Wand seines Krankenzimmers projizieren und sagte Furthman, wann zu wenig Augenmerk auf eine Brust gelegt worden war (er konnte es nicht wagen, Buetel mit ebenso großer Aufmerksamkeit zu behandeln).

Am Heiligabend saß er widerwillig zu Hause. Sogar Buetel hatte gedroht, aus dem Film auszusteigen, wenn er den Abend nicht mit seiner Freundin verbringen dürfe, ob Hughes ihm nun mit einer Klage drohe oder nicht. Jane Russel blieb nicht minder hartnäckig. Da läutete es an der Tür. Erstaunt sah er den Weihnachtsmann eintreten, mit Wattebart, rotem Samtanzug und großen Stiefeln. Eine tiefe Stimme dröhnte, und der Weihnachtsmann stellte ihm einen großen Sack voller Geschenke auf den Tisch.

Während er dort stand und den Haufen anstarrte, nahm der Weihnachtsmann Hut und Bart ab. Nach Aussage eines Bediensteten war es Ginger Rogers. Unglücklicherweise – Hughes' Leben glich einer französischen Farce – befand sich zu diesem Zeitpunkt bereits eine andere Schauspielerin im Haus (Gene Tierney?), die dann etwas unbeholfen flüchtete. Woraufhin Rogers und Hughes in einen furchtbaren Streit gerieten. Schließlich verschwand sie eher unelegant im Dunkel der Nacht. Damit war die Romanze zwischen den beiden beendet, und er ließ das Auto abholen, das er ihr geliehen hatte.

The Outlaw war am 8. Februar 1941 fertig. Hughes übergab den Film dem Zensor Joe Breen am 28. März. Breen war fassungslos. Die unzähligen Aufnahmen von Jack Buetel schienen ihm keinen

Augenblick fragwürdig, doch was Jane Russel betraf... Die unablässige Darstellung ihrer Brüste war ihm zuwider.

Er verbot den Film sofort. Hughes tobte. Nach einigen Besprechungen zwischen Hughes und Breen willigte dieser ein, möglicherweise eine Genehmigung auszustellen, wenn Hughes die Brustaufnahmen streichen würde – die Briefe an Hughes gleichen den Arbeitsanweisungen eines Schlächters. Aber Hughes weigerte sich, der Welt seinen ultimativen feuchten Traum vorzuenthalten und legte die Filmdosen zunächst in seinen Tresor. Alle paar Monate machte er sich an der Tonspur zu schaffen oder fügte Szenen ein. Doch weigerte er sich, den Film irgendwem zu zeigen. Stattdessen ließ er Russell Birdwell dafür sorgen, dass sich die Begeisterung des potenziellen Publikums stetig steigerte, indem dieser erklärte, *The Outlaw* sei ein Opfer der Zensur geworden, er kämpfe für sein Recht auf freie Meinungsäußerung, und eines Tages würde die Öffentlichkeit Jane Russells pralle, amerikanische Fraulichkeit in aller Ausführlichkeit zu sehen bekommen. Ihre Fotos erschienen überall – vor allem das eine, auf dem sie im Heu liegt, auf einem Strohhalm kaut und ihre vulvagleichen Lippen schürzt, als wartete sie auf ihren Geliebten.

Hughes' Stars blieben Gefangene, bekamen lausige Gehälter und durften für niemand anderen arbeiten. Als Darryl F. Zanuck, der Kalif von *20th Century Fox*, um die Freigabe Jane Russells bat, weil sie Dona Sol spielen sollte, die spanische Schönheit und männermordende Stierkampf-Liebhaberin in *Blood and Sand*, weigerte sich Hughes, was Jane Russell die Chance ihres Lebens kostete. Stattdessen bekam Rita Hayworth die Rolle, mit der Hughes eines Tages im Bett landen sollte, wie auch mit ihren Co-Stars in diesem Film: Tyrone Power und Linda Darnell.

Es gibt keinerlei Hinweise darauf, dass Hughes irgendein – und sei es noch so geringes – menschliches Interesse an seinen attraktiven Sexualgefährten gehabt hätte. Er liebte sie ebenso gleichgültig wie er sie verließ – wie die meisten in Hollywood. Auf dem Fleischmarkt Südkaliforniens tauschte man Brüste und Muskeln auf der frivolen Suche nach dem perfekten Begleiter. Nur wenige standen zur Verfügung. Hughes bewahrte sich seinen Sexappeal. Er sah gut aus, war schlank, mit harten Muskeln. Er hatte ungeheuren Charme und etwas Verletzliches, wie ein verlorener Junge. Doch selbst wenn er nicht gut ausgesehen hätte und begehrenswert gewesen wäre, Reichtum und Macht hätten auf die Männer und Frauen, die er begehrte, wie ein Aphrodisiakum gewirkt.

Rastlos wandte sich Hughes wieder dem Flugzeugbau zu und legte sich – nassforsch wie eh und je – gleich mit den allerhöchsten Tieren in Washington an. Schon 1939 weigerte er sich, General H. H. (Hap) Arnold vom Army Air Corps in seine Hangars zu lassen, um zu sehen, welche Fortschritte seine Maschinen machten. Was das Kriegsministerium anging, stellte er sich selbst ein Bein und verlor einen wertvollen Kontakt zu *Lockheed*. Er ließ einfach nicht zu, dass ihm eine Regierungsbehörde Bedingungen diktierte.

Ebenso wenig wollte er sich an Washingtons Rat zum Bau einer Multi-Millionen-Dollar-Fabrik halten, die er in Culver City errichten ließ, auf 1200 Morgen Land, die Noah Dietrich erworben hatte. Als Dietrich nach Washington flog, um sich um Verträge zu bemühen, die derart enorme Kosten einer solch modernen Fabrik mit über 300 Angestellten rechtfertigen konnten, schrie ihn der »Generalluftzeugmeister« General Oliver P. Echols, an: »Der Schweinehund wird mir keinen Penny an Verträgen aus dem Kreuz leiern, solange ich in diesem Büro sitze!« Nur über Echols Kopf hinweg konnte sich Dietrich einen Vertrag für Flugzeugteile und ein zögerliches Engagement hinsichtlich Hughes' neuester Erfindung sichern: dem ganz aus Holz (später aus Plastik) gebauten Kampfflugzeug *D-2*.

Schon seit 1939 baute Hughes an der *D-2*. Hap Arnold war von Hughes' Flugzeugen nicht eben beeindruckt. Mit Entsetzen stellte er fest, dass die Maschine brennbar war und die gläserne Nase aus splitterndem Glas bestand. Arnolds Spione meldeten ihm, die Fabrik in Culver City sei eine Katastrophe. Hughes sei selten dort, die

Arbeiter seien nachlässig und würden nicht kontrolliert, was eine mangelnde Produktivität zur Folge habe. Der eine Vizepräsident kritisiere den anderen, und einige seien hinter dem Rücken der Kollegen zu Hughes gegangen. In der Branche hieß die Fabrik nur der »Country Club«, ein verächtlicher Seitenhieb auf die dort herrschende träge, achtlose, geradezu genießerische Atmosphäre.

Da ihn seine hoffnungslos verworrenen privaten Affären ablenkten, vernachlässigte er seine neue Fabrik, die er doch so dringend haben wollte. Er ärgerte sich furchtbar, dass sich die Regierung ihm gegenüber gleichgültig zeigte, und wollte partout nicht sehen, dass *Lockheed* und *Douglas* ihm weit voraus waren und seine Fabrik niemanden ernstlich interessierte.

Statt nach Washington zu fliegen und die umfassende Kontrolle durch die Regierung zu akzeptieren, den Leuten vom Air Corps und anderen Militärs Zugang zu Culver City zu gewähren und sich bei Arnold für sein ungehöriges Betragen zu entschuldigen, gab Hughes dem einflussreichen Presseagenten Russell Birdwell und einem Zuhälter namens Johnny Meyer, den er gerade von *Warner* abgeworben hatte, die Anweisung, jedem Militär, dem es momentan an sexueller Entspannung mangelte, eine Frau zu beschaffen. Diese schmierige, eher unkluge Aktion konnte in der Hauptstadt kaum jemanden beeindrucken. Glücklicherweise jedoch hatte Hughes dort einen Verbündeten aus alten Zeiten in Houston: Wirtschaftsminister Jesse H. Jones hatte ihn schon gekannt, als er noch ein kleiner Junge war. Birdwell erzählte Jones von dem zweimotorigen Sechs-Millionen-Dollar-Bomber *D-2*, wobei er freundlich lächelnd verschwieg, dass Arnold das Flugzeug für nutzlos erklärt hatte. Lieber hob er hervor, dass es sich um eine Weiterentwicklung der *H-2* handelte, mit der Hughes den transkontinentalen Geschwindigkeitsrekord gebrochen hatte.

Der Präsident stand der Idee auffallend ungerührt gegenüber. Als Jones ihm vorschlug, eine öffentliche Erklärung zum Wert der Maschine abzugeben, lehnte er ärgerlich ab. Seine Sekretäre Stephen Early und Marvin H. McIntyre sorgten dafür, dass er mit dieser Angelegenheit nicht mehr behelligt wurde. »Rein zufällig kenne ich Russell Birdwell«, schrieb Early mit einiger Verachtung für Hughes in einem internen Memorandum des Weißen Hauses vom 14. Juli 1942: »Er ist ein hochkarätiger Presseagent in Hollywood.«

Drei Tage später hatte Birdwell es irgendwie geschafft, Hap Arnold zu einer einsichtigeren Haltung zu bewegen.

Einer der Gründe, wieso Arnold Hughes gegenüber freundlicher gesonnen war, dürfte gewesen sein, dass sich Hughes die Unterstützung – sogar die Partnerschaft – des Multimillionärs und Großreeders Henry J. Kaiser, Gründer von *Liberty Ships*, sichern konnte. Hughes befand sich für ein mysteriöses Stelldichein in San Francisco, als er an einer Lungenentzündung erkrankte und Kaiser ihn anfangs gar nicht auftreiben konnte. Doch als die beiden Männer sich dann trafen, schmiedeten sie eine mächtige Allianz. Kaiser war in Sorge um den Bau des riesigen *Constellation*-Transportflugzeuges, das 6500 Kilometer weit fliegen und siebenundfünfzig Besatzungsmitglieder transportieren konnte. Hughes versprach ihm 10 Millionen Dollar Unterstützung für die Entwicklung und einen Pauschaldeal mit *Lockheed*, damit die Bestellungen auch ausgeführt werden konnten. Am Ende erklärte Hughes, er würde nicht weniger als 500 dieser robusten Maschinen liefern. Russell Birdwell verkündete der Presse euphorisch: »Es wird das ehrgeizigste Luftfahrtprogramm, das die Welt je gesehen hat.«

Nach einer ganzen Reihe aufgeheizter Gespräche, die sich über Wochen hinzogen, hatten Hughes und Kaiser am Ende eine bemerkenswertere Konstruktion als ursprünglich geplant. Es sollte ein geflügeltes Frachtschiff werden, das Soldaten in Kriegsgebiete beförderte, was den Untergang vieler damaliger Schiffe verhindern konnte. Es sollte ein achtmotoriges Flugboot werden, eine 200 Tonnen schwere Holzkonstruktion. Als Kaiser am 16. September mit Jesse Jones darüber sprach, erklärte ihm Jones: »Sie können ohne Bedenken mit Howard Hughes weitermachen. Ich kenne ihn von Kindesbeinen an – und ich kannte schon seinen kompetenten Vater. Ich wüsste keinen fähigeren und verlässlicheren Mann… Er ist gründlich, und er ist ein Genie. Behindern Sie ihn nicht.«

Schließlich vereinbarte man den Bau von drei Flugzeugen in zwei Jahren. Aber kaum hatte sich Hughes mit Kaiser darauf geeinigt, den Job in diesem Zeitrahmen zu erledigen, geriet er in Panik. Ohne jede Vorwarnung stand Hughes eines Tages in Los Angeles vor der Hotelsuite von Merrill C. Meigs, dem stellvertretenden Direktor der Luftfahrtabteilung beim »War Production Board« und vertraute ihm zwei Stunden lang seine quälenden Zweifel an. Meigs gab sich alle Mühe, ihn zu beruhigen. Am 16. November 1942 unterzeichnete Hughes die offiziellen Verträge. Alle drei Flugzeuge sollten bei *Hughes Aircraft* in Culver City gebaut werden.

Tatsächlich hatte er allen Grund, Meigs gegenüber Zweifel anzumelden, da seine unterbesetzte und ineffiziente Fabrik nicht in der Lage war, die Aufträge auch wirklich auszuführen. Während des gesamten Winters 1942 befand sich Hughes in ungewöhnlich gereiztem Zustand. Er verkaufte das Haus an der Muirfield Road, nachdem er fast zwanzig Jahre dort gewohnt hatte, und zog in die 619 Sarbonne Road in Bel Air. Endlich wollte er *The Outlaw* in die Kinotheater bringen, und er versäumte wichtige Besprechungen mit der Regierung, um die Tonspur zu bearbeiten und ein paar letzte Schnitte vorzunehmen.

Die erste öffentliche Vorführung fand in San Francisco statt. Er hatte sich eine Inszenierung ausgedacht, bei der sich Jane Russell und Jack Buetel auf einer Waldlichtung einen Ringkampf lieferten. Am ersten Abend blieb der Vorhang auf halber Höhe hängen, sodass nur die Beine der Stars zu sehen waren; am zweiten Abend kam die Polizei und schloss das Theater. Einmal mehr wanderte Hughes' Film in den Tresor.

Es sollte noch schlimmer kommen. Im Mai holte er seine alte *Sikorsky S-43* wieder hervor, die jahrelang eingemottet gewesen war. Man zwang ihn, seine geliebte Maschine an die Army zu verkaufen, zur Verwendung in Reykjavik auf Island. Er war in Sorge, dass sie vielleicht auf einem Transportflug versagen würde, also beschloss er, das Fahrgestell auf dem Lake Mead in Nevada zu prüfen. Zusammen mit drei weiteren Männern, darunter auch Charles W. von Rosenberg, einem Luftfahrtinspektor der Regierung, ging er am 16. Mai bei idealen Wetterbedingungen auf den großen Testflug.

Es sah nach einer ganz normalen Landung aus, doch plötzlich verlor Hughes die Kontrolle über das Flugzeug. Wie ein Delphin begann die *S-43* wild zu springen, richtete sich auf und stürzte ab. Mit Furcht erregender Geschwindigkeit löste sich die Maschine in ihre Bestandteile auf. Fassungslos stierte Hughes vor sich hin, als Rosenberg ihn mit Mühe aus dem Wrack zog. Sie kletterten in das Rettungsfloß, während das Flugzeug in den Fluten versank.

Eilig schaffte man ihn per Ambulanz nach Boulder City. Sein getreuer Arzt Dr. Lawrence Chaffin kam sofort per Flugzeug angereist, um ihn zu verarzten, reinigte die Platzwunde, schnitt das Haar, wusch die Stelle mit Wasser und Seife und schloss die Wunde dann mit Klemmpflastern. Hughes verließ das Krankenhaus, ohne dass man ihn lange behandelt hatte.

Von Rosenberg erlitt eine Verletzung des Rückgrats, die ihm für den Rest seines Lebens Schmerzen bereiten sollte. Regierungsinspektor Bill Cline starb eingeklemmt in seinem Sitz; die Leiche wurde nie gefunden. Dick Felt, Hughes' Mechaniker, erlag seinen Verletzungen im Krankenhaus. Später fand man heraus, dass Hughes' altes Beladungsproblem ihn eingeholt hatte. Die übergroße Menge an Kameras, Gerätschaften und sonstiger Fracht hatten das Flugzeug hoffnungslos aus der Balance gebracht. Wäre Hughes auf festem Boden statt auf dem Wasser gelandet, wäre auch er dabei ums Leben gekommen.

Die fehlerhafte Planung, mit der er auf seinen Transkontinental- und Weltflügen davongekommen war, hatte zwei Menschenleben gekostet. Und die Probleme in seiner Fabrik waren nicht minder drückend.

Nach dem Absturz der *Sikorsky* wurde Hughes immer irrationaler. Seine Verletzungen schienen zwar eher oberflächlicher Natur gewesen zu sein, aber die Gehirnerschütterung und der Schock könnten einen Hirnschaden ausgelöst haben. 1943 jedenfalls unternahm er den absolut schlecht beratenen Versuch, sich eine gewisse Vorzugsbehandlung des ihm gegenüber nach wie vor gleichgültigen Präsidenten zu sichern, indem er Roosevelts Sohn finanziell in Versuchung führte.

Als er hörte, dass Colonel Elliot Roosevelt vom Air Corps, ein schneidiger, gut aussehender Mann, der gerade aus Afrika zurückgekehrt war, den Befehl erhielt, ein brauchbares Aufklärungsflugzeug zu beschaffen, lud Hughes ihn nach Los Angeles ein und sorgte dafür, dass sein Lieblingszuhälter Johnny Meyer den Präsidentensohn am Flugzeug in Empfang nahm. Er gab Meyer Anweisung, dafür zu sorgen, dass die eher unbrauchbare, wenn nicht gar gefährliche *D-2*, für die es nach wie vor keinen Regierungsauftrag gab, bei den Verhandlungen mit Roosevelt junior feilgeboten wurde – neben diversen Starlets und weiblichen Komparsen.

Meyer kannte eine Schauspielerin, die ihm bei diesen Verhandlungen eine ideale Verbündete sein würde: die kühle, intelligente Faye Emerson, die bei *Warner* unter Vertrag war. Nachdem er mehrfach mit ihr im Bett war, um sicherzugehen, dass sie sexuell etwas zu bieten hatte, war er von den Fähigkeiten der ausgemachten Fellatio-Expertin überzeugt und stellte sie Roosevelt vor, der eine Frau suchte. Sie war – wie Hughes und er geplant hatten – die richtige Wahl, denn sie besaß die Schönheit, die Haltung, das Auftreten und die Eleganz, um seine wohlhabenden und einflussreichen Freunde in Washington zu beeindrucken. Meyer bot Roosevelt ein Haus an, in dem er wohnen konnte, eine von Hughes' zahlreichen Immobilien in Beverly Hills. Roosevelt jedoch meinte, das sei wohl doch zu offensichtlich und ließ stattdessen seine Hotelrechnungen von Hughes begleichen – eine unbesonnene Entscheidung. Darüber hinaus machte sich Hughes daran, hochrangige Militärs zu bestechen.

Meyer bezahlte die diversen Würdenträger nie in bar, sondern sorgte dafür, dass ihre Rechnungen im *Town House* von Los Angeles von einer fiktiven Organisation unter dem Namen *Howard Hughes Productions* übernommen wurden. Er arrangierte, dass die Gattinnen mit schwer zu beschaffenden Schwarzmarktartikeln wie Nylonstrümpfen oder Handtaschen beschenkt wurden. Die Strümpfe bekam Meyer durch ein Netzwerk von Hotelpagen, die das kostbare Gut gegen Alkohol eintauschten. Und Hughes beschenkte Major General Bennett E. Meyers, diesen entscheidenden Mann bei der Materialbeschaffung des Air Corps. Er lud ihn in Hollywood ausgiebig zum Essen ein, inklusive der damals beliebten *Romanoffs*, und gab ihm eine Suite im *Town House*, die 40 Dollar pro Tag kostete.

Weitere Gelder wurden für einen Trip nach Catalina investiert, bei dem Hughes als Gastgeber von Fay Emerson und anderen auftrat, darunter einigen hochrangigen Offizieren aus der Beschaffungsbehörde in Washington, D.C. Im Grunde kontrollierte Hughes das gesamte Kriegsministerium, die Liste war endlos. Hughes ließ Meyer sogar die Kosten für gewisse, verfügbare Mädchen, die er bestimmten Offizieren aus dem Army Air Corps zukommen ließ, von der Steuer abziehen.

Am 11. August 1943 tat Hughes das Unvorstellbare: Er führte Elliott Roosevelt höchstpersönlich durch seine Fabrik, dann flog er ihn zum *D-2*-Testgelände am Lake Harper. Wie erwartet, war Roosevelt voll des Lobes, als er nach Washington zurückkehrte, und Meyer folgte ihm mit einer milden Gabe aus *TWA*-Anteilen. Mittlerweile hatte Hughes Roosevelt junior in der Tasche. Meyer erklärte er, er solle keine Kosten scheuen, wenn es um Roosevelts und Emersons nächtliche Eskapaden in Washington und New York ging. Das glamouröse Paar trieb sich in den entsprechenden Clubs herum: im *Storck Club*, *El Morocco*, *Copacabana*. Hughes hielt täglich Kontakt mit Meyer, um sicherzugehen, dass die beiden sich auch wohlfühlten und beglich sogar die Rechnungen für ihre Hotelsuiten in Manhattan.

Die Bestechungen zahlten sich aus. Am 20. August drängte Roosevelt den skeptischen Hap Arnold zu einem Vertrag mit Hughes über die Massenproduktion der *D-2*. Arnold willigte ein, unter der Voraussetzung, dass Hughes für die Konstruktion Metall an Stelle von Holz verwendete. Hughes' alter Feind Major General Echols widersetzte sich Arnold, da er wusste, dass die *D-2* für Mensch und Material nicht nur gefährlich, sondern eine regelrechte Katastrophe war. Arnold wies ihn zurück. Die Maschine wurde in *XF-11* umbenannt.

Ein General nach dem anderen opponierte gegen die Entscheidung. Mancher witterte, dass irgendetwas faul sein musste und Hughes den Vertrag auf unlautere Weise erschlichen hatte, indem er den Sohn des Präsidenten dafür nutzte, Roosevelts tiefes Misstrauen gegen Hughes zu untergraben. Das alles konnte Hughes egal sein. Nachdem Elliott und Faye Emerson verkuppelt waren (sie heirateten), hatte er einen Vertrag über 43 Millionen Dollar zum Bau von 100 Flugzeugen vom Typ *XF-11* in der Tasche.

Da nun anscheinend das gesamte Air Corps bestochen war, konnte Hughes das Spiel auf seine Weise zum Abschluss bringen. Aber leider kam er auf dem Weg zum Ziel ins Stolpern, denn er hielt sich nicht an die Verträge – seine Sex-Affären lenkten ihn zu sehr ab. Also engagierte er den fähigen Chuck Perelle als Fabrikleiter in Culver City und machte dem Mann dann das Leben mit widersprüchlichen Forderungen zur Hölle. Immer wieder änderte er das Material der *XF-11* von Metall zu Holz und wieder zu Metall. Mit seinem Wankelmut und den ständigen Änderungen trieb er Perelle schier in den Wahnsinn. Das gewaltige Flugboot hatte inzwischen den Spitznamen *Hercules* bekommen.

Perelle wies Hughes darauf hin, dass er ein spezielles Dock bauen müsse, um das Flugboot vom Stapel zu lassen, am besten in Long Beach, da ganz San Pedro in der Hand der Navy war. Hughes weigerte sich, solcherart Pläne an die Regierung weiterzuleiten, obwohl die Regierung den Bau hätte bezahlen müssen. Perelle schrie ihn an: »Ich werde nicht nach Washington reisen, um das alles auszuhandeln, und meine Zeit und die der anderen vergeuden, und dann kommen Sie und werfen alles wieder um …!«

Als Perelle Johnny Meyer feuerte, weil er als kleiner Zuhälter Büroraum in Culver City belegte, war das der Tropfen, der das Fass zum Überlaufen brachte. Am 6. Dezember 1945 setzte Hughes Perelle vor die Tür. Perelle war nicht bereit, sich wie ein Sklave behandeln zu lassen. Hughes hatte nur Verwendung für Knechte und Waschlappen.

General Meyers war und blieb sein Sklave. Er dachte sogar daran, Meyers Perelles Job zu geben, was vermutlich Grund genug gewesen wäre, Meyers vors Militärgericht zu bringen. Doch Meyers überspannte den Bogen. Unklugerweise bat er den geizigen Hughes um ein Darlehen über 50 000 Dollar in Form von Kriegsanleihen. Hughes weigerte sich, aber da der Krieg vorüber war, brauchte er Meyers nun ohnehin nicht mehr.

ACHTES KAPITEL

Sex und Korruption

Dem äußeren Schein nach zu urteilen war Howard Hughes im Jahr 1940 einer der glücklichsten Menschen der Welt. Obwohl er jeglichen Sport mied, der anstrengender war als Golf, erfreute er sich ausgezeichneter Gesundheit, was wahrscheinlich seiner kargen Ernährung und der Tatsache, dass er nicht rauchte und nicht trank, zu verdanken war. Dünn und drahtig wie er war, sah er noch immer gut aus; mit der *Hughes Tool Company* verdiente er fast zwei Millionen *monatlich*; er hatte so viel Sex wie er brauchte und vermutlich mehr; ihm gehörte die Aktienmehrheit an der Luftlinie, die später als *TWA* berühmt werden sollte; er war ein gern gesehener Gast bei den besten Partys; er hatte Scharen von Bediensteten, mehrere Häuser und eine Dauersuite im eleganten *Town House*. Nur seine Schwerhörigkeit und eine gewisse Unsicherheit hinsichtlich seiner Fähigkeiten als Liebhaber warfen einen Schatten auf sein Leben. Für ihn erfüllte sich jeder Wunsch sofort. Sämtliche Elemente seiner Jekyll-and-Hyde-Persönlichkeit – sanft und einsichtig oder Furcht erregend und herrisch – hatten freie Bahn.

Und doch war er rastlos und ungeduldig, weil es Menschen gab, die er nicht kaufen konnte, und der Präsident (wenn auch nicht der Präsidentensohn) und die Filmmogule Hollywoods seinem Charme partout nicht erliegen wollten. Ein nicht gänzlich unbegründeter Verfolgungswahn quälte ihn, weshalb er Geschäftsbesprechungen in seinem verbeulten Chevrolet abhielt, von öffentlichen Telefonen aus (die Leute mussten ihn von anderen Apparaten zurückrufen) oder in obskuren Motels. Ohne Genaueres zu wissen, ahnte er, was los war: J. Edgar Hoover hatte ihn im Auge, nachdem Elliott Roosevelt, Senatoren, Kongressabgeordnete und wichtige Männer von Army und Air Force auf seiner Gehaltsliste standen. Tatsächlich waren seine politischen Aktivitäten gefährlich, kriminell und subversiv.

In den ersten Jahren der Dekade übertrat Hughes im Dienste seiner körperlichen Belustigung eine weitere Grenze. Er begab sich in die illegale, dunkle und erregend gefahrvolle Welt des homosexuellen Lebens. Gerüchte brachten ihn in Zusammenhang mit Züchtigungsszenarien: Folter und Fesselungen in Kerkern, bei denen er die dominante Rolle spielte. Der mittlerweile verstorbene Schauspieler und Maler William Haines berichtete von zahlreichen Vorfällen dieser Art.

Zweifellos würde es zu Hughes' Persönlichkeit passen, dass er der Dominante war – der geheimnisvolle Unbekannte, männlich und überlegen – und seine Partner mit Knebeln, Fesseln und Ketten unterwarf. In dieser finsteren Welt musste man kein großer Held im Bett sein. Oft genug verschaffte man sich Erleichterung durch gegenseitige Masturbation. Er mag die Halbwelt gesucht haben, diese Atmosphäre von Angst und Schrecken (es kam zu Polizeirazzien, bei denen nackte Männer mit Schlagstöcken zusammengetrieben wurden, womit paradoxerweise eine schwule Phantasie Erfüllung fand), aber es heißt auch, er habe einfach intensiveren Sex gesucht. Und es war immer sicherer, sich mit Filmstars zu vergnügen, die einiges zu verlieren hatten – mehr zumindest als Hotelpagen, Swimming-Pool-Reiniger oder Rettungsschwimmer, die ihn ohne weiteres erpressen konnten.

Informationen über Hughes' Sexaffären wurden selbstverständlich streng geheim gehalten und durften nicht mal in den billigsten Skandalblättern veröffentlicht werden. Allerdings vertraute sich Hughes seinem Onkel Rupert an, mit dem er im Lauf der Jahre bei geheimen Treffen in Ruperts marokkanischer Villa am Los Feliz Boulevard wieder vertrauter geworden war. Er ließ Rupert schwören, dass er es für sich behalten würde, aber Rupert gab die Geschichte an den Herausgeber der Zeitschrift *Photoplay* weiter, der wiederum erzählte sie seinem Neffen Lawrence Quirk, von dem der Autor dieses Buches davon erfuhr.

Quirk behauptet, Hughes habe Anfang der Vierzigerjahre Beziehungen zu zwei gut aussehenden Schauspielern gehabt, der eine berühmt und der andere eher unbekannt. Richard Cromwell war etwa dreißig, ein blonder, strammer Kalifornier. Er begann als Innenausstatter und arbeitete für William Haines. Er fertigte Maskenporträts von einigen der bestaussehenden, männlichen Stars an. Er war schüchtern, passiv und hatte eine sanfte Stimme: genau nach Hughes' Geschmack. In *The Lives of a Bengal Lancer* sah er in seiner britischen Regimentsuniform aus dem 18. Jahrhundert mehr als blendend aus, war in *Annapolis Farewell* und *Our Fighting Navy* in weißer Navy-Uniform schlicht umwerfend und schaffte es irgendwie sogar, Bette Davis in *Jezebel* zu überleben.

Jahrelang war Hughes immer wieder mit ihm zusammen, aber Cromwell hatte viele andere. Seine verletzliche Erscheinung und die sanften, guten Manieren machten 1945 die ahnungslose junge Angela Lansbury auf ihn aufmerksam, die normalerweise ein Vorbild starrsinniger Intelligenz war. Acht Monate war sie mit ihm verheiratet, als sie sich scheiden ließ. Der Schauspieler starb im Alter von fünfzig Jahren an Krebs.

Dem anderen Geliebten war ein ähnlich unglückliches Schicksal beschieden. Russel Gleason war der ungeratene Sohn des Charakterdarstellers James Gleason. Nach Quirk zu urteilen betete Russel Hughes förmlich an. Im Gegensatz zum selbstverliebten, hemmungslosen Richard Cromwell war Russel Gleason bei aller Schönheit und Intelligenz ein unglücklicher Mensch. Offenbar hatte ihm Hughes ebenso wenig emotionale Stütze und Sicherheit zu bieten wie allen anderen auch, und nach einer kurzen Zeit als Militärfotograf stürzte er sich am Weihnachtsabend 1945 aus einem New Yorker Hotelfenster. Wie Cromwell beteuerte auch er seine Männlichkeit mit einer Ehe, doch nach Lawrence Quirks Aussage gelang es ihm ebenso wenig wie Hughes, diesen inneren Konflikt zu überwinden.

Es gab jedoch auch männliche Hollywoodstars, die auf Hughes' Charme nicht ansprangen. Robert Taylor wies Hughes zurück, weil er ihn unattraktiv fand, und Errol Flynn, den der unvermeidliche Johnny Meyer zu einem nächtlichen Stelldichein mit Hughes gelockt hatte, wies ihn als »tauben Fisch« zurück. Nicht einmal Hughes konnte jeden jederzeit für sich gewinnen.

In Telefonaten, die vom FBI abgehört wurden, finden sich Hinweise darauf, dass Hughes eine ernste Affäre mit dem aufstrebenden Star Linda Darnell begann. Wie ein anderes seiner Sexobjekte – Jack Buetel – war auch sie in Dallas, Texas, geboren – eine sinnliche, üppige Rubens-Schönheit. Die Tochter eines Postangestellten war 1940 im zarten Altern von neunzehn von ihrer Mutter zum Stepptanz und zu Schönheitswettbewerben getrieben worden, von denen sie die meisten gewann. Spielend machte sie sich sehr schnell einen Namen: Ihr dunkles, glänzendes Haar, schimmernde, nachdenkliche Augen, milchweiße Schultern, große Brüste und ihre üppige Figur machten ihr mageres schauspielerisches Talent und die dünne Stimme mehr als wett. Sie war süß, gehorsam und ebenso bereitwillig verfügbar wie Tyrone Power, ihr Schauspielerkollege bei *20th Century Fox*.

Hughes war fasziniert. Mit nur wenigen Unterbrechungen stellte er ihr sechs Jahre lang nach, verfolgte ihre Karriere und sah sich ihre Filme in seinem Privatkino mit ebenso großem Interesse an wie die von Tyrone Power oder einem seiner anderen Star-Liebhaber. Sie mit Power in *Blood and Sand* zu sehen, muss dem Voyeur eine besondere Freude bereitet haben: Power halb nackt in engen Stierkämpferhosen, die Darnell im offenherzigen spanischen Kleid. Selbst als Jungfrau Maria in *The Song of Bernadette* – kauernd in der Ecke einer Felsengrotte – konnte sie manchen Männern den Schlaf rauben.

Trotz Darnells Hochzeit mit dem Kameramann Peverell Marley 1943 bemühte sich Hughes weiterhin um sie, und mit bemerkenswertem Mut (Marley war hitzig und jähzornig, ein rauer Bursche der alten Schule, der wusste, wie man seine Fäuste gebrauchte) ging er bis mindestens 1946 das Risiko geheimer Rendezvous ein. Schließlich kam Darnell mit nur dreiundvierzig Jahren bei einem Brand ums Leben, nachdem sie sich einen ihrer alten Filme im Fernsehen angesehen hatte. Jahrelang hatte sie panische Angst vor Feuer gehabt und jedem, der ihr nahe stand, erzählt, wie sehr sie Szenen im Feuer hasste, unter anderem in *Anna and the King of Siam* und *Forever Amber*.

Neben all diesen Affären begann Hughes ausgerechnet eine platonische Beziehung mit der strahlend schönen, aber schlampigen und derben Ava Gardner, die aus einem Slum im Süden stammte und mittlerweile die Frau des berühmten Mickey Rooney war – eine aufreizende Brünette, die bei *MGM* unter Vertrag stand. Sie war dazu abgerichtet, etwas Ähnliches wie Schauspielerei aufzuführen, aber den meisten Männern war es egal, dass sie nicht eben Sarah Bernhardt war. Alles an ihr – ihre Bewegungen, ihre klimpernden Wimpern, ihre halb geöffneten Lippen – war nur dazu gedacht, die Männer heiß zu machen, was auch gelang.

Es mag unglaublich scheinen, dass die beiden – Ava gezielt aufreizend, Hughes unsicher und als Liebhaber untalentiert – niemals miteinander schliefen. Warum? Es muss daran gelegen haben, dass die Gardner alles andere als unterwürfig war. Im Gegenteil, sie war ebenso dominant wie Hughes. Und im Gegensatz zu Gene Tierney und Linda Darnell war sie fordernd, witzig und keineswegs auf den Kopf gefallen. Hughes war sexuell einfach nicht ihr Typ. Zwar gab sie sich alle Mühe, diesen Punkt in ihren Memoiren nicht anzusprechen, aber sie deutete an, dass sie sehr wohl um seine Bisexualität wusste.

Die Gardner war ehrgeizig und hemmungslos, eine träge Raubkatze, die erwartete, dass die Männer ihr Avancen machten. Hughes begegnete ihr zum ersten Mal kurz bevor er mit der *Sikorsky* über dem Lake Mead abstürzte. Er genoss ihre Gesellschaft, denn wie

Katharine Hepburn interessierte sie sich für Politik, Flugzeuge und Autos. Für ihn war sie ein Bruder, ein Freund. Sie dagegen liebte den Glamour des Geldes und der Macht. Mit Hughes konnte sie ohne Reservierung in ein ausgebuchtes Restaurant oder einen Nachtclub gehen, und der Oberkellner räumte ihnen sofort einen Tisch frei. Betrat sie mit Hughes die Tanzfläche, spielte die Band »Deep in the Heart of Texas«, und wenn sie mit *TWA* reiste, tauchten die Flugzeuge wie aus dem Nichts auf und brachten sie, wohin sie wollte – ganz allein an Bord.

Allerdings enttäuschte es sie, dass Hughes sich nichts aus Autos machte – er weigerte sich, sie im *Rolls* oder *Daimler* zu kutschieren, und holte sie mit seinem verbeulten *Chevrolet* ab. 1943 fuhren sie gemeinsam mit dem Zug nach San Francisco, wo er mit Henry Kaiser verabredet war, und auf dieser Reise erfuhr sie einiges ihr bisher unbekanntes über ihn.

Nachdem er sie züchtig in einem separaten Abteil untergebracht hatte, bestellte er sie zum Abendessen in den Speisewagen. Sie setzte sich an einen Tisch und wartete. Alle starrten sie an. Plötzlich tauchte Hughes auf, nicht wie üblich mit ungebügeltem Hemd, ausgebeulten Hosen und Turnschuhen, sondern in einem femininen, cremefarbenen Hosenanzug, im Rücken gegürtet wie das berühmte Travestie-Kostüm, das Marlene Dietrich in *Morocco* getragen hatte. Es war ihm zu klein, was andeutete, dass es wohl einer Frau gehört hatte.

Hughes drehte sich einmal um sich selbst, zeigte wie ein Mädchen seinen absurden Aufzug vor, während Ava vor Verlegenheit errötete und die Passagiere – von denen viele Hughes von Fotos gekannt haben mussten – sprachlos Zeugen wurden, wie sich der große amerikanische Held wie eine echte Tunte aufführte. Da stand der Mann, der um die Welt geflogen war, und benahm sich wie ein Schulmädchen!

Im Fairmont Hotel nahmen sie getrennte Zimmer. Als Hughes sie am Abend ausführte, erwartete Ava, in Chinatown oder einem der zahlreichen damals angesagten Restaurants essen zu gehen. Stattdessen nahm er sie mit in einen Nachtclub, in dem sich die Männer wie Frauen kleideten, mit Pailletten und Strass, auf der Bühne tanzten und sich tuntige Scherze mit dem homosexuellen Publikum erlaubten. Dieser sonst so reservierte Mann konnte in der offenen Schwulenszene von San Francisco alle Vorsicht über Bord werfen, was erklären mag, wieso er dort so viel Zeit verbrachte. Später hatte er eine Affäre mit einem der Tänzer im *Finocchio's*, einem anderen Transvestiten-Club.

Im *Fairmont* dann zeigte er seine hässliche Seite. Offenbar stimuliert vom Anblick der hübschen Jungen im Club beschloss er, Ava ins Bett zu kriegen. Sie aber wollte nur noch ein Glas Champagner trinken und die Comicseite lesen. Er riss ihr die Zeitung aus der Hand und stellte klar, dass er ihre ungeteilte Aufmerksamkeit verlangte. Wütend stand sie auf, lief in ihr Schlafzimmer und schloss hinter sich ab. Hughes verlor die Geduld. Er rief Avas Schwester Bappie in Los Angeles an und sagte ihr, sie solle sofort mit einer seiner Privatmaschinen nach San Francisco kommen und Ava abholen. Als Bappie kam, zeigte ihr Hughes einen billigen Pappkarton voller Diamanten, Smaragde und Rubine – ein echter Schatz aus Tausendundeiner Nacht. Er erklärte, Ava könne alles haben, wenn sie ihn heiraten würde. Bappie flehte Ava an, die Juwelen anzunehmen. Da sie nicht eben für ihr damenhaftes Benehmen bekannt war, antwortete Ava: »Sag ihm, die kann er sich in den Arsch schieben!« Und damit zog sie aus.

Einmal kam Mickey Rooney auf Heimaturlaub vom Militär, als vor Avas Haustür ein verbeulter Chevrolet parkte. Da ihm nicht klar war, dass der Wagen Hughes gehörte, packte er den Mann und riss ihn herum. Als er feststellen musste, dass er sich mit Amerikas großem Helden anlegte, zögerte er kurz, doch dann schlug er zu. Und Hughes, der nicht sonderlich beeindruckt war, als er diesen Zwerg vor sich stehen sah, schlug zurück. Mit fliegenden Fäusten rollten die beiden über den Gehweg.

Bei anderer Gelegenheit fand Hughes Ava in ihrem Haus (für das er die Miete zahlte) nackt in den Armen eines mexikanischen Matadors im Schlafzimmer vor. Sie warf sich einen Mantel über, der Matador floh über die Hintertreppe. Hughes fand sie im Wohnzimmer, wo sie sich einen Drink genehmigte, und schlug ihr so hart ins Gesicht, dass sie eine schwere Prellung davontrug. Sie nahm einen Stuhl und schlug ihn damit bewusstlos. Als er wieder zu sich kam, waren mehrere Zähne locker oder fehlten, weshalb er von nun an für den Rest seines Lebens ein Gebiss tragen sollte.

Obwohl er Ava nicht sonderlich begehrte, konnte er doch die Vorstellung nicht ertragen, dass ein muskulöser Mexikaner sie in seinen Armen hielt und sie sich einfach nahm. Also heuerte er mormonische Leibwächter an, die ihr überall hin folgen sollten. Sie waren ihm am liebsten, weil sie nicht tranken, nicht rauchten und keine Geheimnisse ausplauderten (obwohl ihre traditionelle Homophobie ihn doch leicht nervös gemacht haben dürfte). Als Ava ihre sexuelle Beziehung zu Mickey Rooney wieder aufnahm, wurde er sehr wütend und drohte, sie umzubringen. Doch er war schnell gebändigt, als sie ihm kaltschnäuzig erklärte, sie habe keine Angst vor ihm. Er hatte seine Meisterin gefunden.

Auch in der kanadischen Schauspielerin Yvonne De Carlo fand er eine Meisterin, und sie fühlte sich von ihm sexuell angezogen. Sie war eine dunkle Schönheit, klug, mit großen Brüsten. Hughes war geradezu besessen von ihr. Ihr ursprünglicher Name war Peggy Middleton, und sie wurde in Vancouver, Kanada, geboren. Als sich die beiden 1945 kennen lernten war sie dreiundzwanzig Jahre alt – etwas zu alt für seinen Geschmack. Aber als er sie sich immer und immer wieder in seinem privaten Vorführraum ansah, wie sie verführerisch in Walter Wangers Film *Salome – Where She Danced* tanzte, wusste er, dass er sie haben musste.

Ihre Rolle als exotische Wiener Spionin war eigentlich eine Fehlbesetzung, sie basierte auf der Geschichte der Abenteurerin Lola Montez. Aber Yvonne de Carlo verlieh dem Film Charme und Humor.

Ihre Herkunft war nicht eindrucksvoller als Linda Darnells oder Ava Gardners. Als Zweitplatzierte der Wahl zur Miss Venice (Kalifornien) hauchte sie sich durch die Nachtclubs, ohne große Singstimme, aber ausgestattet mit einem Maß an Sexappeal, das bei müden Geschäftsleuten gut ankam. Ihre Jungfräulichkeit überlebte zwei berühmte Hollywood-Hengste: den Musiker und Bandleader Artie Shaw und die Bohnenstange James Stewart. Außerdem hatte sie eine Affäre mit dem aufgeweckten und hartgesottenen österreichischen Autor und Regisseur Billy Wilder.

Hughes lernte sie am Labor-Day-Wochenende 1945 in Vancouver kennen: Johnny Meyer stellte sie einander vor, und Hughes nahm sie in seiner *TWA Douglas DC-3* mit auf einen Rundflug über die Stadt, dann zum Lake Tahoe und nach Reno, wo sie eine Bootsfahrt unternahmen (sie ging schwimmen, Hughes nicht). Sie liebten sich in Las Vegas und zockten. Genau wie sein Freund Bugsy Siegel bekam er leuchtende Augen, als er den Versuchungen dieser Stadt gewahr wurde.

Diese starke, unabhängige Frau sehnte sich ebenso sehr nach einer echten Partnerschaft wie Hughes eine Affäre nach der nächsten suchte. Ihr gefiel nicht, dass in seiner Dauersuite im *Town House* in Los Angeles Bilder von Jane Russell am Boden verstreut lagen – wie ein Teppich aus Brüsten –, und ebenso wenig, dass er ihr selbst im Bett noch erzählte, seine einzige wahre Liebe sei Ginger Rogers. Er redete zu viel, verglich männliche und weibliche Orgasmen auf etwas zu klinische, distanzierte Art und Weise. Wie alle anderen Männer und Frauen musste auch sie feststellen, dass sich Hughes beim Sex nur Erleichterung verschaffte (oder den Beweis seiner Potenz), dass er nicht erfindungsreich, zärtlich oder mitfühlend war, dass er menschliche Öffnungen allein zu seiner persönlichen Befriedigung nutzte und ihm Männer und Frauen nur zu seinem Vergnügen dienten.

Selbstverständlich war er ihr nicht treu. Sie wusste nichts von seinen Affären mit Männern, aber sobald sie eine Zeitung in die Hand nahm, konnte ihr nicht entgehen, dass er mit Gail Russell schlief, einer dunkelhaarigen, glutäugigen Schauspielerin von exotischer Schönheit – und eine schwache, formbare, gequälte Kreatur, die im Alter von nur sechsunddreißig Jahren an Alkohol und Drogen sterben sollte. Er hatte sie in dem Gruselfilm *The Uninvited* gesehen, in dem sie auf ergreifende Weise ein zartes, von Geistern heimgesuchtes Mädchen spielte. Zwei Jahre lang trafen sie sich regelmäßig. Außerdem hatte er mit Faith Domergue ein weiteres temperamentvolles Mädchen unter Vertrag. Sie war fünfzehn, als sie bei ihm unterschrieb, und sechs Jahre lang setzte er sie in keinem Film ein.

Hughes belebte sein sexuelles Interesse an Gene Tierney neu, die mittlerweile mit dem Grafen und Designer Oleg Cassini verheiratet war und 1943 eine behinderte Tochter zur Welt gebracht hatte. Mit gespieltem Mitgefühl für das kleine Mädchen erschlich er sich Tierneys Zuneigung und machte Cassini das Leben schwer. Auf einer Party bei Jack Benny besaß er die Frechheit, Gene vor den Augen ihres Mannes einen Antrag zu machen.

Cassini stellte ihn auf die Probe. Statt mit Hughes vor die Tür zu gehen und die Fäuste sprechen zu lassen, zog Cassini ihn in eine Ecke und erklärte, wenn er ernstlich vorhabe, Gene zu heiraten, und sie auch *ihn* heiraten wolle, würde er ihnen nicht im Wege stehen. Aber Hughes müsse sie dann auch *tatsächlich* heiraten und es vor der Presse und im Radio publik machen, sonst würde er ihn höchstpersönlich zu Brei schlagen.

Hughes ignorierte die Drohung, und als Cassini für einen Boxkampf unterwegs war, nahm er Gene in seinem Flugzeug mit nach Las Vegas, um sie ins Bett zu kriegen. Aber Cassini fand es heraus und erwartete die beiden bei ihrer Rückkehr in der dunklen Garage. Er sprang auf, aber statt Hughes zu Boden zu strecken, gab er ihm seltsamerweise nur mit einer Holzlatte eins auf den Hintern. Hughes trat die Flucht an. Cassini verachtete ihn als Feigling, weil er sich nicht wehrte. Später jagte Cassini Hughes bei einer Party die Treppe hinauf. Statt sich mit ihm zu schlagen, versteckte sich Hughes in einem Schlafzimmer und schloss sich ein – wie eine verschreckte Jungfer. War das der große amerikanische Held?

Während all dieser sexhungrigen Jahre erkaufte sich Hughes immer mehr Kontakte zum Air Corps, zur Army und zum Präsidenten, die ihm Vorteile für seine Flugzeuge verschaffen sollten. Sein Vorgehen war auf fast schon komische Weise korrupt.

1945 stieß der bissige Kolumnist Westbrook Pegler, der sich gern Feinde machte, auf atemberaubende Beweise für diese Bestechungen (»entwendet« aus den FBI-Akten mit Hilfe von J. Edgar Hoover), die Hughes millionenschwere Regierungsaufträge für Culver City sicherten.

Pegler berichtete von Partys für neun Personen im *Storck Club*; von 132 Dollar teuren Nylonstrümpfen für Faye Emerson; von einem wochenlangen Aufenthalt Elliott Roosevelts auf Hughes' Kosten, wobei die Rechnungen mit »Für *Hughes Aircraft*« gekennzeichnet und von Elliott mit »OK« abgezeichnet wurden; von horrenden Rechnungen im *Waldorf-Astoria*, von Meyer mit Schecks im Namen von *Hughes Aircraft* beglichen; von den Kosten für Roosevelts Hochzeitsfeier im Dezember 1944; von einem Wochenendtrip nach Palm Springs einschließlich einer Bediensteten, Unterkunft und Trinkgeldern; von Faye Emersons Wettschulden auf der Rennbahn in Caliente und von zwei teuren Handtaschen.

Der Untersuchungsausschuss des US-Senats plagte Hughes mit seinen Besuchen, führte Anhörungen durch, um festzustellen, ob die Investition von 40 Millionen Dollar in seine Firma gerechtfertigt und er in der Lage war, die bestellten Flugzeuge auch zu produzieren. Der Ausschuss stellte fest, dass Hughes Elliott Roosevelt gerade erst unglaubliche 75 000 Dollar für seine Hilfe bezahlt hatte. Hoover war überzeugt davon, dass die Angelegenheit zu einer Anklage gegen Hughes und Roosevelt führen würde. Hughes beschuldigte Senator Owen Brewster, den Leiter der Ermittlungen, Handlanger des Luftfahrt-Konkurrenten Juan Trippe von *Pan American* zu sein, und wollte ihn dazu bringen, die Anklage fallen zu lassen, wenn Hughes ihm ein Paket mit *TWA*-Anteilen und Bargeld zukommen ließ. Er engagierte die *Schindler Detective Agency* und einen ehemaligen Polizisten aus Washington, um Brewsters Telefone abhören zu lassen.

Später behauptete Westbrook Pegler, Hughes habe Partys für Elliott Roosevelt gegeben, bei denen in einem von Hughes' Häusern »halb nackte Schönheiten in einem verspiegelten Pool« schwammen.

Schon 1945 legte J. Edgar Hoover eine dicke Akte über Hughes an. Hughes und Meyer hatten eine Party für russische Besucher gegeben. Er hoffte, über Elliott Roosevelt mit den Russen einen Deal für sein Flugboot arrangieren zu können, ohne die Genehmigung durch Henry Kaiser oder General Hap Arnold. Und eifrig nutzte er Bugsy Siegel als Kontakt in Las Vegas.

Während der Kriegsjahre leitete Hughes *TWA* wie seine private Luftlinie. Als Arthur Farnsworth, der zweite Ehemann seiner Ex-Geliebten Bette Davis, in Minneapolis erkrankte, ließ er sie zu ihrem Mann fliegen. Er sorgte dafür, dass die rivalisierenden Hollywood-Kolumnistinnen Hedda Hopper und Louella Parsons niemals mit derselben Maschine flogen, stets kostenlos reisten und ellenlange Limousinen gestellt bekamen – um sich ihre Unterstützung zu sichern. Derart bestochen spielten alle mit.

Jedes Mal, wenn eine seiner *Constellations* abhob, waren mehrere Sitze für Freunde reserviert, falls sie spontan reisen wollten, worüber die *TWA*-Leute keineswegs begeistert waren. Aber Hughes beugte sich nicht.

Wenn sich ein Prominenter bei Hughes über den Service an Bord oder den Umgang mit dem Gepäck beschwerte, rollten Köpfe und Flugtickets wurden erstattet. Johnny Meyer und Walt Menke von *TWA* hatten Anweisung, jeden zu umsorgen, der im *Who's Who* oder dem *Blue Book* stand. Hughes verkuppelte gut aussehende Piloten mit alternden Stars, doch wenn sie mit ihnen ins Bett gingen, wurden ihnen die Überstunden nicht bezahlt. Zur Belohnung verbrachten sie dann eine Nacht mit einem hübschen Starlet oder Callgirl.

Die Angestellten bei *TWA* waren von Hughes' Exzentrizität entweder fasziniert oder schlicht genervt. Er borgte sich Autos, Mäntel, Hüte und Geld und gab nur selten etwas zurück. Noch dem untersten Handlanger leierte er Bares für Taxis aus dem Kreuz, denn mit seinem eigenen Geld war er geizig wie eh und je. Eine Schauspielerin, die er oft als Maskottchen mit *TWA* fliegen ließ, erregte es, Geld für eine Liebesnacht zu nehmen. Er gab ihr zwei Fünfzig-Dollar-Scheine, bevor er zu ihr ins Bett kroch. Sie ließ das Geld in ihrer Handtasche. Als sie eingeschlafen war, gab er einen der Scheine an Johnny Meyer weiter, der bei Nacht und Nebel an einem Rohr hinaufgeklettert und durchs Fenster eingestiegen war.

Im Sommer 1945 beschloss Hughes, *The Outlaw* aus dem Schrank zu holen und zu veröffentlichen, mit aller Publicity, die Russell Birdwell aufbringen konnte. In der Filmbranche kursierte das Gerücht, er habe zu Masturbationszwecken eine Nacktversion gedreht. Dieses Gerücht hat sich unter Veteranen bis heute gehalten.

Das FBI wurde auf die Sache aufmerksam, als Hughes die Filmindustrie so sehr gegen sich aufgebracht hatte, dass man ihm die für Kopien benötigten 1,8 Millionen Meter Film verweigerte, und er nicht mehr genügend Vorräte hatte, vermutlich weil er so besessen davon war, Hunderte von Takes seiner halb nackten Stars zu drehen. Das »War Production Board« weigerte sich, ihm zu helfen.

Er sicherte sich die Hilfe einer Hand voll führender Filmleute, die ihm wohlgesonnen waren, darunter Sol Lesser, Produzent von Tarzan-Filmen, und Leo McCarey, den er bereits 1930 als Regisseur unter Vertrag gehabt hatte. Er engagierte den beliebten Harry Gold, den ehemaligen Verkaufsleiter bei *United Artists*, als Generalverantwortlichen für den weltweiten Vertrieb von *The Outlaw.*

Eines von Hughes' Lieblingsrestaurants war *The Players* am Sunset Strip, ein eleganter Nachtclub, der dem Regisseur und Drehbuchautor Preston Sturges gehörte, einem engen Freund von Rupert Hughes. Der trinkfeste, selbstzerstörerische, wenn auch brillante Sturges war von Hughes fasziniert und teilte seine Leidenschaft für Flugzeuge und schöne Frauen; Sturges war entschieden heterosexuell. Noch spät in der Nacht hockten sie bei irgendwelchen Banketten in dunklen Ecken und redeten, während ihre Begleiterinnen längst eingeschlafen waren. Sturges sprach absichtlich mit sehr hoher Stimme, damit der halbwegs taube Hughes ihn verstehen konnte.

Im März 1944 verbündete sich Hughes mit Sturges, um mit ihm gemeinsam einen Film zu produzieren. Sie zogen in die *California Studios* gegenüber der *Paramount*, die Sturges hatte gehen lassen. Von Anfang an versuchte Hughes, Sturges zu kontrollieren, was ein schwerer Fehler war. Kühn bot er ihm zunächst ein Gehalt an, Sturges aber wollte eine Partnerschaft, die er auch bekam. Partner in diesem Deal – *Hughes Tool* hielt 37 Prozent der Anteile – waren außerdem Frank Orsatti, ein Zuhälter und Agent mit langem Vorstrafenregister, der Hughes half, Gespielinnen aufzutreiben, wenn Meyer nicht mehr weiter wusste, und Jules Furthman, der Drehbuchautor von *The Outlaw*.

Hughes hörte sich Sturges' Ideen an, unter anderem eine Filmversion der Lizzie-Borden-Story mit Lillian Gish unter der Regie von D. W. Griffith, und schließlich gab er seine Zustimmung zu einer Fortsetzung der Stummfilmkomödie *The Freshman* von Harold Lloyd. Sie hieß *The Sin of Hilda* (später *Harold) Diddlebock*. *United Artists* sollte den Film später als *Mad Wednesday* veröffentlichen.

Hughes bestand darauf, jedes Detail in Sturges' Skript und die komplette Produktion zu überprüfen, die am 12. September 1945 begann. Da Hughes nach wie vor keine große Erfahrung im Produzieren besaß, das Budget zu gering hielt und der Alkohol bei Sturges seine Spuren hinterlassen hatte, endete der Film als kompletter Reinfall. Sie überzogen den Zeitplan um zweiundfünfzig Tage und das Budget um 600 000 Dollar. Kaum waren sie fertig, ließ Hughes Sturges *Colomba* drehen, dessen Titel in *Vendetta* geändert wurde. Darin gab Hughes endlich Faith Domergue ihre erste Chance, nachdem er sie bereits seit sechs Jahren unter Vertrag hatte. Dann reichte Sturges die Regie an Max Ophüls weiter, einen berühmten Regisseur, der in Hollywood zur Kultfigur avanciert war.

Hughes genehmigte Preston Sturges' Drehbuch im Juni 1946. Der Film war dazu gedacht, Faith Domergues Schönheit, die an Jane Russell erinnerte, ihre leuchtenden Augen, ihren sinnlichen Mund und die großen Brüste vorzuzeigen. Die Geschichte handelte von einem korsischen Mädchen, das mit viel Seufzen und Stöhnen Rache für den Mord am Vater nimmt. Hughes stellte der Domergue den trockenen George Dolenz gegenüber. Die beiden waren ein bemerkenswert hölzernes Paar, und schauspielerisch glichen sie eher zwei Bettpfosten als zwei Menschen, die es miteinander trieben.

Anfang 1946 schob Hughes eine neue Werbekampagne für *The Outlaw* an, mit Fotos von Jane Russell, auf denen sie ihre prallen Brüste herzeigte, und mit neuen Slogans wie: »Das Mädchen mit den sommerheißen Lippen – und dem winterkalten Herzen« und »Wer würde um eine solche Frau nicht kämpfen?« Hughes organisierte eine lange Liste prominenter Leute, die sich bei den Zeitungen beschwerten … wobei der Gipfel der Verlogenheit wohl darin bestand, dass selbst Jules Furthman unter denen war, die sich beklagten.

Als der Film herauskam, landesweit und auch im Ausland, zahlte sich Russell Birdwells sexorientierte Kampagne wunderbar aus. In London reichte die Schlange der Kinobesucher um den ganzen Block, genauso lang wie damals bei *Hell's Angels* im selben Theater, dem *London Pavilion*. Die wütenden oder spöttischen Kritiken, das stürmische Gelächter, mit dem man Jane Russells monströse Brüste begrüßte, die Unmengen von Beschwerden bei den Zensurbehörden, das alles sicherte – ganz wie Hughes gehofft hatte – einen kolossalen Erfolg. Durch die Aushangfotos wurde die Russell – böse, launisch und wunderbar wie eh und je – in Großbritannien zum stehenden Begriff. Es gab dort kaum einen heterosexuellen Mann, der nicht scharf auf sie war, auch wenn mancher über ihr Image lachen mochte.

Als der Staat Maryland den Film bereits vor der Veröffentlichung verbot, warf Hughes vor Freude seinen braunen Hut – den Glücksbringer – in die Luft. Gleichzeitig jedoch hatte er ganz andere Sorgen.

In jenen Jahren hatte Hughes seine Familie vernachlässigt und war schockiert, als Rupert Hughes' Frau, die ehemalige Schauspielerin Elizabeth Patterson Dial am 23. März 1945 an einer Tablettenüberdosis starb. Man vermutete, dass sie Selbstmord begangen hatte, denn seit Monaten hatte sie unter schweren Depressionen gelitten. Wusste sie von Ruperts Affären mit Männern? Hughes' Verhältnis zu Rupert war nach ihren anfänglichen Unstimmigkeiten wegen des Vermögens seiner Eltern mittlerweile sehr eng geworden. Hughes nahm ihm nie übel, dass er ihn zur Bisexualität verleitet hatte, und nun konnte er Rupert gegenüber sein Herz ausschütten, was seine heimlichen, homosexuellen Affären anging. Zweifellos muss Rupert ihm absolute Verschwiegenheit geschworen haben, denn damals galten homosexuelle Aktivitäten als kriminell, doch behielt er das Geheimnis nicht für sich. Wie wir wissen, erzählte er alles seinem engen Freund James Quirk von *Photoplay*, dessen Neffe Lawrence sie nun preisgegeben hat.

Am 14. Februar 1946, dem Valentinstag, pilotierte Hughes persönlich eine große Gruppe von Stars, handverlesen von Johnny Meyer – darunter auch Lana Turner, an der er nun wieder Interesse zeigte – an Bord seiner neumodischen *TWA »Connie« (»Constellation«)* auf ihrem Jungfernflug nach New York. Die großen Tiere Hollywoods hassten Hughes noch immer – besonders jetzt, da er an der Wiederaufführung von *The Outlaw* arbeitete – und wollten nicht mitkommen. Besonders Louis B. Mayer und Harry Cohn fühlten sich von seinem Antisemitismus vor den Kopf gestoßen. Er lud Bugsy Siegel ein, der nach wie vor sein Interesse an möglichen Investitionen in Las Vegas zu wecken versuchte, seinen zeitweiligen Geliebten Cary Grant, Alfred Hitchcock, Paulette Goddard, von der er ganz hingerissen war, und Edward G. Robinson. Cary Grant war der einzige Passagier, der neben ihm im Cockpit Platz nehmen durfte.

Die Gäste trafen im *Sherry-Netherland Hotel* ein, wo sie auf Hughes' Kosten untergebracht waren. Das FBI war auf die Reise aufmerksam geworden und folgte Hughes überall hin. Sie hatten sogar einen Agenten an Bord. Geleitet wurde das Unternehmen von Richard Hood, dem Chef des örtlichen Büros.

Hughes wurde vom FBI abgehört, selbst seine Besuche in Lana Turners Suite und seine Abende mit ihr im *El Morocco* nahm man zu Protokoll. Während er sich alle Mühe gab, sie ins Bett zu kriegen, telefonierte er – wie aus den FBI-Akten ersichtlich wird – stundenlang mit Linda Darnell in Hollywood, bedrängte sie, ihn zu heiraten und beteuerte seine Liebe. Ihr muss klar gewesen sein, dass er ebenso wenig die Absicht hatte, sie zu heiraten, wie sie die Absicht hatte, *ihn* zu heiraten. Schließlich war er ein Casanova, bei dem nicht mehr dahinter steckte als hinter dem Herzbuben eines Kartenspiels.

Hughes kehrte mit dem schwedischen Grafen Bernadotte nach Los Angeles zurück, der mit seinen Reederei-Interessen in Schweden zu tun hatte, nachdem Axel Wenner-Gren als Nazi-Sympathisant auf der Schwarzen Liste stand. Ex-Gouverneur Paul Laxalt aus Nevada flog mit ihnen. Am 30. März besuchte er mit Cary Grant eine fragwürdige Junggesellenparty im beliebten *Clover Club*, einem plüschigen Zockertreff am Sunset Strip. Auch Bugsy Siegel war unter den Gästen.

Anfang April arrangierte Hughes ein weiteres Rendezvous mit Lana Turner im *Sherry-Netherland*. Johnny Meyer kümmerte sich um ihre Reservierungen. Sie kam am 17. April, und Hughes reiste zwölf Tage später wieder ab.

Hughes flog nach Louisville, um sich das Kentucky Derby anzusehen. In New York strengte er eine Fünf-Millionen-Dollar-Klage gegen die Vereinigung der Amerikanischen Filmproduzenten und Vertriebe (*MPPDA*) an, und zwar wegen geschäftsschädigenden Verhaltens durch ihren Widerstand gegen *The Outlaw*. Am selben Tag zog er sich aus der *MPPDA* zurück. In San Francisco scheiterte eine Klage der Stadt gegen Hughes wegen Unzüchtigkeit im selben Film, als der Richter den Geschworenen erklärte, dass Brüste an sich nichts Widerwärtiges seien.

Hughes wurde gerade etwas optimistischer, da beging er einen Fehler, der ihn das Leben hätte kosten können.

NEUNTES KAPITEL

Crash!

Über acht Monate lang ließ sich Hughes weder in Culver City, noch zu Hause in Beverly Hills blicken. Er ging auf eine sonderbare, scheinbar sinnlose Reise, vernachlässigte die dringende Arbeit am Aufklärungsflugzeug *XF-11* und dem Flugboot *Hercules*. Er war erschöpft, aufgerieben von seinen Auseinandersetzungen mit den Behörden und dem Bemühen, Washington seinen Willen aufzuzwingen. Nachdem er alles dafür getan hatte, allgemeines Wohlwollen für sein geliebtes Flugzeug zu erwirken, war es nun, als interessierte es ihn eine ganze Weile überhaupt nicht mehr.

Mit einem kleinen Trupp getreuer Mechaniker, einem Navigator und einem Copiloten ging er mit seinem mittlerweile altmodischen *Sikorsky S-43*-Flugboot auf einen nostalgischen Trip nach Shreveport, Louisiana, wo er als Kind so viel Zeit mit seinen Eltern verbracht hatte. Eines Abends machte er sich im strömenden Regen auf den Weg, ließ sein Team im Hotel zurück und suchte offenbar nach verschiedenen Orten, an die er sich kaum erinnert haben dürfte, einschließlich des *Caddo Hotels*. Statt ein Taxi oder einen Mietwagen zu nehmen (oder auch nur einen Regenschirm), lief er durch den Wolkenbruch – mit seinem verbeulten Hut, der die Jahre wundersamerweise überstanden hatte, im verdreckten, weißen Hemd, zerlumpten, aufgekrempelten Hosen und mit durchgelatschten Turnschuhen. Wie ein hoffnungsloser Penner sah er aus.

Triefnass stellte er sich ein paar Minuten im Schutz einer Tankstelle unter, aß aufgeweichte Kekse aus der Tüte und trank Milch aus einer tropfenden Flasche.

Ein Streifenpolizist hielt neben ihm und wollte seinen Ausweis sehen, aber er hatte weder seine Papiere dabei noch Geld in der Tasche, nicht mal Kleingeld. Als man ihn in den Wagen stieß, beteuerte er, er sei Howard Hughes. Der Cop hörte gar nicht hin. Auf der Wache stand er da, in einer Wasserlache, und sah aus wie die Vogelscheuche in *The Wizard of Oz.* Jim Davis, der örtliche Polizeichef, sagte: »Wer zum Teufel sind Sie?« »Howard Hughes«, wiederholte der arme Schlucker. »Wenn Sie Howard Hughes sind, dann bin ich Shirley Temple«, sagte Davis und lachte schallend.

Hughes protestierte lauthals, wurde jedoch mit einigem Gesindel in eine Zelle geworfen. Da er die »Neger« verachtete, war er besonders wütend, als er sah, dass es sich bei zwei seiner Mitgefangenen um Schwarze handelte. Er rüttelte an den Gitterstäben und schrie, er sei tatsächlich Howard Hughes, aber die anderen lachten ihn nur aus.

Am späteren Abend flüsterte er dem Aufseher zu, für ihn seien 5000 Dollar drin, wenn er dafür sorgte, dass Davis ihn noch einmal anhörte. Irgendetwas an der Art, wie er es sagte, war wohl überzeugend. Ärgerlich kam Davis in den Zellenraum. Hughes nannte ihm Details seiner Karriere, was einem Landstreicher unmöglich gewesen wäre. Am nächsten Morgen rief Davis im Büro von *Caddo*, der örtlichen Tochtergesellschaft der *Hughes Tool Company*, an. Erst hielt der Geschäftsführer das Ganze für einen Scherz, doch als Hughes ihn am Telefon hatte, konnte er ihn überzeugen.

Schließlich kehrte Hughes zu seinen Gefährten zurück, und sie flogen nach Orlando, wo er Hals über Kopf aus dem Flugzeug flüchtete und einen Bus nahm. Drei Monate lang ließ er nichts mehr von sich hören. Dann tauchte er in Miami auf, war wie ein Hobo auf einen Zug gesprungen. In einem verbeulten Chevrolet fuhr er mit mehreren weißen Kartons auf dem Rücksitz vor dem Hotel vor, in dem sein Team untergebracht war. Einer dieser Kartons, ein besonders langer, machte einen geheimnisvollen Eindruck. Hughes ließ nicht zu, dass jemand ihn anrührte. Wochenlang mutmaßten seine

Männer, was wohl darin sein mochte, bis sie ihn eines Tages vorsichtig öffneten. Unter einem Stapel Comics und zusammengefalteten Zeitungen fanden sie ... einen Zahnarztbohrer und zwei Intimduschen.

Hughes verschwand erneut – nur um dann im *Plaza Hotel* in New York im Smoking mit Turnschuhen wieder aufzutauchen. In diesem Aufzug verbrachte er auch einen Abend im *Storck Club*. Als die Mitarbeiter seine Sachen packten, fanden sie im Schrank erstaunliche Dinge, die er offenbar nicht mal versteckt hatte: Männer- und auch Frauenkleider und außerdem ein halbes Dutzend weiterer Intimduschen.

Als er zurückkehrte, arbeiteten Hughes' Ingenieure mittlerweile seit fünf Jahren an der *XF-11*. Mehr noch als das gewaltige, gespenstisch-weiße *Hercules*-Flugboot, das im geheimen Nest von Culver City ausgebrütet worden war und bald nach Long Beach verfrachtet werden sollte, war die *XF-11* Hughes' großer Traum. Ted Carpentier, ein Flugzeugingenieur und damals enger Freund von Hughes, erzählte mir: »Es war – für uns alle bei *Hughes Aircraft* – ein Meisterwerk an Eleganz, eine silberne Schönheit.« Hughes war von seiner Kreation so begeistert, dass er darauf bestand, sie höchstpersönlich zu testen. An Bord befanden sich die von seinem Freund Sherwood Fairchild entwickelten Kameras, für deren Verwendung er (selbstverständlich) die entscheidenden Leute beim Air Corps bestochen hatte.

Der Wunsch war nahe liegend, obwohl er zu diesem Zeitpunkt gesundheitlich in keinem guten Zustand war. Einmal mehr bewegte er sich am Rand eines Nervenzusammenbruchs. Carpentiers Ansicht nach lag es an Hughes' ewigem Konflikt mit seiner Sexualität und der Sorge, ob die ständigen Bestechungen herauskommen und ihn ruinieren könnten. Von dem Moment an, als er den ersten Testflug plante, ging er allerdings mit derart selbstmörderischem Leichtsinn zu Werk, dass er das Schicksal herausforderte.

Mit seiner Arroganz den Behörden gegenüber, die er so geschickt manipuliert und korrumpiert hatte, missachtete er sämtliche Warnungen vor mechanischen Defekten, auf die ihn Odekirk, Carpentier und alle anderen aus dem Team hingewiesen hatten.

Wenn experimentelle Flugzeuge getestet wurden, war es Vorschrift, über unbewohntem Gebiet wie der Army-Testflugbasis in der Mojavewüste zu fliegen, wo bei einem Absturz nur ein paar Hasen oder Schlangen ums Leben kommen würden. Gelegentlich flog man aus demselben Grund in Nevada.

Hughes dagegen war entschlossen, die Maschine über dem dicht besiedelten Culver City und den *MGM*-Studios zu fliegen, wo Katharine Hepburn und andere Freunde ihn sehen konnten und wo, wie er – der unverbesserliche Antisemit – Carpentier erklärte, »die alte Hakennase Louis B. Mayer bei dem Lärm vielleicht einen Tag zusperren muss.«

Selbstmörderisch beschloss er, anderthalb Stunden zu fliegen, obwohl die maximal zugelassene Treibstoffmenge von 2750 Litern nur fünfundvierzig Minuten in der Luft zuließen. So verrückt es klingen mag, glaubte er doch, die Gesetze der Schwerkraft aussetzen zu können. Er ließ 5500 Liter tanken, was einmal mehr die tödliche Gefahr einer Überladung heraufbeschwor. Er hatte vergessen, was er aus der Überladung früherer Maschinen hätte lernen sollen. Er hatte vergessen, dass er auf dem Floyd Bennett Field in New York beim Start beinahe vor den Augen der ganzen Welt verunglückt wäre, weil er die *L-14* überladen hatte.

Und er riskierte nicht nur sein eigenes Leben, sondern auch das anderer. Darüber hinaus lehnte er es ab, im Notfall den autorisierten Funkkanal des *Army Air Corps* zu verwenden, um die Rettungsmannschaft am Boden zu alarmieren, und wischte den erforderlichen Test der experimentellen *Hamilton*-Propeller beiseite. Er ignorierte den Umstand, dass sie bei den ersten Tests nicht ausreichend Öldruck angezeigt hatten.

Er versäumte es, die entscheidenden Dichtungen hinter den Propellern zu prüfen, die ein Ölleck verhindern sollten. Und dann gibt es da noch ein beunruhigendes Geheimnis. Es wurde festgestellt, dass eine dieser Dichtungen lose war. Warum? War es Sabotage? Wäre die Dichtung ordentlich befestigt gewesen, hätte sicher kein Öl austreten können. Hatte irgendjemand sie absichtlich gelöst?

Zweifellos gab es genügend Leute, die ihm ans Leder wollten, denn viele Leute fürchteten, bloßgestellt zu werden, falls er im Zeugenstand gegen sie aussagen sollte.

Alles in allem verhielt er sich in fast jeder Hinsicht leichtsinnig, was völlig unverständlich war. Schließlich war die *XF-11* sein Baby.

Am Morgen des Testfluges am Sonntag, dem 7. Juli 1946, nahm er ein für ihn untypisches Frühstück aus Bananencremekuchen *à la mode* zu sich. Stundenlang bastelte er an der Maschine herum, bis er endlich die ungeheure Treibstoffmenge einfüllen ließ. Er sorgte dafür, dass Johnny Meyer Glenn Odekirk begleitete, der seinen *B-23*-Bomber flog, um ihn im Auge zu behalten. Bei Johnny in der Maschine saßen James Cagneys Bruder William, mit dem er an einem Immobilien-Deal in Culver City arbeitete, der Kriegsheld und Schauspieler Audie Murphy und vor allem Murphys Freundin Jean Peters, eine junge Schauspielerin aus Ohio, die er gerade erst auf einer von Bill Cagneys Partys kennen gelernt hatte und die ihm Johnny Meyer zuspielen sollte.

Um 17:20 Uhr hob er bei klarer Sicht und sonnigen Wetterbedingungen ab. Sehr bald schon bemerkte er – während er über Culver City und *MGM* und schließlich über dem Meer kreiste – eine rote Warnleuchte, die anzeigte, dass irgendetwas mit dem Fahrgestell nicht stimmte. Immer wieder fuhr er es ein. Doch dann spürte er einen gewaltigen Luftwiderstand an seinem rechten Flügel, als würde ihn – wie er später sagte – »die Hand eines Riesen abwärts ziehen«.

Er ahnte nicht, dass das rechte, hintere Propellerblatt heftig rückwärts drehte, weil die Dichtung des Tanks gerissen war. Er löste seinen Sicherheitsgurt, um nachzusehen, ob Flügel, Schwanz oder Fahrwerksklappe beschädigt waren. Sie waren intakt. Noch einmal zog er das Fahrgestell ein und fuhr es aus. Wieder wollte die rote Lampe nicht erlöschen.

Die unzureichende Instrumentenanzeige, deren Entwicklung man vernachlässigt hatte, während er als Landstreicher unterwegs gewesen war, zeigte ihm nicht genau an, was er wissen musste. Dennoch müsste ihn die Ölanzeige darauf aufmerksam gemacht haben, dass Öl aus den Propellerdichtungen leckte. Für einen so erfahrenen Piloten handelte er unglaublich inkompetent. Hughes verlor die Nerven, und statt sofort auf dem Flughafen von Culver City zu landen, drehte er landeinwärts ab, bis nach Beverly Hills, auf der Suche nach einem geeigneten Golfkurs für die Landung. Aber es war nicht mehr 1936, und er flog weder eine *H-1* noch eine *H-2*. Er kam ins Trudeln. Wieder zog sein rechter Flügel hart nach unten. Hilflos, beschämt und zweifellos auch verängstigt stürzte er in die Tiefe.

Er sah, wie ihm die Straßen von Beverly Hills entgegenflogen. Es war zu spät, die Motoren herunterzufahren oder abzustellen, was bei einem solchen Notfall sicher ratsam gewesen wäre. Und zum Aussteigen war es ohnehin längst zu spät. Ihm blieb nur, sich ans Steuer zu klammern und alles zu tun, damit er nicht frontal am Boden aufschlug. Er rammte ein Dach am North Linden Drive und kappte es wie einen Baumkuchen.

Mit 320 km/h fegte er über die Straße hinweg, wobei sein linker Flügel das Elternschlafzimmer eines Hauses durchschlug – das der Schauspielerin Rosemary De Camp gehörte – und dabei alles in Schutt und Scherben legte. Der rechte Flügel brach ab, und die Spitze erschlug einen Nachbarshund. Krachend und donnernd stürzte die *XF-11* ab und blieb in den verschlungenen Eukalyptus-Bäumen am Whittier Drive hängen.

Während die Benzintanks zu explodieren drohten, sah Hughes aus wie eine brennende Vogelscheuche: Haare und Kleider standen in Flammen, während er krampfhaft seinen Hut festhielt. Mit Gewalt drückte er die Plexiglashaube über dem Cockpit auf, wobei er sich beide Hände bis auf die Knochen versengte. Er taumelte auf den

Stumpf des rechten Flügels hinaus, direkt in die Arme von Sergeant Bill Durkin. Sekunden später, als Durkin ihn bereits in Sicherheit gebracht hatte, explodierte das Flugzeug. »War da noch jemand drin?«, fragte Durkin. »Nein«, antwortete Hughes mit rußschwarzen Lippen. »Ich war allein.«

Er saß im Gras, hielt sich den Kopf und stöhnte. Die Schmerzen waren unerträglich. Es schien, als wäre sein ganzer Körper verkohlt. Leute standen da und starrten ihn an. Niemand brachte ihm auch nur ein Glas Wasser. Ein Feuerwehrmann tauchte auf und unternahm nichts. Er richtete nicht mal einen Schlauch auf den verletzten Mann. Dann stieß Durkin die Gaffer beiseite, stürmte in das Haus des Schauspielers Dennis O'Keefe und rief einen Krankenwagen.

Vorsichtig legten die Sanitäter Hughes auf eine Trage. Er schrie bei jeder Berührung. Die Fahrt zum *Beverly Hills Emergency Hospital* war eine grauenhafte Tortur. Jede rote Ampel, jedes Schlagloch in der Straße ließ ihn aufschreien und an die Scheibe hämmern. Während dieser Fahrt alterte er um zwanzig Jahre.

Im Krankenhaus angekommen, schrie er seinen Namen heraus, und ein weiß gekleideter Pfleger kam und erklärte, dass Hughes unmöglich bleiben könne, da sonntags alle Ärzte frei hätten. So musste der reichste Mann Amerikas zum *Cedars of Lebanon Hospital* am anderen Ende der Stadt verfrachtet werden, was selbst an einem Sonntag eine zeitaufwändige Angelegenheit war.

Im *Cedars* bat man ihn, ein Formular auszufüllen, in dem das Krankenhaus von jeglicher Verantwortung freigesprochen wurde, falls er nicht überleben sollte. Mittlerweile hatte Glenn Odekirk ihn endlich gefunden und stand kurz davor, dem Pfleger, der das Formular vorlegte, den Hals umzudrehen. Weder Dr. Lawrence Chaffin noch Dr. Verne Mason waren aufzutreiben. Stunden später tauchte Chaffin endlich auf.

Mittlerweile war Hughes kaum noch bei Bewusstsein und stand unter schwerem Schock. Fast unverständlich murmelte Hughes etwas davon, er hoffe, man würde ihm nicht die Schuld an dem Unfall geben. Etwas Furchtbares sei mit dem Flugzeug geschehen. Chaffin handelte sofort. Er forderte eine Bluttransfusion an. Vorher jedoch musste Hughes' Blut getestet werden. Es fand sich nur eine einzige passende Blutreserve.

Chaffin wies die Krankenschwestern an, seine Verbrennungen am linken Arm, der linken Brust und dem linken Bein zu verbinden. Neun Rippen auf der linken Seite waren gebrochen, drei auf der rechten. Der Bereich, wo die Rippen am Brustbein saßen, war komplett zersplittert. Ebenso das linke Schlüsselbein und der sechste und siebte Rückenwirbel. Die linke Seite seiner Brust war voll Blut gelaufen. Er hatte so schwere Blutungen in der Speiseröhre, dass er tagelang nicht schlucken konnte. Sein Herz war ein Stück nach rechts versetzt und die rechte Herzwand gequetscht. Von Kopf bis Fuß war er zerschnitten und geprellt, und es schien, als wollten die Blutungen nie enden.

Er wurde künstlich ernährt und bekam Morphium verabreicht. Man erklärte ihm, dass er vielleicht nicht überleben würde. Seine verbrannten Hände ließen sich nicht einmal über die Unterschriftszeile auf einem Testament bewegen. Tatsächlich war er auch nicht in der Verfassung, eine solche Urkunde aufzusetzen.

Sobald die Nachricht im Radio kam, wurde das Krankenhaus von einer erstaunlichen Schar ehemaliger und aktueller Liebhaber belagert, nur wenige Partys hatten eine solche Ansammlung zu bieten. Zur hochkarätigen Besetzung gehörten Cary Grant, Tyrone Power, Linda Darnell, Gene Tierney und Richard Cromwell, doch Hughes ließ nur Cary Grant in sein Zimmer. Noah Dietrich war nicht in der Stadt. Glenn Odekirk zog ins Nachbarzimmer und kümmerte sich tagelang aufopfernd um ihn. Johnny Meyer wurde der Zutritt verwehrt. Als seine Tante Annette und ihr Mann, Dr. Frederick Lummis, aus Houston geflogen kamen, stieß Hughes sie vor den Kopf, wollte sie nicht sehen. Dabei hatte er gar nicht die Absicht, sie zu verletzen. Sie sollten ihn nur nicht in diesem Zustand sehen, und vielleicht dachte er – zu Unrecht –, sie seien nur gekommen, weil sie Geld wollten, falls er starb. Er freute sich zu hören, dass Jean Peters, Audie Murphey und Bill Cagney zu den regelmäßigen Besuchern gehörten.

Er ließ ein Team von Ingenieuren rund um die Uhr an einem bequemeren Bett arbeiten, mit einer Öffnung und einem Rohr, das Urin und Kot abführte. Er trank literweise Orangensaft, der ihn – seiner Aussage nach – bei Kräften hielt, aber leider auch eine Übersäuerung hervorrief.

Die chronischen Verdauungsstörungen und Hämorrhoiden trugen noch zu seinem Elend bei. Da er sich erinnerte, was mit seiner Mutter geschehen war, hatte er schreckliche Angst vor der notwendigen Operation. Unablässig rang er mit dem Tod, erholte sich, erlitt einen Rückfall und erholte sich wieder. Pläne für eine Klage gegen *Hamilton Propellers* hielten ihn am Leben, aber auch Bilder der ganz jungen Marilyn Monroe in einer Illustrierten. Er versuchte, sie unter Vertrag zu nehmen, verlor sie jedoch an Darryl F. Zanuck, was ein schwerer Schlag war.

Selbst in seinem Zustand, während er noch unter Schmerzen wieder laufen lernte, bestimmte Hughes über andere. Er beschloss, Jean Peters ihrem Liebhaber Audie Murphy auszuspannen, dem höchstdekorierten Kriegsveteranen Amerikas, den Millionen anbeteten. Rücksichtslos drängte er Jean Peters dazu, Audie Murphy zu verlassen, und das sonst so handfeste, bescheidene Mädchen wurde schwach, als er ihr Macht und grenzenlosen Reichtum versprach. Als sie Audie Murphy tatsächlich erklärte, dass es aus sei zwischen ihnen, muss sie dafür ihren ganzen Mut aufgebracht haben, denn der Schauspieler war außer sich vor Wut. Der ganze Zorn, mit dem er als Soldat getötet hatte, trieb ihn nun dazu, Hughes umzubringen, und wenn es das Letzte wäre, was er tat.

Er nahm eine Waffe mit und suchte Hughes im *Town House* auf. Später behauptete er, er habe alle Mormonen – bis auf einen – bestechen können, um Hughes auf dem Parkplatz niedermähen zu können, sobald er vor die Tür trat. Der letzte Mormone jedoch weigerte sich, mitzumachen.

Nach sechs Wochen im *Cedars* kehrte Hughes nach Beverly Hills zurück. Jean Peters kam fast jeden Abend zum Essen.

Im Oktober fuhr sie nach Mexiko, um mit seinem Ex-Liebhaber Tyrone Power *Captain from Castile* zu drehen. Hughes flog zweimal nach Mexico City, um sie zu besuchen – und Tyrone Power auch. Im *Hotel Reforma* in Mexico City sagte er ihr schließlich etwas, womit er sie sehr für sich einnahm: Nach seinem Tod sollte sein Vermögen an das Medizinische Institut gehen, von dem er schon träumte, seit er mit achtzehn sein erstes Testament aufgesetzt hatte. Er machte sich Gedanken darum, dass sie versorgt war. Mit dem ihr eigenen Mutterwitz und gesundem Menschenverstand erklärte sie: »Mach dir um mich keine Sorgen. Ich finde immer Arbeit.«

Nach seiner zweiten Mexiko-Reise flog Hughes im Februar 1947 mit Cary Grant nach Washington, D.C., um an einer Anhörung des Senats-Sonderausschusses unter dem Vorsitz von Senator Owen Brewster aus Maine teilzunehmen, der sich mit seinem Verhalten im Zusammenhang mit Verträgen zu Kriegszeiten befassen sollte. Beim Mittagessen mit Hughes im *Mayflower Hotel* bot Brewster – ein enger Freund von Juan Trippe von *Pan American Airways* – an, die Ermittlungen fallen zu lassen, wenn sich Hughes auf eine Fusion von *TWA* und *Pan Am* einließe. Hughes lehnte ab. Er wusste, dass Trippe Brewster gekauft hatte.

Der Senatsausschuss, dem auch der berüchtigte Joe McCarthy aus Wisconsin angehörte, war für den 11. Februar einberufen worden, um seine Aussage hinter verschlossenen Türen aufzunehmen. Mit klaren, präzisen Worten stellte Hughes seinen Standpunkt dar.

Er legte sowohl scharfen Verstand als auch freche, kühle Distanz an den Tag. Was war schon ein Senatskomitee, wenn man 300 Millionen Dollar besaß? Er flog mit Cary Grant in seiner *S-43* nach Los Angeles, doch in letzter Minute überlegten es sich die beiden anders und beschlossen, einen Umweg über Mexiko zu machen, um Jean

Peters zu besuchen. Über Nogales gerieten sie in einen Sturm. Absichtlich meldeten sie sich nicht per Funk und freuten sich diebisch, als sie hörten, dass man sie als vermisst gemeldet hatte. Als sie in die Lobby des *Hotel Reforma* in Mexico City geschlendert kamen, wurden sie am Zeitungsstand bereits von den ersten Schlagzeilen begrüßt: CARY GRANT UND HOWARD HUGHES IM FLUGZEUG ABGESTÜRZT. Sie riefen ihre Freunde an und zitierten fröhlich – wenn auch falsch – Mark Twain: »Die Berichte über unser Ableben sind maßlos übertrieben.«

Der März in Hollywood war ein schmerzlicher Monat. Drohungen, man könne ihn wegen Missachtung des Gerichts belangen, zwangen Hughes, seine Bücher offen zu legen. Er war seiner Sache so sicher gewesen, dass er sich nicht mal die Mühe gemacht hatte, ein zweites Rechnungsbuch anzulegen – wie es zweifelhafte Leute zu tun pflegen. Francis D. Flanagan, der Ermittler des Brewster Komitees, stieß in den Büchern auf eine wahre Goldader an Beweisen für Bestechungen in haarsträubendem Maße. Die Rechnungen für Partys, Swimmingpool-Inszenierungen, abendliche Gelage und hübsche Mädchen waren nicht zu übersehen. Mehr als 170 000 Dollar – heute in etwa das Zehnfache – hatte Meyer für Bestechungen ausgegeben. Sogar eine der Limousinen, mit der die Familie Roosevelt zum Staatsbegräbnis gefahren war, hatte er der *Hughes Tool Company* in Rechnung gestellt.

Die Anhörungen begannen am 28. Juli 1947 im Senatsgebäude, Zimmer 318. Homer Ferguson, der republikanische Senator von Michigan, war der einflussreiche, reizbare Vorsitzende des Komitees. Joe McCarthy gehörte nach wie vor dazu, der Rest war eine Mischung aus Liberalen und Konservativen. Mit Hilfe von Russell Birdwell als Ghostwriter veröffentlichte Hughes in der Hearst-Presse landesweit Artikel unter seinem Namen, in denen er das Komitee der Hexenjagd beschuldigte und forderte, Brewster solle zugeben, dass dieses Verfahren auf Drängen der *Pan Am* zustande gekommen sei. Da Hughes nach wie vor ein Nationalheld war, konnte er mit seinen

Attacken in der Presse und im Radio der Öffentlichkeit vorgaukeln, dass er von einer korrupten Administration zum Märtyrer gemacht werden solle. Während der Anhörung traten Elliott Roosevelt und Johnny Meyer gleichzeitig in den Zeugenstand. Die Zuschauer hielten sich die Bäuche vor Lachen, als wären die beiden Abbott und Costello. Tausendfünfhundert Neugierige jubelten Hughes zu, als er sich durch Polizei, Reporter und Fotografen in das stickige Marmorzimmer kämpfte.

Hughes war der letzte Zeuge. Überraschender- und klugerweise trug er zum ersten Mal seit Jahren einen Anzug, der ihm passte, dazu ein weißes Hemd mit dunkler Krawatte. Hughes sprach mit gedämpfter Stimme, aber seine Augen glühten, als er den Eid sprach. Zwei Tage verbrachte er im Zeugenstand und drehte den Spieß dabei um. Sein Selbstvertrauen fußte auf seinem Reichtum, aber er wusste auch die Öffentlichkeit auf seiner Seite: Sein mangelndes Talent als Ingenieur, seine Unbeholfenheit, was die Leitung der Flugzeugfabrik anging, seine katastrophale Verschwendung von Millionen Steuergeldern, seine fliegenden Fiaskos, seine endlose Arbeit an der *Hercules*... – nichts von alledem zählte vor der Öffentlichkeit, die ihm seinen Flug um die Welt niemals vergessen würde. Die Massen machten ihm ebenso wenig einen Vorwurf wie man Charles Lindbergh 1939/40 seine Sympathien für die Nazis vorwarf. Wenn mancher auch vermutete, dass er mit 50 Millionen Dollar Regierungsgeldern durchgebrannt war... was machte das schon? Diese Senatoren waren doch sowieso verkalkte Idioten, griesgrämig wie alte Jungfern, die ein Femegericht abhielten.

Immer wieder drängte Hughes Brewster mit der *Pan-Am*-Sache an die Wand. Dreist erzählte er der Welt, Brewster habe ihm kostenlose *TWA*-Flüge aus dem Kreuz geleiert. Er hackte auf Ferguson ein, der sich wie ein Idiot aufführte. Statt Beweise dafür ans Licht zu holen, dass Hughes 28 Millionen Dollar vergeudet und halb Washington gekauft hatte, setzte Ferguson immer wieder am falschen Ende an, dass Hughes nämlich von diesen Vereinbarungen profitiert habe.

Sobald Ferguson der Ball entglitten war, bekam er ihn nicht wieder in die Hände. Hughes rannte damit los, und das Publikum war begeistert. Nur wenige interessierte, dass der Großteil der verlorenen Gelder aus den Taschen der Steuerzahler stammte.

Am 11. August wurden die Anhörungen, die ein komplettes Desaster und die reine Verschwendung öffentlicher Gelder waren, eingestellt. Hughes winkte der ungeheuren Menschenmenge zum Abschied wie ein Sieger, als die Leute bei seiner Abreise das Senatsgebäude, das *Mayflower Hotel* und den Flughafen stürmten.

ZEHNTES KAPITEL

Von *Hercules* bis Hollywood

Bester Laune kehrte Hughes nach Los Angeles zurück. Während einer seiner zahllosen Begegnungen mit der Presse hatte er leidenschaftlich geprahlt, er wolle sicherstellen, dass die *Hercules* auch tat, was man von ihr erwartete, und so kümmerte er sich in den folgenden Wochen fast ausschließlich darum, dass sie auch tatsächlich flog.

Und doch sprach aus seiner Prahlerei vor allem sein Talent zur Täuschung, denn 1947 war das Flugboot mit dem Spitznamen »Spruce Goose« (»Flotte Gans«) kaum brauchbarer als eine Plastikente in der Badewanne. Es war ein Spielzeug, der ultimative Luxus eines reichen Mannes – wiederum auf Kosten der Steuerzahler. Selbstverständlich war es ein wunderschönes Artefakt, nur mittlerweile vorsintflutlich wie die Pyramiden. Seinen Zweck – Truppen so hoch über dem Ozean zu transportieren, dass U-Boote sie nicht abfangen konnten – vermochte es von Anfang an nicht zu erfüllen. Die Maschine war schwerfällig, ließ sich nicht tarnen, war leicht entflammbar und zudem schnelle Beute für jeden deutschen oder japanischen Kampfpiloten, der etwas auf sich hielt. Allein die jämmerliche Höchstgeschwindigkeit hätte jedermann an Bord Kopf und Kragen gekostet, falls irgendwelche *Zeros* (diese Kopien der *H-2*) oder *Messerschmitts* sie erwischten.

Möglicherweise war sich Hughes – in einer Art verzweifelter Begeisterung – dessen sogar sehr wohl bewusst, denn er konnte sich unmöglich erhofft haben, mit der Maschine etwas gegen die Russen auszurichten. Zwar war er wie sein Onkel Rupert und Millionen andere Konservative der Überzeugung, dass die Sowjetunion eine

Invasion der westlichen Welt plante (trotz der Tatsache, dass ein solcher Plan nie ernstlich vorstellbar war), doch dürfte er kaum erwartet haben, dass eine Flotte gigantischer *Hercules*-Maschinen beim Gegenangriff über der Ostsee von Nutzen sein würde. Nein – Hughes wollte nur beweisen, dass das verfluchte Ding irgendwie abhob. Wenn sein Plan, die Maschine zu fliegen, funktionierte, würden die neuerlichen Anhörungen des Senatskomitees im November hoffentlich abgesagt.

Am 1. November luden er und Johnny Meyer Reporter und Fotografen zur feierlichen Vorstellung des weißen Elefanten nach Long Beach ein. Selbst die hartgesottensten Veteranen konnten ihr Staunen nicht verbergen, als sie in den Hangar kamen und den monströsen, atemberaubenden Vogel dort stehen sahen. Eilig hetzten sie zu den Telefonen, um die technischen Daten durchzugeben: Ein ausgewachsener Panzer und 700 Mann samt Besatzung passten in die hohe Kabine. Zwischen die Flügelspitzen hätte ein ganzes Football-Feld gepasst, und das Heck überragte ein achtstöckiges Haus.

Später am selben Tag versammelte sich – aufgescheucht durch einen Wirbel an Vorschusslorbeeren – eine ungeheure Menschenmenge am Wasser, mit Picknickkörben, Decken und Kameras. Vorsichtig lenkte Hughes den Vogel durch die windgepeitschten Wellen, musste jedoch zur Enttäuschung der Zuschauer wegen der steifen Brise einen Rückzieher machen. Er vertröstete die Presse auf den nächsten Tag. Am 2. November jedoch wehte der Wind noch stärker.

Was sollte er tun? Einmal mehr beim Jungfernflug eine Katastrophe riskieren? Da er im Grunde seines Herzens wusste, dass die *Hercules* ein Papiertiger war (trotz ihrer acht *Pratt-&-Whitney*-Motoren mit je 3000 PS kläglich untermotorisiert), machte er sich Sorgen. Selbst bei leichtem Wind könnte sie möglicherweise nicht vom Wasser abheben, und dann würde er zum Gespött der ganzen Welt. Oder käme mitsamt seiner Crew ums Leben.

Wieder einmal musste er seinen ganzen Mut zusammennehmen und ein Wagnis eingehen. So hatte er bei zwei Probeläufen ein paar begeisterte Journalisten an Bord, beim ersten Lauf mit 75 Stundenkilometern, beim zweiten mit 150. Schließlich befahl er seinen Männern, ihr Bestes zu geben, und lenkte die Maschine, das Steuer fest in den Händen, hart in die Dünung. Womöglich hat er – Atheist, der er war – in diesem Augenblick sogar gebetet. Das riesige Flugzeug erbebte, und endlich hob es ab. Als das Adrenalin durch seine Adern schoss (und er wahrscheinlich an die »verfluchten Senatoren« dachte), zeigte die *Hercules* endlich, was sie konnte. Sie flog etwa eine Meile weit.

Während Hughes den Flug mit der scharfen, hohen Stimme eines schwerhörigen Texaners vor Heerscharen von Zuhörern kommentierte, stieg der Riesenvogel auf. Wegen des Motorenlärms, der vermutlich jeden, der nicht ohnehin schon taub war, vorübergehend dazu gemacht hätte, wird er den Jubel und das Freudengeheul vom Strand her kaum gehört haben, und auch nicht die Pfeifen, Sirenen oder die Nebelhörner der Flotte von Booten in der Bucht. Sanft setzte er wieder auf, um sich am nächsten Tag auf den Titelseiten der Welt wiederzufinden – mit der Ankündigung, dass der große Vogel im kommenden Frühling 1948 noch viele weitere Meilen fliegen würde.

Dies war allerdings nicht der Fall, denn die *Hercules* erwies sich als zu schwach auf der Brust. Jahrelang stand sie im Hangar und wurde instand gehalten (für mehr als 1 Million Dollar pro Jahr, die er aus eigener Tasche zahlte).

Was sollte er jetzt anfangen? Sein rastloser Geist fand keine Befriedigung darin, sich mit zweiundvierzig Jahren zur Ruhe zu setzen. Er hatte nicht die Absicht, das Leben eines reichen Playboys am Mittelmeer oder in Palm Beach zu führen. Auch in London oder Paris wäre er fehl am Platz gewesen, und mittlerweile war er nicht mehr so jung, dass jemand seine ungelenken Bemerkungen in New York oder Long Island charmant gefunden hätte. Aber es gab ja immer noch den Film. Angenommen, er würde sich ein Studio kaufen, um seine frustrierten Machtphantasien auszuleben? Welches stand zum Verkauf?

Während er sich umsah, begann er, sein Hauptquartier an der 7000 Romaine Street umzustrukturieren, und machte – den Rat seiner Sekretärin Nadine Henley befolgend – den siebenundzwanzigjährigen Bill Gay, einen Mormonen, zum Chef. Gay hatte eigentlich Professor an einem College werden wollen, doch Hughes, der vom unterwürfigen, akademischen Wesen des Mannes und seinem angenehmen Äußeren angetan war, gab ihm einen Posten. Gleichzeitig wies er ihn an, das Hauptquartier mit Mormonen zu besetzen. Mormonen rauchten und tranken nicht, reisten immer paarweise – wie die Nonnen – und konnten Geheimnisse für sich behalten. Wie Hughes selbst mochten auch sie weder Schwarze noch Juden.

Dass Gay keinerlei Erfahrung in einer leitenden Funktion besaß, störte nicht. Er mochte sicher seine Talente haben, war faktisch jedoch kaum mehr als eine Bauchrednerpuppe. Für alles bekam er von Hughes präzise Anweisungen – was die makellose Ordnung der Bürounterlagen betraf, die Telefonvermittlung, die rund um die Uhr besetzt zu halten war, oder das Handbuch der Personalanweisungen (»Sagen Sie stets die Wahrheit, bleiben Sie an Ihrem Arbeitsplatz und weisen Sie die nächste Schicht ein. Halten Sie bei allen Problemen Rücksprache mit Mister Hughes oder Miss Nadine Henley«). Man stellte Teams aus mormonischen Fahrern ein, einige davon hübsch anzusehen und homosexuell. Ironischerweise gingen die Mormonen sehr scharf gegen Schwule vor. In späteren Jahren sahen Hughes' Mormonen allesamt wie Disneyland-Angestellte aus: adrett, schlank, athletisch, arisch, perfekt frisiert. Vermutlich ließ er seine zahllosen Starlets von ihnen durch die Gegend kutschieren, weil diese Männer die Finger von den Mädchen ließen, aber auch, weil es Hughes in einigen Fällen gerne selbst mit ihnen getrieben hätte.

Monatelang war Hughes auf der Suche nach einem Studio.

MGM blieb unter Louis B. Mayer und Nicholas Schenck eine uneinnehmbare Bastion; *Warner Bros.* unter Jack und Harry Warner, die *Columbia Studios* mit dem Wadenbeißer Harry Cohn als Boss, und *Universal*, Heimat der Turban-Opern, waren gleichermaßen unbeugsam und unerreichbar. Aber *RKO Pictures* stand zum Verkauf.

Es war ein kleines, aber couragiertes und lebendiges Studio unter dem Banner von Hughes' altem Freund (und Ehemann von Jaqueline Cochran) Floyd Odlum, dem Vorsitzenden der millionenschweren *Atlas Corporation*. Das Studio hatte in den Dreißigerjahren Filme mit Katharine Hepbun und Musicals mit Ginger Rogers und Fred Astaire produziert – allein diese Tatsache machte es für Hughes attraktiv.

Cary Grant stand dort unter Vertrag, ein Umstand, der ihrer Beziehung einen diskreten Schutz bot. Zudem stellte Hughes begeistert fest, dass auch sein enger streng heterosexueller Freund John Wayne bei *RKO* unterzeichnet hatte. Wayne war der perfekte Amerikaner, sowohl als Westernheld als auch politisch (er stand rechts von Dschingis Khan).

Aber es gab ein Problem: Bei *RKO* waren Regisseure und Drehbuchautoren untergekommen, die entweder Mitläufer oder echte Kommunisten waren – zumindest gewesen waren. Rupert Hughes betätigte sich als Spitzel, listete *RKO*-Angestellte auf, die an Versammlungen teilgenommen hatten, und gab die Liste an Hughes weiter, denn er selbst wollte sich darum kümmern

Fünf Jahre später sollte er das Nest schließlich ausräuchern, um damit sowohl den wachsamen, stets wissbegierigen »Untersuchungsausschuss für unamerikanische Aktivitäten« als auch J. Edgar Hoover selbst zufrieden zu stellen. Seine Hilfe bei der politischen Hexenjagd sollte dazu dienen, dass die Männer Hughes von nun an weniger Steine in den Weg legten.

Hughes rief seine Freundin Jacqueline Cochran an und erzählte ihr von seinem Interesse an *RKO*. Sie leitete die Nachricht an ihren Mann weiter, der Hughes im Gegenzug einlud, sie auf ihrer Ranch in der Nähe von Indio, nicht weit von Palm Springs, zu besuchen. Er flog übers Wochenende dorthin. Odlum, der an Arthritis erkrankt war, litt unter ständigen Schmerzen und lag im Schlammbad oder einer heißen Wanne, wenn er sich mit jemandem unterhalten wollte.

Vi Strauss Pistell, die Haushälterin der Odlums, erinnert sich: »Mr. Hughes kam oftmals zum Abendessen, aß aber nichts. Er saß nur am Tisch, streckte seine langen Beine aus und redete… Immer machte er alle Schranktüren auf, um sicherzugehen, dass sich auch niemand darin versteckte.« Manchmal saß er mit Odlum lange unter einer Palme und konferierte, wobei jedoch stets mormonische Leibwächter in der Nähe waren, die prüften, ob auch wirklich niemand lauschte. Oft blickte er unruhig zum Himmel auf, als hörte dort oben jemand zu.

Er drängte Odlum dazu, sich vom Vorsitz zurückzuziehen, *RKO* jedoch als Vorstandsmitglied erhalten zu bleiben. Odlum hätte klug genug sein sollen, mit Hughes keine Geschäfte zu machen. Doch mit seinem Charme wickelte Hughes alle auf der Ranch ein, und die Odlums waren wie Wachs in seinen Händen. Ebenso hätten sie gegen einen Wirbelsturm anreden können.

Zwei Überlebende von *RKO* aus jener Zeit – der Regisseur Richard Fleischer und der Produzent Stanley Rubin – erinnern sich, dass jedermann im Studio die Nachricht vom möglichen Verkauf mit Besorgnis aufgenommen hatte. Sie wussten, dass Hughes als Kontrollfreak berüchtigt war, und dazu tendierte, jeden zu feuern, der sich ihm in den Weg stellte. Als Mitte Mai durchsickerte, dass er das Geschäft für 8,5 Millionen Dollar abgeschlossen hatte, was ein echtes Schnäppchen war, sagte Richard Fleischer, der davon im Büro von B-Picture-Chef Sid Rogell hörte, mit direktem Bezug auf die *Hercules*: »Mit dem wird das Studio nie abheben.«

Hughes wollte unbedingt, dass der Verkauf auf die Titelseiten der Branchenblätter Hollywoods kam. Da er fürchtete, dass ihm sein Ruf als Judenhasser und Einzelgänger schaden könnte, versuchte er, die Zeitschrift *The Hollywood Reporter* ihrem Besitzer abzukaufen, der jedoch nur verkaufen wollte, wenn er die redaktionelle Kontrolle behielt. Hughes gab sich größte Mühe, *Variety* zu einer großen Geschichte über den Deal zu bewegen.

William Feeder war damals ein wichtiger Autor für *Variety.* Hughes verunsicherte Feeder, indem er ihn persönlich anrief. Er bat ihn, sich in eine Telefonzelle in der Nähe des *Variety*-Gebäudes zu begeben und sich von dort aus zu melden, damit sie nicht abgehört werden konnten. Feeder tat,wie ihm geheißen. Hughes rief ihn zurück, traute Feeder jedoch nicht. Er fürchtete immer noch, dass Feeder ihn von einem Büro aus anrief. Also bestellte er ihn ins *Goldwyn*-Gebäude. Schuhe und Strümpfe hatte er ausgezogen, sodass Feeder die Brandnarben an seinen Füßen sehen konnte.

Hughes gab ihm das versprochene Exklusivinterview, dann beugte er sich vor und sagte barsch: »Wie ich höre, ist Dore Schary Kommunist. Stimmt das?« »Nicht dass ich wüsste«, erwiderte Feeder. Hughes log, er wolle im Studio nichts verändern. Alles solle weitergehen wie geplant. Da er mit Feeders Artikel über den Verkauf zufrieden war, engagierte er ihn als Pressemann.

Vom Tag seiner Übernahme an zeigte Hughes einmal mehr sein geradezu besessenes, voyeuristisches Interesse an den Schauspielern. Besonders fasziniert war er von *Out of the Past* mit dem breitschultrigen, verschlafen wirkenden 100-Kilo-Mann Robert Mitchum und Jane Greer als seiner prototypischen Lieblingsfigur: der mörderischen Frau, die sich einen gut aussehenden Burschen zum Sklaven macht.

Jane Greer war Anfang der Vierzigerjahre bei ihm persönlich unter Vertrag gewesen. Hughes hatte sie von einem Schauspiellehrer in »Artikulation und Haltung« ausbilden lassen. Nach Miss Greers Aussage hatte er noch etwa zwanzig weitere Mädchen im Stall, von denen keines bekannt wurde. Sie verärgerte ihn, indem sie entgegen seiner Anweisung mit dem Sänger Rudy Vallee ausging. Die beiden heirateten am 3. Dezember 1943, woraufhin Hughes sie 1944 fallen gelassen hatte. Nun war sie als *RKO*-Star wieder an ihn gebunden.

Kühl, wie es seine Art war, erkundigte er sich bei der Greer nach deren Befinden, wobei er die übliche Antwort eines durchschnittlich sorgenvollen Menschen erwartete: »Ganz gut.« Aber sie stieß ihn glatt vor den Kopf, als sie sagte, sie sei »sehr glücklich«, denn sie sei jetzt verheiratet und habe ein Kind. Hughes offenbarte, wie sehr er im Grunde unter seinem Leben litt, als er ihr antwortete, sie »könne unmöglich« glücklich sein. Doch sie blieb dabei. Er wurde böse und regte sich auf. Glück war ihm fremd. Er erklärte ihr, solange er das Studio leitete, würde sie bei *RKO* keine Arbeit bekommen. »Das sollte dir eine Lehre sein.«

Später erzählte Jane Greer: »Ich habe ihn gefragt: ›Soll das heißen, dass meine Karriere beendet ist?‹ Er antwortete: ›Ja, genau das.‹ Ich erwiderte: ›Dann kriege ich eben noch mehr Kinder.‹« Daraufhin kettete er sie mit einem Vertrag an sich, sodass sie nicht mehr drehen konnte und zahlte ihr 2500 Dollar pro Woche. Sie blieb glücklich ... und er unglücklich.

Hughes führte mehrere Besprechungen mit dem scheidenden *RKO*-Präsidenten Peter Rathvon, der im Beisein seines Vizepräsidenten Ned Depinet aus New York an die Westküste geflogen kam. Er war entschlossen, die von 12 Millionen auf knapp über 5 Millionen Dollar gesunkenen Studiogewinne aufzufangen, die hauptsächlich durch die eskalierenden Produktionskosten in der *RKO*-Kinokette entstanden waren. Viele fürchteten, dass er die Budgets kürzen und Personal feuern würde. Sie sollten Recht behalten.

Außerdem führte Hughes einige Gespräche mit Dore Schary, dem großen, sanftmütigen, jüdischen *RKO*-Produktionschef. Seine politische Gesinnung war entschieden liberal, seine intellektuellen Ziele eher undurchsichtig, aber er machte gut geschriebene, realistische Filme mit knappem Budget und wenigen Stars. Unter seiner Federführung genossen Autoren große Freiheit, und ihre Arbeit war qualitativ sehr gut.

Hughes war zu Ohren gekommen, dass Schary kein gutes Wort über ihn verlor, seit er sich zum ersten Mal mit Odlum getroffen hatte. Er sagte, falls Hughes den Laden übernähme, würde er kündigen. Da Hughes – gelinde gesagt – antisemitisch eingestellt war, hasste er dieses Einwandererkind, das mit seiner Hornbrille und der großen, plumpen Erscheinung das genaue Gegenteil von allem war, was ihm an einem Mann gefiel. Als er Schary zum ersten Mal im Garten von N. Peter Rathvons Haus begegnete, sagte er barsch: »Ich habe gehört, Sie wollen kündigen.«

Schary verschlug es glatt die Sprache. Er nahm seinen ganzen Mut zusammen und entgegnete: »Nun, Sie brauchen niemanden mit meinem Gehalt, der nur Ihre Befehle ausführt!«

Hughes zwang Schary, diesen Satz noch einmal zu wiederholen, was Schary tat. Die Anwesenden zitterten vor Angst. »Alles bleibt, wie es ist«, log Hughes. Er ging so abrupt, wie er gekommen war. Rathvon erklärte Schary, falls Hughes sein Versprechen nicht hielte, »bin ich hier weg, bevor du deinen Hut nimmst«. Und so kam es auch.

Hughes bestellte Schary zu einer weiteren Besprechung in Cary Grants Haus. Er stellte klar, dass jeder, der sein Studio leitete, ohne Widerrede Befehle entgegenzunehmen habe. Auf die Frage, wieso er eigentlich keine Anweisungen befolge, entgegnete Schary: »Wäre ich in der Flugzeugbranche, würde ich es gern tun. Ich wüsste, dass Sie mehr davon verstehen als ich. Da ich aber mehr vom Filmemachen verstehe als Sie, ist das etwas anderes.« Hughes fragte Schary, was er als Abfindung haben wolle. Schary sagte, er hätte gern die Rechte an dem Film *Battleground*, den er produzieren wollte und den Hughes als Projekt unsäglich fand. Da er sicher war, dass der Film floppen würde, willigte Hughes ein. Schary ging damit zu *MGM*, wo er ein Hit wurde.

Schary nahm seinen Hut im Juli 1947. Ned Depinet, dem Hughes eher widerwillig die Verantwortung für den Verleih ließ, war entsetzt, dass Hughes ihm gegenüber kein Wort über Scharys Kündigung verloren hatte. Hughes wartete, bis Depinet zu einer Beerdigung nach Dallas fuhr, dann erst verkündete er, Schary müsse gehen. Depinet erfuhr es aus der Zeitung.

Am 12. und 13. Juli traf sich Hughes mit Depinet und weiteren leitenden Angestellten. Statt strahlende Visionen von qualitativ hochwertigen Filmen zu entwickeln, langweilte er alle, indem er nur über die Kostenreduzierung sprach. Er verkündete, es werde keine Produktionen mit großem Budget mehr geben. Sid Rogell wurde zum Vizepräsidenten befördert und angewiesen, seine knauserige B-Picture-Politik weiterzuführen. Bicknell Lockhart, einer von Hughes' Ingenieuren bekam die Verantwortung für diverse Produktionsbereiche übertragen. Als dritten Mann des herrschenden Triumvirats warb man den Kostenbuchhalter C. J. Devlin von den *General Service Studios* ab. Alle drei wussten, dass sie keinerlei Entscheidungsgewalt besitzen würden. Was die leitenden Funktionen anging, waren sie Eunuchen des Sultans. Als Creighton Perlin aus der Führungsetage mit Hughes um Budgetierungspläne stritt, setzte Hughes ihn vor die Tür. Dann feuerte er vier weitere hohe Tiere und stoppte sechsunddreißig Projekte.

Er begann, sich bei *Goldwyn* Filme anzusehen, die kürzlich fertig gestellt worden waren. Einer davon ärgerte ihn ganz besonders: *The Boy with Green Hair*, den Dore Schary als seine Herzensangelegenheit durchgedrückt hatte, mit Stephen Ames als Produzent und Joseph Losey als Regisseur. Al Levitt, der Co-Autor des Films, erinnert sich, wie entsetzt Hughes über diesen Film war, eine Anti-Kriegs-Story über ein Waisenkind, dessen Haar sich aufgrund einer chemischen Reaktion während des Krieges grün färbt. Der kleine Junge wird verspottet und wie ein Freak behandelt, womit der Film leidenschaftlich an die Toleranz des Publikums appellierte.

Für Hughes aber war es ein Kommunistenfilm, da er herausgefunden hatte, dass der Regisseur Losey politisch links stand und möglicherweise Kommunist gewesen war. Unter Umständen las er aus dem Film einen unterschwelligen Angriff auf die Unterdrückung von Minderheiten, Schwarzen und Juden, heraus, denen man den Zugang zu solchen Clubs, in denen Hughes Mitglied war, verwehrte. Ironischerweise war Hughes nie klar, dass Schwule – er selbst eingeschlossen – in mancher Hinsicht derselben Diskriminierung ausgesetzt waren, die auch Hughes und seine Freunde ausübten.

Er dachte daran, den Film einfach einzustampfen, aber Stephen Ames, ein finanziell unabhängiger Konservativer, überredete ihn, es sich noch einmal zu überlegen. *The Boy with Green Hair* landete im Schneideraum und verließ diesen als harmlose Fabel, nachdem Hughes den Film kastriert und seiner Kraft beraubt hatte. Den ahnungslosen, zwölfjährigen Kinderstar Dean Stockwell zwang er, antikommunistische Zeilen zu sprechen, die er selbst verfasst hatte.

Den Produktionsplan strich er rigoros zusammen, und nachdem die letzten drei Filme, die noch aus Scharys Zeiten stammten (*Every Girl Should Be Married* mit Cary Grant und Betsy Drake, *Adventure in Baltimore* mit Robert Young und *Easy Living* mit Lucille Ball), fertig waren, drehte er immer einen Film ab, bevor er mit dem nächsten begann. Die ersten beiden, *Follow Me Qietly* und *The Clay Pigeon*, waren billige, unbedeutende Thriller, B-Pictures unter der Regie von Richard Fleischer.

Im August gerieten Hughes und Howard Hawks in Streit. Er strengte einen Plagiatsprozess gegen Hawks und den Produzenten Edward Small an und erklärte, sie hätten für das Finale ihres großen John-Wayne-Westerns *Red River* eine Sequenz aus *The Outlaw* gestohlen, weshalb er die Veröffentlichung des Films verschieben müsse. Dann beschaffte Hughes sich eine eidesstattliche Erklärung des Autors Borden Chase, in der zu lesen war, Hawks habe Chase angewiesen, die umstrittene Sequenz einzuarbeiten, er aber habe sich geweigert. Daraufhin habe Hawks sie selbst geschrieben. Schließlich führte Hawks am 19. eine geschnittene Version vor, doch Hughes schäumte vor Wut, denn die fragliche Sequenz war so gut wie unangetastet. Als Hawks nach Europa reiste, um einen Film zu drehen, und Hughes von Edward Small eine Kopie forderte – und bekam –, schnitt er die Szene selbst. Jetzt erst war sein zügelloses Ego befriedigt.

Aber er stand bereits vor der nächsten Hürde. In den frühen Morgenstunden des 1. September 1948 weckte ihn das Telefon: Robert Mitchum war wegen des Besitzes von Marihuana verhaftet worden und saß im Bezirksgefängnis. Ausgerechnet jetzt, da Mitchums Film *Rachel and the Stranger* zur Veröffentlichung bereitstand.

Nach Norman Fosters Aussage, der die Regie geführt hatte, war Hughes jedoch von der Nachricht geradezu begeistert und versicherte Mitchum, er würde nicht nur den Film veröffentlichen, sondern auch uneingeschränkt zu ihm stehen. Hughes wusste, dass auch die Öffentlichkeit zu Mitchum stehen würde.

Eilig brachte Hughes *Rachel and the Stranger* in die Kinos, und natürlich wurde der Film sofort ein Hit. In allen amerikanischen Städten bildeten sich Schlangen vor den Kassenhäuschen. Die Presseabteilung unter der Leitung von Perry Lieber und Bill Feeder machte Überstunden, um alles aus der Kampagne herauszupressen. Hughes bestand darauf, dass sich Sid Rogell einen neuen Film für Mitchum ausdachte, dessen Prozess auf Januar verschoben worden war. Ein Thriller-Skript wurde in aller Eile verfasst. Da Mitchum wie ein Verbrecher dastand, sagte Hughes zu Rogell: »Wieso nennen wir den Film nicht *The Big Steal*?« Rogell war begeistert, und der Dreh begann im Januar.

Hughes engagierte den Sicherheitsbeamten Kemp Niver, damit dieser Mitchum im Auge behielt. Der Star wurde schuldig gesprochen und zu einem Jahr Gefängnis verurteilt. *The Big Steal* musste aufgeschoben werden. Hughes versuchte, die Inhaftierung hinauszuzögern, damit der Film abgedreht werden konnte, und führte den fadenscheinigen Grund an, dass 1500 Leute arbeitslos würden, falls der Richter sich darauf nicht einließe. Aber der Richter ließ sich darauf nicht ein. Also sorgte Hughes dafür, dass Mitchum fotografiert wurde, wie er den Gefängnisboden wischte, und dass er seine Zeit auf einer Gefängnisfarm in Castaic absitzen durfte.

Hughes fuhr nach Castaic, um Mitchum zu versichern, wie sehr er ihn bewundere und dass er ihm auch in Zukunft helfen wolle. Er brauche fünfzig Riesen, meinte Mitchum, und »ein Haus für meine Familie«. Hughes lieh ihm die Summe mit fünf Prozent Zinsen, die direkt von Mitchums Gehalt, das 3500 Dollar die Woche betrug, abzuziehen waren. Am 30. März wurde Mitchum wegen guter Führung entlassen. Hughes hatte *The Big Steal* inzwischen in Mexiko mit einem Double weitergedreht. Problematisch war, dass Mitchum mittlerweile vier Kilo abgenommen und seinen Bierbauch eingebüßt hatte und Jane Greer gerade schwanger war. So war nun Don Siegels ganze Kunst als Regisseur gefragt, das Problem zu vertuschen. »Sie hatten die Bäuche getauscht«, erinnerte sich Siegel 1971. »Es war verrückt!«

Unterdessen feuerte Hughes weitere 200 Angestellte und drängte N. Peter Rathvon und Floyd Odlum aus dem Vorstand.

Neben den beiden Fleischer-B-Pictures autorisierte Hughes nur noch den von Schary stammenden Film *The Set-Up*, einen Boxerfilm, basierend auf einem Gedicht von Joseph Moncure March, der auch *Hell's Angels* umgetextet hatte. Hughes akzeptierte Robert Ryan als boxenden Protagonisten. Ryans Ehefrau sollte die alternde Joan Blondell darstellen, die in *Nightmare Alley* als Karnevalskönigin sehr wirkungsvoll gewesen war. Das fand jedenfalls Regisseur Robert Ryan. Aber als Hughes den Film angesehen hatte, schrie er Sid Rogwell an: »Seid ihr alle verrückt geworden? Die sieht ja aus, als wäre sie vor eine Kanone gelaufen!« Und Wise erinnert sich: »Es war ihm ganz egal, ob sie die Rolle spielen konnte oder nicht. Sie war nicht sein Typ. Darum ging es.«

Hughes nannte Sid Rogwell eine lange Liste von »Modellen«, darunter einige Mannequins, aber auch welche von der anderen Sorte, »Modelle« eben. Keine konnte schauspielern. Robert Wise legte eine Pause ein, während er auf eine Antwort von Sid Rogell wartete.

Aber Rogell war mit einem Casting, das allein zu Hughes' Vergnügen stattfinden sollte, nicht einverstanden. Schließlich schickte Hughes eine Liste mit prallbrüstigen Schauspielerinnen, auf der auch der Name Audrey Totter stand. Es stellte sich heraus, dass sie für die Rolle ausgezeichnet geeignet war, aber leider zahlte Hughes bei dem verhassten Louis B. Mayer eine horrende Summe, um sich ihre Dienste zu sichern.

Hughes änderte den Schluss so vieler Filme, dass der Regisseur Richard Fleischer ihn einen »anal fixierten Neurotiker« schimpfte. Da ihm das abbruchreife Erscheinungsbild von *RKO* missfiel, das wie ein Set für *Tobacco Road* oder *The Grapes of Wrath* aussah, nahm Hughes seine Bearbeitungen allesamt auf dem gepflegten *Goldwyn*-Gelände vor, von wo aus er auch seine Anweisungen schickte. Da ihm seine Schwerhörigkeit unangenehm war, mied er persönliche Begegnungen mit seinen Angestellten, soweit es möglich war. Als er jedoch dem heruntergekommenen Studio eines Abends einen Besuch abstattete, um sich mal umzusehen, presste er nur ein Wort hervor: »Anstreichen!« Und ging nach Hause.

Während er eifrig damit beschäftigt war, selbst noch in den kleinsten Aspekt seiner Produktionen einzugreifen, verstrickte sich Hughes in seinem Privatleben immer weiter. Zu dieser Zeit war er mit drei Frauen gleichzeitig liiert: Jean Peters (nach wie vor), Rita Hayworth und mit der achtzehnjährigen Terry Moore, die bei *RKO* unter Vertrag stand.

Seine Beziehung zu Jean Peters blieb ruhig, ausgeglichen, angenehm. Nach Aussage von Macy Todd, die damals Jean Peters' Dienstmädchen war, hatte Hughes ein großes Schlafzimmer in Jeans Haus – mit einem riesigen Doppelbett – und kam täglich von Cary Grant herübergefahren, bei dem sie ihn gelegentlich besuchte. Er ging bei ihr ein und aus – seit dem Absturz der *XF-11* hinkend –, schlich durch die Küchentür oder den Dienstboteneingang herein, weil er fürchtete, dass ihn die Fotografen entdeckten. Macy hatte Anweisung, auf seine schlurfenden Schritte zu achten, und erst wenn sie ihn die Treppe herunterkommen hörte, durfte sie das Schlafzimmer betreten und sauber machen. Auf seinen Wunsch hin wechselte sie die Laken täglich. Jeden Tag um genau vierzehn Uhr verließ er das Haus.

Das Zimmer blieb immer abgedunkelt, mit schweren Vorhängen aus schwarzem Stoff, die garantiert kein Licht hereinließen. Macy wurde angewiesen, sie dürfe die Vorhänge niemals aufziehen, müsse sie aber täglich abstauben. Den Telefonhörer durfte sie zum Putzen nicht von der Gabel nehmen, sondern musste ihn fest auf die Gabel drücken. Stets musste sie Dutzende Papiertaschentücher für ihn bereitlegen, mit denen er Türgriffe und Ähnliches anfasste.

Macy und die Köchin Margaret Morrissey hatten sich zu absoluter Verschwiegenheit verpflichtet. Sie durften nie dabei sein, wenn Jeans Familie zu Besuch kam. Hughes sorgte für eine Anstandsdame, eine junge Frau, die Jean überallhin begleitete und dafür sorgte, dass alles genau so war, wie sie es haben wollte. Oft probierte die Frau – ohne Jean – ein Kleid im Laden an, teilte Hughes mit, ob es passte, und erzählte Jean erst dann davon. Sie brachte es mit nach Hause, und normalerweise trug Jean es dann auch.

Allmählich übernahm Macy Todd neue Pflichten. Vier Tage die Woche arbeitete sie für Hughes in Grants Haus und drei Tage dann bei Jean Peters. Hughes verbat Margaret Morrissey, Grants Haus zu betreten. Lieber engagierte er den Koch Eddie Barry. Als Macy Todd zum ersten Mal in Grants Haus kam, staunte sie über Dutzende weißer Hemden, die sich im Schlafzimmer vom Boden bis zur Decke stapelten. Sie waren alle gleich, und monatelang trug Hughes eins davon pro Tag, arbeitete den Stapel ab, dann kamen alle in die Wäsche. Dann begann das Ganze von vorn.

Nach Macys Aussage musste sich Jean Peters damit abfinden, dass Eddie Barry, der nicht nur Grant, sondern auch sie bekochte, eher schlampig arbeitete. Miss Todd sagte: »Da machte er einen Eintopf und gab eine Menge Gemüse in ein großes, altes Sieb. Er drückte alles durch und verwendete den Saft für Mr. Hughes' Steaks.

Es war mir ein Rätsel, wie Mr. Hughes das essen konnte. Alles war übergekocht, der ganze Herd war verklebt, und ich musste immer alles putzen.«

Was das Temperament anging, war Rita Hayworth ganz das Gegenteil von Jean. Sie war emotional zerbrechlich, unsicher, und neigte vor der Kamera wie auch im Privatleben dazu, sich Mut anzutrinken. So kühn und atemberaubend die Tänzerin im Film wirkte, so sehr war sie privat eine kleine, graue Maus. Gerade erst hatte sie in ihrer Ehe mit Orson Welles Schiffbruch erlitten, und statt daraus gelernt zu haben, sich nicht auf herrschsüchtige Egomanen einzulassen, ging sie nun mit Howard Hughes aus.

Die Hayworth wurde schwanger – von Hughes. Als er es herausfand, bekam er, der Kinder hasste, einen hysterischen Anfall. Die Affäre endete so abrupt, wie sie begonnen hatte. Hughes verlangte, sie solle abtreiben, was angesichts ihres hypersensiblen Wesens und ihrer Sehnsucht nach einem Kind für die Hayworth furchtbar gewesen sein muss. Aber Harry Cohn, ihr Chef und gleichzeitig der König von *Columbia*, war Hughes' Ansicht. Eine Frau, die ein uneheliches Kind zur Welt brachte, wurde damals von den Frauenclubs und der katholischen »Legion of Decency« vernichtet. Ein Kind hätte das Ende ihrer Karriere bedeutet.

Sie unternahm eine Seereise nach Europa. In Paris wurde sie krank, denn die Abtreibung hatte sie gesundheitlich sehr mitgenommen. Sie ging ins Amerikanische Hospital von Neuilly, um eine Ausschabung vornehmen zu lassen. Sie sah Hughes nie wieder, nachdem er sich geweigert hatte, die Rechnung dafür zu übernehmen.

Gleichzeitig war Hughes zunehmend fasziniert von der hübschen, aufreizenden Mormonin Terry Moore. Wie Fay Wray war auch sie zu Ruhm und Ehren gelangt, als sie in einer überdimensionalen Affenpranke steckte. In *Mighty Joe Young*, den das *King-Kong*-Team gedreht hatte, spielte sie die Hüterin eines Riesenaffen, der in einer gewaltigen Zerstörungsorgie einen Nachtclub verwüstet, sie jedoch verschont.

Hughes richtete es so ein, dass Johnny Meyer sie im *Beverly Wilshire Hotel* abfing, sobald sie dort eintraf, im engen Sweater, mit ihrem aktuellen Liebhaber, einem Jungen namens Jerome (»Cojo«) Courtland im Schlepptau. Hughes durchbohrte das Mädchen mit Blicken. Er zog sie mit den Augen aus. Sie erwähnte ihr Interesse für Flugzeuge, und er hing an ihren Lippen. Schlauerweise nahm er sie nicht allein mit auf einen Ausflug. Sie durfte Cojo mitbringen. Später jedoch änderte er in letzter Minute die Flughäfen und ließ Cojo einfach stehen.

So wie er Katharine Hepburn gefolgt war, während sie mit dem Theaterstück *Jane Eyre* auf Tournee war, so folgte er nun Terry Moore, während sie Werbung für die Komödie *The Return of October* machte. Er tauchte auf einem Flughafen nach dem anderen auf, wie ein treuer, reicher Geist. Er lud sich selbst bei ihr zu Hause ein und stellte sich ihrer Familie vor. Nach dem Essen wusch er sogar ab, während sie die Teller trocknete. Mitten in der Nacht rief er sie an, hielt sie bis zum Morgengrauen wach, erkundigte sich wie besessen nach Details ihrer Freunde und Liebhaber, ihrer Partys und Knutschereien. Naiv wie sie war, ahnte sie nicht im Geringsten, dass sein Interesse rein voyeuristischer Natur war. Er sah sich mit ihr bei *Goldwyn RKO*-Filme an und fragte sie nach ihrer Meinung. Vor einem Annäherungsversuch jedoch hütete er sich. Terry Moore beschrieb in ihren Memoiren, was geschah: »Als wir an jenem Abend nach Hause fuhren, nahm er meine Hand und küsste sie. *Zing!* Es war, als fahre ein Blitz durch meinen Körper.«

Vielleicht war Cojo Courtland als Schauspieler nicht eben ein Schwergewicht, aber er konnte kämpfen. Er sagte Terry Moore, sie solle den texanischen Spinner vergessen und klärte sie darüber auf, dass Hughes Affären mit mehreren Frauen gleichzeitig hatte. Möglicherweise wusste Cojo tatsächlich, dass Hughes neben Jean Peters auch Joan Fontaine Avancen machte. Er bot ihrem zweiten Mann, dem Produzenten William Dozier, den Job des Produktionschefs bei *RKO* an, falls er Hughes seine Frau verkaufen würde. Dozier lehnte ab. Am Ende bekam er den Job aufgrund seiner Fähigkeiten dann doch.

Auch Terry Moore folgte ihren Vorgängerinnen in die Venusfliegenfalle, angelockt von Geld und Macht. Hughes' Mormonen folgten ihr auf Schritt und Tritt, spionierten ihr und Cojo nach, während andere Teams die Hayworth in Paris und Joan Fontaine bis zu Bill Doziers Haus beschatteten. Als sich Terry Moore bei Hughes beklagte und sagte, es sei doch stadtbekannt, dass er in Jean Peters verliebt sei, log er und sagte, Jean sei nur eine gute Freundin. Sie glaubte ihm.

Die Affäre hielt an. Unweigerlich – wie er es bei fast allen prominenten Filmstars getan hatte – hielt er um ihre Hand an. Im Juni 1949 nahm er sich einen ganzen Monat frei, obwohl er dringend im Studio gebraucht wurde, weil dort diverse Entscheidungen anstanden und er auf Erlass der Regierung gezwungen wurde, die Kinokette vom Studiobetrieb zu trennen. Darüber hinaus hatte er mit den schlechten Einspielergebnissen einiger von ihm genehmigter Filme zu kämpfen. Dennoch verbrachte er einen Monat mit Terry Moore auf Harbor Island. Und das, obwohl er noch immer drei Tage die Woche bei Jean Peters gewohnt hatte, bis er mit der Moore wegfuhr (eine Weile ließ ihn Terry Moore im Haus ihrer Eltern auf dem Sofa schlafen).

Er wiederholte dieselbe Zeremonie, mit der er schon ein ganzes Dutzend Frauen bearbeitet hatte – darunter Gene Tierney, Jean Peters und Joan Fontaine. Er fuhr mit ihr den Mulholland Drive hinauf, auf die Hügel oberhalb von Hollywood, und hielt um ihre Hand an, mit den abgedroschenen Worten eines Atheisten: »Gott allein kann uns vermählen, in einer Ehe unter dem Sternenzelt.« Der einzige Unterschied war, dass er ihr nicht sein halb fertiges Haus anbot. Gemeinsam knieten sie nieder, und er steckte ihr einen Ring auf den Finger. Dann umarmte er sie. Aber weder wollte sie sich ihm hingeben, noch wollte sie ihren Eltern von dieser »Ehe« erzählen. Sie war Mormonin, und die hatten ihre Regeln. Sie weigerte sich auch, mit ihm zu schlafen, als er sie ins *Beverly Hills Hotel* einlud. Ihrer Aussage nach flog Hughes mit ihr kurz vor Thanksgiving nach San Diego, wo sein Schiff, die *Hilda*, vor Anker lag. Die ganze Jacht war mit weißen Gardenien geschmückt, und Terry Moore war vom Champagner betrunken. Nach Nadine Henleys Aussage ließ Hughes das Schiff von Kapitän Carl Flynn bewusst außerhalb der Fünf-Meilen-Zone bringen, »damit die Ehe nicht legal war«.

Hughes hatte extra für diese Gelegenheit Hot Dogs von Coney Island einfliegen lassen. Während Flynn die Zeremonie durchführte, legte Hughes Terry Moore eine Kette um den Hals, von der er behauptete, es handele sich um die Perlen seiner Mutter. Die Hochzeitstorte stellte die Szene aus *Mighty Joe Young* dar, in welcher der Affe Terry Moore in seine Pranke nimmt, während sie Klavier spielt. Sie schnitt die Torte an, und alles lachte.

Sie war noch Jungfrau. In jener Nacht brach Hughes ihren Widerstand, indem er ihre Klitoris mit Hilfe einer japanischen Technik massierte. Offenbar hatte der kühle, unverbindliche Hughes bei seinen Begegnungen mit Yvonne De Carlo und anderen doch das eine oder andere aufgeschnappt. Miss Moore beruft sich auf ihre Leichtgläubigkeit, wenn sie hinzufügt: »Ich wusste weder, was vor sich ging, noch wie das passiert war.« Hatte ihr denn niemand von den Blumen und den Bienen erzählt? Nicht mal in Los Angeles?

Dass Hughes es fertig brachte, diese Ehe (oder diesen eheähnlichen Zustand) aufrechtzuerhalten, während er sich nach wie vor mit Jean Peters traf, scheint unvorstellbar. Jean Peters ahnte nicht, was vor sich ging.

Währenddessen schleppten sich die *RKO*-Produktionen voran. Das Studio veröffentlichte hauptsächlich unterschiedlich sehenswerte Filme von Walt Disney und Samuel Goldwyn. Hughes war ein Thriller-Fan und brachte Low-Budget-Actionfilme wie *The Threat* und *A Dangerous Profession* oder stumpfsinnige Western wie *Riders of the Range* heraus. Einem Film jedoch widmete er seine ganze Aufmerksamkeit: *The Woman on Pier 13*, der ursprünglich *I Mar-*

ried a Communist hieß und im April und Mai 1949 gedreht und veröffentlicht wurde.

Mit diesem Film verriet Hughes seine schlicht gestrickten politischen Ansichten und machte sich vor Kritik und Publikum gleichermaßen lächerlich, obwohl Hughes' Lieblingsschauspieler Robert Ryan die Hauptrolle übernahm. Überdeutlich spielte die Geschichte auf Machenschaften des australischen Gewerkschaftsführers Harry Bridges an: Ein Reeder, der seine linke Vergangenheit verleugnet, wird beinahe in einen subversiven Plan verstrickt, den Schiffsverkehr in der Bay Area lahm zu legen. Dieser klägliche Versuch, den berüchtigten »Untersuchungsausschuss für unamerikanische Aktivitäten« zufrieden zu stellen, kostete Hughes 650 000 Dollar.

In dem verzweifelten Bemühen, die lahmende Firma zu retten, vereinbarte Hughes Koproduktionen mit der nach wie vor erfolgreichen Claudette Colbert, als Partner in der unabhängigen *Loring Theater Corporation*. Doch die Filme, die er gemeinsam mit *Loring* produzierte – *Bride for Sale* und *The Secret Heart* – waren kläglich. Außerdem kaufte er einen miserablen Thriller – *Destination Murder* – von der obskuren (und eher unglücklich benannten) Firma *Prominent Pictures*. Einen besseren Deal schloss man mit *Argosy* für die Veröffentlichung von John Fords *She Wore a Yellow Ribbon*, der ganz gut lief, und für *Wagonmaster*, passenderweise eine Saga über die ersten mormonischen Siedler. Der zweite dieser Western war zwar ausdrucksstark und spannend, aber ebenfalls ein Flop. Anfang 1950 kündigte Produktionschef Sid Rogell und überließ es Hughes allein, das halb tote Kind am Leben zu halten. Er brauchte mehrere Monate, bis er die *RKO*-Kinokette verkauft hatte, wobei er unklugerweise die potenziellen Käufer gegeneinander ausspielte – lange nachdem die letzte Frist der Regierung abgelaufen war.

Im Oktober 1949 begann Hughes das katastrophalste Unternehmen seiner bisherigen Karriere. *Jet Pilot* war ein antikommunistischer Propagandafilm, in dem Janet Leigh als sowjetische Spionin auftreten sollte, die sich als Überläuferin ausgibt und nach Alaska fliegt (eine haargenaue Kopie des Fluges von Jakutsk nach Fairbanks, den Hughes 1938 absolviert hatte). Ihr Kontrolloffizier – Colonel John Wayne – macht ihr die angenehmen Seiten des Kapitalismus schmackhaft, genau wie der Held in *Ninotschka*, wenn auch diesmal nicht in Paris, sondern ausgerechnet in Palm Springs. Sie heiraten und gehen nach Russland, Wayne als Spion. Er kann sich einige Informationen beschaffen, und am Ende werden sie von roten Flugzeugen von Moskau bis nach Amerika gejagt. Das Skript von Jules Furthman und Hughes steht dem Drehbuch von *The Outlaw* an Absurdität in nichts nach.

Hughes engagierte den Briten Peter Godfrey von *Warner Bros.* als Regisseur, feuerte ihn jedoch nach wenigen Tagen wieder. Bei einigen Szenen führte Hughes selbst Regie. Dann lockte er auf Furthmans Rat hin den bankrotten Josef von Sternberg aus der »Pensionierung« in New England, damit er die Zügel übernahm. Von Sternberg war für seine exotischen Filme mit Marlene Dietrich, seiner ehemaligen Lebensgefährtin, bekannt – unter anderem *Morocco* und *Shanghai Express*. Er war die denkbar schlechteste Wahl für diesen Film, der einen Action-Regisseur wie John Ford oder Raoul Walsh gebraucht hätte. Fast zwei Monate ließ Hughes ihn mit Probeaufnahmen der Hauptdarsteller vergeuden. Dann endlich, am 8. Dezember, begann der Dreh. Wie üblich machte sich Hughes endlos Gedanken um Frisuren und Kleidung, damit Waynes markige, hoch aufgeschossene Erscheinung und Janet Leighs fein proportionierte Figur auch ausreichend hervorgehoben wurden.

Er bestellte Jules Furthman in sein Büro und bat ihn, dafür zu sorgen, dass Janet Leigh »Mr. Hughes heirate«, und zwar bei nächster Gelegenheit. Da Furthman wusste, dass Hughes bereits mit Terry Moore »verheiratet« war, wenn auch nur durch einen Kapitän auf hoher See, leitete Furthman die Anfrage gar nicht weiter. Außerdem war die Leigh mit Arthur Loew, einem der Bosse bei *MGM*, liiert. Überraschenderweise ließ Hughes von Sternberg freie Hand. Der Regisseur war ein Zuchtmeister, ebenso brutal und herrschsüchtig wie Hughes, wenn auch ohne dessen einschmeichelndes Wesen. Mit seiner Unverfrorenheit brachte er Wayne und die Leigh gleichermaßen gegen sich auf. Einmal meinte Wayne zu Janet Leigh, er könne »den Scheißkerl umbringen«, und solle der Mann es jemals darauf anlegen, würde er es auch tun.

Mitte Februar hatte Hughes von seinem Regisseur genug und feuerte ihn. Fünf Tage stand die Produktion still, danach übernahm Don Siegel. Dann stellte Hughes von Sternberg wieder ein und ließ ihn in Las Vegas drehen. Währenddessen kümmerte sich ein weiterer Regisseur – Paul Cochrane – um die Flugszenen auf dem March Field, in Muroo und Denver. Wochenlang saß die Crew herum, weil Hughes die Wolkenformationen nicht gefielen. Unter ungeheuren Kosten verlagerte er eine hundert Mann starke Einheit – darunter auch Air-Force-Personal – nach Fargo, North Dakota, wo es angeblich gewaltige, brustförmige Kumuluswolken geben sollte, von denen er geradezu besessen war. Aber sie hatten Pech. Kalte Winde und Schneematsch behinderten den Dreh Anfang März, woraufhin Hughes die Leute wieder nach Denver zurückholte. Dort gab es überhaupt keine Wolken. Also bestellte er das Team nach Great Falls, Montana, wo es in einen Schneesturm geriet und umkehren musste. Das Gleiche passierte in Rapid City, South Dakota. Als sie wieder nach Great Falls kamen, war alle Arbeit umsonst, weil – wie Hughes sagte – die Bedingungen nicht denen in Fargo entsprachen. Hughes spielte verrückt, schickte nun zweite und dritte Kamerateams im Zickzack über Tausende Kilometer, auf der Suche nach penetrierbaren Wolken. Immer mehr Flugzeuge wurden gemietet oder gekauft und nach Lowry, Great Falls, Reno, Las Vegas, Oakland, Burbank und Rapid City geschickt, wobei Cochrane gefeuert wurde und Byron Haskin die Regie übernahm. Schnee und Regen behinderten die Arbeit unablässig. Nur knapp entkam Haskin einer brennenden *B-25*. Weitere Drehorte waren Toulonne Meadows, Mount Shasta, Mount Lassen und Sacramento. Als sie schließlich wieder in Los Angeles waren, behinderte der Nebel dort die Arbeit umso mehr.

Monatelang hielt dieser Wahnsinn an. Hughes feuerte Haskin im Juni. Der Pilot Chuck Yeager kam um ein Haar ums Leben, als er mit einem *F-86*-Bomber eine Bruchlandung hinlegte. Im Dezember – nach fast einem Jahr – waren die Teams noch immer übers ganze Land verstreut, was Hughes höchst unzufrieden machte und das Studio an den Rand des Ruins brachte.

An der lokalen Front entließ Hughes von Sternberg ein weiteres Mal und übergab Furthman die Regie, wie schon bei *The Outlaw*. Bis Mai 1951 zogen sich die Dreharbeiten hin, insgesamt über einen Zeitraum von siebzehn Monaten, länger als bei jedem anderen Film von *RKO*.

Hughes jedoch war immer noch nicht zufrieden und hielt jahrelang an diesem Film fest, bis die frühe Jet-Technik komplett veraltet war. Er schnitt den erbärmlichen Film (der um viele Stunden zu lang war) auf eine vernünftige Länge zusammen und warf ihn 1957 den Kritikern und einer merklich gelangweilten Öffentlichkeit zum Fraß vor. Seine Verluste gingen in die Millionen.

Ende 1949 übertraf er sich selbst in puncto Ausbeutung und sexueller Offenherzigkeit. Er beschloss, Geld aus den Skandalgeschichten im Umfeld der Dreharbeiten zu Roberto Rosselinis italienischem Film *Stromboli* mit Ingrid Bergman zu schlagen, für den er den amerikanischen Verleih übernommen hatte. Durch internationale Kontakte war ihm zu Ohren gekommen, dass sie demnächst ein Kind von Rosselini zur Welt bringen würde, obwohl sie mit einem anderen Mann verheiratet war. Sobald er die Bestätigung dafür bekam (man hatte es ihm unter dem Siegel der Verschwiegenheit im *Beverly Hills Hotel* erzählt), rief er die Hearst-Kolumnistin Louella Parsons an und verriet ihr den Knüller.

Das puritanische Amerika ging auf die Barrikaden, ganz wie Hughes es sich erhofft hatte. Praktisch alle, die in der Öffentlichkeit für Anstand und Moral eintraten, verurteilten Roberto Rosselini und Ingrid Bergman. Hughes schadete der Bergman – mit der er früher einmal liiert gewesen war – so zielsicher wie mit einem Tritt in den Bauch. Und nicht nur das: Er nahm Rosselini den Film aus der Hand und schnitt ihn so zusammen, dass der erotische Aspekt noch hervorgehoben wurde. Am 14. März 1950 erfüllte sich Hughes' größter Wunsch: Senator Edwin C. Johnson aus Colorado meldete sich im Senat zu Wort, prangerte das sündige Paar öffentlich an und bezeichnete die sanftmütige Bergman als »Einfluss des Bösen«.

Zu diesem Zeitpunkt lief *Stromboli* bereits in den Kinos. Hughes hatte seiner Phantasie in der Werbung freien Lauf gelassen und einen phallischen Vulkan gezeigt, der Lava wie Sperma spie und Millionen Frauen zwang, darin ein Symbol für den männlichen Höhepunkt zu sehen. Natürlich ahnte niemand etwas von der homosexuellen Wunscherfüllung, die hinter dieser Werbung stand. Unter dem Druck der »Legion of Decency« sah sich Hughes gezwungen, sie zurückzuziehen. Monatelang jedoch hing das Plakat in seinem Büro. Aber schließlich ging die gesamte *Stromboli*-Kampagne, die bewusst diabolisch eingefädelt war, um einen vom Unglück verfolgten Star auszunutzen, nach hinten los. Der Vulkan war impotent, Feuer und Schwefel verfehlten ihre Wirkung: *Stromboli* scheiterte. Hughes hatte etwas übersehen: Der Film war schlecht, und nachdem er ihn geschnitten hatte, war er noch schlechter. Sollte »seine« *RKO* demnächst ebenfalls ein erloschener Vulkan sein?

Da ihm *RKO* komplett gehörte, musste sich Hughes mit niemandem auseinander setzen. Er schwankte voran, zerstörerisch und rücksichtslos, sorglos, was seine Termine anging. Er produzierte nur selten etwas von Wert. Und wie üblich war sein Privatleben völlig aus dem Lot.

Er betrog Terry Moore und Jean Peters nach Lust und Laune und flog heimlich nach San Francisco, um die Nächte mit einem männlichen Liebhaber zu verbringen. Richter Harry Shafer vom Obersten Gericht in Los Angeles erinnert sich, dass er als junger Anwalt Anfang 1950 mit dem Fall einer Frau betraut war, die sich von ihrem Mann scheiden lassen wollte. Sie behauptete, ihr Mann betrüge sie mit einem Mann. Bei diesem Mann – so musste sich Shafer erstaunt sagen lassen – handele es sich um Howard Hughes. Shafer sah sich die Sache näher an und fand heraus, dass Hughes' Geliebter – tagsüber ein normaler Geschäftsmann – nachts als Tänzer im *Finocchio's*, einer Travestieshow, auftrat. Hughes war nach San Francisco geflogen, um es nach dem Auftritt mit ihm zu treiben. Dann flog er zu Terry Moore oder Jean Peters zurück, als wäre nichts gewesen.

Shafer war verpflichtet, dem Anwalt des jungen Mannes mitzuteilen, dass Hughes' Name im Laufe des Verfahrens genannt werden würde. Eine derartige Enthüllung wäre eine Sensation gewesen. Entsprechend entsetzt war Hughes. Er war bereit, alles zu geben, damit die Frau stattdessen auf seelische Grausamkeit klagte. Bescheiden fand sie sich mit einer geringen Summe ab.

Aber schon bald wandelte Hughes erneut am Rande einer Katastrophe. Nach Aussage Ted Carpentiers wurde Hughes auf dem Santa Monica Boulevard von der Polizei verhaftet, weil er einen Stricher aufgegriffen und den Jungen gezwungen hatte, ihn in seinem Chevrolet oral zu befriedigen. Man brachte Hughes aufs Revier, nahm seine Fingerabdrücke und wollte seinen Ausweis sehen. Statt zu antworten, stellte er einen Scheck über 1 Million Dollar aus und unterschrieb mit »Howard Hughes«.

Nachdem sein Ausweis überprüft worden war, ließ man ihn ohne weitere Befragung gehen. Carpentier sagte, es sei Hughes – mittlerweile war er fünfundvierzig – immer schwerer gefallen, Männer zu finden, die sich körperlich zu ihm hingezogen fühlten (wenn er auch schmal blieb, was in den meisten schwulen Kreisen Pflicht sein dürfte, sah er älter aus, als er eigentlich war – eher dürr als schlank). Also zahlte er – und das sehr gut – für die Dienste von Callboys, die ihm ein weithin bekannter Bordellwirt verschaffte.

Diese männliche Puffmutter hatte sich auf gewisse Dienste spezialisiert. Der Mann beschickte Partys der Reichen, und seine Callboys rekrutierten sich handverlesen aus den Legionen hübscher Jungen, die sich in Hollywood herumtrieben und Arbeit als Schauspieler suchten. Braun gebrannt servierten sie Drinks in Shorts, und ihre Muskeln glänzten von sorgsam verriebenem Öl. Für etwas Geld, das man ihnen zusteckte, verschwanden sie mit ihrem Käufer in einem der Schlafzimmer. Im Gegensatz zu den meisten Prostituierten beiderlei Geschlechts waren sie dazu angehalten, die Freuden hinauszuzögern und ihren reichen Gönnern nicht einfach nur schnelle Befriedigung zu verschaffen. Sie lernten zu massieren, was sich für sie auszahlte… von hundert Dollar aufwärts. Sie ließen sich sogar darauf ein, selbst zum Höhepunkt zu kommen.

Hughes vergnügte sich in den Bordellen Hollywoods, die von *MGM* und anderen Studios finanziell getragen wurden, meist irgendwo im Canyon versteckt. Hier waren die Mädchen darauf spezialisiert, als Doppelgängerinnen von Lana Turner, Ava Gardner, Betty Grable und anderen Schönheiten aufzutreten: das wahre Hollywood, ein schmutziger Dschungel sexueller Intrigen, in dem Menschen so bereitwillig feilgeboten wurden wie Waren auf einem Basar in Istanbul.

Ob auf Hank Valdez' Poolpartys, bei denen die Orgie zum Preis von mehreren tausend Dollar im Voraus gebucht wurde, oder in gepflegten Bordellen wie dem von Lee Francis, wo man auch Himbeergelee bekommen konnte, wenn man es denn brauchte – Hughes war ganz in seinem Element. Und es hatte den Vorteil, dass seine sexuelle Standhaftigkeit bei Prostituierten keine Rolle spielte. Die romantisch vernarrten Damen, die in den Klatschkolumnen regelmäßig mit ihm in Verbindung gebracht wurden, ahnten sicher nichts davon, dass dieser pingelige Mann, der Taschentücher benutzte, um Türen zu öffnen, das Risiko einging, sich mit der Syphilis zu infizieren, die sie sich dann wiederum bei ihm holen konnten.

Trotz allem fand Hughes irgendwie die Zeit, sich bei so vielen *RKO*-Filmen wie möglich einzumischen. Er pflegte eine wilde, wütende Arbeitsbeziehung zu einem der wenigen Regisseure, die es mit ihm aufnehmen konnten. Der Australier John Farrow, der Vater von Mia Farrow, war ein erbarmungsloser Mann, ein Sadist und verbohrter Katholik mit ausgeprägt pro-faschistischen Ansichten. Farrow wollte sich mit Hughes' divahaftem Benehmen nicht abfinden, doch fügte er sich, als Hughes auf langen Einstellungen von Faith Domergue bestand, wenn sie in dem Thriller *Where Danger Lives* ihre feuchten Lippen öffnet und bei dem glücklosen Robert Mitchum ihre Reize ausspielt. Mit dem Plakatkünstler Mario Zamparelli brütete Hughes stundenlang darüber, wie die sinnlichen Lippen der Domergue gemalt werden sollten, und sie maßen sie zentimetergenau ab.

Where Danger Lives war ein Beispiel für Hughes' liebstes, frauenfeindliches Thema: die laszive, böse *femme fatale*, die Männer ins Verderben lockt. Schwer atmend im dunklen Schatten, der ihre gestörte Psyche spiegelt, ködert die Frau eines reichen Mannes den Arzt, der sie vor dem Selbstmord gerettet hat, und hängt ihm den Mord an ihrem Mann an. Dann brennt sie mit ihm durch, was dumm und eher unrealistisch ist, gibt ihr ganzes Geld aus und versucht, über die Grenze nach Mexiko zu gelangen, während seine Lähmung von einem Schlag an den Kopf immer schlimmer wird. In Wahrheit war der Film nur ein Vorwand für erotische Nahaufnahmen von Domergue und Mitchum im Schummerlicht, als seien sie nur vom Licht eines entzündeten Streichholzes beleuchtet worden.

Ein anderer Film, an dem Hughes sexuelles Interesse zeigte, war *His Kind of Woman* mit Robert Mitchum und Jane Russell, ebenfalls unter der Regie von Farrow, eine Melange aus Sex und Gewalt, typisch für Hughes' Phantasiefilme. Gewalt erregte ihn ebenso sehr wie Sex, und er feuerte Farrow und holte Richard Fleischer, um die Szenen aufzupeppen, in denen Mitchum von Gangstern zusammengeschlagen wird und Rache nimmt. Monatelang saß er in einem Bungalow in Beverly Hills und schrieb den Film mit Fleischer um. Dieser unfassbar sanftmütige Handwerker scheint von Hughes' düsteren Motiven nichts geahnt zu haben. Man fügte der Geschichte einen finsteren Bösewicht hinzu, und dann – nachdem der gesamte Film neu gedreht worden war, verwarf Hughes den Bösewicht und ersetzte ihn durch Raymond Burr, den er in einer Fernsehserie gesehen hatte.

Nachdem er in der Werbung verkündet hatte, Mitchum und Russell seien »die heißeste Paarung, die es je auf der Leinwand zu sehen gab«, ließ Hughes auf einem leeren Grundstück am Wilshire Boulevard eine riesige Leuchttafel errichten, auf der die Stars in enger Umarmung zu sehen waren.

Mario Zamparelli machte den Entwurf. Es war das sexuell aufreizendste Bild, das in Hollywood je öffentlich gezeigt wurde, in Gold gerahmt und hundertmal größer als die Wirklichkeit. Oft fuhr Hughes hinüber, sah es lange an und ließ sich immer etwas Neues einfallen: Gasflammen sollten auflodern wie spritzender Samen oder das Feuer der Lust, aus allen Poren der Stars, 30 Meter hoch in den Nachthimmel. Er sah sich an, wie Arbeiter auf Mitchums muskulösen Schultern und Russells prallen Brüsten herumkletterten, um die Gasdüsen zu befestigen.

Als alles fertig war, hatte Hughes seinen metaphorischen Höhepunkt gehabt. Das Gemälde langweilte ihn, der orgiastische Moment war vorüber. Das ganze riesenhafte Abbild der lüsternen Stars wurde abgebaut. »Man muss es nehmen, wie es kommt«, erklärte er dem verständlicherweise aufgebrachten Zampirelli.

Was seinen Narzissmus anging, war er nicht minder besessen. Er beauftragte Zampirelli, ein offizielles Porträt von ihm anzufertigen, er wollte keinen großen Maler oder Fotografen wie Karsh oder Ottawa, sondern einen Plakatkünstler. Er bestand darauf, dass das Bild in zwei Tagen fertig sein sollte. Wieder einmal wollte er seine Belohnung sofort. Zamparelli versprach das Bild in drei Tagen und arbeitete zweiundsiebzig Stunden fast ohne Pause.

Er brachte es in Hughes' Büro. Mit weit gespreizten Beinen und steifem Rücken saß Hughes sehr lange schweigend da. Schließlich sagte er etwas. Er meinte, das Bild gefalle ihm, woraufhin der erschöpfte Zamparelli sich entspannte. Dann fügte Hughes hinzu, es müsse allerdings noch etwas daran gemacht werden. Das eine Ohr müsse acht Millimeter kleiner sein, und auch an anderer Stelle seien minimale Veränderungen vorzunehmen. Diese Anweisungen wiederholte er mehrfach. Zamparelli tat, was man von ihm verlangte.

Hughes begann, Apartments zu mieten, in denen er Schauspielerinnen für seine Zwecke bunkerte. Er besuchte sie nur selten, wollte aber sichergehen, dass er, wenn er beispielsweise um drei Uhr nachts erregt und ausnahmsweise allein war – oder einfach zu faul, einen Service anzurufen –, zu einer der jungen Frauen fahren konnte: klingeln, eintreten (kein anderer Mann durfte mit ihnen das Bett teilen), ausziehen, eindringen, kommen, wieder anziehen und nach Hause fahren.

ELFTES KAPITEL

Noch mehr Missgeschicke

1950 lebte Hughes meist bei Terry Moore im Bungalow 19 des *Beverly Hills Hotel*. Er gab ihr eine Hauptrolle in *Gambling House* mit Victor Mature; er machte sich endlos Gedanken zu ihrer Frisur und ihrer Garderobe. Gleichzeitig aber traf er sich mit der Schauspielerin Mala Powers, die in *Outrage* spielte, unter der Regie von Hughes' ehemaliger Flamme Ida Lupino. Terry Moore schwankte ständig zwischen Wut und Tränen der Eifersucht und erzählte ihrer Mutter von Gerüchten, dass Hughes mit so ziemlich jeder Frau ins Bett ging, die er unter Vertrag hatte.

Bald verbrachte sie die Nächte im Haus ihrer Eltern in Glendale. Seine Leute folgten ihr überall hin, hörten ihre Telefone ab, riefen sie in Restaurants und auf Partys an. Genauso machte er es mit allen Frauen, die ihm nicht Tag und Nacht zur Verfügung standen. Er trieb sie zum Schauspielunterricht, zum Gesangsunterricht bei ständig neuen Lehrern, in dem manischen, verhängnisvollen Bestreben, aus ihr einen Musicalstar zu machen. Er flog mit ihr nach Catalina, Palm Springs, Las Vegas und zum Grand Canyon. Als sie nach Florida ging, um *The Barefoot Mailman* zu drehen, bekam er einen hysterischen Anfall, weil sie gemeinsam mit Cojo Courtland vor der Kamera stand. Als er hörte, dass sie in einem Fluss schwimmen sollte, in dem es vor Alligatoren wimmelte, rief er an dem entsprechenden Tag unzählige Male an und bestand darauf, dass man auf sie aufpasste. Sie lernte den Paarungsruf der Alligatoren. In ihren Memoiren schrieb sie: »Bis heute beherrsche ich diesen Ruf, und wie durch ein Wunder tauchen Alligatoren auf.« Von da an umgarnten sie einander mit dem Ruf der Alligatoren. Auf ihrem Rückflug mit *TWA* nach Los Angeles brachte sie Hughes eine Boa Constrictor mit. »Du hättest lieber mit *Pan American* fliegen sollen«, sagte er.

Aus Wut darüber, dass sie Hughes in Las Vegas mit einem Starlet erwischt hatte, begann Terry Moore eine Romanze mit dem Footballspieler Glenn Davis, dem Star der *Los Angeles Rams*, der mit Elizabeth Taylor verlobt gewesen war. Als Hughes davon erfuhr, war er wild entschlossen, die beiden auseinander zu bringen. Tag und Nacht rief er sie an, egal wo sie war, verlangte, dass sie zu ihm zurückkommen sollte und erinnerte sie daran, dass sie verheiratet waren. Er bestand darauf, im *Beverly Hills Hotel* einen allerletzten Drink mit ihr zu nehmen. Sie willigte ein, unfähig, seiner hypnotischen Ausstrahlung zu widerstehen, trug sogar dasselbe Kleid wie an jenem Abend, als sie an Bord des Schiffes geheiratet hatten – und dazu Glenn Davis' Verlobungsring.

Hughes war außer sich, als er von ihrer Hochzeit mit Davis am 9. Februar 1951 las. Aber er köderte sie. Davis wollte mit *Hughes Tool* Geschäfte machen, bei denen es um Bleirohre ging, und trieb sie damit beinah wieder in Hughes' Bett zurück. Hughes bat sie, in dem Film *High Heels* zu spielen, ließ Michael Woulfe hautenge Kleider für sie entwerfen, beäugte ihre Probeaufnahmen im schalldichten Projektionsraum und lockte sie schließlich in sein Büro. Er liebte sie auf seinem Schreibtisch. Der Film aber wurde nie gedreht.

Als Hughes sich Hals über Kopf in die Affäre mit Terry Moore stürzte, hatte er ihren spießigen Vater übergangen, einen typischen Mittelklasse-Mormonen, der für Hughes und Glenn Davis nur Verachtung übrig hatte. Nach einigem Betteln ließ sich Hughes zu einem Familientreffen in Glendale überreden. Davis versetzte Hughes einen eher unbeholfenen Hieb, und Hughes ging zu Boden. Terry Moores Mutter warf sich auf Hughes, um ihn vor den fliegenden Fäusten des Footballspielers zu schützen. Die Szene endete mit gegenseitigen Beschuldigungen, bis Hughes, der – wie schon bei Oleg Cassini – nur wenig Talent in der männlichen Kunst der

Selbstverteidigung an den Tag legte, ins Dunkel der Nacht entfloh.

Gegen Ende 1950 war Hughes ganz im Bann der englischen Schauspielerin Jean Simmons. Er sah sich alle ihre Filme an und brütete über ihren Standfotos. Sie war sein Typ: schön, dunkel und erheblich talentierter als Faith Domergue, Ava Gardner und die anderen Frauen. Damals war sie verlobt mit dem gut aussehenden Star Stewart Granger. Hughes wagte nicht, Granger zu provozieren, der knallhart, aufbrausend und mit den Fäusten um einiges geschickter war als Glenn Davis. Um sich also bei ihr einzuschmeicheln, arrangierte er für das Paar eine Hochzeit, die an einem vor der Presse geschützten Ort stattfinden sollte.

Es war eine seiner genialsten Strategien. Jean Simmons würde ihm zu Dank verpflichtet sein, und gleichzeitig wäre Granger entwaffnet. Er wandte sich an den *MGM*-Presseverantwortlichen Howard Stricking (Granger stand dort unter Vertrag) und stellte ihnen ein Privatflugzeug zur Verfügung, eine *Convair*, die sie nach Tuscon, Arizona, bringen sollte. Er ließ sie von einem Cadillac abholen und zum *Arizona Inn* fahren. Er flog sogar einen ihrer engsten Freunde, den Schauspieler Michael Wilding, als Trauzeugen ein.

In Arizona angekommen, sorgte er dafür, dass sich einer seiner Anwälte um die beiden kümmerte, er selbst suchte die Kirche und den Pastor aus, sogar die Brautjungfern, und rief alle Freunde und Bekannten des Paars an, um über alles genauestens informiert zu sein. Um sicherzugehen, dass sie sich nicht einsam fühlten, überredete er seine frühere Geliebte Barbara Hutton, in Begleitung ihres asthmakranken Sohns Lance Reventlow nach Tuscon zu reisen, und stellte auch ihr eine *Convair*, um sie einzufliegen.

Wochen später begegnete Hughes der Frau, für die er sich fast ein Bein ausgerissen hatte, zum ersten Mal. Er fuhr mit ihr, ihrem Mann und Cary Grant zum Grand Canyon. Alle vier wohnten in einem Hotel vor Ort.

Hughes und Grant standen nebeneinander am Pinkelbecken, während Granger auf der Toilette hockte. Folgendermaßen hat Granger das Gespräch in Erinnerung:

»Was hältst du von Jean?«, fragte Grant.

»Der Kerl hat mehr Glück als Verstand«, antwortete Hughes. »Die würde ich mir auch gerne mal zu Gemüte führen.« Dann fügte er hinzu: »Mein Schwanz klemmt im Reißverschluss fest.«

Grant musste ihn befreien.

Granger schäumte vor Wut. Er wollte aufstehen und Hughes zu Brei schlagen, aber als er endlich seine Hosen hochgezogen hatte, waren die beiden Männer bereits weg.

Neben *Jetpilot* war Hughes' geplagteste Produktion *The Big Sky*. Die Dreharbeiten unter Howard Hawks' Regie begannen im Juli 1951 in Lewiston, Wyoming, und waren aufgrund ungünstiger Wetterbedingungen eine wahre Tortur. Ganze Tage gingen wegen Regen, Schnee, Matsch und schlechtem Licht verloren. Der Produktionsmanager war so wirr, dass Hughes Berichte auf den Schreibtisch bekam, die von untergehenden Booten auf dem Fluss berichteten, während andere meldeten, der Fluss sei ausgetrocknet. Hughes verlagerte die Produktion gegen Hawks' Einwände in den Yellowstone National Park. Er mietete das Gelände der *20th Century Fox* von seinem Freund Darryl F. Zanuck, um den Film zu beenden, nachdem sie bereits einen Monat überzogen hatten. Auch das zweite Team, das unter dem Regieassistenten Christian Nyby in Wyola, Montana, drehte, war vom Wetter gebeutelt. Entsetzt musste Hughes erfahren, dass eine Büffeljagd ruiniert wurde, als die Tiere wegen der Kameras und dem Licht in Panik gerieten und sich in alle Winde zerstreuten. Dann wurde das Team eingeschneit. Nur mit dem Jeep eines Rangers konnte man sich noch bewegen. Hughes musste einen Rettungstrupp entsenden, und am 24. September flog die gesamte Crew zurück nach Hollywood.

Die ungeheuren Kosten von *The Big Sky* wirkten sich drückend auf *RKO*s finanzielle Situation aus.

Drei Hughes-*RKO*-Filme liefen 1951 gut: *The Blue Veil*, den das semi-unabhängige Team von Jerry Wald und Norman Krasna produziert hatte, ein langatmiger, aber gut gemachter Schmachtfetzen über eine Kinderkrankenschwester, den Hughes grauenvoll fand (er hasste Kinder); ein Remake seines 1927er-Stummfilms *The Racket*, fadenscheinig gekoppelt an die Untersuchungen des Senatskomitees für Verbrechensbekämpfung von Senator Estes Kafauver; und schließlich die Wald-Krasna-Produktion *Payment on Demand*, in der Bette Davis, Hughes' alte Flamme, eine bösartige, geschiedene Frau spielt. Außerdem produzierte das Studio Howard Hawks' *The Thing* über eine menschliche Möhre, die Fliegern am Nordpol das Leben schwer macht, und *Tarzan's Peril*, einen Film, der Hughes das Vergnügen bereitete, Lex Barker im Lendenschurz zu sehen. Darüber hinaus war er, im Gegensatz zu den anderen Tarzan-Filmen, tatsächlich in Afrika gedreht worden.

Dann nahm Hughes seinen ambitioniertesten Fliegerfilm seit *Hell'Angels* in Angriff. *Flying Leathernecks* war die Geschichte einer Schwadron des Zweiten Weltkriegs in Guadalcanal, mit seinen Lieblingsschauspielern John Wayne und Robert Ryan in den Hauptrollen. Die Einstellung seines Teams gegenüber der Werbung lässt sich aus einem Memo des Promotors Lincoln Quarberg ersehen, der nach Jahren wieder eingestellt worden war und Perry Lieber, dem Chef der Presseabteilung, am 8. März 1951 vorschlug, den Film in Asien zu veröffentlichen:

> [Die Kolumnisten] Jimmy Starr und Harrison Carroll könnten mitfliegen [nach Tokio]. In den fünfundzwanzig Jahren, die ich Jimmy und Harrison kenne, haben beide noch keine japanische Nummer geschoben, und die sind schließlich nicht zu verachten, besonders nicht, wenn man weiß, wie man es macht.

Auf so eine Anmerkung wäre selbst Hughes stolz gewesen.

Hughes trug einige Konflikte mit dem deutschen Regisseur Fritz

Lang aus, der den Film *Chuck-a-Luck*, später *Rancho Notorious* genannt, im Studio gedreht hatte. Hughes verbrachte einige Alibi-Abende mit Marlene Dietrich (damals Langs Geliebte), obwohl sie zu alt und gar nicht sein Typ war. Er wollte ihre Beziehung zu Lang stören. Als Lang Einspruch gegen die Treffen mit der Dietrich erhob, setzte er ihn auf die schwarze Liste. Harry Cohn, Boss von *Columbia*, engagierte Lang vom Fleck weg. Cohn hasste Hughes.

Hughes brachte noch einen weiteren Film auf den Weg (*»My Forbidden Past«)*, in dem die zentrale Figur Männer vernichtet: Eine reiche Erbin will Robert Mitchum entmannen, genauso wie Faith Domergue es in *Where Danger Lives* getan hatte. Als Symbol weiblicher Niedertracht borgte Hughes – mit seinem typisch schwarzen Humor – Ava Gardner von *MGM*.

Obwohl Terry Moore hoffte, von Glenn Davis geschieden zu werden, und Hughes sie auf See geheiratet hatte, hielt Hughes um Avas Hand an. Allerdings hatte die gerade eine Affäre mit Frank Sinatra, und Sinatra hasste Hughes; nicht nur, weil er sicher war, dass Ava log, wenn sie behauptete, sie sei nie mit ihm im Bett gewesen, sondern weil Hughes ihn bei dem Film *Double Dynamite* auf dem Plakat erst an dritter Stelle genannt hatte.

Hughes erteilte Sinatra Hausverbot. Seine mormonischen Spione machten Überstunden, damit er in jedem Augenblick wusste, was Ava gerade trieb: ihre Auseinandersetzungen mit Sinatra, die Nächte, die sie bei ihm verbrachte. Er ging mit ihr zum Essen aus, um ihr lange Vorträge über Sinatras häufig wechselnde Liebschaften zu halten. Als Sinatra, der vor Eifersucht auf Hughes beinahe den Verstand verlor, in New York einen Selbstmordversuch unternahm, rief Hughes bei Ava an, um ihr zu sagen, dass sie auf seine Warnungen hätte hören sollen. Er schickte ihr ein goldenes Armband und eine Kette, die sie aus dem Fenster warf, um Sinatra zu beweisen, dass Hughes ihr nichts bedeutete. Sinatra glaubte ihr trotzdem nicht.

Hughes' Leute berichteten ihm von knallenden Türen, nächtlichen Abreisen, wütenden Telefonaten und theatralischen Wiedervereinigungen: eine tragikomische Oper, hirnlos und melodramatisch. Er freute sich über diese Berichte, konnte die Gardner jedoch nicht von Sinatra losreißen.

Im Oktober schließlich wurden Nancy und Frank Sinatra an Halloween in Nevada geschieden, und schon am nächsten Tag willigte Ava ein, Frank zu heiraten. Die Hochzeitsfeier fand am 7. November in Philadelphia statt. Hughes flehte Ava an, sich schnell wieder scheiden zu lassen und lieber ihn zu heiraten. Dabei war er noch immer mit Terry Moore und Jean Peters zusammen. Ava wies ihn zurück.

Da Terry Moore nach wie vor verheiratet war, wollte Hughes die Affäre mit ihr dringender denn je geheim halten. Er versteckte sie in einer ganzen Reihe schmieriger Motels. Er brachte sie auf eine Wüstenranch und flog abends zu ihr hinüber, wobei er romantisch mit den Flugzeugflügeln wackelte, wenn sie herausgelaufen kam, um ihn zu begrüßen – genauso wie er es bei Katharine Hepburn gemacht hatte.

Er nahm sie in seiner *Constellation* mit, ließ sie selbst fliegen, stellte den automatischen Piloten ein und liebte sie (wie sie behauptet) in einem Nest aus Nerzen mitten in der Kabine.

Er ließ sie in ein Haus am Sunset Boulevard einziehen und das gesamte Restaurant im *Beverly Hills Hotel* reservieren, damit sie ungestört dinieren konnten.

Endlich brachte er Glenn Davis dazu, eine Scheidung zumindest in Erwägung zu ziehen. Bei der ersten Besprechung im Beisein von Anwälten brachte Davis – nach Terry Moores Aussage – den unsterblichen Satz: »Ich will nur Geld.« Als sich Hughes weigerte, Davis Geld zu geben, musste sich Terry Moore bei ihm 7000 Dollar leihen (plus Zinsen), um ihren Mann auszuzahlen. Kaum hatte sie den Scheck übergeben (sodass sie nun pleite war), ließ Hughes sie für Jean Peters sitzen.

Er versuchte, es wieder gutzumachen, indem er sie mit ihrer

Familie an Thanksgiving nach Palm Springs flog. Aber sie fand heraus, dass er sich mit zwei hübschen, jungen Frauen zum Essen getroffen hatte, bevor er zu ihr kam, und verschwand daraufhin mit Nicky Hilton, Elizabeth Taylors Ex-Mann.

Nach Terry Moores Aussage wehrte sich Davis weiter mit Händen und Füßen gegen die Scheidung, auch nachdem er die 7000 Dollar kassiert hatte. Hughes überlegte sich einen Trick. Da er wusste, dass Davis von einer Filmkarriere träumte, köderte er ihn mit der Chance, Filmstar zu werden. Er wies ihn darauf hin, dass er ledig sein musste, wenn er zum Sexidol avancieren wollte. Davis fiel darauf herein. Die Scheidung kam durch, aber Hughes hatte ihn aufs Kreuz gelegt. Davis trat in keinem einzigen Film auf.

Dennoch konnte er Terry Moore nicht treu sein. Er sah die atemberaubende, junge Elizabeth Taylor in *A Place in the Sun* an der Seite von Montgomery Clift. Er musste sie haben, sprach sie jedoch nicht selbst an, sondern bat seinen Anwalt Greg Bautzer darum. Bautzer: »Haben Sie sie gefragt?« Hughes: »Nein, ich möchte, dass *Sie* sie fragen.« Bautzer: »Ich habe keine Ahnung, wie man so was macht.«

Daraufhin Hughes: »Ich möchte, dass Sie ihrer Mutter einen Vorschlag machen.« »Dass Sie ihre Tochter vögeln wollen?«, fragte Bautzer. »Nein, nicht mit so vielen Worten. Sie sollen ihrer Mutter sagen, dass ich bereit bin, 1 Million Dollar dafür zu bezahlen, dass Elizabeth meine Braut wird.«

»So geht das doch nicht«, sagte Bautzer. »So will ich es aber «, insistierte Hughes. Der staunende Bautzer schätzte Hughes als gut zahlenden Klienten, also stattete er Mrs. Taylor einen Besuch ab. Er sagte: »Ich habe Ihnen einen sehr ungewöhnlichen Vorschlag zu unterbreiten. Howard Hughes möchte Ihre Tochter heiraten.« Sara Taylor antwortete: »Aber sie *kennt* Hughes ja gar nicht.« Bautzer sagte: »Ein kleiner Anreiz ist damit verbunden. Er wäre bereit, eine Million Dollar für sie zu zahlen.« Mrs. Taylor überlegte einen Augenblick und sagte: »Steuerfrei?« Beide brachen in schallendes

Gelächter aus, und Bautzer ging mit leeren Händen nach Hause. Später wurde Elizabeth Taylor gefragt, ob sie auf das Angebot eingegangen wäre, wenn er sie direkt angesprochen hätte. »Im Leben nicht«, antwortete sie. »Seine Socken stanken!«

Während sich Hughes' Arbeit bei *RKO* dahinschleppte (seine Entlassung Sid Rogells, des ungehobelten, aber fähigen Produktionschefs, war ein schwerer Fehler gewesen), blühte *TWA* auf, und seine Flugzeugfabrik, die seit ihrer Einweihung Verluste eingefahren und bis 1949 Millionen Dollar an Steuergeldern in den Sand gesetzt hatte, machte endlich Gewinn. Da er mit seinen sexuellen Eskapaden und dem voyeuristischen Vergnügen, sich ein Studio zu kaufen, voll beschäftigt war, desillusioniert und verbittert durch die persönlichen Angriffe durch das Brewster-Komitee, hatte er Culver City in andere Hände übergeben. Dieses Mal saß er tatsächlich so lange still, dass er einen Rat annehmen konnte, und hörte zu, als ihm Noah Dietrich, dem er noch immer mehr vertraute als jedem anderen, riet, er solle das Wagnis eingehen und als Geschäftsführer zwei der hochrangigen Air-Force-Offiziere einstellen, die ihn 1946/47 so heftig kritisiert hatten.

Es handelte sich um die pensionierten Generäle Ira C. Eaker und Harold L. George. Mit einem bemerkenswerten Maß an Selbständigkeit pendelten die beiden nun zwischen Culver City und Houston. Sie waren nicht nur kompetente Verwalter, sondern unersetzlich, wenn es um die Aufrechterhaltung einer seriösen und profitablen Verbindung zur Beschaffungsabteilung der Air Force in Washington, D.C., ging.

Mit einer Blankovollmacht in der Tasche investierten Eaker und George Millionen in den damals vergleichsweise unterentwickelten Bereich der Elektronik. Da der Kalte Krieg bevorstand und konkrete Pläne für einen Angriff auf die Sowjetunion vorlagen, was den Beginn des Dritten Weltkrieges bedeutet hätte, stürzten sie sich in Washington auf ein ausgeklügeltes Programm.

Zwar verlagerte Hughes sein Bestreben, den Kommunismus auszuradieren, aus dem Studio in die Flugzeugfabrik, aber im Grunde unterstützte er nur eine Politik, die *Hughes Aircraft* mehr Geld einbringen sollte: eine Politik der Konfrontation mit der Sowjetunion. Außerdem würde es in Washington einen guten Eindruck machen, wenn er den *RKO*-Stall ausmistete. Erfreut stellte er fest, dass seine Fabriken für aeronautische Ausrüstung, Flugzeuge und Filme nun wieder im Sinne der Politik arbeiteten.

Unter den todbringenden Maschinen aus seiner Herstellung war die beste sicher die *Falcon*, eine Lenkrakete, von der man bei *Hughes Aircraft* überzeugt war, dass sie ihre russischen Ziele treffen würde. Dabei handelte es sich um eine durchdachtere Version der deutschen *V-2*-Rakete, die im Zweiten Weltkrieg auf London niedergegangen war. Eaker und George besaßen interne Informationen zum Überschall-Abfangjäger *F-102*, einem Kampfflugzeug, für das sie ein starkes elektronisches Flugabwehrsystem lieferten.

Als im Juni 1950 der Koreakrieg begann, unterzeichneten Eakers und Georges Freunde und Kollegen in Washington eine Vereinbarung, die Hughes das Monopol auf Abfangjäger der US-Air-Force gewährte. Diese Einigung stellte zwar einen Bruch des Sherman-Kartellgesetzes dar, wurde jedoch als Notlösung in Kriegszeiten gesehen. Ende 1950 hatte der Krieg Hughes noch reicher gemacht, als er ohnehin schon war. Einmal mehr wurde sein Name zum Synonym für Heldenhaftigkeit: der Zerstörer kommunistischer Flugzeuge und Menschen, der Sieger im bewaffneten Konflikt, ein führender Waffenhersteller. Seine Gewinne aus dem »heißen« Krieg lagen 1952 bei etwa 5,3 Millionen Dollar, und Ende 1950 standen bei *Hughes Aircraft* 15 000 Angestellte und 1000 Wissenschaftler auf der Lohnliste – einige davon Deutsche, die im Zweiten Weltkrieg für Hitler gearbeitet hatten.

Im Spätsommer 1950 konnte Hughes nicht mehr widerstehen und mischte sich erneut in die Arbeit in Culver City ein.

Er brach Versprechen, die er Eaker und George gegenüber gemacht hatte, und zog Pläne zurück, nach denen er in Culver City verfügbares Land erwerben wollte, um die riesige Anlage weiter zu vergrößern. Er weigerte sich, ein neues Labor mit modernsten Forschungsgeräten bauen zu lassen, das auf dem Gelände entstehen sollte. Stattdessen beschloss er, eine neue Fabrik nahe Las Vegas zu errichten, denn er liebte diese Stadt – für ihren käuflichen Sex, die unbegrenzten Baumöglichkeiten und nicht zuletzt die Steuerfreiheit.

Hughes zog ein paar Fäden in Washington und umging die Gesetze, die verhindern sollten, dass mit regierungseigenem Land Profit gemacht wurde. Er hatte ein Auge auf 25 000 Morgen staatlicher Wüste geworfen, doch da sich Amerika im Krieg befand, war es definitiv nicht koscher, mit der Regierung um Ländereien zu schachern. Schließlich fand Hughes ein Hintertürchen: Noah Dietrich hatte den *Taylor Grazing Act* ausgegraben, ein obskures Gesetz, das einen Tausch – nicht den Transfer von Geldern – zwischen Regierung und Privatpersonen erlaubte. Also übereignete Hughes dem Innenministerium 730 000 Morgen im Norden von Nevada, die er im Tausch gegen andere Ländereien erworben hatte, und bekam den Grund und Boden in Las Vegas im Gegenzug kostenfrei. Trotz einigen Widerstandes aus dem Innenministerium und obwohl dieser Handel im Grunde nur eine geschickte Steuerflucht darstellte, ging die Sache durch – weil das Kriegsministerium auf Hughes angewiesen war, und das wusste er.

Dreist machte er den prominenten Anwalt Clark M. Clifford (einen ehemaligen Berater von Präsident Truman) zu seinem Stellvertreter in Washington. Clifford wies ihn darauf hin, dass die Kanzlei weder auf den Präsidenten noch sonst jemanden besonderen Einfluss nehmen könne. Kühl erwiderte Hughes, wenn es um persönlichen Einfluss gehe, brauche er keine Hilfe. Er stehe Truman ohnehin schon nah genug. Dieser Einfluss beruhte zum Teil auf den Air-Force-Leuten, die in seinen Diensten standen.

Seine Beziehung zu Terry Moore hielt an, doch landete Hughes nach wie vor mit vielen anderen im Bett. Gegen Ende 1950 begann er eine Affäre mit der hübschen Schauspielerin Barbara Payton, die damals dreiundzwanzig war. Sie hatte so gar nichts von den dunklen, trägen, üppigen Frauen, die ihm normalerweise gefielen. Sie war blond und blauäugig, hatte norwegische Vorfahren, kam aus Minnesota und war berühmt für ihre erotische Ausstrahlung. In Hollywood war sie schnell aufgestiegen, hatte eine Leiter aus Betten erklommen. Kürzlich erst hatte sie in *Kiss Tomorrow Goodbye* an der Seite von James Cagney gespielt (an den sie vertraglich gebunden war), und in *Only the Valiant* an der Seite von Gregory Peck.

Ihr skandalöses Privatleben brachte sie wiederholt in die Schlagzeilen. Während sie mit Hughes verkehrte, gab sie sich alle Mühe, den gut aussehenden, wenn auch nicht mehr ganz jungen Star Franchot Tone seiner neurotischen Schauspielerfrau Jean Wallace auszuspannen, die sich in einem Anfall von Wut und Eifersucht beinah selbst erstochen hätte. Barbara Payton verließ ihren Mann, einen Autoverkäufer, und angelte sich einen Gangster. Tränenreich machte sie bei seinem Prozess eine Aussage und sicherte ihm ein Alibi. Sie war eine der zentralen Figuren in einem landesweiten Multi-Millionen-Dollar-Drogenring.

Hughes setzte seine Affäre mit der Payton fort, während Tone mit seiner Frau einen Sorgerechtsprozess um ihre beiden Kinder führte. Tones Frau hatte vor Gericht damit zu kämpfen, dass Liebesbriefe von ihrem Verehrer George Michael aufgetaucht waren, zu anzüglich, als dass man sie in einer Tageszeitung hätte abdrucken können. Ihr Anwalt fragte Franchot Tone während der Anhörung: »Wie oft haben Sie Miss Payton nackt gesehen? Hundertmal?« »Ich weiß es nicht«, fuhr Tone ihn an. »Hin und wieder.«

Noah Dietrichs Aussage nach zahlte Hughes mehrere Hunderttausend Dollar an Barbara Payton, um sicherzugehen, dass sie der Presse nichts von ihrer Affäre erzählte. Er fürchtete Tone, der zwar fast sechsundvierzig, aber gertenschlank und mit den Fäusten schnell wie Oleg Cassini war. Doch die Payton beichtete Tone ihre Affäre mit Hughes, woraufhin Tone drohte, Hughes umzubringen. Hughes musste die Zahl seiner mormonischen Leibwächter verdoppeln.

Hughes' Verstrickung mit Barbara Payton hielt an. Nach Abschluss der Dreharbeiten von *Bride of the Gorilla* (Payton war Hughes' dritte Geliebte, die Filmgespielin eines Affen wurde) verkündete sie zu Hughes' Ärger, sie wolle den schauspielernden Bodybuilder und Boxer Tom Neal heiraten. Tone, der die Payton zurückgewinnen wollte, prügelte sich mit Neal, was ihm nicht gut bekam. Er landete im Krankenhaus, während Barbara Payton, die schlichtend eingreifen wollte, mit einem blauen Auge davonkam. Mit bandagiertem Gesicht gab Tone im Krankenhaus Interviews, während die Payton ihr blaues Auge hinter einer Sonnenbrille verbarg und sich draußen vor der Tür eines Schwarms von Reportern erwehren musste. Hughes hatte genug. Die Payton wechselte mehrmals von Neal zu Hughes, bis sie am Ende Tone heiratete. Nach einem Monat kehrte sie zu Neal zurück, der später für den Mord an seiner Frau im Gefängnis landen sollte.

Doch Hughes war nach wie vor mit Terry Moore beschäftigt. In Anbetracht seines Unwillens, Steuern zu bezahlen, plante er, sich in Nevada niederzulassen. Eines Abends dinierten sie in Las Vegas mit dem *Maxwell-House*-Kaffee-Erben Robert Neil und Debbie Reynolds. Hughes verschwand mit der Reynolds vom Tisch, woraufhin Terry Moore drohte, allein zurück nach Los Angeles zu fahren. Hughes beteuerte, sein Spaziergang mit der Reynolds sei völlig harmlos gewesen. Im Gegenzug prahlte Terry Moore, um Hughes zu provozieren, sie habe mit dem Sänger Johnnie Ray geflirtet. Ist es möglich, dass Hughes von Rays Homosexualität nichts mitbekommen hatte? Terry war nach wie vor überzeugt davon, dass Debbie Reynolds und Hughes etwas miteinander hatten, doch gab es für eine solche Annahme keinerlei Beweise.

Während das alles vor sich ging, wuchs in Hughes erneut die

Sehnsucht nach Jean Simmons. Er sah ihren britischen Film *So Long at the Fair* und beschloss, sie dem britischen Filmmogul J. Arthur Rank – wie ein Stück Vieh – sowohl fürs Bett als auch fürs Studio abzukaufen, ungeachtet der Tatsache, dass sie noch immer mit Stewart Granger verheiratet war.

Rank machte einen hübschen Gewinn bei diesem Deal. Er sagte ihr nichts davon. Bert Allenberg, ihr Agent (der auch Stewart Granger betreute), musste ihr die Neuigkeit beibringen. Allenberg machte deutlich, dass Hughes – falls sie sich weigern sollte, einen ähnlichen Sieben-Jahres-Vertrag wie Jane Russell zu unterschreiben – ihre Karriere zerstören würde, indem er sie in schlechten Filmen spielen ließ. Die Grangers luden ihn zum Essen ein, um die Sache zu besprechen. Anwesend waren auch Michael Wilding und seine Verlobte Elizabeth Taylor. Fast den ganzen Abend saß Hughes nur da und starrte den Frauen auf die Brüste.

Nach dem Essen fragte Granger Hughes: »Welches von den Mädchen hätten Sie denn gern?« Er antwortete, er könne sich nicht entscheiden. »Sie werden keine von beiden bekommen«, fuhr Granger ihn an. »Also: Vergessen Sie es!«

Aus Rache verhinderte Hughes, dass Simmons den Film drehte, der ihr sehr am Herzen lag – *Roman Holiday,* der später ein Triumph für Audrey Hepburn werden sollte. Er war wild entschlossen, die Simmons zu seiner Gefangenen zu machen. Irgendwie würde er es schon schaffen, sie ins Bett zu kriegen.

Er schmiedete einen teuflischen Plan. Erst lud er Granger, Elizabeth Taylor, ihren Verlobten Michael Wilding und die Simmons ein, auf seine Kosten Urlaub am Lake Tahoe zu machen. Er nahm sie in seinem Flugboot mit, das alle – wie er versprach – später nach Acapulco bringen würde. Wohl wissend dass Granger erkältet war, ging er mit der Maschine mehrmals in einen Sturzflug, woraufhin Grangers Trommelfell empfindlich verletzt wurde.

Er tat, als mache er sich Sorgen, und flog das Paar nach Las Vegas, damit Granger sich dort behandeln lassen konnte. Hughes erklärte ihm, es sei zu gefährlich, nach Los Angeles zu fliegen, und ließ ihn im Krankenbett zurück, um sich mit der Simmons diverse Shows anzusehen. Sie aber ließ ihn abblitzen.

Als sie wieder in ihrem Hotel war, flog Hughes um 3:00 Uhr nachts noch nach Los Angeles, stieg ins Auto um und traf sich mit Bert Allenberg an einem geheimen Ort, um den Vertrag der Simmons zu besprechen. Allenberg erlag Hughes' Überredungskünsten und ließ sich auf einen Vertrag ein, der ihr bezüglich der Rollen keine Wahl ließ, und sie für drei Jahre an Hughes kettete.

Hughes handelte erneut. Noch immer war er wild entschlossen, Elizabeth Taylor in sein Bett zu locken. Also rief er seine alte Freundin Hedda Hopper an und erklärte ihr, Michael Wilding sei eine »Schwuchtel«, und sie könne mit ihrer Kolumne dazu beitragen, dass die Verlobung der beiden gelöst würde. Hopper bestellte Wilding und Taylor zu sich nach Hause und fragte die Taylor in Wildings Beisein: »Wie kommen Sie dazu, einen Homosexuellen zu heiraten?« Wilding fiel es schwer, diese Beschuldigung abzustreiten (in den Dreißigerjahren war er einer von Noel Cowards Knaben gewesen, hatte jedoch dem schwulen Sex seit Jahren abgeschworen). Taylor wollte Hedda nicht glauben und heiratete Wilding bald darauf in London.

Sie war Hughes entkommen. Jean Simmons nicht. Er bestellte sie zu geheimen Treffen in seinem Wagen. Sie hatte ihren Spaß an dieser Liaison, blieb Granger jedoch treu. Hughes ließ sie in einer Filmversion von George Bernard Shaws *Androcles and the Lion* spielen. Er brachte Shaw dazu, ihm die Rechte zu gewähren, indem er die Bedingung akzeptierte, Shaws Lieblingsregisseur Gabriel Pascal einzustellen. Dann feuerte er Pascal und zerstörte Pascals Karriere. Er brachte ihn praktisch um. Pascal starb 1954 an – wie Stewart Granger es formulierte – »gebrochenem Herzen«. Währenddessen brachte Terry Moore Hughes auf die Palme, indem sie sich wieder mit Nicky Hilton traf und sogar mit ihm fotografieren ließ, nachdem dieser sich erst kürzlich von Elizabeth Taylor hatte scheiden lassen. Das Karussell aus Sex und Bettentausch drehte sich ohne Unterlass. Moore ging noch einen Schritt weiter: Sie begann eine Affäre mit Greg Bautzer, der nach wie vor Hughes' Anwalt war.

ZWÖLFTES KAPITEL

Sorgenvolle Jahre

Während sein Privatleben so komplex und turbulent wie immer war, hatte Hughes bei *RKO* kein rechtes Glück. Seine Streite mit den Produzenten Jerry Wald und Norman Krasna wurden nicht eben dadurch abgemildert, dass er ihnen erst freie Hand gelassen hatte und ihnen diese Freiheit gleichzeitig am liebsten wieder nehmen wollte. In zahllosen Interviews vor der Presse klagten sie laut und bitterlich, sie seien Hughes' wichtigste und erfolgreichste Produzenten, die ihren Boss jedoch nie sprechen könnten. Schließlich hatten sie Hughes mit ihren öffentlichen Beschwerden so sehr verärgert, dass er Greg Bautzer anrief, er solle sie ihm in seinen Bungalow im *Beverly Hills Hotel* schicken. Um 13:00 Uhr trafen die beiden ein, die einzige Zeit, zu der er bereit war, sie zu empfangen. Der Raum war fast völlig abgedunkelt, von einer einzigen nackten Glühbirne erhellt. Hughes trug nur ein Paar teure, zweifarbige Schuhe.

»Schicke Schuhe!«, sagte Jerry Wald peinlich berührt.

»Die sind okay«, antwortete Hughes. »Wenn Sie mich jetzt entschuldigen wollen, Gentlemen – ich habe zu tun.«

Sie gingen und sahen ihn nie wieder.

Bis zum Jahr 1951 hatte das Studio 5 832 000 Dollar verloren, vor allem durch eine ganze Reihe schlechter Filme, Hughes' nervenaufreibende Störungen und durch das überzogene Budget von *Jet Pilot*. Außerdem hatte er einige gute Filme behindert und sich eingemischt, unter anderem bei dem ausgezeichneten *The Narrow Margin*, wodurch er die *RKO*-Kinokette, derer er sich nun gezwungenermaßen entledigen musste, um ein wichtiges Produkt brachte.

Auf seiner Premierenliste für das kommende Jahr stammten die wichtigsten Einträge nicht von ihm, sondern von unabhängigen Produzenten: Samuel Goldwyns *Hans Christian Andersen* und Walt Disneys *Alice in Wonderland.*

Hughes musste mit einem nervösen Louis B. Mayer fertig werden, dessen Partner, der Geschäftsmann und Multimillionär Louis R. Lurie aus San Francisco, Hughes auszahlen wollte. Hughes zeigte sich bei den Verhandlungen übermütig wie immer und erklärte dem *Wallstreet Journal*: »Eher werfe ich meine Anteile ins Meer, als damit Verlust zu machen.«

Ende Mai fasste Hughes den Entschluss, aufzuhören. Er war verärgert wegen eines Streits um die Kontrolle über die Firma, angeführt von einem enttäuschten Aktionär, dem Wall-Street-Banker David J. Greene. Greene beklagte sich vor der Presse über Hughes' Missmanagement, die Genehmigung schlechter Filme und das absurde Veröffentlichungsmuster. Greene wollte sich Vollmachten sichern, um Hughes zu übertrumpfen, und im Frühsommer war die Schonzeit endgültig vorbei. Doch Greene scheiterte.

Hughes' Verhalten wurde exzentrischer als je zuvor. Noch immer weigerte er sich, das Studio zu betreten. Ein ganzer Schwall von Memoranden in den Akten von Jerry Wald zeigt, dass er Hughes in keinem Punkt zu irgendeiner Entscheidung bewegen konnte. Selbst als Hughes die Wald-Krasna-Filme *Casanova's Big Night* und *The Eddie Cantor Story* bereits genehmigt hatte, brach er sein Versprechen plötzlich und verkaufte die Drehbücher an andere Studios. Er beschäftigte sich mit Neuaufnahmen zu Josef von Sternbergs Russell-Mitchum-Vehikel *Macao.* Einmal mehr versuchte er, Wald zu *High Heels* zu zwingen (das Musical mit Terry Moore in der Hauptrolle), und als Wald sich weigerte, schrie er vor Wut. Es gelang ihm auch nicht, *High Heels* mit einem anderen Produzenten zu realisieren. In jenen Jahren entstanden nur wenige Filme bei *RKO*, das Gelände war wie eine Geisterstadt. Hughes trat auf der Stelle, interessierte sich kaum oder gar nicht für seine Filme, es sei denn, es waren halb nackte Leiber zu sehen. Nicht einmal das Filmemachen konnte ihn von der Langeweile und Freudlosigkeit befreien, mit der er lebte.

1951 und 1952 intensivierte Hughes seinen Kreuzzug gegen den Kommunismus, verschärft noch durch sein Bestreben, *Hughes Aircraft* vom Koreakrieg und zukünftigen Kriegen gegen die Sowjetunion profitieren zu lassen. Er konzentrierte seine Aufmerksamkeit auf Paul Jarrico, einen Autor, der bei *MGM* den pro-sowjetischen Film *Song of Russia* geschrieben hatte – während des Zweiten Weltkriegs, als die USA und die UDSSR noch Alliierte im Kampf gegen Hitler gewesen waren. Jarrico hatte für Jane Russell und Victor Mature *The Las Vegas Story* verfasst, mit der die Öffentlichkeit auf Hughes' Investitionen in der Stadt aufmerksam gemacht werden sollte. Im April 1951 weigerte sich Jarrico, vor dem »Untersuchungsausschuss für unamerikanische Aktivitäten« zuzugeben, dass er Kommunist war. Hughes entließ ihn und entfernte seinen Namen aus dem Nachspann.

Die *Screen Writer's Guild* folgte strengen Regeln: Keinem Autoren, der 30 Prozent oder mehr zu einem Werk beigetragen hatte, durfte die Namensnennung verweigert werden. Als einige Mitglieder mit Streik drohten, falls man Jarrico die Nennung nicht gewähren sollte, veröffentlichte Hughes eine Erklärung, die seine Gleichgültigkeit zum Ausdruck brachte. Er drohte seinem Personal, jeder, der mitmache oder den Streik unterstütze, werde sofort gefeuert.

Die Gilde war auf eine gütliche Einigung mit Hughes aus, doch er weigerte sich, mit ihnen zu sprechen oder auch nur einen Anruf entgegenzunehmen. Hughes peitschte ein Urteil des Obersten Gerichts durch, das ihm das Recht gab, einen Drehbuchautoren aus dem Nachspann zu entfernen, falls er – als Halter der Aktienmehrheit – es wünschte.

Jarrico verklagte Hughes und *RKO* auf 350 000 Dollar wegen ungerechtfertigter Entlassung. Die Klage wurde abgewiesen: Hughes war innerhalb des vertraglichen Rahmens geblieben.

Mary McCall junior, Drehbuchautorin (*Keep Your Powder Dry*, die *Maisie*-Reihe) und Präsidentin der *Writer's Guild*, erklärte: »Mr. Hughes wirft das Deckmäntelchen des Amerikanismus über seine stümperhaften Produktionen.«

Nach Aussage seines Küchenchefs Robert Poussin verliebte sich Hughes damals in den attraktiven und talentierten Star Zizi Jeanmaire aus der »Roland Petit Ballet Troupe« aus Paris, die in Hollywood bei *Goldwyn* für *Hans Christian Andersen* unter Vertrag gestanden hatte. Er war fasziniert von ihrer athletischen Figur und dem dunklen Haar, und so holte Hughes sie mit Petit und seiner Truppe zurück, um eine Filmversion ihres Bühnenerfolges *Carmen* zu produzieren. Er engagierte seinen Küchenchef Poussin als Dolmetscher. 1977 sagte Poussin während der Prozessvorbereitungen zu Hughes' Testament unter Eid aus:

> Für ihn bedeutete Sex [inzwischen] meist, mit dem Kopf an der Schulter [eines Stars] zu tanzen. Er wollte Sex mit Zizi Jeanmaire. Mir sagte sie, bei ihr sei er impotent gewesen.

Später heiratete Zizi Roland Petit. Ihre fröhliche berufliche wie romantische Beziehung hält bis heute an.

Poussins Aussage nach war Hughes 1953 auch bei anderen impotent. Doch hatte Poussin dafür keinerlei Beweise, wusste es nur vom Hörensagen, und die verfügbaren Fakten sprechen eine andere Sprache. War es nicht einfach so, dass er – wie immer schon – bei manchen konnte und bei anderen nicht? In seiner Aussage wies Poussin darauf hin, dass eine bestimmte Art von Make-up oder ein falsches Parfüm Hughes' Erregung zum Erliegen bringen konnte, was bei zart besaiteten Männern nicht unüblich sein dürfte. Und seine Verletzungen, der ungesunde Lebensstil sowie sein Alter setzten ihm ohnehin zu.

Und trotz seiner Versuche bei Zizi Jeanmaire schlief Hughes – ihrer Aussage nach – mit Terry Moore, der man im Spätsommer

1952 eine wichtige Rolle neben Frederic March in Elia Kazans *Man on a Tightrope* angeboten hatte, einem Thriller, der in Deutschland gedreht werden sollte.

Kurz bevor sie Hollywood verließ, blieb zweimal ihre Regel aus. Hughes schickte sie zur Untersuchung zu seinem Arzt Verne Mason. Mason testete sie auf eine mögliche Schwangerschaft und erklärte Hughes, sie bekäme ein Kind. Es sagt einiges über die Macht aus, die Hughes über seinen Arzt hatte, dass Madison ihm – nicht Terry Moore – das Untersuchungsergebnis mitteilte. Hughes sagte es ihr selbst.

Später erzählte sie, Howard sei nicht überrascht gewesen: »Ich glaube, er war nicht sonderlich begeistert, aber verärgert war er auch nicht.« Sie fügte hinzu, er habe sich Sorgen gemacht, dass sie den Film vielleicht nicht beenden würde, was verwirrend ist. Wenn er von Anfang an nicht gewollt hatte, dass sie den Film drehte, wieso hatte er die Schwangerschaft dann nicht als Anlass dafür genommen, sie aus dem Vertrag aussteigen zu lassen? Offenbar weil er nicht wollte, dass sie das Kind bekam. Wenn sie es zur Welt brachte, konnte sie ihn vielleicht zu einer weiteren, diesmal rechtmäßigen Heirat zwingen, was ihn bis an sein Lebensende an sie kettete. Wenn herauskäme, dass er ein uneheliches Kind hatte, konnte das seinem Image erheblich schaden (die Moral in diesen Zeiten war sehr streng), und außerdem konnte er Kinder nach wie vor nicht leiden.

Als sie dann weg war, rief er sie wie besessen in Deutschland an, bei Tag und Nacht, stieß seinen Alligator-Liebesruf aus, der noch aus der Zeit stammte, als sie mit Cojo Courtland in Florida gedreht hatte. Als er hörte, dass es in dem vom Krieg verwüsteten Land kein frisches Obst zu kaufen gab, schickte er ihr per Flugzeug eine Kiste voller kalifornischer Orangen.

Sie erzählte Hughes, sie habe Blutungen und furchtbare Schmerzen. Die Nachricht wird ihm nicht gefallen haben. Seinem damaligen Verhalten nach zu urteilen war klar, dass er sie am liebsten zu einer Abtreibung genötigt hätte. In der Badewanne im Hotel erlitt sie plötzlich eine schwere Blutung. Unklugerweise hatte sie mehrere gefährliche Szenen gedreht, die eine schwangere Frau lieber hätte unterlassen sollen (unter anderem war sie durch einen Fluss geschwommen).

Hughes schickte Dr. Verne Mason zur Entbindung nach Deutschland, der dafür schlaflose vierundzwanzig Stunden im Flugzeug verbrachte. Im Münchener Krankenhaus erklärte Mason ihr, dass Hughes das Kind nicht wolle – es komme ihm ungelegen. Terry Moore erlitt einen hysterischen Anfall. Die Geburt verlief quälender als bei einer normalen Entbindung, und zwölf Stunden später starb das Neugeborene an einer Blutvergiftung. Es war ein Mädchen und mehrere Monate zu früh gekommen. Hughes machte kein Geheimnis aus seiner Erleichterung. Terry Moore warf ihm vor, er habe dafür gesorgt, dass das Kind nicht überlebte. Jahrelang war sie überzeugt davon, dass er Schuld am Tod des Kindes hatte. Wie auch die Wahrheit aussehen mag: Wenn jemand im Herzen einen Mord begehen konnte, dann ganz sicher Hughes.

Er zeigte keinerlei Mitgefühl während ihrer langwierigen, schmerzhaften Genesung; er flog nicht einmal nach München, um sie zu trösten. Stattdessen lag er Darryl F. Zanuck, dem Chef von *20th Century Fox*, die den Film produziert hatte, damit in den Ohren, er solle die Angelegenheit geheim halten, was er Zanuck nicht erst sagen musste. Hätten die »Legion of Decency« und die Frauenclubs davon erfahren, hätte das dem Film, Terry Moores Karriere und dem Studio selbst schweren Schaden zugefügt.

Hughes versuchte sogar, Zanuck so weit zu bringen, dass er die Moore aus den verbliebenen Szenen schnitt und den Film mit einer anderen Schauspielerin neu drehte, wobei er anbot, die Kosten dafür zu übernehmen. Er fürchtete, sie könne im Interview vielleicht versehentlich die Wahrheit sagen. Zanuck tat, als willigte er ein, nahm etwas Geld von Hughes, und dann beendete er den Film mit Terry Moore. Hughes war außer sich vor Wut.

Tatsächlich verzieh ihm Terry Moore diese hässliche Episode. Sie konnte nicht einmal erklären wieso – nur dass sie ihn trotz allem noch immer liebte.

Im Winter begann ihre Affäre von neuem. Er flog nach New York, um zur Premiere von *Come Back, Little Sheba* bei ihr zu sein, der ihr eine Oscar-Nominierung einbringen sollte, und verbrachte Weihnachten bei ihrer ausgesprochen gutmütigen Familie in Glendale. Einmal mehr war sie mit Privatflugzeugen, langstieligen Rosen und Versprechungen zu ködern. Zufrieden stellte er fest, dass sie ihn noch immer liebte.

Allerdings konnte der Unersättliche, obwohl sie zu ihm zurückgekehrt war, niemals treu sein. Nach Küchenchef Robert Poussins Aussage traf Hughes sich ständig mit anderen Frauen.

Am 8484 Sunset Boulevard richtete er sich über einem Fotostudio, das er erworben hatte, ein hübsches, helles Apartment ein. Walter Kane, sein persönlicher Berater, der den überarbeiteten Johnny Meyer ersetzt hatte, lockte junge Mädchen unter dem Vorwand ins Studio, Probeaufnahmen machen zu wollen, um zu sehen, ob sie im Film gut aussahen. Kane versprach ihnen, sie zu Stars zu machen, wenn sie taten, was Hughes von ihnen verlangte.

Hughes fotografierte sie höchstpersönlich. Dann stiegen sie die Treppe zu seinem Apartment hinauf, wo Poussin ein vorzügliches Abendessen zubereitet hatte. Champagner stand gekühlt im Eimer. Kerzen brannten auf silbernen Haltern. Manche dieser Mädchen liebte Hughes in Kanes Kleidern, die ihm um einiges zu groß waren – einschließlich der durchhängenden Unterhosen.

Vor allem aber bestand er auf Reinlichkeit. Die Mädchen mussten sich medizinisch untersuchen lassen, wenn sie mit ihm in Kontakt treten wollten. Bevor sie einen Fuß in sein Apartment setzen durften, staubte er jeden Quadratzentimeter mit einem Taschentuch ab, auch das Tafelsilber und Geschirr. Er war so unsicher, was Kane und Poussin anging, dass sie sich die Hände mit Seife waschen und ihm vorzeigen mussten, damit er sehen konnte, ob sie auch saubere Fingernägel hatten.

Seine Essgewohnheiten wurden immer bizarrer. Manchmal verleibte er sich ein ganzes Pfund Kekse und zwei Liter Milch auf einmal ein, dazu zwei Becher Vanilleeis mit Schokoladensoße. Eines Abends bestellte er Essen für sechs Personen, einen riesigen Braten, und aß den ganzen Braten allein, als die anderen fünf nicht erschienen. Dann wieder aß er drei Tage lang gar nichts und schlich zur Toilette, wo er sechs oder sieben Stunden am Stück kauerte, den Badezimmer-Fernseher anstellte und Dutzende von Telefonaten führte. Außerdem engagierte er einen Hypnotiseur, der ihn in Trance versetzen sollte, weil er nicht länger als zehn Minuten am Stück schlafen konnte.

Eines Tages schnitt sich eines der Mädchen, von denen Hughes sich trennen wollte, die Pulsadern auf. Polizeisirenen heulten. Poussin versuchte, Hughes zu wecken, um es ihm zu sagen. Hughes lag ausgestreckt auf dem Bett, unter seiner Decke nackt, das Gesicht kalkweiß, die Augen traten aus den Höhlen, und seine Lider flatterten. Er war hypnotisiert.

Poussin versuchte, ihn vom Bett zu zerren, aber Hughes reagierte nicht, und so ließ Poussin ihn nackt auf dem Boden liegen. Walter Kane regelte die Sache mit der Polizei, und Poussin kümmerte sich um das Mädchen. Hughes hat ihm nie dafür gedankt.

Währenddessen verzehrte er sich nach Jean Simmons. Als sie ihm die kalte Schulter zeigte, engagierte er sie für einen grauenhaften Film, *Angel Face,* in dem sie ein geisteskrankes Mädchen spielen sollte, das seine Eltern ermordet, und erklärte dem Regisseur Otto Preminger, er könne mit ihr umgehen, wie er wolle. Preminger war ein Sadist und scheuchte sie während der gesamten Produktion, sodass sie regelmäßig in Tränen ausbrach.

Es dauerte mehrere Wochen, bis es ihr gelang, sich mit Hughes zu treffen. Sie schrie ihn an, sie wolle nichts mehr mit ihm zu tun haben, sie wolle aus ihrem Vertrag aussteigen und keinen dritten Film mehr drehen, wie sie ursprünglich zugesagt hatte. Sie werde ihn vor Gericht zerren, wenn es sein müsse. Hughes war entsetzt. Über das Studio hatte er das Gerücht streuen lassen, sie habe sich mündlich auf einen Sieben-Jahres-Vertrag mit ihm eingelassen, und falls irgendein Hollywood-Boss sie engagieren sollte, würde er ihn verklagen. Jean Simmons nahm das Risiko auf sich und zog tatsächlich vor Gericht, um auf der Basis des bestehenden Vertrages zu erklären, dass Hughes nach dem dritten Film keinerlei Rechte mehr an ihr hatte.

Er tobte. Bautzer versuchte, Jean Simmons einzuschüchtern, die ohnehin von jedem davor gewarnt wurde, weiter gegen Hughes anzukämpfen, weil sie damit ihre Karriere riskierte. Hughes schickte Spione nach England, die schmutzige Geschichten aus Grangers Vergangenheit ausgraben sollten. Die Schnüffler scheiterten.

Dann versuchte er es mit einem anderen Trick und ließ einen Scheck samt Quittung über 187 000 Dollar bei den Grangers abgeben. Sie nahmen ihn nicht an. Hätten sie es getan, wäre die Simmons sieben Jahre gebunden gewesen, denn es war genau die vereinbarte Summe für den längeren Vertrag.

Stewart Granger beschloss, Hughes zu ermorden. Sein Plan war einfach: Er wollte die Stadt verlassen. Hughes' Spione, die draußen vor dem Haus auf der Lauer lagen, würden ihm folgen, wenn er zum Flughafen fuhr. Sobald er sie abgehängt hatte, wollte er mit dem Wagen oder per Zug umkehren. Die Simmons wollte Hughes anrufen und bitten, ihn allein sprechen zu dürfen. Sie würde mit ihm hinaus auf die Terrasse ihres Hauses treten, das hoch oben über einer Klippe lag. In einem verabredeten Moment würde sie schreien, als wolle Hughes sie vergewaltigen – so laut, dass die Nachbarn sie hörten.

In diesem Augenblick würde Granger aus dem Haus gelaufen kommen und Hughes über den Balkon stoßen, damit er unten auf den Felsen zu Tode stürzte. Granger würde die Polizei rufen und behaupten, Hughes habe versucht, sich an Jean Simmons zu vergehen, und im Kampf sei er versehentlich gestürzt. Am nächsten Tag jedoch überlegte Granger es sich anders – Hughes war es nicht wert, dass er seinetwegen in der Gaskammer enden würde.

Die Simmons spielte ihren dritten Film – *Affair with a Stranger* – für Hughes, während Granger *Salome* mit Hughes' ehemaliger Geliebten Rita Hayworth drehte, die ihm anvertraute, wie sehr sie Hughes hasste. Der Fall Simmons kam vor einen Richter, und sie gewann. Sie forderte keinen Schadenersatz, nur die Erstattung der Anwaltskosten.

Wutschnaubend verkaufte Hughes *RKO* im September 1952 an ein Syndikat aus Chicago unter Führung des Versandhaus-Millionärs Ralph. E. Stolkin für eine Summe von 7 345 940 Dollar. Bereits sechs Wochen nach Unterzeichnung des Vertrages berichtete das *Wallstreet Journal*, der finanzielle Hintergrund Stolkins und seiner Partner sei einigermaßen fragwürdig. Sie mussten vom Vertrag zurücktreten, und nun stand Hughes mit seinem Baby auf dem Arm ganz allein da.

Zur gleichen Zeit hatte er eine dringende Lagebesprechung mit Eaker und seinen anderen *Hughes-Aircraft*-Managern im *Beverly Hills Hotel*. Sie klagten, Noah Dietrich mische sich in ihre Angelegenheiten ein, während Hughes sich nicht genug um die Fabrik kümmere. Er reagierte mit der Drohung, er würde Culver City einfach verkaufen, setzte sie jedoch nie in die Tat um. Im Jahr darauf – 1953 – kündigten zwei seiner führenden Leute: Harold E. Talbott, ehemaliger Staatssekretär der Air Force, erklärte Hughes, er habe die Angelegenheit schlicht vermasselt, und die Regierungsverträge würden bald aufgekündigt, wenn Hughes das Management seiner Firma nicht verbesserte.

Weitere Männer aus der Führungsriege zogen sich zurück. Doch war das Ganze nur ein Sturm im Wasserglas: Hughes lieferte der Regierung dringend benötigte Waffentechnik, und interne Unstimmigkeiten zwischen einzelnen Managern waren keine Rechtfertigung dafür, eine lukrative Einnahmequelle sowohl für die Air Force als auch für Hughes aufzukündigen, ganz zu schweigen davon, dass Hughes einer der größten Waffenhändler des Landes war und der Kalte Krieg gegen die Sowjetunion jeden Moment heiß werden konnte.

Nachdem er nun die Zügel bei *RKO* wieder in den Händen hielt, nahm er persönlich größeren Einfluss auf die Filme. Er brachte eine 3-D-Produktion auf den Weg (*Second Chance)* und lieh dafür Linda Darnell aus – die er nach wie vor sehr bewunderte – für eine Rolle, die Jane Russell ohne weiteres hätte spielen können. Mit Hilfe der Spezialbrille schwebten die Brüste der Darnell bei den Probevorführungen praktisch direkt vor seiner Nase. Geradezu sadistisch quälte der Film das Publikum mit einer langen Sequenz an Bord einer Seilbahn, die hoch oben in den Anden festhing.

Mit seinem Namen im Nachspann veröffentlichte Hughes den – seit *The Outlaw* – persönlichsten Film seiner Karriere: *The French Line*, wiederum in 3-D. Er basierte auf der schon damals nicht mehr ganz neuen Idee von einer reichen Erbin, die mit einer Freundin die Rollen tauscht, um sicherzugehen, dass sich der Mann, den sie auserkoren hat, auch wirklich für sie interessiert. Die Produktion bot Hughes einmal mehr die gern genutzte Möglichkeit, mit einer 3-D-Brille auf der Nase im Projektionsraum zu sitzen und sich anzusehen, wie ihm die Brüste seiner Schauspielerinnen – Jane Russell, Mary McCarthy und Joyce MacKenzie – wie Medizinbälle entgegenflogen.

Die texanische Ölmillionärin (mehr oder weniger eine weibliche Ausgabe von Howard Hughes) steht nackt vor einem Spiegel (dem Publikum durch ein Handtuch um den Rücken verborgen) und singt über die himmlische Erfahrung, die sie in ihrer Hochzeitsnacht erleben wird. Sie beschreibt sich selbst als »läufig wie ein struppiger Nerz zur Paarungszeit«, ein Latin Lover wirft einen Blick auf ihre Brüste und spricht von ihren »besonderen Vorzügen«. Sie bringt das Hochzeitspaar während ihrer Flitterwochen auseinander. So besteht ein Großteil der Geschichte aus dem panischen Bemühen des Bräutigams, seine Hochzeitsnacht doch noch zu erleben. Die Farce erreicht ihren Tiefpunkt, wenn die Russell in erotische Zuckungen verfällt und dem Publikum ihren Unterleib in einer 3-D-Einstellung nach der anderen unter die Nase reibt. Es war die bis dahin rüdeste Form der Unterhaltung in der Geschichte Hollywoods – von reinen Stripshows einmal abgesehen.

Der Film bekam Probleme mit der Zensur. In ihrem Bericht erklärte die »Legion of Decency«:

> [Der Film] enthält grob obszöne, anzügliche und unsittliche Handlungen, Kostüme und Dialoge … und dürfte schädlichen Einfluss nehmen.

Viele Zeilen, die Hughes selbst verfasst hatte, bereiteten Breen Probleme und wurden herausgeschnitten. An einer Stelle sagt Russell, beziehungsweise Hughes:

> Ich will endlich einen Mann! … Egal ob klein oder groß, ob schlaksig, ob schlank, ob kräftig oder fett … egal ob siebzehn oder siebzig! Tretet einen Schritt zurück und seht euch an, wie mein Körper chemisch reagiert!

Außerdem musste Hughes auf Dutzende von Mädchen in Unterwäsche verzichten, sowie auf einen französischen »Professor der Liebe«, der seine Schüler in der Beischlafkunst unterrichtete und verkündete, ihm seien (als Liebhaber) »nie Klagen gekommen«, und der mit ihnen über den Kinsey-Report diskutierte. Herausgeschnitten wurden außerdem zweideutige Anspielungen und der Hinweis auf ein nicht näher beschriebenes Objekt, das in den Flitterwochen eventuell nicht hart werden könnte. Auch die Bezeichnung eines Mannes als »Schwuchtel« wurde entfernt. Trotz dieser Schnitte verweigerte man dem Film im Dezember 1953 die Genehmigung. Doch Hughes setzte sich über das Verbot hinweg und zeigte ihn, zuerst in St. Louis, Missouri. Der Spaß kostete ihn 25 000 Dollar Strafe. Im Januar 1954 wurde *The French Line* erneut die Genehmigung verweigert, und Breen erklärte den Film endgültig als »unanständig und obszön«.

Am 17. Februar stand Noah Dietrich auf Hughes' Betreiben hin in Breens Büro und versuchte, ihn umzustimmen. Es gelang ihm nicht, der Film wurde nie freigegeben. Bald schon standen die Leute vor den Kinos Schlange, aber es blieb dabei: In New York, Pennsylvania, Kansas und British Columbia wurde die Aufführung verboten. Dann zogen sich die Kinotheater zurück. Hughes verlor mit *The French Line* ein Vermögen.

Jane Russell war beschämt. Zwar antwortete sie auf die Frage, wie sie als anständige Christin ihre Brüste vorzeigen könne und sie begaffen ließe, barsch: »Auch Christen haben Brüste!« Aber sie war sehr unglücklich.

Ein weiterer voyeuristischer Film, mit dem Hughes zu tun bekam, war *Underwater!*, den die vollkommen überarbeitete Jane Russell nach einer Erkrankung nur wenige Wochen nach *The French Line* drehte. Hughes muss das Wasser im Mund zusammengelaufen sein, wenn er sich vorstellte, wie sich die Russell im hautengen Badeanzug von dem schlanken, mexikanischen Schauspieler Gilbert Roland befingern ließ. Immer wieder flog er während der Dreharbeiten nach Honolulu und entwarf Teile der Unterwasserausrüstung.

Exzentrisch, fast tollkühn entschied Hughes, *Underwater!* zur ungünstigsten Jahreszeit im November zu drehen. Zu dieser Zeit war man ständig der Gefahr großer Flutwellen ausgesetzt, von denen eine dann tatsächlich in der Nähe des Drehorts an die Küste schlug. Schwere See und Winde von 70 Stundenkilometern behinderten die Produktion. Wegen des Wellengangs konnten die Männer kaum die Ausrüstung ein- und ausladen. Ein Boot kenterte, sodass einer aus der Crew beinah ertrank.

Unter noch schlimmeren Bedingungen zogen sich die Dreharbeiten durch den ganzen Dezember hin. Hughes raufte sich die Haare, als das Team für die Weihnachtsfeiertage nach Hause flog, obwohl noch nicht viel im Kasten war. Die Produktion von *Underwater!* ging im Januar und Februar weiter, wobei Newport Beach für Honolulu herhalten musste. Im März war der endlose Film noch immer in Produktion. Am 10. März wurden zwei Männer, die für Spezialeffekte verantwortlich waren, bei einer schweren Explosion verletzt. Hughes bestand darauf, lebende Haie zu verwenden, was einen Komparsen fast ein Bein kostete.

Dann brach Hughes den Film plötzlich ab. Es dauerte zweieinhalb Monate, bis er die Geduld aufbrachte, wieder anzufangen. Unter großem Aufwand wurden Szenen in Nassau auf den Bahamas gedreht, wohin Hughes flog, um mit den örtlichen Gangsterbossen über das Glücksspiel auf den Inseln zu verhandeln. Erst am 2. Juli 1954 war der Film nach acht Monaten fertig – mehrere Millionen über dem Budget.

Unablässig sandte Hughes Spione aus, die seine aktuellen und ehemaligen Geliebten verfolgen sollten. Als sich Linda Darnell während des Drehs zu *Second Chance* in einer Hoteltür in Mexico City einen Finger quetschte, erfuhr er davon, bevor die Presse es wusste, flog zu ihr und riss sich fast ein Bein für sie aus. Und als sie zu einem Rendezvous mit dem Produzenten Giuseppe Amato nach Rom flog, machte er einen furchtbaren Aufstand. Yvonne De Carlos Verbindung zu dem Schauspieler Carlos Thompson ärgerte ihn, doch als ihr in London 10 000 Dollar an Schmuck und Reiseschecks gestohlen wurden, engagierte er sofort Detektive, die den Diebstahl aufklären sollten. Terry Moore und Ava Gardner ließ er bei Tag und Nacht von seinen Leuten beschatten.

Dabei hatte Hughes längst ein neues Objekt der Begierde. Seit Jahren war er mit Susan Hayward gut bekannt, eine Freundin, mit der er gern essen ging. So kühl, robust und aggressiv sie in ihren Filmen wirken mochte, war sie doch eigentlich unsicher, nervös, oft angespannt und bekannt für ihre Launen. Und sie war Kettenraucherin, was er hasste. Aber er war fasziniert davon, wie sie die böse Kaiserin Messalina in *Demetrius and the Gladiators* spielte.

Die Hayward war unglücklich verheiratet mit Jess Barker, einem typischen Hollywood-Filou, mit dem sie zwei Kinder hatte. Über

Jahre bekriegten sich die beiden. Für *The Lusty Men* hatte Hughes sie ausgeliehen und war ihr dabei näher gekommen (und hatte Terry Moore betrogen). Zu dieser Zeit war die Hayward drogenabhängig, ausgebrannt und stand am Rande eines Zusammenbruchs.

Während ihrer Affäre mit Hughes kam es zu ihrer schlimmsten Auseinandersetzung mit Barker, nachdem er sie um 3000 Dollar gebeten hatte, die er in eine Ölquelle investieren wollte. Ohne Arbeit war er nur ein hübsches Hollywood-Gesicht unter vielen, und der Mann war verzweifelt darum bemüht, etwas aus sich zu machen. Sie schrie ihn an, er solle sich einen Job suchen, und schimpfte ihn (fälschlicherweise) eine »Schwuchtel«. Er schlug zu, sie schlug zurück, und dann jagten sie sich gegenseitig durchs ganze Haus.

Schließlich stieß er sie in den Swimmingpool und drückte ihren Kopf unter Wasser, ertränkte sie beinahe. Die Hayward floh nach Hawaii, wo sie auf Hughes traf, der dort *Underwater!* drehte. Als sie wieder nach Hollywood kam, reichte sie die Scheidung ein (nachdem sie versucht hatte, Barker eine Zigarette ins Auge zu drücken). Hughes half ihr, die Sache durchzustehen.

Hughes beschloss, einen großen Film um sie und John Wayne herum zu stricken, seine bis dahin teuerste Produktion. Es war eine Wahnsinnstat, denn er war entschlossen, Wayne, den Inbegriff des ruppigen Amerikaners, Dschingis Khan spielen zu lassen, und zwar in *The Conqueror*, einem Film, der bis heute als einer der schlechtesten gilt, die Hollywood je hervorgebracht hat. Susan Hayward spielte darin eine feurige Tartarenprinzessin. Wenigstens sie war ihrem Typ entsprechend besetzt. Das Skript erarbeitete Hughes mit Oscar Milland, einem seiner Lieblingsautoren, der gemeinsam mit anderen die Drehbücher für *Angel Face* und *Second Chance* verfasst hatte. Nicht minder unklug war, dass er für die Regie Dick Powell engagierte, der als einziger Regisseur für *RKO* gearbeitet hatte, als das Studio in Gangsterhand gewesen war. Es sollte ein mongolischer Western werden. Aber der Film erwies sich für einige Schauspieler, den Regisseur und mehrere Mitarbeiter aus dem Team als fatal.

Anfangs weigerte sich Susan Hayward, in *The Conqueror* aufzutreten. Sie war vom Skript entsetzt, aber Hughes wollte nichts davon hören. Wie konnte sie – eine Oscar-Gewinnerin – bedeutungsvoll auf Zeilen reagieren wie »Ich werde dich bei mir behalten, Bortai, als Unterpfand für meine Leidenschaft. Dein Hass wird schon noch zur Liebe entflammen«? Hughes bot Darryl F. Zanuck unter der Hand eine Million Dollar, damit Zanuck ihm die Hayward lieh. Zanuck erklärte der Schauspielerin, er würde ihren Vertrag aussetzen, wenn sie nicht zu Hughes ginge. Angesichts ihres teuren Scheidungsprozesses blieb ihr nichts anderes übrig, als anzunehmen.

Hughes missbrauchte Susan Hayward, und dies untergrub die Gefühle, die sie für ihn empfunden haben mochte. Sie hasste die Garderobe, die Hughes von Michael Woulfe für sie entwerfen ließ und schrie vor Wut, als sie die Skizzen sah. Dick Powell zwang sie, die Kleider zu akzeptieren. Hughes nötigte Powell zu der Lüge, er würde Woulfe feuern, wenn sie nicht einwilligte.

Anfang 1954 schickte Hughes das Team in die Gegend um St. George in Utah, um dort die Dreharbeiten aufzunehmen. Obwohl er für Umweltverschmutzungen stets sensibel war, sah er großzügig über den Umstand hinweg, dass er seine Stars (und 6 Millionen Dollar – nach heutiger Rechnung etwa das Zehnfache) in die gefährlichste Gegend der Vereinigten Staaten schickte.

Am 9. Mai 1953, als der Film noch in Planung war, zündete die Regierung in Yucca Flat, Nevada, eine Atombombe. Die radioaktive Asche regnete über einem riesigen, unbewohnten Gebiet ab, darunter auch St. George in etwa 230 Kilometern Entfernung. Es war die letzte von hundert solcher Explosionen in dieser Gegend seit 1951, ein unverantwortliches Vorgehen der Atomenergiekommission (AEC), denn niemand innerhalb des Einzugsgebietes war evakuiert oder umgesiedelt worden.

Ganz sicher wusste Hughes um die möglichen Gefahren der Radioaktivität. Er hatte das Drehbuch für *Split Second* abgesegnet, das – unter der Regie von Dick Powell während der Stolkin-Zeit – verfilmt worden war und von den Gefahren der Radioaktivität in Nevada handelte. Als Waffenfabrikant, der in direktem Kontakt mit dem Pentagon und der Air Force stand, muss er sich der Nukleartests sehr wohl bewusst gewesen sein. Der Bau seiner Fabriken in Nevada verzögerte sich, weil ihm die Tests nicht ganz geheuer waren. Ohne weiteres hätte er *The Conqueror* in der Mojawewüste oder in Mexiko drehen können. Stattdessen versäumte er es, sich von seinen wichtigen Kontakten in Washington über die tatsächlichen Gefahren dieses Drehorts in Kenntnis setzen zu lassen. Rücksichtslos trieb er seine Leute an. Das Resultat lässt sich selbst mit gutem Willen nur als fahrlässige Tötung bezeichnen. Es ist der dunkelste der zahllosen Flecken auf seiner weißen Weste. Einfluss auf den Entschluss dürften auch seine mormonischen Berater genommen haben, denn St. George war eine Mormonenstadt.

Die Statistik der Dreharbeiten war einem gewaltigen Epos nur angemessen: 200 Männer verwandelten 100 Quadratmeilen jungfräulicher Landschaft in etwas, das so ähnlich wie die Wüste Gobi aussah; 1000 Pferde und 5000 Komparsen wurden herangekarrt; mittelalterliche Dörfer der Mongolen und Tartaren wurden nach alten Zeichnungen gebaut und zum Drehort verfrachtet; 2 Häuser und 22 Hotels wurden gebucht.

Bei Temperaturen um die 50 Grad Celsius schwitzten und fluchten Susan Hayward und John Wayne: Das Pferd des Schauspielers Pedro Armendariz stolperte und warf Wayne ab, wobei er sich den Unterkiefer brach; Susan Haywards angeblich zahmer Panther versuchte, die Tartarenprinzessin zu beißen, und musste durch einen bemalten Puma ersetzt werden; John Waynes Falke wurde krank, und ein anderer musste eingeflogen werden, was die Dreharbeiten tagelang aufhielt.

Hughes war feige und fuhr nie nach St. George. Stattdessen begann er, über seine Zuhälter Sklavenmädchen zusammenzutrommeln, die er in den unvermeidlichen Haremsszenen zum Einsatz brachte. Michael Woulfes Kostüme vermittelten den Eindruck, als seien sie fast nackt, was wieder einmal Ärger mit Breen nach sich zog.

Bei aller Absurdität und trotz des grauenhaften Drehbuchs – als der Film fertig gestellt war, entpuppten sich die Actionszenen als mitreißend und in CinemaScope sehr sehenswert. Und so fielen die Kritiken überraschend nachsichtig aus. Damals sah niemand den typischen Hughes-Mix aus Spannerei und Sexismus. Gut möglich, dass er folgenden Satz selbst verfasst hat (zumindest hat er genehmigt, was ihm heute nur Buhrufe einbringen würde): »Sollte ihre Perfidie geringer als die aller anderen Frauen sein?« Ein typischer Dialog lautete:

> Dschingis: Ich werde dich bei mir behalten, Bortai, als Unterpfand für meine Leidenschaft. Dein Hass wird schon noch zur Liebe entflammen.
>
> Bortai: Bevor dieser Tag dämmert, Mongole, werden sich die Geier an deinem Herzen laben.

Die Folgen der Dreharbeiten waren entsetzlich. Susan Hayward erkrankte an Lungenkrebs, später erlag sie einem Hirntumor. Auch John Wayne starb an Krebs wie die großartige Schauspielerin Agnes Moorehead. Als Pedro Armendariz schließlich erfuhr, dass auch er von der tödlichen Krankheit befallen war, schoss er sich ins Herz. Und auch Dick Powell musste sich dem Krebs geschlagen geben.

Mehr als die Hälfte des Teams also kostete dieser Film das Leben. Und noch etwas, das damals verschwiegen wurde, kam Jahre später ans Licht. Hughes ließ 60 Tonnen radioaktiven Sand nach Hollywood verfrachten, um dort die Wüstenszenen weiterdrehen zu können.

Er war von *The Conqueror* geradezu besessen, denn der Film war die Erfüllung seiner ultimativen Phantasie: Zweifelsohne hielt er sich für Dschingis Khan persönlich, der jede Frau auf der Welt haben konnte und barbarisch und erbarmungslos tat, was ihm gefiel. In seiner Phantasie konnte er Susan Hayward lieben, heftig und rücksichtslos, wie sie es im wirklichen Leben nie zugelassen hätte. Er – mit seiner fehlerhaften Männlichkeit und seinen fragwürdigen Vorlieben – landete bei manchen Frauen, scheiterte bei anderen. Nun konnte er sich einbilden, sein magerer Leib sei zur Pracht und Herrlichkeit eines John Wayne herangewachsen, dessen kräftige Arme in fast jeder Einstellung im Bild waren. Seine Identifikation war so umfassend, dass er den Film anderthalb Jahre nach Fertigstellung aus den Kinos nahm, damit nur er allein ihn sehen konnte – er ließ ihn immer und immer wieder laufen. Niemand hatte Zutritt zum Projektionsraum, wenn er sich den Film ansah, und schließlich bediente er sogar den Projektor selbst.

Hughes' andere Filme aus dem Jahr 1954 sind kaum der Rede wert. Um der alten Zeiten willen ließ er seine frühere Flamme Yvonne De Carlo in *Passion* spielen, an der Seite von Cornel Wilde, einer seiner liebsten Männerschönheiten. Er versuchte es mit ci nem erotischen Musical, *Susan Slept Here*, und das Publikum schlief ein. Er ergötzte sich an Muskeln, Busen, Orgien und Morden in *Sins of Rome*, für den er den Vertrieb übernommen hatte. Er vergeudete das Talent von Robert Ryan und Barbara Stanwyck in *Escape to Burma.*

Dann gönnte Hughes sich eine letzte persönliche Kreation: *Son of Sinbad.* Selbst der nüchterne Richard D. Jewell und der mittlerweile verstorbene *RKO*-Mann Vernon Harbin, gemeinsam Co-Autoren von *The RKO Story,* bezeichneten den Film als »Werk eines Spanners«, enthält er doch eine erstaunliche Menge an phallischen Symbolen, Speeren und Schwertern, die ins Bild gerammt werden, halb nackte, muskulöse Männer, und eine – selbst für Hughes' Verhältnisse – einzigartige Ansammlung schwer atmender Frauen mit halb entblößten Brüsten. Fast konnte es der Film – als kaum verhohlener Sexfilm – mit *The French Line* aufnehmen, an der Grenze zum Softporno.

Einer der Stars – Vincent Price – erklärte, der Sinn des Filmes sei einzig und allein gewesen, ehemalige Schönheitsköniginnen zufrieden zu stellen, als deren »Sponsor« Hughes aufgetreten war, indem er ihnen eine Filmrolle versprochen und sie dann jahrelang eingemottet hatte. Und außerdem wollte er den zahllosen Mädchen etwas Gutes tun, die er sinnlos unter Vertrag hatte. Daher ersann er eine Story, bei der es statt um die Geschichte von *Ali Baba und seinen vierzig Räubern* um *Ali Baba und die Töchter seiner vierzig Räuber* ging.

Hughes brachte eine Meisterleistung zustande: Er machte aus den vierzig Diebestöchtern Haremsdamen, die so schlank waren, dass sie in Krüge passten. Da Cornel Wilde nicht zur Verfügung stand, schwenkte Hughes auf Dale Robertson um, einem weiteren Bild von einem Mann, den er von Darryl F. Zanuck auslieh, damit dieser seine nackten, gestählten Muskeln zeigen und mit den Haremsmädchen herumtollen konnte. Er ließ Vincent Price als »Omar, den Zeltmacher« Augen rollend und Lippen leckend durch die güldenen Hallen des Films wandeln und Verse zitieren, während er nach den Haremsdamen schielte.

Hughes besuchte Breen in seinem Büro. Als er das Drehbuch im Februar 1953 einreichte, warnte ihn Breen, mehrere Szenen – besonders ein Haremstanz – liefen Gefahr, von der Zensur beanstandet zu werden. »Brüste«, so warnte ihn Breen, »müssen zu jeder Zeit bedeckt sein.« Szenen in Bädern durften keine Nacktheit suggerieren. Die Zeile »All die Stunden, die sie badet – und darauf wartet, überrascht zu werden«, musste geschnitten werden. Ebenso die Zeile: »Samstagabends genießt er Haremsprivilegien.« Geküsst werden durfte nicht mit offenem Mund, wie es das Drehbuch vorschrieb. Es durften keinerlei erotische Zuckungen wie in *The French Line* vorkommen.

Hughes schnitt die beanstandeten Zeilen aus dem Skript und setzte sie im Film trotzig wieder ein. Eine Szene nach der anderen behielt er bei: Halb nackte, erotische Zuckungen, gespreizte Beine und sämtliche Andeutungen auf sexuelle Gewalt. Es wurde angedeutet, dass Sindbad mit jeder Frau, der er begegnete, ins Bett stieg, und Hughes ließ sogar eine Einstellung durchgehen, bei der eine der vierzig Diebinnen tatsächlich ihre linke Brust entblößte.

New York State, Ohio und Massachusetts nahmen einen Schnitt nach dem anderen vor, und Breen verweigerte dem Film die Freigabe. Erst nach zahllosen Bearbeitungen gab er nach, doch dann veröffentlichte die »Legion of Decency« am 19. Mai 1955 folgende Erklärung:

> [Der Film ist] ein ernster Angriff auf christliche und traditionelle Werte... Er enthält grob anzügliche Tänze und unzüchtige Kostüme... [er ist ein] Ansporn zu jugendlicher Kriminalität.

Langsam hatte Hughes genug von Joe Breens Anstrengungen, seine feuchten Träume zu ersticken, und beschloss einmal mehr, das Studio zu verkaufen. Kürzlich erst hatte er die Wunschphantasie eines jeden unwilligen Steuerzahlers zu neuem Leben erweckt: das *Howard Hughes Medical Institute*. Zynischerweise sollte es dem Andenken an seine verstorbenen Eltern gewidmet sein, und angesichts der Tatsache, dass beide an Herzversagen gestorben waren, sollte es sich vor allem der Behandlung und Heilung von Herzkrankheiten widmen.

Als Standort für das Institut wählte er Miami und reiste dorthin, um mit den Behörden zu sprechen. Damit er das Institut aufbauen konnte, sollte man ihm Steuerfreiheit gewähren, was in Florida möglich war. Diesem Institut wollte er die Aktien von *Hughes Aircraft* übereignen und auf diese Weise jedes Jahr Millionen an steuerfreien Zinsen einstreichen.

Trotz übertriebener Ankündigungen durch Hughes und seine Presseabteilung, die den Medien Ammenmärchen präsentierte, das Institut werde großzügige Einrichtungen, Swimmingpools für Personal und Patienten und Tennis- und Racquetballplätze beinhalten, war es keineswegs als Luxuskrankenhaus konzipiert. In Wahrheit gab es für ein solches Projekt gar nicht genügend Geld. Stattdessen wollte man ein kleines Team von Spezialisten zusammenstellen, das durch die Lande reiste, um Informationen zu sammeln, Ratschläge zu geben und die neuesten Forschungen zu verbreiten. Ein derart zwangloses Unternehmen nahm nur begrenzten Raum in Anspruch. Das Zentrum bildeten ein Penthouse und ein Teil eines Stockwerks in der Universität von Miami.

Hughes' überschwängliche Ankündigungen bezüglich des Instituts sollten verheerende Folgen haben. Die Steuerbehörde sah in dem Unternehmen nicht mehr als eine Steuerlücke für *Hughes Aircraft*, und Hughes' Feinde bei der Beschaffungsbehörde sahen es als Möglichkeit, *Hughes Aircraft* davor zu retten, dass man ihm die Verträge aufkündigte. Hughes allerdings genehmigte eher unwillig Gelder für das Institut. Von den drei Millionen Dollar Gewinn, die *Hughes Aircraft* im ersten Jahr machte, leitete er nicht einmal ein Prozent an das Personal des *HHMI* weiter. Mittlerweile war er derart gereizt, was die Steuerbehörden anging, dass er davon sprach, sein gesamtes Imperium auf einen Schlag zu verkaufen – und zwar an Laurance Rockefeller. Tätsächlich empfing er seinen steinreichen Besucher – in einer billigen Absteige. Er trug dreckige Lumpen und war unrasiert. Rockefeller und sein Kompagnon, der Immobilien-Multimillionär Bill Zeckendorf boten ihm gemeinsam 350 Millionen Dollar. Hughes lehnte ab. Sie erhöhten ihr Angebot auf 450 Millionen Dollar, worauf Hughes auf 500 Millionen Dollar bestand. Törichterweise gingen sie nicht darauf ein. Das Imperium war das Zehnfache wert. Die Umstände dieses Treffens in einer Absteige, Hughes' Auftreten und seine notorische Unzuverlässigkeit vermittelten den Besuchern das Gefühl, er würde die Sache ohnehin nicht durchziehen und am Ende wieder aussteigen. In seiner alten Klapperkiste fuhr Hughes zum Hauptquartier an der Romaine Street und kehrte in sein Königreich zurück, das ihm geschätzte 350 Millionen Dollar jährlich einbrachte.

Während er sein Institut nur halbherzig verfolgte und die Störungen bei *Hughes Aircraft* nur ungenügend im Griff hatte, schaffte es Hughes immerhin, jede Woche einige Stunden in die Leitung von *TWA* zu investieren. Nach jahrelangen Verlusten stellte Hughes einen Präsidenten ein, der das Unternehmen ausgezeichnet führte: Ralph Damon. Als Inhaber der Aktienmehrheit benutzte Hughes *TWA* dazu, seine prominenten Freunde und Liebschaften durch die ganze Welt zu fliegen. So ziemlich jeder – von Staatslenkern bis zu kleinen Film-Haremsmädchen – fand sich allein in einer seiner *Constellations* wieder, um seinem Ruf zu folgen oder für ihn einen Botengang auszuführen. *TWA* wurde zum Hauptsponsor für Walter Winchell, dem einflussreichsten Radiomann und Kolumnisten im ganzen Land.

Hughes träumte davon, Amerika die Jet-Reisen zu bescheren. Er wollte die Konkurrenz der britischen Firma *de Havilland* bezwingen, deren *Comets* zu seinem Ärger alle anderen überflügelt hatten. Mit *Convair* handelte er einen Deal über den Bau von zwei Düsenflugzeugen aus, doch einmal mehr kosteten ihn seine fatale Unentschlossenheit und sein verwirrter Geisteszustand die Führung im Rennen. 1955 hatten *Boeing* und *Douglas* die sensationellen Maschinen *707* und *DC-8* entwickelt. Hughes versäumte es, Bestellungen bei den Rivalen aufzugeben. Sein Feind Juan Trippe, der Chef von *Pan American* (der, wie Hughes nach wie vor glaubte, hinter Senator Brewsters Untersuchungen gestanden hatte), hängte ihn ab, indem er die Flugzeugtypen in großen Mengen orderte. Hughes blieb auf der Strecke – flog noch immer mit Propellermaschinen, die mittlerweile überholt waren wie Pferdekutschen.

Ralph Damon starb an einem Herzanfall, vermutlich aufgrund von Hughes' Wankelmut und Handlungsunfähigkeit. Erst 1956 zwang sich Hughes zu einem Deal mit *Boeing*. Er schmiedete Pläne für den Bau eigener Düsenflugzeuge – was er von vornherein hätte tun sollen. Angesichts der Steuerfreiheit in Florida und der Notwendigkeit, nah bei seinem Institut zu sein, beschloss er, eine Fabrik in der Nähe von Miami zu errichten. Doch erneut – diesmal nach Besprechungen mit LeRoy Collins, dem Gouverneur von Florida – scheiterten die Pläne. Stattdessen kehrte er zu *Convair* zurück und bestellte dreiundsechzig Düsenmaschinen, die ihn an die 200 Millionen kosteten.

Der Großteil seines Vermögens, das ihm fast das Doppelte dieser Summe an jährlichem Einkommen sicherte, war in Immobilien gebunden. 200 Millionen Dollar hatte auch er nicht flüssig. Und er wollte keinen Bankkredit aufnehmen und seinen Besitz als Sicherheit einsetzen, hatte er doch immer mit seiner finanziellen Unabhängigkeit geprahlt. Gegen Ende 1956 wurde die Lage unsicher. Hughes hatte Bestellungen aufgegeben, die er nicht bezahlen konnte. Schlussendlich sah er sich beschämt gezwungen, Geld zu leihen.

DREIZEHNTES KAPITEL

Rückzüge

An Hughes' Unfähigkeit, Beziehungen zu seinen zahllosen Frauen aufrechtzuerhalten, änderte sich nichts. Sie jedoch blieben fasziniert von seinem Reichtum und seiner Macht.

Terry Moore führte – ihrer Überzeugung nach zumindest – das Feld an, aber es findet sich kein Beweis dafür, dass er sie ernster nahm oder tiefer für sie empfand als für andere Menschen.

1954 begab sie sich auf Publicity-Tour nach Korea, um Werbung für ihre neuesten CinemaScope-Filme *Beneath the Twelve-Mile Reef* und *King of the Khyber Rifles* zu machen. Hughes ging das Risiko ein, die Aufmerksamkeit auf sich zu ziehen, als er sie und ihre Mutter zum Flughafen von Los Angeles fuhr, doch niemand erkannte den zwielichtigen, ungepflegten Fahrer, der sie nur absetzte und dann gleich mit quietschenden Reifen weiterfuhr. Besessen wie eh und je telefonierte er mit ihr wann immer er konnte und stimmte seinen Alligatoren-Liebesruf an. Währenddessen machte sie Schlagzeilen, indem sie auf einer koreanischen Bühne ihren Trenchcoat auszog und sich zehntausend Soldaten in einem Badeanzug aus Hermelin zeigte.

Hughes schäumte, als er vernahm, dass die Army sie zur Strafe nach Hause schicken wollte. Die einzig wirkliche Schande im scheinheiligen Hollywood war die öffentliche Schande. Sie wurde von der Presse geschlachtet. Hughes, der Casanova seiner Generation, besaß die Stirn, ihr zu sagen, sie habe einen großen Fehler begangen, dann erklärte er – wie einer aus Hollywood – einem seiner Berater: »Terry Moore ist ein Begriff. Irgendwie sollten wir aus ihr Kapital schlagen können.« Die meisten ihrer kalifornischen Freunde wendeten sich von ihr ab, während Soldaten forderten, sie solle bleiben. So hatten die Behörden die Wahl zwischen Moral und Meuterei und gaben schließlich nach.

Hughes schimpfte, als er Fotos sah, die zeigten, wie sie auf dem Heimweg auf den Schultern eines Wakiki-Beachboys ritt. Er fügte sich ihrem Wunsch, ein koreanisches Waisenkind zu adoptieren, fand dann aber glücklicherweise doch ein anderes Zuhause für das Kind. Er holte sie am Flugzeug ab, fuhr direkt auf die Rollbahn und raste an den Reportern vorbei, während sie und ihre Mutter sich im Fond versteckten.

Dann stieß er sie vor den Kopf, indem er ihr erzählte, er habe sich während ihrer Abwesenheit mit Susan Hayward getroffen. Noah Dietrichs Aussage nach versprach er drei Frauen gleichzeitig, mit ihnen die Silvesterfeier 1953 im *Beverly Hills Hotel* zu begehen: Susan Hayward, Jean Peters und Merry Anderson, auch Schauspielerin. Mit der Hayward verabredete er sich in der Polo Lounge, mit der Peters im Restaurant und mit der Anderson im Café. Dann pendelte er hin und her. Susan Hayward folgte ihm ins Restaurant und erwischte ihn mit der Peters. Wütend ließ sie ihn einfach stehen, während Jean Peters nur darüber lachen konnte. Am Ende ging er allein zu Bett.

Doch wieder einmal versprach Hughes allen dreien die Ehe. Obwohl Jean Peters rebellierte und 1954 den CIA-Mann Stuart Cramer III heiratete, liebte sie Hughes noch immer, und die Ehe war nicht von Dauer.

Hughes beschloss, aus Terry Moore einen Nachtclub-Star in Las Vegas zu machen, ungeachtet der Tatsache, dass sie weder singen noch tanzen konnte. Er zwang sie, eine Tournee durch Argentinien abzusagen und stattdessen fünf Monate Unterricht zu nehmen. Für ihre Premiere im *Flamingo Hotel* ließ er ihr von Michael Woulfe ein Kostüm nach seinen eigenen Vorstellungen entwerfen: einen schwarzgrauen Traum aus Pailletten, der dem Publikum den Eindruck vermittelte, es sähe nackte Brüste. Grausam wie er war, schickte er ihr dafür eine Rechnung über 15 000 Dollar. Sie zahlte, und es kostete sie alles Geld, was sie hatte. Trotz allem hielt sie weiterhin an ihm fest.

Bald darauf holte Hughes Ava Gardner am Flughafen ab, die aus Madrid kam, wo sie in *The Barefoot Contessa* gespielt und eine von den Medien viel beachtete Affäre mit dem berühmten Stierkämpfer Luis Miguel Dominguin gehabt hatte. Er fuhr zur Rollbahn und holte sie direkt an der Gangway ab, noch bevor die Kameras blitzten. Dann flog er sie zum Lake Tahoe, wo er ihr ein Haus gekauft hatte.

Wieder versuchte er, sie ins Bett zu kriegen. Im Boot draußen auf dem See freute sie sich über das saphirblaue Wasser, und so schenkte er ihr bald darauf einen Ring mit einem Saphir von der gleichen Farbe. Er log ihr vor, es sei ein Kashmir-Stein von bester Qualität. Obwohl er den Ring bei Tiffany's erstanden hatte, behauptete er, er habe ein Team auf die Suche geschickt, die ganze Welt danach abzusuchen. Eines Abends zu später Stunde – kaum einen Tag, nachdem er Terry Moore den jüngsten Antrag gemacht hatte – fragte er sie, ob sie seine Frau werden wolle. Sie lehnte ab. Erst als er versprach, ihr eine Jacht zu schenken, gab sie beinahe nach. Dennoch lud sie ihn nicht in ihr Schlafzimmer ein.

Als Dominguin aus Madrid zu Besuch kam, bezahlte Hughes einige Leute aus dem Personal der Gardner als Spione. Ihre Aufgabe war es, den ersten großen Streit des Paares zu melden. Bezüglich Streitereien und sexueller Akrobatik gingen Dominguin und die Gardner bis ans Äußerste. Einmal lud sie Duke Ellington mit einem Orchester zu sich nach Hause ein und flirtete mit Ellington. Dominguin, der davon ausgegangen war, dass er mit ihr im Bett landen würde, schlug sie so fest (wie sie später schrieb), dass sie die Treppe hinunterstürzte. Johnny Meyer, der Dominguin kannte, rief ihn am nächsten Tag an und erklärte ihm, er solle der Gardner eine Lektion erteilen, indem er abreiste. Hughes zeigte sich hilfreich: In Los Angeles wartete schon eine *TWA*-Maschine, die den Stierkämpfer nach Madrid fliegen würde.

Ava Gardner verzieh Hughes den Trick. Er schickte sie nach Miami, damit sie in seiner Nähe war, wenn er zu Besprechungen wegen des Medizinischen Instituts dorthin fuhr. Dabei flog er, während sie schon auf dem Weg zu ihm war, nach Philadelphia, um die Moore abzuholen, die auf Theatertournee war, und brachte sie nach Fall River, Massachusetts. Er versicherte ihr, an den Geschichten, er mache Ava Gardner den Hof, sei absolut nichts dran. Doch sobald er nach Miami kam, mietete er der Gardner eine Villa.

Wieder ließ er Ava Gardner überwachen. Er hielt ihr ein Geschenk unter die Nase, dem selbst sie nicht widerstehen konnte: Eine Halskette aus Perlen und Diamanten, die angeblich Katharina der Großen von Russland gehört hatte. Aber es war wieder nur Tand von Tiffany's. Sie beschloss, sich endgültig in Sicherheit zu bringen. Aber als seine Spione Hughes meldeten, dass sie ihre Sachen packte, fing er sie ab. Während des darauf folgenden Streits warf sie mit dem »Kashmir«-Ring nach ihm, was nicht weiter schlimm war, da er ohnehin nur gemietet war.

Sie fuhr zum Flughafen und flog nach Havanna. Hughes folgte ihr, aber sie versteckte sich in Ernest Hemingways Haus. Also kehrte er zu Jean Peters zurück, die er nach Miami geholt hatte.

Als sowohl Terry Moore als auch Ava Gardner ihm vorhielten, er wolle in Wahrheit Jean Peters heiraten, narrte er sie beide. Er ließ Stuart Cramer III nach Miami einfliegen, damit er bei Jean sein konnte. Dennoch hörte Hughes nie auf, ihr Anträge zu machen.

Im Juli 1955 verkaufte Hughes *RKO* an *General Teleradio Inc.*, eine Tochtergesellschaft von *General Tire and Rubber*. *GTR*-Präsident Tom O'Neil brauchte die Backlist des Studios, um die Programmplätze seiner sechs Fernsehsender zu füllen. Innerhalb eines Jahres wurde die gesamte Produktion eingestellt. O'Neil verkaufte das Studio an Lucille Ball weiter, die über dessen Zustand entsetzt war. Sie nutzte es für die Produktion der Serie *I Love Lucy*. Und dabei war es doch immerhin das Studio, in dem *Citizen Kane* entstanden war.

Hughes selbst war keineswegs gänzlich aus dem Filmgeschäft verschwunden. Er grub seinen alten Plan aus, *Carmen* (mit seiner Ex-Geliebten Rita Hayworth) zu verfilmen. Er hatte Harry Cohn nie verziehen, dass er ihm die Idee gestohlen hatte und war nach wie vor gekränkt wegen seiner Bauchlandung bei Zizi Jeanmaire, deren Ballettversion von Bizets Oper er hatte produzieren wollen. In Absprache mit Darryl F. Zanuck bot er Ava Gardner den Film an. Mit einer Pappschachtel voller Tausend-Dollar-Scheine im Wert von 250 000 Dollar flog er zu ihr nach Palm Springs. Als er die Schachtel in ihrem Garten aufklappte, um ihr das Geld zu zeigen, verwehte ein Teil mit dem Wind. Sie lehnte ab. Sie wusste, dass er sie nicht ernstlich für *Carmen* haben wollte, sondern dass er noch immer hoffte, sie kaufen zu können, um Sex mit ihr zu haben.

Sie unterschrieb einen Vertrag bei *MGM*, um in Pakistan *Bhowani Junction* zu drehen. Danach sahen sie sich nur noch selten. Und dann wurde Terry Moore erneut schwanger.

Wieder wurde sie von Dr. Verne Mason untersucht, der wiederum Hughes – nicht sie – über das Testergebnis in Kenntnis setzte. Das Ergebnis war ein Schock, gab aber auch Anlass zur Freude. Sie fürchtete, die Presse würde sie ebenso in der Luft zerreißen wie seinerzeit Ingrid Bergman, wenn sie ein uneheliches Kind bekam (trotz der »Schiffsehe«). Um ihrer Panik entgegenzuwirken, sagte Hughes in seinem eisigen, herzlosen Zynismus, er würde sie wieder heiraten. Nur wenige Tage vorher hatte er Susan Hayward zum x-ten Mal einen Antrag gemacht.

Er hatte sie abgeholt und nach Las Vegas gebracht. Von dort aus wollten sie weiter zu einer Ranch in der Nähe von Tuscon, Arizona, reisen, um sich im Haus ihrer Freunde Jack und Helen Fry trauen zu lassen. Euphorisch eilte Terry Moore nach Beverly Hills, um sich mit einer sündhaft teuren Aussteuer zu versorgen. Am selben Abend beendete sie ihre Romanze mit Nicky Hilton.

Als sie dann wieder in Las Vegas war, versuchte Hughes mit allen Mitteln eine Genehmigung zu bekommen, um mit ihr durch einen wüsten Sandsturm nach Arizona fliegen zu dürfen. Er hätte den Trip nicht überlebt, ebenso wenig wie Terry Moore und ihre Eltern. Da man ihm die Fluggenehmigung verweigerte, fuhr er sie alle zurück zum *Desert Inn.* Plötzlich jedoch tauchte Nicky Hilton auf. Er hatte herausgefunden, dass Terry Moore in Las Vegas war, und wollte sie unbedingt zurückgewinnen.

Hilton war wild entschlossen. Er hatte Detektive auf Hughes' Fährte gesetzt und herausgefunden, dass sich Hughes in Las Vegas mit mehreren Frauen traf, unter anderem Debra Paget, Mitzi Gaynor und Jean Peters. Hilton und Hughes trugen eine handgreifliche Auseinandersetzung in der Lobby aus. Hilton schlug auf Hughes ein, und wieder einmal hielt Hughes – statt zurückzuschlagen – wie ein Mädchen schützend die Hände vors Gesicht. Moores Mutter stellte sich vor ihn. Weshalb sie den Mann retten wollte, der ihre Tochter Terry zweimal geschwängert und mit unzähligen Frauen betrogen hatte, bleibt ein Rätsel.

Obwohl sie von Hughes schwanger war, konnte die Moore doch Hiltons Flehen nicht widerstehen, mit ihm zu kommen und den Schweinehund seinem Schicksal zu überlassen. Hughes schrie, wenn sie ihn jetzt verließe, sei ihre Karriere beendet.

Trotz des Umstands, dass sie im dritten Monat war, begann die Moore eine intensive Ballettausbildung für das Musical *Daddy Long Legs* und erlitt eine Fehlgeburt. Das Kind war missgebildet. Hughes besuchte sie im Krankenhaus und brachte ein paar Krokodilstränen zustande. Bald darauf lag sie wieder in seinem Bett im *Beverly Hills Hotel*:

> Langsam und unendlich zärtlich [schrieb sie in ihren Memoiren] entkleidete er mich und verschmolz mit meinem Körper. Wir liebten uns mit erneuerter Leidenschaft.

Das Thema »Heirat« sprach sie nie wieder an. Hughes ließ sie auf einer ausgiebigen Publicity-Reise durch Europa beschatten. Er war eifersüchtig, als sie sich auch weiterhin mit Nicky Hilton traf und in aller Öffentlichkeit mit dem Produzenten Mike Todd sehen ließ. Er schäumte vor Wut, als der Versicherungsexperte Gene McGrath aus Panama City ihr nachstellte, und ihr Theaterbesuch mit dem künftigen *Paramount*-Chef Robert Evans raubte ihm den Schlaf. McGrath hielt um ihre Hand an, und sie akzeptierte. Es ist nicht ganz klar, weshalb sie – selbst wenn Hughes seine Drohung wahr gemacht und ihre Karriere ins Stocken gebracht hatte – bereit war, in der glühenden Hitze von Panama City zu leben. Offenbar war der gut aussehende McGrath im Bett nicht zu schlagen:

> Mit jeder Faser meines Körpers begehrte ich diesen Fremden. Ich wollte ihn mit Haut und Haaren… mit jedem einzelnen Teil des weiblichen Körpers war er bestens vertraut.

Und natürlich war sie bereits »verheiratet«, wenn auch ein Kapitän die Trauung vorgenommen hatte.

Hughes ließ McGraths Bungalow im *Beverly Hills Hotel* (als Wohnort eine ausgesprochen unkluge Wahl) von seinen Spionen nach allem durchforsten, mit dem die Heirat zu verhindern wäre. Es wollte ihm nicht gelingen. Er fand nur heraus, dass McGrath CIA-Agent war. Am 1. Januar 1956 heiratete Terry Moore McGrath. Am Abend vorher rief Hughes sie an, um McGrath zu verleumden, aber sie wollte nichts davon hören. 1958 war sie bereits wieder geschieden. Später heiratete sie Jean Peters' Ex-Mann, den CIA-Agenten Stuart Cramer III. Das Bettenkarussell drehte sich immer weiter. Hughes sah sie nie wieder, obwohl sie versuchte, mit ihm in Kontakt zu treten, mehrmals sogar. Trotz allem, was er ihr angetan hat, liebt sie ihn bis zum heutigen Tag.

Jean Peters war nicht auf den Kopf gefallen. Sie wusste, dass Hughes etwas mit Terry Moore und Susan Hayward hatte und nach wie vor von Ava Gardner geradezu besessen war. Und doch – nach ihrer Scheidung von Stuart Cramer III willigte sie Ende 1956 ein, ihn zu heiraten. Weshalb? Da sie wusste, wie oft er diverse Frauen gebeten hatte, mit ihm vor einen Priester oder Friedensrichter zu treten (und vermutlich sogar wusste, dass er sich von einem Kapitän hatte vermählen lassen), nahm sie ihn tatsächlich beim Wort, als er am Silvesterabend um ihre Hand anhielt.

So bodenständig diese Frau auch sein mochte, konnte Jean Peters Hughes ebenso wenig widerstehen wie alle anderen. 1977 hob sie vor Gericht in einer umfassenden Aussage hervor, am meisten habe sie seine Begeisterung für das *Hughes Medical Institute* beeindruckt. Sie war auf seine Lüge hereingefallen, dass er alles geben wolle, um den Kranken zu helfen.

Und selbstverständlich tat seine Selbstinszenierung als verlorener kleiner Junge seine Wirkung. Da war diese mächtige Person des öffentlichen Lebens, dieser Industriekapitän und ehemalige Studioboss, der sie brauchte, um Erfüllung für seine verlorene Seele zu finden. Wie bei allen Frauen, denen er begegnete, holte er aus dem begrenzten Angebot seiner Trickkiste immer diese eine Nummer hervor, dass er einsam, unausgefüllt sei und sich krank fühle. Jean Peters hatte einen stark ausgeprägten Mutterinstinkt. Für sie war es ein wahres Unglück, dass sie nie ein Kind von ihm bekommen konnte. Nachdem seine Mumps-Erkrankung in jungen Jahren – wie wir bereits gehört haben – seine lebenden Spermien nicht gänzlich abtöten konnte (auch wenn ihre Zahl sicher sehr gering war), hatte er sich 1955 endgültig sterilisieren lassen. Allerdings verschwieg er diesen Umstand. Sicher hätte sie sich ein Kind von ihm gewünscht, was nach der gescheiterten Ehe mit Stuart Cramer III ein weiteres Motiv für eine Verbindung mit Hughes gewesen sein mag.

Die Eheschließung sollte am 12. Januar 1957 in Tonopah, einem Städtchen in Nevada, stattfinden, fast identisch mit dem Ort, in dem sein *RKO*-Film *Split Second* spielte. Auch hier war radioaktiver Fallout niedergegangen, der für ihn und seine Frau eine echte Gefahr darstellte. Dort zu heiraten, hatte jedoch den Vorteil, dass sie die Ehe unter falschen Namen eingehen konnten (G. A. Johnson und Marian Evans), Presse und Öffentlichkeit würden sie nicht finden. Auch Jean Peters war inzwischen berühmt, nachdem sie in einigen CinemaScope-Hits gespielt hatte.

Ein weiterer Vorteil war das Silber. Hughes hatte den Tipp bekommen, dass man nach dem Ende des Silber-Booms in Nevada um die Jahrhundertwende – man hatte dort Edelmetall im Wert von über 170 Millionen Dollar abgebaut, und das einst florierende Städtchen Tonopah war mittlerweile wieder ausgestorben – glatt übersehen hatte, dass es noch weitere Adern gab.

Möglicherweise hatte er gehört, dass sein verstorbener Vater auf seinen Streifzügen als Öl- und Erzsucher einige Zeit in Tonopah verbracht hatte. Obwohl er doch eigentlich zum Heiraten in die Stadt gekommen war, begann er, alte Claims aufzukaufen. Im Laufe der folgenden Wochen sollte er über hundert solcher Claims in der Gegend erwerben. Später würde er mehr als sechshundert davon sein Eigen nennen, nachdem er ganze Heerscharen von Rechercheuren ausgesandt hatte, die alten Akten aufzutreiben. Nicht einmal Jean Peters verriet er den wahren Grund, weshalb er diesen Ort gewählt hatte und der reichste Mann Amerikas sie nicht in ein elegantes Hilton, sondern in einen zu groß geratenen Schuppen mit dem Namen *Mizpah Hotel* ausführte.

Erwähnung finden sollte auch der traurige Umstand, dass niemand von Jeans Familie oder Freunden anwesend war.

Damals erreichten Hughes' allgegenwärtige Hypochondrie und seine Paranoia einen Höhepunkt. Es war, als lebte die panische Angst seiner Mutter vor Bazillen nun Jahre später in ihm auf – als hätte eine Immunkrankheit von ihm Besitz ergriffen, die irgendwie im Zusammenhang mit seinem Absturz in Beverly Hills stand. Hinweise auf seine Ängste tauchen in zahllosen Aussagen in seiner Aktensammlung in Texas auf. Und es geschah genau in dem Moment, als er zum zweiten (und glücklicheren) Mal verheiratet war, als er in

Begleitung einer jungen Frau – die ihn um seiner selbst willen, nicht wegen des Geldes und der Macht, liebte – zum gefestigten, bequemen Teil des Lebens hätte weiterziehen können. Stattdessen stürzte er in einen Abgrund aus Leid und Elend, den er nur mit Jean Peters' leidenschaftlicher Zuwendung und konkreter Hilfe überleben konnte.

Als er dann wieder im Bungalow Nr. 4 des *Beverly Hills Hotels* angekommen war (seine Frau bewohnte einen anderen Bungalow), entwickelte Hughes eine panische Angst vor Stubenfliegen. Er engagierte drei kräftige Mormonen, die Acht-Stunden-Schichten schoben, und zwar nicht um ihn vor Attentätern zu beschützen, sondern um Insekten zu jagen.

Die geflügelten Tierchen jagten ihm schreckliche Angst ein. Er stellte sie sich riesengroß vor, wie sie ihn mit kaltem Insektenblick aus ihren Facettenaugen anstarrten, wie die plumpen, behaarten Leiber wie Kletten an ihm klebten, ihre kotbeschmierten Beine, mit denen sie schon Tausende von Hundehaufen erkundet hatten, wie sie über seine knochige Brust und seine Glieder krabbelten, in seinen Mund hinein … Noah Dietrich, dessen intime Kenntnisse über Hughes bald darauf zu seiner Entlassung führen sollten, erzählte später von Hughes' Fliegen-Albträumen. Noch der kleinste Fleck auf einer Glühbirne konnte die Erinnerung an seine Schreckensnächte wachrufen.

Stundenlang saß Hughes nackt in seinem Bungalow – gelegentlich mit einer Papierwindel – und starrte ins Licht, ob dort eine Fliege summte. Selbst Kleidung war ihm unangenehm. In Leinen oder Wolle mochten ansteckende Krankheiten lauern; in der Wolle von Baumwollfeldern (möglicherweise hatte er das alberne Gerücht aus Shreveport nie vergessen, dass sich die Gelbfieber-Bakterien mit den Baumwollbooten verbreiteten), in der Wolle von Schafen, die er als abstoßend empfand, und im Polyester, das doch sicher eine giftige Chemikalie war. Was Seide anging, so gab es wohl kaum etwas Widerwärtigeres als eine Seidenraupe, die sich in ihrem kleinen

Kokon wand und Mücken oder sonst was fraß und den Seidenfaden aus ihrem hässlichen, kleinen Wanst presste.

Den Wachen war es streng verboten, Fliegenklatschen zu benutzen, weil sie damit die Luft aufwirbelten und die in der Klimaanlage schlummernden Bakterien zu neuem Leben erweckten. Sprays durften sie auch nicht verwenden, da diese Krebs verursachen konnten (damit mochte er sogar Recht haben). Und klebrige Fliegenfänger sonderten zweifellos Gift ab. Hatten nicht schon Frauen ihre Männer umgebracht, indem sie das Arsen im Wasser gelöst und das tödliche Zeug in einen Drink gemischt hatten? Außerdem durften die athletischen Leibwächter die Stubenfliegen nur ganz langsam jagen – wie die Elefanten. Wenn sie sich zu schnell bewegten, wirbelten sie den Staub auf, den Hughes paradoxerweise duldete.

Ron Kistler, einer der Bodyguards, erinnerte sich, dass Hughes einmal darauf bestand, sich eine Fliege näher anzusehen, nachdem Kistler sie mit einem Taschentuch gefangen hatte. Nach Dietrichs und Ted Carpentiers Aussage stach Hughes eine Nadel in die Fliege (eine lange Hutnadel, die vermutlich seiner Mutter gehört hatte), um sicherzugehen, dass das Tier auch wirklich tot war.

Inmitten dieses erbärmlichen Daseins unternahm Hughes fragwürdige Ausflüge in die politische Korruption. Er sorgte dafür, dass der Playboy Pat DiCicco gemeinsam mit dem Buchhalter Phillip Reiner aus Los Angeles die Geschäfte von Donald Nixon, dem Bruder des Vizepräsidenten Richard Nixon, im Sinne der *Hughes Tool Company* »beaufsichtigte«.

Die Hughes-Nixon-Darlehensaffäre, die noch lange einen Schatten auf Richard Nixons Ruf werfen sollte, begann im Herbst, als Noah Dietrich einen Anruf des Lobbyisten Frank A. Waters aus Washington bekam, der sagte, Vizepräsident Nixon benötige einen Kredit über 205 000 Dollar für seinen Bruder. Hughes höchstpersönlich genehmigte das Geld. Dietrich behauptete in seinen Memoiren, er habe Nixon vor diesem Darlehen gewarnt, da es seine Karriere zerstören würde. Eine solche Warnung allerdings scheint eher unwahrscheinlich, denn wenn Hughes davon erfahren hätte, wäre Dietrich sicher sofort gefeuert worden.

Hughes wollte im Gegenzug, dass man seinem Medizinischen Institut, das Millionen von *Hughes Aircraft* bekam, Steuerfreiheit gewährte. Nixons Mutter Hannah erhielt 40 000 Dollar zur Begleichung von Schulden, und Donald bekam Bargeld für seine angeschlagene Restaurant-Kette, in der er »Nixonburger« verkaufte. Als »Sicherheit«, die ausgesprochen unsicher war, bot Hannah Nixon eine Immobilie in Whittier im Wert von 13 000 Dollar.

1957 war Donald Nixon pleite. James McInerny, zuständig für die Sonderuntersuchungen über John F. Kennedy, grub die Sache zum bestmöglichen Zeitpunkt aus, nämlich 1960, als Kennedy bei der Präsidentenwahl gegen Nixon antrat. Er gab sein Wissen an den Kolumnisten Drew Pearson weiter, einen erklärten Intimfeind Nixons. (Hughes' Anwalt Edward P. Morgan vertrat auch Drew Pearson.) Die Angelegenheit kam Nixon zu Ohren, der versuchte, das Ganze zu vertuschen, indem er am 24. Oktober durch seinen Wahlkampfmanager Robert Finch die erlogene Erklärung abgeben ließ, Frank Waters habe das Darlehen aufgenommen, und das Land, das als Sicherheit diente, sei zwischen 200 000 und 300 000 Dollar wert gewesen. Am 26. Oktober druckte der Kolumnist Jack Anderson die Wahrheit, was – wie es heißt – Nixon die Wahl kostete. Allerdings konnten weder Drew Pearson noch Jack Anderson (in seinen Memoiren *Confessions of a Muckraker*) Beweise dafür vorlegen, dass Vizepräsident Nixon das Geld dafür verwendet hatte, Hughes eine Vorzugsbehandlung für *TWA, Hughes Aircraft* oder sein Medizinisches Institut zu sichern. In Wahrheit war diese Expedition in die Welt der Bestechung reine Geldverschwendung. Das Geld versickerte in Whittier, und die mangelnde Sicherheit in diesem Deal führte dazu, dass Hughes es mit einer Präsidentschaft Kennedys zu tun bekam, während er einen Nixon gebraucht hätte.

Hughes wurde immer exzentrischer. Wenn ihm zu heiß war (verständlicherweise, da er die Klimaanlage in seinem Bungalow hatte abstellen lassen), nahm er eine Literflasche *Poland Water*, drehte den Deckel ab und goss sich das Wasser über den Kopf, bis es sich auf dem Teppich sammelte.

Er hatte strenge Regeln aufgestellt, was die Zustellung von Zeitschriften anging. Seine persönlichen Adjutanten Johnny Holmes, Jack Egger und Ron Kistler brachten stets drei Ausgaben aktueller Magazine auf einem Servicewagen in sein Zimmer, wo sie ihn wie üblich nackt antrafen. Nur gelegentlich bedeckte er seine Genitalien mit einem Papiertaschentuch. Bis zu zwanzig Minuten mussten sie schweigend vor ihm stehen bleiben, während er bis zu zwanzig Mal seine Anweisungen wiederholte, wie sie ihm den Wagen zuschieben sollten, Zentimeter für Zentimeter, ohne ihn anzuatmen, damit weder Luft noch Staub aufgewühlt wurden.

Dann starrte er sie an, und sie starrten zurück, bis er schließlich ein Zeichen gab. Konnte er den Wagen mit den Fingern erreichen, griff er danach, wobei seine Hände und Arme wie bei einer ägyptischen Mumie mit Papier umwickelt waren. Unendlich langsam zog er dann die mittlere Zeitschrift aus dem kleinen Stapel. Immer und immer wieder gab er Anweisungen, wie die anderen Zeitschriften zu verbrennen seien. Dann schob er den Männern den Wagen zu, und sie entfernten ihn, wenn auch erst, nachdem er sie noch eine Weile lang angestarrt hatte.

Verheirateten Männern übertrug er die Aufgabe, ihm *Time*, *Newsweek* und *Life* zu bringen. Nur Junggesellen durften ihm Zeitschriften mit Bildern von nackten Frauen besorgen.

Der einzige männliche Besucher, den Hughes hereinließ, war Cary Grant, dessen empfindliche Sinne furchtbar gelitten haben müssen: unter Hughes' Körpergeruch (der angeblich dem eines toten Ziegenbocks glich), den Müllbergen, dem verdreckten Bett und den trägen Bewegungen der großen Männer auf Fliegenfang. Doch seine Liebe für Hughes wollte nicht vergehen.

Während der drei Monate im Bungalow Nr. 4 wechselte Hughes seine Bettwäsche nur dreimal. Bei einer dieser drei Gelegenheiten sorgte er dafür, dass sie verbrannt wurde. Trotz seiner zunehmenden Manie, was Hygiene anging, und dem Umstand, dass er in einem Nest aus Papiertaschentüchern schlief, gab es doch überall Flecken von Urin, Kot und Sperma.

Mit Jean Peters fuhr er nach Palm Springs, wo sie in einem weitläufigen Bungalow wohnten – mit sieben Zimmern, umgeben von einem Tamariskenhain, zwischen dem Racquet Club und den Ställen.

Hughes stellte sicher, dass das Haus von oben bis unten geputzt wurde. Jerry Bell, sein Leibwächter, bekam den Auftrag, Blumen, Pflanzen und Gummibäume aus den Zimmern zu entfernen und den ganzen Haufen auf dem Hof zu verbrennen. Alle Fenster mussten abgeklebt und die Klimaanlage musste gereinigt werden.

Er ließ nicht zu, dass Fisch oder Fleisch geliefert wurde. Stattdessen sorgte Bell für steten Nachschub an Schokolade, Obst und Fruchtsaft für Hughes und auch für die Peters, die sich nach handfesterer Ernährung gesehnt haben dürfte. Hughes wollte keine Kopien von Filmen im Haus haben. Niemand durfte herein, nur die Wächter – nicht einmal der Mann, der den Pool reinigte, was mit sich brachte, dass sich im Wasser Bakterien ausbreiteten – paradoxerweise genau das, was Hughes am meisten fürchtete.

Als eine Ente im Pool verendete, roch Hughes das verwesende Tier und ließ den Mann herein. Entsetzt musste er jedoch feststellen, dass der Mann sechs Finger an jeder Hand hatte. Er feuerte ihn und der Pool stank weiter.

Hughes widmete jene Wochen Jean – geistig und körperlich. Er sperrte die Welt aus, um ihr so gut er konnte Freude zu bereiten. Gelegentlich sahen die Wachen, die draußen vor dem Tor bleiben mussten, wie die beiden in den frühen Morgenstunden Hand in Hand im Schatten der Tamarisken spazieren gingen.

Aber dann zwang ihn folgender Vorfall, das Haus aufzugeben: Der Chef eines lokalen Sicherheitsdienstes, der unbedingt beweisen wollte, dass er besseren Schutz bieten konnte als die Mormonen, hatte das Gelände gründlich untersucht, in der Hoffnung, eine Lücke im System zu finden. Tatsächlich fand er eines Morgens das Tor ohne Kette vor. Er fuhr zum Haus, sodass das Licht der Scheinwerfer durch die Gardinen leuchten konnte. Hughes reagierte hysterisch, fürchtete einen Einbrecher oder Mörder, doch bevor er eine Waffe holen konnte, war das Auto wieder weg. Statt die Wachen daraufhin zu entlassen, kehrte er ins *Beverly Hills Hotel* zurück.

Jean Peters war in einen separaten Bungalow gezogen. Sie fand es schrecklich, dort zu leben, und sehnte sich nach einem richtigen Haus. Hughes mietete diverse Häuser, versprach, mit ihr dort einzuziehen und tat es dann doch nicht. Da sich niemand um die Häuser kümmerte, verfielen sie zusehends.

Noch immer benutzte er den Vorführraum der *Goldwyn Studios.* Außer dem Filmvorführer durfte niemand dabei sein, und bei ganz seltenen Gelegenheiten kam er mit Jean Peters, aber die wurde dieser Vorführungen müde und zog sich bald zurück. Er begann, sich bis zu zweiundsiebzig Stunden am Stück Filme anzusehen, alte und neue, quer Beet. Es schien ihm völlig egal zu sein. Manche Filme sah er ganz, bei anderen wurde er ungeduldig und ließ sie nach einer oder zwei Rollen anhalten. Vor allem sah er sich diese Filme an, um neue Mädchen für seinen Harem zu finden.

Dann plötzlich nahm seine Zeit im Vorführraum ein abruptes Ende. Sam Goldwyn und der Regisseur Otto Preminger nutzten das kleine Privatkino, um sich eine ungeschnittene Version von *Porgy and Bess* anzusehen. Angewidert von der Vorstellung eines Films mit rein schwarzer Besetzung verkündete Hughes, diesen Raum würde er nie mehr betreten. Von da an sah er sich die Filme im *Max Nosseck's* am Sunset Boulevard an.

Stunde um Stunde brachte er im *Nosseck's* damit zu, ordentliche Haufen von Kleenex-Schachteln zu stapeln, sie dann umzukippen und wieder aufzubauen, wie ein kleiner Junge mit Bauklötzen. Wenn er mit dem Stapeln der Schachteln beschäftigt war, durften keine Filme gezeigt werden. Sein Essen ließ er sich in Papiertüten bringen, die zwei Jahre lang unangetastet in einem verschlossenen Schrank gelegen hatten. Die Fahrer mussten weiße Leinenhandschuhe tragen, wenn sie die Tüten brachten. Hughes nahm das Essen – meist Schokolade und Milch – heraus, indem er sich Taschentücher um die Hand wickelte.

Er mied es, Türgriffe anzufassen, selbst mit Handschuhen. Lieber trat er gegen die Tür, als Zeichen, dass der Fahrer sie öffnen sollte. Er war besessen von der Toilette. Er urinierte auf den Boden, dann verteilte er Taschentücher, um damit die Flüssigkeit aufzusaugen. Selbst seinen Leuten verbot er, die Toilette zu benutzen. Stattdessen mussten sie in leere Eisbehälter pinkeln.

Der Uringestank im Vorführraum war ekelhaft, aber Hughes weigerte sich, die Eimer leeren zu lassen. Schließlich rebellierten die Wachen und schütteten den Urin in einen Gully.

Irgendwann setzte er sich dann doch auf die Toilette, und zwar gleich sechsundzwanzig Stunden am Stück. Als er sich dann wieder etwas überzog, waren seine Sachen bald total verdreckt. Erst als sie nur noch Lumpen waren, zog er sich vor Ron Kistler nackt aus und ließ ihn die Kleider verbrennen. Anfangs ließ er sich nur darauf ein, ein Hemd überzuziehen, dann Hemd und Hose. Da er nichts mehr auf den Rippen hatte, hing seine Haut nur noch schlaff herunter. Er besaß keine Muskeln mehr, und seine Haut war grau.

Er log Jean Peters an, er sei im Krankenhaus, wollte ihr aber nicht sagen, in welchem. Als er wieder ins *Beverly Hills Hotel* kam, weigerte er sich, ihr zu erzählen, an welcher (imaginären) Krankheit er gelitten habe. Dann kehrte sein manischer Drang, die Fahrer zu kontrollieren, zurück. Sie hatten Befehl, ihn niemals anzusprechen, sondern ausschließlich per Zettel mit ihm zu kommunizieren. Außerdem durften sie sich nichts zu essen bestellen, wenn er es nicht erlaubte. Sogar die Speisen mussten von ihm abgesegnet werden. So durften sie beispielsweise kein Schweinefleisch essen, keinen Knoblauch, keine Zwiebeln.

Lange verbot er seinem Team, während es im Dienst war, etwas

Trinkbares zu sich zu nehmen. Er selbst trank vor den Augen der durstigen Männer *Poland Water*. Ron Kistler meinte, er habe sich damals eingesperrt gefühlt – wie in einem ungepflegten Affenkäfig. Als Kistler ihn eines Tages buchstäblich um Wasser anflehte, gab Hughes nach, wenn auch mit sarkastischen Bemerkungen, weil Kistler solche Schwäche gezeigt hatte.

Stundenlang redete er mit Jean Peters in ihrem Bungalow, weigerte sich jedoch, sie in seinen zu lassen. Wie immer versprach er ihr das Blaue vom Himmel: Weltreisen, das grandiose Haus, in dem sie wohnen würden, weit weg von allen anderen in der Südsee. Gleichzeitig sperrte er sie in ihrem luxuriösen Gefängnis ein. Es war ihr nicht gestattet, auszugehen – nicht einmal zum Shoppen. Ununterbrochen ließ er sie von seinen Detektiven beschatten. Da ihre Karriere nun beendet war, verbrachte sie ihre Tage mit Stickereien und Metallskulpturen. Am schlimmsten war für sie, dass sie die Baseballspiele der *Dodgers* nicht besuchen durfte.

Und sie hatte noch ein weiteres Kreuz zu tragen: Hughes hielt an seinem alten Stall von Starlets fest, wenn auch jetzt rein platonisch.

Seine Regeln für die minderjährigen Mädchen waren streng. Wer Schauspielerin in seinen Diensten war, bekam ein elegantes Haus in Beverly Hills oder Bel Air gestellt, einschließlich eines Dienstmädchens. Um Punkt sieben Uhr musste ein solches Starlet aufstehen, duschen und sich schminken. Um halb acht servierte das Mädchen ihr Frühstück. Um acht brachte ein Fahrer sie zum Schauspiel-, Tanz- oder Gesangsunterricht. Am Nachmittag musste sie ruhen oder fernsehen. Einmal wöchentlich durfte sie einen Einkaufsbummel unternehmen. Am Abend besuchte sie eines von sechs Restaurants, die Hughes ihr vorschrieb. Es war ihr streng verboten, sich mit Männern zu treffen. Zum Essen wurde sie von einem Fahrer begleitet. Was sie aß, wählte das Büro aus. Der Tisch durfte keinesfalls im Durchzug stehen. Nur hin und wieder bekamen ihre Familien Besuchsrecht – auf Anfrage und nach Terminabsprache.

Kein einziges dieser Mädchen wurde eine richtige Schauspielerin oder bekam einen Studiovertrag. Die Fahrer kurvten im Zickzack durch die Stadt, um die Touren zu koordinieren, damit die Starlets ihren starren Terminplan einhalten konnten. Manchmal musste ein Fahrer zweimal nacheinander mit zwei verschiedenen Mädchen zu Abend essen, um Hughes' Vorgaben zu entsprechen.

Wenn ein Starlet rebellierte, hatten die Fahrer Anweisung, das Mädchen zu disziplinieren. Es kam vor, dass eines aus dem Auto zu fliehen versuchte und der Fahrer ihm nachlief, um es zurückzuholen.

Einmal setzte sich eine Schauspielerin allein hinters Steuer, woraufhin sie des Diebstahls beschuldigt und von der Polizei gestellt wurde. Ein anderes Mädchen verärgerte Hughes, indem es seinen Fahrer heiratete. Hughes entließ den Mann auf der Stelle. Keines der Starlets durfte reiten gehen, Motorrad oder Fahrrad fahren.

Hughes selbst trafen sie fast nie. Sollte es doch dazu kommen, mussten sie sich ärztlich untersuchen lassen, ausziehen, dreimal mit antiseptischer Seife waschen und weiße Handschuhe tragen, um ihm die Hand geben zu dürfen. Ins Bett ging er mit keiner von ihnen.

Kontrolle – nicht Sex – war Sinn und Zweck seiner Beziehung zu diesen Frauen.

Die Fahrer durften nie schneller als mit 5 km/h durch Schlaglöcher fahren, da der Ruck, der durch den Wagen ging, dazu beitrüge, dass die Brüste der Mädchen früher hingen. Hughes sandte seine Detektive aus, um zu verhindern, dass die Heterosexuellen unter den Männern mit den Mädchen ins Bett gingen. Hatte ein Fahrer jeman den mit einer ansteckenden Krankheit im Krankenhaus besucht, feuerte Hughes ihn auf der Stelle.

Als Hughes schließlich Dietrich wegen einer trivialen Angelegenheit 1957 vor die Tür setzte, verschwendete er keinen Gedanken daran, dass er seit dreißig Jahren sein treuer Diener gewesen war.

Soweit man weiß, ging er nur einmal – Mitte 1957 – vor die Tür. Eines Sonntagmorgens schlich er aus dem Bungalow und stieg in seinen Wagen. In einer nostalgischen Anwandlung fuhr er zu *Lockheed* und unternahm einen Testflug mit der nagelneuen *Electra*, blieb einige Minuten in der Luft und legte dann eine saubere Landung hin. Er war begeistert, aufgekratzt, wieder ein kleiner Junge. Dann kehrte er in sein Hotel zurück.

Von einem weiteren freudigen Moment berichtete Ron Kistler. Begeistert nahm Hughes die Nachricht auf, dass im Benedict Canyon das Buschwerk brannte. Noah Dietrichs Haus stand dort in der Gegend. Hughes war direkt enttäuscht, dass es nicht ein Raub der Flammen wurde.

Seiner neuen rechten Hand – Robert Maheu – gegenüber hegte er keinerlei destruktive Empfindungen. Der stämmige Maheu war ein Gentleman, intelligent, gehorsam, besaß eine sanfte Stimme und war – neben Jean Peters – Hughes' vertrauter Gesprächspartner am Telefon. »Ich mochte ihn«, sagt Maheu heute. »Er war der ärmste und gleichzeitig der reichste Mann der Welt.«

Maheu war ein ehemaliger FBI-Mann, der zur CIA gewechselt war. Er hatte mit Stavros Niarchos, dem griechischen Großreeder, zu tun gehabt, als es um den – vom CIA gedeckten – Plan ging, Aristoteles Onassis' Ölmonopol im arabischen Raum zu brechen. Hughes ließ ihn Ermittlungen über Stuart Cramer, Jean Peters' (und später Terry Moores) Mann, anstellen, um herauszufinden, ob dieser ein CIA-Agent war. Maheu meldete Hughes, dass Cramer keineswegs Vollzeit für die CIA arbeitete. Später war Maheu mit Hughes' fehlgeschlagener Aktion betraut, Ava Gardner zu beschatten. Besonders geschickt erledigte er diesen Auftrag nicht: Frank Sinatra entdeckte sogar einen seiner Detektive in einem Boot auf dem Lake Tahoe und verjagte den Mann. Doch Hughes hielt dennoch an ihm fest.

Als Chef von *Robert M. Maheu Associates* hatte er einen besonderen Vertrag mit Hughes, der ihm einen Cadillac, ein Büro und Personal zugestand, gemeinsam mit Hughes' Mitarbeiter Bill Gay. Maheus nächste Aufgabe bestand darin, einen erpresserischen Priester zum Schweigen zu bringen, der von einer von Hughes' Affären mit einem jungen Mädchen erfahren hatte. Maheu fand heraus, dass der Priester eine homosexuelle Vergangenheit hatte. Wenn der Priester schwieg, wollte auch Maheu schweigen. Es funktionierte. Als ein weiterer Erpresser Hughes bloßzustellen drohte, nahm Maheu das Gespräch heimlich auf. Beweise für eine Erpressung hätten den Mann vernichtet, und Maheu spielte sein As im richtigen Moment aus.

Im Vorfeld der Wahl 1956 fand Hughes eine bessere Verwendung für Maheu: Er hatte dafür zu sorgen, dass Richard Nixon Vizepräsident blieb.

Hughes bezahlte Maheu dafür, dass er Nixon mit Bargeld den Rücken gegen seinen Rivalen Harold Stassen aus Minnesota stärkte, der Christian A. Herter, den Gouverneur von Massachusetts, als Vizepräsidenten sehen wollte. Er ließ Maheu einen Einbruch in Stassens Washingtoner Hauptquartier arrangieren, weil er wissen wollte, ob eine Umfrage, die Stassen hatte durchführen lassen, tatsächlich zeigte, wie unbeliebt Nixon war. Das tat sie.

Währenddessen ließ Hughes Maheu eine eigene Umfrage durchführen. Beide Ergebnisse wurden auf der Parteiversammlung der Republikaner in San Francisco verlesen. Die Pro-Nixon-Umfrage schnitt besser ab. Es half, dass Maheu wusste, wie die Anti-Nixon-Umfrage ausgefallen war. Diese Aktion trug direkt dazu bei, Nixon als Vizepräsidenten im Amt zu halten.

Hughes ließ Maheu potenzielle oder tatsächliche Kommunisten im Stadtrat von Culver City aufspüren, der sich – wie er fand – in seine Fabrikangelegenheiten mischte. Maheu tat mehr als das. Er bildete eine Interessengemeinschaft für Hughes, die *Better Business Association*, die Einfluss nehmen konnte, falls ihm der Stadtrat Steine in den Weg legte. Hughes war zufrieden. Er machte Maheu zu seinem zweiten Mann.

Im Sommer 1957 befreite sich Hughes aus seinem selbst gewählten Gefängnis und reiste nach Montreal, wo er der *Air Trans Canada* mehrere *British Britannias* und *Vickers Viscounts* abkaufen wollte, um seine schwächelnde *TWA*-Flotte zu stärken. Er riss sich zusammen, zog sich ordentlich an und pilotierte seine *Constellation* 1649 selbst. Mit ihm flogen Pat DiCicco, John Holmes, Bill Gay und mehrere Leibwächter.

Am ersten Abend im *Ritz-Carlton Hotel* führte er sich so sonderlich auf wie zu seinen besten Zeiten: Als ihm der Zimmerservice Eiscreme mit leichtem Erdbeergeschmack brachte, bekam er einen Wutanfall, denn er aß grundsätzlich nur reines Vanilleeis. Von da an musste ihm das Eis von außerhalb beschafft werden.

Er beschwerte sich darüber, dass Öl von den Rädern des Servicewagens auf den Teppich lief, als der Zimmergrill hereingefahren wurde. Hughes erlaubte nicht, dass man seine Steaks in der Küche zubereitete. Der Grill musste gereinigt werden, und erst, wenn er ihn inspiziert hatte, durfte sein eigenes Team das Fleisch zubereiten. Sein Bett musste komplett auseinander genommen werden – Laken für Laken, Decke für Decke – bis hin zur Matratze. Dann wurde es mit Papiertaschentüchern ausgelegt, bevor er sich darauf legte.

Seine einzige Freude in diesen Wochen waren die Testflüge der britischen Maschine – und doch kaufte er keine einzige. Er flog weiter nach Nassau auf die Bahamas, um dort Telefonate über den Erwerb von Immobilien in der steuerfreien Kolonie zu führen. Er bezahlte einen der Köche vom *Emerald Beach Hotel*, damit dieser für ihn allein arbeitete. Er mochte das örtliche Gebäck nicht und war froh, dass Holmes einiges aus Montreal mitgebracht hatte. Doch als er einen der Kuchen auswickelte, musste er zu seinem Entsetzen feststellen, dass er verschimmelt war. Er hielt den Koch an, die Speisen noch eingehender zu untersuchen als bisher, und engagierte einen Bäcker, der ihm eigens Kuchen und Kekse zubereitete. Er bestand darauf, dass sein Bäcker den Zucker aus einem Leinensack in versiegelte Dosen umfüllte, in die keine Kakerlaken eindringen konnten.

Wenn man ihm seinen Kuchen brachte, ließ er die Köche noch einmal die Wagen prüfen, um sicherzugehen, dass auch kein Öl von den Rädern den Boden verschmierte. Er fürchtete, dass vielleicht noch irgendwelche Insekten am Metall klebten. Als er einmal eine Kakerlake an der Wand entdeckte, schrie er wie ein kleines Kind.

Für ein paar Wochen holte er Jean Peters nach Nassau. Außerdem bestellte er Robert Maheu zu sich und beauftragte ihn, den lokalen Radiosender, einige Häuser und Hotels zu erwerben … alles, was zu kaufen war.

Maheu war in Sorge, dass sich Hughes auf den Bahamas übernehmen könnte und dass sein Traum davon, Nassau zu besitzen, vielleicht zu einem blutigen Streik oder Aufstand führen würde. Es herrschte einige Unruhe in der schwarzen Bevölkerung. Hughes wollte nicht auf ihn hören, doch schließlich regte er sich so übermäßig über den kläglichen Telefonservice in Nassau auf, dass er mit Jean nach Los Angeles abreiste. Wieder flog er die *Constellation* selbst. Jean und Maheu wussten vermutlich nichts davon, dass er Tonkrüge mit seinem eigenen Urin bei sich führte und auch weiter bei sich führen würde, immer mehr davon, jahrelang gelagert wie feinsten Champagner.

VIERZEHNTES KAPITEL

Versiegelte Räume

Als sie wieder ins *Beverly Hills Hotel* kamen, zog Hughes in den Bungalow Nr. 4 und Jean Peters in die Nr. 15. Stets mietete er wochenweise mindestens vier Bungalows. Einmal zog er in eine Suite im *Crescent*-Flügel des Hauptgebäudes. Er ging nur selten aus. Einmal erwischte man ihn dabei, wie er Hoteleigentum beschädigte: Mit einer Papierschere versuchte er, einen von Fliegen bevölkerten Bougainvillea-Busch zu stutzen, doch selbst er kam mit so etwas nicht durch. Was er auch bieten mochte: Das Management wollte nicht zulassen, dass er den hübschen Busch ausgrub.

Der Albtraum nahm kein Ende. Zur Jahresmitte 1958 war Hughes abhängig von Codein (er spritzte es sich in den Arm), Valium und Demerol. Er hatte Wutausbrüche und gab oft genug einen Schwall sinnloser Worte von sich. Er pinkelte an die Badezimmertür, sodass der Urin in sein Zimmer lief, und weitete seine Kleenex-Manie auf Jean Peters aus. Gingen sie ins Theater oder ins Kino, wurde das Publikum Zeuge des Rituals, bei dem seine Eskorte die Sitze reinigte. Hughes begann, in überraschend ordentlicher Schuljungen-Handschrift ausschweifende, komplizierte Memoranden zu verfassen, in denen er seine Angestellten im Grunde wie Darsteller in seinem eigenen Theaterstück behandelte, einem Drama von solch immenser Bedeutungslosigkeit, dass man es selbst angesichts der schriftlichen Beweise kaum fassen kann.

Ein Memo vom 13. Oktober 1958 galt Kay Glenn und war offenbar im Delirium verfasst worden. Es lässt sich in Hughes' Nachlassakten in Houston, Texas, einsehen und zeigt überdeutlich seine

Besessenheit, alles kontrollieren zu wollen, jedes Detail seines Lebens, wie ein Gott in seiner kleinen Welt.

Hughes verbot darin seinen Helfern den Zutritt zu seinem Bungalow. Allein John Holmes dürfe ihn betreten, egal was geschehe (inklusive Erdbeben – man lebte schließlich in Los Angeles – und Feuer). Es steht zu bezweifeln, dass sich irgendeiner seiner Angestellten an diese aberwitzigen Instruktionen hielt, vor allem wenn er mal nicht hinsah. Nicht einmal Zeitschriften, Taschentücher oder etwas zu essen durften sie ihm bringen. Wenn er also etwas davon – oder alles drei – haben wollte, durfte nur Holmes es beschaffen, aber natürlich musste auch Holmes gelegentlich mal schlafen oder an die Luft gehen. Die Türen zum Lagerraum durften niemals – nicht einmal einen winzigen Spalt breit – geöffnet werden. Um seinen Adressaten Glenn noch weiter zu verwirren, fügte er am Ende des immens langen Dokumentes hinzu, dass die Kellner (die aus der kontaminierten Außenwelt kamen) die geheiligten Schränke betreten durften – eine Nachbemerkung, die alles zunichte machte, was vorher gesagt worden war. Bei oberflächlicher Betrachtung kann dieses Memo nur als das Werk eines Wahnsinnigen betrachtet werden, bei näherer Betrachtung aber zeigt sich hier keineswegs der blanke Wahn. Eher ähnelt es dem Diktat der Oberin in einer viktorianischen Mädchenschule, die ihrem Personal Anweisungen gibt. Es ist ein zutiefst feminines Dokument.

Wenn er nachmittags um drei aufgestanden war, saß er stundenlang an seinem mit Papiertaschentüchern umwickelten Telefon und diskutierte mit seinen Direktoren über die Probleme bei *TWA*. Der Präsident der Fluggesellschaft, der kompetente Carter Burgess, war es leid, Hughes nie persönlich zu Gesicht zu bekommen und seine Zeit mit langen, sinnlosen Telefonaten vergeuden zu müssen. Im Dezember 1957 trat er zurück. Hughes hatte Burgess angewiesen, mehrere Düsenmaschinen von *Boeing* zu kaufen, aber der hatte kein Geld, sie zu bezahlen. Als der ehemalige Marineminister Charles S. Thomas, den Hughes eingestellt hatte, weil er sich davon eine Vorzugsbehandlung durch die Regierung erhoffte, Burgess' Job übernahm, waren Thomas die Hände gebunden. Und als es schien, die *First Boston Corporation* würde die Finanzierung sichern – man bot ihr *Hughes Tool* als Sicherheit –, verweigerte Hughes dem *FBC-Vorstand* George Woods ein Treffen. Der zog sich daraufhin aus dem Geschäft zurück.

William Forrester junior von *Merrill Lynch* begann langwierige Verhandlungen mit Hughes, bestand jedoch auf dem Verkauf von *Hughes Aircraft*, und Hughes weigerte sich, Gelder aus seinem *Medical Institute* abzuziehen – seinen Feinden nach zu urteilen, weil er eine kolossale Steuernachzahlung fürchtete; seinen Freunden nach zu urteilen, weil das Institut nicht untergehen sollte. Er nahm Kontakt zu Fred Brandi von den einflussreichen Bankiers *Dillon, Read* auf, um eine Summe von insgesamt 165 Millionen Dollar aufzubringen, mit weiteren Schuldscheinen im Wert von 100 Millionen Dollar.

Hughes Aircraft hatte jahrelang den falschen Namen gehabt. In Wahrheit handelte es sich bei der Firma nach wie vor um ein Anhängsel der amerikanischen Regierung. Als Monopolist lieferte die Firma elektronische Waffenkontrollsysteme für Allwetter-Abfangjäger der kanadischen und der US-Luftstreitkräfte und stand in vorderster Front, falls es zu einem sowjetischen Einsatz der Wasserstoffbombe kommen sollte. *Hughes Aircraft* lieferte fast alle Luft-Luft-Raketen der *Falcon*-Serie. Seit 1956 waren sie Hauptausrüster des »Air Defense Command«. *Hughes Aircraft* war Lieferant von Boden-Radarsystemen, bei denen revolutionäre Erfindungen Einsatz fanden. Ein Waffenkontrollsystem allein enthielt 100 000 Einzelteile. Hunderte von Millionen Dollar flossen in kleine Zulieferbetriebe, die winzige Komponenten für dieses gewaltige, streng geheime Arsenal lieferten. Darüber hinaus nutzte *Hughes Aircraft* regierungseigene Gerätschaften im Wert von etwa 19 Millionen Dollar. 1957 gewann *Hughes Aircraft* den *Industry Defense Teamwork Award*. Somit wurde das *Hughes Medical Institute* durch

Regierungsverträge finanziert – Grund genug, Steuerfreiheit zu genießen.

Da Hughes seine Firmen mitten im Spannungsfeld des Kalten Krieges positioniert hatte, erfreute sich sein Name bei Verhandlungen eines guten Rufs, auch wenn er persönlich für Besprechungen nicht zur Verfügung stand und sein eklatantes Missmanagement der *TWA* allgemein bekannt war.

Hughes kratzte die nötigen Millionen für *TWA* zusammen, um *Boeings* zu kaufen, geriet jedoch in Panik und verkaufte sechs davon dem verhassten Juan Trippe von *Pan American.* Dann geriet er erneut in Panik, als es um die Bestellung von *Convair-880*-Jets ging. Er besaß die Unverfrorenheit (oder besser die verbrecherische Kaltschnäuzigkeit), bewaffnete Männer in die *Convair*-Fabrik zu schicken, die ihre Gewehre auf die Arbeiter richteten und sie anwiesen, die Maschinen vom Fließband zu nehmen. Danach ließ er die Flugzeuge aus dem Hangar schleppen, wo sie später ungenutzt in der Seeluft verrosteten. Die Bosse bei *Convair* waren schlicht sprachlos und ließen sämtliche *880er*-Maschinen, die Hughes bestellt hatte, auf der Stelle wieder demontieren. Allerdings hängten sie ihm keine Millionenklage an, was sie ohne weiteres hätten tun können. Vielleicht hofften sie, später noch einmal von ihm zu profitieren.

Während der delikaten Verhandlungen mit großen Geldinstituten war es von entscheidender Bedeutung, dass Hughes (der halb nackt in Pyjamajacke oder -hose herumspazierte und süchtig nach Schokolade, Äpfeln und *Poland Water* war) zumindest vordergründig eine gewisse Solidarität mit den Managern seiner Firmen an den Tag legte. Leider stieß er seinen neuen *TWA*-Boss Charles S. Thomas vor den Kopf und weigerte sich zwischen April und September 1960, überhaupt mit ihm zu sprechen. Er hatte die Stirn, Thomas aufzufordern, dass dieser seinen Posten aufgeben und Angestellter der *Tool Company* werden solle. Gleichzeitig weigerte er sich, Thomas' klägliches Jahresgehalt von 60 000 Dollar aufzustocken oder ihm Aktienoptionen zu gewähren. Thomas kündigte. Vierundzwanzig Stunden später zog sich das Konsortium zurück, das *Dillon, Read* für jene 265 Millionen Dollar, die Hughes dringend für seine Jet-Bestellungen brauchte, zusammengetrommelt hatte.

Am 1. September 1960 sollte Hughes 54 Millionen bereithaben, um frühere Kredite zurückzuzahlen. Er hatte das Geld nicht. Sechzig Stunden blieb er wach. Nicht einmal Morphium half. Er war so hysterisch, dass ihn noch das leiseste Klopfen an der Schlafzimmertür wie ein verwundetes Tier aufschreien ließ. Jeden Augenblick konnte er alles verlieren. Es stand zu befürchten, dass ihm die Banken seine Kredite kündigten.

Wie eine Spinne, die dem Regen zu entkommen versuchte, irrte er in seinem Zimmer umher, krümmte sich und suchte verzweifelt nach einer Möglichkeit, sein Imperium intakt zu halten. *TWA* war nicht zu retten. Gegen Ende 1960 wurde klar, dass er keine Wahl hatte und als Gegenleistung für die 265 Millionen Dollar, die aus neuen Quellen flossen, die Leitung des Unternehmens abgeben musste.

Bedingung war, dass Hughes, der seit Jahren keine Dokumente mehr unterzeichnet hatte, höchstpersönlich seine Unterschrift unter das Papier setzte und das Stimmrecht für seine 78 Prozent Anteile abtrat. Aber Hughes weigerte sich. Zwar erklärte Bautzer ihm, er müsse in jedem Fall unterschreiben. Aber wie sollte Bautzer ihn dazu zwingen?

Bautzer rief den Chefpagen im *Beverly Hills Hotel* an und sagte ihm, er solle mit den Unterlagen zu Hughes gehen. Er dürfe dessen Bungalow erst wieder verlassen, wenn Hughes unterschrieben habe. Irgendwie brachte es der Mann tatsächlich fertig, empfangen zu werden. Er erklärte Hughes, er müsse unterschreiben. Hughes öffnete den Umschlag und las die Dokumente. »Das werde ich sicher nicht unterschreiben«, sagte er.

»Sie *müssen* aber«, erklärte ihm der Chefpage.

»Warum denn?«, jammerte Hughes wie ein wehleidiges, verwöhntes Kind.

»Wenn Sie es nicht tun, werde ich gefeuert«, antwortete der Chefpage.

Hughes musterte ihn eindringlich, sah, dass der Mann die Wahrheit sagte und unterzeichnete die Papiere, die ihn seine heißgeliebte Fluglinie kosteten.

Der Deal wurde am 15. Dezember 1960 besiegelt. Um sich abzulenken, zog Hughes aus dem Bungalow Nr. 4 aus und reiste – in einem Akt seltener Rücksichtnahme auf Jean Peters – am 24. Dezember (seinem angeblichen Geburtstag – er wusste, wie er sie mit sentimentalen Gesten umgarnen konnte) nach Rancho Santa Fe, einem luxuriösen Zufluchtsort südlich von Los Angeles, wo er ein komfortables, wenn auch nicht eben feudales Landhaus gemietet hatte.

Wundersamerweise erlaubte Hughes Jean Peters in Rancho Santa Fe, wieder bei ihm zu nächtigen und sich um den Haushalt zu kümmern. Allerdings ließ er nicht zu, dass sie den dicken, langflorigen Teppich saugte. Am Ende setzte sie sich über seine Einwände hinweg, doch weigerte er sich standhaft, auch nur einen Blick auf den prallen Staubsaugerbeutel zu werfen, sodass Pfleger Johnny Holmes mit dem Gerät draußen vor dem Zimmer stehen bleiben musste, während Jean Peters mit dem Schlauch herumhantierte. Nur reichte dieser aber weder unters Bett noch in die Ecken des abgedunkelten Raumes, ohne dass der Beutel in Sichtweite kam, weshalb sie nicht vernünftig staubsaugen konnte. Es war ohnehin eine schwierige Aufgabe, weil Hughes ihr nicht erlauben wollte, die Vorhänge aufzuziehen, um Licht hereinzulassen. Holmes musste mit einer Taschenlampe durch den Türspalt leuchten, um ihr zu helfen. Ein anderes Mal versuchte sie, mit Staubwedeln zu arbeiten, aber bestimmte Dinge durfte sie nicht einmal anrühren, wie etwa den Fernsehapparat. Schließlich gab sie den ungleichen Kampf auf und ließ alles verstauben.

Später zogen Hughes und Jean in ein französisches Chateau an der 1001 Bel Air Road in Bel Air. Auch dort wollte sie staubsaugen, doch Hughes hatte überall am Boden komplizierte Drähte gespannt, die sie zu Fall brachten, sodass sie gar nicht arbeiten konnte. Sobald sie die Drähte an die Wand schob, zog er sie wieder quer durchs Zimmer. Als sie ihn schließlich dazu überredete, wenigstens die Verkrustungen an seinem Körper abzuduschen, spritzte er alles voll und setzte den Teppich komplett unter Wasser. Während er schlief, riss sie den feuchten Teppich heraus und verlegte Fliesen. Sie konnte ihn nicht dazu bringen, dass er sich die Zähne putzte, und er stank aus dem Mund.

Er verbot ihr, die Stapel seiner Herrenmagazine, Air-Force-Zeitschriften und Tageszeitungen anzurühren. Zudem wollte er sie nicht in seinem Zimmer schlafen lassen – wie in Rancho Santa Fe. Wieder rollte er seine Krankenhausbett-Sonderanfertigung, die er nach dem Unfall 1947 benutzt hatte, mitten ins Schlafzimmer. Genau 60 Zentimeter vor seiner Nase stand der Fernseher, daneben – wie immer – ein Sack mit zerrissenen Briefen und zerknüllten Taschentüchern. Oran Deal, einer der Betreuer, war für die Säcke verantwortlich. 1961 hatten sich Jean Peters' Besuche in seinem Zimmer auf zwei Gelegenheiten pro Tag reduziert: fünfzehn Minuten am Morgen, um ihm ihre Pläne für den Abend mitzuteilen, und dann dreißig Minuten am Abend, bevor sie allein zu Bett ging.

Etwas Neues kam hinzu: Ein Klebeband, das die Tür an der Wand festhielt und nur von seinem Team entfernt werden durfte. Eines Tages musste er zu seinem Entsetzen feststellen, dass ein fünfjähriger Junge, der Sohn von Jean Peters' Pflegeschwester, hereinspaziert kam – das Klebeband hatte sich gelöst, und der Kleine hatte es einfach abgerissen, woraufhin Johnny Holmes doppeltes Klebeband anbringen musste. Immerhin schaffte es Hughes, das Kind nicht anzuschreien. Er bestand darauf, dass ihm Holmes eine vollständige schriftliche Erklärung ablieferte, wieso das Band sich hatte lösen können. Holmes tat, was man von ihm verlangte. Der Bericht war zehn Seiten lang.

Als sich das Jahr 1961 seinem Ende zuneigte, hatte Hughes auf

Jean Peters' Druck hin aufgehört, splitternackt herumzulaufen. Manchmal trug er seine Pyjamajacke, manchmal die Hose, niemals jedoch beides. Wenn er zur Toilette ging, trug er braune Schuhe, die noch aus den 30er Jahren stammten.

Nach langer Pause begann er, den 24. Dezember wieder als seinen Geburtstag zu »begehen«. Die Feier fiel jedoch reichlich deprimierend aus. Stundenlang saß er vor dem Fernseher und gab dann Johnny Holmes den Auftrag, Jean Peters auf einen kurzen Besuch herüberzubitten. Die Weihnachtstage waren nicht besser. Er schickte ihr Blumen, statt sie ihr persönlich zu geben, weil er Blumen hasste, denn er war sicher, dass sich darin Insekten verbargen. Sie mussten mit *Poland Water* gewaschen werden, bevor Holmes sie ihr überreichen durfte – mit weißen Handschuhen.

Im Spätsommer des Jahres 1960 unternahm Hughes hin und wieder vergebliche Versuche, etwaige Aktivitäten der *TWA* zu stören, auch dann noch, als er längst sein Stimmrecht abgegeben hatte. Das war unklug, denn der neue Boss Ernest R. Breech hatte ihn barsch zurückgewiesen. Hughes' Name war in der Vorstandsetage ein Synonym für »Dummheit«, nachdem er *TWA* auf klägliche 20 Prozent Marktanteil heruntergewirtschaftet hatte. Dann fällte er einen noch leichtsinnigeren Entschluss: Als CIA-Komplize befürwortete er den Plan von CIA und Robert Maheu, Fidel Castro zu ermorden.

Zur gleichen Zeit pachtete er eine Insel namens Cay Sal in der Nähe der Bahamas. Diese Insel wurde sowohl als Basis für Geheimoperationen gegen Kuba wie auch als Trainingslager für Soldaten genutzt. Es war nur eine von zahllosen Verbindungen zwischen Hughes und der CIA, ein sowohl patriotisches als auch Gewinn bringendes Instrument, das seinen Firmen kolossale Verträge einbrachte – von Chiffriergeräten für Telefone, Wanzen, Abhöranlagen und Lasergeräten, die *Hughes Tool* herstellte, bis hin zu Satelliten von *Hughes Aircraft* (elf Genehmigungen für Verträge hatte er zu unterzeichnen).

Maheu beschloss, einen alten Freund aus FBI- und CIA-Tagen anzuheuern, den Gangster Johnny Rosselli, der Hughes in den Dreißigerjahren nahe gestanden und in Las Vegas wichtige Verbindungen zu bieten hatte. »Onkel Johnny«, wie Rosselli von Maheus Söhnen genannt wurde, hatte Hughes' Freundin June Lang geheiratet und hinter der Handwerkergewerkschaft IATSE gestanden, die aktiv an der Zerschlagung anderer Filmgewerkschaften beteiligt gewesen war, als *RKO* noch Hughes gehörte. Nicht zuletzt hatte er mit dem Glücksspiel auf Kuba zu tun. Nach Maheus Aussage übernahm Rosselli den Mordauftrag aus patriotischen Beweggründen, doch hatte man Maheu zweifellos getäuscht. Rossellis wahres Motiv muss gewesen sein, dass er – sobald Castro aus dem Weg geräumt war – die Casinos in Havanna übernehmen wollte. Und nicht nur das: CIA und FBI (die in der Karibik operierten) würden ihn – im Gegenzug für seine Bemühungen – verschonen. Leider versäumte es Maheu jedoch, J. Edgar Hoover vorher über diesen Auftrag zu informieren.

Im August 1960 traf sich Maheu mit Rosselli im Restaurant *Brown Derby* in Beverly Hills, einem erstaunlich öffentlichen Ort, aber im korrupten Hollywood waren Besprechungen zwischen Gangstern und »legitimen« Managern – ob nun von den Studios oder anderswo – nichts Ungewöhnliches. Während des Essens sprachen sie sogar über den Plan. Rosselli wiederum nahm Kontakt zu Sam Giancana auf, dem großen Mafiaboss. Da er es auf Havanna abgesehen hatte, kamen Giancana seine patriotischen Bekenntnisse leicht über die Lippen, und er ließ sich auf den Deal ein. Er wusste, dass der Präsident ihn schützen würde. Er hatte etwas über Kennedy in der Hand, denn die beiden teilten sich brüderlich dieselbe Geliebte, die attraktive Judith Campbell. Er wollte den kommunistischen Führer loswerden, der nicht nur seine Konzessionen eingezogen hatte, sondern möglicherweise in Florida landen wollte, um sich dort Grund und Boden unter den Nagel zu reißen.

Im *Kenilworth Hotel* in Miami traf sich Maheu mit Rosselli, Giancana und Santo Trafficante, dem ehemaligen Bandenchef von

Havanna, der nach wie vor sauer war, dass man ihn 1959 rausgeworfen hatte. Zur Ausführung der Tat heuerten sie Rafael (»Macho«) Gener an, einen kubanischen Kontaktmann, der einen Staatsstreich gegen Castro plante. Im Oktober trafen sich Maheu, James O'Connell von der CIA, Sam Giancana, Johnny Rosselli und Santo Trafficante in einer Suite des *Hotel Fontainebleau,* um den Plan zu besprechen. Damit die CIA eine reine Weste behielt, stellte sich O'Connell einen Raubüberfall auf Castros Festung vor: »Machen wir es hübsch und sauber.«

Aber Rosselli und Giancana äußerten Bedenken. Sie wussten, dass es unmöglich wäre, einen Hinterhalt für den Diktator einzurichten, der Tag und Nacht von bewaffneten Gardisten bewacht wurde. Sollte die Mission fehlschlagen, wäre es möglich, dass ein überlebender Attentäter plauderte. Wie wäre es mit Gift? O'Connell gab dem CIA-Labor den Auftrag, man solle sich etwas einfallen lassen. Ergebnis: eine Tablette, die allerdings nutzlos war, weil sie nicht wasserlöslich war. Dann hatte der CIA-Agent Sheffield Edward die Idee, Castro mit Hilfe einer bakteriellen Lebensmittelvergiftung zu ermorden.

Diese Methode war unsicher. Bestimmte Pilzgifte können extrahiert und gleichzeitig nicht nachgewiesen werden. Ein solches Gift sollte Verwendung finden. Im CIA-Labor entschloss man sich dann jedoch für die so genannten Botulismus-Erreger aus verdorbenem Fleisch. Die Schwierigkeit aber war, dass die lebenden Krankheitserreger in der neu entwickelten, löslichen Tablette bei Kontakt mit heißem Wasser starben und durch Alkohol in ihrer Wirkung erheblich eingeschränkt wurden. Die Verwendung toter Erreger hingegen brachte ein echtes Problem mit sich, da die Symptome – Erbrechen, akute Schmerzen, Kollaps – so unmittelbar auftraten, dass Castros Leute alle Anwesenden auf der Stelle verhaften könnten, wohingegen lebende Erreger erst fünfzehn bis achtzehn Stunden später wirkten, sodass der Mörder entkommen konnte.

Die Lösung sollte Botulinusgift bringen, von dem schon ein winziger Tropfen ausreichte, um zweitausend Mäuse zu töten – wobei es erst nach längerer Zeit wirkte. Und es konnte in heißer Flüssigkeit, Alkohol oder Speisen möglicherweise überleben. Allerdings konnte niemand garantieren, ob es sich in Pillenform in kaltem Wasser auflösen würde, falls Castro nur das und nichts anderes zu sich nehmen sollte. Und wie konnte – da jede von Castros Bewegungen bewacht wurde – noch der engste Vertraute des Diktators das Risiko eingehen, gesehen und auf der Stelle getötet zu werden?

Schließlich – und das war der entscheidende Punkt – kam eine Lebensmittelvergiftung durch ungenügend gekühlte Nahrung im heißen, feuchten Klima Havannas oft vor und wäre leicht zu erkennen, sodass Gegenmittel überall zur Verfügung stünden. Man würde es Castro bei der kleinsten auffälligen Bewegung verabreichen. Wieso hatte niemand bei der CIA daran gedacht?

Bei einem weiteren Treffen im März 1961 einigte man sich darauf, dass Maheu 10 000 Dollar an Rosselli zahlen sollte, und zwar für »Macho« Gener, einen von Castros Vertrauten, der das Attentat begehen sollte. Zwar erinnert sich Maheu nicht daran, doch bei späteren Anhörungen zur Sache wurden eidesstattliche Erklärungen abgegeben, nach denen er Rosselli das Geld in bar übergeben hatte, indem er einen Koffer voller Scheine vor ihm ausschüttete. Allerdings gibt er bis heute nicht zu, die kleinen Tabletten übergeben zu haben.

Mittlerweile war Hughes beunruhigt, weil Maheu so lange fortblieb. Als Maheu ihm erklärte, was er trieb, antwortete Hughes (nach Maheus Aussage), Castro zu ermorden, sei »eine ziemlich gute Idee«. Seit Jahren schon wollte er in Kuba ein Bein in die Tür bekommen und am lukrativen Glücksspiel in Havanna teilhaben. Seit Anfang der Dreißigerjahre hatte er die »Stadt der Sünde« mehrfach besucht, zuletzt als er Ava Gardner dorthin verfolgt und sie sich bei Ernest Hemingway versteckt hatte. Er besaß – was Maheu nicht wusste – große Ländereien unter dem Schutz des im Exil lebenden Präsidenten Batista, der sich mit dem Zuckerbaron Julio Lobo in Mexiko zusammengetan hatte.

Wie sich herausstellen sollte, ging die Sache mit Castro nach hinten los. »Macho« Gener dribbelte zu lange und ließ den Ball fallen. Sein Kontaktmann in Castros Lieblingsrestaurant konnte dem Diktator nichts in den Drink mischen, weil Castro dort nicht mehr verkehrte. Rosselli und Giancana nahmen daraufhin Kontakt zum ehemaligen kubanischen Senatspräsidenten Manuel Antonio de Varona auf, der wieder an die Macht wollte.

De Varona versprach, Castros Sekretär Juan Orta das Gift zu übergeben, für ein Kopfgeld – falls der Plan gelang – von 150 000 Dollar. Im Gegenzug verlangte Orta einen geheimen Vorrat an Funkgeräten, die ihm beim Staatsstreich helfen sollten. Castros Geheimpolizei jedoch fand heraus, dass Orta eine Konterrevolution plante und warf ihn ins Gefängnis, bevor er irgendetwas ausrichten konnte. Einen weiteren Versuch unternahm ein französischer Geheimagent mit seiner Freundin, an der Castro Gefallen gefunden hatte. Castro jedoch erwischte sie. (Leon Uris verwendete diese Geschichte in seinem Roman *Topaz*, dessen Verfilmung später zu Hughes' Favoriten gehörte.) Nur wenige Tage danach inszenierte Kennedy die verheerende Schweinebucht-Invasion, die sich zur Schmach des Präsidenten auswachsen sollte. Danach verlor Hughes die Geduld und holte Maheu nach Las Vegas zurück. Und bis heute glauben viele, Kennedys Ermordung sei von Castro angeordnet worden. Er habe Lee Harvey Oswald geschickt, aus Rache für Maheus Mordversuch.

Hughes engagierte einen neuen Anwalt, der bald schon eine entscheidende Rolle in seinem Leben spielen sollte. Chester C. Davis war ein Freund und Vertrauter von Floyd Odlum, der – gemeinsam mit seiner Frau Jacqueline Cochran, die in den Dreißigerjahren als Fliegerin berühmt geworden war – noch immer Kontakt zu Hughes pflegte. Davis war laut und aggressiv, von kräftiger Statur und mit dröhnender Stimme. Er war ein erfahrener Wall-Street-Recke, dessen verbale Schläge es mit jedem aufnehmen konnten. Er trank viel und lebte intensiv. Hughes brauchte ihn. Im Juli 1961 wurde er von *TWA* wegen Misswirtschaft und des Verstoßes gegen das Kartellgesetz verklagt. Anfangs war er bereit, sich mit ihnen zu einigen. Er hätte 150 Millionen Dollar in die Fluggesellschaft investiert, doch dann beschloss er, sich zu wehren. Leider handelte er hinter Greg Bautzers Rücken.

Am 13. Februar 1962 reichte Hughes eine Gegenklage ein. Er erklärte, die *TWA*-Bosse hätten sich mit *Dillon, Read* und den Versicherungsgesellschaften verschworen, um ihn aus der Firma zu drängen, und man solle ihm wieder zu Einfluss verhelfen. Darüber hinaus verlangte er Schadenersatz in Höhe von 366 Millionen Dollar. *TWA* ließ Hughes vorladen. Um ihn aufzuspüren, engagierte man einen Detektiv. Mit Maheus Hilfe heuerte Hughes einen Schauspieler als Doppelgänger an. Zwar müssen die *TWA*-Manager gewusst haben, dass Hughes nicht mehr vor die Tür ging, aber dennoch fielen sie darauf herein. Der Doppelgänger reiste nach Reno, Lake Tahoe, San Francisco, San Diego und Squaw Valley. Bis klar wurde, dass es sich gar nicht um Hughes handelte, war die Frist für die Vorladung verstrichen.

John Sonnett, der unerbittliche Anwalt von *TWA*, war wild entschlossen, Hughes aus seiner Höhle zu treiben. Hughes erkannte in ihm den zielstrebigen, unerbittlichen Feind, der er war. Sonnett erwirkte eine gerichtliche Verfügung, die es erlaubte, Hughes' Angestellte zu verhören, um daraus einen Fall von Missachtung des Gerichts zu stricken. Darüber hinaus strengte er in Delaware eine weitere Klage gegen Hughes an. Dort ging es um eine Summe von 35 Millionen. Nach den in Delaware geltenden Gesetzen konnte ein Nichterscheinen vor Gericht für einen Angeklagten den Verlust seines gesamten Aktienkapitals und sämtlicher Vermögenswerte bedeuten. Die *Tool Company* schloss Sonnett in diese Klage mit ein.

Einen Tag nach Ablauf der Frist legte Chester Davis Sonnett ein gefälschtes Dokument vor – eine angebliche Genehmigung, die Vorladung anzunehmen, gezeichnet mit Hughes' gefälschter Unterschrift. Am 6. September erklärte Sonnett dem Richter Charles M. Metzner vom Obersten Gericht in New York, das Dokument sei eine Fälschung. Erstaunlicherweise stimmte Metzner zu, ging jedoch keineswegs wegen Missachtung des Gerichts gegen Hughes vor.

Chester Davis wendete jede nur erdenkliche Verzögerungstaktik an, um zu verhindern, dass Hughes vor Gericht erscheinen musste, und nahm schließlich doch in Hughes' Namen eine Vorladung entgegen. Hughes hatte panische Angst, dass er Millionen verlieren würde, falls er nicht vor Gericht erschien. Doch seine Angst, in der Öffentlichkeit gesehen zu werden, war weit größer. Als er am 11. Februar 1963 nicht im Gerichtsgebäude von Los Angeles auftauchte, wie es die Vorladung verlangte, leitete Sonnett den Fall nach New York weiter.

Hughes' Gegenklage wurde als unbegründet abgelehnt. Hughes wies Chester Davis an, vors Berufungsgericht zu ziehen. Am 2. Juni bestätigte man dort Richter Metzners Entscheidung und reagierte darüber hinaus harsch auf Hughes' grobe Missachtung der Gesetze.

Hughes verbrachte so viele Stunden am Telefon (in Pyjamajacke oder -hose), dass er seinen Schlaf buchstäblich dem Bemühen opferte, *TWA* wieder unter seine Kontrolle zu bringen. Indem er Vermögenswerte in Höhe von 92,5 Millionen Dollar abstieß, kaufte er seine Schuldscheine von zwei der Hauptkreditgeber des ursprünglichen Deals (*Equitable* und *Metropolitan Life Insurance)* zurück und half der verlustreichen *TWA* aus der Klemme. Nach der Belagerung durch eine schwer bewaffnete Batterie von Hughes-Anwälten in Washington, D.C., konnte die zivile Luftfahrtbehörde keinen rechtmäßigen Grund mehr finden, ihm diese Gelegenheit zu verweigern, und erteilte ihm am 10. Juli 1964 die Genehmigung. Der Vorstand bei *TWA* war außer sich, konnte jedoch nichts dagegen tun. Wenn man ihm allerdings erlaubte, die Kontrolle über *TWA* zu erlangen, musste er eine andere Fluglinie abstoßen, nämlich *Northeast Airlines*, in die er investiert hatte, um Floyd Odlum zu helfen.

TWA zog vors Berufungsgericht, um die Entscheidung der Luftfahrtbehörde hinterfragen zu lassen. Gleichzeitig engagierte Hughes den einflussreichen Anwalt Abe Fortas aus Washington, D.C. (der später zum Richter am Obersten Gerichtshof berufen werden würde). Er sollte das Gericht darum ersuchen, die Entscheidung neu aufzurollen. Doch am 7. Dezember 1964 bestätigte das Berufungsgericht die Entscheidung der Luftfahrtbehörde.

Am 3. März 1965 führte Richter Earl Warren den Vorsitz in der Berufungsverhandlung gegen das Versäumnisurteil. Chester Davis argumentierte, die Banken und Versicherungen hätten eine Verschwörung angezettelt, um Hughes die Kontrolle über *TWA* zu entreißen. Er hob hervor, dass es keinen Verstoß gegen Kartellgesetze gegeben habe. Dagegen wies John Sonnett für *TWA* auf die zahllosen Versuche hin, Hughes eine Reaktion auf die Vorladungen zu entlocken. Dann kam der Todesstoß: Hughes' Weigerung, sich dem Gesetz zu fügen, sei ein deutlicher Beleg für seine Missachtung des Gerichts und spiegele sich in jedem Aspekt seines Verhaltens wider. Im Abschlussplädoyer sagte Sonnett: »Wir haben es hier nicht mit einem Mann zu tun, der nicht aussagen *kann*, sondern mit jemandem, der nicht aussagen *will*. So einfach ist das.«

Earl Warren und seine Richter ließen sich von Sonnett derart beeindrucken, dass alle juristischen Argumente, die Davis am nächsten Tag vorbrachte, ungehört verhallten. Warren erklärte, die Entscheidung seines Gerichts, das Urteil einer untergeordneten Instanz überhaupt zu überdenken, sei »sorglos«, das heißt »ein Fehler« gewesen. In Bezug auf die Weigerung, den Vorladungen nachzukommen, wies er darauf hin, dass Hughes dem Gesetz einen Schlag ins Gesicht versetzt habe. Daher müsse er mit allen zur Verfügung stehenden Mitteln bestraft werden. Erneut wurde seine Gegenklage abgewiesen und das Versäumnisurteil bestätigt.

Das Paradoxe daran war, dass es – auf lange Sicht – Hughes zum Vorteil gereichen sollte. Am 3. Mai 1966 verkaufte er knapp über sechseinhalb Millionen Anteile der *TWA* und bekam dafür

546 549 171 Dollar. Ruth Ellen Taylor, die damals für Hughes arbeitete, war dabei, als der schlichte Scheck im Büro an der Romaine Street eintraf – als wollte jemand nur seine Einkäufe bezahlen.

Während der frühen Sechzigerjahre hörte Hughes immer schlechter. Er musste sich ein spezielles Telefonsystem installieren lassen, das so laut wie eine Krankenwagensirene war und jedermann im Haus zu nachtschlafender Zeit aus den Betten holte. Besprechungen zwischen ihm und seinen Beratern wurden immer mühsamer, weil er sie anschrie, als wären sie taub – oder aber er murmelte vor sich hin, da er kein Gespür mehr für den Klang seiner Stimme hatte.

Dr. Howard House, der führende Ohrenspezialist von Los Angeles, wäre bereit gewesen, ihm zu helfen. Jahrelang jedoch blieben Dr. Verne Masons und Dr. Lawrence Chaffins Bitten, Hughes solle sich an Dr. House wenden, unbeachtet. Aber inzwischen war Hughes schier verzweifelt und verfluchte seine Hörgeräte. Also willigte er ein, dass Chaffin House anrief. Er versprach sogar, für diesen Termin Houses Praxis in Downtown Los Angeles aufzusuchen.

Dieser Termin – so stellte er unmissverständlich klar – müsse um 11 Uhr abends stattfinden. Das war für einen Arzt selbst damals unerhört, doch wie anscheinend jeder auf der Welt war auch House nicht in der Lage, Hughes irgendetwas auszuschlagen. House zahlte seinem Personal Überstunden und lud sie erst zum Essen und später ins Theater ein. Dann kehrte er in seine Praxis zurück und nahm alle nötigen Vorbereitungen für eine ausgiebige Untersuchung vor.

Als die Uhr dann elf schlug, rief die verschlafene Nadine Henley bei Chaffin an, um ihm mitzuteilen, dass Hughes es sich anders überlegt hatte. Der wiederum telefonierte mit dem verärgerten Arzt und sagte ihm, er könne Hughes 500 Dollar (etwa 5000 Dollar in heutiger Zeit) in Rechnung stellen, doch House war ein Mann von seltener Integrität und wollte kein Geld von Hughes, da er ja nichts für ihn getan hatte.

Etwa einen Monat später nahm Chaffin erneut Kontakt zu House auf und sagte, Hughes sei nun bereit, sich untersuchen zu lassen. »Könnten wir den Termin etwas früher legen, auf 22 Uhr?«, fragte House. Chaffin willigte ein. Und wieder ließ Hughes, dem der Arzt und seine Mitarbeiter offenbar völlig egal waren, den Termin von Miss Henley absagen. Auch dieses Mal verzichtete House auf sein Honorar.

Jahre später weilte Hughes auf den Bahamas, als Chaffin erneut bei House anrief. Nach allem, was sich Hughes bisher geleistet hatte, war selbst der großzügige House nicht bereit, seine Patienten zu Hause im Stich zu lassen und dorthin zu fliegen. Stattdessen schickte er Dr. Chaffin mit Anweisungen, fünf Hörgeräten und einer Stimmgabel auf die Reise. Wenn Hughes die Stimmgabel ohne Hilfe hören könne, lasse sich sein Gehör operativ wiederherstellen. Das Steigbügelknöchelchen, das durch die vererbte Otosklerose in Mitleidenschaft gezogen war, könne er, Dr. House, entfernen. Damit lasse sich Hughes' lange, schmerzliche Isolation durch seine Schwerhörigkeit beenden.

Chaffin wies einen Helfer an, Hughes' Kopf festzuhalten (mit Gummihandschuhen), nachdem die Instrumente unter Hughes' Aufsicht sterilisiert worden waren. Dann tippte er an die Stimmgabel, erst vor dem Ohr, dann am Warzenfortsatz. Hughes explodierte förmlich. »Was soll der Quatsch? Jeder Ingenieur, der was taugt, könnte ein besseres Hörgerät erfinden!« Er konnte die Stimmgabel tatsächlich hören – und es beunruhigte ihn. Es war der Beweis dafür, dass er durch eine Operation zu retten wäre, doch ignorierte er Chaffins entsprechenden Hinweis und schickte ihn nach Hause.

Einige Zeit später weilte Hughes in London. In der Zeitung las er von einer neuen Operationsmethode, mit der Schwerhörigkeit zu heilen wäre. Er rief Chaffin an, und diesmal fügte er sich dem Stimmgabeltest. Hughes willigte ein, sich operieren zu lassen. Doch durfte kein britischer Chirurg den Eingriff vornehmen, und eingedenk des Umstands, dass seine Mutter unter dem Einfluss von Chloroform gestorben war, weigerte er sich, ins Krankenhaus zu gehen. Die Operation musste in seiner Hotelsuite vorgenommen werden.

House flog mit seinem Operationsteam nach London, einschließlich seines Anästhesisten und der Schwestern. Wieder sagte Hughes ab. Sogar für House war der Fall damit erledigt (Robert Maheu behauptet, gewisse Leute aus dem inneren Kreis um Hughes hätten ihn davon überzeugt, das Risiko der Operation nicht einzugehen; sie hatten ein Interesse daran, dass er taub blieb, damit sie ihn leichter kontrollieren und besser hinter seinem Rücken agieren konnten).

Aufgrund der spezifischen Art seiner Schwerhörigkeit konnte Hughes in Räumen voller Menschen oder beim Lärm von Flugzeugmotoren besser hören. Mittlerweile jedoch setzte er keinen Fuß mehr in einen Raum, in dem sich mehr als zwei oder drei Menschen befanden, und er flog nur noch selten.

Ausgebrannt war er, sein erholungsbedürftiger Penis für Vergnügen und Fortpflanzung gleichermaßen nutzlos, Gesicht und Körper jenseits aller Attraktivität. 1964 war Hughes nur noch eine Kampfmaschine gegen Regierung und Finanzamt, ein herrenloses Hirn in einem Totenschädel, ein Sack aus Haut und Knochen, der nicht hören konnte und kaum zu verstehen war.

Bei seinem jämmerlichen Zustand konnte man nur hoffen, dass er sich vielleicht der Leistungen seiner Flugzeugfabrik im Dienst der Weltraumforschung erfreute. Doch die Nachrichten von dort waren ebenso niederschmetternd wie von allen anderen Fronten.

1992 erklärte Bernard Barker – der Chefeinbrecher von Watergate – in einem Interview, Hughes habe 1964 persönlich mit E. Howard Hunt, dem rastlosen CIA-Spitzel und Mittelsmann, und dessen Aktivitäten im geheimen Krieg gegen Castro zu tun gehabt. Das passt absolut zu seiner fixen Idee von einer kommunistischen Bedrohung, die noch aus seinen Hollywood-Jahren stammte und bis hin zu den Verbindungen seines Onkels Rupert zu Geheimoperationen während des Zweiten Weltkrieges zurückreichte.

»Hughes arbeitete mit Eduardo [Hunts Spitzname] an Lasern«, berichtete Barker. Um mir diese Aussage bestätigen zu lassen, nahm ich Kontakt zu John Prados auf, einer Autorität hinsichtlich der Operationen »Pluto« und »Mongoose«, die Anti-Castro-Unternehmungen der CIA in jenen Jahren. Was für Geschäfte mit Lasern sollen mit *Hughes Aircraft* abgewickelt worden sein, wo längst mit modernster Spionagetechnik gearbeitet wurde?

In Planung waren Absurditäten wie ein U-Boot, das vor dem Hafen von Havanna auftauchen und eine Lasershow darbieten sollte, kommentiert von einer spanischen Stimme, die – um Castros Einfluss zu untergraben – verkünden sollte, dass Jesus Christus demnächst dort wieder auferstehen würde.

Was die Operation »Pluto« betrifft, so war Hughes in mehrfacher Hinsicht daran beteiligt. Laser kamen bei der Air Force beim Zielbombardement, aber auch im Luftkampf zum Einsatz. Im Gegensatz zu Funkverbindungen waren Lichtverbindungen nicht abzuhören. Bei zahlreichen dieser Operationen kam Hughes' Bahamas-Insel Cay Sal zum Einsatz.

Im Auftrag der NASA baute *Hughes Aircraft* die *Surveyor*, jene Raumfähre, die weich auf der Mondoberfläche landen sollte. Hughes hatte einen geradezu brutalen Deal mit der NASA abgeschlossen, der ihm eine vollständige Entschädigung und sogar Gewinn zusicherte, selbst wenn die *Surveyor* ihrer Aufgabe nicht gewachsen sein sollte. Wie in seinem Imperium üblich, das ohne Hughes führerlos dahintrieb, zögerte das Management von *Hughes Aircraft* und investierte kaum Zeit in das Projekt, sodass ein öffentlicher Skandal drohte, bis die NASA Druck machte.

Das jedoch geschah erst, nachdem es der NASA vier Jahre lang nicht gelungen war, die ungeheuerlichen Verzögerungen Hughes' und seiner Manager zu verhindern. Die eingeplanten Kosten von 50 Millionen Dollar wuchsen auf 190 Millionen an, die in Hughes Taschen wanderten, ohne dass er etwas vorzuweisen hatte. Als sich die Leute vom *Jet Propulsion Laboratory* Hughes' Arbeit ansahen, waren sie entsetzt. Es gab weder genügend Personal, noch zentral gelenkte Entwicklungsarbeit. Hughes weigerte sich, seine Kosten zu erklären. Unzählige Entwicklungs- und Fertigungsprobleme taten sich auf. Das Ergebnis war ein lausiges Raumschiff, das – wenn es denn mit Fracht belastet wurde – Menschenleben kosten würde. Zweitausend Fachleute plagten sich ohne Sinn und Verstand, und Hughes selbst unternahm nichts dagegen.

Die Lage wurde immer dramatischer. Eine *Surveyor* stürzte ab und brannte aus, eine andere wurde so schwer beschädigt, dass man sie nicht mehr reparieren konnte. Antriebsaggregate wurden verworfen, neu entwickelt und wiederum verworfen. Die Kosten eskalierten bis auf atemberaubende 494 Millionen Dollar an Steuergeldern, mehr als das Vierfache der Kosten des *Mariner*-Raumschiffs. Zuzüglich zu diesem ungeheuren Profit für seine jämmerliche Raumfähre kassierte Hughes 20 Millionen Dollar an Honorar – wohlgemerkt: zuzüglich zu seinem Gewinn von nicht weniger als 345 Millionen Dollar.

Hughes war begeistert, als seine erste *Surveyor* am 2. Juni 1966 auf dem Mond landete. Seine Publicity-Maschinerie und eine wohlwollende Presse verschwiegen den Umstand, dass diese Landung drei Jahre zu spät kam und die NASA einen Großteil ihres Budgets gekostet hatte. Wie so viele berühmte Leute kam er nicht *wegen*, sondern eher *trotz* der Wahrheit zu Ehren. Als *Surveyor III* vom Mond aus die ersten Bilder der Erdkugel und einer durch die Erde hervorgerufenen Sonnenfinsternis lieferte, gefolgt von über 30 000 Fotos, die *Surveyor IV* aufnahm, Bodenproben, Details, die den Mond als Planeten – nicht als Meteoriten – erscheinen ließen, schwebte Hughes im siebten Himmel. Und die ganze Vergeudung an Zeit und Mühen, sein mangelndes Interesse für die Arbeit bei *Hughes Aircraft* waren vergessen, als er sich im Ruhm suhlte. Viel absurder konnte es nicht werden – nicht einmal in Hughes' Leben. Es war wie die Weltumrundung in seinem überladenen Flugzeug und alle anderen, schlecht vorbereiteten Unternehmungen, die am Ende triumphal endeten. Er hatte die Regierung über den Tisch gezogen und war schlichtweg begeistert.

Hughes machte bei diesen Unternehmungen nicht nur ungeheuren Profit – er musste dafür auch keine Steuern zahlen, denn es gab eine Vereinbarung, nach der alle Gewinne von *Hughes Aircraft* an das *Hughes Medical Institute* gingen, in welches er damals allerdings nur ein halbes Prozent seines Profits investierte. Der Rest wurde auf geheime Bankkonten verschoben oder unter der Hand an *Hughes Tool* weitergeleitet.

Doch auch das *Medical Institute* diente einem Zweck. Es war die ideale Tarnung für Cay Sal, die Bahamas-Insel dreißig Meilen nördlich von Kuba, von der aus er vor und nach Kennedys Ermordung einen Angriff auf Castro geplant hatte, und die dem Papier nach dem Institut gehörte.

Während der ersten sechs Monate des Jahres 1963 bildeten CIA-Agenten auf der Insel ein Dutzend bewaffnete Einheiten von Exilkubanern aus, die gegen Castro zu kämpfen bereit waren. Gleichzeitig waren Castros *MiG-21*-Jäger und *Komar*-Torpedoboote auf der Hut und behielten die Aktivitäten auf der Insel im Auge. Regelmäßig kam es zu bewaffneten Auseinandersetzungen, wenn Landetrupps die Insel zu stürmen versuchten. Schwärme von Flüchtlingen kamen im Schutz der Nacht an Land geschwommen, hungrig und in Lumpen, und wurden unter der Ägide von Hughes und der CIA versorgt. Regelmäßig liefen Schiffe der Küstenwache die Insel an, um Exilanten nach Key West zu bringen, wo viele von ihnen für den zu erwartenden Krieg ausgebildet wurden. Gelegentlich fingen Castros Boote die Flüchtlinge ab und brachten sie nach einem Schusswechsel wieder nach Havanna zurück.

Im August verschwanden drei Amerikaner auf See, vermutlich ermordet von Castros Leuten. Vor der Nordküste von Cay Sal gerieten zwei amerikanische Schiffe – die *Floridian* und die *Ala* – unter Beschuss der Kommunisten. Selbst nachdem Kennedy – und nach ihm Lyndon B. Johnson – Übergriffe auf das kubanische Festland verboten hatte, nutzte die CIA Hughes' Insel weiter und gestattete ihm, so zu tun, als würde sie für sein *Medical Institute* genutzt. Don Bonafede schrieb im *Miami Herald* (25. August 1963): »Cay Sal diente einem doppelten Zweck: als Treffpunkt und Waffenlager für Exil-Kämpfer und für die Flüchtlinge als erster Zwischenstopp in die Freiheit – so wie die Berliner Mauer als Schlupfloch für antikommunistische Ostdeutsche.«

In den Jahren 1965/66 tat Hughes alles, um zu verhindern, dass Bücher über ihn geschrieben wurden. Selbst Zeitungsartikel regten ihn auf: Er ließ Davis jedes Wort lesen, auf der Suche nach einer möglichen Verleumdung. Aber ein Buch... den bloßen Gedanken daran fürchtete Hughes sogar noch mehr als Fotografen.

Es hieß, der Journalist Leonard Slater schreibe an einer Biografie, doch hörte man nichts mehr davon. Der ehemalige Bodyguard Robert Hall kündigte seine Memoiren an, doch auch daraus wurde nichts. Davis bedrängte und drohte, und die Projekte wurden fallen gelassen.

Dann machte sich der erfahrene Autor Leo Guild an eine Lebensbeschreibung, woraufhin Chester Davis in Hughes' Auftrag eine erhebliche Summe zahlte, damit er die Idee wieder vergaß. Ezra Goodman, auch ein fleißiger Hollywood-Autor, hatte mit dem Verleger Lyle Stuart einen Vertrag über eine Biografie. Greg Bautzer bestellte Stuart zu Faye Emersons Stadthaus in New York und schlug ihm vor, von seinem Vorhaben Abstand zu nehmen, doch Stuart wollte sich nicht kaufen lassen. Bautzer bot ihm einen Deal an: Sollte Goodman das Buch aufschieben und gewisse Elemente daraus streichen (darunter auch Hughes' Sexualleben), sei Hughes bereit, sich ein paar Fragen stellen zu lassen und diese schriftlich zu beantworten. Für ein direktes Interview stünde Hughes natürlich nicht zur Verfügung.

Stuart gelobte, die Sache mit Goodman zu besprechen. Darüber hinaus führte ihm Bautzer seinen Einfluss vor, indem er Goodman auf Hughes' Kosten und mit Hughes' Genehmigung nach New York flog und im *St. Regis* unterbrachte. Fast gab Goodman der Versuchung nach, doch Lyle Stuart wollte nichts davon hören.

Hughes ließ eine Firma unter dem Namen *Rosemont Enterprises* gründen (der Name des *Hughes-Tool*-Mitarbeiters M. E. Montrose – nur umgekehrt), mit Büros in Encino, Kalifornien. Drei von Hughes' Leuten – darunter auch Davis – wurden zu Direktoren ernannt. Diese »Scheinfirma« diente nur einem Zweck: Sie besaß die Exklusivrechte an Hughes' Lebensgeschichte.

Über *Rosemont* zahlte Davis an Ezra Goodman indirekt Bestechungsgeld, indem er ihn für eine kommerziell nicht eben vielversprechende, imaginäre Biografie des Filmpioniers D. W. Griffith engagierte, für ein Honorar von 38 250 Dollar, was damals eine ungeheure Summe war – dazu ein nicht näher bestimmtes Honorar von 4250 Dollar für seine Anwaltskosten. Lyle Stuart schäumte vor Wut, als er davon erfuhr. Er verklagte Ezra Goodman auf Rückzahlung seines Vorschusshonorars von 10 000 Dollar, die ihm auch tatsächlich zugesprochen wurden, plus Kosten. Darüber hinaus verklagte er mit Erfolg Hughes, Bautzer, Chester C. Davis und *Rosemont*, sowie Hughes' Presseverantwortlichen Perry Lieber auf eine halbe Million Dollar wegen Vertragsbruchs und noch einmal die gleiche Summe für den Verlust potenzieller Gewinne durch die Biografie. Hughes verklagte Goodman erfolglos auf Rückzahlung der 38 500 Dollar, nachdem Goodman etwas abgeliefert hatte, was seiner Ansicht nach ein unbefriedigendes Manuskript über »D. W. Griffith« war – in Wahrheit ein nicht autorisiertes Buch über Hughes.

Ein weiterer Autor, der sich an eine Hughes-Biographie wagte, war Tommy Thompson, der später als Autor von *Blood and Money* und *Serpentine* bekannt werden sollte. Robert Loomis von *Random House* nahm ihn unter Vertrag, doch als das Manuskript eintraf, war Loomis damit nicht glücklich und engagierte – mit Thompsons Einverständnis – einen Autor mit dem Namen John Keats (nein, *nicht* den Dichter), der das Buch überarbeiten sollte.

Greg Bautzer rief Loomis' Chef Bennett A. Cerf an und stattete ihm einen Besuch ab. Als er feststellen musste, dass Cerf nicht käuflich war, erklärte ihm Bautzer, es würde zu einem »Rechtsstreit« kommen, falls man das Buch veröffentlichen sollte. Als Cerf das ignorierte, ließ Hughes durch Chester Davis einen Brief an Cerf abfeuern. In diesem Brief hieß es, niemand dürfe ohne Hughes' Erlaubnis ein Buch über ihn schreiben, was natürlich absurd war. Cerf legte den Brief zu seinen Akten, woraufhin Hughes hysterisch reagierte und Bautzer zum zweiten Mal bei *Random House* erschien.

Diesmal sagte Bautzer, falls Cerf den Vertrag mit Keats fallen ließe, könne er sich einen erfahrenen Autor aussuchen, der dann eine von Hughes autorisierte Biografie schreiben dürfe. Cerf traute Bautzer nicht – oder besser: er traute Hughes nicht – und lehnte ab. Niedergeschlagen nahm Hughes die schlechte Nachricht entgegen.

Keats glaubte, er müsse das Unmögliche versuchen. Er wollte unbedingt mit Hughes persönlich sprechen. Loomis war dagegen, denn er vermutete, Hughes würde das Interview hinauszögern, es dann doch nicht gewähren und das Buch nur endlos aufhalten.

Hughes brütete einen Plan aus. Er sorgte dafür, dass jemand bei *Random House* das Manuskript entwendete und ihm zuspielte. Chester Davis stellte fest, dass Keats einen Großteil seiner Informationen einer Serie der Zeitschrift *Look* entnommen hatte. Hughes erwarb das Copyright der *Look*-Serie, um Keats des Diebstahls bezichtigen zu können, sobald das Buch erschien. In Hughes' Auftrag verklagte *Rosemont* den Verlag *Random House* und Keats wegen Verletzung der Exklusivrechte, die Hughes auf sein eigenes Leben besäße, und wegen des Plagiats der *Look*-Geschichte. Richter Frederick Bryan vom Bezirksgericht in New York erließ eine gerichtliche Verfügung wegen des Plagiatsvorwurfs, jedoch nicht wegen der Verletzung von Exklusivrechten. Kaum war das Buch veröffentlicht, wurde es bereits wieder zurückgezogen, da es sich angeblich zu nah an der *Look*-Serie orientierte, nicht nur vom Inhalt her, sondern bis hin zur Wortwahl.

Random House ging in Berufung. Schließlich hob das Berufungsgericht die Entscheidung der untergeordneten Instanz auf, und das Buch wurde zur Veröffentlichung freigegeben. Richter Lumbard wies in einer separat verfassten Stellungnahme darauf hin, dass Hughes in Ausführung eines »ruchlosen« Planes *Rosemont* nur gegründet habe, um das Buch zu verhindern. Er erklärte, *Rosemont* sei für Hughes ein »Instrument, um sich einzumischen«. Ein letztes Mal noch versuchte Hughes, das Buch per einstweiliger Verfügung aufzuhalten. Es misslang. Danach war das Buch an sich unerheblich.

Nachdem in der 1001 Bel Air Road eine Toilette übergelaufen war, beschloss Hughes, das Haus zu verkaufen. Dann, im Juli 1966, fasste er den Entschluss, sich ein für alle Mal den endlosen Versuchen zu entziehen, die ihn zu Steuerzahlungen in Kalifornien zwingen wollten. Zwar hatte er jahrelang fast durchgehend dort gelebt, doch blieb er dabei: Er sei texanischer Bürger. Seit Ende der Zwanzigerjahre hatte er jedoch auch in Texas alles dafür getan, keine Steuern zahlen zu müssen, und somit hatte er ständig mit der Frage zu kämpfen, wo er denn nun lebte. Er war zu allem bereit, hätte sogar riskiert, vor Presse und Öffentlichkeit zu erscheinen, wenn er damit hätte verhindern können, dass er einen Teil seiner ungeheuren Profite abführen musste.

Hughes verzog sich nach Boston, Massachusetts (keine kluge Wahl, da er sich in steuerfreie Staaten wie Nevada oder Florida hätte flüchten können), allerdings nicht per Flugzeug, weil die Presse die Flughäfen im Auge behielt. Da er unmöglich mit einer Maschine seiner verhassten Rivalen fliegen konnte, fuhr er mit dem Zug. Nicht mal in den Dreißigerjahren hätte er sich freiwillig in einen Zug gesetzt.

Ohne Robert Maheu den Grund zu nennen (es scheint, als hätte er ihm nie irgendwelche Gründe genannt), ließ er ihn zwei private Salonwagen beschaffen, die man zusammenkoppeln und an den *Santa Fe Chief* hängen konnte. Unter einigen Schwierigkeiten traf

Maheu die Vorbereitungen, doch in letzter Sekunde geriet Hughes in Panik, vermutlich weil er fürchtete, gesehen zu werden, und kniff. Zehn Tage lang schob Hughes die Entscheidung vor sich her, während Maheu täglich den Präsidenten der Eisenbahn privat zu Hause anrief. Als Hughes dann endlich fahren wollte, war es zu spät. Der Zug war weg.

Maheu requirierte für die Reise einen Sonderzug mit eigener Lok und zwei Waggons, der dem *Chief* vorausfahren sollte. Dem Plan nach sollte er abends abfahren. Während Hughes im letzten Moment unschlüssig wurde, rief der Bahnhofsvorsteher von Pomona in Bel Air an. Da Hughes nicht eingetroffen war, konnte der *Chief* nicht pünktlich abfahren – und Pünktlichkeit war das Markenzeichen des berühmten Zuges.

Endlich gab Hughes nach. Doch als Johnny Holmes ihn dann mit Jean Peters' Limousine nach Ponoma gefahren hatte, weigerte er sich, auszusteigen – die Angst vor der Luft, vor Bazillen, vor Insekten, vor Leuten, die ihn begafften, ließ ihn erstarren. Die Bahnhofsbeamten verloren die Geduld. Schließlich gab er dem Flehen seiner Leute und den Bitten von Robert Maheus' Sohn Peter nach und willigte ein, in den Zug zu steigen. Vorher jedoch mussten Hughes' Männer jede Staubflocke im Abteil entfernen und die Wände abwaschen, dann erst durften sie ihm die Tür aufhalten, während er – ein Gespenst mit grauem Glückshut auf dem Kopf – hineinkletterte.

Holmes hatte ihm erklärt, er könne aus familiären Gründen nicht mit nach Boston reisen, doch drängte Hughes den Mann, bei ihm und seinem Team zu bleiben. Doch Holmes weigerte sich. »Haben Sie ein Blatt Papier dabei?«, fragte Hughes.

Holmes holte einen Notizblock hervor. »Ich möchte Ihnen einen Brief diktieren«, sagte Hughes.

Doch Hughes diktierte nichts. Stattdessen wies er seinem Personal neue Schlafkabinen zu. Nach langer Wartezeit mit gezücktem Bleistift fragte Holmes: »Was ist mit dem Brief?« »Wir haben reichlich Zeit«, erwiderte Hughes. Der Zug setzte sich in Gang. Und Holmes hatte versprochen, dass er nach Hause kommen würde.

Die Zeit verging. Dann wurde der Zug langsamer. »Wo sind wir?«, fragte Hughes. »Wir kommen nach San Berdoo«, sagte Holmes.

Hughes wies Holmes an, den Zug halten zu lassen. Zum Ärger des Bahnhofsvorstehers blieb der Zug stehen und hielt den *Chief* auf, während Hughes überlegte, was er diktieren wollte. Schließlich gab er nach. Er diktierte eine Nachricht an Jean. Sie lautete: »Ich liebe dich von Herzen. Ich komme wieder. Ich freue mich schon auf den Tag, an dem du mich in Boston besuchen kommst.« Mit dieser Nachricht stieg Holmes aus dem Zug und fuhr mit Jeans Limousine, die ihm ein anderer Mitarbeiter nach San Bernardino gebracht hatte, nach Bel Air zurück. Ohne Zweifel hat diese Nachricht Jean Peters berührt. Der Umstand, dass sich der ältliche, kranke Exzentriker die Zeit nahm, einer Frau zu schreiben, die er fünf Jahre lang nur zweimal täglich kurz gesehen hatte, zeigt doch, wie tief er für sie empfunden haben muss. Sie war das einzig Ehrliche und Anständige in seinem Leben. Dass er das in seinem Zustand sehen konnte, spricht für ihn.

Dann kam er in Boston an. Er hatte Maheu Anweisungen hinterlassen, er wolle in jedem Fall im *Ritz-Carlton* absteigen und im »Penthouse« wohnen (die fünfte, oberste Etage wurde allerdings renoviert, und so musste er eine Etage darunter einziehen). Rastlos hatte er in den Salonwagen einen Grill einbauen und als Proviant zehn Filetsteaks, Dosen mit Bohnen und Erbsen, Bananen, dazu Dosenfrüchte, Vanillekuchen und Gebäck verstauen lassen. Irgendwie hatte Maheu das alles mit Hilfe eines Kontaktmanns in Cleveland besorgt.

Die Presse bekam Wind davon, dass Hughes im *Ritz-Carlton* abgestiegen war. Ein Journalist löste den Feueralarm aus, um ihn aus der Suite zu locken, aber Hughes hörte die Sirene nicht. Die vierte Etage war abgesperrt, und dem Hotel blieben nur drei Stockwerke für die anderen Gäste. Täglich mussten ganze Armeen von Zimmermädchen unter Hughes' Aufsicht jeden Quadratzentimeter putzen. Die Fenster der vierten Etage waren nicht nur geschlossen, sondern versiegelt.

Dann kam es in Los Angeles zu einem bemerkenswerten Vorfall. Am 30. Oktober feierte Maheu seinen Geburtstag in Santa Monica bei Mr. und Mrs. Keith Hanna, die für ihn ein kleines Fest vorbereitet hatten. Bill Gay, der nach wie vor Hughes' hochrangigster Berater war, bestellte Maheu in die Küche und holte den Psychiater Dr. Robert Buckley hinzu. Schockiert vernahm Maheu, wie Gay verkündete, er wolle Hughes für geschäftsunfähig erklären lassen. Maheu und Buckley waren beide sprachlos und weigerten sich rundheraus, die Sache weiter zu besprechen. »Ich war verblüfft und entsetzt«, sagte Maheu. »Und Gay hatte es schon einmal versucht.«

Zum ersten Mal hatte Gay im Sommer im *Bel-Air-Hotel* die Frage der Geschäftsunfähigkeit ins Spiel gebracht, als er zu Maheu sagte: »Wir müssen umgehend Pläne schmieden.«

»Wieso?«, fragte Maheu misstrauisch.

»Für den Fall, dass Howard stirbt oder einen mentalen Zusammenbruch erleidet«, antwortete Gay.

Maheu hatte ihn zum Teufel geschickt. Und nun kam dieser Gay schon wieder mit derselben Sache.

Maheu versuchte, Hughes zu warnen, aber der wollte nicht hören.

Obwohl Hughes ständig Anlauf nahm, sich in einem der örtlichen Krankenhäuser untersuchen zu lassen, machte er doch jedes Mal in letzter Minute einen Rückzieher, weil er sich vor dem fürchtete, was die Ärzte vielleicht finden mochten. Wenn Mediziner zu ihm kamen, um ihn zu untersuchen, ließ er sich verleugnen oder nur die wichtigsten Tests durchführen – Blutdruck, Urin. Da er an einem schmerzhaften Mastdarmvorfall, Hämorrhoiden und einem Riss litt, der auf schwere Verstopfungen und das ständige Drücken zurückzuführen war, weigerte er sich, eine Kauterisation vornehmen zu lassen. Er erlaubte nicht, dass die Ärzte sein Rektum untersuchten.

Schließlich dämmerte ihm, dass er auch in Massachusetts Steuern zahlen musste, wenn er länger blieb, und er beschloss, nach Nevada abzureisen – erst zum Lake Tahoe, dann nach Las Vegas. Mittlerweile jedoch war Jean Peters eingetroffen und musste sich sagen lassen, dass man ihr den Eintritt zu seinem Zimmer verwehrte. Sie wartete in einer separaten Suite und war – Maheus Bericht zufolge – fuchsteufelswild. Schließlich ließ Hughes sie doch herein, und die beiden sahen sich Stadtpläne von Boston an, wo er – wie er log – ein Haus bauen wolle, in dem sie beide leben sollten. Doch hatte er seine Leute bereits angewiesen, die Abreise vorzubereiten. Jean kehrte nach Bel Air zurück.

Er beschloss, auch diesmal wieder den Zug zu nehmen. Einmal mehr musste der stark beanspruchte Maheu zwei Privatwaggons beschaffen, die vor die Waggons des *20th Century Limited and Union Pacific* gespannt werden sollten.

Der Schauspieler, der schon einmal für Hughes eingesprungen war, ließ sich aus einer Seitentür des *Ritz-Carlton* zu einer Limousine führen. Die Presse blieb ihm auf den Fersen, was es Hughes ermöglichte, die Stadt unbeobachtet zu verlassen. In Utah jedoch bekam der Zug technische Probleme, was bedeutete, dass er nicht – wie Hughes wollte – noch vor dem Morgengrauen in Las Vegas eintraf. Maheu wusste, dass Hughes einen hysterischen Anfall bekommen würde, wenn der Zug bei Tage im Bahnhof einfuhr. Es kostete ihn 18 000 Dollar, damit der Salonwagen in Ogden auf ein Nebengleis gefahren und abgekoppelt wurde, wo er eine eigene Lokomotive erhielt, über die Huhges frei verfügen konnte.

Mittlerweile hatten Reporter mitbekommen, dass Hughes in Las Vegas erwartet wurde. Jemand hatte gesehen, wie Maheu unter falschem Namen im *Desert Inn* eincheckte. Maheu schaffte es, den Zug fünf Meilen vor der Stadt halten zu lassen, und Hughes wurde auf einer Trage herausgeholt, die man direkt in einen Lieferwagen verfrachtete. Mit dem Personalfahrstuhl brachte man Hughes in die oberste Etage, die für ihn allein reserviert war.

Die Sicherheitsmaßnahmen im Hotel waren sehr streng. Das Treppenhaus zum Penthouse war blockiert – ein eklatanter Verstoß gegen die Feuerschutzbestimmungen. Der Fahrstuhlknopf für die neunte Etage wurde ausgebaut und gegen ein Schloss getauscht, das per Schlüssel zu bedienen war. Die Vorhänge waren stets zugezogen, und die Rohrleitungen der Klimaanlage wurden wieder und wieder überprüft. Obwohl es dem FBI unmöglich gewesen wäre, die Suiten abzuhören, suchte man die Wände und den Boden täglich nach Wanzen ab. Eine Videokamera zeigte, wer draußen vor der Eingangstür stand.

In seinem mutterbauchähnlichen Dunkel sah Hughes nichts von der korrupten, sonnendurchfluteten Stadt, deren gesichtslose Bauten entlang unansehnlichen, neonbeleuchteten Betonstraßen seit seinem ersten Besuch in den Vierzigerjahren wie Pilze aus dem Boden geschossen waren. Um schmerzhafte Einkommenssteuerzahlungen für den Verkauf von *TWA* zu vermeiden, musste er mit seinem Geld dringend so viel wie möglich von der steuerfreien Stadt kaufen. Dieses Vorhaben delegierte er an Maheu, denn der hatte die richtigen Kontakte, war loyal, vertrauenswürdig und aufgrund seiner Arbeit für das FBI mit dem Netz der Kriminalität vertraut, von dem die Metropole überzogen war.

Mit seinem Einzug ins *Desert Inn* war er mitten in einem Nest von Skorpionen gelandet. Zu den Besitzern des Hotelbetriebs (das eigentliche Hotel gehörte Harry Helmsley, der später in New York Leona ehelichen sollte) gehörte seit 1950 Bugsy Siegels Vertrauter Morris (Moe) Dalitz, der das *Desert Inn* nach langer Zeit im Wettgeschäft erworben hatte. Hughes war wütend, als er davon erfuhr. Ihm missfiel die Vorstellung, dass diese Stadt Gangstern gehören sollte, und als Dalitz – nachdem er den Preis für Hughes' Unterbringung regelmäßig erhöht hatte – versuchte, ihn vor die Tür zu setzen, um seine zockenden Gangsterfreunde einzuquartieren, handelte Hughes. Wie Mae West, die 1932 in Hollywood ein ganzes Apartmenthaus gekauft hatte, als eine alte Frau im Fahrstuhl sie bezichtigte, eine Prostituierte zu sein, beschloss Hughes, die Rechte für den Betrieb des *Desert Inn* zu erwerben.

»Der Mob hatte langsam genug von Las Vegas, und es war die Rede davon, gewisse Unternehmungen aufzugeben«, erklärte mir Maheu 1992. Maheu nahm Kontakt zu dem Anwalt und ehemaligen FBI-Mann Ed Morgan auf, und zudem kontaktierte er den Gangster Johnny Rosselli, mit dem er beim Attentatsversuch auf Castro zu tun gehabt hatte.

Mitbesitzer des *Desert Inn* war Ruby Kolod, einer von Dalitz' Ganovenfreunden, der kürzlich erst wegen Erpressung angeklagt worden war. Kolod wusste, dass seine Tage im Wettgeschäft gezählt waren. Die Glücksspielkommission von Nevada wollte ihn aus der Stadt vertreiben. Er war willens zu verkaufen, fürchtete jedoch (wie fast alle in der Geschäftswelt), dass sich Hughes nicht an die Vereinbarungen halten würde. Anscheinend tat Hughes so, als wollte er die Konzession kaufen, verschaffte sich jedoch im Grunde nur mehr Zeit. Maheu rief Jimmy Hoffa an, der als Bandenboss von Las Vegas überall seine Finger im Spiel hatte. Hoffa wies – zu Kolods Ärger – seinen Sandkastenfreund Dalitz an, Hughes' Aufenthalt noch über Silvester hinaus zu verlängern. Der Silvesterabend war stets für Zocker reserviert. Kolod fand heraus, dass Hughes seine Suite im *Ritz-Carlton* in Boston nie gekündigt hatte, und nahm das als weiteren Beweis dafür, dass Hughes ihn nur hinhalten wollte. Über Rosselli, Hoffa, Morgan und noch einige andere konnte Maheu Kolod schließlich davon überzeugen, dass es Hughes sehr wohl ernst war.

Die Verhandlungen fanden im Januar statt. Hughes war keineswegs – wie Bill Gay behauptete – geistesgestört und geschäftsunfähig. In seiner Höhle hinter den zugezogenen Gardinen mochte der struppige alte Löwe zwar nur noch Haut und Knochen sein, doch war er weder zahnlos noch verwirrt. In Wahrheit brachte er den Deal mit seinem Talent zur Manipulation zustande, zornig darüber, dass der Mob die Unverfrorenheit besaß, ihn aus seiner Festung vertreiben zu wollen.

Er richtete es so ein, dass der Kauf im Namen von *Hughes Tool* abgewickelt wurde. Als Maheu ein leises Unwohlsein äußerte, da es sicher Klagen von der Kommission geben würde, erinnerte ihn Hughes daran, dass *Hughes Tool* sein alleiniges Eigentum war. Immer wieder ließ er Maheu Einzelheiten des Vertrages ändern, meißelte am Preis herum, kostete seine Verzögerungstaktik voll aus und nutzte den Umstand, dass er sich häuslich niedergelassen hatte. Von überallher holte er Anwälte hinzu, unter anderem Del Webb, den großen Hotelboss aus Las Vegas, und J. Richard Gray, einen Juristen aus Houston, was seine Anwaltskosten wie üblich in astronomische Höhen trieb. Im Gegensatz zu allen anderen, die mit den langwierigen Feilschereien beschäftigt waren, bestand Gray darauf, mit Hughes direkt zu sprechen. Nach zahllosen Anfragen gelang ihm das Unvorstellbare. Hughes tauchte für einen Augenblick auf – im Pyjama, mit einem Bademantel um seinen ausgezehrten Leib und vor Zorn blitzenden Augen. »Ich existiere, verdammt!«, knurrte er den erstaunten Rechtsberater an. »Zufrieden?« Das war Gray keineswegs, aber er nahm den kurzen Auftritt als Beweis für ein gewisses Entgegenkommen, und ausgestattet mit ungewöhnlich weitgehenden Vollmachten bereitete er die nötigen Dokumente für den Hotelkauf vor. Weder Helmsley noch sein Partner wollten das Hotel so ohne weiteres veräußern.

Gray musste sich an die Glücksspielkommission wenden und eine Lizenz für den Betrieb des Casinos beantragen. Die Kommission sah vor, dass Bewerber eine detaillierte Erklärung einreichen mussten, in der sämtliche Umstände ihres Privat- und Geschäftslebens aufgelistet waren. Hughes weigerte sich, etwas Derartiges vorzulegen. Als der Deal zu scheitern drohte und er fürchten musste, vor die Tür gesetzt zu werden, unternahm er in seiner Verzweiflung einen für ihn typischen Schachzug. Er wandte sich direkt an den Gouverneur Paul D. Laxalt, der darauf bedacht war, den Mob aus der Stadt zu vertreiben. Aus seinen Quellen beim FBI wusste er (was mir 1992 ein anonymer FBI-Mann bestätigte), dass Hughes keine

Verbindungen zu Kriminellen pflegte und Maheus Kontakt zu Rosselli eher zufälliger Natur war. Für Laxalt war Hughes ein neuer Besen in seinem Schweinestall von einer Stadt. Millionen wanderten unversteuert in die Taschen des Mobs. Ob Hughes das möglicherweise verhindern konnte? Um Laxalts Anliegen vor der Kommission, die Laxalt im Grunde verpflichtet war, zu stützen, spielte Hughes eine Trumpfkarte (und verfolgte damit einen weiteren Zweck, der ihm sehr am Herzen lag): Er behauptete, er wolle eine Medizinische Schule finanzieren, ein Symbol für seinen innigen Wunsch, das Image von Las Vegas zu verbessern.

Die Schule sollte an die *University of Nevada* angeschlossen werden und in einem Zeitraum von zwanzig Jahren insgesamt etwa sechs Millionen Dollar erhalten. Bei einer Sitzung des Parlaments von Nevada wurde dieser Vorschlag mit einigem Entzücken aufgenommen. Am 30. März trat die staatliche Glücksspiel-Kontrollkommission zusammen. Obwohl Hughes noch immer nicht genügend Informationen vorgelegt hatte, stellte ihm die Kommission am nächsten Tag seine Lizenz aus.

Da er mit der Umsetzung einer solchen Konzession keinerlei Erfahrung hatte, wagte Maheu einen kühnen Schritt: Er holte Moe Dalitz als Berater mit ins Boot, der eben erst als Besitzer des Hotels zurückgetreten war. Das Ergebnis war ein ungemein erfolgreiches Unternehmen.

Für die Gangster entpuppten sich Hughes' so genannte »Reinigungsaktionen«, die Las Vegas von der Mafia befreien sollten, leider als enorm vorteilhaft. Moe Dalitz verdiente ordentlich am Verkauf der Glücksspielkonzession im *Desert Inn* und bekam dabei in einer anderen Gemeinde einen Fuß in die Tür: Rancho La Costa. Der Gangster John Rosselli, der in dem von Hughes genehmigten CIA-Mordplan gegen Castro so nützlich gewesen war, kassierte nicht nur eine Provision für den Verkauf, sondern behielt auch – mit Hughes' Erlaubnis – eine Suite im *Inn* und erwarb später eine Konzession für den Geschenkshop im *Hughes' Frontier*. Der fragwürdige Carl

Cohen und auch Jack Entratter, der ganz oben auf Justizminister Bobby Kennedys Liste derer stand, die beschattet und verurteilt werden sollten, blieben selbst noch in Hughes' Diensten, nachdem man sie angeblich aus dem *Sands Hotel,* einer von Hughes' späteren Erwerbungen, geworfen hatte. Edward P. Morgan, Hughes' Anwalt in Washington, kümmerte sich um die Geschäfte. Robert Maheu kann man keinen Vorwurf daraus machen, dass das ganze Unternehmen am Ende dem Mob zum Vorteil gereichte, da Hughes Anweisungen ausgab, die niemand befolgen konnte. Außerdem ist es eher wahrscheinlich, dass er von den Details, wie dem Mob mit der einen Hand genommen und mit der anderen gegeben werden sollte, überhaupt nichts wusste.

Morgan war keine gute Wahl, war er doch gleichzeitig der Anwalt von Drew Pearson, dem Washingtoner Journalisten, der unablässig damit beschäftigt war, Hughes' Ruf in den Dreck zu ziehen. Sonderbare Bettgenossen kamen bei Hughes' Geschäften zusammen. Angeblich war sogar Hank Greenspun von der *Las Vegas Sun* am Verkauf des *Desert Inn* beteiligt.

Maheu wurde die Verantwortung für die Shows im *Desert Inn* übertragen. Während dieser Zeit lief ein patriotisches Musical mit dem Titel *Good Morning, America,* in dem Mädchen in *Stars-and-Stripes*-Kostümen Fahnen schwenkten. Er setzte das Musical ab und ließ eine andere Show spielen, die jedoch kaum Publikum anlockte. Hughes bestand darauf, in Zukunft jede Inszenierung höchstpersönlich abzusegnen, verlor allerdings bald schon das Interesse. Tatsächlich sah er sich keine einzige Aufführung mehr an, weder auf dem Bildschirm noch persönlich, und er unternahm auch keinen Versuch, eines der zahllosen Showgirls in seine Suite zu locken. Nicht mal ihre Fotos wollte er sich mehr ansehen. Das Feuer in seinen Lenden war ein für alle Mal erloschen.

Dafür lebte seine Zuneigung zu der warmherzigen, couragierten und optimistischen Jean Peters wieder auf. Mehrfach erwarb er in Las Vegas Immobilien, von denen er glaubte, dass sie ihr vielleicht gefallen würden: das große Anwesen von Major A. Riddle und die fast ebenso imposante Ranch der Ehefrau von Hitlers Waffenlieferanten Alfred Krupp. Er drängte Jean, in eines dieser Häuser einzuziehen und schickte ihr stapelweise Broschüren, Grundrisse und Fotografien. Aber sie liebte ihn noch immer und wollte wieder mit ihm zusammenleben. Ihm reichte es, wenn sie nur in seiner Nähe war. Sie dagegen wollte – so fragwürdig und naiv ihr Optimismus auch erscheinen mag – unbedingt ihre Ehe wiederherstellen. Darauf konnte er sich unmöglich einlassen, und offenbar fürchtete er, dass dieser gepflegte, unschuldige Mensch ihn mit einem tödlichen Bazillus infizieren könne. Sie redeten, stritten und versöhnten sich. Es ist traurig, wenn man bedenkt, dass er sie noch immer sehr gern hatte, aber sie kamen zu keiner Lösung. Sie blieb, wo sie war. Er sorgte dafür, dass sie weiterhin in Luxus lebte, ließ sie jedoch auch weiterhin beschatten. Hätte sie sich auf einen anderen Mann eingelassen, wäre er wahrscheinlich ausgerastet. Aber Jean Peters war eine anständige Frau.

Damals engagierte Hughes den Mann, der zum treuesten und hingebungsvollsten seiner persönlichen Zuträger werden sollte: Gordon Margulis. Er war ein hartgesottener, gutmütiger Cockney aus London, ein ehemaliger Boxer, der sich vom Fliegen- zum Mittelgewicht hochgearbeitet hatte und nach Amerika ausgewandert war, wo er als Zimmerkellner im *Desert Inn* jobbte. Kay Glenn, der in führender Stellung bei Hughes arbeitete, stellte ihn ein. Man wies ihm die Aufgabe zu, die Mahlzeiten für Hughes' damaligen Lieblingskellner Fred Harvey zuzubereiten. Empfohlen wurde er von Don Borax, der für die Sicherheit im Hotel zuständig war, und Joe Boc, der für die Speisen und Getränke sorgte, damals, als die Stadt noch in der Hand der Gangster gewesen war.

Er arbeitete eng mit John Holmes, Howard Eckersley, Roy Crawford und George Francom zusammen, um Hughes' Wünschen zu entsprechen. Holmes und er waren Außenseiter in einer Gruppe von Mormonen, denn wie Holmes gehörte auch er der römisch-katholischen Kirche an. Bald schon bekam Margulis eine neue Rolle zugewiesen. Als Bodybuilder war er kräftig gebaut und wurde zum Leibwächter ernannt, der Neugierige abfangen sollte, die vielleicht über die Hintertreppe heraufzukommen versuchten.

Hughes orderte Schweinemedaillons, besonders klein geschnitten, und dazu gekochte Kartoffeln und Erbsen. Er mochte sein Fleisch gern leicht verbrannt, vom Holzkohlegrill, medium gebraten. Er aß ausschließlich Vanilleeis, gelegentlich mit etwas Sirup. Später ließ er Margulis die Steaks – irgendwann wechselte er zu Hühnchen – zerkleinern und mit Gemüse daraus eine Suppe kochen. Diese gesunde, wenn auch reichlich eintönige Ernährung hatte nichts mit der *Robinson-Crusoe*-Küche zu tun, die ihm später angedichtet wurde, und versorgte ihn mit mindestens 2000 Kalorien pro Tag.

Er war wählerisch, was seine Suppe anging. Er mochte *Campbell's* Hühnersuppe mit Stücken, bestand jedoch darauf, dass in keiner der Dosen dunkles Fleisch enthalten war. So etwas ließ sich unmöglich einrichten, und so ging er schließlich zu Margulis' selbst gemachtem Eintopf über.

Sein Gedächtnis, was Besteck und Geschirr anging, war erstaunlich. Es musste immer dasselbe sein. Kindlich wie eh und je besaß er einen speziellen Löffel, der unter keinen Umständen verlegt werden durfte. In eingewickeltem Zustand hatte er ihn Gordon gegeben und erkundigte sich noch achtzehn Monate später danach. Da er ausschließlich kalifornischen Orangensaft trank, ließ er ihn täglich frisch aus dem *Beverly Hills Hotel* einfliegen.

Am liebsten war ihm *Baskin-Robbins*-Eiscreme. Das Monatsangebot war damals *Banana Nut*. Die Sorte schmeckte ihm, und er wollte mehr davon. Doch als er sich endlich zu der Entscheidung durchgerungen hatte, war *Banana Nut* schon nicht mehr Monatsangebot und wurde auch nicht mehr hergestellt. Also bat er Margulis, bei *Baskin-Robbins* anzurufen und zu fragen, ob man ihm ein paar Gallonen davon anrühren würde.

Man antwortete, sie stellten derzeit nur dreihundert Gallonen (1364 Liter) her. Hughes sagte: »Bestellen.« Margulis ließ die Gallonen aus Los Angeles kommen. In der Romaine Street erklärte man Margulis, er dürfe niemandem verraten, dass die monströse Bestellung für Hughes bestimmt war. Die gesamte Transaktion ging derart heimlich über die Bühne, dass Margulis im Kühlraum des Hotels Platz schaffen lassen musste, ohne den Grund dafür zu nennen.

Das Eis wurde angeliefert, in gekühltem Zustand, und alle paar Meilen meldete sich der Fahrer bei Margulis per Walkie-Talkie, um ihn über den Fortschritt der Expedition in Kenntnis zu setzen – mit einigem Sinn für Dramatik. Als der Lieferwagen eintraf und die Hecktüren offen standen, musste Margulis entsetzt feststellen, dass in riesenhaften Buchstaben HOWARD HUGHES PRODUCTION auf den Eisbehältern geschrieben stand – somit war die Tarnung dahin.

Margulis und die anderen Pfleger hievten die Eiscreme in den Kühlschrank. Alle Welt sah zu. Es war kaum Platz genug für eine solche Lieferung.

Schließlich brachte Margulis Hughes etwas von der *Banana-Nut*-Eiscreme. Hughes probierte sie, dann erklärte er George Francom: »Schmeckt mir nicht. Ich brauche Vanille.« Schließlich wurde die Eiscreme unter dem Hotelpersonal verteilt. Es dauerte Tage, bis man den Inhalt der Fässer losgeworden war.

Wie üblich musste jeder seine Hände mit Taschentüchern umwickeln, wenn er Hughes die Speisen übergab, und auch Hughes' Hände waren eingewickelt, wenn er etwas entgegennahm. Margulis schien das alles überhaupt nichts auszumachen.

Während dieser Zeit litt Hughes unter permanenten Schmerzen. Die Medikamente, die er nahm (Kodein, Empirin, Tylenol, Valium), werden oft in Zusammenhang mit Drogensucht genannt, Betäubungsmittel, die ihm von seinen Betreuern verabreicht wurden, um ihn ruhig zu stellen. Tatsächlich linderten sie seine Qualen, unter denen er seit seinem Flugzeugabsturz in Beverly Hills litt. Schmerzen, die er bis zu seinem Tode erdulden musste: der Schmerz verfaulender

Zähne, Schmerzen an Kiefer und Gaumen, Kopfschmerzen, Schmerzen im Rücken, am Hals, in den Schultern und in seinen schwindenden Gliedern.

Seine Nerven lagen blank. Dieses Leben war die reine Hölle, einzig gelindert durch die Betreuung seines kleinen Teams aus männlichen Kindermädchen, gelegentliche Anrufe von Cary Grant oder anderen Freunden und die Transaktionen, mit denen er sich beschäftigte.

Am schlimmsten waren wohl das eiternde Zahnfleisch und die Zahnschmerzen, die dazu führten, dass er auf Steaks verzichten und sich auf weich gekochtes Huhn und Kekse verlegen musste. Er wagte nicht, einem gewöhnlichen Zahnarzt in die Augen zu sehen, noch weniger einem Spezialisten, der sich mit Bissanomalien oder Wurzelentzündungen beschäftigte, und so lief er ständig Gefahr, durch das entzündete Zahnfleisch eine Blutvergiftung davonzutragen. Er äußerte sonderbare Wünsche: Die Klimaanlage im Penthouse musste eiskalt sein, so kalt, dass Ärzte, die zu ihm kamen, Mäntel trugen. Außer seinen Mormonen durfte niemand wissen, dass er sich in ärztlicher Behandlung befand. Die Pfleger erklärten Margulis, es handele sich um einen Buchhalter – auch wenn das Stethoskop noch um seinen Hals hing.

FÜNFZEHNTES KAPITEL

Was kostet Las Vegas?

Trotz seines unermesslichen Reichtums konnte Hughes seinen Ängsten, der inneren Leere, seiner Reue und den unerfüllten Versprechungen nicht entkommen, mit denen viele – auch ärmere Männer – über sechzig offenbar zu kämpfen haben. Jeans Weigerung, zu ihm zu kommen, ihre Enttäuschung über seine gebrochenen Versprechen und sein ewiges Zögern, das bald schon zu ihrer Scheidung führen sollte, war für ihn besonders schmerzlich. Aber er liebte sie noch immer und besaß genügend Anstand, ihr keinen Vorwurf daraus zu machen. In seinem hypernervösen, angespannten Zustand muss die Vorstellung noch quälender gewesen sein, dass er sich dem Verlust seiner Potenz würde stellen müssen, sobald er wieder mit ihr im selben Haus lebte. Wenn ein Mann bei einer Prostituierten versagt, so muss das nichts bedeuten, doch bei der Lebensgefährtin kann so etwas niederschmetternd sein. Es ist leicht nachzuvollziehen, dass er ein solches Risiko nicht einzugehen wagte.

Und so verging sein monotones Leben in der sterilen, sanft surrenden, klimatisierten Welt des *Desert Inn*, ohne dass auch nur der leiseste Lufthauch oder das Summen eines Insekts die Ruhe der beigefarben möblierten Räume gestört hätte. Die Umgebung war in etwa so inspirierend wie eine Flugzeugkabine oder ein Eisenbahnabteil. Er las nur noch selten, denn er war des alten Rituals müde, jedes Mal die mittlere Zeitschrift zwischen ihren zu verbrennenden Gefährten hervorzuziehen. Nicht einmal die Stapel der Herrenmagazine konnten ihn noch begeistern. Soweit wir wissen, warf er nicht einmal einen Blick aus seinem Fenster, weder auf die trübsinnigen Neonschilder, die im Tageslicht so sinnlos und verloren wirkten, noch auf den Glitter des endlosen Strip, die gesichtslosen, roten Berge oder die Wüste – deprimierend wie ein schlecht gebügeltes, braunes Tischtuch.

Stattdessen lebte er das Leben eines Mondsüchtigen, schlaflos wie so viele reiche, berühmte Amerikaner. Er rollte in seinem alten Krankenhausbett herum, lief auf und ab, hatte nicht mal die Ruhe, Binokel, Poker oder Rommé zu spielen oder – Gott bewahre – eine Patience zu legen. Ebenso hätte er ein unterernährter Hamster im Käfig sein können, so monoton war seine Ernährung aus Hühnchen und Napoleonkuchen, so freudlos sein Horizont aus nackten, weißen Wänden, Bildern von der Stange, Messinglampen mit gefälteten Schirmen und Zimmerdecken, die wie Hüttenkäse aussahen.

Zu seinen Leibwächtern pflegte Hughes keine Männerbeziehungen. Nie unterhielt er sich mit ihnen über Football oder Baseball oder Frauen, und er erzählte sich mit ihnen auch nie Herrenwitze. Er rief seine Männer zu sich, indem er mit einem klauengleichen Fingernagel an einer Plastiktüte voll gebrauchter Taschentücher kratzte oder eine Kristallglocke neben seinem Bett läutete und den Herbeigeeilten dann anschrie. Wenn er vom Hörgerät, das sein Ohr reizte, genug hatte, schrieb er Anweisungen auf lange, linierte, gelbe Seiten, von denen Hunderte an Maheu weitergeleitet wurden. Das Telefon benutzte er nicht mehr so oft, selbst nachdem eine ausgiebige Prüfung erwiesen hatte, dass das FBI seine Leitung nicht abhörte.

Nach wie vor war er extrem abhängig von seinem Team, tobte oder schmollte, wenn er nicht bekam, was – oder wen – er auf der Stelle haben wollte. Er war noch immer ein verwöhntes, reiches Muttersöhnchen, das nicht die leiseste Kritik ertragen konnte, lobte und tadelte, je nachdem, wie weit seinen Wünschen entsprochen wurde, und sein Ego wucherte wie ein Wesen in einem Sciencefictionfilm, ein denkender Schwammpilz mit Augen, der in einer klaustrophobisch engen Kiste lebte.

Er konnte es nicht leiden, wenn sich Robert Maheu wie ein normaler Mensch verhielt. Sobald Maheu mit seiner Familie übers Wochenende wegfuhr, bombardierte er ihn mit Anrufen.

Seine Gewohnheiten änderten sich, blieben jedoch sonderbar. Saß er zufällig mal nicht auf der Toilette, hockte er auf dem Rand der Badewanne und rieb seine Hände und Arme stundenlang mit Alkohol ein, immer und immer wieder. Mell Stewart, einer seiner Betreuer, musste ihm stets eine ganz bestimmte Sorte von reinem Alkohol beschaffen.

Tagelang aß er nur Hühnersuppe – es musste *Campbell's* sein – oder die Gemüsesuppe, die in der Küche des *Desert Inn* zubereitet wurde. Eine Fernsehwerbung für tiefgekühlte Truthahn-Mahlzeiten ließ ihn wochenlang schier selbst zum Truthahn mutieren. Dann plötzlich passte ihm das Stück Apfelkuchen nicht mehr, das zu der Mahlzeit mitgeliefert wurde, und ihn verlangte es nach Pfirsich. Als er feststellen musste, dass der Hersteller *Swanson's* nicht umstellen wollte, versuchte er, *Swanson's* zu kaufen. Als ihm das nicht gelang, stürzte er sich auf *Arby's* Roastbeaf-Sandwiches. Als *Arby's* sich jedoch weigerte, ihm ein sterilisiertes Stahlmesser zu liefern, mit dem er sein Fleisch schneiden konnte, ging er zu Filet Mignon über.

Wie schon in jungen Jahren mochte er seine Steaks sehr dünn geschnitten und außen leicht verbrannt, mit Erbsen, die so klein sein mussten, dass sie durch die Zinken einer Gabel passten.

Bald war er besessen von Apfelstrudel. Nur schmeckte ihm die Sorte nicht, die es im *Desert Inn* gab, und deshalb ließ sich Hughes den Strudel aus dem *Sands* bringen. Als er sich beklagte, dass seine Betreuer ihn allein ließen, wenn sie sein Dessert besorgten, drohte man dem Konditor des *Desert Inn* mit der sofortigen Kündigung, wenn er es nicht höchstpersönlich bei seinem Rivalen abholen würde.

Mittlerweile widmete Hughes die Kraft, die seine Lenden nun vermissen ließen, einem einzigen, kolossalen, wenn auch sinnlosen Unterfangen, nämlich dem Versuch, die ganze Stadt aufzukaufen.

Da er nun das Recht hatte, das *Desert Inn* zu betreiben (und wie liebend gern hätte er es Harry Helmsley abgekauft!), machte er sich daran, sein erstes echtes Hotel zu erwerben: das *Sands*.

Es gab für ihn – abgesehen von blanker Habgier und dem Umstand, dass ihm der Apfelstrudel schmeckte – noch ein weiteres Motiv, Besitzer dieses Hotels zu werden. Er hatte sich seine Verachtung für Frank Sinatra erhalten, dem einmal neun Prozent des Hotels gehört hatten, der jedoch – ohne Hughes' Zutun – von der Glücksspielkommission wegen seiner Verbindungen zu dem Gangster Sam Giancana (einem von Hughes' wichtigsten Kontakten) vor die Tür gesetzt worden war.

Sinatra liebte das Hotel und hatte ein echtes Faible für dessen Teilhaber Jack Entratter. Er trat dort nicht nur oft vor ausverkauftem Haus auf, sondern holte auch das berühmte »Rat Pack« dorthin, das aus Peter Lawford, Sammy Davis jr., Dean Martin und Joey Bishop bestand. Deren Eskapaden halfen den Reservierungen ordentlich auf die Sprünge und brachten dem Hotel zahllose Schlagzeilen ein. Am 19. Juli 1966 hatte Sinatra Mia Farrow geheiratet – in Jack Entratters Wohnzimmer. Im November desselben Jahres hatte Sinatra einen viel beachteten Auftritt im *Sands*.

Eine Sensation jagte die nächste, als der Comedian Jackie Mason, der in seiner Show im *Aladdin* böse Witze über Sinatra und die Farrow gerissen hatte, die Polizei rief und meldete, jemand habe auf ihn geschossen und in seinem Bett stecke eine Kugel. Später verprügelte einer von Sinatras Schlägern den Komiker und brach ihm Nase und Wangenknochen.

Hughes hasste Sinatra von Herzen, gab ihm für manches die Schuld. Nie hatte er vergessen oder gar verziehen, dass Sinatra mit Ava Gardner im Bett (und verheiratet) gewesen war, eine der ganz wenigen Frauen, die Hughes den Sex verweigert hatten. Er wusste, wenn er das Hotel kaufte, würde ihm das Vergnügen zuteil werden, Sinatra auszubooten.

Im Juli 1967 drängte Hughes Maheu, den bestmöglichen Deal für das *Sands* herauszuschlagen. Der Preis lag bei 14,6 Millionen Dollar. Das Geld kam von der *Texas Bank of Commerce* und von *Hughes Tool*, der Vertrag wurde Anfang August geschlossen. Zu den Förderern dieser Transaktion gehörte auch Johnny Rosselli. Hughes befürchtete, dass die Tageszeitung *Las Vegas Sun* Kritik äußern könnte. Er kaufte dessen Besitzer – Hank Greenspun – mit einer Million Dollar, die Hälfte davon in Form von Anzeigen für die Shows im *Sands* und *Desert Inn*, die andere Hälfte als Taschengeld. Hinzu kam ein Kredit in Höhe von 4 Millionen Dollar, ohne Sicherheit, bei 3 Prozent Zinsen. Greenspun sagte, er hätte nicht erwartet, dass er Zinsen zahlen müsse.

Sinatra besaß einen gültigen Vertrag mit dem *Sands* und Jack Entratter für einen Auftritt am Labor-Day-Wochenende. Mit unfassbarer Dreistigkeit versuchte er, Hughes einen besseren Deal aus dem Kreuz zu leiern, zu dem auch gehörte, dass er Hughes seine *Cal-Neva Lodge* am Lake Tahoe verkaufen wollte, doch Hughes erinnerte sich sehr wohl an die Nächte, die Sinatra dort mit Ava Gardner verbracht hatte, und gönnte Sinatra keinen Penny. Er lehnte rundweg ab.

Sinatra war außer sich vor Zorn. Als der Sänger versuchte, in das sakrosankte Penthouse im neunten Stock einzudringen, wurde er von Hughes' Männern abgewiesen. Niemand wies Sinatra zurück. Zu Hughes' Freude sagte er seinen ersten Auftritt ab, und als er dann noch einmal wiederkam, pöbelte er die Leute im Casino an. Maheu berichtete Hughes, Sinatra sei betrunken mit einem Golfkarren in eine der großen Scheiben des *Sands* gefahren. Der Sänger schrie den stellvertretenden Hoteldirektor Carl Cohen an: »Ich brech dir beide Beine!«, als Cohen ihm einen Kredit verweigerte. Sinatra hatte 50 000 Dollar an den Tischen verloren. Hughes ließ Sinatra rauswerfen, weil dieser die Croupiers im *Sands* angebrüllt hatte, er habe das *Sands* mit seinen Auftritten erst groß gemacht und könne so viel Geld verlangen, wie er wolle.

Hughes zerriss Sinatras Vertrag, und Sinatra unterschrieb im

Caesars Palace. Am 12. September wurde Hughes um fünf Uhr morgens aus unruhigem Schlaf geweckt. Man erklärte ihm, Sinatra stünde unten in der Lobby und erkundige sich nach Carl Cohens Zimmernummer. Da man sie ihm nicht sagen wollte, schrie er, Jack Entratter solle kommen. Er terrorisierte die Vermittlung, durchsuchte das Hotel und fand den Raum, in dem die Telefonistinnen saßen. Er schrie, sie sollten die Tür aufmachen. Sie wollten nicht. Dann holte Sinatra Cohen aus seinem Zimmer, warf ihm Spielchips an den Kopf und schimpfte ihn einen »Drecksjuden«, woraufhin Cohen drohte, ihm ein paar Zähne auszuschlagen. Als Frank daraufhin drohte, Cohen umzubringen, setzten ihn Hughes' Leute auf die Straße.

Nach diesem Zwischenfall wurden die Casinos im *Sands* und *Desert Inn* besser überwacht. Hughes ließ nicht zu, dass Gewinne abgeschöpft wurden. Sämtliche Kartengeber wurden von seinen Sicherheitsleuten belauert, und überall waren versteckte Kameras installiert, mit denen Maheu seine Leute im Auge behielt. Bevor Hughes kam, hatte der Mob Zigtausende an der Steuer vorbei geschleust. Inzwischen wurden die Casinos so straff geführt wie Banken.

Hughes bereitete der Tradition ein Ende, dass Cocktailkellnerinnen oder Showgirls nebenher als Prostituierte arbeiteten. Er verbat den Mädchen Sex mit Zockern. Als er herausfand, dass sich einige nicht an die Vorschriften hielten, wurden sie sofort gefeuert.

Hughes machte den ehemaligen US-Air-Force-Generalmajor Edward H. Nigro zum Hauptgeschäftsführer des *Sands.* Natürlich war Nigro weder ein Zocker noch verstand er überhaupt etwas vom Glücksspiel. Er organisierte Hughes' privaten Flugdienst unter dem Chefpiloten Bob Wearley.

Um Hughes' Image als moralische Instanz in Las Vegas zu untermauern, pflegte Robert Maheu Kontakt zu den entsprechenden Leuten und stärkte Hughes' guten Ruf bei konservativen Einrichtungen wie der YMCA, den Pfadfindern, der »Amerikanischen Gesellschaft für Ökumenische Studien«, der *Nevada Southern University* und dem beratenden Gremium des Bezirksstaatsanwalts. General Nigro spielte eine entscheidende Rolle in einer ganzen Reihe von Ausschüssen, darunter dem *Governor's Advisory Board on Tourism.*

Hughes allerdings hatte schon die nächste fixe Idee in petto. Da ihn ärgerte, dass es immer so lange dauerte, wenn Filmvorführer neue Spulen in einen Projektor fädeln mussten, sah er sich wie manisch alte Filme im Fernsehen an. Es ärgerte ihn maßlos, dass er sich die alten Streifen (darunter auch seine eigenen) nicht mehr wie in Los Angeles bis in die frühen Morgenstunden ansehen konnte, weil die Reichweite des Senders aus Los Angeles nicht genügte und die örtliche *CBS*-Filiale *KLAS* bereits kurz nach Mitternacht abschaltete.

Also beschloss er, den Sender zu kaufen. Wieder bestand das Problem vor allem darin, ohne die üblichen persönlichen und geschäftlichen Bekenntnisse und Auftritte vor Kommissionen eine Lizenz zu bekommen – diesmal von der *Federal Communications Commission.* Er beauftragte Maheu, sich darum zu kümmern.

Mit Erfolg. Hughes' Mitarbeiter Raymond A. Holliday sprach an Hughes' Stelle vor, und der Fernsehsender wurde auf seinen Namen eingetragen – was Hughes das Leben enorm erleichterte und unangenehme Fragen der *FCC* verhinderte. Im selben Augenblick jedoch, als der Verkauf besiegelt war, gab Hughes Anweisungen an Holliday heraus, wie dieser den Sender zu führen habe. Er bombardierte den *CBS*-Boss William Pailey in New York mit Anfragen nach seinen alten Lieblingsfilmen, und einigen seiner Wünsche konnte auch entsprochen werden (*CBS* besaß keineswegs die Rechte an *allen* Studioprodukten). Bis zum Morgengrauen sah er sich einen alten Film nach dem anderen an. Der kleine Spaß kostete ihn 3,6 Millionen Dollar.

Gleichzeitig erwarb Hughes den Grund und Boden, auf dem *Castaways* und *Frontier* standen, und dazu die lokale Fluggesellschaft *Alamo Airways.* Er lebte auf, war aufgekratzt wie ein kleiner

Junge, der beim Monopoly gewinnt. Bald schon gehörte ihm etwa ein Fünftel der Stadt. Im Zuge dieser Transaktionen gab er 65 Millionen Dollar aus – allerdings nur einen Bruchteil dessen, was nach dem Verkauf von *TWA* in seinem Sparschwein klimperte.

Zusätzlich tätigte Hughes einen Kauf, den er schon seit der Heirat mit Jean Peters im Sinn gehabt hatte. Er kaufte fast ganz Tonopah, Nevada, einschließlich 710 Claims, dazu über 14 200 Morgen Land im Nye County und sieben weiteren Countys, zum Preis von 10,5 Millionen Dollar.

Eine Lizenz nach der anderen stellte die Glücksspielkommission für Hughes' diverse Casinos aus. Kam irgendwo Widerstand auf, ließ Hughes einmal mehr die Idee einer medizinischen Schule aufleben; aber ein Jahr, nachdem er die Idee öffentlich geäußert hatte, war noch immer nichts passiert. Zwar handelte die Kommission in seinem Sinne, doch wieder einmal versäumte es Hughes, seinen Teil der Abmachung zu erfüllen. Stattdessen begann er mit der Ausführung eines Plans, den er mit Zustimmung von Gouverneur Laxalt ersonnen hatte: Das Multimillionen-Dollar-Projekt NEEDS (*Nevada Essential Developments Surveys)* sollte Alte und Hilfebedürftige unterstützen. Doch auch dieses Projekt war wieder mal nur eine seiner zynischen Schnapsideen, die mit dem feinen Sand vor Hughes' Penthousefenstern verwehten.

Er war bereit zu lügen, zu betrügen und alles zu tun, um an die Hotels zu kommen, die er besitzen wollte. Er sprach davon, einen riesigen, erstklassig ausgestatteten Flughafen zu bauen, ein neues *Sands*-Hotel mit unendlich vielen Zimmern, großen Swimmingpools und Sportanlagen… Alles nur wilde Phantasien, der reine Selbstzweck. Mittlerweile war Hughes nicht nur König der Neurotiker, sondern auch ein echter Lügenbaron.

Das purpurne Deckmäntelchen, das ihm seine PR-Maschinerie umhängte, glitzerte so schillernd, dass man ihm sogar verzieh, als er sich wie die böse Fee im Märchen benahm und das allseits beliebte, traditionelle Ostereiersuchen der Kinder absagte, welches alljährlich im *Desert Inn* stattfand. Sehr zum Verdruss Hunderter von Eltern fiel dieses Ereignis jahrelang aus. Wie eh und je hasste er Kinder. Der geistige Mörder seines eigenen Sprösslings (wenn man Terry Moore Glauben schenkt), der seine schöne Zeit im *Camp Dan Beard* offenbar völlig verdrängt hatte, beklagte sich in seinen Notizen an Robert Maheu, die kleinen Racker würden doch nur schreien und ihn in seiner Ruhe stören.

Er fürchtete, die Blagen könnten sein Casino verwüsten, sich die Treppe hinaufschleichen – an seinen Wachen vorbei – und ihn mit einer ganzen Armee unbekannter Bazillen infizieren und ermorden. Er bot an, das Fest ins *Sunrise Hospital* zu verlegen und als Anreiz einen Betrag zwischen 25 000 und 50 000 Dollar zu spenden. In einem Memorandum vom März 1968, das er auf dem üblichen, gelben Papier an Maheu schickte, hackte er immer weiter auf dem Thema herum, statt Maheu einfach zu bitten, dass er sich der Sache annahm. Was Maheu schließlich tat.

Hughes entwickelte eine wahre Aversion gegen eine Show, die er nie gesehen hatte (»*Pzazz*« im *Desert Inn*, in etwa so sexy wie ein Mittagessen bei den Rotariern), weil er fürchtete, es könne dabei um Glitzer, Glamour und nackte Brüste gehen, was seinem Image als Moralapostel schaden würde. Also verlangte er Maheu gegenüber, in Zukunft müssten alle Shows von ihm abgesegnet werden. Aber er sah sich niemals eine an, nicht einmal eine Privatvorstellung, und bald schon hatte er die Sache vergessen und ließ Maheu die Shows mit unterschiedlichem Erfolg betreuen. Beliebte Stars wie Dinah Shore, Alan King und Wayne Newton, die Maheu engagiert hatte, ließen ihn kalt. Eine Reaktion entlocken konnte ihm einzig und allein Sammy Davis junior, von dem er sagte: »Nigger. Diese Leute haben die Zivilisation um tausend Jahre zurückgeworfen.«

Immer weiter warf Hughes seine Netze aus. Er wollte einen größeren Teil der Steueroase Nassau besitzen. Mit der CIA, der eine »Tarnfirma« mit dem sonderbaren Namen *Mary Carter Paints* gehörte, schloss er einen Deal ab, der es ihm ermöglichte, die Betriebsgenehmigung für das *Paradise Island Casino,* das dazugehörige Hotel und den *Ocean Club* zu erwerben. Thomas Dewey und Allen Dulles hatten *Mary Carter Paints* 1958 gegründet, zu einer Zeit, als Dulles Chef der CIA war, kurz bevor er mit Hughes' Duldung Maheu beim Attentatsversuch auf Fidel Castro eingespannt hatte. 1960 brachte *Mary Carter Paints* das Geld auf, das man den kubanischen Truppen des abgesetzten Präsidenten Batista in Florida zahlte. 1963 tat sich die CIA über *Mary Carter* mit dem Mob zusammen, um faschistische Regierungen in Südamerika zu unterstützen. 1964 dann untersuchte Robert Kennedy – auch nachdem er den Posten des Justizministers gar nicht mehr bekleidete – die Verbindungen zwischen Hughes, Moe Dalitz, San Giancana, der CIA, *Mary Carter Paints* und Nassau.

Während Hughes mit Tarnfirmen der CIA verhandelte, bekam er gleichzeitig Schwierigkeiten mit der US-Regierung. Jahrelang hatte er den forschen Albert W. Bayer, einen seiner Vizepräsidenten, darauf angesetzt, dass man ihm (genauso wie es Johnny Meyer mit Elliott Roosevelt und den Einkäufern der Air Force im Zweiten Weltkrieg getan hatte) eine Vorzugsbehandlung angedeihen ließ, wenn es um den Verkauf von Hubschraubern durch *Hughes Tool* an die Army Air Force ging.

Bayer riskierte nicht, hohe Militärs mit Frauen zu bestechen. Stattdessen nahm er sie mit auf Bootstouren und auf die Kojotenjagd – Pfadfinderausflüge für Männer, die eigentlich Besseres zu tun gehabt hätten. Bayer schaffte es, sich mit den richtigen Leuten anzufreunden, ohne sie vor ihren Frauen in Verlegenheit zu bringen – ein Golfclub-Wochenende (anstelle einer Meyer-Orgie) musste genügen. Indem er ein ganzes Netz respektabler Freundschaften zu zahllosen Offiziellen schuf (allesamt auf Hughes' Spesenrechnung, die nie in seinen Büchern auftauchten), konnte er sich so viele Verträge sichern (der erste über 6,5 Millionen Dollar), die sich auf Hughes' übervollem Schreibtisch stapelten.

Während des Vietnamkriegs hatte Hughes ein wahres Vermögen

verdient, was ein weiterer Grund war, auch in Zukunft antikommunistische Hasstiraden vom Stapel zu lassen. Hunderte von Hubschrauber-Bestellungen lagen vor, doch überspannte er den Bogen. Er verlangte zu viel, und er brauchte zu lange, um die geforderten Hubschrauber herzustellen. Sein Versuch, *Hughes Tool* per Fernbedienung zu leiten, hatte zu einer erbärmlich unzulänglichen Produktion geführt. Hinzu kam sein offensichtlicher Versuch, das Pentagon zu hintergehen.

Da er nicht mehr als eine Hand voll von Maschinen liefern konnte, war man in Washington nicht gut auf ihn zu sprechen, und *Hughes Tool* machte in vier Jahren 23,2 Millionen Dollar Verlust. Sein dauerndes Missmanagement sollte ihn einmal mehr in die Katastrophe führen. Schließlich verlor er mehr als 100 Millionen Dollar und musste verzweifelt zusehen, wie er von seinem größten Rivalen *Bell* unterboten wurde, der einen Gewinn von 123 Millionen Dollar einstreichen konnte.

Seine übertrieben hohen Kosten, seine Übergriffe auf andere Firmen und der Erwerb von Silber-Claims führten dazu, dass er in drei Jahren 268 Millionen Dollar verprasste. Und immer noch besaß er über 330 Millionen Dollar in bar, in Fonds und Staatsanleihen.

Ständig ersann Hughes neue Pläne, wie Geld zu verdienen wäre, und so versuchte er, Carl Kotchian, dem Präsidenten von *Lockheed*, die Hubschrauberproduktion der *Hughes Tool Aircraft Division* anzudienen. Darüber hinaus erklärte er Kotchian, er sei sogar bereit, *Hughes Aircraft* selbst zu verkaufen – trotz des Umstands, dass die gesamten Gewinne von *Hughes Aircraft* an das *Medical Center* gebunden waren und ein Verkauf wegen dieser Vereinbarung mit den Steuerbehörden illegal gewesen wäre.

Als sich Kotchian verständlicherweise unbeeindruckt zeigte, bot Hughes ihm an, eine Milliarde Dollar zu investieren (die er nicht flüssig hatte), um davon 100 *Lockheed L-1011 TriStars* mit *Rolls-Royce*-Turbinen zu erwerben. Doch wussten die entscheidenden Leute bei *Lockheed* nach einer kurzen Anfrage bei *Dunn and Brad-*

street, dass er das Geld überhaupt nicht hatte, und sie erinnerten sich daran, wie er vor Jahren die *Convairs* auf der Rollbahn hatte verrosten lassen. Aber die Bestellungen der großen Fluggesellschaften für die *L-1011* ließen zu wünschen übrig, sodass sie mit unfassbarer Naivität Hughes' Bestellung annahmen und tatsächlich über den Verkauf seiner Firmen verhandelten.

Diese absurden Verhandlungen überließ Hughes dem Anwalt Raymond Cook, den er wie üblich mit Kommandos, Ermahnungen und Nörgeleien bombardierte. Leider jedoch unterlief ihm ein schwerer Fehler. Er verriet Cook, dass er Kotchian belogen hatte, als er ihm sagte, dass er die Flugzeuge selbst benutzen würde. Er wollte Kotchian über den Tisch ziehen und die Maschinen mit Gewinn weiterverkaufen.

Cook ließ die Wahrheit bei *Lockheed* durchblicken – ein Akt von unfassbarer Dummheit. Stundenlang saß Hughes am Telefon und log, Cook habe ihn schlecht vertreten. Er versprach, er wolle die *Lockheed L-1011* selbst einsetzen.

Kotchian ließ sich allen Ernstes einwickeln, wenn er auch den Preis erhöhte und gleichzeitig die Anzahl der Maschinen reduzierte, die er Hughes zu verkaufen bereit war, auf fünfundsiebzig Stück.

Und dann, als der Deal eben mit einer Anzahlung unter Dach und Fach gebracht werden sollte, kniff Hughes – wie üblich. In Washington warf man ihm in endlosen Anhörungen zum Thema *TWA* vor, gegen die Kartellgesetze verstoßen zu haben. Er besaß keine Milliarde Dollar und fürchtete, wenn er sich eine solche Summe von den Banken lieh, würde er alle seine Firmen und Hotels als Sicherheit angeben müssen und möglicherweise alles verlieren, falls er die *L-1011*-Maschinen nicht mit Gewinn verkaufen konnte. Selbst mit seinem egomanischen Selbstbewusstsein fürchtete er, Kotchian könne mitbekommen, dass man ihn hintergangen hatte. Wütend musste Kotchian – wie so viele Geschäftsleute vor ihm – feststellen, dass sein Gegenüber mit gezinkten Karten spielte. Aber sie waren nicht im Wilden Westen. Er konnte die Angelegenheit nicht mit dem Revolver regeln.

Entnervt nahm Hughes die Nachricht auf, dass der *ABC*-Präsident Leonard Goldenson, der ihn von ganzem Herzen hasste, die Absicht hatte, in Las Vegas einen Konkurrenzsender einzurichten und davon sprach, eine entlarvende Sendung über Hughes' Karriere zu bringen. Unter dem Vorwand, dass ihm die Nachrichtenabteilung von *ABC* missfiele und der Sender den anderen Networks hinterherhinke, beschloss er, *ABC* zu kaufen. Er wusste, dass Goldenson nie nachgeben würde, also bot er den Aktionären einen ordentlichen Gewinn, um auf diesem Wege die Anteilsmehrheit zu erlangen.

Obwohl Hughes *ABCs* beliebte Sendung *The Dating Game* hasste (in der einmal ein hellhäutiges schwarzes Mädchen, das er für eine Weiße hielt, in Rom mit einem Schwarzen ausging), trieb er die Sache voran. Er gab Bautzer Anweisung, alles zu arrangieren. Er wollte 74,25 Dollar pro Aktie bieten, was mehr als 14 Prozent über ihrem Wert lag. In seinem Ungestüm jedoch hatte er die wachsame *Federal Communications Commission* übersehen, die ihm eine Lizenz für den Betrieb gewähren musste, sobald er Goldenson feuerte und das Network übernahm.

Goldenson hatte einigen Einfluss auf die *Federal Communications Commission* und sorgte dafür, dass sie von Hughes' Achillesferse erfuhr. Man wollte ihn zwingen, vor der Kommission zu erscheinen, und diesmal würde man keine Ausreden gelten lassen. Er würde seine geschäftlichen und persönlichen Geheimnisse preisgeben müssen. Hughes geriet in Panik. Als Goldenson eine gerichtliche Verfügung gegen ihn erwirkte, was die geplante Aktienübernahme blockierte, war er sogar erleichtert. Doch dann zog Chester Davis – bevor Hughes ihn bremsen konnte – die üblichen Fäden in Washington und ließ diese Verfügung aufheben. Hughes war hysterisch, fand jedoch einen Ausweg: Er konnte sich die nötigen Aktien ohnehin nicht leisten. Goldenson hatte ihm eine schallende Ohrfeige verpasst.

Nach der Schlacht mit Goldenson nahm eine tief sitzende Angst von Hughes Besitz. Ausgerechnet Susan Hayward, die in dem Film *Stolen Hours* (1963) eine Krebskranke gespielt hatte, Agnes Moorehead, John Wayne und mehrere Mitarbeiter aus dem Team, das bei den Dreharbeiten zu *The Conqueror* vor Ort gewesen war, litten unter den Auswirkungen der radioaktiven Strahlung. Der Schauspieler Pedro Armendariz nahm sich das Leben, als er erfuhr, dass er Krebs hatte. Da er um diese Tragödien wusste und sich sehr wohl daran erinnerte, dass es seine eigene, wahnwitzige Entscheidung gewesen war, den Film in einer radioaktiv verseuchten Gegend zu drehen, wurde ihm plötzlich bewusst, dass er bei seinem Umzug nach Las Vegas ein entscheidendes Detail übersehen hatte: Die Nukleartests waren mittlerweile wieder aufgenommen worden, und es war sehr gut möglich, dass auch er in seiner Höhle im neunten Stock an Krebs erkrankte.

Maheu und anderen aus seinem Umfeld erschien die Sorge unbegründet. Doch Hughes' Unruhe verwandelte sich in bitteres Entsetzen, als er eines Nachts im April einen Bericht darüber sah, dass die Atomenergiekommission eine Bombe namens »Boxcar« testen wollte, deren Sprengkraft alle bisherigen Atomwaffen übertraf – und zwar in Palute Mesa, nur etwa 240 Kilometer von Hughes' Wohnort entfernt. Erst sollte Hank Greenspun, der nach wie vor tief in seiner Schuld stand, die Sprengung in einer Titelgeschichte anprangern, doch Greenspun traute sich nicht. Das Testgelände bot vielen Menschen Arbeit, und wenn die Tests eingestellt würden, wären viele seiner Leser arbeitslos. Hughes versuchte, Greenspun davon zu überzeugen, dass seine medizinische Schule und neue Hotels erheblich mehr Geld nach Las Vegas bringen würden als die Atomenergiekommission. Doch dieser fadenscheinige Versuch scheiterte.

Hughes schürte Unruhe auf dem Testgelände, was einen Streik zur Folge hatte. Er drohte, die Atomwaffengegner zu unterstützen, die er bisher durchweg als kommunistische Sympathisanten beschimpft hatte. Maheu warnte die Atomenergiekommission (AEC),

Hughes würde seine gesamten Millionen in eine Anti-AEC-Kampagne investieren. Das war insofern natürlich absurd, als er stets ein vehementer Befürworter des Kalten Krieges gewesen war, der diese Tests überhaupt erst nötig machte. In einem Memo nach dem anderen wetterte er, die Behauptung der AEC, ein Teststopp würde Amerikas Wehrhaftigkeit schwächen, sei zu »99 Prozent reiner Unsinn«, und »diese Leute [die AEC] sollten lieber mal von ihrem verdammt hohen, aristokratischen Ross herunterkommen und sich um einen Kompromiss mit uns bemühen«.

Er schickte einen endlosen, unbedachten Brief an Präsident Lyndon B. Johnson ins Weiße Haus, bat um einen Aufschub von 90 Tagen und argumentierte diesmal mit der Gesundheit der Bürger. Johnson legte den Brief ungerührt zu den Akten, und der Test ging planmäßig am 26. April 1968 über die Bühne. Von diesem Moment an war Hughes überzeugt davon, dass ganz Las Vegas an Krebs erkranken würde. Am Ende der Woche war er ein nervliches Wrack.

Hughes war wild entschlossen, weitere Tests zu verhindern. Im Herbst 1968 stand die nächste Präsidentenwahl an. Wem sollte er für seine Ziele finanziell unter die Arme greifen? Nixon konnte er bei dieser Wahl nicht unterstützen, denn Nixon wollte weitere Tests. Von den möglichen Kandidaten der Demokratischen Partei verachtete und fürchtete er Bobby Kennedy am meisten. Eugene McCarthy hielt er für einen Schwächling, glaubte jedoch, dass Vizepräsident Hubert Humphrey möglicherweise in seinem Sinne handeln würde, wenn Präsident Johnson erst abgedankt hatte. Humphreys Sohn Robert stand bereits in seinen Diensten. Am 9. Mai traf sich Maheu auf Hughes' Anweisung hin mit Hubert Humphrey in Denver. Humphrey versprach, alles zu tun, was in seiner Macht stand.

Daraufhin erklärte Maheu, er habe von Hughes 100 000 Dollar zur Verfügung gestellt bekommen, die er in Humphreys Wahlkampf investieren sollte. Humphrey wies darauf hin, dass Hughes nicht weiter gegen Atomenergiekommission und Verteidigungsministerium ankämpfen müsse, da Humphrey dabei sei, ein Komitee aus

Wissenschaftlern zusammenzustellen, das sich mit den Auswirkungen radioaktiver Strahlung beschäftigen würde.

Hughes war begeistert und sagte dem Komitee 300 000 Dollar zu. Dann jedoch kam ihm die Befürchtung, Bobby Kennedy könne Humphrey besiegen, dem es in jeder Hinsicht am Glamour, am Charisma und auch am großen Namen mangelte, mit dem sein Rivale dienen konnte. Wenn Bobby doch nur sterben würde! Hughes wartete.

Am frühen Morgen des 4. Juni 1968 saß die einsame Vogelscheuche – umgeben von umherschleichenden Leibwächtern – in Pyjama und Morgenmantel vor dem Fernseher und starrte entgeistert den Bildschirm an. Das Programm wurde von einer erstaunlichen Nachricht unterbrochen. Hughes sah, wie Bobby Kennedy – gut aussehend, jung und selbstbewusst, der triumphale Sieger des kalifornischen Wahlkampfes – die Küche des *Ambassador Hotels* betrat, in dem Hughes in seiner Jugend gewohnt hatte, als ein Schuss zu hören war, und Kennedy in sich zusammensank. Hughes war entzückt.

Während der vielen Stunden, in denen Bobby Kennedys Leben am seidenen Faden hing, bombardierte Hughes Maheu mit Anrufen und Memoranden. Er war geradezu begeistert. Jetzt hatte Humphrey tatsächlich eine Chance, und Hughes wollte Kennedys gesamtes Wahlkampfteam aufkaufen (er war überzeugt davon, dass jeder Mensch käuflich war), für den Fall dass Edward Kennedy für seinen Bruder einzuspringen gedachte. Er träumte davon, Gouverneur Paul Laxalt, seinen Verbündeten, ins Rennen um die Präsidentschaft zu schicken, und war gewillt, Millionen zu investieren, damit Laxalt ins Weiße Haus einzog.

In einem seiner Memos schrieb er:

> Sobald sie wieder zu sich kommen, nachdem sie achtundvierzig Stunden lang versucht haben, ihre Trauer zu ertränken, werden sie sich schrecklich allein fühlen und Angst bekom-

> men. Natürlich werden sie versuchen, es mit Ted zu schaffen, aber dieser Weg ist lang und steinig … Ich bin mir sicher, dass jetzt die einmalige Chance besteht, eine komplette politische Organisation zu übernehmen, gut ausgebildet und bereit loszuschlagen.

Er beschloss, ganz oben anzusetzen. Er wollte Kennedys energischen Wahlkampfleiter Larry O'Brien kaufen. Als Katholik würde sich Maheu bei O'Brien Gehör verschaffen können. Zwar wusste O'Brien, dass Bobby Hughes gehasst hatte, aber er war auch nur ein Politiker. Hughes hatte 25 000 Dollar in den verhassten Kennedy-Wahlkampf gesteckt.

Maheu traf sich am 4. Juli 1968 in Las Vegas mit O'Brien. Hughes hatte ihm genaue Instruktionen mit auf den Weg gegeben, doch O'Brien konnte Bobby Kennedys Team gar nicht verkaufen. Es hatte sich längst aufgelöst, und O'Brien war nun arbeitslos. Hughes engagierte O'Brien nicht vom Fleck weg, aber er wusste, dass ihm O'Brien in Zukunft nützlich sein würde und in einer potenziellen Regierung sehr wohl eine entscheidende Rolle spielen konnte. Also wies er Maheu an, ihm 25 000 Dollar auszuzahlen, was Maheu tat. Bald darauf stand O'Brien mit 15 000 Dollar monatlich auf Hughes' Lohnliste.

Trotz seines 100-Millionen-Desasters mit den *Hughes-Tool*-Hubschraubern und seinem kläglichen Scheitern, *Lockheed* mit den *L-1011* zu hintergehen, machte sich Hughes unverzagt daran, seine nächsten Kaufinteressen in die Tat umzusetzen. Er wollte sich *Air West* unter den Nagel reißen, die Fluglinie, die allgemein nur »Air Worst« hieß. Der in Jugoslawien geborene Einwanderer Nick Bez hatte es bis zum Vorstandsvorsitzenden gebracht, als er die kleine Fluglinie 1964 geschickt aus drei verschuldeten Gesellschaften formiert hatte. Leider jedoch verspielte er seine Chance durch ungeschicktes Management, Überbuchungen und Verspätungen.

Hughes bat Maheu, die Verhandlungen mit Bez zu führen, der schwer an Krebs erkrankt wár. Bez entpuppte sich als harter Verhandlungspartner, obwohl er persönlich nichts mehr zu gewinnen hatte. Seine Direktoren stritten und feilschten. Nach endlosen Diskussionen schickte Hughes Maheu mit einem Angebot über 20 Dollar pro Aktie zurück an den Verhandlungstisch, womit der Komplettpreis für die Fluggesellschaft insgesamt 80 Millionen Dollar betragen hätte. Bez trieb den Preis auf 22 Dollar pro Aktie hoch, doch sein Vorstand wollte mehr. Der stellvertretende Vorsitzende Edmund Converse kannte Hughes' Vorgeschichte, misstraute ihm zutiefst und drohte, den ganzen Deal scheitern zu lassen.

Hughes handelte umgehend. Er lenkte die Aufmerksamkeit – besonders die der Aktionäre von *Air West* – auf den kläglichen Zustand der Fluglinie. Man heuerte den Publicity-Spezialisten James Snyder (»Jimmy, der Grieche«) an, der dem angeschlagenen Ruf von *Air West* den Rest geben sollte. Hughes' alte Freunde im Hearst-Zeitungsimperium halfen ihm. Snyder gab auf Hughes' Anweisung hin eine Presseerklärung heraus: Eine Aktionärsgruppe aus Nevada habe Snyder engagiert, da sie das Angebot von 22 Dollar pro Aktie annehmen wollten. Eine solche Gruppe existierte nicht.

Weitere Hilfe kam vom demokratischen Senator Alan Bible aus Nevada, dem Hughes 30 000 Dollar für seinen Wahlkampf zukommen ließ, obwohl Hughes eigentlich mit Gouverneur Laxalt eng verbunden war. Schon am nächsten Tag attackierte Bible *Air West* in der *Las Vegas Sun* (28. September 1968).

Unter Hughes' öffentlichem Bombardement brach *Air West* auseinander. Die *Bank of America* drohte, Bez den Boden unter den Füßen wegzuziehen. Als Hughes bewusst wurde, dass die anderen Vorstandsmitglieder den Deal ins Stocken bringen konnten, sollten Chester Davis und Maheu darauf bestehen, dass Bez die Verhandlungen trotz seines beklagenswerten Gesundheitszustands bis zum bitteren Ende führte. Hughes wusste, je länger Bez im Amt bliebe, desto weiter würde sich der Zustand der Gesellschaft verschlechtern.

Ende Dezember wären die Aktionäre bereit gewesen, die 22 anzunehmen, doch der Vorstand stimmte mit dreizehn zu elf gegen den Verkauf. Lieber wollten sie an *Northwest Airlines* verkaufen. Hughes tobte vor Wut. Silvester bis zur Silvesternacht um Schlag zwölf blieb ihm noch Zeit, die Entscheidung zu revidieren oder sein Angebot zurückzuziehen.

Als erstes ließ er alle *Air-West*-Aktionäre, die er kannte (darunter auch Hank Greenspun von der *Las Vegas Sun*), ihre Aktien zu Dumpingpreisen abstoßen, was den Marktwert minderte. Chester Davis heckte eine Klage der Aktionäre gegen ihren gewählten Vorstand aus, mit Unterstützung des todkranken Bez. Sie erklärten, die Direktoren hätten die Aktionäre um ihren Gewinn betrogen, als Hughes' Angebot abgelehnt wurde.

Bez sicherte Chester Davis und Maheu seine Unterstützung zu. Das Hughes-Team arbeitete – mit Hilfe einer Anwaltskanzlei aus Delaware – rund um die Uhr, um die Klage auszuarbeiten. Erstaunlich schnell fanden sich verärgerte *Air-West*-Aktionäre und schlossen sich der Klage an.

Die widerspenstigen Direktoren wurden mit Briefen und anonymen Anrufen bombardiert. Zeitungen, die Hughes nahe standen, machten ihnen das Leben schwer. Er schlief nicht mehr, je näher das Fristende Silvester rückte. Als die Klage der Aktionäre in Delaware eingereicht war und Hughes dafür gesorgt hatte, dass alle Zeitungen darüber berichteten, scheiterte ein Versuch der Direktoren, über Bez' Kopf hinweg an *Northwest* in Seattle zu verkaufen. Mit einem derart belasteten Handel wollten die Direktoren bei *Northwest* nichts zu tun haben.

Dann gab Vorstandsmitglied John Parker den Kampf auf, und Edmund Converse stand mit dem Rücken zur Wand. Endlich schien der Verkauf besiegelt. Bez konnte den Vertrag unterzeichnen – nur musste es geschehen sein, bevor das neue Jahr begann.

Etwa neun Stunden vor Mitternacht flogen Chester Davis und Maheu mit Hughes' privatem *De-Havilland*-Jet an Silvester von Las

Vegas nach Seattle, wo Bez lebte. Unglücklicherweise gerieten sie in einen schweren Schneesturm. Während die Maschine mit heftigen Turbulenzen zu kämpfen hatte, informierte man sie darüber, dass der Flughafen geschlossen sei. Alle Landeversuche scheiterten. Sollte das Geschäft platzen? Würde Hughes sie alle feuern?

Nichts, weder das Wetter noch Tod oder Teufel konnten Hughes von seinem Plan abhalten. Hughes hatte »Aviation Director« Francis Fox vorausgeschickt, um eine Runway freiräumen zu lassen und die Erlaubnis für eine Notlandung einzuholen. Der Pilot brachte einen holperigen Touchdown zustande, und Davis und Maheu hetzten zu einem wartenden Wagen. Dann pflügten sie im Schneetreiben durch die Straßen von Seattle zu Bez' Apartment, wo der kranke Mann mit seinen Freunden gerade Silvester feierte. Bez unterschrieb, und ausgelassen stießen alle auf den Verkauf an, während im Fernseher das neue Jahr verkündet wurde. Als Maheu dann bei Hughes anrief, freute der sich zwar, wollte sich aber nicht persönlich bei dem todkranken Bez bedanken. Um Viertel nach zwölf schließlich gab er nach. Er rief Bez zurück und plauderte zwanzig Minuten lang mit ihm über alte und neue Zeiten in der Luftfahrt. Bez war überglücklich.

Das Spiel jedoch war nicht vorbei. Noch musste Hughes die Genehmigung der zivilen Luftfahrtbehörde einholen. Und er geriet in leise Panik, ob der Kauf von *Air West* vielleicht doch ein Fehler gewesen sein mochte. Am 14. Januar überlegte er, ob er einen Rückzieher machen sollte. Obwohl sich der widerspenstige Direktor Edmund Converse gezwungenermaßen Hughes hatte fügen müssen, bezweifelte er doch, dass Hughes die Fluglinie ernstlich kaufen wollte. Wie schon andere misstrauische Geschäftsleute vor ihm bestand er darauf, dass Hughes nicht nur private und geschäftliche Details offen legte, sondern persönlich vor der Luftfahrtbehörde erschien. Er wollte, dass Hughes offen darstellte, welche Pläne er mit *Air West* hatte, um sicherzugehen, dass er die Fluglinie auch richtig führen würde. Da Hughes Bez' Unterschrift in der Tasche hatte, wollte er überhaupt nichts offen legen. Wie alle anderen Regierungsstellen, die Tausenden Arbeit gaben, drängte auch die zivile Luftfahrtbehörde Hughes zu nichts. Man hatte sehr wohl im Blick, dass *Hughes Aircraft* der Regierung – mit Genehmigung der CIA – zahlreiche strategische Geräte für den Nachrichtendienst (unter anderem Satelliten) lieferte und mit dem gewinnträchtigen Weltraumprogramm zu tun hatte. Bei allen miesen Tricks, die Hughes anwendete, arbeitete er doch für die Regierung.

Edmund Converses Versuch, Hughes bei den Anhörungen auftreten zu lassen, wurde von der Behörde abgelehnt. Aber man wollte sehr wohl wissen, wer die Fluggesellschaft leiten würde. Geschickt schlug Hughes den unbescholtenen General Edward Nigro vor, der mit seiner Air-Force-Vergangenheit sicher besser als Chef einer Fluglinie geeignet war als für die Leitung des Casinos im *Desert Inn*.

Doch selbst als sich die lendenlahme Luftfahrtbehörde seinen Wünschen fügte und ihm sogar nahe legte, eine spezielle Firma zu gründen, um die wahren Besitzverhältnisse von *Air West* zu verheimlichen, geriet er schon wieder in Panik. Die Verluste bei *Air West* nahmen immer weiter zu, sodass selbst mit dem angekündigten Aktienverkauf nichts mehr auszurichten war. Nach einem Jahr der Unschlüssigkeit (Maheu drängte ihn, lieber abzuspringen) zahlte er schließlich 89 398 091 Dollar für die Fluglinie. Allerdings betrog er die treuen Aktionäre. Mit einer Reihe komplizierter Manöver legte er sie aufs Kreuz.

Unter der Hand traf Hughes mit einigen Besitzern eine Sonderabmachung und bekam von ihnen 48 Millionen Dollar der Gesamtsumme zurück, als Ausgleich für die – während der langwierigen Verhandlungen – rapide Entwertung der Fluglinie, für die er selbst gesorgt hatte. Das alles geschah, ohne dass der äußere Kreis der Aktionäre etwas davon erfuhr. Erfolgshonorare und weitere Zahlungen reduzierten die zu zahlende Summe an Aktienwerten auf bloße 33 Millionen Dollar. Worum genau es sich bei diesen Zahlungen handelte und was eigentlich mit dem Rest der 89 Millionen passiert ist, kam nie heraus.

Am Ende erhielten die Aktionäre keineswegs die versprochenen 22 Dollar pro Aktie, sondern gerade mal 8,75 Dollar. Noch Jahre später versuchten die amerikanische Aufsichtsbehörde für den Wertpapierhandel (»Securities and Exchange Commission«) und das Justizministerium herauszufinden, was es mit den angeblichen Provisionen auf sich hatte. Sechs Jahre später sollten die Ermittlungen schließlich zu jenem spektakulären vorgetäuschten Einbruch in Hughes' Büro führen, bei dem sämtliche relevanten Dokumente ein für alle Mal verschwanden.

Auch während Hughes mit *Air West* beschäftigt war, erwarb er weiterhin Grund und Boden, in dem er Gold und Silber vermutete. Nicht nur Tonopah und Umgebung verleibte er sich ein. Es stapelten sich weitere Papiere, weil er außerdem eine andere gottverlassene Gegend aufkaufte, nämlich das Umland von Virginia City, das Umfeld der berühmten Goldmine »Comstock Lode«, mit der in der Zeit vor dem Bürgerkrieg Tausende reich geworden waren.

Am 6. August 1968 erwarb Hughes elf Claims in Nevada und am 16. Oktober noch einmal sechs. Maheu hatte ihn davon überzeugt, dass sich kostbare Metalle und strategisch bedeutende Mineralien im Wert von 150 Millionen aus der Erde graben ließen, und so hatte Hughes bis zum Jahresende weit über 100 weitere Claims gekauft. Er gab Millionen aus, um die Manie seines Vaters mit Bodenschätzen nachzuleben. Einer seiner Berater, John Meier, übernahm viele dieser Verhandlungen, wobei er (neben einem Prozentsatz von Hughes selbst) in Form von Provisionen ordentliche Gewinne von jedem kassierte, der an Hughes verkaufte. Von einer Firma in Arizona bekam Meier sogar einen Stapel Aktien. Einer der Minenbesitzer, der an Hughes verkaufte, war gleichzeitig Bergbauinspektor für Virginia City und hatte nützliche Tipps parat. Meier reiste in Hughes' Auftrag nach Washington und machte sich einen hohen Beamten des Innenministeriums gefügig, der ihm vertrauliche Informationen zu neuen Möglichkeiten im Abbau von Bodenschätzen zukommen ließ.

Hughes fand heraus, dass die Steuer am besten zu umgehen wäre, indem er die Claims einfach öffnete und dann das Gold, Silber und die anderen Edelmetalle aufbewahrte, bis die Steuern wieder sanken.

Und wer wollte, dass seine Steuern reduziert oder sogar ganz erlassen wurden, sorgte am besten dafür, dass er Einfluss auf das Weiße Haus bekam.

Meier hatte sich mit Donald Nixon angefreundet, dem Bruder des Präsidenten, eben jenem Donald Nixon, dem Hughes 1956 schon 205 000 Dollar geliehen hatte. Die Tageszeitungen vermuteten, Nixon habe gesteigertes Interesse an Hughes' Geschäften mit Bodenschätzen, und verständlicherweise fürchtete der Präsident, er könne unter den Verdacht der Käuflichkeit geraten. Immer regelmäßiger wurden Donalds Besuche in Nevada, bis der Präsident seinen Freund Bebe Rebozo mit warnenden Worten zu Hughes' Mitarbeiter Richard G. Danner schickte.

Hughes und Maheu erklärten Meier, er solle sich zurückhalten. Nixon gab H. R. Haldeman, dem Personalchef des Weißen Hauses, und John D. Ehrlichman, dem innenpolitischen Berater des Präsidenten, Anweisung, die Verbindung zu lösen. Donald Nixon jedoch hielt daran fest. Sein neuestes Geschäft mit Hughes bestand darin, Lebensmittel für Hughes' Flugzeugflotte und die Kantinen des Bodenpersonals zu liefern. Sollte er dem Druck seines Bruders nachgeben müssen, würde er ein Vermögen verlieren.

Nixon ließ Donalds Telefon abhören, was den endgültigen Beweis für die Verstrickungen brachte. Versteckte Kameras zeichneten am 8. Juli ein Treffen mit Meier auf dem Orange County Airport in Kalifornien auf. Hughes hielt an Meier fest, obwohl Maheu zu seiner Entlassung geraten hatte, bevor es zu spät sein würde. Für Hughes war die Vorstellung, den Bruder des Präsidenten in der Tasche zu haben, einfach zu schön um wahr zu sein. Meier hatte seinen Segen, als er sich mit Donald Nixon auf diverse Reisen nach Europa und Südamerika begab, außerhalb des Einflussbereichs von Richard Nixon und dem FBI.

Seit langem schon investierte Hughes in die Dominikanische Republik – davon zeugen schon die ersten Besuche mit seiner Jacht in den Dreißigerjahren. Er autorisierte Meier zum Erwerb von Bergwerkskonzessionen. Meier versprach, im Gegenzug dafür zu sorgen, dass die US-amerikanischen Zuckerimporte aus der Dominikanischen Republik erhöht wurden. Ein dritter Partner auf diesen Expeditionen war der Bergbauspekulant Anthony G. Hatsis aus Salt Lake City.

Entgegen Hughes' Wünschen tat Maheu alles, um die Partnerschaft ein für alle Mal zu beenden. Er versprach Nixons Überwachungsteam, er wolle sich persönlich um die Angelegenheit kümmern. Währenddessen erwarb Meier mehrere Millionen Morgen Land. Als Maheu erfuhr, dass Meier ein weiteres Treffen mit Donald Nixon plante, blieb Maheu nichts anderes übrig, als sich des Mannes zu entledigen. Nach einer aufgebrachten Auseinandersetzung am 2. November im *Frontier Hotel* bat Maheu um Meiers Kündigung.

Trotz Meiers Abschied wollten in Anti-Nixon-Kreisen die Fragen zu Donald Nixon nicht verstummen. Unglaubliches kam ans Tageslicht. Es stellte sich heraus, dass Hughes für Minenkäufe im Wert von mehr als 5 Millionen nie einen Gegenwert erhalten hatte, sondern dass das Geld über Steuerparadiese in die Schweiz geflossen war. Insgesamt 20 Millionen Dollar ließen sich kaum oder gar nicht nachvollziehen. Es gab nur spärliche Unterlagen über die Besitzverhältnisse, und am Ende stellte sich heraus, dass 18 Millionen Dollar irgendwo versickert waren. Die meisten Minen – darunter auch die in Tonopah – wurden geschlossen, als man feststellte, dass es dort weder Gold noch Silber gab. In den 70er Jahren wurde Meier wegen Steuerhinterziehung angeklagt und auch verhaftet. Der Großteil seiner Einkünfte war auf unkorrekte Transaktionen in Hughes'

Namen zurückzuführen. Meier floh aus dem Land. 1978 verklagte *Hughes Tool* Meier auf 8 Millionen Dollar wegen Veruntreuung und des Erwerbs wertloser Minen. Meier floh nach Australien, wo er erneut verhaftet wurde. Allerdings musste man ihn gehen lassen, weil er diplomatische Immunität genoss, denn er hatte mit dem König von Tonga, einer Südseeinsel, einen Deal, und sein Reisepass wies ihn als Botschafter aus. Einmal mehr tauchte er unter, diesmal in Richtung Vancouver. Danach verschwand er endgültig.

SECHZEHNTES KAPITEL

Was kostet Nixon?

Die skandalösen Vorkommnisse im Zusammenhang mit Donald Nixon beeindruckten Hughes nicht. Es reichte ihm nicht, den Bruder des Präsidenten in der Hand zu haben. Er war entschlossen, sowohl den Präsidenten als auch Hubert H. Humphrey, Nixons demokratischen Gegenkandidaten, zu kaufen.

Mehrere Regierungen hatten Hughes mit Samthandschuhen angefasst, teilweise wegen seiner ausgiebigen Wahlkampfspenden und weil *Hughes Aircraft* für CIA, Army und Air Force nützlich war. Doch alle Kompromisse zu seinen Gunsten, wie die unendliche Bereitschaft der zivilen Luftfahrtbehörde und anderer offizieller Stellen sämtliche Vorschriften zu umgehen, damit seine Privatsphäre gewahrt bliebe, genügten ihm nicht.

Zwischen 1968 und 1970 boten sich gleich mehrere Gelegenheiten zu Bestechungen im großen Stil. Eine davon war der geplante Erwerb des *Dunes Hotels* in Las Vegas, wodurch Hughes etwa ein Viertel der Stadt in seinen Besitz gebracht hätte – ein klarer Verstoß gegen die Kartellgesetze. Dann war da sein Versuch, im Zusammenhang mit dem anhaltenden Rechtsstreit mit *TWA* die Zahlung einer gigantischen Kautionssumme zu vermeiden. Eine dritte Gelegenheit hatte damit zu tun, dass er der zivilen Luftfahrtbehörde eine Genehmigung für die Übernahme von *Air West* abringen wollte.

Offenen Auges riskierte er diverse Anklagen: 1. Zahlung von mehr als 5000 Dollar an einen Präsidentschaftskandidaten, was damals illegal war und mit 5000 Dollar oder zehn Jahren Gefängnis (oder beidem) bestraft wurde; 2. Bestechung; 3. Verschwörung zum Betrug an den Vereinigten Staaten; 4. vorsätzliche Steuerhinterziehung; 5. Meineid; 6. Falschaussage. Am 5. März 1974 war der Zeitpunkt gekommen, dass Sonderankläger Leon Jaworski diese Vorwürfe ernstlich in Erwägung zog.

Hughes überlegte, wie der Präsident am besten zu bestechen wäre, um sich eine Vorzugsbehandlung zu sichern, und kam auf Hubert Humphrey. Er wies Robert Maheu an, 50 000 Dollar für Humphrey aus dem »Kassiererkäfig« im *Frontier Hotel* zu nehmen, das er kürzlich erst erworben hatte. Da es sich um Geld handelte, mit dem Spielchips ge- und verkauft wurden, war nicht so leicht nachzuvollziehen, woher es stammte. Das schien eine sinnvolle Taktik zu sein. Außerdem übertrug er Richard C. Danner, einem seiner Washingtoner Anwälte, der aus seiner Zeit beim FBI noch viele Freunde hatte und in Miami eine große Nummer gewesen war, das Management im *Frontier Hotel*. Danner sollte ihm eine Tarnung bieten, falls später jemand Fragen stellte.

Maheu traf bei Humphrey auf offene Ohren. Als er andeutete, der Präsidentschaftskandidat könne mit einem »Posten« – einer Spende von 50 000 Dollar, also 45 000 Dollar über dem Limit – rechnen, zeigte Humphrey verständlicherweise einiges Interesse. Daraufhin brachte Maheu 25 000 Dollar in einem Aktenkoffer per Flugzeug nach Los Angeles, ein Komplize weitere 25 000 Dollar in Bündeln aus Hundert-Dollar-Scheinen.

Auf Hughes' Anweisung checkte Maheu am 31. Juli in eine Suite im *Century Plaza Hotel* von Century City ein. Maheu war zu einem Abendessen zu Humphreys Ehren geladen, bei dem ein Platz am Tisch 5000 Dollar kostete. Humphreys Mitarbeiter Lloyd Hand traf die Vorbereitungen. Maheu packte das gesamte Geld in seinen Aktenkoffer und brachte die 50 000 Dollar nach dem Essen zu Humphreys Limousine draußen vor dem Haupteingang. Er stieg in den Wagen, setzte sich und übergab den Koffer. Bald darauf ließ ihm Humphrey einen kurzen Dank übermitteln. Später erklärte

Humphrey unter Eid, er könne sich an diesen Vorfall nicht erinnern. Vermutlich litt er wohl unter einem Gedächtnisschwund, denn die Transaktion fand nur wenige Monate vor seiner Aussage statt. Am 17. Oktober sackte er weitere 50 000 Dollar ein, diesmal in kleineren Summen.

Mittlerweile hatte Hughes Nixon im Visier. Während er noch überlegte, wie er die Sache angehen sollte, unternahm Nixons bester Freund in Miami, der smarte Immobilienmillionär Charles G. (Bebe) Rebozo, den ersten Schritt.

Rebozo kontaktierte Richard C. Danner und meinte, er beneide Humphrey um Hughes' Finanzspritze, ob er nicht auch eine entsprechende Summe in Nixons Wahlkampf stecken wolle? Dieser Bitte ließ er am 28. August 1968 eine schriftliche Anfrage folgen. Maheu erzählte Hughes davon, und der brach in schallendes Gelächter aus. So war ihm erspart geblieben, den ersten Schritt zu tun.

Im Lauf der folgenden zwei Jahre zahlte Hughes Spenden in Höhe von 425 000 Dollar in die Politik, wovon etwa 100 000 (möglicherweise sogar 150 000) Dollar an Bebe Rebozo gingen. Der Großteil dieser Summe stammte von Hughes' Konto bei der *Texas National Bank of Commerce*. Unterschrieben waren die Schecks von seinem langjährigen Mitarbeiter Lee Murrin. Wie erwähnt wanderten 25 000 Dollar in Larry O'Briens Tasche. 50 000 Dollar gingen (laut Maheu) an Senator Alan Bible in Nevada. Weitere 50 000 landeten wieder in der Kasse des *Frontier*. Die übrigen Zahlungen sind nirgendwo dokumentiert.

Hughes verfügte, dass Danner, der sowohl Nixon als auch Bebe Rebozo persönlich kannte, die 50 000 Dollar an Nixon direkt auszahlen sollte, und bestand darauf, dass Nixon eine Quittung unterschrieb. Sein Bruder Donald und John Meier sollten unbedingt involviert werden, doch davon wollte Richard Nixon nichts wissen. Er beschloss, die ganze Sache bis nach der Wahl zu verschieben. Die Zahlungen würden dann bei den Wahlen 1972 Verwendung finden. Maheu verwahrte das Bargeld. Nixon wurde gewählt.

Am 22. November 1968 rief ein Mitarbeiter aus Nixons Stab Maheu an und forderte die Auszahlung. Hughes war einverstanden. Mit gewohnter Kaltschnäuzigkeit erklärte Hughes, kein Geringerer als Paul Laxalt, der immerhin noch Gouverneur von Nevada war, solle dem neuen Präsidenten das Geld übergeben. Laxalt willigte ein.

In jener Woche hielt sich Danner in Las Vegas auf, und Hughes belohnte ihn für seine fortgesetzten Bestechungen, indem er ihm den lang versprochenen Job des Managers im *Frontier* gab.

Die ganze Woche über hatte Danner mit Rebozo ausgiebig über Geld gesprochen, das Nixon für sein Haus in Key Biscayne brauchte, Rebozos Besitz. Nixon kaufte dieses Haus von ihm.

Am 6. Dezember trafen Paul Laxalt und Robert Maheu mit 50 000 Dollar für Nixon in Palm Springs ein. Laxalt war dort, um an einer Konferenz republikanischer Gouverneure teilzunehmen. Auf Hughes' Anweisung hin fuhren die beiden Männer zu Walter Annenbergs Haus. Der Gouverneur stieg aus und läutete an der Tür.

In diesem Moment standen die anderen Gouverneure draußen auf der Terrasse und unterhielten sich mit dem ersten Mann im Staate. Manchem wäre es sicher seltsam vorgekommen, dass einer aus ihren Reihen eine solche Geldsumme für den Präsidenten dabei hatte. Als man Nixon also meldete, dass der Gouverneur von Nevada mit jemandem vor der Tür stand, der einen dicken Aktenkoffer bei sich führte, erklärte er verständlicherweise, er sei zu beschäftigt, ihn zu empfangen, obwohl die anderen Gouverneure sicher einen Moment auch ohne ihn ausgekommen wären. Wiederum blieb das Geld bei Maheu.

Im September 1969 schließlich übergaben Maheu und Danner in Key Biscayne 50 000 Dollar an Bebe Rebozo.

Anfang 1970 wies Hughes Maheu an, das *Dunes Hotel* zu kaufen. Maheu erklärte später (21. Januar 1971), Hughes habe ihm gesagt, er solle Richard Danner zu Justizminister John Mitchell schicken, um eine Genehmigung des Justizministeriums für den Kauf zu erwirken. Er sagte, was den Kauf des *Stardust Hotels* angehe, sei er vom

Ministerium enttäuscht und wolle nicht mehr mit dem stellvertretenden Justizminister zu tun haben, sondern nur noch mit Mitchell selbst.

Danner traf sich mehrmals mit Mitchell, zum ersten Mal am 23. Januar. Als er zurückkam, sagte Mitchell, Maheu habe ihm in Hughes' Auftrag erklärt, dass »als Ergebnis dieser Reise gewissen finanziellen Verpflichtungen nachzukommen sei«. Das stimmte. Der fügsame Justizminister setzte sich über die widerwillige Kartellkommission hinweg und gestattete Hughes am 19. März den Erwerb des *Dunes Hotels*. Als sein Anwalt Edward P. Morgan die erforderlichen Zahlen vorlegte, um die Vermögenswerte des *Dunes* einschätzen zu können, machte sich Mitchell nicht einmal die Mühe, die Kartellkommission zu informieren. Danner erklärte Maheu: »Man wird sich in Washington um die Sache kümmern, und weitere Einmischungen wird es nicht geben.« Später kam das Watergate-Komitee zu dem Schluss, dass ein direkter Zusammenhang zwischen Mitchells Genehmigung und den Geldgeschenken an Rebozo bestand.

Die nächste milde Gabe wartete schon. Hughes ließ Maheu die Anweisung an Nadine Henley ausgeben, weitere 50 000 Dollar abzuheben, die Richard Danner für Nixon an Bebe Rebozo übergab, als die beiden in San Clemente, dem Weißen Haus des Westens, weilten. Die Zahlung erfolgte am patriotischen 3. Juli, dem Abend vor dem Unabhängigkeitstag.

Ein lang vergessenes Dokument aus dem Nationalarchiv zeigt, dass eine Summe von über 100 000 Dollar an Rebozo ausgezahlt wurde. Stephen A. Haberfeld, der stellvertretende Sonderankläger, teilte Leon Jaworski, dem Watergate-Sonderankläger, am 5. März 1974 mit, »dass im Laufe des Jahres 1970 bei drei von fünf Gelegenheiten 150 000 Dollar von Danner an Rebozo übergeben worden sein könnten«. Sollte dies der Fall sein (und es existiert ein komplexes Dokument, das diesen Vorwurf stützt), dann sind 50 000 Dollar nicht belegt und blieben in sämtlichen Presseberichten zu diesem Fall unerwähnt.

Am Ende musste Maheu feststellen, dass die Finanzunterlagen, die man ihm zum *Dunes*-Deal vorgelegt hatte, voller Falschangaben und Unstimmigkeiten waren. Er erklärte Hughes, der Preis sei überhöht, woraufhin Hughes das Hotel nicht kaufte. Was die finanzielle Sicherheit anging, die auf das Betreiben des Gerichts hin in der *TWA*-Sache zu deponieren war, musste Hughes trotz zahlreicher Anrufe Mitchells im Weißen Haus 75 Millionen Dollar hinterlegen. Ohne seine direkte Einflussnahme hätte daraus auch eine Summe von bis zu 400 Millionen Dollar erwachsen können.

Im Fall der *Air West* gelang es Hughes – wie wir wissen –, die Fluglinie zu übernehmen, doch findet sich kein Hinweis darauf, dass Mitchell ihm auch in dieser Sache geholfen hätte, und Hughes musste erhebliche Konzessionen machen, bevor die zivile Luftfahrtbehörde zustimmte. Wie so oft in seinem Leben brachte ihm auch dieses komplexe Manöver am Ende überhaupt nichts ein.

100 000 Dollar – plus 100 Dollar extra – wurden Hughes zurückgezahlt, doch die Seriennummern der ersten 50 000 Dollar in Hunderter-Scheinen zeigten, dass sie erst nach der Übergabe an Maheu im Dezember 1968 gedruckt worden waren. Fünfunddreißig der Scheine, aus denen dic San-Clemente-Lieferung angeblich bestanden hatte, waren nach dem 3. Juli 1970 datiert, dem Tag der Übergabe. Später stellte Hughes noch einmal 150 000 Dollar, nämlich 50 000 für Rose Mary Woods und 100 000 für das Komitee zur Wiederwahl des Präsidenten, als das Spendengesetz 1972 geändert wurde. 50 000 aus dem Fond des Komitees gingen an einen Mann namens Gordon Liddy, der diesen Vorgang in seinem Buch *Will* bestätigt.

In seinem Abschlussbericht zur Watergate-Affäre erklärte der zuständige Untersuchungsausschuss: »Die Umstände im Zusammenhang mit Hughes' Bemühungen, das *Dunes Hotel* zu kaufen, legen ein ausgesprochen fragwürdiges Verhalten auf höchster Entscheidungsebene an den Tag.«

Inzwischen hatte Hughes einen weiteren Grund, Danner zu intensiven Verhandlungen mit der Regierung zu drängen. Einmal mehr kämpfte er mit zunehmenden Angstattacken, was seinen Verbleib in dieser Stadt anging.

Grund dafür waren die fortgesetzten unterirdischen Atomtests, die selbst er mit seinem Geld und seiner Macht nicht stoppen konnte. Während er das *Dunes*-Geschäft abwickelte, drängte er Richard Danner zu einem Gespräch mit Bebe Rebozo, der auf Nixon einwirken sollte, damit die für Ostern 1970 vorgesehenen Tests verschoben würden. Nixon willigte ein, die Sache mit Hughes persönlich zu besprechen, unter der Voraussetzung, dass Hughes an einen nicht genannten Ort käme, vermutlich nach Camp David. Kaum ein Mensch könnte einer Einladung des Präsidenten widerstehen. Für Hughes jedoch – mit seinem Zwei-Jahres-Bart und seinen langen, ungepflegten Fuß- und Fingernägeln – war eine solche Reise undenkbar. Er wollte nicht einmal mit Nixon telefonieren. Offenbar fürchtete er, der Präsident könne ihn von der Notwendigkeit dieser Tests überzeugen und technische Argumente hinsichtlich der Sicherheitsvorkehrungen vorbringen, auf die Hughes keine adäquate Antwort gehabt hätte.

Er sprach davon, wieder auf die Bahamas zu ziehen, wo er vor Jahren mit Jean Peters gelebt hatte. Doch seine Abscheu gegen Schwarze und seine Sorge um die politische Lage waren stärker als die verlockende Steuerfreiheit auf den Inseln.

Anfang 1970 rief Hughes Maheu an und sagte, er erwarte von ihm, dass »diese Regierung [der Bahamas] zum Schweigen gebracht wird… egal wie«, eine Formulierung, die in vielen Tageszeitungen und im Fernsehen zitiert wurde und ihm, als sie später bekannt wurde, sehr geschadet hat.

Immer wieder verschob er die geplante Reise.

Mitten in seinen endlosen Bestechungsaktionen, den ermüdenden, endlosen Telefonaten, der schlechten Ernährung, seiner Medikamentenabhängigkeit und der mangelnden Bewegung – all dies trug zu seinem katastrophalen Gesundheitszustand bei –, hatte Jean

Peters von ihrem Haus in Bel Air aus angekündigt, dass sie sich scheiden lassen wollte. Jederzeit wäre sie bereit gewesen, ihn zu besuchen und für ihn zu sorgen, doch selbst eine so starke Frau wie sie konnte nicht damit leben, dass er sich ständig zurückzog, überhaupt nicht auf sie einging und sie nicht einmal sehen wollte. Hughes war schrecklich deprimiert. Gescheitert war er – als Ehemann und auch als Geschäftsmann.

Seine Sucht nach *Empirin* und die Kodein-Spritzen hatten seine Nieren angegriffen, und die Angst, jemand könne seinen Urin sehen, zwang Hughes nach wie vor dazu, ihn in Einmachgläsern aufzubewahren. Sein Arzt, Dr. Harold L. Feikes, berichtete, er habe unter inneren und äußeren Hämorrhoiden gelitten, was jedes Mal, wenn er zur Toilette ging, erhebliche Schmerzen auslöste. Zahnfleisch und Kiefer waren für einen Mann seines Alters weiter zurückgewichen als normal, und noch immer litt er unter Zahnfleischblutungen und Abszessen. Ein Magengeschwür und eine Zyste am Kopf trugen zu seinem Elend bei. Seine Knochen waren brüchig wie die eines Achtzigjährigen. Falls er stürzen und sich die Hüfte brechen sollte, wäre das vielleicht sein Ende gewesen. Und er war erst fünfundsechzig.

Bill Gay passte es überhaupt nicht, dass er nicht mehr Hughes' engerem Kreis angehörte. Er war entschlossen, Maheu hinauszudrängen, der seiner Ansicht nach viel zu mächtig war, gewaltige Summen in die eigene Tasche wirtschaftete und einen schlechten Einfluss auf Hughes ausübte. Dass der treue Maheu Gays Versuch, Hughes für geistig unzurechnungsfähig zu erklären, rundweg abgelehnt und damit vereitelt hatte, ärgerte Gay maßlos.

Nach Maheus Aussage begann Gay seinen Feldzug gegen ihn, indem er – mit Hilfe gewisser Leute aus Hughes' kleinem Kreis an Bodyguards – diverse Nachrichten an Hughes einfach nicht weitergab. Was Gay bestreitet. Gay und Chester Davis behaupten, Maheu habe ohne Hughes' Genehmigung groß in *Los Angeles Airways* investiert. Das wiederum bestreitet Maheu. Bis heute versichert er, er habe Hughes' Genehmigung dafür gehabt. Davis behauptete außerdem, Maheu habe einen Kredit über vier Millionen Dollar für den Buchmacher Sidney Wyman, einen der Mitbesitzer des *Dune,* arrangiert, um den Verkauf zu beschleunigen. Maheu sagt, er habe mit Hughes' Erlaubnis gehandelt. Gay und Davis bestreiten das.

Am 13. Juni 1970 schickte Raymond M. Holliday, der für die Finanzen zuständige Vizepräsident der *Hughes Tool Company* in Houston, der sich der Anti-Maheu-Fraktion angeschlossen hatte, ein vernichtendes Memorandum an Hughes, in welchem er ihn daran erinnerte, dass sein gesamter Besitz in Nevada, von den Erzbergwerken bis zu den Hotels, Millionenverluste machte. Gay, Holliday, Davis und all die anderen Bosse in Hughes' Imperium übersahen geflissentlich, dass Maheu gar nicht entscheidenden Einfluss auf Hughes' ungeheure Anschaffungen hatte, sondern nur der Diener für Hughes' Größenwahn war. Seinen Bemühungen, Hughes' besessener Kontrollsucht entgegenzuwirken, wurde immer wieder ein Riegel vorgeschoben.

Bill Gay beschloss, Maheu nachzuspionieren, um Hughes »Beweise« vorlegen zu können. Chester Davis und er hatten Kontakt zu einem Sicherheitsdienst namens *International Intelligence (Intertel),* der über CIA-Verbindungen verfügte.

Intertel hatte seinen Ursprung in Nassau und war von *Resorts International* eingerichtet worden, einem Ableger von *Mary Carter Paints.* Dieser Ableger steuerte die Glücksspielkonzessionen auf Paradise Island, jener Insel, die Hughes gern kaufen wollte. Gründerväter waren William Hundley, ein ehemaliger Sonderberater Robert Kennedys, und Robert Peloquin, ein weiterer Kennedy-Vertrauter, der an entscheidender Stelle in der Abteilung »Bandenwesen und organisiertes Verbrechen« im Justizministerium gearbeitet hatte. Weiterhin gehörten zu *Intertel:* ein ehemaliger Nixon-Berater namens James Golden, der Sicherheitschef auf dem Parteitag der Republikaner 1968 gewesen war (unter all den demokratischen Hardlinern eher ungewöhnlich); David Belisle, ehemaliger Chefermittler bei der *National Security Agency*; und schließlich mehrere ehemalige Mitarbeiter der CIA, des FBI, der britischen MI-5 und MI-6 und Leute von der Royal Canadian Mounted Police.

Robert Peloquin kam im Juli 1970 nach Las Vegas, direkt nachdem Bill Gay ihn in seinem Büro in Washington aufgesucht hatte. Man dachte über einen Deal nach, bei dem *Intertel* die Überwachung von Robert Maheu und seinem Sohn Peter und die Sicherheitskontrollen in den Casinos von Las Vegas übernehmen sollte. Peloquin drängte Hughes, seine alte Idee vom Umzug auf die Bahamas wieder aufleben zu lassen, wo er in engerem Kontakt mit *Intertels* Hauptquartier stünde und weit ab von Nevada wäre, wenn *Intertel* die Kontrolle übernahm. Hughes hörte sich das alles an, doch dann geschah etwas Unvorhergesehenes.

Von seinem Fernsehsender erfuhr er, dass das Pentagon 66 Tonnen der nationalen Nervengasvorräte in die Karibik kippen wollte, nur 250 Kilometer vor Nassau, in etwa so weit wie Las Vegas von den Atomversuchen entfernt lag. Hughes geriet in Panik.

Er rief seine Berater zusammen und forderte sie in einem eilig verfassten Memorandum auf, einflussreiche Publicity-Firmen aufzuscheuchen, die einen öffentlichen Aufruhr sowohl gegen die Verklappung als auch gegen die britische Regierung auf den Bahamas anstacheln sollten. Gay wandte sich an seinen Freund Robert Foster Bennett vom Verkehrsministerium, der allerdings nichts tun konnte. Nur wenige Wochen, nachdem er Nixons Bestechung genehmigt hatte, gab Hughes dem Präsidenten die Schuld an der Verklappung und erklärte, das wahre Motiv sei Nixons Hass auf die Schwarzen – und das obwohl Hughes selbst Schwarze hasste und Nixon doch eigentlich unterstützte und finanzierte. Er hätte gern einen Cartoon in den Hearst-Zeitungen gesehen, in dem Nixon mit einem Giftgaszylinder auf einen schwarzen Jungen eindrosch.

Maheu riet ihm davon ab, sagte jedoch, er wolle den Präsidenten vorsichtig ansprechen. Er kam zu spät. Das Nervengas war bereits per Eisenbahn unterwegs, um auf ein hochseetüchtiges Schiff verladen zu werden.

Maheu flehte den Präsidenten an, das Gas an einen anderen Ort zu schicken. Nixon erwiderte, die Wahl sei ganz in Hughes' Sinne. Der Präsident wusste ja nichts von Hughes' Plan, sich auf den Bahamas niederzulassen. Ursprünglich hatte das Nervengas in Nevada vergraben werden sollen. Schließlich ließ Hughes als Alternative den arktischen Polarkreis vorschlagen.

Bill Gay und Chester Davis entsprachen Hughes' Interessen, indem sie in Nassau auf die Barrikaden gingen. Sie erklärten, Hughes würde enormen Reichtum auf die Bahamas bringen, woraufhin auch die Regierung der Bahamas gegen die Verklappung protestierte. Hughes ließ Chester Davis sogar eine Klage gegen die Regierung in Miami anstrengen – mit Rückendeckung von Claude Kirk, dem Gouverneur von Florida, dem sehr wohl bewusst war, wie viel Hughes in seinem Staat investierte.

Ein Richter in Miami stoppte die Verklappung, revidierte seine Entscheidung und riet – aus fadenscheinigen Gründen – zu flacheren Gewässern, in denen das Nervengas versenkt werden sollte. Als Hughes das hörte, reagierte er hysterisch. Die seichtesten Gewässer im Umkreis der geplanten Müllkippe – in einer Größenordnung von 250 Kilometer – fanden sich bei den *Bahamian Out Islands*, zu denen auch das CIA-Zentrum Cay Sal zählte – jene Insel, die Hughes gehörte.

Schließlich bat er Maheu in seiner Verzweiflung, nun doch noch ein persönliches Gespräch mit Nixon zu arrangieren. Maheu bot ihm stattdessen an, nach San Clemente zu fliegen, wo er dem Präsidenten eine Nachricht unterbreiten konnte, ohne erst die lange Reise nach Washington antreten zu müssen. Doch es war zu spät. Am 18. August 1970 wurde ein schrottreifes Kriegsschiff aus dem Zweiten Weltkrieg, *Le Baron Russell*, samt seiner todbringenden Ladung 250 Kilometer vor Nassau versenkt.

Die Akten der CIA zu ihren Geschäften mit Hughes dürften

wohl für alle Zeit unter Verschluss bleiben, selbst noch nach Ende des Kalten Krieges, im Interesse der »nationalen Sicherheit«. Es kann nur vermutet werden, welche Millionenwerte an Geräten Hughes der CIA lieferte, als er 1970 den Entschluss fasste, Las Vegas hinter sich zu lassen.

Hoch auflösende Kameras an Hughes' Satelliten fotografierten geheime Anlagen in der Sowjetunion, Vietnam und China. Sein Team entwickelte ausgeklügelte Abhöranlagen, Chiffriergeräte, Wanzen und Laser-Komponenten für die SR-71-Spionageflugzeuge. Und das alles nicht nur für die CIA, sondern auch für den Nachrichtendienst der Air Force und für das Pentagon.

Unter Verwendung von Hughes' sensorischen Geräten war die US-amerikanische Regierung in der Lage, Details des kommunistischen Radars, der Raketen und verdächtigen Truppenbewegungen zu erkennen – mit Hilfe von Agenten in Ländern an der Grenze zum (oder hinter dem) Eisernen Vorhang.

Bald schon sollten Hughes und *Hughes Tool* ihr größtes Geschäft tätigen. Im Oktober 1970 unterzeichnete Hughes Papiere, die den Beginn der »Operation Jennifer« ermöglichten.

Die »Operation Jennifer« war eine der kostspieligsten und am meisten ausgeklügelten Unternehmungen in der Geschichte von CIA und Marine. Erst entsandte die *Hughes Tool Company* mit Hughes' Genehmigung und unter persönlicher Direktive von CIA-Chef Richard Helms die *Glomar II,* ein von Hughes gechartertes Schiff, mehrere hundert Kilometer südwestlich von Hawaii, wo es den Meeresboden nach Edelmetallen absuchen sollte. Die *Glomar* war mit Bohrmaschinen ausgerüstet und würde den Grund des Meeres erkunden. So verkündete es jedenfalls Hughes' Publicity-Maschinerie.

In Wahrheit hatte die *Glomar* die Aufgabe, Peilungen nach einem explodierten russischen Atom-U-Boot vorzunehmen, das von der gigantischen *Glomar Explorer*, die *Hughes Tool* noch zu bauen hatte, geborgen werden sollte. Die *Explorer* würde so lang wie zwei Football-Felder werden und das U-Boot mit einem gigantischen Kran heben, in seinen Laderaum befördern und zur Untersuchung nach Honolulu oder San Diego bringen.

Die Kosten dieses Unternehmens würden sage und schreibe eine Viertelmilliarde Dollar Steuergelder betragen. Aber wozu? Um ein U-Boot zu bergen?

Nach Aussage des ehemaligen CIA-Mitarbeiters und Autors Victor Marchetti wollte man mit dieser Operation Dechiffrierungsmaschinen in die Hand bekommen, die sich angeblich an Bord befinden sollten.

Diese Maschinen und die dazugehörigen Dokumente würden der CIA verraten, wie die abgefangenen Nachrichten zu interpretieren oder zu übersetzen wären, die sich in Fort Meade, Maryland, stapelten. Verstand man erst, was die Nachrichten beinhalteten, wäre es möglich, russische Atom-U-Boote aufzuspüren, abzufangen (speziell vor Kuba) und herauszufinden, inwieweit Castro über nukleare Waffen verfügte.

Liebend gern nahm Hughes an diesem Unternehmen teil. Natürlich wollte er ausführendes Organ für die Politik der Nixon-Regierung sein, aber es ging auch um Geld. 100 Millionen Dollar würden *Hughes Aircraft* zufließen, und zwar – wegen des *Medical Institutes* – steuerfrei.

Zur gleichen Zeit, als Hughes – via *Hughes Tool* – *Glomar* in Auftrag gab, gingen bei *Hughes Aircraft* mehrere Aufträge der CIA ein. *Hughes Aircraft* heuerte als Hauptgeschäftsführer keinen geringeren als den brillanten jungen Albert (Bud) Wheelon an. Wheelon war bei der CIA stellvertretender Direktor für Wissenschaft und Technik gewesen und schon 1961 unter Direktor Allen Dulles zur CIA gestoßen. Unter Dulles Nachfolger John McCone war er geschult worden und hatte später unter Admiral William Raborn und Richard Helms gearbeitet. Für seine technischen Erkundungen hatte er gegen Russland und China zahlreiche Satelliten von *Hughes Aircraft* zum Einsatz gebracht. 1969 wurde Wheelon vom Senats-

Unterkomitee zur Finanzierung der Spionagetechnik befragt. Er trat mit einer Reihe von Überwachungsgeräten aus Hughes' Fertigung vor das Komitee, die verdächtig an das Repertoire eines James Bond erinnerten, darunter – wie Marchetti berichtet – ein Funkgerät, das in einem Gebiss versteckt war, eine Kamera in einem Tabaksbeutel und ein Kassettenrekorder im goldenen Zigarettenetui.

Mit großem Geschick wich er Fragen über Hughes, *Lockheed* und andere CIA-Zulieferer aus, und die Fragen verpufften.

Im Zuge des *Glomar-Explorer*-Deals wurden die Kontakte zur CIA immer enger, und Bill Gay, Chester Davis und die anderen Feinde Maheus stärkten ihre Position im Herbst 1970. Hätte Richard Helms Maheu das *Explorer*-Geschäft in die Hand gegeben, hätte Maheu seinen Einfluss für alle Zeiten festigen können, aber er hatte die anderen gegen sich, besonders Raymond Holliday, der *Hughes Tool* leitete und den die CIA dringend brauchte.

Weiterhin wurden die Lasergeräte, die von Schiffen aus gegen Kuba eingesetzt werden sollten, mit Unterstützung und finanzieller Förderung der CIA und unter Hughes' persönlicher Einflussnahme fortentwickelt. Dieser Einsatz brachte ihn einmal mehr mit dem allgegenwärtigen Spion E. Howard Hunt zusammen, der auch später noch für die CIA arbeitete. Auf die Frage nach Hughes antwortete Hunt am 21. September 1992 ärgerlich, seine Informationen seien »top secret«, und er wolle dazu nichts sagen. Damit allerdings verriet er sich – und nicht zum ersten Mal.

Nach einem Briefwechsel im Oktober war Maheus Schicksal besiegelt. Maheu beging den Fehler, wie ein Mann aufzutreten. Er wollte auf Europareise gehen und schrieb Hughes, diese Reise sei schon seit zehn Jahren geplant. Er habe sie seiner Frau versprochen, und jetzt sei der richtige Zeitpunkt gekommen, denn es könne noch Monate dauern, bis in diversen dringenden Fragen mit Hughes' Antwort zu rechnen sei. Hughes war außer sich vor Zorn. In seiner Antwort erklärte er Maheu, er sei in letzter Zeit sehr krank gewesen, Probleme mit seiner Frau (er meinte die bevorstehende Scheidung) hätten ihn abgelenkt, er könne mit der Menge an Korrespondenzen nicht mehr Schritt halten und trüge die Last von fünfundzwanzig Männern auf seinen Schultern.

Verdrießlich fügte Hughes hinzu, Maheu stünde im Begriff, einen wahren und verlässlichen Freund (er meinte sich selbst) im Stich zu lassen, und somit sei diese Freundschaft fortan beendet.

Maheu war verletzt, und das schrieb er ihm. Hughes' kindische, egoistische Manipulationen hatten ihn schon weich gekocht. Hughes reagierte wütend. Maheu forderte ihn auf, darüber nachzudenken, ob nicht der Zeitpunkt gekommen sei, an dem er sich den Realitäten stellen müsse. Wenn er es nicht täte, wäre er am Ende tatsächlich sehr einsam.

Hughes zu sagen, was er zu tun habe, war ein grober Fehler. Es war, als wollte man einem Achtjährigen befehlen, einkaufen oder mit dem Hund Gassi zu gehen.

Hughes hatte ganz anderes im Sinn. Als er seinen Umzug auf die Bahamas in Angriff nahm, versäumte er es, seine neu aufgekeimte Idee Maheu gegenüber zu erwähnen, der diesen Plan schon früher einmal angeschoben hatte. Damals war dieser jedoch abgeblasen worden. Hughes wurde unwillig, was Maheu anging. Wenn er dem Mann 10 000 Dollar pro Woche zahlte, wenn er ihm unbegrenzte Spesen gewährte, wenn sein Haus ein Palast war, dann musste das doch wohl genügen. Schließlich war er Howard Hughes. Er konnte die Leute wohl kaum höchstpersönlich empfangen, und eine ganze Menge wollten das. Und zwar oft.

Niemand erwartete von »Howard Hughes« (also auch nicht von Maheu), dass er per Eisenbahn oder mit kommerziellen (und rivalisierenden) Linienmaschinen reiste, oder dass er Gouverneure, Air-Force-Generäle (ob pensioniert oder nicht) und Präsidentenberater bei McDonald's auf einen Hamburger einlud. Und doch lagen Bill Gay und die anderen Feinde Hughes damit in den Ohren, dass Maheu verschwenderisch auftrete, dass sich sein Sohn Peter auf Hughes' Kosten eine Hundehütte und eine Bar gebaut habe – ein endloser Schwall von Klagen, der den geizigen Hughes unruhig machte.

Machten Casino und Getränkeverkauf in den Hotels Verluste, gab die Gay-Davis-Clique nicht einer momentanen Flaute die Schuld, sondern allein Maheu. Und als Hughes sah, welche Summen verloren gingen, war er überzeugt davon, dass Maheu sein Geld nicht wert war. Er hatte vergessen, dass er selbst Maheu gedrängt hatte, ein Hotel nach dem anderen zu kaufen, und Maheu ihn zur Vorsicht gemahnt hatte. Als Raymond Holliday, der Chef der *Hughes Tool Company,* Hughes erklärte, die Verluste in den Casinos seien von 700 000 Dollar im Jahr 1967 auf sieben Millionen im Jahr 1970 gestiegen, war Hughes überzeugt davon, dass Maheu gehen müsse.

Maheu selbst schreibt die Verluste sehr überzeugend Hughes' Zögern zu, seiner Unentschlossenheit, seinem Geiz und seinem mangelnden Planungstalent – was sicher jeder Überprüfung standhält, wenn man sich Hughes' Entwicklung ansieht, bis zurück zu seinem Erwerb von *RKO*.

Um die Theater und Casinos der Hotels gegen andere (zum Beispiel Kirk Kerkorians) konkurrenzfähig zu erhalten, musste Hughes Tausende Dollar für Verbesserungen genehmigen. Nur war es ihm zuwider, dass Maheu Geld ausgab, und seien es nur die Künstlergagen.

Daher waren die Verluste der Hotels eindeutig Hughes – und Hughes allein – zuzuschreiben. Wie die meisten mächtigen und berühmten Menschen jedoch gab er immer den Untergebenen die Schuld für seine Fehler. Und Maheu, der beharrliche, loyale Maheu, war der Sündenbock.

Maheus Feinde brachten eine ganze Reihe neuerlicher Anschuldigungen vor, von denen keine einzige ernstlich begründet war. Chester Davis behauptete, Maheu gewähre Casinogästen übermäßig hohe Kredite – in Wahrheit gewährten das *Caesars Palace,* das *Flamingo* und das *International* weit höhere. Er beschuldigte Maheu, mit seiner Jacht, der *Alouette II,* vor der Baja California auf Segeltörn zu gehen statt zu arbeiten; Maheu war in zweieinhalb Jahren nur viermal mit der Jacht unterwegs und hatte dabei die meiste Zeit von der Brücke oder seiner Kabine aus mit Hughes telefoniert.

Davis sprach von Maheus und Sicherheitschef Jack Hoopers Jagdhütte, einer britischen Fish&Chips-Unternehmung und einer gänzlich erfundenen Import-Export-Firma. Als Peter Maheus Frau in Mexico City ein Kind zur Welt brachte (wo er sich aufhielt, um Hughes dabei zu helfen, über die *Banco Internacional* Immobilien zu erwerben), erklärte Davis, es sei ein Firmenjet benutzt worden.

Immer wenn Maheu im Penthouse anrief, erklärte ihm ein Bodyguard, Hughes sei nicht zu sprechen. Eine solche Anweisung kann nur Hughes selbst gegeben haben. Es hieß, Hughes sei so bösartig gewesen, weil seine Leibwächter ihn bedrohten. Hätte er es nicht getan, hätten sie ihm seine Drogen weggenommen. Niemand hatte Hughes bedroht. Er hätte nur einen Knopf drücken oder einen Telefonhörer in die Hand nehmen müssen, um einen solchen Leibwächter von Bob Maheus Sicherheitsleuten vor die Tür setzen zu lassen. Die letzte Entscheidung, Maheu loszuwerden, lag bei Hughes.

Er war damals krank, litt unter einer leichten Lungenentzündung, was ihn dazu verleitete, unnötige Bluttransfusionen vornehmen zu lassen. Seine damaligen Notizen und die Art und Weise, wie er Maheu mied, zeigen, dass er bei klarem Verstand war.

Maheu hätte ihn vielleicht wieder für sich gewinnen können, wenn er die Suite gestürmt, die Konfrontation gesucht und Hughes eine Erklärung für die Verluste und die wahren Absichten von Davis und Gay geliefert hätte. Vor allem hätte er Hughes erzählen können, dass Gay sein Imperium übernehmen wollte, indem er Hughes für unzurechnungsfähig erklären ließ. Kurz: Er hätte ihn warnen können. Aber er tat es nicht. Heute wünschte er, er hätte es getan. Stattdessen verlor er den Kopf und versuchte, Chester Davis den *TWA*-Fall wegzunehmen, ohne Hughes vorher konsultiert zu haben. Er wollte Hughes gegen sich aufbringen. Wenn irgendwer jemanden feuerte, dann Hughes.

Anlass für Davis' Entlassung war der Vorwurf, er würde angeblich den endlos in die Länge gezogenen Fall *TWA versus Hughes* fehlerhaft handhaben. Noch immer versuchte die Fluggesellschaft, Hughes für seine Aktienübernahme und andere angebliche Missetaten Geld aus dem Kreuz zu leiern. Davis wies die Entlassung zurück.

Außerdem schätzte Maheu den Einfluss von *Intertel* falsch ein. Diese Organisation, deren Mitglieder zum Teil mit einem Bein bei Hughes und dem anderen im Lager der Mafia standen, wollte nicht nur den Sicherheitsdienst auf der Bahamas-Insel Paradise Island übernehmen, sondern auch in den Casinos von Las Vegas, und auf diesem Wege Bob und Peter aus dem Geschäft drängen.

Am 14. November 1970 machte sich Hughes daran, ein Schreiben aufzusetzen, das Davis, Holliday und Gay sämtliche Handlungsvollmachten für die Verwaltung seines Besitzes in Nevada übertrug. Er wollte Maheu endgültig loswerden.

Man nahm Maheu seine Macht und bald auch seinen Besitz. Dafür machen er und sein Sohn Peter *Intertel* verantwortlich. Mit ihm ging auch Larry O'Brien, inzwischen Vorsitzender des »Democratic National Committee«, der für 15 000 Dollar monatlich nach Hughes' Pfeife tanzte, während Hughes gleichzeitig Nixon stützte.

An O'Briens Stelle engagierte Hughes den Mormonen Robert Foster Bennett, ehemaliger Rechtsexperte des Verkehrsministeriums, Autor und CIA-Strohmann. Außerdem war Bennett der Sohn des Senators von Utah. Charles Colson vom Weißen Haus beauftragte Bennett, *Robert R. Mullen and Company* zu kaufen, eine Public-Relations-Firma in Washington, D.C., ebenfalls eine CIA-Fassade. Bald war sie eine Hughes-Fassade. Bennett heuerte auch E. Howard Hunt an.

Dann traf Hughes eine Entscheidung. Nach elf Monaten des Zögerns beschloss er, den Vereinigten Staaten endgültig den Rücken zu kehren. Seine Angst vor weiteren Atomtests und seine Gier, sich die Glücksspielkonzessionen im steuerfreien Nassau unter den Nagel zu reißen, trieben ihn an.

Es stand zu befürchten, dass seine Bestechungen entdeckt wurden. Er hatte schreckliche Angst, dass das Finanzamt hinter die Sache mit dem *Hughes Medical Institute* kommen könnte, war doch die finanzielle Grundlage des Instituts ein bloßes Instrument zur Steuerhinterziehung. Nur 0,2 Prozent der ungeheuren Summen, die *Hughes Aircraft* mit geheimen Regierungsaufträgen erwirtschaftete, setzte Hughes für medizinische Forschungen ein, jedoch hätten mindestens vier Prozent der Mittel investiert werden müssen, um Steuerfreiheit zu genießen. Entsprechend hatte Hughes ein Vermögen angehäuft, das steuerfrei Zinsen sammeln konnte. Etwa 25,6 Millionen Dollar des Geldes waren an *Hughes Tool* gegangen – angeblich für Zinsen auf Kredite und Mietzahlungen. Würde sein unfassbarer Betrug ans Licht kommen? Und seine Bestechungen auch? Er musste die Stadt verlassen, die Vereinigten Staaten, und zwar sofort.

Am 25. November 1970 war es so weit. In der eiskalten Nachtluft – der Wind wehte Sand aus der Wüste heran – zog der alte Mann blass und bibbernd einen fadenscheinigen Morgenmantel über seinen Pyjama und wärmte seinen dürren, ausgemergelten Leib. Eine Kopie des alten Glückshutes saß auf seinem Kopf. Haar und Bart waren lang, er sah aus wie Jesus. In diesem Zustand manövrierten ihn seine Leibwächter auf einer Trage Stufe für Stufe neun Stockwerke die eiserne Feuertreppe hinunter. Ein Fehltritt, und er wäre abgestürzt und vermutlich zu Tode gekommen. Am Fuß der Treppe kämpfte er sich kraftlos auf die Beine.

In den letzten Tagen hatte er mal wieder unter Depressionen gelitten, unter hämolytischer Anämie, die eine Hautverfärbung mit sich brachte und eine extreme Sonnenallergie. Außerdem war er herzkrank und litt unter einer chronischen Lungenentzündung, die in den kommenden Jahren immer wiederkehren würde.

Wieso wog er trotz der täglichen Ration von 2000 Kalorien und einer Körpergröße von einsneunzig nur 48 Kilo? Wieso hatte er in jenem Sommer nach den Bluttransfusionen 20 Kilo abgenommen?

Weshalb war sein Immunsystem so geschwächt, dass ihm die bloße Vorstellung von Bazillen unerträglich war? Wieso glänzten seine Augen so furchtsam, tief in ihren knochigen Augenhöhlen? Warum war er unruhig, gereizt, intolerant? Welche unerklärliche Krankheit hatte ihn heimgesucht?

Um seinen Zustand näher zu verstehen, sprach ich mit Dr. Joseph Choi, einem pensionierten Gerichtsmediziner aus Los Angeles. »Könnte Hughes AIDS gehabt haben?« Die Antwort kam prompt: »Ja.«

Spätere Zeichnungen von Hughes und alle Symptome deuten darauf hin. Zu seinen Erkrankungen zählten wiederkehrende, leichte Lungenentzündungen, erhebliche Abmagerung trotz ausreichender Kalorienzufuhr, Muskelverfall, dazu wachsende Tumore und Nierenversagen. Sein treuer Pfleger Gordon Margulis widerspricht der Vermutung nicht, dass er AIDS gehabt haben könnte.

Das HIV-Virus wurde erst in den Achtzigerjahren isoliert, als man es bei afrikanischen Affen entdeckte, doch Dr. Choi bestätigt, dass zahlreiche von ihm untersuchte Homosexuelle, die an Lungenentzündung, Krebs und Nierenversagen gestorben waren, ähnliche Krankheitsentwicklungen wie Hughes erlebt hatten. Ängstlich wie er war, muss Hughes bei den zahllosen Ermittlungen, die er über andere einholen ließ, von ähnlichen Infektionen und Abmagerungen bei Männern erfahren haben, mit denen er geschlafen hatte. Wild entschlossen schützte er sein Rektum und verweigerte Ärzten strikt jede Untersuchung. Glaubte er, sich auf diesem Wege infiziert zu haben? Vermutete er, dass es an der Bluttransfusion gelegen hatte?

AIDS war in den Sechziger- und Siebzigerjahren natürlich unbekannt, doch die Einblicke in Krankenakten Verstorbener, deren Symptome denen von Hughes glichen, führten zu Untersuchungen von tiefgefrorenen Blutproben. Der beunruhigendste seropositive Fall in den Vereinigten Staaten ist wohl der eines schwarzen Prostituierten, der 1968 in St. Louis an etwas gestorben ist, das man heute als AIDS bezeichnen würde. In Großbritannien stellte man fest, dass das Blut eines verstorbenen Seemannes, das seit 1959 im Labor lagerte, HIV-positiv war. Nach Hughes' erschreckendem Gewichtsverlust auf unter 50 Kilo, der extremen Auszehrung, dem wochenlang anhaltenden Fieber und der ständigen Sorge um eine Infektion blieben den Ärzten nur Spekulationen über mögliche Ursachen. Hughes hatte extrem niedrige Hämoglobinwerte – ein weiterer Hinweis. Später verweigerte er sämtliche Bluttests, und gegen Ende seines Lebens machte er AIDS-typisch abwechselnd Phasen der geistigen Umnachtung und absoluter Klarheit durch.

Falls er geahnt haben sollte, dass er an etwas Sonderbarem erkrankt war, könnte das allein ihm schon einen solchen Schock versetzt haben, dass er sich vor Sex mit Jean Peters fürchtete. Vielleicht rührte seine Impotenz daher. Es wäre sogar möglich, dass er ihr aus Sorge um sie den Geschlechtsverkehr verweigerte. Seine Qualen wollten kein Ende nehmen.

Auf seine Männer gestützt stolperte Hughes bei Wind und Wetter zu ein paar geparkten Autos, bei denen Männer mit weißen Erkennungsabzeichen standen. Sie verscheuchten jeden, der versuchte, den Parkplatz zu betreten oder zu verlassen. Er kletterte in einen Lieferwagen und ließ sich zur Nellis Air-Force-Base fahren, wo schon eine *Lockheed TriStar* wartete. Abgesehen von nostalgischen Anwandlungen war *Lockheed* der einzige Flugzeughersteller, bei dem sich Hughes sicher fühlte.

Neben ihm im Lieferwagen stand ein riesiger metallener Aktenschrank mit vertraulichen Papieren, der so groß war, dass er kaum verladen werden konnte. Die Pfleger hatten echte Probleme, den Schrank durch die Passagiertür der Maschine zu bugsieren, aber Hughes weigerte sich, ihn in den Frachtraum bringen zu lassen.

Die Maschine hob um 21:24 Uhr ab. Pilot, Co-Pilot und Bordingenieur bekamen strikte Anweisung, die Kabine nicht zu betreten. Weder ein Steward noch eine Stewardess wurden benötigt. Nach Aussage des Journalisten Benjamin F. Schemmer, der die Begleiter interviewen konnte, legte die *TriStar* einen Zwischenstopp in Atlanta ein. Hughes scheint den Flug ausgesprochen genossen zu haben, scherzte mit dem Team und mampfte Sandwiches.

Auf dem Weg nach Nassau fing er plötzlich an, Gordon Margulis von seiner ersten Frau Ella Rice zu erzählen. Er sagte, er erinnere sich an Reisen zu den Bahamas mit Ella.

Allerdings verwechselte er Ella Rice mit Billie Dove, seiner Freundin aus den Anfängen der Dreißigerjahre. Mit Ella Rice war er nie auf den Bahamas gewesen.

In Nassau kamen zwei Lieferwagen vom *Britannia Beach Hotel* auf Paradise Island, um ihn abzuholen. Darin saßen mehrere *Intertel*-Wachen und Jim Golden, der stellvertretende Chef von *Intertel.* Mit dem Personalaufzug brachte man Hughes in den neunten Stock. Am nächsten Tag traf eine weitere *TriStar* mit Akten aus den Hotels in Las Vegas ein, die sich *Intertel* unter den Nagel gerissen hatte.

Hughes ließ sich im *Britannia Beach* nieder. Die Suite musste nach Insekten abgesucht werden, da Kakerlaken, Spinnen und Skorpione das feuchte Klima der Bahamas liebten. Er machte sich schreckliche Sorgen. Angesichts der korrupten Zustände auf Paradise Island fürchtete er ein Attentat durch den Mob, doch mit Kontakten auf beiden Seiten des Gesetzes konnte *Intertel* dafür sorgen, dass nichts passierte.

Am 3. Dezember schlug Hughes die *Las Vegas Sun* auf, die man für ihn eingeflogen hatte. Die Schlagzeile lautete:

HOWARD HUGHES VERSCHWUNDEN!
SELBST VERTRAUTE RATLOS

In dem Artikel stand, Hughes habe sich nach fünf Jahren einfach »in Luft aufgelöst« – Maheu beschuldigte Bill Gay und *Intertel*, ihn entführt zu haben. Hughes schäumte. Noch am 3. Dezember schickte er ein langes, wütendes Memo an Chester Davis, in dem er Maheus

Anschuldigungen, er sei gegen seinen Willen auf die Bahamas gebracht worden, barsch zurückwies. Er erklärte, die Reise sei schon seit fast einem Jahr geplant gewesen und Maheu selbst habe an der Planung mitgewirkt. Er beschuldigte Maheu der Lüge, nicht nur in dieser Sache, sondern auch in vielen anderen.

Dieses Memorandum glich in Stil, Form und Inhalt Hunderten anderer, die er in den letzten vierzig Jahren verfasst hatte, und konnte unmöglich unter dem Druck seiner Leibwächter entstanden sein. Ebenso wenig hätte Chester Davis sich selbst einen Brief geschrieben. Es klang eindeutig nach Hughes, von der ersten bis zur letzten Zeile. Und es war keineswegs verrückt. Es war der Ausdruck eines zornigen Diktators, eines Herrn über sein Schicksal, dessen Adjutant sich weigerte, seine Marionette zu spielen.

Hughes hätte Maheu nur darüber in Kenntnis setzen müssen, dass er nach Nassau abreiste, doch das hat er nicht getan. Er hätte Maheus Reaktion nur als Ausdruck der Loyalität begreifen müssen, doch so war Hughes nicht gestrickt. Er hätte nur Manns genug sein müssen, Maheu schriftlich mitzuteilen, weshalb er ihn loswerden wollte, dass Maheus Anschuldigungen gegen Davis und Gay seiner Meinung nach haltlos seien, und ihm dann Gelegenheit geben, für sich selbst zu sprechen. Dafür jedoch war er zu feige. In diesem Memorandum zeigte er sich von seiner übelsten Seite, und Maheu war so loyal, in seinen Memoiren kein Wort darüber zu verlieren.

In Wahrheit verriet Hughes seinen besten Freund, den Mann, der ihm gegen ein Dutzend Verräter zur Seite gestanden hatte.

SIEBZEHNTES KAPITEL

Von Nassau nach Watergate

Inzwischen war es nur noch eine Formalität, dass Maheu gefeuert wurde, doch Hughes bekam beunruhigende Nachrichten von seinen Mitarbeitern in Las Vegas. Er hatte angeordnet, dass Davis und Gay auf der Stelle nach Nassau kommen sollten, stattdessen aber stritten sie mit Maheu, der partout nicht aufgeben wollte. Wieder schickten sie – in Begleitung von *Intertel*-Wachmännern – ein paar Buchprüfer in die Kassenhäuschen der Casinos, um »Beweise« für Maheus angebliche Verfehlungen zu sammeln. Maheu selbst hatte ein richterliches Verbot erwirkt, das eine solche Aktion verhindern sollte.

Gouverneur Paul Laxalt war auf Maheus Seite. Er misstraute den Mormonen und wollte von Hughes eine Genehmigung sehen, bevor er bereit war, die Übernahme durch Davis und Gay anzuerkennen. Am 1. Dezember rief Hughes bei Laxalt an und log, er sei nur in Urlaub gefahren und beabsichtige, den Rest seines Lebens in Las Vegas zu verbringen. Er bestätigte, dass Maheu entlassen sei, und sagte, von nun an hätten Chester Davis und Bill Gay das Kommando. Nichts im Klang seiner Stimme oder den präzisen Aussagen deutete darauf hin, dass ihm seine Bodyguards die Medikamente vorenthielten, wenn er nicht tat, was man ihm sagte – wie Maheu befürchtete. Hughes handelte aus freien Stücken, heimtückisch und entschlossen wie selten.

Maheu wollte nicht aufgeben, denn er konnte nicht glauben (kann es bis heute nicht), dass Hughes ihn höchstpersönlich absägte. Vielmehr war er davon überzeugt, dass Hughes gezwungen wurde. Unterdessen ließ Davis per Gerichtsbeschluss verhindern, dass Maheu Einfluss auf Hughes' Besitz nahm. Hughes hatte die Aktion genehmigt.

Obwohl er im Jahr zuvor Hughes' Abreise nach Nassau selbst geplant hatte, war Maheu noch immer sicher, dass man Hughes entführt hatte, und er übertrug seinem Sohn Peter die Ermittlungen in dieser Angelegenheit. Peter engagierte *Investigators Inc.* aus Miami dafür, ins *Britannia Beach Hotel* einzudringen und festzustellen, ob Hughes dort gegen seinen Willen festgehalten wurde. Zur Überwachung des Teams flog Peter Maheu nach Florida, in Begleitung von Doug Priest, dem Skipper von Maheus Jacht *Alouette II.* Falls Hughes tatsächlich Opfer einer Entführung geworden sein sollte, wollte Priest eine James-Bond-mäßige Rettungsaktion auf See starten und Hughes per Charterboot nach Florida bringen.

Als er Wind von der Sache bekam, wollte Robert D. Peloquin von *Intertel* dem ein Ende bereiten, indem er das FBI alarmierte. Er behauptete, die Verwendung von Abhöranlagen sei auf den Bahamas illegal. Peter Maheu hatte man erklärt, das sei keineswegs der Fall, schließlich arbeitete auch *Intertel* damit. Peloquin bewegte sich auf dünnem Eis, als er anführte, es sei illegal, Wanzen aus Amerika auf britisches Territorium zu bringen. Schließlich konnte sich das Spionage-Team diese Geräte auch auf den Inseln besorgen.

Die Operation scheiterte, weil sie eher undurchdacht war. Nachdem man erfolglos versucht hatte, Hughes' Suite von den darunter liegenden Räumen aus abzuhören, wurde ein Sender mit Mikrofon in einem Warmhaltetopf auf Hughes' (nachmittäglichem) Frühstückstablett versteckt. Aber der Sender übertrug nur Hughes' Schmatzen. Zu hören war kein Wort.

Für Robert Maheu gab es keinen Zweifel, dass Hughes' Unterschrift auf der Vollmacht für Gay und Davis gefälscht war, obwohl Hughes Laxalt das Gegenteil erklärt hatte. Richter Howard Babcock aus Nevada entschied gegen Maheu. Immer weiter ging Gay gegen ihn vor und entfernte mit chirurgischer Präzision jeden Mitarbeiter aus Hughes' oberster Riege, der Maheu vielleicht noch unterstützen mochte.

Zudem ließ Chester Davis seinen Einfluss bei Präsident Nixon spielen, und eines Tages stand ein Buchprüfer vor Maheus Tür. (»Nixon hatte den Steuerleuten Anweisung gegeben, sich an mir festzubeißen«, sagt Maheu heute.) Das Finanzamt behauptete, Maheus Steuerpflicht betrüge 3,5 Millionen Dollar, trotz des Umstands, dass er seine Steuern stets bezahlt und keine Million pro Jahr verdient hatte, eher 500 000 Dollar. Fünfzehn Jahre musste er kämpfen, bis er wieder mit allem im Reinen war.

Am Silvesterabend strengte Maheu gegen *Hughes Tool* eine 50-Millionen-Dollar-Klage wegen Vertragsbruchs an. Am selben Abend, als er sich gerade für die Silvesterfeier bereitmachte, schickte ihm Bill Gay *Intertel*-Agenten ins Haus, die ihn vor die Tür setzen sollten. Das Grundstück hatte Hughes dem Gangster Moe Dalitz abgekauft. Eine Woche später saß Maheu auf der Straße. Glücklicherweise konnte er genug Bares zusammenkratzen, um sich ein anderes Haus zu kaufen.

Aber Gay setzte seinen Feldzug fort. Er konfiszierte Maheus Penthouse im *Balboa Bay Club*, seine Jacht, die *Alouette II*, alles, was er besaß, bis auf die Kleider am Leib. Die private *de Havilland*, die er hatte benutzen dürfen, wurde vom Chefpiloten Bob Wearley in ihrem Hangar eingeschlossen.

Unterdessen ärgerte sich Hughes, dass um Maheu nach wie vor ein solcher Wirbel gemacht wurde. In einem Memorandum an Davis und Gay hielt er fest, er könne nicht begreifen, wieso das Maheu-Problem nicht längst erledigt sei und warum es nach wie vor so viel negative Publicity gebe. Schließlich rief Hughes den Gouverneur von Nevada und den Bezirksstaatsanwalt an, um sie um Hilfe in der Sache zu ersuchen. Auch der Vorstand der *Hughes Tool Company* hatte sich Kündigungsgründe zurechtgelegt, die man für gerechtfertigt hielt.

Die saubere Handschrift auf gelbem Briefpapier wirkte keineswegs, als käme der Brief von einem Wahnsinnigen, dem man die

Drogen wegzunehmen drohte. Als das *Life*-Magazin den Handschriften-Experten Alfred Kanfer um seine Analyse bat, merkte er an, die Schrift zeige keinen einzigen überflüssigen Strich, der Verfasser dieser Zeilen besitze einen phantasievollen Geist, der schnell arbeite und zu abrupten Richtungswechseln und Improvisationen in der Lage sei. Der Verfasser wolle keine Zeit vergeuden und besitze eine lebendige, geistig wache Persönlichkeit.

Selbst Hughes verfügte über Erinnerungen und war zu leisem Bedauern in der Lage. Am 9. Januar 1971 schickte er seiner Tante Annette, die er seit so vielen Jahren mied und deren Briefe er nie beantwortet hatte, zum achtzigsten Geburtstag warmherzige Grüße.

Sollte ein Beleg nötig sein, dass Hughes keineswegs geistesgestört war, dann dürfte dieses Telegramm genügen.

Die Gay-Davis-Fraktion hatte in jenen ersten Monaten des Jahres 1971 alle Hände voll zu tun. Sie kämpften mit Hughes' Steuerbetrug in Sachen CIA beziehungsweise *Hughes Aircraft – Medical Institute.* Robert Foster Bennett, Hughes' CIA-Mann in Washington, argumentierte gegenüber John Dean, dem juristischen Berater des Weißen Hauses, *Hughes Aircraft* würde als Lieferant strategisch wichtiger Apparate (darunter Überwachungsgeräte gegen die Sowjetunion und Kuba) in Schräglage geraten, falls man für das *Medical Institute* Steuern zahlen müsse. Bennett schlug vor, die neuen, strengen Steuergesetze sollten keine allzu gnadenlose Anwendung finden. Angesichts der Unterstützung, die Hughes Nixon und den CIA-Deals hatte angedeihen lassen, setzte man sich beim Finanzamt für Hughes ein. Daraufhin ließen ihn die Steuerfahnder vom Haken. Der Betrug ging weiter. Bis zu Hughes' Tod zahlte das *Medical Institute* keine Steuern, und von den Tausenden Millionen, die *Hughes Aircraft* mit Regierungsaufträgen verdiente, flossen gerade einmal 0,4 Prozent pro Jahr an das Institut, nur 0,2 Prozent mehr als vorher. 1970 verdiente Hughes mit den CIA-Verträgen eine halbe Milliarde Dollar pro Jahr.

In seiner Suite im *Britannia Beach* fühlte sich Hughes nicht wohler als in Las Vegas. Seit Jahren benutzte er einen *Barcalounger*, eine Art Fernsehsessel mit beweglicher Rückenlehne, der ihm etwas Linderung von wunden Stellen und seiner schmerzhaft verdrehten Wirbelsäule gewährte. Als er jedoch nach Nassau kam, konnte er den *Barcalounger* nicht mehr ertragen. Stattdessen ließ er sein altes, selbst konstruiertes Krankenhausbett einfliegen, das er nicht mehr benutzt hatte, seit er in Bel Air ausgezogen war. Er war ganz begeistert, dass er das Rückenteil anheben und absenken konnte und das komplizierte Rohrsystem noch zu benutzen war, durch welches sein Urin in eine Schale tröpfelte, ohne dass er dafür aufstehen musste.

Ein schwacher Trost. Nicht nur litt er nach wie vor unter Verstopfungen durch die Kodein-Injektionen, auch seine Nieren waren durch den ständigen Missbrauch mittlerweile so angegriffen, dass sie nicht mehr richtig funktionierten. Stundenlang saß er da – geplagt von Prostata-Problemen – und versuchte vergeblich, zu urinieren. Wenn es ihm gelang, wurde sein Urin im nächsten Einmachglas aufbewahrt.

Noch immer fürchtete er, das Versenken des mit Nervengas beladenen Schiffes 250 Kilometer vor den Bahamas könne Einfluss auf die örtliche Wasserversorgung nehmen (die nicht durch entsalztes Meerwasser, sondern mit Hilfe von Regenwasser gesichert wurde), und ließ deshalb täglich eine Ladung *Poland Water* aus Maine einfliegen. Er fürchtete, jemand könne sich vielleicht daran zu schaffen machen, und so schlurfte er mehr als einmal hinüber, um die Literflaschen zu inspizieren (die einzige Größe, die er akzeptierte), untersuchte die Deckel, um sicherzugehen, dass sie fest versiegelt waren.

Die schwarze Bevölkerung machte ihn nervös. Sollte die Milch vergiftet sein? Drohte von den Kühen Gefahr? Täglich ließ er frische Milch aus Miami einfliegen, bis man schließlich einen Markt in Nassau fand, der versiegelte amerikanische Milchflaschen verkaufte. Weder ließ er zu, dass schwarze Boten die Flaschen lieferten, noch trank er Milch, die ihm im Glas oder in einer Karaffe aus der Küche gebracht wurde.

Noch immer war Hughes ein Filmbesessener. Mitten in der Nacht wachte er auf, und seine Leibwächter mussten ihn vom Bett auf einen Stuhl heben, von wo aus er sich einen von Dutzenden Filmen ansah, die er hatte einfliegen lassen. Hin und wieder brach er die Vorstellung ab, um an einem Hühnchen herumzuknabbern und dann einzunicken, wieder aufzuwachen und den Film weiter anzusehen. Wenn er ihm gefiel, ließ er ihn mehrmals laufen.

Er träumte davon, vor die Tür zu gehen und sich auf einer Jacht einzurichten, auf der er Steuerfreiheit genießen würde. Vielleicht konnte er sogar durchs Mittelmeer segeln. Aber Howard Eckersley und die anderen Berater warnten ihn vor den möglichen Gefahren, denen er auf einem Schiff ausgesetzt wäre. Seufzend gab er die Idee auf.

Ständig ließ er seine Pfleger die Tabletten zählen und die Injektionsmengen abmessen, seine Kissen aufschütteln und dafür sorgen, dass er die korrekten Hühnchen und Napoleonkuchen bekam, die er von morgens bis abends aß.

Im August wurde auch der kürzlich ernannte Gouverneur Mike O'Callaghan, der Paul Laxalts Büro in Las Vegas übernommen hatte, skeptisch, weil Bill Gay absolute Kontrolle über Hughes' sieben Casinos mit ihren 8000 Angestellten ausübte, immerhin das größte Glücksspielunternehmen im ganzen Staat. Er fragte an, ob Hughes Gays Ernennung genehmigt hatte. Erst wenn ein unterschriebenes, notariell beglaubigtes Dokument von Hughes vorlag (einschließlich eines Fingerabdrucks), wollten O'Callaghan und die Glücksspielkommission Gay oder Chester Davis weitermachen lassen.

Bald schon war ein Brief auf dem Weg – mit der Schreibmaschine verfasst. Zwei von Hughes' Ärzten und Jim Golden von *Intertel* übergaben ihn persönlich an Callaghan, doch der wollte den Schrieb nicht akzeptieren, weil der Fingerabdruck fehlte. Ein zweiter, handschriftlicher Brief (mit korrektem Fingerabdruck) traf am 9. September ein und wurde Jack Diehl ausgehändigt, dem Vorsitzenden der Glücksspielkommission. Er war jedoch keineswegs zufrieden und meinte, das alles sei kein Beweis dafür, dass man Hughes nicht dazu gezwungen hatte. Wie der erste war auch dieser Brief auf gelbem Notizpapier verfasst. Eine böse Fußnote, die Hughes handschriftlich darunter gesetzt hatte, lautete: »In unserem Maschinenzeitalter scheint es mir etwas absonderlich, einen Brief von dieser Länge handschriftlich verfassen zu müssen.« Es war absurd. Hughes schrieb immer mit der Hand, und der Brief war nur fünf Absätze lang.

»Das neue Schreiben könnte echt sein«, erklärte Diehl, doch müsse er sich mit Hughes treffen, um sicherzugehen.

Wie Hughes von dem nächsten Problem erfuhr, das ihn monatelang plagen sollte, ist aus dem Dienstbuch seiner Pfleger nicht ersichtlich. Dieses Buch, das manchen Chronisten in die Irre geleitet hat, war nie vollständig. Mit keinem Wort – von wenigen Ausnahmen abgesehen – wurden Hughes' Telefonate erwähnt, fünfzehn bis zwanzig am Tag, mit Chester Davis, Bill Gay, Nadine Henley oder Mitarbeitern im Hauptquartier an der Romaine Street in Hollywood. Und dann wurde einer seiner schlimmsten Albträume wahr: Ein Buch, das vorgab, von ihm verfasst worden zu sein und seine vollständige Lebensgeschichte zu erzählen, stand kurz vor der Veröffentlichung. Und zwar nicht irgendwo, sondern bei dem renommierten Verlag *McGraw-Hill.* Ein Romancier, nämlich Clifford Irving, hatte das Buch zusammengestellt. Es enthielt langatmige »Interviews« mit Hughes, eine »Autorisation zur Veröffentlichung, von Hughes unterzeichnet«, und außerdem sein »persönlich verfasstes« Vorwort.

Da weder Davis noch Gay Hughes jemals persönlich begegnet waren, dürften sie ihre Bedenken gehabt haben, ob er tatsächlich mit Irving gesprochen hatte, ohne dass sie etwas davon wussten. Hughes wies eine solche Idee weit von sich.

Während Hughes noch überlegte, wie er die gefälschte Biografie verhindern könnte, erlitt er einen Schock nach dem anderen: Der Autor R. B. Eaton, der ebenfalls behauptete, mit ihm gesprochen zu haben, wollte demnächst Huhges Memoiren veröffentlichen. Diese sollten erst in Fortsetzung ab der Februar-Ausgabe im *Ladies' Home Journal* und dann bei *Best Books* erscheinen. Und dann drohte noch ein drittes Buch: Noah Dietrich hatte gemeinsam mit dem Journalisten Jim Phelan (der später durch Bob Thomas ersetzt wurde) Lebenserinnerungen zusammengestellt, die Hughes am meisten fürchtete. Wie konnte er diese ungeheuerlichen Bücher verhindern?

Hughes blieb keine Wahl. Er würde sein vierzehnjähriges Schweigen brechen und mit einem Reporter sprechen müssen. Richard Hannah, seit langem schon sein Vertrauter und Presseverantwortlicher bei *Carl Byoir Associates* in Manhattan, sah sich nach einem Autor um, den Hughes vielleicht akzeptieren würde. Er entschied sich für Frank McCulloch, den weithin angesehenen Redaktionschef von *Time* in New York, der Hughes' Abenteuer und Missgeschicke seit Jahren verfolgte. *Time-Life* besaß die Fortsetzungsrechte für das Buch von Clifford Irving. Hughes willigte ein, mit ihm zu sprechen.

Das Telefoninterview fand am 16. Dezember statt. Hughes erklärte, er habe nie mit Irving gesprochen und wolle ihn für seinen Betrug mit »der ganzen Härte des Gesetzes« belangen. McCulloch war beeindruckt, wusste aber, wie unberechenbar und launisch Hughes sein konnte, und musste im Auge behalten, welches Risiko seine Arbeitgeber bei *Time-Life* mit dem Buch eingingen. Nachdem er Irving zu einigen Details der Memoiren befragt hatte, kam McCulloch zu dem Schluss, dass Irving die Wahrheit sagte und Hughes log. Hughes war außer sich vor Zorn.

Jeden Tag rief Hughes bei Chester Davis an und versuchte, über *Intertel* die Hunderttausende Dollar aufzuspüren, die angeblich unter dem Namen »H. R. Hughes« bei einer Züricher Bank hinterlegt worden waren und auf die das Finanzamt bereits Steuern erheben wollte. Das wäre das Schlimmste: Er sollte Steuern auf Gelder bezahlen, die er nie bekommen hatte. Gleichzeitig feuerte er durch Davis und Richard Hannah eine Salve nach der anderen ab und leugnete den Wahrheitsgehalt des Buches, was *McGraw-Hill* nur dazu provozierte, sich noch entschlossener hinter ihren Autor zu stellen. Auch *Best Books*, der kleine Verlag, der das Eaton-Buch veröffentlichen wollte, und das *Ladies' Home Journal* wollten sich von seinen Drohungen nicht beeindrucken lassen, ebenso wenig wie Noah Dietrichs Verleger.

In der ersten Woche des Jahres 1972 konnte *Intertel* nur Indizienbeweise für Irvings Betrug vorlegen. Hughes würde sich in einer Pressekonferenz erklären müssen. Am 7. Januar richtete Richard Hannah eine Telefonkonferenz mit sieben Journalisten ein, die in der Vergangenheit schon einmal mit Hughes gesprochen hatten – genau einen Monat nachdem der Skandal bekannt geworden war. *NBCs* Roy Neal betätigte sich als Moderator für die sieben Männer – darunter Gladwin Hill von der *New York Times*, Wayne Thomas von der *Chicago Tribune* und Marvin Miles von der *Los Angeles Times* – im *Universal-Sheraton Hotel* in North Hollywood versammelten. Fast drei Stunden lang plauderte Hughes mit ihnen. Von dem Moment an, als sie seine hohe, herrische Stimme mit dem texanischen Tonfall hörten, wussten sie, dass er es war, doch fragten sie weiter.

Wie ein Reiseleiter begann er, von Nassau zu erzählen. Mit nostalgischer Referenz auf die Zeiten, als er Partner des Schweden Axel Wenner-Gren gewesen war, erwähnte er, dass Paradise Island früher einmal Hog Island geheißen habe.

Er nannte Details der *Lockheed Constellation* und behauptete, manches zu ihrem Design beigetragen zu haben, was nicht der Wahrheit entsprach. Er sprach über sein zweites Flugzeug, die *H-2*, wobei er kaum ein Wort über seine Mitkonstrukteure verlor. Statt nach Mitarbeitern befragt zu werden, an die er sich erinnert hätte (beispielsweise Glenn Odekirk, Lincoln Quarberg, Howard Hawks oder den *RKO*-Tonexperten Gordon Sawyer), fragte man ihn nach obskuren Leuten wie »einem Piloten mit Nachnamen Martin« und einem »Avco-Manager«, der ihm mit der FAA geholfen hatte, als er 1937 seine Pionierflüge plante. Warum sollte er sich daran erinnern? Er konnte es nicht. Oder wieso sollte er sich daran erinnern (tat er auch nicht), dass Mrs. Wiley Post ein Kaugummi ans Heck der *Lockheed* geklebt hatte, kurz bevor er vom Floyd Bennett Field in New York nach Paris gestartet war? Wäre es nicht besser gewesen, ihn zu fragen, was ihm der Name Wiley Post sagte? Und wieso sollte er sich unter all den Generälen und anderen hohen Tieren auf seiner Lohnliste ausgerechnet an General H. L. George erinnern?

Hughes gab eine Lüge nach der anderen von sich: Er sei körperlich ganz gut beieinander, seine Fingernägel seien nicht lang, er fürchte sich nicht vor einer Ansteckung, er beabsichtige, sich demnächst der Presse zu stellen, Maheu sei »ein verlogener Schweinehund, der mich von vorn bis hinten beklaut hat«, und der größte Hammer von allen: Er habe zum Segen der Menschheit unzählige Millionen in das *Medical Institute* gesteckt.

Das Interview machte Radiogeschichte und wurde zur internationalen Sensation. Damit hatte Hughes also bewiesen, dass Irvings Buch eine Fälschung war! Der reichste Mann der Welt hatte sein Schweigen gebrochen (das er wie ein Trappistenmönch gewahrt hatte), um einen kleinen, unbedeutenden Autor anzuprangern. Dann wurden Fragen gestellt: Wieso hatte er nicht auch R. B. Eaton angeprangert? Oder Noah Dietrich?

McGraw-Hill, Time-Life und Clifford Irving ließen sich nicht aus der Ruhe bringen und beschuldigten Hughes, in seiner Telefonkonferenz gelogen zu haben. Hier kam Hughes ins Stolpern. Er hätte alle drei verklagen sollen. Stattdessen verklagte ihn Robert Maheu wegen Verleumdung. Der Aufruhr ging weiter.

Da zündete Irving die nächste Bombe. Er kündigte an, Hughes würde sich in der »Autobiografie« zu den 205 000 Dollar Bestechungsgeld für Donald Nixon äußern. Wie hatte er davon erfahren? Chester Davis begann sich zu fragen, ob Irving nicht vielleicht doch mit Hughes gesprochen hatte. Er rief Hughes an, der ihn daraufhin wüst beschimpfte.

Die Erklärung war einfach. Irving hatte die Geschichte aus den Akten von *Time* und *Fortune* – Material, das beide Zeitschriften nicht zu veröffentlichen gewagt hatten. Am 15. Januar beteuerte A. P. Leventhal, der Präsident von *McGraw-Hill,* noch einmal den Wert des Manuskripts und erklärte, Hughes behaupte nur, dass Irving log, weil der in seinem Buch manches offen lege, was Hughes' Geschäftsinteressen schaden könne. Leventhal erklärte, er sei im Besitz einer »unterzeichneten Versicherung« von Hughes, die seinen Verlag vor möglichen Verleumdungsklagen schütze.

Am 16. Januar war Irving in Mike Wallaces *CBS*-Sendung *60 Minutes* zu Gast, wo er die verleumderische Aussage machte, Clark Clifford, der wichtigste Mann unter Hughes' Washingtoner Anwälten, habe den Barkredit für Nixon in die Wege geleitet. Irving erklärte Wallace, er und sein Mitarbeiter Richard Susskind hätten sich mit Hughes »an mehreren Orten in Mexiko« getroffen.

Am nächsten Tag enthüllte die *Swiss Credit Bank* in Zürich, »H. R. Hughes«, der dort ein Konto mit *McGraw-Hill*-Geld eröffnet hatte, sei eine hübsche Blondine mit gefälschtem Schweizer Pass. Es handelte sich um Mrs. Clifford Irving. Die Züricher Kantonspolizei stellte einen Haftbefehl für sie aus. Die Irvings flohen nach New York. Dennoch veröffentlichte R. A. Graves vom *Life*-Magazin eine Geschichte, welche die Überzeugung des Redakteurs, Irvings Buch sei »authentisch«, bestätigte. Dann plötzlich wurde *Time-Life* weich und gab zu, dass »verstimmte« Hughes-Mitarbeiter »Informationen an Irving weitergegeben« hätten und dass man ihn möglicherweise »hinters Licht geführt« habe.

In der Schweiz wurden für die Irvings Haftbefehle ausgestellt. Das Finanzamt erließ Steuerpfändungen. Sie verweigerten die Aussage vor dem Großen Geschworenengericht von New York. A. P.

Leventhal von *McGraw-Hill* flog nach Nassau, um mit Hughes zu sprechen. Ohne Erfolg.

Hughes und seine Leibwächter waren derart abgelenkt von diesen Vorkommnissen, dass sie vergaßen, sein acht Monate gültiges Besuchervisum für Nassau zu verlängern. Angesichts seines Reichtums, seiner Macht und seiner Investitionen in der Region wäre das nicht weiter von Bedeutung gewesen, ebenso wenig wie der Umstand, dass diese Leibwächter, die allesamt ausschließlich für ihn arbeiteten, keine Visa hatten. Tatsächlich lebte Hughes bereits über ein Jahr auf Paradise Island, und bisher hatte niemand auch nur ein Wort über Visa verloren.

Dann plötzlich machte die Regierung Schwierigkeiten, und Hughes war nicht mehr willkommen. Warum? Die oppositionelle *Black Nationalist Party* hatte die Sache zum Skandal aufgebauscht und drohte, den Premierminister zu stürzen, weil er illegale Einwanderer protegierte, deren Arbeitgeber keine Schwarzen einstellen wollte. Darüber hinaus verlangten und kassierten gewisse Repräsentanten der Regierung Schmiergelder, damit Hughes im Lande bleiben durfte. Es steckte jedoch noch mehr dahinter. Linksliberalen Kräften in Nassau war zu Ohren gekommen, dass Hughes wirtschaftliche und politische Verbindungen zum nicaraguanischen Diktator Anastasio Somoza pflegte.

Somoza hatte eine entscheidende Rolle im anhaltenden Geheimdienstkrieg gegen Kuba gespielt, nachdem die Raketenkrise mit Verträgen beigelegt worden war (die allerdings von beiden Seiten nicht eingehalten wurden). Über die *Banco Nacional* in Mexico City und Hughes' Konto hatte er – via Geldwäsche – gute Verbindungen zur CIA und auch zu Hughes. Sein verstorbener Bruder Luis und dessen Familie pflegten »Geschäftsverbindungen« zu Hughes' Mitarbeiter E. Howard Hunt, bei denen es sich in Wahrheit um getarnte Anti-Castro-Aktivitäten handelte. Unter der Regierung Eisenhower war er zum direkten Instrument amerikanischer Politik in Zentralamerika geworden und hatte John F. Kennedy sowohl unbegrenzte Hilfe bei der Schweinebucht-Invasion gewährt als auch kubanische Guerillas per Fischerboot nach Nicaragua geschickt.

Somoza baute einen Flughafen in Puerto Cabezas (mit dem Codenamen »Happy Valley«) und sammelte Soldaten, Flugzeuge und Schiffe. Er flog nach New York, um sich mit Joseph Kennedy, dem Vater des Präsidenten, zu treffen, und dann nach Washington zur Amtseinführung, wo er sich mit CIA-Direktor Allen Dulles besprach. Daraufhin trafen 1300 gut ausgebildete Exilkubaner per Flugzeug in Happy Valley ein, dazu siebzehn *B-26*-Bomber inklusive Bomben und Raketen. Die schwerfällige Invasionsarmee wurde jedoch aufgerieben, da ihr die USA nicht ausreichend Schutz durch Kampfjets bot. Schließlich musste ein besiegter, erniedrigter Präsident Kennedy an Weihnachten 2 925 000 Dollar bezahlen, und dazu Traktoren im Wert von 28 Millionen Dollar, um die 1100 kubanischen und amerikanischen Gefangenen freizukaufen, die gefoltert worden waren.

Jetzt – 1972 – träumte Somoza mit Hughes' Segen vom nächsten Angriff. Er hatte Kontakt zu *Hughes Aircraft*, weil er die kubanisch-sowjetischen Bemühungen durchkreuzte, jene Fotokassetten abzufangen, die per Fallschirm von Hughes' Spionagesatelliten abgeworfen wurden. Diese Kassetten enthielten wichtige Informationen zu kubanischen Anlagen und wurden oft genug vor der nicaraguanischen Atlantikküste von kubanischen Agenten aus dem Meer gefischt. Eine der Abwurfstellen befand sich bei den Corn Islands, für die sich Hughes sehr interessierte, da er dort (wie Somozas Freunde heute bestätigen) liebend gern einen CIA-Posten eingerichtet hätte, ähnlich wie auf Cay Sal.

Da man sich im US-Innenministerium darüber im Klaren war, dass Kuba vermehrt sowjetische Waffen zur Verfügung hatte (eine Information, die man zum Teil Hughes' Spionagesatelliten verdankte), hielt man es für eine gute Idee, wenn Somoza Hughes zu sich nach Nicaragua einladen würde. Somoza konnte mit ihm Riesengeschäfte machen, konnte ihm Zuflucht vor den unablässigen Vorladungen, Drohungen und aufdringlichen Reportern bieten. Er konnte ihn bis an sein Lebensende vor der Einkommenssteuer schützen und ihn – im Gegenzug zu den Summen, die in Somozas Taschen fließen würden – zum Mitbesitzer von Nicaragua machen.

Es gab noch eine andere Verbindung – Turner Shelton, US-Botschafter in Nicaragua. Shelton war Hughes schon einmal in Hollywood begegnet, Anfang der Fünfzigerjahre, als er noch eine leitende Funktion bei *Eagle-Lion* bekleidete, die Hughes hatte kaufen wollen. Kurz bevor Hughes in Nassau eintraf, war Shelton US-Generalkonsul auf den Bahamas gewesen. Schon im Dezember 1969 hatte er Hughes eingeladen. Shelton war gut bekannt mit Bebe Reboza, E. Howard Hunt, den Exilkubanern und *Intertel* – daher sein Kontakt zu Jim Golden. Die Versetzung nach Managua resultierte aus seiner Freundschaft mit Nixon und seiner Bedeutung für die CIA. In Nicaragua war er nicht nur mit Anti-Castro-Aktivitäten beschäftigt, sondern bekam es bald schon mit einem gewaltigen Projekt zu tun: der alte Traum vom Nicaraguanischen Kanal, der dem Panamakanal Konkurrenz machen sollte.

Hughes nahm die Gespräche zum Bau des Kanals bereits in Nassau auf. Als Partner sollten der steinreiche Daniel K. Ludwig (der auf den Bahamas lebte und mit Shelton befreundet war) und – trotz Hughes' antisemitischer Haltung – die Bankiersfamilie Rothschild auftreten.

Außerdem wollte Somoza seine private *Lanica Airlines* um zwei *Convair-880*-Jets erweitern, die Hughes auf einem Flugplatz in Arizona stehen hatte und von denen Jack Real, ein wichtiger Mann bei *Lockheed* und ein alter Freund sowohl von Hughes als auch von Somoza, dem nicaraguanischen Diktator erzählt hatte.

Schließlich machte Somoza Druck auf Real. Er wollte die *Convairs* kaufen und Hughes dafür einen erheblichen Anteil – bis zu 30 Prozent – an *Lanica* überlassen, falls Real ihm Hughes vor aller Öffentlichkeit als zukünftigen Partner präsentierte. Somoza sah sich lokaler und internationaler Kritik ausgesetzt, weil er als erbarmungsloser Unterdrücker und Diktator galt, und er brauchte eine Trumpfkarte gegen seine Feinde. Hughes, der große amerikanische Held und Pilot, sollte dieser Trumpf sein. Doch konnte sich Hughes nicht entschließen und zögerte endlos. Und da Real ihm eine endgültige, unwiderrufliche Entscheidung entlocken musste, zauberte er als letzten Trumpf eine Frau hervor.

Zunächst ging er mit Chester Davis in New York zum Essen aus und erzählte ihm, im *Cave*, einem Nachtclub in Managua, gehe eine Frau ein und aus, die nicht nur verfügbar sei, sondern darüber hinaus einen Brustumfang von 112 cm habe. Davis brüskierte die Gäste am Nachbartisch, als er – vulgär wie immer – ausrief: »Aber Miss Chile hatte 117!« Allerdings stand Miss Chile nicht zur Verfügung, das Mädchen aus dem *Cave* jedoch schon. Damit war die Sache klar: Davis rief Hughes an und erzählte ihm, was ihn erwarte. Nachdem er lange keine sexuelle Begierde mehr für irgendwen empfunden hatte, schien Hughes das Bedürfnis zu verspüren, wenigstens so zu tun, als sei er ein Mann. Er erklärte, er wolle nach Managua.

Hughes beschloss, diese Reise so bald wie möglich anzutreten. Managua war steuerfreie Zone. Leichtsinnig wie er war, verschwendete er keinen Gedanken daran, dass die Gegend ebenso gefährlich sein konnte wie das von Atomtests bedrohte Las Vegas oder das von Nervengas bedrohte Nassau. 1931 war Managua von einem Erdbeben zerstört worden, eine Katastrophe, die sich jederzeit wiederholen konnte. Zudem wütete momentan eine Polio-Epidemie – und es gab Lepra in der Stadt. Cholera, Typhus, Gelbfieber… alles da.

Doch blanke Gier, das Mädchen aus dem *Cave* und der Gedanke, dass er antikommunistischen Aktivitäten der CIA in Zentralamerika diente, brachten Hughes dazu, Somozas Einladung im Februar anzunehmen.

Schon 1969 hatte er gemeinsam mit Somoza den ersten *Hughes-Intertel*-Satelliten für Nicaragua finanziert, der eine ausgezeichnete Kommunikation möglich machte. Hughes förderte die militärischen Aktivitäten der CIA in Managua, die E. Howard Hunt koordinierte, den er – wie erwähnt – durch die Laser kannte. Außerdem schleuste er über Banken in Managua Gelder zur CIA, was auf Seiten der liberalen, nicaraguanischen Tageszeitung *La Prensa*, namentlich ihres engagierten Chefredakteurs und Herausgebers Pedro Joaquin Chamorro, auf harsche Kritik stieß.

Da Nicaragua einen Diktator hatte, gehörte es zu den wenigen lateinamerikanischen Ländern, in denen es so gut wie keine Kommunisten gab – kaum mehr als sechzig Personen wurden den Sandinistas zugerechnet. Die Währung – der Cordoba – war stabil. Somoza, dem der Grund und Boden gehörte, investierte sein Geld in die Wirtschaft des Landes.

Hughes hätte gern – gemeinsam mit Daniel Ludwig – einen Anteil an Somozas Reederei, der *Mamenic Line*, und dem *Intercontinental Hotel* in Managua erworben. Er wies Nadine Henley an, für Somoza eine goldene Kopie des nicaraguanischen Satelliten von 1969 anfertigen zu lassen, einschließlich des 20 Meter hohen Senders.

In einem Memorandum an Chester Davis, das Hughes aus Nassau schickte, äußerte er die Befürchtung, Somoza könne ihm wegen der schlechten Publicity die Unterstützung verweigern. Hughes glaubte, Somoza ein schickes Auto zukommen zu lassen, sei eine gute Möglichkeit, ihm seine Wertschätzung zu zeigen.

Kurz nachdem er das Memorandum am 15. Februar 1972 verfasst hatte, traten Beamte der Einwanderungsbehörde und US-Postbeamte (Letztere mit diversen Vorladungen im Zusammenhang mit verschiedenen Prozessen) aus dem Fahrstuhl im *Britannia Beach*, klopften an die Tür von Hughes' Penthouse und begehrten Einlass. Johnny Holmes und drei weitere Leibwächter hielten die Beamten auf, während Jim Golden von *Intertel* Hughes ein Zimmer im fünften Stock besorgte. Sie reisten nach Managua, um Vorbereitungen für Hughes' Flug dorthin zu treffen.

Die folgenden Stunden wird Gordon Margulis sicher nie vergessen. Es war 15 Uhr, als Jim Golden (während die Leute von der Einwanderungsbehörde die Fahrstuhltüren und inneren Ausgänge blockierten) Margulis und zwei Pflegern Anweisung gab, Hughes auf einer Trage die Feuertreppe hinunterzuschaffen.

Margulis brachte Hughes in die Kammer, in der die Zimmermädchen ihre Rollwagen aufbewahrten, und ging hinaus, um den Flur im Auge zu behalten. Zufällig stieß er dort mit einem Freund aus New York zusammen. Er schaffte es, den Freund wieder in seine Suite zu bugsieren, dann fing er an, mit den Zimmermädchen herumzualbern, hielt ein Laken hoch – nutzte es als Deckung – und tanzte herum, während der andere Pfleger Hughes in die Kammer rollte. Quengelig und kindisch wie er war, saß Hughes kaum in dieser Kammer, da wollte er schon einen Film sehen. Margulis wusste, dass der Lärm die Nachbarn auf ihn aufmerksam machen würde (ganz zu schweigen davon, dass man den Film von oben würde holen müssen), und erklärte seinem übellaunigen Boss, das sei nicht möglich. Stattdessen schraubte Margulis einen Messingknauf vom Bett und hielt ihn in der Faust, für den Fall, dass ein Beamter hereinkommen sollte. Er könnte ihn bewusstlos schlagen.

Im Schutz der Dunkelheit kehrten sie ins Penthouse zurück. Margulis besorgte einen Film… ausgerechnet *Topaz* von Hitchcock, bei dem es um einen Attentatsversuch auf Castro geht, fast wie Maheus – von Hughes' genehmigter – Versuch vor Jahren. Währenddessen lockte Jim Golden die Leute von der Einwanderungsbehörde und US-Post mit einer wilden Verfolgungsjagd zum *Emerald Beach Hotel.*

Hughes verließ das Hotel um 5:50 Uhr, wiederum über die Feuertreppe. Golden hatte entschieden, es sei zu riskant, ihn zum Flughafen zu bringen, weil die Beamten ihn dort höchstwahrscheinlich bereits erwarteten. Jedes Privatflugzeug würde sofort die Regierung auf den Plan rufen. Stattdessen charterte Golden eine Jacht, die *Cygnus,* und ließ sie von Kapitän Bob Rehak nach Florida segeln. Man trug Hughes ins Ruderhaus, wo Golden und Margulis ihn aufrichteten. Als er stand, löste sich der Gürtel seines Morgenmantels und sein nackter, dürrer Leib war zu sehen.

Gegen 17:45 Uhr ging er an Bord der *Cygnus*. Unruhig schlief er etwas über drei Stunden in seiner Koje, bis ihn die schwere Dünung weckte. Ihm war übel, und er verlangte *Dramamine*. Margulis lag stöhnend am Boden der Kabine, und Hughes sagte: »Da ist es schmutzig. Stehen Sie auf!« Margulis rappelte sich auf. Nachdem er noch weitere *Dramamine* genommen hatte und dann wieder eingeschlafen war, traf Hughes gegen 4 Uhr morgens in einem seiner Häuser in Miami ein. Per Lieferwagen brachte man ihn zum Flugplatz von Fort Lauderdale, wo Jim Golden keine eigene Maschine, sondern einen Jet bereithielt, den er von einem Vorstandsmitglied bei *Eastern Airlines* gechartert hatte. Hughes wurde sehr ärgerlich, als ihn die Leibwächter zur Rollbahn fuhren. »Wo ist die beschissene Maschine?«, rief er dauernd. »So weit kann es doch nicht sein!« Im Flugzeug war er aufgedreht und genehmigte sich ein Truthahn-Sandwich mit einem Glas Milch.

Golden hatte von Fort Lauderdale aus zweimal bei Botschafter Turner Sheldon angerufen und ihn vergeblich angefleht, alles zu tun, damit Somoza seine geplante Privatreise in das von ihm kontrollierte Panama verschob. Daher war Somoza bereits abgereist, als Hughes' Maschine auf dem Flughafen »Las Mercedes« in Managua landete.

Auf der Fahrt zum pyramidenförmigen *Intercontinental Hotel* – in einem Mercedes mit offizieller Polizei-Eskorte – bot sich Hughes gegen 22:45 Uhr am 16. Februar ein außergewöhnlicher Anblick. Am Horizont duckten sich bedrohliche Vulkane. Erstickende Hitze und Autoabgase verhüllten die weitläufige Stadt aus gesichtslosen, baufälligen Hütten. Der Mond schien auf Managua, am südlichen Ufer eines vulkanischen Sees gelegen, der schweflig stank und seit Jahrzehnten als Kloake missbraucht wurde. Die Erde bebte unablässig, da drei zusammenlaufende Erdfalten eine bedrohliche T-Formation bildeten, die jeden Augenblick in sich zusammenzubrechen drohte.

Sein Eintreffen im Hotel erregte einiges Aufsehen. Als ihn die

Leibwächter durch die Lobby manövrierten, sprang ein Mann auf und fotografierte mit Blitz. Hughes schreckte zurück. Margulis packte den Mann und riss den Film aus der Kamera. Zwei Nationalgardisten ergriffen den Eindringling, der sich als harmloser Tourist entpuppte. Hughes musste durch die Lobby in einen Personenfahrstuhl getragen werden, da der Lastenfahrstuhl nicht funktionierte. Oben in seiner Suite entspannte er sich, war nicht halb so erschöpft wie seine Leibwächter und orderte forsch ein Hühnchensandwich und ein weiteres Glas Milch.

Als Hughes' Pfleger die siebte Etage unzugänglich machten, brachte das *Intertel*-Team das gesamte Fahrstuhlsystem des Hotels durcheinander, sodass manche Gäste im falschen Stockwerk landeten. Ein paar Frauen blieben zwischen Erdgeschoss und erstem Stock des Hotels stecken und saßen über eine Stunde fest; ein Gast spazierte ahnungslos in den siebten Stock, wo ihn bewaffnete Wachen abfingen und ihn anwiesen, er solle verschwinden. Tagelang waren die Hotelgäste in heller Aufruhr, weil Hughes dort wohnte. Es gab keine Möglichkeit, das allgemeine Interesse daran zu unterdrücken oder zu verhindern, dass die Leute von draußen durch die Fenster zu fotografieren versuchten.

Noch vor seiner Abreise aus Nassau hatte Hughes (nach Aussagen von Gordon Liddy, der durch Watergate berühmt werden sollte, und Hank Greenspun, dem Verleger der *Las Vegas Sun)* einen Probelauf für Watergate genehmigt. Dabei ging es um einen Einbruch in Greenspuns Büro, in dessen Tresor Briefe mit Anweisungen für Maheu in der Bebe-Rebozo-Affäre lagen. Er stellte eine *JetStar*-Maschine für die Flucht nach Managua bereit, sobald der Job getan wäre.

Hughes beauftragte für diesen Einsatz Robert Foster Bennett, seinen langjährigen Presse- und CIA-Verantwortlichen in Washington, dazu Ralph Winte, seinen Sicherheitschef in Las Vegas, sowie E. Howard Hunt. Hunt gehörte inzwischen zu Bennetts Stab bei der *Mullen Company* in Washington, und arbeitete heimlich für Hughes.

In einem Interview mit Tom Buckley von der *New York Times* am 13. Mai 1973 sagte Hank Greenspun:

> Hughes hätte alles getan, um seine Dokumente in die Hand zu bekommen. Deshalb war auch ein Flugzeug von Hughes im Spiel und... dessen Ziel war ein lateinamerikanisches Land. Hughes befand sich zum Zeitpunkt des Einbruchsversuchs in Nicaragua.

Er fügte hinzu:

> Sollten tatsächlich Kräfte der Bundesregierung zum Einsatz gekommen sein, um Howard Hughes' privaten Unternehmungen zu dienen, mag ich mir gar nicht vorstellen, wer alles zu einem einflussreichen politischen Strippenzieher übergelaufen sein könnte.

Es gab noch einen Grund für den versuchten Einbruch in Greenspuns Safe. Howard Hunt, sein Komplize Gordon Liddy und das »*Plumbers*«-Team des Weißen Hauses (darunter der Spion Jim McCord) waren auf Informationen aus, mit denen sie dem demokratischen Präsidentschaftskandidaten Edmund Muskie schaden konnten. Und diese Informationen vermutete man in besagtem Safe. Worum ging es da? Offiziell hieß es, Greenspun habe gegen Muskie nur ein Bußgeld wegen Angelns ohne Angelschein in der Hand gehabt. Doch gab es auch Gerüchte um eine Firma in Maine, und – weit wichtiger – die unbegründete Überzeugung, Muskie kassiere Gelder von Castro. Nichts dergleichen lag in Greenspuns Safe. Hughes' Papiere hatte er mit nach Hause genommen, und selbst wenn der Einbruch gelungen wäre, hätten sie ebenso wenig Interessantes gefunden wie später bei der Watergate-Äffäre.

In seinen Memoiren *A Piece of Tape* schrieb Jim McCord (dem Hughes einen Job anbot, nachdem das Ding gedreht war), er hege den starken Verdacht, Hughes habe direkt mit dem Einbruch in Las Vegas zu tun gehabt und sei später vor einer Befragung im Watergate-Verfahren geschützt worden, weil er Milliardär war.

Es gibt keinen direkten Beweis dafür, dass die CIA oder der Präsident in die Einbruchspläne eingeweiht waren, auch wenn beide alle Aktivitäten guthießen, welche die Demokraten aus der Bahn werfen konnten.

Mrs. Greenspun sagt, trotz gegenteilig lautender Erklärungen seien die Einbrecher tatsächlich in das Büro ihres Mannes eingedrungen und hätten die Türen eingetreten, doch sei es ihnen nicht gelungen, den Tresor zu öffnen, und so wurde der Plan aufgegeben. Nach Liddys Aussage sagte Hughes den Flug nach Managua in letzter Minute ab, da er fürchtete, die Leute, die er angeheuert hatte, könnten sich ihm gegenüber möglicherweise nicht loyal verhalten und die Dokumente der Regierung übergeben.

Am 17. Februar diktierte Hughes ein Schreiben an Somoza. Seltsamerweise hatte er vergessen, dass Somoza sich in Panama befand. Es könnte aber auch sein, dass Golden ihm davon gar nichts gesagt hatte, weil durch Hughes' unangemeldetes Eintreffen ohnehin alle Arrangements über den Haufen geworfen waren. Hughes adressierte den Brief an die *Casa Presidente* und verlieh seinem Entzücken Ausdruck, dass Somoza ihn als Gast beherbergen wolle.

Täglich hielt man Hughes über den Fortgang der Irving-Sache auf dem Laufenden. Im Dienstbuch seiner Leibwächter fanden die endlosen Telefonate jedoch keinerlei Erwähnung.

In jener Woche ließ Chester Davis eine gerichtliche Verfügung erwirken, die einer New Yorker Firma namens *Flame Enterprises* untersagte, T-Shirts und Sweater mit seinem Konterfei zu verkaufen, auf deren Knöpfen eine satirische Darstellung der Irving-Sache abgebildet war. Man verbot *People Pants* und *Bikini Boutique*, Unterwäsche mit Hughes' Gesicht auf dem Zwickel zu verkaufen.

Am 22. Februar gab Chester Davis – mit Hughes' Genehmigung – eine Erklärung ab: Hughes' Mitarbeiter würden Material für eine autorisierte Biografie zusammenstellen. *Rosemont Enterprises*, jene Firma, die einzig und allein dafür ins Leben gerufen wurde, Bücher zu betreuen, die Hughes in Auftrag gab, würde einen passenden Autor suchen.

Hughes' Sekretärin Nadine Henley und Kay Glenn aus seiner Führungsriege flogen nach Managua. Henley sprach mit ihm über dieses Buch, das der Welt das Bild eines engagierten, aufopferungsvollen Menschenfreunds präsentieren sollte, dessen *Medical Institute* die Rettung unzähliger Kranken war. Weder Henley noch Glenn hatten ihn in den letzten dreizehn Jahren zu Gesicht bekommen.

Sie trafen Hughes in seiner Suite. Das Schlafzimmer war nur trübe beleuchtet. Hughes lag auf dem Bett und schlief entweder oder stellte sich schlafend, was er oft tat. Ohne Umschweife kam Miss Henley auf das Buch zu sprechen. Durfte sie ihn für seine Memoiren auf Tonband aufnehmen? Verschlafen antwortete Hughes, nein, das dürfe sie nicht.

Er muss gewusst haben, dass eine Heiligengeschichte niemanden überzeugen würde, während sich eine Autobiografie, in der es ausschließlich um technische Errungenschaften ging, nur unter seinen Angestellten verkaufen würde. Mit derselben Entschlossenheit, mit der sie schon so lange in Hughes' Diensten durchhielt, drängte sie voran … Würde er ihr erlauben, handschriftlich etwas festzuhalten? Das würde er ganz sicher nicht. Und doch flog sie nicht mit leeren Händen zurück, denn sie tätigte Landkäufe für Hughes in Nicaragua.

Im selben Monat strengte man in Delaware eine von Hughes abgesegnete Klage gegen *Fawcett Books* an, in der man sämtliche Gewinne einforderte, die sich aus Noah Dietrichs Buch ergeben sollten. Man behauptete, Dietrich habe seit 1959 in mehreren unterschriebenen Dokumenten gelobt, nichts über Hughes preiszugeben. Dietrich und Ted Carpentier erklärten mir, Hughes habe Davis in Washington angerufen und ihm gesagt, er solle die Sache voranbringen.

Dietrich antwortete, er habe diese Vereinbarung nie als bindend betrachtet, was immer das bedeuten mag. Tatsache ist, dass sie es war. Anders hätte Hughes es niemals haben wollen. Dietrichs Buch wurde veröffentlicht. Hughes wies *Rosemont* an, einen Verleger für ein Buch über den Irving-Schwindel zu finden. Was nicht geschah. Mittlerweile stritten neun Verlage um das Recht, Irvings eigene Darstellung der Affäre veröffentlichen zu dürfen – noch bevor ihn ein Gericht schuldig gesprochen hatte. *Random House* versuchte, A. P. Leventhal, den Präsidenten von *McGraw-Hill,* unter Vertrag zu nehmen, damit er seine Erinnerungen an den Schwindel niederschrieb, aber dem kamen die Londoner *Sunday Times* und *Viking Press* zuvor, die das »*Insight*«-Team, bestehend aus Stephen Tay, Lewis Chester und Markus Linklater, beauftragten, in wenigen Wochen ein Buch und eine Serie zusammenzuzimmern. Der Aufschrei ausgebooteter Verleger, das sei »schlechter Stil«, konnte niemanden überzeugen.

Am 6. März erschien Irving schließlich vor der Großen Geschworenenkammer. Vier Tage später erreichte Hughes die Nachricht, gegen den Autor sei Anklage erhoben worden. Der Betrug kostete *McGraw-Hill* fast eine Million Dollar an Vorschüssen, und Anwaltskosten.

Hughes hatte alle Hände voll zu tun, telefonierte mit Somoza, telegrafierte oder telefonierte mit Davis. Seit Jahren war er nicht mehr so lebhaft gewesen.

In der kurzen Zeit, die er nun in Nicaragua war, hatte Hughes das Land lieben gelernt. Bald schon würden sich ihm unbegrenzte finanzielle Möglichkeiten bieten – die Diktatur sicherte den Schutz seines Reichtums. Seine Leute bekamen den Status von Geheimpolizisten und durften Polizeifahrzeuge nutzen. Ständig rief er Chester Davis über Satellit in New York oder Washington an und freute sich, alles im Griff zu haben. Noch nie hatte ihn Gordon Margulis so zufrieden gesehen. Er überschüttete Turner Shelton und Somoza mit Briefen, von denen viele noch existieren. Doch dann wurde er plötzlich unruhig.

Hughes beschloss, Managua zu verlassen und (ausgerechnet) nach Vancouver zu ziehen. Weshalb?

Grund waren die ständigen auf ihn gerichteten und bösartigen Attacken von seinem persönlichen Feind Pedro Joaquin Chamorro in der pro-Castro eingestellten Zeitung *La Prensa*, die er auf Spanisch lesen konnte. Chamorro hatte herausgefunden, dass Hughes auf Dauer in Nicaragua bleiben wollte, und wusste von seiner bevorstehenden Beteiligung an *Lanica Airlines*, der *Mamenic Line* und der Tourismusindustrie. Er machte öffentlich, dass Hughes die Corn Islands vor der Atlantikküste kaufen und daraus keine CIA-Basis, sondern ein Spielerparadies wie Las Vegas oder Paradise Island machen wollte. Dort lebten einige Sandinistas von indianisch-englischer Herkunft. Die würden gnadenlos vertrieben werden.

Hughes war Somozas Ansicht, dass es besser sei, abzureisen und zu einem späteren Zeitpunkt zurückzukommen, als zu bleiben und sich dem Vorwurf auszusetzen, Mitbesitzer Nicaraguas zu sein – was vielleicht sogar stimmte. Doch gab es noch einen weiteren Grund. Er wollte *Air West* zur Seite stehen, die von Los Angeles und Las Vegas aus nach Kanada fliegen sollte. Außerdem wollte er herausfinden, wo sich sein ehemaliger Mitarbeiter John Meier versteckte. Am Telefon versprach er Somoza, er wolle nach Managua zurückkehren, sobald die notwendigen Vereinbarungen mit der kanadischen Regierung getroffen seien.

Er ließ Chester Davis eine hübsche *Grumman Gulfstream II* aus Miami herüberfliegen, mit der er die Reise antreten würde. Ein letztes (und erstes) Treffen mit Somoza und Turner Shelton wurde vereinbart.

Diese Begegnung fand am 3. März 1972 um 22:45 Uhr an Bord der *Grumman* statt. Somoza war am selben Tag von einer Reise nach Guatemala zurückgekehrt, verlor aber keine Zeit, in Begleitung seiner bewaffneten Motorrad-Eskorte zum Flughafen zu eilen, um den Termin einzuhalten. In Pyjama und Morgenmantel – Haar und Bart getrimmt – saß Hughes mit dem plumpen, grinsenden Somoza und dem geleckten Turner Shelton beisammen, schien sich vor Ansteckungen nicht zu fürchten und reichte ihnen sogar die Hand, ohne ein Taschentuch zu benutzen.

Zu Beginn des Gespräches – so erinnert sich Gordon Margulis – fragte Somoza Hughes, warum er eigentlich ein solches Einsiedlerleben führe. Hughes antwortete, es liege daran, dass er einfach zu viele Briefe und Anrufe bekäme.

Somoza lachte.

Hughes unterhielt sich mit Somoza und Shelton über das, was er (von Landkarten her) über Nicaragua wusste, über das Kanalprojekt, über die Investitionsmöglichkeiten, die er an der Ostküste sah, und speziell über die Casinos, die er sich auf den Corn Islands erträumte. Er machte schmeichelhafte Bemerkungen zu Somozas Ausbildung an der Militärakademie in West Point, und Somoza machte gleichermaßen schmeichelhafte Bemerkungen zu Hughes' Weltumrundung. Er schenkte Hughes eine alte Balboa-Goldmünze. Hughes sagte, er wolle bald wieder unter Menschen gehen und dankte Somoza für seine Gastfreundschaft und den Schutz seiner Privatsphäre. Das Treffen endete einige Minuten vor Mitternacht. Hughes ließ die Tür hinter seinen Besuchern verriegeln und wies den Piloten an, Kurs auf Vancouver zu nehmen.

ACHTZEHNTES KAPITEL

Die Kuba-Connection

Auf sein neues Abenteuer nahm Hughes Jim Golden, Johnny Holmes, Gordon Margulis und einige andere aus seinem Gefolge mit. Die Maschine landete in Miami und Los Angeles zwischen. Irgendwie war Hughes den Postbeamten und Steuerfahndern entgangen. Kay Glenn war bereits nach Vancouver geflogen, um die neunzehnte Etage des beliebten *Bayshore Inn* zu mieten, mit spektakulärem Blick über den Hafen.

Golden erinnert sich, dass Hughes bei der Ankunft zum ersten Mal seit Jahren aus seinem Rollstuhl aufstand und in der kühlen, regenfeuchten Luft die Energie und den Mut aufbrachte, durch die Lobby des Hotels zu spazieren. Während sein Gefolge im Fahrstuhl wartete und ihn wie versteinert anstarrte, freute er sich an ihrem Unbehagen und hielt inne, um ein Blumengesteck zu betrachten und einen weiblichen Hotelgast zu begrüßen. In seiner Suite angekommen, ging er langsam – statt sich im abgedunkelten Schlafzimmer zu verstecken – ans Fenster und warf einen Blick auf das Wasser und die Boote – einen Ausblick, den er seit 1942 nicht genossen hatte, als er mit Yvonne De Carlo dort gewesen war.

Seine Leibwächter rieten ihm, vom Fenster zurückzutreten, da es sein könne, dass Aktivisten ihm nachspionierten, ihn mit einem Teleobjektiv fotografieren oder vielleicht sogar ermorden wollten. Das muss in seinen Ohren wohl vernünftig geklungen haben. Die Untergrundkämpfer wussten, dass er seit zwölf Jahren gegen Castro agierte.

Am selben Tag, als er sich wieder in mutterschoßartige Finsternis zurückzog und wie ein kleiner Junge von Hühnchen und Kuchen ernährte, hörte man in Nevada vor Gericht Maheus Argumente gegen ihn. Am 16. März forderten Nevadas Gouverneur O'Callaghan und die staatliche Glücksspielkomission einmal mehr, er müsse persönlich erscheinen und bestätigen, dass Davis und Gay befugt waren, an seiner Stelle die Casinos zu leiten, die ihm als größtem Glücksspielbetreiber in Nevada gehörten. Er müsse Chester Davis' Behauptung beglaubigen, dass Davis als *Hughes-Tool*-Direktor und Chef des Glücksspielimperiums eine Lizenz zustünde. Die Briefe, die er im vorangegangenen Sommer geschickt hatte, erklärte man für unzureichend. Er schickte noch einen. Obwohl Davis dazu nicht autorisiert war, reorganisierte der umtriebige Anwalt die Casinos auch ohne Lizenz.

Als kleiner Trost dafür, dass Hughes möglicherweise dem Gouverneur von Nevada würde gegenübertreten müssen (den er fürchtete, weil er Laxalt abgelöst hatte), wurden die Clifford Irvings wegen Betrugs verurteilt. Gleichzeitig trafen jedoch alarmierende Nachrichten über ein neues Buch ein, das zur Veröffentlichung stand: *The Nixon-Hughes Loan* von N. North-Broome. Ein gewisser V. T. Schaub, dessen Interesse an der Sache nie ganz klar wurde, reichte am 6. Mai beim Obersten Gericht von Los Angeles Klage ein, um die Veröffentlichung unterbinden zu lassen. Es gelang nicht. Das Buch enthielt einen ausgiebigen Bericht über Hughes' finanzielle Unterstützung Donald Nixons. Vier Tage später versammelten sich zwanzig Steuerfahnder in Las Vegas, um Hughes' Angestellte auf Steuerhinterziehung und Manipulation von Geldern hin zu untersuchen.

Im April kam eine weitere unangenehme Sache ans Licht. Howard Eckersley, Hughes' oberstem mormonischem Berater, wurde vorgeworfen, eine frei erfundene Ankündigung zur *Pan American Mines Ltd.* herausgegeben zu haben, deren Präsident er war. Die Firma wurde an der Wertpapierbörse in Montreal geführt und besaß angeblich Uran- und Kupfervorräte in Arizona.

Auch Howard Hughes' Name stand in dieser Ankündigung, und auf der Liste der Aktionäre fanden sich sowohl die Mitarbeiter George Francom und Levar Myler, als auch Kay Glenn von *Hughes Tool*. Bei Ausgabe der Aktie kauften Tausende Anteile. Das Papier boomte von 5 auf 12 Dollar pro Stück. Nach Aussage des Journalisten Jim Phelan hatte die Firma damals allerdings nur 15 Dollar in der Kasse, und Hughes wusste nichts von alledem.

Nach einer Untersuchung stellte Richter Herman Primeau in Montreal am 20. April einen Haftbefehl gegen Eckersley aus. Mortimer Constantine, Anwalt der erbosten Aktionäre, erklärte, falls Eckersley, der sich mittlerweile nach Salt Lake City abgesetzt hatte, nicht sofort zurückkäme, würde man ihn von den Vereinigten Staaten ausliefern lassen.

Als die *Royal Canadian Mounted Police* mit dem Haftbefehl vor Hughes' Penthouse stand, bekam er einen Wutanfall. Als er dann herausfand, dass noch weitere Mitarbeiter in die Sache verwickelt waren, wurde er hysterisch. Eckersley kehrte nach Kanada zurück, und am 2. Mai wurde der Haftbefehl von einem Richter in Montreal aufgehoben – aus Gründen, die bis heute im Dunkeln liegen. Die Sache wurde begraben, aber Hughes degradierte Eckersley und beförderte Johnny Holmes auf seinen Posten. Mit Holmes arbeitete er eifrig am Bau eines Hangars auf einem kleinen Flugplatz, den er für seine *De-Havilland*-Privatmaschine nutzen wollte. 1977 sagte Holmes unter Eid aus, dass Hughes zum damaligen Zeitpunkt ausgesprochen wach und geschäftig gewesen sei und tatsächlich eine Genehmigung für seine *Air-West*-Maschinen bekommen habe, von Las Vegas aus Vancouver anfliegen zu dürfen. Darüber hinaus unterhielt er sich eine halbe Stunde lang mit einem namentlich nicht genannten, internationalen Nachrichtenkorrespondenten. Jim Golden – sein Sicherheitsmann – bestätigt, Hughes habe alles im Griff gehabt.

Als ein Vertreter im Micky-Maus-Kostüm vor seiner Suite auftauchte, trieb man den Witzbold mit vorgehaltener Waffe die Treppe hinunter. Hughes wurde rund um die Uhr durch eine ortsansässige Sicherheitsfirma bewacht. Er hatte auch allen Grund, sich Sorgen zu machen.

In diesem Frühjahr entstand eine neue Verbindung zu E. Howard Hunt und Gordon Liddy. Ende Februar zahlte die *International Telephone and Telegraph* (ein von der CIA und Hughes gestütztes Unternehmen, das antikommunistische Aktivitäten in Chile und anderen südamerikanischen Ländern förderte) nach Aussage einer ITT-Lobbyistin namens Dita Beard 400 000 Dollar an eine republikanische Parteiversammlung in San Diego, um bei Anti-Kartell-Ermittlungen verschont zu werden. Als Mrs. Beards Aussage in Jack Andersons landesweiter Kolumne zitiert wurde, floh sie nach Denver und ließ sich mit Brustschmerzen in ein Krankenhaus einliefern.

Larry O'Brien, der Vorsitzende des »Democratic National Committee«, der mittlerweile nicht mehr für Hughes arbeitete, besaß einige vertrauliche Informationen zu dieser Bestechung. Als Hughes in Vancouver war, kam in dieser Sache leise Panik auf. Warum? Wegen Hughes' Geschäften mit ITT. *Intertel* arbeitete noch immer für Hughes und bekam die Anweisung, herauszufinden, ob Beards Anschuldigungen zu entkräften seien, indem man das Memo zur Fälschung erklärte. Am 13. März rief Bill Gay bei Robert Bennett an, vermutlich wohl mit Hughes' Genehmigung, und erklärte ihm, das Memorandum sei nicht echt.

Bennett verständigte Howard Hunt, der als Angestellter von *Mullen and Company* nicht für Hughes arbeiten sollte, es aber dennoch tat. Hunt leitete alles, was Gay ihm erzählt hatte, an Charles Colson weiter, dem für ihn zuständigen Mann im Weißen Haus. Colson schickte Hunt zu Dita Beard. Mit Brille und roter Perücke verkleidet und mit einem Gerät ausgestattet, das seine Stimme veränderte, bedrängte Hunt die verängstigte Frau so sehr, dass sie sagte, ein Teil des Memos – jener Teil, der Nixon schadete – sei gefälscht.

Nach Hunts Gespräch mit der kranken Frau veröffentlichte Bennett ihre Erklärung – auf Anweisung aus Hughes' Führungsriege. Die Öffentlichkeit schluckte die Behauptung, es habe sich um einen Betrug gehandelt.

Wie in der Greenspun-Affäre kooperierten Bill Gay, Robert Bennett und Howard Hunt eng mit dem Weißen Haus, zum Vorteil von Howard Hughes und Nixon.

Bald darauf nahm sich Hunt das Büro des Präsidentschaftskandidaten George McGovern vor.

Nach Aussage Gordon Liddys (des verlässlichsten »Insiders« der Watergate-Affäre) genehmigte Hughes gleichzeitig persönlich eine Zahlung von 50 000 Dollar an das so genannte Komitee zur Wiederwahl des Präsidenten (*CRP)* – Geld, das Liddy zur Finanzierung von Einbrüchen und Einflussnahmen verwendete. Der Betrag wurde auf Hughes' Anweisung hin dem Vermögen von *Mullen and Company* entnommen und via Liddys Sekretärin Sally Harmony an Liddy weitergeleitet. Weitere Gelder kamen von den Rockefellers und über die *Banco Internacional* in Mexico City, die von Hughes und der CIA, von Somoza und Exilkubanern zur Unterstützung von Anti-Castro-Operationen genutzt wurde, aber auch von texanischen Förderern des *CRP*, wie etwa *Pennzoil.*

Hughes war immer geradezu fanatisch darauf bedacht, zu erfahren, wie sein Geld investiert wurde, ob in Bestechung oder Nötigung, und er wusste – wie Liddy klarstellt –, dass dieses Geld für Einbrüche bei der Demokratischen Partei Verwendung finden sollte. Seine Zahlung von 50 000 Dollar deutet stark darauf hin, dass Hughes mehr als nur ein unbeteiligter Zuschauer war, was Liddy und Hunt betraf.

Inzwischen hatten Hughes und Nixon ihren Teams freie Hand gegeben, sowohl alles an Schmutz und Dreck zu sammeln, was sie über O'Brien finden konnten, als auch herauszufinden, was O'Brien gegen sie in der Hand hatte. Es gab so viele Fragen, die behandelt werden wollten: Wie viel wusste O'Brien über den missglückten

Einbruch bei Greenspun? Die Dita-Beard-ITT-Affäre? Die Hughes-Nixon-Kredite? Weder Hughes noch Nixon wollten genau sagen, wie viele Informationen eingeholt werden sollten, und beide waren hinterher damit beschäftigt, ihre Untergebenen zu befragen, was vorgefallen war. Es handelt sich hier um die alte amerikanische Geschichte von den Lenkern großer Staaten oder Unternehmen, die sich ahnungslos geben, wenn die Politik, die sie selbst in Gang gesetzt, aber im Detail nicht ausgeführt haben, gescheitert ist.

Hunt und Liddy hatten kein Problem damit, Mitchell – der lachend abwinkte und das alles gar nicht so genau wissen wollte – die Einbrüche bei Larry O'Brien zu verkaufen. Man überließ den beiden Glücksrittern auf ihrer Hatz nach Geld und Abenteuern die Büros von *Mullen and Company*, während Robert Bennett beide Augen zudrückte, um ihr eigentliches Treiben nicht zu sehen. Da Hughes nach wie vor Bennetts wichtigster Klient war, vermuteten Chester Davis und andere Hughes-Manager, das sei in seinem Sinne – und sie hatten Recht. Hunt und Liddy operierten sowohl vom Weißen Haus als auch der Werbeabteilung des Wiederwahl-Komitees in New York aus, das als »November Group« bekannt war.

Mittlerweile – so viel wird aus den Dokumenten deutlich – war Hunts und Liddys »*Plumbers*«-Aktion eine Kopie von *Intertel*, die mit Hughes' Genehmigung eingerichtet worden war. Man operierte auf einer Ebene »oberhalb« von CIA und FBI und konnte tun und lassen, was man wollte. Im Frühling wurden zwei Versuche unternommen, in O'Briens Apartment in Manhattan einzubrechen – Portiers vereitelten diese Versuche. Ein Einbruch in seine Suite im *Sheraton Park* in Washington brachte nichts ein. Es wurde Zeit, sich seine Büros in Watergate vorzunehmen, und auch das Büro von Spencer Oliver, dem Sohn von Hughes' persönlichem *Mullen*-Chefbuchhalter und Washingtoner Lobbyisten Robert Oliver. Es hieß, Spencer sei auf seinen Vater nicht gut zu sprechen und möglicherweise im Besitz belastender Informationen.

Hunt und Liddy wandten sich an Bernard Barker, einen kubanisch-amerikanischen Immobilienhai und Einbruchsspezialisten aus Miami und sein Team aus Landsmännern, die erst kürzlich versucht hatten, in McGoverns Büro einzubrechen, und die sich die Akten von Daniel Ellsbergs Psychiater angesehen hatten. Durch seine langjährige Verbindung zu Anti-Castro-Aktivitäten war Hunt den Exilkubanern wohlbekannt (Codename »Eduardo«), und tatsächlich brachte er die kubanisch-amerikanischen Verbindungen bei *Mullen* ein. Er erzählte Barker und seinen Männern, in den Watergate-Büros seien Beweise dafür zu finden, dass McGovern von Castro und den Sowjets finanziert würde. Gleichzeitig war er aber auch vorsichtig genug, darauf hinzuweisen, dass keine Zeit bleiben würde, in der Eile des Einbruchs die Dokumente zu sortieren. Daher sollten sämtliche Unterlagen, auf denen Spenden vermerkt waren, entwendet und fotografiert werden. Ein ordinärer Einbruch zu Hughes' und Nixons Gunsten wurde zu einer patriotischen Mission umfunktioniert.

»Hunt sagte mir, er habe während der gesamten Vorbereitungen für Watergate mit Hughes in Verbindung gestanden«, erklärte Barker 1992 in einem Interview, dem ersten seit Jahren. Und er erzählte mir auch, Hunt habe ihm einen Job bei Hughes in Aussicht gestellt, sobald die Sache gelaufen wäre. Liddy sagte, es sei vereinbart worden, dass eines von Hughes' Flugzeugen die Einbrecher nach der Tat nach Nicaragua ausfliegen würde. Jack Real bestätigte, dabei habe es sich um eine Maschine aus der *TriStar*-Flotte gehandelt. Teure Charterflüge mussten von Hughes genehmigt werden. Bis heute ist Barker der Ansicht, dass Hughes' Initiative – wie auch Hunts und seine eigene – einzig und allein dem Zweck diente, Castros Finanzierung der Demokratischen Partei aufzudecken.

Vor dem *House Committee on Security and Communist Infiltration* wurde in den Jahren 1971 und 1973 die Aussage von Dr. Manolo Reyes aufgenommen, eines Castro-Überläufers und Radiojournalisten in Miami, der zahllose Beweise für die umfassende Infiltration der Vereinigten Staaten durch Castro-finanzierte Spione vorlegte.

Reyes beschrieb anschaulich, wie Agenten des kubanischen Büros im Gebäude der Vereinten Nationen die amerikanische Sicherheit untergruben. Ein Spion wurde erwischt und 1969 als unerwünschte Person ausgewiesen. Kubanische Agenten wurden zu Professoren ausgebildet. Sie gaben sich als Nicaraguaner oder Paraguayer aus und bekamen Jobs in Colleges, um die Uneinigkeit unter den Latinos zu schüren, um Kubaner gegen Kubaner aufzubringen und Castros Ideen zu verbreiten. In einem Land, dessen Jugend Castros ermordeten Kumpanen Che Guevara zum Helden stilisierte, fielen solcherart Bemühungen auf fruchtbaren Boden.

Das Wissen darum provozierte Barker und seine Gefolgsleute, was durch die Ausbreitung des kubanischen Einflusses nach Chile (über das Allende-Regime) und Hunts lebenslangen Einsatz für die Spionageabwehr in dieser Gegend noch verschärft wurde.

Und noch jemand betrat die Bühne.

Während die Planungen für Watergate liefen, sprach man nicht nur in Washington darüber, sondern auch in New York bei der »November Group«, der *CRP*-Undercover-Organisation in Manhattan. Damals begann A. J. Woolstone-Smith – ein britischer Geheimagent vom *Secret Intelligence Service* mit anti-republikanischer Gesinnung und neuseeländischem Reisepass (der in New York seinen eigenen Sicherheitsdienst besaß) –, Gordon Liddy und Howard Hunt bei Treffen der »November Group« auszuspionieren. Aus diesen Treffen schloss er nicht nur die Details des bevorstehenden Watergate-Einbruchs, sondern auch den vorgeschobenen Grund dafür, nämlich die Suche nach Beweisen, dass Castro im Begriff stand, die Demokratische Partei zu unterwandern. Er erfuhr von den Einbruchsversuchen in O'Briens New Yorker Wohnung und vom Einbruch in dessen Büros im *Sheraton-Park Hotel* in Washington.

Er verriet den kubanisch-amerikanischen Hughes-Mitchell-Hunt-Liddy-Plan an William Haddad, einen einflussreichen Demokraten und Freund von O'Brien.

Haddad schrieb O'Brien und gab ihm gute Ratschläge. O'Brien

fragte John Stewart, den Pressechef des »Democratic National Committee«, ob er nachforschen könne, was an der Sache dran sei, woraufhin Stewart nach New York fuhr und sich am 26. April 1972 in Haddads Büro mit Haddad und Woolstone-Smith besprach, der seine Anschuldigungen wiederholte und sogar die Wanze vorführte, mit der er die »November Group« abgehört hatte. Stewart blieb skeptisch. Wie die meisten Menschen konnte auch er sich nicht vorstellen, dass verschiedene Geheimdienste gemeinsam ermittelten, ob die Demokratische Partei von Castro finanziert wurde. Haddad jedoch glaubte daran und begann Gespräche mit pro-demokratisch eingestellten Leuten bei verschiedenen Geheimdiensten. Leider erzählte er dem Kolumnisten Jack Anderson von diesem Coup, der seinen Mund nicht halten konnte.

Nach zwei erfolglosen Versuchen kam Barker am Labor Day mit seinem Team im Watergate-Gebäude an. Es scheint, als hätten gewisse CIA-Demokraten, die Nixon hassten (nicht aus der Führungsriege), gemeinsam mit Demokraten von Polizei und FBI ohne Larry O'Briens Wissen (er redete zu viel) die Alarmanlagen demontiert. Sie halfen O'Briens Leuten, eine Falle einzurichten. Belastende Dokumente wurden nach Miami gebracht – die übrigen Papiere wurden ordentlich auf Schreibtischen und in Aktenschränken gestapelt, damit sie von den Eindringlingen leicht zu finden wären. Bei diesen Dokumenten handelte es sich größtenteils um harmlose interne Memos, Rechnungen, Terminpläne und Protokolle von Mitarbeiterbesprechungen. Als Gag versteckte jemand Schnapsflaschen in O'Briens Schreibtisch, was Barker – wie er sagt – davon überzeugte, dass O'Brien Alkoholiker war. Der Zynismus seiner Auftraggeber wird deutlich, wenn man bedenkt, dass niemand Barker darüber informierte, dass es dort auch Geld zu holen gab.

Sie brachten den Spion Jim McCord mit, der die Telefone verwanzen sollte. Er installierte Sender in O'Briens und in Spencer Olivers Telefon, und die »Plumbers« hörten auf der anderen Straßenseite mit.

Was dann kam, lässt sich nur vermuten. Es scheint, als hätte das Anti-»Plumbers«-Team aus Demokraten und Sicherheitsleuten in einem der Büros einen kleinen Zottelteppich ausgelegt und dafür gesorgt, dass ein Maulwurf in Barkers Team die Fotos vor diesem Teppich machte. Später wurde der Teppich entfernt. Man sah ihn auf den Bildern, die Barker in Miami entwickeln ließ, womit Barkers Beteiligung bewiesen war. Wahrscheinlich hat das Anti-»Plumbers«-Team – um O'Brien zu schützen (Olivers Telefonate waren von eher voyeuristischem Interesse) – O'Briens Wanze entfernt und durch ein defektes Gerät ersetzt. Dieses Manöver bot die Möglichkeit, einen Köder auszulegen. Die Wanze würde ersetzt werden müssen, sobald die Einbrecher merkten, dass sie defekt war. Es würde sie in die Falle locken.

Die harmlosen Dokumente dienten dem gleichen Zweck. Dem Weißen Haus würden sie nicht genügen, was die Einbrecher zwang, noch einmal wiederzukommen.

Woher wussten die Demokraten, wann der zweite Einbruch stattfinden würde, damit sie die Falle zuschnappen lassen konnten? Das war bisher ein Rätsel, doch lässt es sich jetzt lösen, denn ein erstaunliches Dokument in den dicken Bänden der Watergate-Anhörungen wurde übersehen. Dabei handelt es sich um einen Brief von Jim McCord an seinen Anwalt Gerald Alch, der verfasst wurde, bevor er im folgenden Jahr durch das große Geschworenengericht durchleuchtet werden würde. McCord enthüllte, den Demokraten nahe stehende Spione hätten die »November Group« am 17. Juni 1972 abgehört.

Die Wahrheit war also bereits vor dem Einbruch bekannt. McCord wusste Bescheid. Machte er sich zum Doppelagenten für die Demokraten, als er erfuhr, was gespielt wurde?

Er verklebte die Türen zu den Watergate-Büros, um den »Plumbers« Zugang zu verschaffen, doch irgendjemand muss die Klebestreifen entfernt haben. Er murmelte etwas davon, dass der Postbote schuld sei, was aber keinen Sinn machte. Ein Briefträger nach Mitternacht? Später – während des Einbruchs – sagte er Barker, er habe die Klebestreifen selbst entfernt. Dann verklebte er die Schlösser waagerecht, sodass jedes Kind sehen konnte, dass da irgendwas nicht stimmte.

Etwas derart Offensichtliches hatte den Vorteil, dass die Anti-»Plumbers« gar nicht vor Ort sein mussten, wenn die Diebe wiederkamen. Es hätte den Plan der Demokraten nur verraten. Auch ein einfacher Wachmann konnte – wenn er nicht gerade blind war – die waagerechten Klebestreifen sehen, was dann auch der Fall war: Ein Wachmann stellte die Einbrecher.

In seinen Memoiren *A Piece of Tape* verlieh McCord seinem Ärger Ausdruck, dass von Hughes' Rolle bei den anschließenden Watergate-Anhörungen keine Rede war. Er schimpfte, Hughes stehe wohl weit über dem Gesetz, während es den anderen um die Ohren flog. Nach Hughes' Rolle in der Watergate-Affäre befragt, antwortete Hunt einmal mehr, das sei »top secret«, und wollte sich nicht äußern. Auch Gordon Liddy hüllte sich in Schweigen und ignorierte fünf Anrufe. Hughes' treue ehemalige Mitarbeiter wie Robert Maheu sagen, Hughes habe von der Sache aus dem Fernsehen erfahren. Seine Pfleger bestreiten selbst das. Unter Nixons Mitarbeitern waren es Charles Colson, John Dean, Jeb Magruder und H. R. Haldeman, die etwas von Hughes' Verstrickung wussten oder zumindest vermuteten. Betrachtet man die Aussagen von »Deep Throat« und Robert Bennett gegenüber Bob Woodward und Carl Bernstein, den Autoren von *All the President's Men,* wird deutlich, dass man Hughes schützte.

William Corson, Geheimdienstveteran und Autor von *Widows* und *The Armies of Ignorance* mit mannigfaltigen Verbindungen auf höchster Ebene der CIA, sagt:

> *Selbstverständlich* stand Hughes hinter Watergate. Reißt man amerikanischen Präsidenten den Schleier vom Gesicht, kommt dahinter das Big Business zum Vorschein.

Im Juni 1991 wurden Teile der Anklageversion von Nixons *White-House*-Bändern veröffentlicht. Darauf befinden sich Gespräche zwischen Nixon und Charles Colson, der zu jenen gehörte, die von Hughes' Verbindung zum Weißen Haus am 8. Januar 1973 wussten. Bezeichnenderweise entfernte Nixon jede Erwähnung Hughes' aus seiner eigenen Version.

Nixon sagte zu Colson: »Ich sehe nicht, dass wir irgendwas daraus [aus den Abhöraktionen in den Büros] ziehen können.«

Colson antwortete: »Offenbar ja doch, zumindest was Watergate anging, vor allem Hughes.«

Mit anderen Worten konnten sie offenbar einige Informationen aus der Abhöraktion von Spencer Olivers Telefon ziehen und fanden einen Hinweis darauf, dass Larry O'Brien von Hughes finanziert wurde. Einmal mehr musste sich der Präsident sagen lassen, dass sein Mitverschwörer in eine Falle getappt war.

Hughes' Leugnen klang plausibler als Nixons. In den Augen der Öffentlichkeit war er geisteskrank und unansprechbar. Man übersah die 18 000 Dollar, die er monatlich für sein geheimes Satelliten-Telefon-Kommunikationssystem ausgab. Wie Rudolph Hess im Zweiten Weltkrieg schützte auch ihn seine angebliche Hilflosigkeit. Er war die Schwarze Witwe (oder eine von zweien), die das Netz von Watergate spann.

Darauf folgte das operative Drama von Verschleierung, Anhörung und Niedergang des Präsidenten. Nixons Bänder zeigen seine Panik, weil Hunt in den Einbruch verwickelt war. Hunt wusste, dass Nixon in den Mordversuch an Castro durch Maheu und seine Chefs verstrickt war. Hunt wusste, wie Geheimoperationen funktionierten. Hunt war eingeweiht in die kubanisch-amerikanischen Bemühungen um Spionageabwehr. Am Schlimmsten aber war, dass Hunt über die Hughes-Nixon- und die Hughes-CIA-Verbindungen Bescheid wusste. Auch CIA-Direktor Richard Helms war erschüttert, denn die CIA hatte diesen Einbruch nicht genehmigt. Die Bänder des Präsidenten liefern Beweise dafür, dass Nixon nichts vom Einbruchplan gewusst hatte und über das »skrupellose« Vorgehen entsetzt war. Nur wagte er nicht, Mitchell, Magruder oder sonst jemanden zu feuern. Dadurch käme zu viel heraus, und anfangs war den Medien die Bedeutung Watergates auch gar nicht bewusst. Auf die Verbindung zu Hughes wurde nie eingegangen.

Als die Geschichte nach den Verhaftungen im September herauskam und Hughes gerade zum zweiten Mal Nicaragua besuchte, wurde deutlich, dass die Einbrecher es auf die Hughes-Maheu-Memoranden zu den Krediten an Donald Nixon/Bebe Rebozo abgesehen hatten.

Das Watergate-Komitee war so sehr mit den Krediten beschäftigt, dass darauf viel Zeit und Geld verwendet wurde. Man wollte etwas finden, was Nixon anzuhängen war, und Hunt und Barkers vereidigte Aussagen, die Memos hätten nichts mit dem Einbruch zu tun gehabt, wurden beim Prozess einfach abgetan. In einer Untersuchung wurde abschließend festgestellt, dass der kubanische Hintergrund des Einbruchs beim MI-6 durchgesickert war.* Dieses Ergebnis wurde jedoch nicht veröffentlicht und vom Komitee schlicht ignoriert.

Am Ende der ganzen Watergate-Geschichte hatten Mitchell, Magruder, Hunt, Liddy, Hughes und alle anderen selbstverständlich rein gar nichts damit zu tun gehabt. Es fanden sich weder Beweise dafür, dass Castro die Demokraten finanzierte, noch dass O'Brien im Besitz von Donald Nixons Kreditdokumenten war. Einmal mehr stand Hughes mit leeren Händen da.

Neben der Watergate-Affäre und der Sache mit Howard Eckersley hatte Hughes in jenen Monaten in Vancouver noch anderes zu tun. Am 26. April wurden sechs Männer wegen Verschwörung verurteilt, weil sie verheimlicht hatten, illegalerweise Besitzer des *Frontier Hotels* in Las Vegas gewesen zu sein, und weil sie während des

* Minority Staff Report, *Investigation of Advance Knowledge of Illegal Political Espionage, Senate Select Committee on Presidential Campaign Activities,* 1973

Hotelverkaufs als Strohmänner für den Mob aufgetreten waren. Anfang Mai traf ein Team aus acht Steuerfahndern in Vegas ein, um mögliche Manipulationen und Steuerhinterziehungen durch Hughes' Mitarbeiter aufzudecken. Anfang Juni wurde die kanadische Einwanderungsbehörde ebenso unangenehm wie die der Bahamas. Man bestand darauf, dass Hughes persönlich erscheinen müsse, wenn er sein Besuchervisum verlängern wolle, das im September ablief. Ärgerlich erklärte er, es sei möglich, dass er nach Mexiko abreise.

Das Finanzamt führte eine umfassende Prüfung des gesamten Hughes-Imperiums durch. Nicht weniger als fünfzig Beamte waren damit beschäftigt. In Las Vegas wurde eigens ein Büro mit einer Übersichtstabelle eingerichtet, die fast eine ganze Bürowand einnahm. John Mitchell, John Dean und der Präsident wurden vom Finanzminister über die Ermittlungen in Kenntnis gesetzt.

Im August war die Steuerfahndung im Besitz von Informationen, die besagten, dass Howard Hughes erhebliche Summen an Larry O'Brien und seine Mitarbeiter gezahlt hatte. Für genau diese Zahlungen interessierten sich die Steuerfahnder.

Hughes beschloss, die *Oil Tool Division* der *Hughes Tool Company* zu verkaufen. Er fürchtete, die Entscheidung im *TWA*-Fall könne gegen ihn ausfallen, sodass er 170 Millionen Dollar oder mehr in bar auftreiben müsste. Wie bei den meisten reichen Leuten war sein Geld gebunden und nicht so leicht flüssig zu machen.

Er wollte fünf Millionen Aktienanteile der *Oil Tool Division* zum Verkauf anbieten, und zwar durch ein Syndikat von Investment-Bankern, dem er verzieh, dass es in der Vergangenheit gegen ihn gearbeitet hatte. Sein ehemaliger Feind Merrill Lynch sollte die Transaktion als Broker regeln. Er selbst verfasste eine detaillierte und geschickt formulierte Broschüre für die *OTD*. Die eigentliche *Hughes Tool Company* wollte er behalten. Wider besseres Wissen – doch um eine Verwechslung zu vermeiden – willigte Hughes ein, als Davis *Hughes Tool* in *Summa Corporation* umbenannte. Er war nach wie vor der einzige Aktionär, und sämtliche Transaktionen und Aktivitäten mussten von ihm und Chester Davis abgesegnet werden.

Hughes zog ein leises, freudloses Vergnügen aus dem Umstand, dass die *McGraw-Hill*-Aktie in Folge der negativen Schlagzeilen um die Clifford-Irving-Affäre abrutschte, als Irving mit über einer Million Dollar Schulden versuchte, seinen Betrug unter dem Titel *As It Really Happened* selbst in Worte zu fassen. Am 16. Juni, dem Abend des Watergate-Einbruchs, wurde Irving zu zweieinhalb Jahren Gefängnis und einem relativ geringen Bußgeld von 10 000 Dollar verurteilt. Dann, am 25. Juli, ging eine schlechte Nachricht ein: Neil S. McCarthy, Hughes' langjähriger Anwalt, war gestorben. Hughes nahm Kontakt zu seinen anderen Anwälten auf, um sicherzustellen, dass ihm McCarthys Akten nicht gefährlich werden konnten. Höchstpersönlich schickte er ein Memorandum, in dem er darauf drängte, die Dokumente verschwinden zu lassen. Das wurde dem Autor dieser Zeilen 1972 zugetragen.

Während seines Aufenthalts in Vancouver erwachte Hughes' Interesse an der Fliegerei neu. Zu den Menschen, die ihm am liebsten waren, gehörte nach wie vor Jack Real, der gemeinsam mit Jim Golden eine so entscheidende Rolle für seine Verbindungen nach Nicaragua gespielt hatte. Oft erzählte ihm Real vom Fliegen. Hughes reagierte mit einer Begeisterung, wie er sie für Menschen nur selten aufbrachte. Da er von der *Grumman* überzeugt war, die ihn von Managua nach Vancouver gebracht hatte, überlegte er, ein *Grumman*-Flugboot zu erwerben, in Erinnerung an die Maschine, die er in den Dreißigerjahren mit Glenn Odekirk geflogen war.

Während der Verhandlungen ereilte Real ein echter Schreck in der Abendstunde. Der Anwalt, der als Vermittler für *Grumman* auftrat, erinnerte ihn daran, dass Hughes in Kanada Steuern zahlen musste als Besitzer eines Flugzeugs, aber auch, wenn er länger als ein halbes Jahr im Lande blieb. Real wusste, dass Hughes einen wahren Horror vor der Einkommenssteuer hatte. So erklärte er ihm die Lage, woraufhin Hughes den geplanten Kauf des Flugbootes prompt absagte.

Er beschloss, Vancouver im September hinter sich zu lassen. Das Datum für den Umzug hing vom Ablaufdatum seiner Steuerfreiheit am 12. September ab. In derselben Woche startete man – wahrscheinlich mit seiner Genehmigung – einen weiteren Versuch, Greenspuns Tresor aufzubrechen. Der Pilot Bob Wearley, der von General Nigro ernannt worden war, flog ihn und seine Männer im *Hawker-Siddeley-de-Havilland*-Jet Ende August nach Managua. Nachdem er wieder ins *Intercontinental Hotel* gezogen war und man die Gäste aus dem siebten Stock vertrieben hatte, verkaufte Hughes zwei *Convairs* an Somoza und erhielt dafür 30 Prozent Anteile an Somozas *Lanica Airlines*.

Zunehmend regte sich Hughes über das schlechte Telefonnetz in Nicaragua auf. Nach wie vor verließ er sich auf *Intelsat*, seinen Satelliten-Kommunikationsservice, dem sich Somoza 1969 angeschlossen hatte. Er brachte ihn in verschiedene Länder der Region, mit Ausnahme der Bahamas. Die Kosten dafür betrugen, wie bereits erwähnt, atemberaubende 18 000 Dollar monatlich. Damit die Gespräche nicht abgehört werden konnten, brachte er einen »Scrambler« von *Hughes Tool* zum Einsatz. Es gab keine Akten, die für Bundesbehörden nachvollziehbar gewesen wären. Wenn in der Telefonzentrale seiner diversen Hauptquartiere oder in Chester Davis' Büro in New York die Lampe leuchtete, wusste das Personal, dass er über Satellit anrief. Dem Experten Philip Klass zufolge »wäre er mit einem Funkgerät besser bedient gewesen«.

Während der folgenden Wochen wurden Hughes' Manager ständig nach Managua und wieder zurück kutschiert, damit sie mit ihm den Verkauf von *Hughes Tool* und die Investitionen besprechen konnten, die er im Zusammenhang mit dem geplanten Kanal und der Erzsuche vor der Küste tätigen wollte. Während das Dienstbuch der Pfleger nach wie vor den Eindruck vermitteln sollte, er sei filmbesessen und geistesschwach (und Hughes' Manager diesen Eindruck nur allzu bereitwillig unterstützten), war er in Wahrheit clever, unverschämt und geistesgegenwärtig wie eh und je.

Am 26. September hatte Hughes die Details des Verkaufs der *Oil Tool Division* abgeschlossen. Die Firma florierte. 1971 hatten sich ihre Verkäufe um 17,5 Millionen Dollar auf fast 100 Millionen erhöht. Er war überzeugt davon, den Zeitpunkt für den Verkauf für 30 Dollar pro Aktie gut gewählt zu haben, nur ahnte er nichts von der bevorstehenden internationalen Energiekrise, durch die sich der Preis pro Aktie verdoppelte.

Die *OTD*, das Werk seines Vaters, stellte nach wie vor die Bohrköpfe her, für die Bo Hughes die Inspiration in Richter Hughes' Küche in Keokuk gefunden hatte. Mittlerweile produzierte *OTD* bis zu 400 verschiedene Versionen dieses Bohrers. Eine Armee von 180 Vertretern betreute sämtliche amerikanischen Ölbohrtürme. Dazu kamen Abgesandte in den arabischen Ländern und anderen Öl produzierenden Nationen.

Dass Hughes mit den Geschäften der Firma eng verbunden war, beweisen Aussagen von Raymond Holliday, seinem obersten *Tool-Co*-Mann, Hughes habe die Verbreiterung der Produktpalette seiner Firma verhindert. In einem Interview mit Rush Loving junior von der Zeitschrift *Fortune,* das im Dezember 1973 veröffentlicht wurde, sagte Holliday: »Mr. Hughes verstand sich als Besitzer der Firma, und er war vielseitig genug. Hughes sah es als sein gutes Recht, neue Anschaffungen zu tätigen (und darin muss ich ihm zustimmen), aber damit machte er uns das Leben schwer.« Können Gewinne von 100 Millionen Dollar einem das Leben schwer machen? Und was konnte vernünftiger sein, als das Betätigungsfeld der Firma auf das zu beschränken, was die Leute bei *Hughes Tool* am besten beherrschten? Waren denn nicht viele Firmen ins Trudeln gekommen, weil sie ihre Produktpalette verbreitert hatten? Holliday bestätigte, viele von Hughes' Mitteilungen seien damals per Fax eingetroffen – ein weiteres Detail, das in den irreführenden Dienstbüchern der Pfleger keine Erwähnung findet.

Am 26. September flogen zwei Manager von *Merrill Lynch* – Julius Sedlmeyer und Courtney Ivey – nach Nicaragua, um sich mit Hughes zu besprechen und seine Unterschrift für die Genehmigung des Verkaufs einzuholen. Sie hatten erwartet, einem Zombie zu begegnen. Stattdessen erinnert sich Mrs. Sedlmeyer, die Witwe des verstorbenen Julius: »Abgesehen davon, dass man ihn stundenlang warten ließ, bis fünf Uhr morgens, erzählte mein Mann nichts Ungewöhnliches, was dieses Treffen anging.«

Sie bestätigt, dass Hughes bei wachem Verstand und bestens informiert gewesen sei. Lebhaft erzählte Hughes von der Geschichte der Firma und von seinem Vater, bestand darauf, dass 32 Dollar eher ein fairerer Preis pro Aktie gewesen sei, machte deutlich, dass nur die ursprüngliche Firma zu veräußern sei, nicht die Aktiva der kürzlich neu eingerichteten Gesellschaft mit dem Namen *Summa*, und scherzte, als er den Vertrag mit ruhiger Hand signierte: »Falls Sie Zweifel daran haben sollten, ob es sich hierbei um meine Unterschrift handelt, sprechen Sie mit den Handschriftenexperten, die Irvings Dokumente für echt erklärt haben! Die kennen sich aus!«

Ende November fragte Hughes bei Howard Eckersley an, warum Levar Myler und Chester Davis nicht in seinem Namen weitere und größere (jetzt legale) Spenden an Nixon für die Wahl 1972 getätigt hätten – trotz Watergate war Nixon mit einer ansehnlichen Mehrheit wieder ins Amt gewählt worden. Am 1. Dezember schickte Eckersley ihm einen Brief, in dem er berichtete, dass die Spenden in New York und auf Bundesebene extrem wirkungsvoll gewesen und genau zur rechten Zeit gekommen seien. Als die Umfragen einen Erdrutsch bei den Republikanern voraussagten, waren die Spenden versiegt und manchem Komitee war das Geld ausgegangen, bis Hughes seine Zahlungen an Eckersley leistete.

Eckersley versicherte außerdem: »Wir haben so viel gegeben, wie ungefährdet möglich war«, was eine bedeutsame Versicherung sein dürfte, angesichts der Tatsache, dass Hughes in früheren Jahren das im Bundeswahlgesetz festgelegte Limit erheblich überschritten hatte. Was Nevada anging, so hatte Hughes angefragt, ob der Termin bei Gouverneur O'Callaghan wirklich nötig sei. Dann hatte er den Entschluss gefasst, sich am 4. oder 5. Dezember mit dem Gouverneur zu treffen.

Da er sich aber krank fühlte und bei der Besprechung sein Bestes geben wollte, verschob Hughes den Termin mehrmals. O'Callaghan bot verschiedene Alternativtermine an – bis zum 22. Dezember.

Am 23. Dezember lag Hughes nachts um halb eins auf seinem Bett, als plötzlich ein Rumpeln und Donnern laut wurde. Die Erde stöhnte auf. Ein Verstärker, mit dem er die Lautstärke seiner Filme regelte, wenn er das Hörgerät herausgenommen hatte, kippte beinahe auf ihn. Das ganze Zimmer bebte. Das Licht ging aus. Eine Lampe fiel Hughes auf den Bauch. Ruhig stellte er sie beiseite, denn wie immer in gefährlichen Situationen bewahrte er die Ruhe. Sobald das Beben nachgelassen hatte, versicherte er seinen Pflegern, es gehe ihm gut. Mit leiser Stimme fragte er, was für Schäden es gebe, und sagte, man solle das Chaos aus rieselndem Putz und umgekippten Möbeln wieder herrichten. Er schlug vor, lieber vorerst noch etwas drinnen zu bleiben – das sei sicherer. Eine kluge Entscheidung – er war geistig voll auf der Höhe. 1933 hatte er das große Erdbeben von Los Angeles erlebt und erinnerte sich gut daran. Und auch in den Vierzigerjahren war er in Mexiko dabei gewesen, als die Erde bebte.

Er zog sich Hemd und Hose über, ließ Mell Stewart seine Medikamentenkiste holen und legte sich auf die Trage, um sich vor die Tür bringen zu lassen. Auch diesmal nahmen sie die Treppe, doch hatte die Hoteldirektion dort – gegen alle Feuerschutzgesetze – Matratzen aufstapeln lassen. Die Pfleger mussten ein Stockwerk nach dem anderen freiräumen, bis sie in die Lobby gelangten und ihre empfindliche Fracht ins Freie schaffen konnten.

Sie trugen ihn zum Mercedes, der Somoza gehörte und mit dem man ihn vom Flughafen abgeholt hatte. Als die Stadt von Nachbeben erschüttert wurde, bewahrte Hughes die Ruhe. Rickard chauffierte Hughes und Jack Real gemeinsam mit Stewart auf ein Baseball-Spielfeld, das im Gegensatz zum Rest der Stadt weder den Flammen noch den geborstenen Wasserleitungen zum Opfer gefallen war. Es entpuppte sich als unmöglich, ein funktionierendes Telefon aufzutreiben. Schließlich jedoch schafften es die Pfleger, zu Botschafter Turner Sheltons Haus durchzukommen, das nicht sonderlich gelitten hatte, dann zur Botschaft und dem schwer beschädigten Präsidentenpalast.

Sie brachten eine Nachricht zur Romaine Street durch. Es hätte zu lange gedauert, die *de Havilland* oder eine *Convair* loszuschicken, also ließ Jack Real einen *Learjet* aus Miami kommen. Es scheint unbegreiflich, dass nicht wie üblich eine flugbereite Maschine auf Hughes wartete. Er musste sich auf Somozas Landsitz verkriechen, in einer *cabaña*, deren Fenster nicht nur mit Vorhängen, sondern mit Decken verhängt werden mussten. Zwar fand man seine Anweisung exzentrisch, doch war sie tatsächlich nur vernünftig. Jeder auf Somozas Landsitz – speziell Hughes – konnte von radikalen Gruppen oder aufgebrachten Bürgern ermordet werden, die in der anarchischen Atmosphäre der Naturkatastrophe marodierend herumstreunten.

Als er in Fort Lauderdale eintraf, war einiges Geschick vonnöten, um den Steuerfahndern und Zollbeamten zu entgehen. Seine Pfleger riefen im Miami International Airport an und verkündeten, dass man ihn dorthin bringen wolle. Die Zoll- und Steuerbeamten hetzten zum falschen Terminal, doch bekamen sie Wind von der Sache, weil sie die Funksprüche zwischen Hughes' Piloten und dem Tower von Fort Lauderdale abfingen. Hals über Kopf fuhren sie dorthin. Als sie jedoch in die Maschine steigen wollten, verstellten ihnen die Pfleger den Weg. Schließlich ließ man einen Zollbeamten zu Hughes vor, während sich einer der Steuerfahnder an einer Scheibe die Nase platt drücken durfte. Das alles steht in einem Memorandum vom 5. Januar 1973, unterzeichnet von John J. Olszewski, einem Beamten der Steuerfahndung.

Man brachte Hughes zu einem seiner angemieteten Häuser, obwohl er fürchtete, dort könne ihn die Gerichtspost finden. Im Haus angekommen erklärte Hughes Jack Real, er wolle Somoza Hilfe für die Erdbebenopfer anbieten und so schnell wie möglich eine Meerwasserentsalzungsanlage bauen lassen, weil es den Menschen an frischem Wasser mangelte. Wütend musste sich Real von gewissen *Summa*-Managern sagen lassen, dass sie diesen Auftrag nicht annehmen wollten.

Hughes hatte bereits erklärt, er wolle umgehend nach London weiterfliegen. Diese Reise war schon seit einiger Zeit geplant, weil er drei Flugzeuge kaufen und seine Flotte von *Hawker-Siddeley*-Jets aufstocken wollte. Die britische *de Havilland* wurde langsam ausgemustert. George Francom, Mell Stewart und Gordon Margulis wies er an, sich über die Feiertage freizunehmen. Und wieder setzte man für Howard Hughes alle Regeln außer Kraft. Ohne Ausweispapiere reiste er in London ein. Wie clever er tatsächlich war, zeigt sich an der Wahl seines Hotels: *The Inn on the Park*, die sicherste Unterkunft in ganz London. Das Hotel lag versteckt in einer exklusiven Enklave in der Nähe vom Hyde Park, besaß eine ausgezeichnete Feuertreppe und war nicht sehr groß, sodass es dort auch nicht viele Neugierige gab. Es gehörte den Rothschilds, deren Einfluss bis in Regierungskreise reichte. Die Presse hatte Probleme, Einblick in die oberste Etage zu nehmen, die er (wiederum) hatte freiräumen lassen, bis auf die Suite des ebenfalls steinreichen Barry Cowan.

Cowan war begeisterter Schütze und frönte der seltsamen Angewohnheit, seine Beute – Fasane, die er fürs Abendessen geschossen hatte – auf seinen Balkon zu hängen. Eines Nachmittags musste er erstaunt feststellen, dass die Vögel nicht mehr dort waren. Hughes hatte sie entdeckt und gefürchtet, dass darin möglicherweise Bomben versteckt sein könnten. Ein Pfleger brachte die Vögel ihrem Besitzer zurück. Allerdings waren sie mittlerweile ziemlich »angegangen« (d.h. sie stanken) und waren zum Verzehr nicht mehr geeignet. Cowan ließ sie ausstopfen.

Ende Januar bereitete eine ausgesprochen sonderbare Angelegenheit Hughes Sorgen. R. L. Ash, ein ehemaliger *Hughes-Aircraft*-Manager, war kürzlich von Nixon zum »Director of Management and Budget« ernannt worden. Es hieß, Ash habe als Hughes' oberster Finanzchef zwischen 1949 und 1953 einige Buchhalter dazu bewegt, Angaben in die Bücher einzutragen, von denen sie später unter Eid aussagten, sie seien gefälscht gewesen. So war der United States Air Force durch überhöhte Rechnungen ein Schaden von 43 Millionen Dollar entstanden.

Nach einer außergerichtlichen Einigung über 2,4 Millionen Dollar räumte Ash ein, er habe die Eintragungen angewiesen, behauptete jedoch, sie seien keineswegs unzutreffend gewesen. Er wies darauf hin, dass Hughes zwar 43 Millionen Dollar mehr erhalten habe, als ihm zustanden, was keineswegs einen Verstoß gegen die Regierungsverträge darstelle (Hughes hatte einen Vertrag, der ihm die 43 Millionen Dollar in jedem Fall sicherte, ob er lieferte oder nicht). Ash war loyal und behielt für sich, dass er in dieser Sache nichts zu sagen gehabt hatte. Er folgte Hughes' Anweisungen, die Regierung über den Tisch zu ziehen – der große amerikanische Held.

In London konnte Hughes vom Fernsehen gar nicht genug bekommen und interessierte sich für die ausgezeichneten Tageszeitungen – er las mit einem Vergrößerungsglas. Er machte sogar Ausflüge in einem Rolls Royce (was in den Dienstbüchern natürlich unerwähnt bleibt). Der Autor Roy Moseley wird wohl nie vergessen, wie er den mit Zeitungen verhängten Wagen vorüberfahren sah, darin Hughes, der einem unbekannten Ziel entgegenfuhr.

Dann trafen großartige Neuigkeiten ein. Der Oberste Gerichtshof stellte fest, dass die anderen Gerichte ihn im endlosen *TWA*-Fall fälschlicherweise für schuldig befunden hatten. Solcherart entlastet war er über Nacht um 170 Millionen Dollar reicher. Als die Presse das Hotel stürmte, traten die Pfleger vor die Tür und erklärten, Hughes sei überglücklich. Das war untertrieben. Jahrelang hatte er jeden Dreh und jede Wendung der Verhandlungen verfolgt. Nun endlich waren die schlimmsten Torturen überstanden. Und obwohl er von seiner AIDS-ähnlichen Erkrankung sehr geschwächt und ausgezehrt war, beschloss er, sich Gouverneur O'Callaghan von Nevada zu stellen.

In der Zeit nach der großen *TWA*-Entscheidung machte sich Hughes endlos Gedanken um die Details. Würde der seit langem bestehende Kreditbrief zu *TWAs* Gunsten – für den Fall, dass er die Klage verlor – nun aufgekündigt? Würde *TWA* einen weiteren Prozess anstrengen, vielleicht in Delaware? Wie wollte ihn *TWA* für seine Kosten entschädigen? Würde *TWA* von seinem Recht einer neuerlichen Anhörung Gebrauch machen, was innerhalb einer Frist von fünfundzwanzig Tagen geschehen musste? Die beiden Pfleger Eckersley und Waldron begannen, unter Hughes' rigorosen Anweisungen rund um die Uhr sämtliche Gerichtskosten aufzulisten – bis auf den letzten Penny. Am Ende wurden sie auch bezahlt.

Er bestimmte den 17. März – St. Patrick's Day – für das Treffen. Dieses Datum scheint eher unglücklich gewählt, denn natürlich war O'Callaghan Ire. Mit O'Callaghan kam Paul Hannafin, der Vorsitzende der Glücksspielkommission von Nevada, und auch Chester Davis und Bill Gay waren mit dabei, um sicherzustellen, dass sämtliche Dokumente von Zeugen beglaubigt waren. Hughes hatte sich Haare, Bart und Fingernägel stutzen lassen.

Trotz phantasievoller Berichte, in denen Hughes nackt – nur in eine Decke gewickelt – auftrat, sahen ihn seine Besucher in Hemd, Hose und Morgenmantel. Wieder zeigte er sich hellwach, scharfsinnig und von besonders schneller Auffassungsgabe. Ganz offensichtlich hielt er die Fäden in der Hand und war keineswegs die Marionette seiner Pfleger. Gay und Davis wurden an der Diskussion nicht einmal beteiligt, sondern saßen in einem Nachbarraum, als er erklärte, er wolle die Kontrolle über Las Vegas aufgeben. Als ein Pfleger etwas einwerfen wollte, brachte er ihn mit einer verbalen Ohrfeige zum Schweigen. Es gab nicht den geringsten Beweis dafür, dass die Medikamente Einfluss auf seine Geisteskraft genommen hätten. Sie linderten nur seine Schmerzen und nahmen ihm die Ängste. Er war noch immer Howard Hughes, und er war klug genug, O'Callaghan zu sagen, was er hören wollte: dass er Nevada liebe und gern wiederkommen werde, die Rückkehr sei sogar bereits in Planung. Zufrieden kehrten die Besucher heim.

Hughes musste den neuen Berg von Geld, der durch den Ölbohrer-Verkauf hereingekommen war, so schnell wie möglich wieder investieren, um der Kapitalertragssteuer zu entgehen. Seit seiner Weltumrundung waren ihm *Lockheed*-Flugzeuge ans Herz gewachsen. Also schickte er Jack Real zu Verhandlungen nach London, weil er große Summen in *Rolls-Royce,* deren Turbinen die *Lockheed L-1011* antrieben, und in *Lockheed* selbst zu investieren gedachte.

Bill Gay hatte eifrig an einem Plan für das *Gateway* gearbeitet, ein gewaltiges Einkaufzentrum, das ans *Desert Inn* angeschlossen werden sollte. Er hatte Tausende und Abertausende Dollar aus *Summas* Kasse in Modelle investiert, die so groß waren, dass sie in vier Teilen im Laderaum transportiert werden mussten. Er baute das hübsche Modell in einem Raum gleich neben Hughes' Zimmer auf und bat ihn, herüberzukommen, um es sich anzusehen. Mit der üblichen, unberechenbaren Boshaftigkeit knurrte er Jack Real an: »Ich will das Scheißding gar nicht sehen!« Gay war wütend und gekränkt. Real, der Gay nicht leiden konnte, war begeistert. Und Gay, der Real ebenfalls nicht leiden konnte, war genervt, dass Hughes plante, sein Imperium in West- und Ost-Sektionen aufzuteilen, wobei Real die Westküste übernehmen sollte. Sogar Hughes' Pfleger waren im Real-Gay-Konflikt unterschiedlicher Ansicht. Margulis und der Barbier Mell Stewart standen auf Reals Seite, die anderen hielten zu Gay – regelmäßig machte man sich gegenseitig Vorwürfe, und es kam zu Spannungen.

Hughes beschloss, eine *Hawker Siddeley 748* zu kaufen, eine neuere Maschine als die *VH 125*, die auch Bob Wearley flog und die in den Vereinigten Staaten schon bald durch *Convairs* ersetzt werden würde. Um sie zu testen, traf er die nostalgische Entscheidung, eine identische Maschine selbst zu steuern. So wie er bei der Einreise nach Großbritannien keinen Reisepass benötigt hatte, so fragte auch jetzt niemand, ob er eigentlich einen Flugschein besaß. Kann es überraschen, dass er – wie er Chester Davis gegenüber sagte – von der britischen Regierung höchst angetan war?

Da war der alte Hughes wieder, der seine Autorität geltend machte – der junge Adler, der die Welt umrundet hatte, der in seinem überladenen Flugzeug der Schwerkraft trotzte, der mit seiner »Spruce Goose« für ein paar glorreiche Minuten vor der Küste von San Diego abgehoben war. Es war keineswegs im Interesse seiner Pfleger, wenn er flog. Vermutungen, sie hätten ihn kontrolliert, sind nicht glaubhaft, denn er hatte kein Testament aufgesetzt, in dem er sie als Begünstigte nannte. In ihrem Interesse wäre es gewesen, ihn unter Drogen zu setzen, ihn nutzlos zu machen, alles zu tun, um dieses irrsinnige Abenteuer zu verhindern. Stattdessen warteten sie, konnten nichts tun, während er die Vorbereitungen mit Tony Blackman von *Hawker Siddeley* und mit Jack Real traf.

Jack Real und der Pfleger Gordon Margulis gingen auf seine Anweisung hin zu *Simpson's* und kauften ihm ein nostalgisches Outfit aus Fliegerjacke, Hose und Schuhen, und dazu einen Helm, auch wenn seine Größe nicht leicht zu bekommen war. Er freute sich und kleidete sich fröhlich an, ein schmaler Schatten des Helden, der er einst gewesen war.

Um Gatwick und den Londoner Airport zu meiden, entschloss sich Hughes, von Hatfield im Norden Londons aus zu starten, wo er die Passkontrolle umgehen konnte. Gordon Margulis musste eine ausgeklügelte Lockvogel-Technik anwenden, um Hughes unbemerkt zum Flughafen zu schaffen. Er mietete einen *Rolls-Royce* und rannte in voller Montur mit Jack Real hinaus, der groß und fast so dünn wie Hughes war, was die Reporter in die Irre führte. Hughes selbst verließ das Hotel in einem unscheinbaren Wagen durchs hintere Tor (wobei die mit Zeitungen verhängten Scheiben allerdings Fans aufmerksam machten, die auf der Suche nach Filmstars waren).

Man fuhr Hughes auf das Flugfeld hinaus, das inmitten von Feldern und Hügeln gelegen war. Er murmelte etwas über die Bündigkeit der Nieten (seine alte Sorge), sparte sich jedoch eine Untersuchung nach Bazillen. Warum? Wie kam es, dass er sich seit seinem Treffen mit Somoza, Botschafter Shelton und den *Merrill-Lynch*-Leuten immer weniger Sorgen um eine Ansteckung machte?

Die Antwort findet sich in einer Aussage, die sein Pfleger 1977 unter Eid gemacht hat. Er hatte das Gefühl, als blieben ihm nur noch sechs, sieben Jahre zu leben. Ich-bezogen, wie er war, wusste er dennoch, dass auch er sterben musste. Wieso also sollte er sein Leben nicht genießen und die Bazillen einfach vergessen?

Während des Fluges zeigte sich Hughes lebhaft und aufgeweckt, doch waren seine Flugkünste eher unberechenbar. Als wollte er den gefährlichen Start vom Floyd Bennett Field im Jahr 1937 wiederholen, überschätzte er die Länge der Runway, und Blackman musste eingreifen, um einen Absturz zu verhindern. »Sie sind der erste Mensch, der an meinen Künsten etwas auszusetzen hat«, kommentierte Hughes lachend.

Ein zweiter Flug wurde vereinbart, damit Hughes sein Besuchervisum erneuern konnte, das ihm die Regierung illegalerweise ohne Reisepass gewährt hatte. Er wollte nach Ostende in Belgien fliegen und über Hatfield wieder einreisen. Vorher traf man einige Arrangements mit der Visum-Stelle. Hughes legte einen Termin Ende Juni fest. Wieder wurde die *Hawker Siddeley de Havilland 748* für den Flug requiriert.

Kurz vor der Abreise schlug er vor, nach Paris weiterzufliegen, weil er sich an jemanden erinnerte, den er bei seiner Weltumrundung vor vierunddreißig Jahren kennen gelernt hatte. »Seine Egomanie war so ausgeprägt, dass ihm gar nicht in den Sinn kam, dass dieser Mann vielleicht nicht auf ihn warten würde«, sagt Margulis.

Bei schlechtem Wetter flog Hughes mit Blackman und einem weiteren Copiloten durch heftigen Regen und Nebel. Die Bedingungen waren so ungünstig, dass Hughes in Stanstead zwischenlanden musste. Dabei stellte er sich so ungeschickt an, dass man ihn nach hinten in die Kabine schickte, was ihn sehr erzürnte. Der Copilot übernahm das Steuer.

Am 17. Juli ging Hughes auf einen dritten Flug, diesmal in einer exakten Kopie der *de Havilland 125*, die Bob Wearley in Amerika flog. Er beschloss, lieber zwei solcher Maschinen anzuschaffen, was eine große Enttäuschung für *Hawker Siddeley* war, die ihm lieber das teurere Flugzeug verkauft hätten. Wie stets war er mit der *de Havilland* sehr glücklich. Er hatte ein paar Starts und Landungen in Stanstead gemacht, wagte sich jedoch nicht über den Kanal. Bei einem vierten Flug – ebenfalls im Juli – flog er von Hatfield nach Woodford und zeigte sich während des gesamten Fluges energetisch und gesprächig.

Ohne einen Bazillen-Check vornehmen zu lassen oder sonst irgendwelche Umstände zu machen sah sich Hughes das Modell von vorn bis hinten ganz genau an. Seine Kommentare waren scharf und unmissverständlich.

Er zeigte sich äußerst beeindruckt von dem Modell und machte Vorschläge für Verbesserungen am Fahrgestell, die seinen alten Biss zeigten und zur Folge hatten, dass die Ingenieure von *Hawker Siddeley* Umbauten vornahmen.

Einmal mehr erwies er sich – im Widerspruch zu den Legenden von drogenumnebelter Unzurechnungsfähigkeit – als brillanter Geist. Jack Real war der Mittelsmann für den Deal mit *Lockheed*, wo Real als ehemaliger Manager natürlich viele Freunde hatte.

Und *Lockheed* brauchte Hughes' Geld dringend. Die *DC-10* hatte sie wegen ihrer enormen Reichweite auf dem Markt abgehängt. *Lockheed* musste eine verbesserte *L-1011-2* bauen und hoffte, von Hughes 100 Millionen Dollar zu erhalten. Von Februar bis September 1973 trafen sich Hughes und Real täglich, um die Arrangements für diese Investition zu besprechen. Hughes schien großen Spaß an den endlosen Diskussionen zu haben, und irgendwie bewahrte sich

Real seine Geduld. Noch heute würde er nie zugeben, dass Hughes wie immer entnervend zögerlich war.

Hughes brach mit allen Regeln und schloss sich Blackman (gemeinsam mit Clarence Waldron und Jack Real) zur Inspektion eines brandneuen *De-Havilland*-Modells in der *Hawker-Siddeley*-Fabrik an.

Diese Abenteuer fand er spannend, doch holten ihn bald schon neue Sorgen ein. Sollte er über den 26. Dezember hinaus – dem Tag seiner Ankunft im Jahr zuvor – in London bleiben, würde er in Großbritannien eine erhebliche Einkommenssteuer zahlen müssen. Und da er der britischen Regierung ebenso wenig etwas gönnte wie der amerikanischen, beschloss Hughes, auf die steuerfreien Bahamas zurückzukehren.

Es war ein bemerkenswerter Entschluss. Er hätte auf die Cayman Islands, nach Monaco oder auf die Bermudas fliegen können, doch stattdessen entschied er sich für das Land, das ihn so rüde ausgewiesen hatte. Er hatte dem Außenministerium der Bahamas versprochen, sich an die Aufenthaltsbestimmungen zu halten, Arbeitsgenehmigungen für sein Team zu besorgen, sein Visum alle acht Monate zu erneuern und Schwarze zu beschäftigen. Darüber hinaus wollte er die Regierung der Bahamas zufrieden stellen, indem er Grund und Boden erwarb. Er ließ sich im feudalen *Xanadu Princess Hotel* in Freeport nieder, welches – wie ihn Daniel Ludwig wissen ließ – zum Verkauf stand. Chester Davis nahm die Verhandlungen auf.

Im August 1969 war Hughes – nach Angaben des Kolumnisten Jack Anderson – Ludwig zum ersten Mal begegnet, seinem größten Rivalen um den Titel des reichsten Amerikaners. Treffpunkt, so heißt es, sei das *International Hotel* in Las Vegas gewesen, doch das ist unmöglich. Sollten sie einander tatsächlich begegnet sein, dann nur im *Desert Inn*.

Hughes war von Ludwig fasziniert, und die beiden hatten gemeinsame Geschäftsinteressen in Nicaragua. Ludwig war 1897 in

South Haven, Michigan, als Sohn eines Bergungsschiffkapitäns zur Welt gekommen. Während der Prohibition stand er wegen Waffenschmuggels vor Gericht, verlegte sich auf den Öltransport und baute allmählich ein Tanker-Imperium auf. Mit Ankauf, Verkauf und Umbauten machte er im Zweiten Weltkrieg ein Vermögen und besaß bald eine Flotte, die selbst jene von Onassis oder Niarchos in den Schatten stellte. Als er – wie seine Rivalen – unter das schützende Dach der panamesischen Flagge wechselte, was ungehinderte Geschäftsmanöver möglich machte, umschiffte er die Ölkrise, indem er Eisenerz transportierte. Dann – in den Fünfziger-, Sechziger- und Siebzigerjahren – nahm er Aktivitäten auf, die für Hughes von brennendem Interesse waren. Er investierte auf den Bahamas.

1965 baute er das luxuriöse *Kings Inn,* im Jahr darauf das *Xanadu Princess*, eine Enklave der Superreichen. Er war Großkunde von *Intertel.*

Anfang August flogen Hughes' Ärzte aus Los Angeles ein, um die geschilderte Ohrenuntersuchung vorzunehmen.

Nach wie vor war Hughes von der Fliegerei wie berauscht, und plötzlich kündigte er Jack Real an, er wolle eine *Concorde* von *British Aerospace* kaufen.

Er machte sogar Premierminister Edward Heath auf sich aufmerksam, der hocherfreut war, dass sich Hughes für eine Investition in die *Lockheed L-1011-2* interessierte. Heath ließ sich von Hughes so weit ermutigen, dass er eine neue *RB-Rolls-Royce*-Turbine für den Flugzeugtyp in Auftrag gab. Er lud ihn zum Abendessen in die Downing Street ein, aber natürlich sagte Hughes dankend ab.

Am 9. August stolperte Hughes mitten in der Nacht auf dem Weg zur Toilette über einen Teppichvorleger. Er stürzte auf einen kleinen Wohnzimmertisch und blieb am Boden liegen, konnte sich vor Schmerzen nicht bewegen. Die Pfleger hörten seine Rufe und eilten ihm zur Seite. Glücklicherweise befanden sie sich nicht in den USA, in London machten Ärzte auch Hausbesuche. Das Hotel trieb einen Arzt auf, der eine gebrochene Hüfte diagnostizierte.

Am Morgen kam Dr. William Young, Radiologe des exklusivsten Londoner Privatkrankenhauses, der *London Clinic*, um Röntgenaufnahmen zu machen. Hughes empfing ihn nackt im Bett, nur mit ein paar Papierhandtüchern bedeckt, die Young von den Pflegern entfernen ließ. Unter Schmerzen musste er aufgesetzt werden, damit man seine Beine röntgen konnte. Unnötigerweise bestanden die Pfleger darauf, dass Young und seine Assistenten Papiertücher benutzten, wenn sie Hughes berührten, aber auch wenn sie ihre Röntgengeräte bedienten. Und das obwohl Hughes gerade mehrere Flüge in eher unhygienischen Flugzeugen unternommen, eine Fabrik besucht und gerade erst fünf Besuchern die Hand geschüttelt hatte! Young war entsetzt darüber, wie abgemagert er war. Seine Haut sah aus wie Pergamentpapier. Zähne und Zahnfleisch waren so verfault, dass er Gefahr lief, einen Zahn zu verschlucken. Hughes blieb nichts anderes übrig, als sich einer radikalen Hüftoperation zu unterziehen – und zwar nicht in seiner Suite, sondern in der *London Clinic*. Dr. Walter C. Robinson, einer der führenden orthopädischen Chirurgen des Landes, würde den Stahlnagel einsetzen, der Hughes wieder in die Lage versetzen sollte, auf eigenen Beinen zu stehen. Auch er war vom Zustand seines Patienten entsetzt.

Nach wenigen Tagen hatte sich Hughes so weit erholt, dass er im Zusammenhang mit den *Hughes-Tool*-Ermittlungen – wegen der Millionen, die John Meier und seine Komplizen für angebliche Minenkäufe beiseite geschafft hatten – eine eidesstattliche Erklärung unterschreiben konnte. In dieser Erklärung bestritt er, Meier persönlich zu kennen oder ihm je begegnet zu sein. Das war nötig, weil Meier behauptete, er sei mit Hughes eng befreundet, Hughes habe die Käufe genehmigt und ihn gezwungen, gefälschte Memos aufzusetzen. *Hughes Tool* verklagte Meier und seine Komplizen auf 50 Millionen Dollar, ein – wie sich herausstellen sollte – sinnloses Unterfangen. Gleichzeitig lieferte Meier geheime Informationen, die bis heute unveröffentlicht sind und die vor dem Watergate-Ausschuss Hughes' Verstrickung in die Affäre beweisen sollten.

Die eidesstattliche Erklärung klang ungeduldig und ausgesprochen persönlich. In der siebten Klausel brach es aus Hughes hervor: »Ich kann mir nicht vorstellen, inwiefern meine Aussage in diesem Verfahren von Wert sein sollte.« Aber er versprach, auch in Zukunft für Aussagen zur Verfügung zu stehen. Seine Unterschrift wurde von seinem Pfleger Levar Myler bezeugt, den er passend mit dem hochtrabenden Titel »*Commissioner of Deeds for the State of Utah in the United Kingdom*« bedacht hatte.

Am 13. September 1973 war der Deal mit *Lockheed* schließlich unter Dach und Fach. Hughes erklärte, er wolle eine Option auf den Erwerb der *L-1011-2* anmelden, die im darauf folgenden Frühling ablief.

Doch dann brach der Jom-Kippur-Krieg aus. Großbritannien unterstützte Israel gegen Ägypten, und im Zuge des Konflikts erhöhten die Araber den Ölpreis – einschließlich des Preises für Flugbenzin – von 2,50 auf 10 Dollar pro Barrel. *BOAC* und *Air Canada* traf es so schlimm, dass sie aus ihren Kaufverträgen bei *Lockheed* aussteigen mussten, und *Summa* überredete Hughes dazu, den Deal abzusagen. Die Option verfiel, ohne dass etwas geschah. Als Teil des Vertrages hätte Hughes 10 Prozent von *Lockheed* erwerben können.

Nach wenigen Tagen – so erinnert sich sein Pfleger Gordon Margulis – hatte Hughes in der *London Clinic* keine Ruhe mehr und sehnte sich nach dem Mutterschoß seiner Suite im *Inn on the Park*. Dort angekommen – und gerade wieder eingerichtet – zwang ein Streik Premierminister Heath zu drastischen Energiesparmaßnahmen, und so wurde abends um zehn Uhr der Strom abgestellt. Man konnte weder fernsehen, noch die Zentralheizung benutzen oder warme Speisen bekommen, geschweige denn sich Filme an die Wand projizieren lassen. Für Hughes war das zu viel. Er erklärte seinen Pflegern, er müsse raus – ob er nun Steuern zu entrichten habe oder nicht.

Obwohl er »beschlossen« hatte, auf die Bahamas zurückzukehren, kam Hughes noch eine andere Idee. Er konnte der Steuer entgehen, wenn er auf einem Boot lebte, so wie der Scientology-Guru L. Ron Hubbard. Über Chester Davis pflegte er enge Kontakte zu Evelyn de Rothschild, der Besitzerin des *Inn on the Park,* und Jack Real sprach mit einigen von Rothschilds Leuten, die Stavros Niarchos kannten, den griechischen Großreeder, und versprachen, zu tun, was in ihrer Macht stand. Doch Niarchos' Jacht, die für den Winter angekündigt war, wäre erst im Frühjahr fahrbereit und neu ausgerüstet. Ärgerlich erklärte Hughes, Real solle die ganze Idee am besten vergessen.

Sechs Tage bevor sein steuerfreier Aufenthalt in Großbritannien ablief, kontaktierte Jack Real den Milliardär Adnan Khashoggi, der Hughes' Begeisterung für *Lockheed* teilte, und lieh sich dessen private *TriStar* für den Transport in die Karibik.

Da Real der Regierung der Bahamas erklärt hatte, Hughes beabsichtige, auf den Inseln große Investitionen zu tätigen, fanden sich am Flughafen diverse Würdenträger ein, um ihn und seine Begleiter zu begrüßen.

Als die Gesellschaft im *Xanadu Princess* eintraf, kam es zu einer hässlichen Szene. Der Mann an der Rezeption teilte ihnen mit, dass leider nicht alle vier reservierten Penthouse-Suiten zur Verfügung stünden. Erst als Hughes deutlich machte, dass er das Hotel von Ludwig zu kaufen gedachte, überließ man ihnen die Suiten zu einem nach heutigem Maßstab unfassbar günstigen Kurs von insgesamt nur 1000 Dollar pro Tag. Hughes schimpfte, als es in seinem Badezimmer kein Bidet gab. Stunden später war es eingebaut.

Nach einer Woche im Hotel traf eine schlechte Nachricht ein. Hughes sollte in Las Vegas vor Gericht gestellt werden – wegen Aktienmanipulationen im Rahmen der Auseinandersetzungen, die zum Kauf von *Air West* geführt hatten. Bizarrerweise saß er plötzlich wieder mit Robert Maheu in einem Boot, der ebenfalls angeklagt war, wie auch Chester Davis und – ausgerechnet – sein Intimfeind Hank Greenspun, einer der wenigen, die über Hughes' Rolle im Watergate-Skandal Bescheid wussten.

In Freeport war Hughes vor Geld- oder Gefängnisstrafen sicher. Er machte sich Sorgen, weil Daniel Ludwig beim Verkauf des *Xanadu Princess* Probleme machte. Als ihm John Holmes den Rat gab, er könne – während die Verhandlungen andauerten – sicher zu einem günstigeren Kurs im Hotel wohnen bleiben, stieß sich Hughes an der Formulierung »so lange wie Sie wollen«. Handschriftlich fügte er hinzu, so gehe es nicht. Angemessene Sicherheit sei erst gewährleistet, wenn ihm die Anlage gehöre, nicht wenn sie nur gemietet sei. Hughes forderte, die Anlage sofort zu schließen.

Die Verhandlungen gingen weiter.

Chester Davis bedrängte ihn, nicht öffentlich zu machen, dass er das *Xanadu* kaufen wollte, »da nur der wahre Grund dafür herauskommen würde, was Sie hier wollen«. Gleichzeitig gab sich Hughes alle Mühe, sein Versprechen Gouverneur O'Callaghan gegenüber einzuhalten, indem er plante, das Geld, das er durch den Ausgang des *TWA*-Prozesses eingespart hatte, in den Ausbau von Las Vegas zu investieren.

Vorher hatte er die Krupp-Ranch verkauft, die er seinerzeit für Jean Peters angeschafft hatte (nur ein Streifen Land zwischen dem *Dunes* und dem *Caesars Palace)*, und die ehemaligen Häuser von Robert Maheu, George Francom und Levar Myler vermietet. Jetzt wollte er den Trend umkehren.

Nachdem er Bill Gays Idee eines Einkaufszentrums verworfen hatte, plante er nun, das *Desert Inn* unter einem Dach zu vereinen und die einzelnen Gebäude durch geschützte Wege für Fußgänger und Elektrokarren miteinander zu verbinden. Es sollte sein Vorzeigeobjekt werden. Er wollte *Black Forest Inn*, *Three Fountains*, *Travelodge* und *Grace Hayes Restaurant* zurückkaufen, die er allesamt kürzlich erst veräußert hatte. Dadurch würde das *Sands* zum größten Hotel in ganz Nevada. Er plante den Bau eines *Sands West* gegenüber vom südlich gelegenen *Castaways Casino*; er wollte Immobilien direkt am Strip erwerben, in der Nähe vom *Castaways*. Das alles zeigt, dass Hughes – obwohl Bill Gay nominell der Mann war, der Las Vegas lenkte – der Stadt nach wie vor leidenschaftlich verbunden war, wenn auch Chester Davis der Meinung war, er solle sich endgültig aus Nevada zurückziehen.

Ein Riesenproblem ergab sich in Freeport. Der Tausch zweier *880 Convairs* aus Hughes' Besitz gegen einen dreißigprozentigen Anteil an Somozas *Lanica Airlines* zog sich wegen endloser Diskussionen innerhalb der zivilen Luftfahrtbehörde in die Länge, weil man sich nicht einig werden konnte, ob der Deal genehmigt werden könne.

Da die Manager von *Hughes Tool* nach einer Weile die Geduld verloren und daraufhin (nach Hughes' rechter Hand Jack Real zu urteilen) ohne Hughes' Einwilligung handelten, entging ihnen die große Chance, *Texas Air* zu einem günstigen Preis zu erwerben. Da sie ihr übereiltes Vorgehen bald bereuten, boten sie Frank Lorenzo, dem Besitzer von *Eastern Airlines*, der *Texas Air* gekauft hatte, eine erhebliche Geldsumme und dazu ein Drittel von *Lanica,* obwohl ihnen die Fluglinie noch gar nicht gehörte. Lorenzo äußerte sich vor der Presse. Somoza las in der Zeitung von dem Angebot und tobte. Er bestellte Real nach Managua – Hughes versuchte noch, ihn aufzuhalten. »Howard behandelt *Lanica* wie ein Sonderangebot im Schlussverkauf!«, schimpfte Somoza. Aber da er ein Auge auf Reals Tochter geworfen hatte, lenkte er ein und verzieh ihm. Nun setzte sich die zivile Luftfahrtbehörde durch, und Lorenzo behielt *Texas Air*. Hughes war wegen der ganzen Sache wütend – Real auch. Er merkte, dass die Bosse bei *Summa* auf eigene Faust handelten und Hughes' Anweisungen ignorierten, was allerdings – auch wenn Real dem nicht zustimmen würde – Hughes' eigene Schuld war. Schließlich hatte er freiwillig große Macht an *Summa* abgetreten. Und es steht zu bezweifeln, dass er bei seinem Gesundheitszustand mit den zahllosen, tagtäglichen Problemen selbst fertig geworden wäre, wenn er noch das Sagen gehabt hätte.

Winter, Frühling und Sommer brachten für Hughes eine schwere Zeit. Täglich enthüllte Robert Maheu im Rahmen der Vorbereitungen für seinen Verleumdungsprozess gegen Hughes neuerliche Sünden seines ehemaligen Arbeitgebers. Hughes dagegen pochte auf die Auslieferungsbestimmungen der Bahamas, um nicht als Angeklagter vor Gericht erscheinen zu müssen.

Am 3. Februar 1973 erschien ein vernichtender Artikel in der *New York Times.* Er berief sich auf Fakten, die bei Maheus Prozessvorbereitungen ans Licht gekommen waren. Detailliert wurden Hughes' Versuche aufgelistet, sich auf den Bahamas Vorteile zu erkaufen. Außerdem konnte man nachlesen, wie er mit dem Premierminister Lynden O. Pindling Frieden geschlossen hatte, und auch das Telefonat mit Maheu wurde zitiert, bei dem ihm rausgerutscht war: »Ich werde auf die Bahamas ziehen, wenn ich diese Regierung mit Hilfe finanzieller Unterstützung in die Hand bekommen und in die Tasche stecken kann.«

Am 3. Mai gab Thomas Bell aus Hughes' Team während des Prozesses unter Eid zu Protokoll, dass Hughes versucht hatte, gemeinsame Schulklassen von Schwarzen und Weißen in Las Vegas zu verhindern, und Richard G. Danner berichtete in einer späteren Aussage – mit einigen Auslassungen – vom »Rebozo-Kredit«. Am 14. Mai bezeugte Maheu, dass Hughes befohlen hatte, gewisse Bankiers unter Druck zu setzen, als er hörte, dass sie nicht gewillt waren, die Finanzierung für den Erwerb der *TWA*-Jets zu übernehmen.

Währenddessen zeigte Hughes im März einiges Interesse am Erwerb von *WCIX*, einem Fernsehsender in Miami. Er war ein großer Bewunderer des Programms, und es war ihm zu Ohren gekommen, dass der Sender zum Verkauf stand. Noch im selben Monat begann er die Verhandlungen und brachte auch die Arrangements für den Kauf des *Xanadu Princess* zum Abschluss. Wie immer hielten ihn seine Machenschaften Tag und Nacht auf Trab.

Da Hughes mit dem Erwerb des *Xanadu Princess* glücklich war, autorisierte er Jack Real (der mittlerweile die Geschäfte an der Ostküste regelte) zum Kauf des luxuriösen *Lucayan Beach Hotels.* Das Casino hatte seine Glücksspiel-Lizenz verloren, und es mussten einige Steine ins Rollen gebracht werden, um sie zu erneuern. Bill Gays tiefe Abneigung und sein Misstrauen gegen Real verzögerten das Geschäft. Bis heute hat Real ihm nicht verziehen.

Hughes hatte noch weitere Investitionsideen. Nachdem das Trinkwasser nun erfolgreich aus der Entsalzungsanlage kam, wollte er auf den Inseln eine Brauerei aufbauen. Er beabsichtigte, weitere Inseln zu erwerben – zusätzlich zu Cay Sal, die mittlerweile kein militärisches Ausbildungslager der CIA mehr war. Dem Millionär Edward St. George wollte er 40 Morgen flaches Land abkaufen, für eine Start- und Landebahn, damit er wieder fliegen konnte.

Im Mai bekam die *Summa Corporation* eine »Sektion Bahamas«. John Holmes trat als Vermittler zwischen *Summa* und den Aktionären auf. Levar Myler saß im Vorstand und war Verbindungsmann. Der Rest des Teams – George Francom, Jim Rickard, Howard Eckersley, Chuck Waldron, Eric Bundy, Allen Stroud, Gordon Margulis, Cliff Weissman und Mell Stewart – gehörten allesamt zu *Bahamian Summa*, was wohl die Theorie endgültig widerlegen dürfte, dass Hughes' Geschäfte von Texas aus gelenkt wurden. Dass er den Vorstand auf den Bahamas im Griff hatte, bestätigten uns Chester Davis' Leute.

Hughes hatte ganz andere Sorgen. Am 11. Mai wurde ein gewisser Leroy Nickey Barnes in der Bronx wegen des Mordes an Clifford Haynes verhaftet. Am 20. Juli setzte man ihn wieder auf freien Fuß, gegen eine Kaution von 100 000 Dollar, die Charles Goldfarb stellte. Das Geld stammte, wie er sagte, aus dem Verkauf des *Frontier Hotel* an Hughes im Jahre 1967 – ein unangenehmer Hinweis auf die zweifelhaften Gestalten, mit denen Hughes damals in Las Vegas Geschäfte machte. Am 5. Juni dann gab es noch ernstere Probleme.

NEUNZEHNTES KAPITEL

Wie man sich selbst beraubt

Der Beginn dieser Watergate-ähnlichen Einbruchsgeschichte lässt sich bis zum Dezember 1972 zurückverfolgen. Bei dem Versuch, Hughes persönlich für den Betrug Tausender *Air-West*-Aktionäre zur Verantwortung zu ziehen, forderte die »Securities and Exchange Commission« (SEC) von Chester Davis gerichtlich die Herausgabe der relevanten Dokumente, darunter auch Hughes' Memos an Robert Maheu.

Nach Absprache mit Hughes in Managua behauptete Davis, solche Akten existierten nicht. Die schamlose Lüge verschaffte ihm etwas Zeit, in der er sich überlegen konnte, was er mit den Papieren tun sollte. Statt sie zu vernichten, was vielleicht sinnvoller gewesen wäre, nahm er sie in Hughes' Hauptquartier an der Romaine Street in Hollywood unter Verschluss.

Die SEC stellte weitere Ermittlungen an. Ein Spitzel in der Romaine Street verriet, dass die Akten existierten, woraufhin man Davis am 7. August 1973 erneut vorladen ließ, während Hughes in London weilte. Ärgerlich versuchte Davis, diese zweite Vorladung abzuschütteln, als die SEC verkündete, man habe Beweise dafür, dass die Dokumente versteckt seien.

Nach Absprache mit einigen einflussreichen Hughes-Managern gestattete Davis der SEC schließlich, Einblick in eine Hand voll harmloser *Air-West*-Akten zu nehmen, deren Existenz er noch vor Wochen geleugnet hatte. Die SEC ließ nicht locker. Da die Ermittler mit den Krumen, die Davis ihnen hinwarf, nicht sehr glücklich waren, erwirkte man im Mai und Juni 1974 weitere Vorladungen.

Beide wurden ignoriert. Mittlerweile hatte Davis unter Eid ausgesagt, es gäbe keine weiteren Akten. Optimistisch versuchte die SEC, Hughes in Freeport vorzuladen – ohne Erfolg.

Auch Terry Lenzner, einer der Watergate-Anwälte, war Hughes auf den Fersen. Wie Nixon bestätigte auch Hughes bei Chester Davis und seinen Freunden und Pflegern immer wieder, dass er von Watergate nichts gewusst habe – noch Monate nach dem Einbruch.

Folgendes bleibt zu bedenken: Im März schickte einer seiner Pfleger jenes Memo an Chester Davis, von dem zu Beginn dieses Buches die Rede war und worin er die Anweisung gab, sämtliche Akten, die mit Nixon und sonstigen Politikern zu tun hatten, zu vernichten.

Es ist ein erstaunliches Dokument, da es die Behauptungen Lügen straft, Hughes habe in dieser Phase keine Ahnung gehabt, was vor sich ging, und sei nur ein hirnloser Zombie gewesen. In Wahrheit lassen sich die Ereignisse, die ohne weiteres den von Hughes geliebten James-Bond-Filmen entsprungen sein könnten, direkt auf dieses Memorandum zurückführen. Dessen Existenz wurde von den Anhängern der »Zombie«-Theorie (angeführt von Barlett und Steele) gänzlich ignoriert.

Die einzig mögliche Interpretation jener Ereignisse ist folgende:

Davis machte sich umgehend daran, Hughes' Anweisungen zu befolgen. Dafür nahm er die Hilfe einiger CIA-Agenten in Anspruch, die als Experten für die Inszenierung von Einbrüchen unerwünschte Dokumente verschwinden ließen. Zuerst wurde in Davis' Büro »eingebrochen«, um belastende Papiere zu entfernen. Davis erklärte der Polizei, es sei nichts entwendet worden. Auch die Akten von *Mullen and Company* wurden auf Davis' Anweisung hin entfernt. Wiederum hieß es vor der Polizei, in Mullens Büro fehle nichts.

Auch in den *Summa*-Büros von Las Vegas und Encino verübte man »Einbrüche«. Sicherheitshalber wurde erklärt, in Encino fehle ein Chiffriergerät. Auch hier lösten sich gewisse Dokumente in Luft auf.

Da man bei der SEC langsam misstrauisch wurde, und sich über Hughes' und Chester Davis' ausweichendes Verhalten ärgerte, wandte man sich am 3. Juni 1974 an den stellvertretenden Justizminister und forderte die strafrechtliche Verfolgung von Hughes, Davis und einigen Managern aus dem *Summa*-Vorstand. Am nächsten Tag ließ die SEC einen wichtigen Zeugen namens Gordon Judd vorladen. Als auf Judd ein Mordversuch verübt wurde, floh er.

Es war von entscheidender Bedeutung, dass die restlichen Dokumente aus der Romaine Street entfernt und – zusammen mit anderen vertraulichen Papieren – nach Freeport gebracht wurden. Mit Hughes' Handlungsvollmacht ausgestattet sorgte Davis dafür, dass die Memoranden und sämtliche Papiere von Belang ordentlich auf einem Konferenztisch gestapelt wurden. Daneben lagen Karteikarten, sodass es aussah, als sollten sie eben katalogisiert werden. Gleichzeitig bekam Davis dadurch einen Leitfaden.

Der Ansatz war der gleiche wie beim Hughes-Mullen-Hunt-Einbruch in den Watergate-Büros. Da Hunt und Liddy nicht mehr zur Verfügung standen, engagierte Davis einen neuen Organisator, vermutlich denselben, der im September 1972 versucht hatte, Greenspuns Tresor zu knacken, und der die Einbrüche in die Büros von Davis und Mullen und die *Summa*-Büros in Las Vegas und Encino inszeniert hatte.

Er war als freier Mitarbeiter sowohl für die CIA als auch fürs FBI tätig, hatte jedoch in diesem Fall weder von der einen noch der anderen Seite eine Genehmigung. Nach Aussage des CIA-Spezialisten William Corson war seine Kontrollperson John Paisley, der als Doppelagent für CIA und KGB viele Jahre bei CIA-nahen Operationen für *Hughes Aircraft* gearbeitet hatte und detaillierte Kenntnisse über Hughes' Imperium besaß.

Paisleys Motiv für seine Unterstützung der inszenierten Einbrüche dürfte wohl gewesen sein, dass er Dokumente über die *Glomar Express* in die Hand bekommen wollte, Hughes' Schiff, das sich gerade auf dem Weg in den Pazifik befand, um die Codes aus dem gesunkenen Atom-U-Boot heraufzuholen. Die ganze Sache war so prekär, dass Chester Davis ein gefälschtes Memorandum an Hughes schickte (vermutlich für den Fall, dass die Presse es finden sollte), in dem er Hughes in Erinnerung rief, dass dieses Schiff nur auf der Suche nach Erzen war – Jahre nachdem Hughes die Genehmigung für den wahren Einsatzzweck bereits unterzeichnet hatte.

Am Abend des 4. Juni 1974 beschaffte sich ein Mitarbeiter die Schlüssel zu den Büros der Firmenleitung und die Kombination zur Eingangstür, die nur sechs Personen bekannt war und alle dreißig Tage geändert wurde. Er besorgte einen Grundriss, den genauen Aufenthaltsort der Dokumente und Konstruktionspläne der Safes und Tresorräume, was die Arbeit erleichtern sollte. Er war nicht so dumm, die Kombinationen preiszugeben, denn damit hätten sie sich verraten.

Am 5. Juni um 0:45 Uhr – zur selben Uhrzeit wie bei dem Einbruch in die Watergate-Büros 1972 und fast genau zwei Jahre später – spazierte das Team von »Einbrechern«, welches den Hunt-Liddy-Barker-Ganoven um einiges überlegen war, durch die Eingangstür des angeblich sichersten Bürogebäudes in ganz Los Angeles. Die Batterien der Überwachungskameras waren ausgebaut, die Laser- und Drahtverbindungen zum Polizeihauptquartier deaktiviert und die Alarmglocken nutzlos.

Nachdem es das Misstrauen der SEC geweckt hatte, dass bei den Einbrüchen in den *Summa*-Büros nichts entwendet worden war, sackten die Männer nun Uhren, 68 000 Dollar Bargeld, Aktien, Nadine Henleys Schmetterlingssammlung und ihre kostbaren Porzellanschalen ein, sprengten Tresore, knackten Safes und drangen dann schließlich zum eigentlichen Objekt der Begierde vor: dem Tisch im Konferenzraum. Sie stapelten die Dokumente in Kisten und schleppten sie zu einem Lieferwagen. Dann fuhren sie zum Flughafen und flogen mit einer von Hughes' Privatmaschinen nach Las Vegas.

Die Telefonistin rief die Polizei. Als die Beamten eintrafen, versicherte man ihnen, dass keine Dokumente fehlten – noch bevor jemand danach gefragt hatte.

Die heiklen Unterlagen wurden ins *Xanadu Princess* nach Freeport geschafft und dort gelagert. Gordon Margulis und der Pfleger Mell Stewart sahen, wie die Kisten angeliefert wurden, Jack Real wusste, dass sich die Papiere dort befanden, doch Margulis und Real behaupteten beide, Hughes habe sie nicht zu sehen bekommen. Aber vielleicht wussten sie einfach nichts davon, dass Hughes die Papiere gesehen hatte.

Wie zu erwarten war Hughes nach dem Einbruch einer Panik nah. Es fürchtete sich davor, wer alles in seinen Privattresoren herumschnüffeln würde – unbestechliche Versicherungsdetektive zum Beispiel. Chuck Waldron schrieb: »Er will einen ausführlichen Bericht, Schritt für Schritt, wie die Suche vonstatten gehen soll. Er will diese Auflistung, bevor irgendetwas angerührt wird.«

Ein Sündenbock musste gefunden werden, denn die SEC war misstrauisch, was den »Einbruch« anging, ebenso das FBI und die Polizei von Los Angeles. Ein echter Täter musste gefunden werden. Der Trick funktionierte. Der Leiter der Operation rief einen gewissen einschlägig vorbestraften Donald Woolbright an und brachte ihm aufregende Neuigkeiten: Gangster aus St. Louis hätten die Papiere gestohlen und erpressten nun Hughes. Für eine Million Dollar könne er sie zurückkaufen. Wenn Woolbright die Übergabe regele, würde er dafür einen Teil der Beute bekommen.

Woolbright gefiel der Plan. Er nahm ein harmloses Dokument – ein Memo von Hughes an Maheu, bei dem es um eine Casino-Übernahme in Las Vegas aus dem Jahr 1968 ging – und legte den Umschlag in einen Mülleimer am Ventura Boulevard, gegenüber von Nadine Henleys Büro in Encino. Dann klingelte ihr Telefon, und man sagte ihr, sie solle einen Blick aus dem Fenster werfen. Sie sah den Umschlag, fürchtete eine Bombe, rief die Polizei, und man fand das Memo. Später erklärte ihr Woolbright, der ganze Packen mit den Dokumenten stünde für eine Million zum Verkauf. Sie hielt Rücksprache mit einem ihrer Chefs, die verständlicherweise nicht bezahlen wollten. Schließlich befand sich das belastende Material in Freeport.

Woolbright stieg tiefer ein. Er dachte, er könne einige Dokumente an das deutsche Nachrichtenmagazin *Der Spiegel* verkaufen, bekam es dann aber mit der Angst zu tun und gab den Plan auf.

Inzwischen hatte man bei der CIA herausgefunden, dass die *Glomar-Explorer*-Dokumente fehlten. Hughes' Leute erklärten, die Unterlagen seien gestohlen worden, und gingen davon aus, dass die CIA ihre Ermittlungen daraufhin einstellen würde, wie auch SEC, FBI und LAPD. Und sie sollten Recht behalten. Belohnungen für die Wiederbeschaffung der Papiere wurden zurückgezogen. Woolbright konnte gehen und kehrte auf seine Farm in Missouri zurück.

Damit hätte die Sache aus der Welt sein können, wären da nicht ein paar hartgesottene Journalisten von der *Los Angeles Times* gewesen, die wegen der plötzlichen Einstellung der Ermittlungen misstrauisch geworden waren und schließlich einem Polizeibeamten aus dem Kreuz leiern konnten, dass die *Glomar*-Dokumente fehlten. Als sie im Begriff waren, die sensationelle Story in der *Times* zu veröffentlichen, gab sich CIA-Chef William Colby alle Mühe, das zu verhindern. Doch es war zu spät. Die *New York Times* war auch schon darauf gekommen. Colby reiste kreuz und quer durchs Land und flehte die Redakteure an, nicht weiter nachzuforschen, doch wollte niemand darauf eingehen. Die Story machte weltweit Schlagzeilen, und zur Freude der Sowjetunion mussten die Bemühungen der *Glomar* eingestellt werden.

Die Öffentlichkeit forderte ein Opfer, und der Bezirksstaatsanwalt von L.A. war sprungbereit. Er hatte es versäumt, jemanden für einen Einbruch zu verhaften, der seit sieben Monaten nicht mehr durch die Presse gegangen war, jetzt jedoch die Schlagzeilen beherrschte. Woolbright war die Lösung. Als man ihn vor das Große Geschworenengericht von Los Angeles zitierte, ließ er sich auf seiner Farm verhaften und nach Los Angeles verfrachten, wo man ihm den Prozess machte.

Inzwischen stellte Michael Drosnin für die liberale *New Times* einen Artikel über den Einbruch zusammen. Er war ein umtriebiger Journalist, der einmal gemeinsam mit Abbie Hoffman auf dem Times Square verhaftet worden war, weil er Kokain verkauft hatte – man ließ ihn allerdings frei, als ein Redakteur bestätigte, dass er für einen Artikel recherchiert habe. Nach Aussage von Larry O'Brien, dem ehemaligen Vorsitzenden des »Democratic National Committee«, bot Drosnin der Polizei von Los Angeles Informationen über Verbrecherkreise an, wenn man ihm als Gegenleistung verriete, was es mit Woolbright auf sich hatte. Sein Vorschlag wurde abgelehnt, woraufhin Drosnin O'Brien so sehr mit der Watergate-Affäre unter Druck setzte, dass O'Brien ihn vor die Tür setzte. Am selben Tag, als sich die Geschworenen im Woolbright-Prozess berieten, bot Drosnin New Yorker Verlegern die Dokumente aus der Romaine Street zum Dumping-Preis von 100 000 Dollar an. Weder der stellvertretende Bezirksstaatsanwalt, der Woolbright anklagte, noch Richard Kirschner, der Anwalt der Verteidigung, riefen die Geschworenen angesichts dieser neuen Beweise zurück. Nachdem man Woolbright schuldig gesprochen hatte, musste die Entscheidung revidiert werden, da man der Meinung war, der Richter habe das Urteil beeinflusst. Ein Jahr später kam Woolbright erneut vor Gericht, aber am Ende wurde das Urteil aufgrund von Verfahrensmängeln aufgehoben. Auch diesmal zog man Drosnin nicht als Zeugen hinzu.

Er veröffentlichte sein Buch *Citizen Hughes* 1985 bei *Holt, Rinehart and Winston* – einschließlich der Dokumente, die mittlerweile (in Hughes' fingierter Handschrift) einzeln datiert waren, um sie glaubwürdiger zu machen. Hughes' Leute bei *Summa* (Hughes selbst war mittlerweile tot) klagten nicht auf Verstoß gegen das Urheberrecht. Aber Robert Maheu tat es – verlor allerdings vor Gericht, als die Leute bei *Summa* Holts und Drosnins Einwand stützten, die Rechte lägen bei ihnen, nicht bei ihm.

Mindestens einer der Beteiligten bei der *Summa Corporation* wusste zu viel und musste später dafür bezahlen. Bobby Hill war

Experte für elektronische Lauschanlagen, und hatte als Sicherheitsbeamter bei *Summa* gearbeitet und mitgeholfen, die Anlage in der Romaine Street einzurichten. Außerdem arbeitete er für die Polizei, wo einer seiner Kontaktleute Chief Jack Egger war, der früher zu Hughes' engstem Kreis von Bodyguards gehört hatte.

An einem Juliabend, zwei Jahre und einen Monat nach dem Einbruch, wurde Hill in seiner Wohnung in Burbank tot aufgefunden. Er war durch einen Schuss in den Hinterkopf getötet worden und hatte zwei Kirschen im Mund. Zwei seiner Partner, die im Auftrag von *Summa* für seine Security-Firma arbeiteten, wurden des Mordes beschuldigt. Es stellte sich heraus, dass sie an mindestens einem der inszenierten Einbrüche in Hughes' Büros in Encino beteiligt gewesen waren. Einer der Männer ging lebenslänglich ins Gefängnis.

Als man herausfand, dass eine Verbindung zwischen Egger und Hill bestand, kündigte Egger den Polizeidienst. Seine Aussage vor Gericht führte zur lebenslangen Strafe des Mörders. Mancher hatte seine Zweifel daran, ob er wirklich die Wahrheit sagte, aber der Richter hatte keinerlei Bedenken.

Hills Akten belegten, dass er in mehrfacher Hinsicht eng mit Hughes' Imperium verbunden war, bezog er doch illegale Gelder vom *Rosemont*-Konto bei der *Union Bank of Switzerland. Rosemont* war die Firma, die Hughes speziell für den Zweck gegründet hatte, seine Veröffentlichungsrechte zu regeln. Geld von diesem Konto nutzte Hughes höchstpersönlich, um 1967 einen *TWA*-Jet anzuschaffen. Einen Teil verwendeten seine Leute für Heroinlieferungen aus Mexiko. Es war offensichtlich, dass man Bobby Hill loswerden musste – nach zwei Jahren stand er kurz davor, zu reden.

Im Sommer 1974, nach dem »Einbruch« in der Romaine Street, noch bevor die Sache Schlagzeilen machte, wusste Hughes sich keinen Rat mehr. Ob ihm John Meier, der noch immer nicht gefasst war, auf die Schliche kommen würde? Oder Hank Greenspun, nach wie vor der große Mann bei der *Las Vegas Sun*?

Während des gesamten Jahres 1974 kam es nach Aussage von

Hughes' Cousin William Lummis zu Auseinandersetzungen um seinen Medikamentenkonsum. Dr. Norman Crane, einer seiner Ärzte, wollte sie absetzen und schrieb Hughes im Januar einen entsprechenden Brief, indem er ihn darauf hinwies, dass die Dosierung die gesetzlich vorgeschriebenen Grenzwerte überschritt. Hughes brauche sie, um seine ständigen Schmerzen zu lindern, beteuerten Bill Gay und Kay Glenn gegenüber Dr. Lawrence Chaffin, einem weiteren von Hughes' Ärzten. Voll Sorge bemühten sie sich darum, dass Chaffin den Ärzten, die auf Hughes' Lohnliste standen, schrieb, dass sie ihn auch weiterhin versorgen sollten, doch die Ärzte weigerten sich. Warum? Lummis behauptete, Hughes würde unter Drogen gesetzt, weit über die bloße Schmerzlinderung hinaus. Man manipuliere ihn und wolle ihn hilflos machen, um seine Geschäfte kontrollieren zu können. Walter Kane, mittlerweile längst nicht mehr in Hughes' Diensten, schwor im April unter Eid, dass Gay und Glenn ihn gebeten hatten, eine mexikanische Quelle für die Medikamente zu beschaffen. Schließlich bot der mormonische Arzt Dr. Walter Thain, Bill Gays Schwager, seine Hilfe an.

Obwohl Lummis' Interpretation dieser Angelegenheit ein reichlich düsteres Bild entwirft (eine Ansicht, die auch Hughes' Freunde wie Jack Real teilen), so wäre objektiv gesehen die Situation viel bedrohlicher gewesen, wenn man die Medikamente abgesetzt hätte. Ohne Kodein und Valium wären Hughes' Qualen wohl unbeschreiblich gewesen. Mit frei liegenden Nerven, Zahnfleisch und Zähne schmerzhaft faulend, die Muskeln verkrampft und verdreht, wären die Tumore und die AIDS-artige Auszehrung sicher unerträglich geworden. Vermutlich hätte er Selbstmord begangen.

Thain willigte ein, Hughes täglich sieben Gran Kodein zu besorgen. Jeden Freitag um 8 Uhr morgens sollte ein versiegeltes Päckchen geliefert werden. Als er am 16. August 1974 in Freeport eintraf, bekam er Hughes' Unterschrift auf einer Einwilligungserklärung. Soviel zu der Theorie, dass er gegen seinen Willen unter Drogen gesetzt wurde. Angesichts seines Temperaments und seiner Schmerzen scheint die oft wiederholte Behauptung, er hätte einer Entziehungskur zugestimmt, kaum glaubhaft. Eine solche Gewaltkur hätte ihn möglicherweise umgebracht.

Nachdem sich Dr. Crane geweigert hatte, ihm weitere Drogen zu verschreiben, war Hughes nicht mehr gut auf ihn zu sprechen. Er beschuldigte ihn, Medikamente aus dem Schrank entwendet zu haben und schrie seine Pfleger an: »Der große Clown! Ich weiß, wer sie genommen hat! Es war Norman, der Clown! Da kann mir keiner was erzählen. Ich weiß, wer sie genommen hat!« Und doch feuerte er Crane nicht.

Hughes war so begeistert von Thain, dass er ihm am 22. Oktober 1974 den Job als Chef des *Howard Hughes Medical Institute* anbot. Doch versäumte er es, sein Angebot in die Tat umzusetzen. Aus Sorge, Hughes könne ihn vielleicht kurzfristig entlassen, ließ sich Thain klugerweise nur auf einen Ein-Jahres-Vertrag ein, beginnend mit dem 1. Januar 1975.

Aus unerfindlichem Grund betrachteten seine Feinde dieses Ansinnen als niederträchtig. Warum aber sollte ein leidgeprüfter Mann seinem Retter nicht Sonne, Mond und Sterne schenken wollen? Und warum sollte dieser Arzt nicht seinem unglücklichen Patienten misstrauen, der nur selten ein Versprechen hielt und dauernd seine Meinung änderte?

Thain kümmerte sich – mit Zustimmung von Hughes' Pflegern – um diverse Angelegenheiten seines Patienten. So war er am 30. Januar 1975 in Salt Lake City, um mit Bill Gay und Kay Glenn seinen Vertrag zu besprechen, den Hughes abzeichnen sollte. In Thains Büchern finden sich wiederholt Bemühungen, Hughes zur Zustimmung zu bewegen. Was soll daran unrecht sein? Hughes hätte wohl kaum die gesamte Vorstandsetage entlassen, deren Mitglieder seine Geheimnisse kannten und sich um zahllose Dinge kümmerten, denen er nicht gewachsen war. Hughes fürchtete nur, jemandem das Recht einzuräumen, dass er sich um seine Angelegenheiten kümmerte. Indem er Thains Sonderstatus anerkannte, konnte er das

Problem im Rahmen halten. Immer wieder wich Hughes ihm aus, doch im September endlich ging er auf Thains Drängen ein.

Warum hätte man Hughes nicht drängen sollen? Er brachte es fertig, alle Welt ohne Vertrag für sich arbeiten zu lassen. Seine Pfleger hatten sich über Bill Gay 100 000 Dollar pro Jahr und mehr gesichert, und wenn Hughes ihre Verträge kündigte oder nicht verlängerte, mussten sie wieder als Masseur, Automechaniker oder Tischler arbeiten. Und war ihr Geld nicht hart verdient, wenn sie seinen Urin in Weckgläsern aufbewahrten, bei Tag und Nacht seine ohrenbetäubenden Filme ertrugen, weil er sein Hörgerät nicht benutzen wollte, wenn sie ihm seine Fu-Manchu-Fingernägel feilten, das Haar schnitten, seinen Gestank und seine Selbstsüchtigkeit ertrugen, wenn er sich einen Dreck für sie, ihre Frauen, ihre Familien interessierte? Hughes war ein Mann, dem das Leben seiner Diener vollkommen egal war.

In dem Verfahren, das Lummis 1978 gegen Gay, Glenn und die anderen (einschließlich der Pfleger) anstrengte, wurde fälschlicherweise erklärt: »Thain manipulierte Hughes auf gnadenlose Weise. Er zwang ihn, Arbeitsverträge abzuschließen.«

Nach den Behauptungen, die William Lummis 1978 aufstellte und die heute von Jack Real bestätigt werden, machten sich Gay und die Pfleger daran, Real von Hughes fern zu halten. Der Pfleger George Francom sagte unter Eid aus, sie hätten neue Türschlösser eingebaut, um ihn auszusperren. Sie gaben Hughes' Memos an Real nicht weiter. Wollte Hughes ihn sprechen, sagten sie, Real sei nicht da. Francom schreckte vor solchen Praktiken zurück, und dafür schimpften Bill Gay und Kay Glenn, er sei »kein Mann«. Doch bald darauf war Real wieder da.

Wie lässt sich erklären, dass es in Hughes' Nachlassakten Memos gibt, die beweisen, dass Hughes von Anfang 1974 bis Ende 1975 pausenlos Anweisungen gab, Ratschläge von Gay und seinen Pflegern annahm und, was bemerkenswert war, den vollen Überblick hatte?

Am 27. Januar 1974 setzte Hughes ein Dokument auf, in dem er Moses Lasky, James Wadsworth und Samuel S. Lionel zu seinen Anwälten im *Air-West*-Fall machte.

Während der diesbezüglichen Anhörungen im Juni stand er in ständigem Kontakt mit Chester Davis und ersuchte ihn, den Namen *Summa* in *HRH Properties* zu ändern. Wiederholt verlangte er Fortschrittsberichte. Davis schickte ihm Memoranden zu seinem anhaltenden Interesse an *Lockheed,* nachdem seine Option auf den *L-1011-2*-Deal abgelaufen war. Man setzte ihn über Kay Glenns Erwerb einer *JetStar 5118* von *Qualitron* in Kenntnis, den er zu einem Preis von 1 165 000 Dollar erhielt. Glenn riet ihm davon ab, zukünftig Jets zu leasen, da er Ausgaben benötigte, die er von der Steuer absetzen könnte. Er fügte sich. Glenn riet ihm außerdem davon ab, die *5118* aus dem Verkehr zu ziehen, und er tat es nicht. Die Dokumente zeigen, dass Huhges in Luftfahrtangelegenheiten auf dem Laufenden war.

Am 17. Januar 1975 genehmigte er einen langfristigen Pachtvertrag mit der FAA über den Kontrollturm des Flughafens *North Las Vegas.* Er gab Anweisung, ein rechtliches Problem im *Desert Inn* zu klären. Am 17. Januar unterzeichneten Real, Chuck Waldron und George Francom ein Dokument für Bill Gay, indem sie meldeten, Hughes habe Real angewiesen, dafür zu sorgen, dass Hughes seine unrechtmäßige Kontrolle über den *Las Vegas Airport* wahrte. Hughes ließ einen Hangar für *L-1011s* und *DC-8s* und ein Lagerhaus errichten, die »unauffällig geplant und auf unserem Gelände gebaut werden sollen, zu beiden Seiten vom Jet-Bereich, um ein mögliches Verbot auszuschließen«. Das war Hughes, wie er leibte und lebte.

Nach dem Verkauf des Flughafens *North Las Vegas* (»Thunderbird Field«) an Hughes riss dieser sich sofort das vorhandene Personal unter den Nagel und verhinderte den weiteren Verkauf von *Piper*- und *Mooney*-Flugzeugen. Das County überließ ihm zwischen 1967 und 1969 die 155 Morgen des *McCarran Airports*, wordurch das Monopol nur gefestigt wurde. Außerdem kaufte *Hughes Tool* den

Beechcraft-Händler auf, sodass diese Flugzeuge nicht mehr erhältlich waren.

Indem er sich zum alleinigen *Cessna*-Händler machte, alle anderen Händler ausbootete und sich gleichzeitig das Monopol auf Flugbenzin aneignete, besaß Hughes 1975 die Kontrolle über alles, was in Las Vegas mit Flugzeugen zu tun hatte. Es wurden Gesetze verabschiedet, die den Standard so hoch ansetzten, dass nur Hughes ihm entsprechen konnte.

Am 28. Februar 1975 gab Hughes erneut die Anweisung, die Hotels *Black Forest Inn*, *Three Fountains*, *Travelodge* und *Grace Hayes Restaurant* zu kaufen, auf die er seit langem eine Kaufoption besaß. Er wollte das Geschäft abschließen und dann das *Sands* zum größten Hotel in ganz Nevada machen. Er plante ein *Sands North* und ein *Sands West* auf der gegenüberliegenden Straßenseite, auf dem Grundstück des *Castaways Casinos* und südlich davon. Das *Desert Inn* sollte vergrößert werden und damit zur erstklassigen Immobilie acvancieren. Diese Anweisungen begann Kay Glenn, in die Tat umzusetzen.

Hughes trennte sich von seinem Steueranwalt Mickey West und übertrug den Job auf Larry Sikes. Er genehmigte, dass *Hughes Aviation* den Hersteller *King Aircraft* kaufte. Dessen Maschinen sollten die *Cessnas* ersetzen, mit denen Firmenpersonal zwischen Miami und Freeport hin- und hergeflogen wurde. Die *Cessnas* sollten verkauft werden.

Am selben Tag gab Hughes in Las Vegas den Bau eines neuen Gebäudes für den Fernsehsender *KLAS-TV* in Auftrag. Aus historischen Gründen sollte er auf demselben Gelände entstehen. Während der Bauphase sollte der Sender von einem provisorischen Quartier aus arbeiten, welches er sehr genau spezifizierte und damit sein detailliertes Wissen um die Geographie der Stadt Las Vegas zeigte – entweder südlich einer Kirche oder auf dem »Felcher Gelände«. Er wollte vier identische, mobile Sendestationen. Der neue Bau sollte ein »ganz normales, rechteckiges Bürogebäude« sein. Er sollte weder ein Auditorium noch eine Bühne bekommen, denn Hughes war der Ansicht, dafür könne man das Theater im *Desert Inn* benutzen. Er genehmigte Studios für das Gebäude.

Angesichts seines entsetzlichen Zustands ist es erstaunlich, dass Hughes noch so viel Leben in sich hatte.

Er überlegte sogar, nach Acapulco zu ziehen, wo er Merle Oberons Haus und das *Princess Hotel* kaufen wollte, das Daniel Ludwig gehörte. Vorher jedoch musste er – da er wusste, dass er bald sterben würde – ein Testament aufsetzen. Und da nun wurde er wahrlich diabolisch.

Wieder lässt sich der Mythos, Hughes sei nur eine Marionette seiner Pfleger gewesen, leicht entkräften. Was sein Testament anging, legte er sie allesamt aufs Kreuz. Es stimmt, dass er nichts davon ahnte, dass sie 100 000 Dollar jährlich verdienten – zumindest in diesem Punkt hatten ihn seine Leute hinters Licht geführt. Er jedoch betrog sie, als er ihnen und seinen Ärzten sagte, er wolle darauf achten, dass sie bis an ihr Lebensende ausgesorgt hätten.

Hughes ärgerte Nadine Henley mit der Idee, sein ganzes Geld dem *Medical Institute* zu hinterlassen – steuerfrei und im Grunde für die CIA bestimmt, für die das Institut nach wie vor eine hübsche Tarnung bot. Er sprach von seinen Testamenten, die von 1938 und aus den Vierzigerjahren stammten, und er sagte, diese sollten seinen früheren Letzten Willen aus dem Jahre 1928 ersetzen, den er aufgesetzt hatte, als seine Eltern gestorben waren. In jenem Sommer schickte er ein Memo an Howard Eckersley, in dem er behauptete, er habe mit dem verstorbenen Anwalt Neil McCarthy ein sauber formuliertes Dokument aufgesetzt. Nadine Henley gab er mindestens zwei Testamente zum Abtippen, in denen er sie als eine der Begünstigten aufführte. Allerdings »versäumte« er es dann, diese zu unterschreiben.

Johnny Holmes gab zu bedenken, dass, wenn er kein Testament unterzeichne, vielleicht ein altes wieder auftauchen würde, in dem er Noah Dietrich Geld vermachte. Hughes war außer sich. »Wenn ich mir vorstelle, dass ich dem Scheißkerl auch nur einen Penny hinterlasse!«, schimpfte er. Chuck Waldron flehte ihn an, dafür zu sorgen, dass er und seine Familie nicht Not leiden mussten, wenn Hughes einmal starb. Was interessierte es Hughes? Er genoss es, seine Pfleger mit Versprechungen zu quälen. Noch nie hatte er Interesse für das Privatleben seiner Männer gezeigt. Ihre Frauen und Kinder waren ihm egal. Er hasste es, wenn manche seiner Männer an Weihnachten zu ihren Familien fuhren, denn er war neidisch, und wie eh und je war es ihm ein Rätsel, wie jemand glücklich sein konnte. So etwas hatte er selbst nie erlebt. Sein Leben war leer und ohne Liebe. Als ein Pfleger einmal sagte, er sehne sich nach seiner Frau, sagte Hughes, er solle sich doch irgendwo mit ihr treffen, die Nacht in einem Motel verbringen und seine Sehnsucht befriedigen, dann könne er am nächsten Tag wieder zurück sein. Er konnte sich nicht vorstellen, dass man sich von seinem Ehepartner mehr als eine schnelle Nummer wünschen konnte. »Wozu?«, fragte er den Pfleger. »Was brauchst du mehr?«

Doch sein selbstsüchtiges Ich wusste nichts von Liebe, von Zärtlichkeit oder Partnerschaft. Selbst den Arztbesuch eines Angestellten billigte er nicht, weil der Mann ihm dann nicht zur Verfügung stand. Da er selbst niemanden hatte, der ihm nahe stand, sollte es den Pflegern nicht besser gehen.

Hughes ging davon aus, dass seine Männer schliefen, wenn sie nicht bei ihm waren. Oft rief er: »Weckt sie auf!«, auch mitten am Tag, und er konnte es nicht fassen, wenn er feststellen musste, dass die Männer zum Essen ausgegangen waren. Die Menschen existierten nicht, wenn sie nicht bei ihm in seinem Zimmer waren.

Kein einziges Mal sagte ein Pfleger: »Ich muss nach Hause.« Schulabschlussfeiern, Operationen der Ehefrau, Unfälle in der Familie – nichts dergleichen wagten die Pfleger ihm gegenüber anzusprechen. Sie gaben ihr Leben so vollständig auf, als lebten sie in einem Kloster. Und wenn sie ihre Frauen und Kinder doch mal holten, durften diese Hughes nie nahe kommen. Er fürchtete sich vor Kindern – und vor Hunden und Katzen.

Jetzt konnte er wirklich zeigen, dass ihm alles egal war. Er wollte dafür sorgen, dass seinem Personal nichts blieb, worauf es sich freuen konnte, wenn er einmal nicht mehr war. Als George Francom von ihm wissen wollte, wo er sein Testament versteckt habe, meinte Hughes: »Sie glauben doch nicht, dass ich Ihnen sage, wo ich es habe, oder?« Im September traf sich der Vorstand von *Summa* auf Chester Davis' Anwesen in der Nähe von Unadilla, New York. Bill Gay, Nadine Henley, Levar Myler und John Holmes saßen um einen Tisch, mit Davis am Kopfende und Kay Glenn und Jack Real weiter hinten, um die zukünftigen Verträge der Pfleger zu besprechen.

Davis rief Hughes an (was beweist, dass der Vorstand nicht ohne Hughes' Zustimmung handelte), damit er die Verträge seines Teams genehmigte. Hughes erhob Einspruch, wurde jedoch überstimmt. Selbst er wagte es nicht, seinem Personal den Lohn zu verweigern. Schließlich konnte es passieren, dass sie ihn im Stich ließen. Und das hätten sie wohl auch getan. Der Umstand, dass er überhaupt Einspruch erhob, ist dennoch – gelinde gesagt – schockierend. Als Davis ihn nach seinem Testament fragte, behauptete Hughes schlicht, es existierte kein unterzeichnetes. »Ich bringe es auf den neuesten Stand, mit einem Kodizill«, meinte er, um ihn zu ärgern.

Nadine Henley schickte Hughes einen Brief, indem sie ihn daran erinnerte, dass sie ein altes, nicht unterzeichnetes Testament besaß, in dem Noah Dietrich als Testamentsvollstrecker genannt war. Ob er es ändern wolle? Er wurde wütend, weil sie ihn drängte, versprach jedoch böswillig, das Dokument zu ändern und dann zu unterzeichnen. Und dabei hatte er keineswegs die Absicht, irgendetwas in der Art zu tun.

Wie er wohl im Dunkel der Nacht dasaß und sich ins Fäustchen lachte! Er besaß die absolute Kontrolle über seine Manager und Pfleger – nicht umgekehrt! Er wusste, dass der letzte Wille, der Dietrich zum Testamentsvollstrecker erklärte, ohne seine Unterschrift wertlos war. Er wusste, dass sein Widerruf des Testaments von 1928 gelten würde. Und er wollte kein Testament hinterlassen, niemals. Die armen Schlucker sollten bis ans Ende aller Tage im Saft ihrer Gier braten. Dennoch: Zumindest für Jack Real und Gordon Margulis hätte er etwas tun können. Selbst diesen guten Freunden hat er nichts hinterlassen, und dennoch sollte Real bis an sein Lebensende um Hughes' Image besorgt sein.

Billy Gay schaffte Hughes' persönlichen Besitz von der Romaine Street nach Houston. Seit einiger Zeit schon sorgte sich Hughes um die Probleme, die durch den inszenierten Einbruch im Juni aufgekommen waren, und da nun Woolbrights Prozess bevorstand, konnte vielleicht etwas durchsickern. Seine alten Schallplatten, Erinnerungsstücke, Filmplakate und Fliegertrophäen wurden nach Houston geschafft. Jene Dokumente, die man nach Freeport gebracht und nicht dem Reißwolf übergeben hatte, wurden ebenfalls in Houston eingeschlossen.

Im Spätsommer des Jahres war Hughes überaus aktiv. Er sprach davon, Fernsehempfangsstationen auf den meisten der Bahamas-Inseln errichten zu wollen. Er kaufte drei Fischerboote, die Mrs. Lynden O. Pindling benutzen durfte, um Fisch für ihre Tiefkühlfirma auf Andros Island heranzuschaffen. Er ließ Chester Davis einen speziellen Flughafenhangar zur eigenen Verwendung und ein Strandhaus auf dem Gelände des *Xanadu Princess* planen, auf einer künstlichen Insel.

Er plante den Aufbau von *Air East*, einen Zweig der *Air West*, auf Grand Bahamas Island, für Vergnügungsflüge, Touristenexkursionen und Charterflüge nach Europa. Er dachte (wieder einmal) daran, Ludwigs Hotels auf Bermuda und in Acapulco zu kaufen. Er wollte ein Casino im *Xanadu Princess* bauen. Hughes gaukelte Dr. Thain vor, er träume davon, dass das *Medical Institute* »so viel für die Menschen tun könne wie seinerzeit die Erfindung des Penicillins«. Er sagte, er wolle nicht, dass Thain sich zu sehr auf die Erforschung von Krebs- und Herzerkrankungen konzentrierte, die ohnehin mit zu viel Geld gefördert würde, sondern eher auf Erb- und Stoffwechselkrankheiten wie Diabetes. Er behauptete sogar, einen Preis etablieren zu wollen, vergleichbar mit dem Nobelpreis.

Er brach mit seinen Gewohnheiten und erzählte Thain von seinen Eltern und wie sehr er sie geliebt habe, von Bo Hughes' Erfindung des neuartigen Bohrkopfes, von seinen Flügen um die Welt, den Frauen, die er geliebt hatte. Er sagte, dass er Jean Peters nach wie vor sehr verehre.

Thain ermutigte ihn, nach Acapulco zu ziehen und das dortige *Princess Hotel* zu kaufen, weil – wie Thain sagt – »jeder Umzug belebenden Einfluss auf ihn hatte«. Zudem gab Thain sich mehr Mühe als alle anderen Ärzte, Hughes zum Zahnarzt zu bewegen, um sich seine losen, verfaulten Zähne ziehen und Zahnfleisch und Unterkiefer behandeln zu lassen – vergebens. Er versuchte, dafür zu sorgen, dass Hughes wieder gehen konnte. Hughes konnte, wollte aber nicht. »Ich habe ihn wie jeden anderen Patienten behandelt, der mit schlechten Zähnen und gebrochener Hüfte in meine Praxis kommt.«

Jeden Monat bekam Hughes Gewinn- und Verlustrechnungen seiner Firmen. Als sich das Jahr dem Ende zuneigte, gab er am 4. Dezember über Howard Eckersley und Chuck Waldron die Anweisung an Bill Gay, ohne seine Genehmigung seien keine Gehaltserhöhungen zu gewähren. Hätten ihn seine Pfleger manipuliert, wäre ein solches Memorandum sicher gar nicht abgeschickt worden. Sowohl Eckersley als auch Waldron haben es abgezeichnet.

Am 9. Dezember sah Hughes sich den Grundriss für *KLAS* in Las Vegas an und formulierte gewisse Forderungen. Das neue Studio sollte rund um die Uhr senden, sieben Tage die Woche, denn er hatte nicht vergessen, wie ärgerlich er gewesen war, als man damals um Mitternacht abstellte. Es sollte einen Notstromgenerator und eine Klimaanlage geben, und zum Theater des *Desert Inn* sollte man Kabel verlegen. Chuck Waldron zeichnete das Memo ab.

Als Hughes' Anwalt – sein Cousin William Lummis –Thain, Dr. Crane und verschiedene Pfleger verklagte, weil sie Hughes Ende der Siebzigerjahre in Nevada und dann in Los Angeles kontrolliert hätten, brachte das Verfahren am Ende keinen Schuldspruch.

Johnny Holmes sagte später, Hughes habe davon gesprochen, den Flug nach Mexiko am 24. Dezember, dem Tag, den er für seinen siebzigsten Geburtstag hielt, anzutreten. Er verlangte einen Probelauf mit einem Testflugzeug. Holmes diskutierte diesen Plan mit Real, aber Real sagte, er könne dafür kein passendes Flugzeug bekommen. Chester Davis schlug vor, Hughes solle am Flughafen eine Abschiedsfeier für alte Freunde geben, bevor er abhob.

Die Idee der Party wurde wieder verworfen, obwohl Hughes ernstlich erwogen hatte, Cary Grant einzuladen. Doch dann sprach Hughes mit Johnny Holmes über ganz andere Pläne: Er wollte von Mexiko aus nach Vancouver, dann weiter nach London und schließlich wieder nach Freeport fliegen – dies wurde 1977 in Holmes' Aussage unter Eid dokumentiert. Die Autoren Barlett und Steele haben das Dokument untersucht und schreiben in ihrem Buch *Empire*: »Irgendjemand in Hughes' Hierarchie beschloss aus nicht erkennbarem Grunde, dass es für Hughes besser wäre, wenn er seine letzten Tage in Mexiko verbrächte.« Das ist Unsinn.

Am 10. Februar 1975 flog Hughes mit seinem Gefolge in einer *British BAC II* nach Acapulco. Am 6. Januar hatte ihm Präsident Somoza Neujahrsgrüße bestellt und ihn eingeladen, nach Managua zu kommen. Er antwortete am 6. März mit einem freundlichen Brief, er hoffe eines Tages wieder Geschäfte in Nicaragua machen zu können. Währenddessen zog Hughes für 2000 Dollar pro Tag ins Penthouse des *Princess* ein, dessen Räume mit Sperrholz und schwarzen Vorhängen verdunkelt wurden.

Anwesend waren George Francom, Chuck Waldron, John Holmes und Gordon Margulis. Jack Real war wieder Teil des Teams, ein wachsamer Beobachter. Dr. Wilbur Thain war auch dort, bis er sich verabschiedete und nach Logan, Utah, reiste und von dort über die Bahamas nach Miami. Auch Dr. Norman Crane und Dr. Lawrence Chaffin waren mit von der Partie.

Hughes ließ keine Krankenschwestern in die Suite, ein Umstand, der seiner Frauenfeindlichkeit zu verdanken war. Wie auch immer, nach Thains Aussage war Hughes bis Ende März ununterbrochen damit beschäftigt, »hellwach, klug und unverschämt« zu sein, trotz seines beklagenswerten Zustands und seines Gewichts von unter 45 Kilo. Rund um die Uhr klagte er über seine körperliche Verfassung, obwohl er so gut wie möglich ruhig gestellt war. Seit über fünf Jahren ertrug er nun seine Arthritis, sobald die Wirkung der Medikamente nachließ. Er hatte schlimme Nervenschmerzen an Hals, Schultern und Rücken. Seine gequetschten Bandscheiben verursachten unerträgliche Qualen, und auch vor dem Schmerz in Zähnen und Zahnfleisch gab es kein Entrinnen. Seine Ärzte steckten in einem Dilemma, denn sie fürchteten einerseits, die legale Dosis an Kodein und Analgetika zu erhöhen, und wollten andererseits auch seinen Zorn nicht auf sich ziehen, wenn sie ihm die Spritzen wegnahmen. Bei den Versuchen, sich unbemerkt von Ärzten und Pflegern selbst Schmerzmittel in Arme und Oberschenkel zu injizieren, brach er eine Nadel nach der anderen ab.

Hughes war nie ein guter Patient gewesen, doch nun wurde er unerträglich. Er kommandierte herum, kontrollierte alles, schrie jeden an. Am 1. März verließ er ohne Hilfe das Krankenbett, obwohl man ihn gebeten hatte, er solle rufen, wenn er Hilfe bräuchte. Er stolperte unglücklich und stürzte, wobei der hässliche Tumor am Kopf aufplatzte.

Die Wunde blutete heftig, doch er weigerte sich, einen Verband zu tragen oder die Wunde nähen zu lassen. Er sah gespenstisch aus, die schreckliche Wunde offen und leuchtend rot. Er bettelte bei Crane um eine Droge, die seine Qualen linderte. Crane weigerte sich. Dann versuchte er es bei Chaffin, der sich ebenfalls weigerte. Crane gegenüber schimpfte Hughes: »Chaffin ist ein Mann der Messer, Scheren und Hämmer. Er glaubt nicht an Medikamente, genau wie Sie!«

Am nächsten Tag erklärte Hughes George Francom, dass er es nicht so gemeint habe. Francom gab die Entschuldigung an Chaffin weiter, aber typisch war doch, dass Hughes Chaffin nicht selbst darauf ansprach. Stattdessen rief er Chaffin zu sich und plauderte mit ihm über die alten Zeiten, die Chaffin und er gemeinsam erlebt hatten: die Tage an der Muirfield Road, der Absturz in Beverly Hills, Katharine Hepburn.

Irgendwie schaffte es Hughes, über einen Pfleger zwanzig bis dreißig Kopfschmerztabletten täglich in die Suite zu schmuggeln. Damit linderte er den Schmerz, als seine Ärzte die Kodein-Dosis auf vier Kubikzentimeter reduzierten. Immer lauter wurden seine Klagen über die erdrückende Hitze, der die Klimaanlage im *Princess* nicht gewachsen war. Kein einziges Mal sah er aus dem Fenster auf die üppigen tropischen Gärten des Hotels hinab.

Gegen Ende März wurde Hughes ungewöhnlich streitsüchtig. Einmal geriet er mit Chuck Waldron, einem seiner Pfleger, aneinander. Er hatte Waldron immer gemocht, und als Waldrons kleine Tochter ertrank, zeigte er einmal im Leben menschliche Gefühle. Doch nun wurde er jedes Mal wütend, wenn Waldron ihn daran erinnerte, dass er sich bestimmte Dokumente ansehen müsse. Schließlich fuhr Waldron ihn an: »Ich frage mich, warum ich eigentlich meine Familie allein lasse, um Ihnen dabei zu helfen, Ihre Geschäfte in Ordnung zu halten. Ich wäre viel lieber zu Hause.« Hughes schrie ihn an, aber er schrie zurück.

Waldron war es nie leicht gefallen, Hughes zu etwas zu bewegen, nicht weil Hughes ohnehin alles im Griff hatte (was Waldrons Aussage nach der Fall war), sondern wegen seiner Zögerlichkeit.

Hughes sprach davon, für mehrere Millionen ein Herrenhaus in Houston zu erwerben und genehmigte Bestechungsgelder für diverse Politiker.

Am 3. April wurde deutlich, dass sich Hughes' Zustand zusehends verschlechterte. Nachdem er einige Tage lustlos an seinem Essen herumgeknabbert hatte, wollte er nichts mehr zu sich nehmen. Sein Zahnfleisch blutete heftig, und unter Umständen hatte er lose Zähne verschluckt.

Um 15 Uhr erlitt George Francom einen Schock. Er musste feststellen, dass Hughes offenbar erblindet war. Als er die Hand vor seinen Augen bewegte, zuckte Hughes mit keiner Wimper. Eine der heimtückischsten Infektionen von HIV ist die Cetameglo-Virus Retinitis (CMV), die in einigen Fällen zu spontaner Erblindung führt. Sie ist im Grunde erst zu erkennen, wenn sie die Augen bereits befallen hat. Darüber hinaus litt Hughes an Wahnvorstellungen, murmelte unverständliches Zeug, unterbrochen von Wachphasen – ein weiteres, klassisches Symptom. Dennoch: Es fehlt der eindeutige Beweis dafür, dass er an AIDS erkrankt war.

Francom rief Dr. Crane, der Hughes kurz untersuchte. Er stellte fest, dass sich Hughes in einem Schockzustand befand. Sein Puls ging schnell, der Blutdruck war sehr niedrig (100:60). Kalter Schweiß stand ihm auf der Stirn. Dr. Chaffin bereitete eine Injektion von 1400 ccm fünfprozentiger Glukose-Lösung vor, um seine Blutzuckerwerte zu erhöhen. Er injizierte in den linken Arm. Sein Puls verlangsamte sich, aber noch immer gab er keine Anzeichen des Wiedererkennens.

Gegen 16 Uhr sprach Hughes im Delirium und sagte etwas Unverständliches über Lebensversicherungen. War das der übliche Anfall einer durch AIDS verursachten Demenz? Er weigerte sich, Wasser oder Nahrung zu sich zu nehmen. Er unternahm einen halbherzigen Versuch, sich selbst eine Spritze zu geben – Dr. Crane nahm sie ihm weg, woraufhin Hughes George Francom anflehte, ihm die Spritze zu geben, aber auch Francom verweigerte sie ihm. Doch Hughes sollte sich rächen: Als er plötzlich wieder zu sich kam, war er ganz der Alte. Da kam Chuck Waldron mit einer Vollmacht herein, die Hughes unterschreiben sollte, damit jedermann in seinem Imperium nach Belieben Zugriff auf seine Konten nehmen konnte. Natürlich weigerte sich Hughes, so etwas zu unterschreiben. Auch wenn er im Sterben lag (was er gewusst haben muss), sollte ihm niemand das Geld aus der Tasche ziehen können.

Am späten Nachmittag riefen die Ärzte nach einigem Zögern Dr. Victor Montemoya hinzu, einen Spezialisten aus Acapulco, und baten ihn um eine Diagnose. Hughes presste ein paar Tropfen Urin für einen Test heraus. Montemoya stellte fest, dass der Patient in einem beängstigenden Zustand der Dehydration war. Eine Einweisung ins Krankenhaus in Acapulco konnte er nicht empfehlen, da die Klinik keine vernünftige Klimaanlage besaß und eher primitiv war.

Er schlug vor, man solle Hughes in die USA ausfliegen. Dr. Thain sagte seine Reise nach Guatemala ab und kam sofort. Es war Sonntag, der 4. April.

Als Thain eintraf, sah er sofort, dass Hughes umgehend in ein amerikanisches Krankenhaus gebracht werden musste. Er sah gespenstisch aus und war komatös, von Einstichen übersät. Die Wunde an seinem Kopf sah fürchterlich aus, und seine Haut war grauer und schlaffer als je zuvor. Seine Muskeln waren sehnig und schwach.

Neben den Glukoselösungen, die man ihm injiziert hatte, als das Koma einsetzte, ließ ihm Thain zweimal *Solu-Cortel* spritzen, um zu verhindern, dass Hughes an einem Hirnödem starb. Thain wusste zu diesem Zeitpunkt nicht, dass die hohe Dosis an Schmerztabletten, die Hughes zu sich genommen hatte, einen Nierenbrand ausgelöst hatte. Dieser war es, der ihn schließlich umbringen würde.

Jack Real bekam die Aufgabe zugeteilt, ein Flugzeug zu besorgen, um Hughes nach Houston zu bringen. Man hatte keine Maschine aus Los Angeles gerufen, und als er versuchte, vor Ort eine Maschine zu chartern, war der Besitzer unerreichbar auf einem Angeltrip, und der Pilot konnte die Entscheidung nicht treffen. Real charterte schließlich den *Learjet*, mit dem Thain aus Miami gekommen war.

Am Morgen des 5. April ging Hughes auf seine letzte Reise. Die Pfleger trugen ihn zu einem wartenden Van und dann am Flughafen zu der wartenden Maschine.

Zweifellos wussten die Pfleger, dass Hughes bald sterben würde, denn nur einer trat mit ihm die Reise nach Texas an. Dr. Thain, Dr. Chaffin und Johnny Holmes begleiteten ihn. Seine Männer stellten nur die Trage auf den Boden der Kabine. Abwechselnd prüften die Ärzte seinen Blutdruck, den Puls, die Atmung. Der Pilot ging direkt auf Kurs Nordwest, bei besten Flugbedingungen am wolkenlosen, klaren, blauen Himmel.

Um 13:25 Uhr bemerkte Thain, dass Hughes' Augen glasig wurden. Sein Puls blieb stehen. Thain versuchte, ihn wiederzubeleben, jedoch ohne Erfolg. Er informierte Dr. Chaffin. Es war eine Gnade, dass Hughes seit zwei Tagen nicht mehr wusste, was vor sich ging – aus dem Koma wachte er nicht wieder auf. So hätte er es gewollt. Mit seinem Geld und seiner Macht hatte er sich alle Wünsche erfüllen können, bis auf den Wunsch, von seinen Schmerzen erlöst zu sein, und nun wurde ihm auch dieser Wunsch erfüllt. Es war nur passend, dass er in einer Flugzeugkabine starb. Diese antiseptische, leblose und uncharmante menschliche Behausung war stets sein bevorzugter Lebensraum gewesen. Und nun, am Ende seines Lebens, kehrte er zu seinen Wurzeln zurück – er war auf dem Weg nach Houston, wo er einst seine Kindheit verbracht hatte. Bald schon würde man ihn neben seinen Eltern begraben, die ihn so früh verlassen hatten, als er noch viel, viel zu jung war.

Nachwort

Nur zwanzig Minuten nachdem der Tod eingetreten war, landete der *Learjet*-Pilot auf dem *Houston International Airport*. Dr. Thain und Dr. Chaffin hatten noch am Morgen telefoniert und vereinbart, Hughes bei seiner Ankunft in das *Houston Methodist Hospital* einzuliefern, und daran wurde festgehalten. In der Pathologie des Krankenhauses im Kellergeschoss bemerkte Dr. Jack L. Titus, dass die Gliedmaßen beweglich waren – die Leichenstarre hatte noch nicht eingesetzt und würde es bei den hohen Temperaturen wohl auch in den nächsten Stunden nicht tun. Er stellte bei Hughes ein Körpergewicht von nur noch 45 Kilogramm fest und zudem eine vollständige Austrocknung des Körpers.

Titus benachrichtigte Hughes' nächsten Verwandten, die Schwester seiner Mutter, Annette Lummis, und deren Sohn William. Mrs. Lummis war nicht davon überzeugt, dass es sich bei dem Toten um ihren Neffen handelte – auch nicht, nachdem der Leichnam identifiziert worden war – und bestand auf einer ausführlichen Autopsie. Der verantwortliche Arzt, Dr. Joseph A. Jachimczyk, bestätigte Titus' Diagnose der Todesursache: akutes Nierenversagen in Verbindung mit einer akuten Dehydration. Er entdeckte nicht nur in der Kopfhaut Hinweise auf eine Krebserkrankung, sondern auch in der Prostata – eine Tatsache, die zu keinem Zeitpunkt veröffentlicht wurde. Er hob besonders hervor, dass Hughes' Gehirn nicht befallen war, und fügte eigenartigerweise hinzu, dass sein Besitzer »sehr klug« gewesen sei.

Am 7. April wurde Hughes im Beisein von Annette und William

Lummis und einer Hand voll anderer Trauernder neben seinen Eltern in einem bescheidenen Grab auf dem *Glenwood Cemetery* beigesetzt.

Sein Vermögen wurde auf etwa 650 Millionen Dollar geschätzt – weitere Millionen gingen durch Missmanagement verloren. Gerüchte machten die Runde, nach denen er ermordet worden wäre – entweder ein Arzt oder einer seiner Pfleger oder ein CIA-Agent hätten ihm eine tödliche Dosis Codein injiziert, als er bereits im Koma lag. Allerdings sind diese Theorien zweifelhaft, weil sowohl die Ärzte als auch die Pfleger erheblich davon profitierten, wenn Hughes am Leben war, bekamen sie doch einen jährlichen Vorschuss von 100 000 Dollar und mehr – eine Summe, die heute ein Vielfaches bedeuten würde. Sicher hätten die Ärzte auch ohne Hughes ähnliche Einkünfte erreichen können, aber die Pfleger waren einfache Arbeiter, bevor Hughes sie engagierte, und würden es ohne seine Unterstützung wahrscheinlich auch wieder sein. Ebenso unhaltbar ist die CIA-Theorie. Der Geheimdienst hatte Gründe genug, seinen langjährigen Hauptlieferanten für Geheimwaffen am Leben zu halten.

In Wahrheit hatte Hughes in seinem komatösen Zustand eine einzige, legitime *Solu-Cortel*-Spritze von Dr. Thain bekommen, die ihn vor einer tödlichen Hirnblutung schützen sollte.

Als die Pfleger Chuck Waldron, Eric Nundy und Clyde Crow im Januar in Mexiko ankamen, wurden sie in Acapulco fest gehalten und beschuldigt, Hughes' Unterschrift auf den benötigten Einreisedokumenten gefälscht zu haben. Wieder einmal wollte niemand glauben, dass Hughes in der Lage gewesen war, nach freiem Willen zu handeln. Wieder einmal konnte die Echtheit seiner Unterschrift nachgewiesen werden. Chuck Waldron wurde sogar für kurze Zeit inhaftiert – auch er ein Opfer vom Mythos des hilflosen Hughes.

Nach langem Hin und Her zwischen Verwandten und Rechtsanwälten setzten Richter aus Texas, Kalifornien und Nevada fest, dass Annette und William Lummis am ehesten berechtigt seien, den umfangreichen Nachlass zu verwalten. Auf der Suche nach einem rechtsgültigen, unterzeichneten Testament wurden Hunderttausende Dollar ausgegeben. Alle Hotels, Apartmenthäuser und Villen, in denen Hughes gelebt hatte, sind durchsucht worden. Das Medium Peter Hurkos sollte seine besonderen Kräfte einsetzen, aber da kein Kleidungsstück von Hughes gefunden werden konnte, gab er den Fall auf. Es wurde die Behauptung aufgestellt (und von Barlett und Steele in *Empire* wiedergegeben), dass Hughes seit Jahren nur noch nackt herumgelaufen sei. In Wahrheit sind seine dreckigen Lumpen allesamt verbrannt worden – nicht einmal seine Schuhe oder sein Glückshut sind verschont geblieben. Ein rechtsgültiger letzter Wille konnte bis heute nicht ausfindig gemacht werden.

Zweiundzwanzig von Hughes' Cousins und Cousinen begannen den Kampf um ihren Anteil am Vermögen, Hunderte beteiligten sich an der Schlacht. Angeführt wurde das Lager der Cousins und Cousinen von Rupert Hughes' Stieftochter Avis Hughes McIntyre, der ehemaligen Mrs. John Monk Saunders, die eine so bedeutende Rolle in Hughes' jüngeren Jahren gespielt hatte. Von überall im Land erschienen Rechtsanwälte auf der Bildfläche – einige behaupteten, geistig nicht zurechnungsfähige Menschen zu vertreten. Die irrwitzigsten Behauptungen wurden aufgestellt: Hughes' Vater sei nicht sein Vater, seine Mutter sei Annette Lummis, die selbst noch ein Kind war, als er geboren wurde, er sei ein Drilling oder Zwilling gewesen oder einer von sogar zwei Paaren eineiiger Zwillinge … Der Unsinn nahm kein Ende.

Am 27. April versuchten drei Nichten von Rupert Hughes (Agnes Roberts, Elspeth dePould und Barbara Lapp Cameron) – mit Hilfe von Richter Jeil Lake am Obersten Gerichtshof – Richard Gano die Kontrolle über das Vermögen zu entreißen, um sie County Administrator Bruce Altman zu übertragen. Der Antrag wurde abgelehnt, woraufhin Avis und Rush Hughes Klage einreichten. Eine erschreckende Entwicklung nahm ihren Anfang.

Am Nachmittag des 27. April wurde auf einem Schreibtisch in

der Zentrale der Mormonen in Salt Lake City ein letzter Wille gefunden, datiert vom 19. März 1968. Das Testament – dem Anschein nach von Hughes unterzeichnet – war adressiert an den mittlerweile verstorbenen Kirchenpräsidenten David O. McKay. In mangelhafter Rechtschreibung gab es an, dass sein Vermögen aufgeteilt werden sollte zwischen dem *Hughes Medical Institute*, der *University of Texas*, dem *Rice Institute*, den Universitäten von Nevada und Kalifornien, der *Mormon Church*, David O. McKay, einem Heim für Waisenkinder, den Pfadfindern, Jean Peters, seiner ersten Frau Ella Rice, William R. Lummis, Melvin DuMar und seinen Pflegern. Die *Spruce Goose* sollte an die Stadt Long Beach gehen, und Noah Dietrich war als Testamentvollstrecker vorgesehen.

Mit dem letzten Satz kam der Betrug ans Licht: Hughes hasste den Spitznamen für sein unglückseliges Wasserflugzeug, und er verachtete Noah Dietrich, den er längst entlassen hatte. Wenn jemand im Jahr 1968 sein Testamentvollstrecker hätte werden sollen, dann Robert Maheu.

Wer war Melvin DuMar? Es stellte sich heraus, dass es sich bei diesem Mann um Melvin Dummar handelte – ein Tankstellenwart aus Utah, der mit einer fantastischen Geschichte aufwartete. Er erzählte, er habe im Januar 1968 auf dem Weg von Tonopah (in dieser Gegend hatte Hughes' Hochzeit stattgefunden) nach Beatty einen alten, runtergekommenen Landstreicher neben der Straße liegen sehen, der ausgebeulte Hosen und Tennisschuhe trug. Der Mann hatte darum gebeten, am *Sands Hotel* abgesetzt zu werden. Dummar tat ihm den Gefallen. Dieser Mann war Hughes.

Über Nacht wurde Dummar berühmt; ein Taschenbuch-Verleger wollte seine Lebensgeschichte; *MCA-Universal* plante einen Kinofilm und ließ ihn und seine Frau nach Hollywood ins *Beverly Wilshire Hotel* bringen; Musikverleger machten Jagd auf seine Eigenkompositionen.

Noah Dietrich erklärte das Testament für echt, ebenso diverse Handschriftenexperten. Aber schon bald flog alles auf. Es stand außer Frage, dass Hughes richtig buchstabieren konnte und niemals den Namen seines Cousins William Lummis falsch als »Lommis« geschrieben hätte. Die Strafverfolgungsbehörden von Texas bis Nevada und Utah waren jedoch nachlässig in der Entlarvung von Dummar. Der machte einfach weiter – bedrängt, aber nicht überführt.

Es hatte ein Jahr gedauert, bis das FBI endlich anfing, die Fingerabdrücke auf dem Testament zu untersuchen, und dabei herausfand, dass sie zwei Beamten gehörten, die den Fall untersucht hatten. Immerhin wurde ein Daumenabdruck von Dummar auf dem Briefumschlag gefunden. Daraufhin änderte Dummar seine Geschichte: Er behauptete nun, das Testament sei am 27. April 1976 von einem mysteriösen Mann in einem blauen Mercedes an seiner Tankstelle in Willard, Utah, zurückgelassen worden. Er hatte den Briefumschlag mit Wasserdampf geöffnet, den letzten Willen gefunden und ihn zur Zentrale der Mormonen gebracht.

Kurz darauf eröffnete ein gewisser LeVane Forsyth, er sei dieser mysteriöse Mann gewesen. Er gab sich als Hughes' Kurier und Sonderbeauftragter in geheimer Mission mit mindestens fünfzig Decknamen aus, der, wenn er für Hughes vertrauliche Informationen weitergab, ihn nur mit »Ventura« anredete. Im Sommer 1972 habe Hughes ihm in Vancouver den Briefumschlag mit dem Testament übergeben. Doch er machte einen Fehler, denn er sagte, er hätte einen Ford oder Chevrolet gefahren, als er den Brief bei Dummar zurückließ. Inzwischen gab der Handschriftenexperte Clifford Irving seinen Senf dazu und erklärte das Testament für eine Fälschung. Dummar wurde des Betruges überführt.

Es stellte sich heraus, dass Hughes – vermutlich mittels seiner persönlichen Berater – wenigstens eine Transaktion hatte ausführen lassen, ohne Bill Gay oder seine anderen Manager zu informieren. Er hatte eine enorme Menge Aktien im Wert von über 100 Millionen Dollar bei der *Bank of America* deponiert. Es gab Spekulationen, nach denen er sie dort als schnell verfügbares Kapital hinterlegt hatte, für den Fall, dass er den *TWA*-Prozess verlieren und eine Sicherheit von 70 Millionen Dollar nötig werden sollte. Aber niemand wusste es genau.

Das Geld gehörte ihm, ihm allein, und wurde weder Bill Gay noch sonst jemandem übertragen.

Ein weiteres Testament tauchte im Büro des Berufungsrichters William Bear im Gerichtsgebäude von Harris County in Houston auf. Demnach ging das gesamte Vermögen an Annette Lummis (falsch geschrieben als »Lunnis«) und lediglich 60 000 Dollar an eine gewisse Ellen Pukovich – es war eine Fälschung. Schon wurde das nächste Testament im Büro des Richters Keith Hayes im Bezirksgerichtsgebäude von Las Vegas gefunden, datiert vom 22. Juni 1969, wonach alles an *Summa* (falsch geschrieben als »Sunna«) ging, die aber erst im Jahr 1972 gegründet worden war.

Immer mehr Testamente erschienen auf der Bildfläche – die »Begünstigten« versteckten sich oft geschickt im Kleingedruckten. Eines vermachte 400 Millionen Dollar einem gewissen Dwayne Clyde Byron Hughes, der behauptete, Hughes' Sohn zu sein – geboren 1946 in einer fliegenden Untertasse über Oklahoma. James Robertson aus Groton, Connecticut, verkaufte 2000 gefälschte Hughes-Testamente – als Scherz. Bis zum 30. Juni wurden dreißig Testamente zu den Akten gelegt.

Außerdem kamen einige alte Geschichten ans Tageslicht: Drei Monate vor seinem Tod hatte Hughes sich 39,5 Millionen Dollar von drei texanischen Banken – *Texas Commerce*, *First City National* und *Bank of the Southwest* – geliehen und einen Teil des Geldes in ein Wertpapierpaket über 200 Millionen Dollar fließen lassen. Anscheinend sollte das Geld für Renovierungen am *Desert Inn* genutzt werden, was aber nie bewiesen wurde. Es fiel auf, dass er regelmäßig enorme Summen aufgenommen hatte, da geliehenes Geld nicht besteuert werden konnte.

Gegen Ende des Jahres 1976 kam es zu erbitterten Kämpfen um die Kontrolle des stark angegriffenen Imperiums. William Lummis versuchte – ohne Erfolg – Chester Davis zu feuern, und ebenso erfolglos versuchte er, Bill Gay loszuwerden. Lummis kämpfte gegen einen Davis-Gay-Plan, das *Desert Inn* nach Gays Ideen zu renovieren, was Hughes in London brutal abgeschmettert hatte. Immer wieder wurde Lummis im Vorstand von Davis, Gay und Nadine Henley bei Mehrheitsentscheidungen überstimmt.

Am 26. Mai 1977 gelang es Lummis als Verwalter endlich, Davis und die Pfleger Johnny Holmes und Levar Myler loszuwerden. Bill Gay ließ er eine Zeit lang auf seinem Posten, aber schon bald legte dieser auf eigenen Wunsch sein Amt nieder – unter gegenseitigen heftigen Beschuldigungen. Zeitgleich nahm der Prozess seinen Lauf, der im Juli eine vorläufige Regelung für den Nachlass ergab, die zwei Jahre später ratifiziert wurde: Das Erbe sollte zwischen Avis Hughes McIntyre und ihrem Bruder Rush, Annette Lummis, Barbara Lapp Cameron, Rupert Hughes' Nichte, und achtzehn weiteren Cousins und Cousinen aufgeteilt werden.

Es wurde festgesetzt, dass sich das *Hughes Medical Institute* selbst tragen sollte. Im März 1987 musste es 35 Millionen Dollar Steuernachzahlungen leisten. Am 25. Januar 1978 strengte Samuel Lionel, Rechtsanwalt in Las Vegas, das Verfahren im Namen der *First National Bank of Nevada*, William Lummis', der *Summa Corporation*, *Hughes Air West* und *Hughes Properties* an – erfolglos. In diesem Prozess sollte bewiesen werden, dass Bill Gay, Chester Davis und einige andere 50 Millionen Dollar abgeschöpft hatten, indem sie Hughes in seinen letzten Lebensjahren manipulierten und isolierten. Das Verfahren zog sich über Jahre hin und führte zu nichts. Robert Maheu wurden in einem außergerichtlichen Verfahren 17,3 Millionen Dollar zugesprochen (er hatte die Verleumdungsklage schlauerweise gegen *Hughes Tool* und nicht gegen Hughes selbst erhoben), jedoch verlor er später alles im Berufungsverfahren. Im Juni waren es bereits 22 Verwandte, die um die Kontrolle über die Unternehmen kämpften. *Summa* hatte sich unter Lummis erholt und verbesserte sich von 17 Millionen Dollar Verlust im Jahr 1976 auf 31,1 Millionen Dollar Bruttogewinn im Jahr 1977. Jahrelang zog sich ein Kampf darüber hin, wo Hughes' Wohnsitz zum Zeitpunkt seines Todes gewesen war.

Ab 1980 brach das Imperium auseinander. In diesem Jahr kaufte *Borg-Warner* 20,5 Prozent von *Hughes Tool.* Im Jahr 1986 riss sich *General Motors* die *Hughes Aircraft* unter den Nagel. Geblieben ist nur das *Hughes Medical Institute*, eine zynische Erinnerung an einen Mann, für den es nicht mehr als eine Möglichkeit zur Steuerhinterziehung bedeutete – heute sieht das Zehn-Jahres-Programm für die Ausbildung in medizinischer und biologischer Forschung einen Etat in Höhe von 500 Millionen Dollar vor. Howard Hughes, wo immer er auch sein mag, dürfte die darin liegende Ironie sicherlich gewürdigt haben.

Anmerkungen und Danksagungen

Ursprünglich begann ich dieses Buch ohne Vertrag im Jahr 1971. Doch dann wurde ich – wie vielleicht verständlich – von der Idee abgelenkt, ein Buch über Ava Gardner zu schreiben, was ich letztlich auch tat. Im Jahr 1974 nahm ich die Arbeit wieder auf, ohne an einen Verleger herangetreten zu sein. Kurz darauf aber stimmte Katharine Hepburn zu, mit mir an ihrer Biografie zu arbeiten, und so stellte ich mein Vorhaben zum zweiten Mal zurück. Schließlich belebte ich die Idee im Jahr 1992 neu und setzte das Buch guten Mutes für *Putnam and Berkley* fort. Ich bin dankbar für die Begeisterung meines Verlegers, George Coleman, und die meines Agenten, Dan Strone, und die Zuversicht von William Morris, der seinen Glauben an dieses Projekt nie verlor. Dorene Suter war meine unerschütterliche Schreibkraft.

Aufgrund der Tatsache, dass die Recherchen mit ihren Unterbrechungen über einen langen Zeitraum stattgefunden haben, sind viele Beteiligte im Lauf der Jahre verstorben. Darunter war Noah Dietrich, Hughes' rechte Hand, die wichtigste Bezugsquelle. In seinem Spukschloss mit Blick auf den Sunset Strip gab er mir lange, ausführliche Interviews. Trotz seines damals schon hohen Alters war seine Energie ungebrochen, und er besaß ein detailliertes Wissen über Hughes' Bisexualität – er hinterließ einen unvergesslichen Eindruck. Gut gefallen hat mir auch der verwegene Johnny Meier, den ich an seiner liebsten Tränke, der Bar des *Drake Hotel* in New York traf, dort wo er einst mit Hughes verkehrte und ihn mit immer neuen Mädchen versorgte. Schamlos und unmoralisch – er war eine wunderbar geschwätzige Quelle. Sein Tod – er wurde von seinem eigenen Wagen überrollt – ist bis heute ungeklärt. Ted Carpentier war ein kaum bekannter Freund von Hughes, der jahrelang Kontakt zu ihm hatte. Sein Tod ist ein Verlust, was auch auf den machohaften, manischen Produzenten Jerry Wald zutrifft.

Von denen, die sich des Lebens erfreuen, stehe ich besonders in der Schuld von Robert Maheu, dem Nachfolger Noah Dietrichs als Hughes' rechte Hand. Seine Loyalität ist bemerkenswert, wenn man bedenkt, wie schlecht der Milliardär ihn behandelt hat. Zudem hat er Jahre voll ermüdender Rechtsstreitereien, einen Herzinfarkt und andere Sorgen mit Charme, Höflichkeit und grenzenloser Freundlichkeit überlebt. Ich schätze unsere Treffen in Los Angeles und Las Vegas sehr. Jack Real, Hughes' bester Freund und Autorität auf dem Gebiet der Aeronautik, war eine ebenso ausgezeichnete Informationsquelle. Gordon Margulis gab mir stundenlang wertvolle Interviews im *Desert Inn* in Las Vegas, wo er angefangen hatte, für Hughes zu arbeiten, und wo ich selbst gewohnt habe. Mell Stewart lieferte weitere Details, ebenso Jim Golden, früher bei *Intertel.* Die Aussagen der anderen Vertrauten von Hughes waren ebenfalls unentbehrlich. Ich genoss die Zusammenarbeit mit Hughes' Nachlassverwaltern Bill Miller und William Lummis. Bernard Barker, der entscheidende Einbrecher von Watergate, war eine wichtige Quelle. Dr. Wilbur Thain, Dr. Howard House und der verstorbene Dr. Verne Mason gaben einen umfassenden Einblick in Hughes' gesundheitliche Verfassung. Folgende Personen lieferten weitere Details: der verstorbene Don Siegel, Regisseur; der verstorbene Lucien Ballard, Kameramann; der verstorbene Norman Foster, Regisseur; Bill Feeder, Hughes' Presseverantwortlicher; Linwood Dunn, *RKO*-Genie für Spezialeffekte; Stanley Rubin, Produzent; Richard Fleischer, Regisseur; David Hooks, großartiger Rechercheur aus Houston; Jeff Hearn, König der Washingtoner Spürhunde und Genie der Archivrecherche; Ted Hamilton und Nile Coates, fleißige Schnüffler in Büchern und Protokollen von Los Angeles; Burton Hersh, CIA-Kapazität mit vielen Kontakten; Barbara Howard, Entdeckerin seltener Dallas-Dokumente; Scott Lichtig, Eigentümer der marokkanischen Villa von Rupert Hughes; Richard Bissell, ehemals bei der CIA; Robert McKay, Experte aus Madison, Wisconsin; Patrick McGilligan, Schriftsteller; Dr. Brian Miller, Psychotherapeut und Experte für Bisexualität; Henry Rogers, Publizist und Autor; Charles Rappleye, Chronist von Johnny Rosselli, Freund und Mentor; Lawrence Quirk, Autor und unersetzliche Quelle zu den eigensinnigen Stars; Anthony Slide, Historiker; Kevin Thomas, Filmkritiker; Stuart Thompson, Kunsthändler und Freund; Dr. Michael Stefan, wertvoller Kenner für medizinischer Fragen; Christopher Ely, Rechercheur; Julio Vera, der mein Gespräch mit Bernard Barker arrangierte und sehr viel Hintergrundarbeit leistete; Marc Wanamaker, Archivar; Dudley C. Sharp, Sohn des gleichnamigen Jugendfreundes von Hughes; Sandra Garrett und Sarah Clark, Rechercheurinnen aus Austin, Texas; Brigitte Koepus, Kuratorin des *UCLA Special Collections Department* und Hüterin der *RKO*-Produktionsakten; Bruce Oudes, eine Kapazität in Sachen Nixon; Tom Pollock, Leiter von *MCA/Universal*, der trotz seines engen Terminplans seine Angestellten dazu brachte, Hughes' Akten für mich herauszusuchen; Al Levitt, Schriftsteller; Bertrand Tavernier, Freund, berühmter Regisseur und Autorität auf dem Gebiet der Schwarzen Liste; Michel Ciment, Kritiker und Freund; Peter D. Gordon, Rechtsanwalt; Jim Hougan, Autor und Journalist; Diane Finstad, Rechtsanwältin und Schriftstellerin; W. C. Allen und O. Delton Harris, mächtige Männer in Shreveport; Christian Harper und Stephen Sorrentino von *HarperCollins*; Miles Kreuger, Hüter von Musikfilmschätzen und weiser Freund; Howard Kohn, Kapazität für *Intertel*; Jim Appleby und Jim Farmer, Experten der Aeronautik; Anita Bouziane, die in New York recherchierte; mein enger Freund Todd McCarthy von *Variety*; Leland W. Warner, Mitarbeiter des verstorbenen Botschafters Turner Shelton; Mrs. Turner Shelton; François Du Sardou, Experte für alle lateinamerikanischen Angelegenheiten;

Mina Nelson, Freundin des verstorbenen Präsidenten Somoza; Don Carlos Rodriguez, Somoza-Verleger und Zeitungseigentümer; Philippe und Pamela Mora, Regisseur und seine Lebensgefährtin, Freunde; Jerry und Milton Pickman, aus den *RKO*-Jahren; Richter Harry Shafer vom *Superior Court*; Mrs. Rosick Cravens und Mrs. Edward Kelley, Freundinnen aus Hughes' Kindertagen; June Lang, frühere Freundin von Hughes; John Sturges, Regisseur (er starb, als dieses Buch geschrieben wurde); Milo und Sally (Forrest) Frank, geistreicher Regisseur und Star; Jamison Handy, Hughes' »Honcho«; Peter Maheu, einsatzfreudiger Detektiv; William Corson, John Prados und Victor Marchetti, CIA-Experten; Howard Hunt, umtriebiger Spion, dessen Weigerung, über Hughes zu sprechen vielsagender war, als Worte es hätten sein können; Dennis Tomlin, Rechtsanwalt; Abe Hershberg, Geschichtenerzähler; Lucille Turner und Ruth Ellen Taylor, wichtige Stützen des Hughes-Imperiums; Jimmy Zacharakos, Assistent von Chester Davis; Taylor Branch, Biograf; George Parnham, Rechtsanwalt; Robert Mundy, Schriftsteller; Barbara Greenspun und der ehemalige Gouverneur O'Callaghan von der unnachgiebigen *Las Vegas Sun*; John Farquhar, Manager; Jack Real; Hughes' Freund und Autorität auf dem Gebiet der Aeronautik; Jim Phelan, Biograf und erfahrener Journalist; Anson Thacher, Schulfreund; Professor Stephen Ambrose, hervorragender Nixon-Biograf, der in einem aufgezeichneten Interview sowohl meine Annahmen über die Hintergründe der Watergate-Affäre bestätigte als auch die Rollen, die Hughes und Nixon dabei spielten; Philip Klass, Kapazität für Satelliten-Fragen; Mrs. Lawrence O'Brien; Clarence Lyons, Archivar; Jane Greer, Schauspielerin; Katherine Pradt, Redakteurin.

Unter Eid gemachte Aussagen der folgenden Personen, soweit sie öffentlich zugänglich waren, sammelte David Hooks aus den Nachlassakten der Hughes-Prozesse in Houston, die in diesem Buch umfassend genutzt wurden (hier aufgelistet in der Reihenfolge, in der sie abgelegt wurden): Barbara Lapp Cameron; Noah Dietrich; Rush Hughes; Avis Hughes McIntyre; Marie Miller, Bibliothekarin der

Thacher School; Robert Maheu; Johanna Madsen; Fred Wilson; Gordon Sawyer; Charles Moran, Kellner; Ralph Winte; Macy Todd; Dr. Jack Titus; Frank W. Gay; Dr. Homer Clark; Howard Eckersley; Perry Lieber; Terry Moore; Robert Poussin, Koch; James Richard; Clarene Waldron; Vernon Olsen; Ron Kistler; Ben Lyon; Frank McCulloch; Levar Myler; Greg Bautzer; Milton West; John Holmes; Thirza Ebdon; Dr. Lawrence Chaffin; Jack Egger; George Francom; Dr. Norman Crane; Hank Greenspun; Jean Peters (Mrs. Stanley Hough); Walter Kane; Glenn Odekirk; Jack Real; Richard Dreher; Patricia Mason, Tochter von Verne Mason; Roy Crawford.

Außerdem möchte ich gern auf folgende wichtige Dokumente hinweisen: den kaum bekannten Schlussbericht von Howard Bakers *Select Committee on Presidential Campaign Activities*, US-Senat, in Übereinstimmung mit der Senatsentscheidung vom 7. Februar 1973, der die CIA-Verbindungen mit Watergate beschreibt; die zweiteilige Serie von Larry DuBois und Lawrence Gonzalez im *Playboy*, September/Oktober 1976, mit dem Titel »*The Puppet… Uncovering the Secret World of Nixon, Hughes and the CIA*«; Bruce Oudes' *From the President: Richard Nixon's Secret Files*; Howard Kohns *The Hughes-Nixon-Lasky Connection: The Secret Alliances of the CIA from World War II to Watergate*, veröffentlicht im *Rolling Stone* am 20. Mai 1976; die Klageschrift der *First National Bank of Nevada v. Frank William Gay, etc.*, Fall Nr. 185995 von 1982, die in Las Vegas erhoben und in Los Angeles weiterverfolgt wurde – sie beinhaltet die Tagebucheintragungen von Dr. Wilbur Thain; der Bericht der *Securities and Exchange Commission* über den Einbruch in der Romaine St., aufgeführt in den Akten des Falles *California vs. Woolbright* von 1976, und der CIA-Bericht über den Einbruch; Peter Dale Scotts *Crime and Cover-up: The CIA, the Mafia and the Dallas-Watergate Connection*, veröffentlicht bei Westworks in Berkeley, Kalifornien, im Jahr 1977; Anhörungen vor dem *Committee on Internal Security* im *House of Representatives* des *93.* Kongresses am 17. und 18. Oktober 1973, in denen Aussagen von Dr. Manuel Reyes enthalten sind; Aufzeichnungen der *Watergate Special Prosecution Force*, die eine wichtige Aussage von Robert F. Bennett enthalten (11. August 1973, etc.); Fred D. Thompsons *At That Point in Time* bei Quadrangle, New York, 1978, das als Erstes das inzwischen vergessene Komplott der Demokraten aufdeckte; *The CIA* von Brian Fremantle, veröffentlicht bei Stein and Day in New York im Jahr 1984; Stephen Pendos *Aviation in the Cinema*, veröffentlicht bei der Scarecrow Press in Metuchen, New Jersey; Hunderte von Hughes' Memoranden, die in Houston in den Nachlassakten im Jahr 1985 gefunden wurden; und, besonders wichtig, Mary Smith Fays Genealogie von Hughes (obwohl sie sich mit seinem Geburtsdatum irrte), veröffentlicht in *The National Genealogical Society Quarterly* im März 1983.

Es folgen Quellenangaben und eine ausgewählte Literaturliste der zu Rate gezogenen Werke – alles in allem wurden für dieses Buch Millionen Worte und um die 55 000 Dokumente gelesen.

Quellenhinweise

Erstes Kapitel

Die genauen Einzelheiten zu Howard Hughes' Geburt wurden von David Hooks aus Houston, Texas, aufgedeckt und durch meinen Briefwechsel mit der *St. John's Episcopal Church* in Kiokuk, Iowa, bestätigt, die mir den Registereintrag schickte. Die Schauergeschichten rund um seine Geburt wurden von Diane Finstad aufgeklärt, Historikerin und ehemalige Anwältin für Hughes' Nachlass. Miss Finstad und der verstorbene Noah Dietrich lieferten die Informationen über Rupert Hughes. Bo Hughes' Erfahrungen mit Probebohrungen sind mehreren tausend Seiten mündlicher Überlieferungen damaliger Ölpioniere entnommen, die im *Barker Center* des *Texas State Archive* in Austin, Texas, aufbewahrt werden und von Sandra Garrett zugänglich gemacht wurden. Das Material zur Familie Gano wurde von Barbara Howard in der *Dallas Historical Society* zusammengetragen – die Hochzeit wurde in den Tageszeitungen von Dallas detailliert wiedergegeben. Eine der Hauptinformationsquellen zu den Flitterwochen und deren Nachwehen waren die mündlichen Überlieferungen des Sekretärs Charlie Lane vom *Barker Center*. Buffalo Bayou und Shreveport sind in den Aufzeichnungen der historischen Gesellschaften von Louisiana und Texas beschrieben. Die Erfahrungen von Allene Hughes wurden aus der *Barker*-Sammlung zusammengetragen. Die dort enthaltenen mündlichen Überlieferungen von Charlie Lane und Granville Humasson waren besonders nützlich für Informationen über die Erfindung des Bohrkopfes. Die Adressen wurden Telefonbüchern entnommen.

Die alteingesessenen Louisianer O. Delton Harrison, W. C. Allen und Eleck Taylor waren hilfreich, was die Beschreibung der Zeit in Shreveport angeht. Hughes' Schwerhörigkeit wurde mir von Dr. Howard House, dem führenden Ohrenspezialisten von Los Angeles, in seinem Haus im Los Feliz Distrikt erklärt. Die Schulbehörde in Houston lieferte Material zu Mrs. Eichlers »Universität«. Der Mordfall Rice beherrschte im Jahre 1900 die Schlagzeilen der *New York Times*. Die ehemalige Mary Cullinan war eine entscheidende Informationsquelle für Hughes' Kindheit. Die Zeit in der *Prosser School* wurde aus Briefen des Lehrers Richardson an Sherman Thacher deutlich, die in Hughes' Nachlassakten in Houston gefunden wurden. Die Burlington-Angelegenheit wird in derselben Aktensammlung festgehalten. Die Aufzeichnungen über den Aufenthalt im *Camp Dan Beard* sind in der Sammlung der *Beard Outdoor School* nachzulesen, die in der Kongressbücherei untergebracht ist – einschließlich einiger Briefe an und von Allene und Howard Hughes, Rush Hughes, Victor Aures und Dan Beard. Für ergänzende Informationen wurde Dudley Sharp II interviewt.

Zweites Kapitel

Die Auskünfte zur *Fessenden School* erhielt ich über Mr. und Mrs. Christopher Ely vom derzeitigen Schuldirektor und Mitarbeitern der Bibliothek. Die Registrierung und Einzelheiten zur Jacht stammen aus dem Lloyd-Register amerikanischer Jachten. Im Jahr 1971 sprach ich mit Eleanor Boardman in ihrem Haus in Santa Barbara über ihre Affäre mit Bo Hughes und über den letzten, tragischen Brief von Allene Hughes. Lawrence Quirk lieferte Informationen über die inzestuöse Verführung Howards durch Rupert Hughes. Das Material über *Thacher* stammt von Hughes' Freund Anson Thacher und aus dem Briefwechsel der Familie in den Nachlassakten. Fay Wray gab im Jahr 1971 in ihrem Haus in der Tiger Tail Road in Brentwood die Hintergrundinformationen über John Monk Saunders preis. Die *New York Herald-Tribune* berichtete über die Hochzeit zwischen Saunders und Avis. David Hooks entnahm Todesurkunde und Nachruf von Allene Gano Hughes aus den *County Records Offices*. Die Umzüge von Annette und Sonny und so weiter sind im Briefwechsel der Familie in den Nachlassakten nachzulesen. Die Einzelheiten über den Tod von Bo Hughes beschaffte David Hooks – die Akten zur Testamentseröffnung von Bos Nachlass finden sich in den Houstoner Archiven. Die Houstoner Nachlassakten waren die Quelle für Verlobung und Eheschließung von Ella Rice – über Letztere berichtete die *Houston Post*. In den frühen Siebzigerjahren erörterte ich das Rossmore-Chaos mit den mittlerweile verstorbenen Rush Hughes und Noah Dietrich, die außerdem als wichtigste Informationsquellen für Hughes' unglückliche Ehe gelten können. Dietrich und der verstorbene Johnny Meyer waren ebenso wie Ted Carpentier Quellen für Hughes' sexuelle Vorlieben.

Drittes Kapitel

In seinem Spukschloss am Sunset Strip sprach Noah Dietrich im Jahr 1971 ausführlich über seine Erfahrungen mit Hughes. In den Hughes-Akten der *Academy of Motion Pictures Arts and Sciences* finden sich viele Informationen über seine frühen Filmprojekte. In der Zeit von 1970–1971 erzählte mein Freund Lewis Milestone in heiteren Gesprächen spannende Geschichten über seine Arbeit mit Hughes, die allesamt hier wiedergegeben sind. Ebenso Mary Astor 1971 in ihrem Haus in Fountain Valley, Kalifornien, und an Bord der S.S. *Arcadia* im Südpazifik im Jahr 1968. Die Einzelheiten zu *Hell's Angels* stammen aus Akten der *Academy*, aus Interviews mit Jim Farmer, Hugh Wynne, Jim Appleby, Bob Boder und Lawrence Quirk, aus Gesprächen mit meinem Nachbarn und Jugendfreund Ben Lyon am Dolphin Square, London, in den späten Vierzigerjahren, und aus Akten, die bei *MCA/Universal* aufbewahrt werden und freundlicherweise von Tom Pollock, dem Präsidenten und obersten Geschäftsführer, zur Verfügung gestellt wurden. Die Akten über den Presseverantwortlichen Lincoln Quarberg enthalten das »obszöne«

Foto und liegen bei der *Academy*. Ich zog Informationen aus den Akten der *Los Angeles Times*, dem *Motion Picture Herald*, der *Variety*, und so weiter. Die Parallelen zum »König des Lasters« fanden sich in der *Los Angeles Times* und im *Variety* – von Ben Lyon und Irving Shulman stammen die Beiträge zu Jean Harlows Verbindungen zur Unterwelt. Die Angaben über das Scheitern der Hughes-Ehe kamen von einer vertraulichen Quelle aus Houston – die Schilderung des versiegelten Zimmers wurde durch vereidigte Aussagen der Hausangestellten Richard Dreher und Johanna Madsen bekannt. Im Jahr 1985 eröffnete mir Hal Wallis die *Dawn-Patrol*-Geschichte in seinem Haus in Trancas, Kalifornien.

Viertes Kapitel

In Sachen Billie Dove sprach ich im Jahr 1971 mit Miss Dove in Palm Springs, mit ihrem Chronisten und Freund DeWitt Bodeen in Hollywood und mit Irvin Willat in seinem Haus in Hollywood. Damals wurde ebenfalls die *Warner-Bros.*-Akte in Burbank herangezogen, die der verstorbene Carl Shaefer, ehemaliger Leiter der Auslandswerbeabteilung von *Warner Bros.*, freundlicherweise zur Verfügung gestellt hatte. Die Einzelheiten zur *Ranger* wurden dem *Lloyd's Register* entnommen. Die Angaben zur *Hell's-Angels*-Premiere machte der Archivar Marc Wanamaker, bestätigt durch das Programm der Premierenvorstellung (mit freundlicher Genehmigung der *Academy of Motion Picture Arts and Sciences*). Lewis Milestone, Howard Hawks und George Jessel beschrieben mir die Eröffnungsfeier. Über Werbemaßnahmen kann in den Quarberg-Akten nachgelesen werden, und über die Premiere in London wurde in der Londoner *Daily Mail* berichtet. Diese Akten informierten außerdem ausführlich über andere Filme dieser Zeit – Milestone lieferte Einzelheiten zu *The Front Page*, so auch Jed Harris im Jahr 1974 im *Waldorf-Astoria Hotel* in New York. Mehr als jeder andere Film kann *Scarface* vom Anfang bis zum Ende in den Quarberg-Akten der *Academy* verfolgt werden – inklusive der Telegramme von

Hughes und den Funksprüchen von Bord seines Schiffes. Todd McCarthy schreibt derzeit ein Buch über Hawks und stellt damit eine wichtige Bezugsquelle dar, genau wie meine Interviews mit Hawks im Jahr 1971 in Palm Springs für *Time-Life Books* – Hawks erzählte mir von Hughes' Interesse am Inzest. Die Geschichte über den Alkoholschmuggel stammt von Noah Dietrich und wurde leicht verändert in seinen Memoiren beschrieben. Die Sache mit George Raft steht in seiner Biografie, und eine Serie der Londoner *Daily Mail* befasste sich mit *Queer People*. Ein erstaunlicher Aufsatz über den Fall wurde in der *Library of Congress* gefunden.

Fünftes Kapitel

Das Material über Glenn Odekirk ist den vereidigten Aussagen von Odekirk selbst aus den Nachlasspapieren in Houston entnommen; die Einzelheiten über die *Rover* sind im Lloyd's Schifffahrtsregister aufgezeichnet; die FBI-Akten über Axel Wenner-Gren sind in der Sammlung des Autors in der Universität von Südkalifornien (*USC*) zu finden; beim Mittagessen in Hollywood im Jahr 1968 beschrieb Ida Lupino ihre Romanze mit Hughes; die Reisen als Fotograf und Landstreicher werden in *Howard Hughes in Las Vegas* von Omar Garrison beschrieben; über das Luftrennen von 1934 wurde im *Miami Herald* berichtet. Im Jahr 1968 erzählte mir Corinne Griffith in Beverly Hills von ihrer Affäre mit Hughes und auch von ihrem Kampf gegen die Steuer. Von der *Sylvia-Scarlett*-Geschichte erfuhr ich durch mein Interview mit Katharine Hepburn in ihrem Haus in West Hollywood im Jahr 1974, durch Interviews mit George Cukor ebenfalls in West Hollywood in den Jahren 1968, 1969, 1970 und 1972 und durch Interviews mit Brian Aherne in Santa Monica im Jahr 1974. Über den Flug des *H-1 Racer* wurde in der *Los Angeles Times*, im *Los Angeles Herald Examiner* und in der *New York Times* berichtet. Durch Lewis Milestone und Noah Dietrich erfuhr ich von der versuchten Sabotage.

Sechstes Kapitel

Quellen für die Hepburn-Affäre waren zunächst Miss Hepburn selbst, in ihrem Haus in West Hollywood im Jahr 1974, und des Weiteren die vereidigten Aussagen von Johanna Madsen und Richard Dreher. Sowohl die Flugwette als auch der Autounfall standen in der *New York Times* und dem *Chicago Tribune*. Ginger Rogers' Geschichte basiert zum einen auf ihren Memoiren und zum anderen auf Aussagen von Madsen. Weitere Informationen lieferten Noah Dietrich, Frances Mercer, meine ehemalige Sekretärin und *RKO*-Vertragsschauspielerin, Pandro S. Berman, der Produktionsdirektor von *RKO* in Beverly Hills und der verstorbene Regisseur George Stevens, mit dem ich oft und gerne in Hollywood essen war. Die *Jane-Eyre*-Tour wurde mir von der Hepburn geschildert; der *Harmon Trophy Award* ist in der *Roosevelt Memorial Library* im Hyde Park dokumentiert; die Affäre mit Barbara Hutton in London wurde von David Heymann mit seinem Buch *Poor Little Rich Girl* dargestellt – er zitierte ihr Leben aus ihren Tagebüchern. Die Affäre mit Bette Davis wurde mir in Beverly Hills im Jahre 1968 von Miss Davis selbst und ihrer Managerin Carlyn Wood beschrieben, die ihre Schecks entgegennahm und die finanziellen Verhandlungen in Hollywood führte. In einem neueren Buch über die Hayworth bestreitet Barbara Leaming fälschlicherweise die Geschichte, ohne mit mir oder Carlyn Wood gesprochen zu haben. Teile der Geschichte, die dem Flug um die Erde vorangingen, stehen in Hepburns *Me* und werden von den unterschiedlichsten Quellen wie der *Time*, der *Newsweek*, der *Aviation Monthly*, der *New York Times*, der *Los Angeles Times* und so weiter gestützt – dazu kommen die vereidigten Aussagen von Glenn Odekirk, und auch Madsen/Dreher fügten einiges hinzu. Die *Smithsonian Institution* lieferte sowohl Informationen über den Flug als auch über das Flugzeug selbst – die Einzelheiten des Fluges konnten zum Teil anhand der Recherchen von Jeffrey Hearn in Washington ermittelt werden. Weitere Einzelheiten lieferten die Akten des Außenministeriums, die Akten des *Department of*

Commerce and Air, Akten der *Civil Aeronautics Administration (CAA)*, *Le Matin* aus Paris, *Le Monde*, *Pioneer Press* aus St. Paul, Minnesota, Akten von *Lockheed*, Akten des *Civil Aeronautics Board*, russische Zeitungen wie die *Moscow News* auf Englisch, *Houston Post* und *Houston Chronicle*, Akten der *Historical Society* aus Fairbanks, Alaska, und die Memoiren von Grover Whalen. Fay Wray beschreibt ihre Verabredungen und Treffen mit Hughes in ihren Memoiren *On the Other Hand* – in einem Interview im Jahre 1971 erzählte sie mir von den fatalen Auswirkungen auf John Monk Saunders. Die Geschichte über den Wirbelsturm stand in *Me* von Katharine Hepburn. Joan Fontaine schrieb in ihren Memoiren *No Bed of Roses* ebenfalls über Hughes. Im Jahr 1968 sprach ich mit Olivia de Havilland im *Beverly Wilshire Hotel* über Hughes' Interesse an ihr.

Siebentes Kapitel

Für *TWA* war *Howard Hughes' Airline* von Robert Serling eine gute Quelle; der Wenner-Gren-Fall stammt, wie angegeben, aus den Akten des FBI; die Affäre mit Gene Tierney wird in ihren Memoiren und denen von Igor und Oleg Cassini beschrieben; die Sache mit Power und Hughes stammt von Lawrence Quirk; Hughes' Romanze mit Lana Turner wird in ihrer Autobiografie wiedergegeben. Die Geschichte über *The Outlaw* erfuhr ich von Lucien Ballard in West Hollywood im Jahr 1984 und von Howard Hawks in Palm Springs im Jahr 1972 – weitere Quellen dazu waren die offiziellen Akten aus Breens Büro des *Motion Picture Codes* aus der *Academy of Motion Picture Arts and Sciences* in Beverly Hills, Lawrence Quirk (in Sachen Jack Buetel) und die Memoiren von Jane Russell. Die Rogers-Geschichte mit dem Weihnachtsmann fand sich in den vereidigten Aussagen von Johanna Madsen. Die im Jahr 1942 begonnenen und jahrelang andauernden Bestechungen der Regierung sind sowohl in den Anhörungen des Senates von 1947 dokumentiert als auch in den FBI-Akten über Hughes – außerdem in den Akten beim *Department of Commerce*, in der *New York Times*, der *Washington Post*, im *Wall Street Journal*, in der *Time* und der *Newsweek*, in Gesprächen mit Hughes' Rechtsanwalt Gregson Bautzer in Beverly Hills im Jahr 1984, mit Johnny Meyer im *Drake Hotel* in New York und den Büros der *Onassis Corporation* im Jahr 1972 und in den Akten des Weißen Hauses des Präsidentensekretärs Stephen Early in der *Franklin D. Roosevelt Memorial Library*, Hyde Park, New York.

Achtes Kapitel

Über Hughes' SM-Erfahrungen erfuhr ich von William Haines in seinem Innenausstattungsgeschäft in Beverly Hills im Jahr 1970, von Ted Carpentier in Hollywood im Jahr 1978 und von Ramon Novarro in den Hollywood Hills im Jahr 1965. Lawrence Quirk war die Informationsquelle zu Richard Cromwell, Russel Gleason und Robert Taylor. Laut Johnny Meyer verabredeten und trafen sich Flynn und Hughes in der Nacht, aber Quirk erzählt die Geschichte anders. Die Darnell-Affäre wird in den Hughes-Akten des FBI enthüllt, und der Schriftsteller und Regisseur Nunnally Johnson erzählte mir ebenfalls davon. In Sachen Ava Gardner wurden sowohl ihre Memoiren als auch die von Mickey Rooney herangezogen – in den Sechzigerjahren interviewte ich Rooney in Sydney, Australien. Die Memoiren von Yvonne De Carlo lieferten Einzelheiten zu ihrer Affäre mit Hughes. Die Schiebereien von 1945 wurden in der wöchentlichen landesweiten Kolumne von Westbrook Pegler behandelt. Für Material über *TWA* siehe Serling, im zitierten Werk; für die Preston-Sturges-Angelegenheit siehe James Curtis' Lebensbeschreibung von Sturges. Die hilfreichsten Bezugsquellen für den Selbstmord von Mrs. Rupert Hughes waren Diane Finstad und die *Los Angeles Times*. Der Flug der *Constellation* ist in den FBI-Akten vermerkt und stand ebenfalls in der *Los Angeles Times*.

Neuntes Kapitel

Einzelheiten zur Shreveport-Episode lieferte Noah Dietrich, unterstützt von den zuvor bereits genannten Shreveport-Quellen. Die wichtigsten Informationen über die *XF-11* und den Flugzeugabsturz stammen von Ted Carpentier. Ich entnahm die vereidigten Aussagen von Jean Peters, Glenn Odekirk, Richard Dreher und Dr. Lawrence Chaffin aus dem Nachlass in Houston und bediente mich der Interviews mit Ted Carpentier und Johnny Meyer und den Akten der Anhörungen vor dem *Senate War Committee*.

Zehntes Kapitel

Informationen über Flugboote lieferte die »Geschichte des Flugzeuges« von John J. McDonald. Die Angelegenheit des Kaufs von *RKO* ist in Jacqueline Cochrans Biografie enthalten – andere Quellen hierzu waren Interviews mit Richard Fleischer und Stanley Rubin in Bel Air und Beverly Hills, mit der verstorbenen Raquel Torres, mit der früheren Mrs. Stephen Ames (Malibu), mit William Feeder (telefonisch), mit Jane Greer (telefonisch), mit dem verstorbenen Norman Foster (Beverly Hills) und Robert Wise (telefonisch). Auch die Memoiren von Dore Schary und dessen Dokumente an der *University of Wisconsin* in Madison, Wisconsin, waren nützlich. Die vereidigte Aussage der Hausangestellten Macy Todd – aus Hughes' Nachlassakten in Houston – war eine Fundgrube für Informationen über die Beziehung von Hughes und Peters. Barbara Leaming schrieb in ihrer Biografie über die Abtreibung der Hayworth. In dem höchst interessanten und kaum bekannten *The Beauty and the Billionaire* thematisiert Terry Moore ihre lange Affäre mit Hughes – Skeptiker nehmen bitte zur Kenntnis, dass sie den Großteil ihrer Geschichte unter Eid wiederholte, und die Aussagen in den Nachlassakten zu finden sind – die Angaben über ihre deutschen Erfahrungen wurden von Elia Kazan bestätigt. Die peinlich genauen Produktionsakten von *Jet Pilot* stehen in der *UCLA Research Library*; der *Stromboli*-Fall wurde in *Variety* bestens wiedergegeben; Richter Harry Shafer lieferte die Information über Hughes' Affäre mit einem Mann in San Francisco; Ted Carpentier berichtete von der Verhaftung in Los Angeles; Einzelheiten über das Männerbordell kamen von einer vertraulichen Quelle. »Hank Valdez« ist ein Pseudonym für eine noch lebende Hollywoodpersönlichkeit. Mario Zamparelli, Richard Fleischer und Vincent Price waren die Hauptquellen für *His Kind of Woman*; die zwei anonym gebliebenen Schauspielerinnen sprachen nur unter der Voraussetzung, nicht genannt zu werden.

Elftes Kapitel

Weitere Informationen zu Terry Moore stammen aus *The Beauty and the Billionaire*; die Memoiren von Stewart Granger und zwei Interviews, die Roy Moseley mit ihm im Jahr 1990 geführt hatte, waren hier die wichtigsten Quellen. Produktionsakten von *The Big Sky* stehen in der *UCLA* – die Einzelheiten kamen von Hawks' Biografen Todd McCarthy; zusätzliches Material über *RKO* lieferten die Jerry-Wald-Akten an der *USC* und seine eigenen Aussagen aus dem Jahr 1961; das Quarberg-Memo ist in dessen Sammlung bei der *Academy* zu finden. Die Geschichte vom »Kauf« der Elizabeth Taylor stammt von einem vertraulichen Informanten – einem engen Freund und Partner von Gregson Bautzer. Die *Senate War Hearings* geben Auskunft über Hughes' Beschäftigung von Air-Force-Generälen und über seine Kriegsprofite; Clark M. Clifford weist in seinen Memoiren darauf hin, von Hughes engagiert worden zu sein. Noah Dietrich thematisierte Hughes' Affäre mit Barbara Payton, und Granger war die Informationsquelle für den Simmons-Fall.

Zwölftes Kapitel

Jerry Wald erzählte mir die Geschichte von Hughes' Auftritt mit den Schuhen in seinem Haus in Beverly Hills im Jahr 1961; der Vollmachtsstreit wurde im *Wall Street Journal* diskutiert. Paul Jarrico war die Informationsquelle im Zusammenhang mit dem Film *The Las Vegas Story* – dieser ist in vielen Büchern über die Machenschaften in Hollywood erörtert worden. In Sachen Zizi Jeanmaire wurden die Informationen aus den vereidigten Aussagen von Hughes' Koch

Robert Poussin den Nachlassakten in Houston entnommen. Walter Kane bestätigte sowohl im Jahr 1971 in Beverly Hills als auch in seinen vereidigten Aussagen Hughes' Kleidungsrituale; ebenso sagte Poussin unter Eid zu Hughes damaligen Essgewohnheiten aus. Granger thematisierte den Wunsch, Hughes zu ermorden, in seinen Memoiren. Kopien von *The French Line* wurden überprüft und sowohl mit dem Skript als auch mit den Zensurakten von Breen aus der *Academy* verglichen, genau wie die von *Underwater!* Das Material über Linda Darnell findet sich in ihren Akten der *Academy*; die Details über die Hayward stammen aus *Red* von Robert La Guardia und Gene Arceri. Akten über *The Conqueror* stehen bei *MCA/ Universal* – diesbezügliche Fakten wurden mir zum einen von John Wayne in seiner Künstlergarderobe im Jahr 1972 berichtet und zum anderen von Agnes Moorehead in ihrem Haus in Beverly Hills im selben Jahr. Es existiert eine Akte über die Zeit der radioaktiven Verseuchung durch Atombombenversuche in Nevada bei der *Academy*. Zu *Son of Sinbad* konsultierte ich seinen Star Vincent Price und Sally Forrest, studierte die Breen-Akten und sah den Film. Das *Medical Institute* wurde von Barletts und Steeles *Empire* als Steuertrick dargestellt, zudem lieferte ihr Buch umfangreiche Informationen über Managementprobleme von *TWA*.

Dreizehntes Kapitel

Ava Gardner und Terry Moore erörterten ihre Beziehungen zu Hughes in ihren Memoiren, Jean Peters berichtete darüber in ihren ausschweifenden vereidigten Aussagen aus den Nachlassakten in Houston – Stuart Thompson, ein gemeinsamer Freund, war eine wertvolle Informationsquelle. Hughes' Ängste in Bezug auf Fliegen wurden mir von Noah Dietrich beschrieben – eine ausgezeichnete Quelle hierfür war Ron Kistlers Buch mit dem wunderbaren Titel *I Caught Flies for Howard Hughes*. Das Hughes-Nixon-Darlehen wurde in den Watergate-Anhörungen und in dem Buch mit dem Titel *The Nixon-Hughes Loan* dokumentiert. Die damalige Beschreibung Hughes' stammt aus den Memoiren von Kistler und dem Pfleger Jerry Bell – sowohl die beiden als auch Johnny Meyer und Noah Dietrich beschrieben, wie Hughes mehrere Mädchen unter seiner Kontrolle hielt. Die Memoiren von Robert Maheu berichten von seiner Anstellung und den daraus erwachsenen Aufgaben; die vereidigten Aussagen von John Holmes aus dem Nachlass in Texas beschreiben die Situation in Montreal und auch in Nassau – Maheu erzählte mir noch mehr.

Vierzehntes Kapitel

Die Memoranden von Hughes an seine Pfleger stammen aus den Nachlassakten in Houston. Barletts und Steeles Berichte im *Empire* waren verlässlich hinsichtlich der Geschichte von *Hughes Aircraft*; der bereits genannte Freund und Partner von Greg Bautzer war die Quelle für Bautzers Geschäftsverbindungen mit Hughes; John Holmes' vereidigte Aussagen beschreiben sehr detailliert Hughes' Leben mit Jean Peters in Rancho Santa Fe. Am 25. August 1963 berichtete der *Miami Herald* von Cay Sal. Über die Rosselli-Angelegenheit wird am besten in dessen Biografie von Charles Rappleye berichtet und in dem *Senate Report on Alleged Assassination Plots against Foreign Leaders* – aber auch in Maheus Memoiren. Der *TWA*-Fall ist in den Akten betreffend *TWA vs. Hughes* des *U.S. District Court* in New York nachzulesen. Die Umstände von Hughes' Schwerhörigkeit wurden von Dr. Howard House während eines Interviews bei ihm zu Hause in Los Feliz, Los Angeles, im Jahr 1992 dargelegt. Bernard Barker lieferte die Informationen über E. Howard Hunts frühere Beziehung zu Hughes; John Prados war der Experte für Hunt und Lasertechnik. Die Hinweise auf Hughes' Betrug der NASA sind in dem kaum bekannten Buch *JPL and the American Space Program* von Clayton R. Koppes zu finden (*Yale University Press*, 1982); die Sache mit Hughes' Buchverträgen wurde in der *New York Times* und im *Wall Street Journal* erörtert – Greg Bautzer sprach mit mir darüber in Beverly Hills im Jahr 1980. Von der Reise nach Boston erzählte mir Peter Maheu (Roberts Sohn), noch detaillierter wird sie in den vereidigten Aussagen von John Holmes beschrieben. Robert Maheu klärte mich über Hughes' Ankunft in Las Vegas auf; für diese Jahre war Gordon Margulis eine wichtige Informationsquelle – ich interviewte ihn in Las Vegas. Die Anekdote mit dem Eis und weitere Geschichten dieses Kapitels stammen von Margulis.

Fünfzehntes Kapitel

Hughes' Leben im *Desert Inn* ist den Interviews mit Robert Maheu, Gordon Margulis und Mell Stewart entnommen; die Zeit mit Sinatra wird von Kitty Kelley in ihrer Biografie über den Star beschrieben; Bob Wearleys Zeugenaussage in den Watergate-Anhörungen betrifft die Gründung des privaten Flugservices; Robert Maheu erörterte den Verkauf der Fernsehstation, und seine Ausführungen wurden von Mrs. Hank Greenspun bestätigt, die ich in ihrem Büro bei der *Las Vegas Sun* interviewte; Maheu war die Quelle zur Geschichte mit der Ostereier-Suche und den Problemen mit den Shows. Die Angelegenheit betreffend *Mary Carter Paints* wurde in den Akten der Watergate-Anhörung geprüft; der Fall Bayer wurde in der *New York Herald Tribune* am 3. August 1947 dokumentiert; die Geschichte mit den Hubschraubern wurde am besten von Barlett und Steele behandelt – auch über die *TWA*-Sache war dort zu lesen. Informationen zu *ABC* finden sich in der Verfahrensschrift *ABC vs. Hughes* beim *U.S. District Court for the Southern District of New York* von 1968. Von Maheu stammen die Angaben über Hughes' Ängste vor den Atombombentests und seine Reaktionen auf den Tod von Bobby Kennedy – das sachdienliche Memorandum befindet sich in den Nachlassakten in Texas. Akten zum *Air-West*-Prozess können in den Verfahrensschriften *Anderson vs. Air West* (*U.S. District Court for the Northern District of California*) und *The Securities and Exchange Commission vs. Howard Hughes* (am selben Gerichtshof), beide aus dem Jahr 1968, nachgelesen werden – Maheu schrieb über diesen Fall in seinen Memoiren und sprach auch mit mir darüber. Die Silberminen in Nevada wurden von Maheu beschrieben; die Meier-Affäre wurde von Barlett und Steele aufgezeigt.

Sechzehntes Kapitel

Die Bestechungen des Präsidenten und Hubert Humphreys wurden umfangreich im Watergate-Abschlussbericht dokumentiert, in Robert Maheus Memoiren beschrieben und in den Berichten des Sonderanklägers Leon Jaworski ausgearbeitet – diese habe ich von Jeffrey Hearn aus Washington, D.C., erhalten. Der Watergate-Abschlussbericht analysiert die Details der gezahlten Gelder und die Tatsache, dass bestimmte Scheckdaten nicht zusammenpassen. Das Memo von Hughes ist in den Nachlassakten in Texas zu finden. Die Angriffe auf Maheu beschrieb er in seinen Memoiren und in unseren Gesprächen. Einzelheiten zu *Intertel* stehen in den ergänzenden Dokumenten des Watergate-Abschlussberichts, die vom *Republican Committee to Re-Elect the President* erstellt wurden. Die Sache mit dem Nervengas stammt von Maheu und wurde von Jim Golden von *Intertel* bestätigt, den ich in Las Vegas interviewte. Nähere Angaben über die Operation »Jennifer« sind in den *Securities and Exchange Commission Annual Reports of Global Marine, Inc.*, zu finden – ich interviewte den ehemaligen CIA-Agenten und Schriftsteller Victor Marchetti telefonisch zu diesem Thema. Der Fall Bud Wheelon wurde bei dem *Senate Subcommittee on Appropriations for Technical Espionage* im Jahr 1966 aufgezeichnet. Der Austausch zwischen Maheu und Hughes ist in den Nachlassakten in Texas festgehalten – die nachfolgenden Geschäfte mit Hughes stammen aus Maheus Memoiren, aus unseren Gesprächen und aus den Klageschriften zu *Maheu vs. Hughes Tool Co.* aus dem Jahr 1974. Der Umzug nach Nassau wurde mir von Gordon Margulis und Jim Golden beschrieben; Dr. Joseph Choi und Gordon Margulis erörterten Hughes' an das Krankheitsbild von AIDS erinnernde Verfassung; die auf Maheu bezogenen Notizen werden in den Nachlassakten von Texas verwahrt.

Siebzehntes Kapitel

Der Versuch, Hughes zu retten, ist in Maheus Memoiren niedergeschrieben und wurde mir von Peter Maheu in Los Angeles und von Jim Golden erzählt – die Notizen darüber finden sich in den Nachlassakten von Texas. Hughes' gesundheitliche Verfassung wurde in den vereidigten Aussagen seiner Pfleger John Holmes, Chuck Waldron und Levar Myler und in Gordon Margulis' Aussagen mir gegenüber dargestellt. Der Chaffin-Bericht befindet sich in den Nachlassakten von Texas; die *New York Times* berichtete über O'Callaghans Bemühungen, von Hughes Gays Handlungsvollmacht zu erhalten – O'Callaghan gewährte mir ein Interview in den Büros der *Las Vegas Sun*. Die Irving-Affäre wird am besten in seinen Memoiren und in der *New York Times* beschrieben – über die Pressekonferenz wurde in allen Medien berichtet. Das politische Wirken Somozas kann in seinem Buch *Nicaragua Betrayed* nachgelesen werden – zu Hughes' Geschäften in Nicaragua telefonierte ich lange mit Jack Real in seinem Haus in Hollywood, mit dem Verleger Don Carlos Rodriguez und mit Somozas Freundin Mina Nelson in ihrem Haus im Rossmore-Viertel in Hollywood. Auch der führende Publizist zu Lateinamerika, François Du Sardou, sprach mit mir über dieses Thema. Die Notiz von Hughes über Somoza befindet sich in den Nachlassakten von Texas; die Geschichten über Hughes' Flug und seine Ankunft in Managua stammen von Gordon Margulis und Jim Golden, die ich beide in Las Vegas interviewte – in dieser Angelegenheit bin ich Mrs. Turner Shelton zu Dank verpflichtet. Mrs. Barbara Greenspun lieferte Einzelheiten über den versuchten Einbruch; der von Howard Baker geleitete Watergate-Untersuchungsausschuss untersuchte den Greenspun-Fall, aber die Ergebnisse wurden nicht im Abschlussbericht aufgeführt. Das Zitat von Jim McCord ist seinem Buch *A Piece of Tape* entnommen; die Notiz an Somoza wird in den Nachlassakten in Houston aufbewahrt; über die *Flame-Enterprises*-Geschichte berichtete die *New York Times*; Nadine Henley beschreibt ihre Besuche bei Hughes in ihren vereidigten Aussagen aus den Nachlassakten; die *New York Times* und Irvings Memoiren lieferten das Material über die Irving-Affäre; Don Carlos Rodriguez erzählte von den Gründen des Umzugs nach Vancouver – bestätigt von Jim Golden; Gordon Margulis und Jim Golden beschrieben beide den Abschied am Flugzeug.

Achtzehntes Kapitel

Jim Golden und Gordon Margulis berichteten beide von Hughes' Ankunft in Vancouver; das North-Broome-Buch und die Eckersley-Affäre wurden in der *New York Times* diskutiert; der *ITT*-Fall wurde in den Geheimdienst-Anhörungen im Jahr 1974 erörtert; Hughes' Spende an das Komitee zur Wiederwahl des Präsidenten (*CRP*) wurde in Gordon Liddys Buch *Will* dokumentiert und damals übersehen – der Watergate-Abschlussbericht befasste sich mit anderen Geldquellen; Larry O'Brien beschreibt die Übergriffe auf sein Eigentum in seinen mündlichen Aussagen, die bei der *University of Texas* in Austin und bei der *Kennedy Library* untergebracht sind, und in seinen wichtigen, aber übersehenen Memoiren *No Final Victories.* Der Barker-Fall basiert auf telefonischen Interviews mit ihm in seinem Haus in Miami, auf Liddys *Will* und auf E. Howard Hunts Aussagen vor dem Watergate-Komitee. Die Sache mit der gestellten Falle wurde sowohl in H. R. Haldemans Memoiren erzählt als auch in den Berichten von Victor Lasky und Fred Thompson beschrieben. Die Notiz von McCord an Alch befindet sich im zweiten Watergate-Abschlussbericht (zu den CIA-Verbindungen). Ich telefonierte mit William Corson in seinem Haus in Washington; Jeff Hearn durchforschte die Papiere der Nixon-Sammlung im Nationalarchiv – dabei kamen sehr bedeutungsvolle Daten ans Licht. Die Nixon-Biografie des verstorbenen Fawn Brodie war eine gute Informationsquelle, genau wie die Memoiren von H. R. Haldeman, John Dean, Jeb Magruder und Charles Colson über verschiedene Aspekte von Watergate. Richard Helms' Lebensbeschreibung in *The Man Who Kept Secrets* war eine wertvolle Quelle, genau wie Fred Thompsons *At This Point in Time*. Über den Verkauf von *Hughes Tool* wird in der *New York Times* und in den Akten der *Securities and Exchange Commission* berichtet; Jack Real war die Hauptquelle für Hughes' Vorhaben mit Flugzeugen in Vancouver, und Jim Golden lieferte weitere Daten. Die Sache mit der *Oil Tool Division* wurde am ausführlichsten vom *Fortune*-Magazin behandelt; Mrs. Julius Sedlmayr war die wesentliche Quelle für die Begegnung ihres Gatten mit Hughes; die Hughes-Eckersley-Notizen sind in den Nachlassakten in Houston zu finden. Aus erster Hand erfuhr ich von dem Erdbeben in Managua von Gordon Margulis, Jack Real und Mell Stewart; der *IRS*-Bericht vom 5. Januar 1973 befindet sich in den Unterlagen des Autors; die Ereignisse in Florida sind in John J. Olszewskis *IRS-Intelligence-Division*-Memo nachzulesen, ebenfalls vom 5. Januar 1973. Die Informationen über das *Inn on the Park* stammen von Gordon Margulis, Jack Real und aus den vereidigten Aussagen von Levar Myler und Chuck Waldron; Gouverneur O'Callaghan persönlich berichtete von dem Treffen mit Hughes in London.

Neunzehntes Kapitel

Die Unterlagen der *Securities and Exchange Commission* sind in den Klageschriften *California vs. Woolbright* im *County Courthouse* in Los Angeles enthalten. Die Rekonstruktion der tatsächlichen Fakten zum Einbruch in der Romaine Street setzte sich zusammen aus den Überprüfungen aller Zeugenaussagen und aus Interviews mit Donald Woolbrights Anwalt Richard Kirschner, Jack Real, William Corson, Victor Marchetti, Gordon Margulis, Mell Stewart und einer Sekretärin aus dem Büro der Romaine Street, die anonym bleiben möchte – außerdem habe ich die vereidigten Aussagen von Chuck Waldron hinzugezogen. Die Hughes-Memoranden zu diesem Fall befinden sich in den Nachlassakten in Texas; das Memorandum der Pfleger zu Hughes' Anweisung, Dokumente zu vernichten, wurde – in einem anderen Zusammenhang – in einem Artikel von Larry DuBois im *Playboy* zitiert und fehlt in den Nachlassakten. Der versuchte Erpressungsplan von Woolbright befindet sich in der Abschrift der Woolbright-Anhörungen vor dem großen Geschworenengericht in der *New York Times*; William Colbys Memoiren stellen eine wertvolle Quelle dar; die Auseinandersetzung zwischen Drosnin und O'Brian ist in den mündlichen Aufzeichnungen von O'Brien beschrieben, die sich in der *Kennedy Library* und der *University of Texas* in Austin befinden; über Drosnins Verhaftung auf dem Times Square wurde in der *New York Times* berichtet; der Mord an Bobby Hill ist in *Spooks* von Jim Hougan nachzulesen; die vereidigten Aussagen von Jack Egger finden sich in den Nachlassakten in Houston. Der Medikamentenmissbrauch ist den vereidigten Aussagen der Ärzte Norman Crane, Lawrence Chaffin und Wilbur Thain und der Pfleger Chuck Waldron und John Holmes aus den Nachlassakten entnommen. Thains Tagebuchauszüge stammen aus seinen vereidigten Aussagen, und ich telefonierte mit Dr. Thain in seinem Haus in Arizona. Das Memorandum der Pfleger und auch die darauf folgenden Anweisungen von Hughes befinden sich in den Nachlassakten – sein selbstsüchtiges Verhalten wurde mir von Gordon Margulis in Las Vegas im Jahr 1992 und telefonisch von Mell Stewart aus Utah beschrieben. Die Pläne für die Party befinden sich in Holmes' vereidigten Aussagen; die Reise nach Acapulco wird in den mündlichen Aufzeichnungen von George Francom, Chuck Waldron, John Holmes und den Ärzten Crane, Thain und Chaffin beschrieben; aus den Aussagen von Dr. Montemoya wurden ebenfalls Informationen entnommen. Hughes' Tod wurde mir von Dr. Thain beschrieben. Die im Nachwort behandelten Informationen stammen aus der *New York Times*, dem *Wall Street Journal* und der *New York Post*. Die Autopsieberichte und die Vernehmungsakten wurden in Houston eingesehen.

ANMERKUNG: Zusätzlich zu den genannten Quellen ist Peter Dale Scotts *Crime and Cover-up: The CIA, the Mafia and the Dallas-Wa-*

tergate Connection, veröffentlicht bei *Westworks* in Berkeley im Jahr 1977, das wohl beste und wahrheitsgetreu dokumentierte Buch über die Verbindungen zwischen Hughes, dem Verbrechen und der CIA und sei allen Interessierten empfohlen.

Ausgewählte Literatur

Alleged Assassination Plots Involving Foreign Leaders. Ein Zwischenbericht der Auswahlkommission zur Untersuchung von Regierungsoperationen im Zusammenhang mit Aktivitäten des Geheimdienstes. US Senate. Washington, D.C.: Government Printing Office, 1975.

Ambrose, Stephen E. *Nixon: The Education of a Politician, 1913–1962.* New York: Simon and Schuster, 1988.

Ambrose, Stephen E. *Nixon: Ruin and Recovery, 1973–1990.* New York: Simon and Schuster, 1988.

Ambrose, Stephen E. *Nixon: Triumph of a Politician, 1962–72.* New York: Simon and Schuster, 1990.

Barlett, Donald L., und Steele, James B. *Empire: The Life, Legend and Madness of Howard Hughes.* New York: W. W. Norton, 1979.

Bell, Jerry. *Howard Hughes: His Silence, Secrets and Success!* New York: Hawkes, 1976.

Block, Alan A. *Masters of Paradise.* New York: Transaction, ohne Jahresangabe.

Brodie, Fawn M. *Richard Nixon: The Shaping of His Character.* Cambridge, Massachusetts: Harvard University Press, 1983.

Cassini, Igor. *I'd Do It All Over Again: The Life and Times of Igor Cassini.* New York: G. P. Putnam's Sons, 1977.

Cassini, Oleg. *In My Own Fashion: An Autobiography.* New York: Simon and Schuster, 1987.

Ceplair, Larry, und Steven Englund. *The Inquisition in Hollywood: Politics in the Film Community; 1930–1980.* New York: Anchor Press, 1980.

Clifford, Clark, mit Richard Holbrooke. *Counsel to the President: A Memoir.* New York: Anchor Books, Doubleday, 1992.

Cochran, Jacqueline, mit Maryann Bucknum Brinley. *Jackie Cochran.* New York: Bantam, 1987.

Colby, William, mit Peter Forbath. *Honorable Mention: My Life in the CIA.* New York: Simon and Schuster, 1978.

Corson, William R., Susan B. Trento, und Joseph J. Trento. *Widows.* New York: Crown, 1979.

Davenport, Elaine, Paul Eddy, und Mark Hurwitz. *Howard Hughes' Final Years.* London: Andre Deutsch, 1977.

Davenport, Joe, und Todd S. J. Lawson. *The Empire of Howard Hughes.* San Francisco: Peace and Pieces Foundation, 1975.

Dean, John. *Blind Ambition: The White House Years.* New York: Simon und Schuster, 1976.

De Carlo, Yvonne, mit Doug Warren. *Yvonne.* New York: St. Martin's, 1971.

Dietrich, Noah, mit Bob Thomas. *Howard: The Amazing Mr. Hughes.* New York: Fawcett, 1972.

Drosnin, Michael. *Citizen Hughes.* New York: Hold, Rinehart and Winston, 1985.

Fay, Stephen, Chester Lewis, und Magnus Linklater. *Hoax: The Inside Story of the Howard Hughes-Clifford Irving Affair.* New York: Viking, 1972.

Finstad, Suzanne. *Heir Not Apparent.* Austin, Texas: Texas Monthly Press, 1984.

Gardner, Ava. *Ava: My Story.* New York: Bantam, 1990.

Garrison, Omar V. *Howard Hughes in Las Vegas.* New York: Lyle Stuart, 1970.

Genevoix, Sylvie. *HRH.* Paris: Plon, 1972.

Gerber, Albert B. *Bashful Billionaire.* New York: Lyle Stuart, 1967.

Graham, Don. *No Name on the Bullet: A Biography of Audie Murphy*. New York: Viking, 1989.

Granger, Stewart. *Sparks Fly Upward*. New York: G. P. Putnam's Sons, 1981.

Haldeman, H. R., mit Joseph DiMona. *The Ends of Power*. New York: Times Books, 1978.

Hatfield, D. D. *Howard Hughes H-4 Hercules Airplane*. Los Angeles: Historical Airplanes, 1972.

Hecht, Ben. *A Child of the Century*. New York: Primus; Donald I. Fine, 1954.

Hepburn, Katharine. *Me: Stories of My Life*. New York: Alfred A. Knopf, 1991.

Heymann, C. David. *Poor Little Rich Girl: The Life and Legend of Barbara Hutton*. New York: Random House, 1983.

Hougan, Jim. *Spooks: The Haunting of America – the Use of Secret Agents*. New York: William Morrow, 1978.

Investigations of the National Defense Program. Anhörungen vor der Sonderkommission zur Untersuchung des nationalen Verteidigungsprogramms, US Senat, 77. Kongress, Erste Sitzung, Abschnitte I 40 und 43. Washington, D.C.: Government Printing Office, 1948 (*Senate War Hearings*).

Irving, Clifford, mit Richard Suskind. *What Really Happened: His Untold Story of the Hughes Affair*. New York: Grove Press, 1972.

Jewell, Richard B. und Vernon Harbin. *The RKO Story*. New York: Arlington House, 1982.

Johnston, Marguerite. *Houston, the Unknown City*. College Station, Texas: Texas A and M University Press, ohne Jahresangabe.

Kaminsky, Stuart M. *The Howard Hughes Affair*. New York: St. Martin's, 1979.

Keats, John. *Howard Hughes*. New York: Random House, 1966.

Kistler, Ron. *I Caught Flies for Howard Hughes*. Chicago: Playboy Press, 1976.

Klein, Herbert G. *Making It Perfectly Clear: An Inside Account of Nixon's Love-Hate Relationship with the Media*. Garden City, New York: Doubleday, 1980.

Lacey, Robert. *Little Man: Meyer Lansky and the Gangster Life*. New York: Little, Brown, 1991.

La Guardia, Robert, und Gene Arceri. *Red: The Tempestuous Life of Susan Hayward*. New York: Macmillan, 1985.

Lasky, Betty. *RKO: The Biggest Little Major of Them All*. Santa Monica, California: Roundtable, 1989; Englewood Cliffs, New Jersey: Prentice-Hall, c. 1984.

Lasky, Victor. *It Didn't Start with Watergate*. New York: Dial Press, 1977.

Leaming, Barbara. *If This Was Happiness: A Biography of Rita Hayworth*. New York: Viking, 1989.

Leigh, Janet. *There Really Was a Hollywood*. Garden City, New York: Doubleday, 1984.

Liddy, G. Gordon. *Will: The Autobiography*. New York: St. Martin's, 1980.

Lukas, J. Anthony. *Nightmare: The Underside of the Nixon Years*. New York: Viking, 1976.

MacDonald, John J. *Howard Hughes and the Spruce Goose*. Blue Ridge Summit, Pennsylvania: TAB Books, 1981.

Magruder, Jeb Stuart. *An American Life: One Man's Road to Watergate*. New York: Atheneum, 1974.

Maheu, Robert, mit Richard Hack. *Next to Hughes: Behind the Power and Tragic Downfall of Howard Hughes*. New York: HarperCollins, 1992.

Mailer, Norman. *Harlot's Ghost: A Novel*. New York: Random House, 1991.

Mankiewicz, Frank. *Perfectly Clear: Nixon from Whittier to Watergate*. New York: Quadrangle, 1973.

Mankiewicz, Frank. *U.S. vs. Richard M. Nixon: The Final Crisis*. New York: Quadrangle, 1975.

March, Joseph Moncure. *The Wild Party*. New York: Citadel Press, the Carol Publishing Group, 1979.

Marchetti, Victor, und John D. Marks. *The CIA and the Cult of Intelligence*. New York: Knopf, 1974.

Mathison, Richard R. *His Weird and Wanton Ways*. New York: Morrow, 1977.

McComb, David G. *Houston: A History*. Austin: University of Texas Press, 1981.

Moore, Terry. *The Beauty and the Billionaire*. New York: Pocket Books, 1984.

O'Brien, Larry. *No Final Victories*. Garden City, New York: Doubleday, 1974.

Parrish, James Robert. *The RKO Gals*. London: Ian Allen, 1974.

Phelan, James. *Howard Hughes, the Hidden Years*. New York: Random House, c. 1976.

Presidential Campaign Activities of 1972. Anhörungen vor der Auswahlkommission für Aktivitäten zur Präsidentenwahl des US-Senates, 93. Kongress, Zweite Sitzung. Washington, D.C.: US Gouvernment Printing Office, 1976 (*The Watergate Hearings*).

Rappleye, Charles, und Ed Becker. *All American Mafioso: The Johnny Rosselli Story*. New York: Doubleday, 1991.

Rhoden, Harold. *High Stakes: The Gamble for the Howard Hughes Will*. New York: Crown, 1980.

Russell, Jane. *An Autobiography: My Path and Detours*. New York: Franklin Watts, 1985.

Schary, Dore. *Heyday: An Autobiography*. New York: Little, Brown, 1979.

Schell, Jonathan. *The Time of Illusion*. New York: Knopf, 1976.

Scott, Peter Dale. *Crime and Cover-up: The CIA, the Mafia, and the Dallas-Watergate Connection*. Berkeley, California: Westworks, 1977.

Serling, Robert. *Howard Hughes' Airline: An Informal History of TWA*. New York: St. Martin's/Marek, 1983.

Somoza, Anastasio, aufgeschrieben von Jack Cox. *Nicaragua Betrayed.* Belmont, Massachusetts: Western Islands, 1980.
Sturges, Preston, bearbeitet von Sandy Sturges. *Preston Sturges.* New York: Simon and Schuster, 1990.
Tierney, Gene, mit Mickey Herskowitz. *Self-Portrait.* New York: Wyden Books, 1978.
Tinnin, David B. *Just About Everybody vs. Howard Hughes: The Inside Story of the Hughes-TWA Trial.* Garden City, New York: Doubleday, 1973.
Whalen, Grover A. *Mr. New York.* New York: G. P. Putnam's Sons, 1955.
Whiting, Charles. *Hero: The Life and Death of Audie Murphy.* Chelsea, Michigan: Scarborough House, 1990.
Wray, Fay. *On the Other Hand.* New York: St. Martin's, 1988.

Filmindex

A Place in the Sun (1951) – Ein Platz an der Sonne
Adventure in Baltimore (1949)
Affair with a Stranger (1953) – Ein Mann ohne Bedeutung
Age for Love, The (1931)
Alice in Wonderland (1933) – Alice im Wunderland
Androcles and the Lion (1952) – Androkles und der Löwe
Angel Face (1952) – Engelsgesicht
Anna and the King of Siam (1946) – Anna und der König von Siam
Annapolis Farewell (1935)
Barefoot Contessa, The (1954) – Die barfüßige Gräfin
Barefoot Mailman, The (1951) – Strandräuber von Florida
Battleground (1949) – Kesselschlacht
Beneath the Twelve-Mile Reef (1953)
Ben Hur (1959) – Ben Hur
Bhowani Junction (1956) – Knotenpunkt Bhowani
Big Parade, The (1925) – Die große Parade
Big Sky, The (1952) – Der weite Himmel (diverse Verweistitel)
Big Steal, The (1949) – Die rote Schlinge
Black Pirate, The (1926) – Der schwarze Pirat
Blood and Sand (1941) – König der Toreros
Blue Veil, The (1951) – Das Herz einer Mutter
Boy with Green Hair, The (1948) – Der Junge mit den grünen Haaren
Bride for Sale (1949) – Ein Brief an drei Frauen
Bride of the Gorilla (1951) – Die Braut des Gorilla

Bringing Up Baby (1938) – Leoparden küsst man nicht
Captain from Castile (1947) – Der Kapitän von Kastilien
Casanova's Big Night (1954) – Der Schürzenjäger von Venedig
Citizen Kane (1941) – Citizen Kane
Clay Pigeon, The (1949) – Ein Mann greift zur Waffe
Cock of the Air (1932)
Come Back Little Sheba (1952) – Kehr zurück kleine Sheba
Conqueror, The (1955) – Der Eroberer
Daddy Longlegs (1955) – Daddy Langbein
Dangerous Profession (1949)
Dawn Patrol, The (1938) – Start in die Dämmerung
Demetrius and the Gladiators (1954) – Die Gladiatoren
Destination Murder (1950)
Double Dynamite (1951) – Doppeltes Dynamit
Easy Living (1949) – Leichtes Leben
Eddie Cantor Story, The (1953)
Escape to Burma (1955) – Flucht nach Burma
Everybody's Acting (1926) – Fünf Väter und ein Kind
Every Girl Should Be Married (1948) – Jedes Mädchen müsste heiraten
Flying Leathernecks (1951) – Stählerne Schwingen
Follow Me Quietly (1949)
Forever Amber (1947) – Amber, die große Kurtisane
French Line, The (1953) – Die lockende Venus
Freshman, The (1925) – Der Sportstudent
Front Page, The (1931) – Extrablatt
Gambling House (1951) – Endstation Mord
Grapes of Wrath, The (1940) – Die Früchte des Zorns
Hans Christian Andersen (1952)
Hell's Angels (1930) – Höllenflieger
His Kind of Woman (1951) – Das Satansweib
Holiday (1938) – Die Schwester der Braut
Jazz Singer, The (1927)

Jet Pilot (1957) – Düsenjäger
Jezebel (1938) – Jezebel – Die boshafte Lady
Journey's End (1930)
Keep Your Powder Dry (1945)
King of the Khyber Rifles (1953) – Der Hauptmann von Peshawar
Kiss Tomorrow Good Bye (1950) – Den Morgen wirst du nicht erleben
Las Vegas Story, The (1951) – Spielhölle von Las Vegas
Little Caesar, The (1930) – Der kleine Cäsar
Lives of a Bengal Lancer, The (1935) – Bengali
Lloyds of London (1936)
Lusty Men, The (1952) – Die Draufgänger (diverse Verweistitel)
Macao (1952) – Macao
Mad Wednesday (1947) – Verrückter Mittwoch
Maisie (Reihe 1939-1944)
Man on a Tightrope (1952/3) – Ein Mann auf dem Drahtseil
Mary of Scotland (1936) – Maria von Schottland
Mating Call, The (1928)
Mighty Joe Young (1949) – Panik um King Kong
Morocco (1930) – Marokko
My Forbidden Past (1950)
Narrow Margin, The (1952) – Um Haaresbreite
Nightmare Alley (1947) – Der Scharlatan
Ninotchka (1939) – Ninotschka
Only the Valiant (1951) – Bis zum letzten Atemzug
Our Fighting Navy (1937)
Outlaw, The (1940) – Geächtet
Out of the Past (1947) – Goldenes Gift (später: Out of the Past)
Outrage (1964) – Carasco, der Schänder
Passion (1954) – Wo der Wind stirbt
Payment on Demand (1950) – Der Ehrgeizige
Philadelphia Story, The (1940) – Die Nacht vor der Hochzeit
Quick Millions (1931)

Rachel and the Stranger (1948) – Ehe ohne Liebe
Racket, The (1951) – Gangster
Rains Came, The (1938) – Nacht über Indien
Rancho Notorious (1952) – Engel der Gejagten
Razor's Edge, The (1946) – Auf Messers Schneide
Red River (1948) – Panik am roten Fluß
Return of Frank James, The (1940) – Rache für Jesse James
Return of October, The (1948) – Ein Pferd namens Oktober
Riders of the Range (1949)
Roman Holiday (1953) – Ein Herz und eine Krone
Salome – Where She Danced (1945)
Scarface, The Shame of a Nation (1932) – Scarface
Second Chance (1953) – Mörder ohne Maske
Secret Heart, The (1946) – Geheimnis des Herzens
Set-Up, The (1949) – Ring frei für Stoker Thompson
Shanghai Express (1932) – Shanghai-Express
She Wore a Yellow Ribbon (1949) – Der Teufelshauptmann
Sylvia Scarlett (1935) – Sylvia Scarlett
Sins of Rome (1952) – Spartacus
Sky Devils (1932) – Teufelsflieger
So Long at the Fair (1950) – Paris um Mitternacht
Son of Sinbad (1955) – Sindbads Sohn
Song of Bernadette, The (1943) – Das Lied von Bernadette
Song of Russia (1944)
Souls for Sale (1923)
Split Second (1953) – Explosion in Nevada
Stage Door (1937) – Bühneneingang
Stolen Hours (1963) – Das Glück in seinen Armen
Stromboli (1949) – Stromboli
Sullivan's Travels (1941) – Sullivans Reisen
Susan Slept Here (1954) – Die Nacht mit Susanne
Svengali (1931)
Tarzan's Peril (1951) – Tarzan und die Dschungelgöttin

Thing, The (1951) – Das Ding aus einer anderen Welt
Threat, The (1949)
Tobacco Road (1941) – Tabakstraße
To Have and Have Not (1945) – Haben und Nichthaben
Topaz (1968) – Topas
Two Arabian Knights (1927) – Die Schlachtenbummler
Underwater! (1955) – Die Goldene Galeere
Uninvited, The (1944) – Der unheimliche Gast
Vendetta (1950), (Colomba 1946)
Vivacious Lady (1938)
Wagonmaster (1950) – Westlich von St. Louis
Where Danger Lives (1950)
Wings (1927) – Wings
Wings of the Navy (1939)
Wizard of Oz, The (1939) – Das zauberhafte Land
Woman on Pier 13, The (erst »I Married a Communist«) (1949)
Ziegfield Girl (1946) – Das Mädchen im Rampenlicht